BRUCE JONES

Wut

Buch

Eines Morgens wird ein Alptraum für Chris Nielson zur entsetzlichen Realität: Ein fremder Besucher behauptet, daß er in Wahrheit der Ehemann seiner Frau und Vater seines Kindes sei. Und er kann seinen Anspruch mit offiziellen Dokumenten beweisen. Selbst Chris' Frau scheint sich auf die Seite des Fremden zu stellen und verleugnet alles, was sie jemals gemeinsam hatten. Der Eindringling ist Frank Springer, ein gerissener Berufskiller, der zu den Topleuten der CIA gehört und dessen Kaltblütigkeit unter Freunden wie Feinden gleichermaßen gefürchtet ist. Chris will sich von Springer zurückholen, was ihm gehört, koste es, was es wolle. Doch schon bald entdeckt er, daß er nur eine Schachfigur in einem tödlichen Spiel ist, bei dem es um internationale Interessenkonflikte geht. Chris kommt auf die Spur eines dunklen Geheimnisses, das den Schlüssel zu seiner verrückten und schmerzlichen Situation birgt ...

Autor

Bruce Jones, erfolgreicher Drehbuchautor, schrieb mit »Tödliche Brandung« ein fulminantes Romandebüt. Er erhielt auf Empfehlung von Barbara Wood den Förderpreis des Jahres 1996 vom Bertelsmann Club. Bruce Jones lebt mit seiner Frau und seinen Kindern in Westlake Village, Kalifornien.

Vom gleichen Autor bei Goldmann erschienen:

Tödliche Brandung. Roman (44163)

BRUCE JONES

Wut

Roman

Aus dem Amerikanischen
von Dr. Reinhard Brenneke

GOLDMANN

Die amerikanische Originalausgabe erschien 1996
unter dem Titel »Maximum Velocity«
bei Dutton/Penguin Books, New York

Umwelthinweis:
Alle bedruckten Materialien dieses Taschenbuches
sind chlorfrei und umweltschonend.
Das Papier enthält Recycling-Anteile

Der Goldmann Verlag
ist ein Unternehmen der Verlagsgruppe Bertelsmann

Taschenbuchausgabe 11/98

Umschlaggestaltung: Design Team München
Satz: IBV Satz- und Datentechnik GmbH, Berlin
Druck: Elsnerdruck, Berlin
Verlagsnummer: 44265
V. B. · Herstellung: Sebastian Strohmaier
Made in Germany
ISBN: 3-442-44265-6

1 3 5 7 9 10 8 6 4 2

Vorspiel

Der Mann, der bereits tot war, saß Kaffee trinkend und zunehmend irritiert bei McDonald's in Manhattan. Noch wußte er nicht, daß er schon tot war. Auch war ihm nicht klar, warum diese Mahlzeit so lange dauerte und was die Schnur mit alldem zu tun hatte.

Der Russe neben ihm war breit, stämmig und unter seinem teuren amerikanischen Zweireiher vermutlich ziemlich muskulös. Er bestellte in einem fort Cheeseburger und Fritten, die er geräuschvoll in sich reinschlang.

Sich seinem mageren wieselgesichtigen Kumpan zuwendend, begann der Russe über die Schnur zu meckern: »So was *Schäbiges*«, wiederholte er zwischen zwei fetten Happen, »wie kannst du so ein hübsches Geschenk für unseren Freund hier zurechtmachen und es mit einer so billigen Schnur umwickeln?« Mit einer verächtlichen Bewegung des Ellenbogens stieß er das kleine weiße Paket – das »Geschenk« – beiseite und langte kopfschüttelnd nach den Fritten. »Eine Zumutung. Wir müssen da was Besseres finden.«

Schmeichlerisch wandte er sich lächelnd an den toten Mann: »Los, Abdul, erzähl uns noch mal von dem Bombenanschlag, der Meisterleistung deines tapferen Freundes! Und verzichte bitte auf keins der pikanten Details!«

Widerwillig tat ihm Abdul den Gefallen, zum fünften Mal an diesem Abend. Ihm ging es einzig darum, das Geschäft mit dem großen silberhaarigen Russen, der wie eine klotzigere Version von Jelzin aussah, unter Dach und Fach zu bringen.

Abdul war völlig erschöpft. Er wollte nur sein »Geschenk« –

die Geschenke dieses Mannes waren legendär –, das kleine weiße Paket mit der schäbigen Schnur, in Empfang nehmen, zum nächsten Zielort gelangen und die letzten Vorbereitungen hinter sich bringen.

Da er jedoch wußte, daß die schmeichlerische Aufmerksamkeit, die man ihm zollte, darauf abzielte, ihm Informationen zu entlocken und seine Glaubwürdigkeit zu testen, erzählte er ihnen nochmals haarklein die ganze Geschichte; wie er und der militante Moslem Mahmud Abbouhalima gemeinsam mit dem jungen ägyptischen Einwanderer Nosaiar den ganzen Plan ausgeheckt hatten – als Teil des laufenden Heiligen Krieges, des Jihad; wie sie den in Pakistan ausgebildeten Terroristen und Sprengstoffexperten Ramzi Yousef angeworben hatten; wie sie in einer heruntergekommenen Garage in Jersey City *die Bombe* gebaut hatten – unter Verwendung von 400 Litern Salpetersäure und 230 Litern Schwefelsäure; und wie damals, an einem ganz normalen Februardonnerstag des Jahres 1993, die Mietergarage des World Trade Center in New York von einer gewaltigen Explosion erschüttert wurde, die sechs Menschen auf der Stelle tötete.

Damals hatte eine neue Epoche begonnen, nicht nur für die Bürger von New York, sondern auch für das FBI, die CIA, den Präsidenten des Landes und auch diejenigen aller Staaten der Erde.

Iwan Godunow, der bullige Russe, kicherte in sich hinein, während er sich das Fett seines Cheeseburgers vom Kinn wischte. »Herrlich, einfach herrlich. Der Terrorismus kommt nach Amerika!« Für Abduls Geschmack war das ein wenig zu laut gesprochen. Zwar war der McDonald's voll von lärmenden, uninteressierten Gästen, dennoch schien dies kaum der geeignete Ort zu sein, sich über antiamerikanische Terroranschläge zu unterhalten.

Der Russe hatte diesen Treffpunkt ausgewählt und dabei erklärend hinzugefügt: »Ich liebe einfach diese amerikanischen Hamburger! Besonders die Big Macs! Unvergleichlich! Ich ziehe sie dem besten russischen Steak vor.«

»Ich glaube, auf dem Seetransport hierher passiert irgendwas mit dem Rindfleisch«, mutmaßte der silberhaarige Russe, nachdem sie das Restaurant verlassen und sich in der ganzen East Side und anschließend der West Side von Manhattan auf die Suche nach einem durchgehend geöffneten Haushaltswarengeschäft begeben hatten. Godunow hielt das Geschenk von sich weg, als ob es einen Makel hätte. Er ließ nicht einmal zu, daß Abdul es auch nur berührte, solange es nicht anständig verpackt war.

»Die Verpackung ist wirklich nicht so wichtig«, versicherte der tote Mann. »Ich hatte gehofft, wir könnten uns jetzt vielleicht einmal die Örtlichkeiten anschauen. Ich habe morgen einen vollen Terminkalender.«

Der Russe auf dem Rücksitz des Taxis lachte beruhigend, während der andere mit dem Gesicht eines Frettchens übellaunig in die dunklen neongefleckten Straßen New Yorks hinausstarrte. »Sobald mein tolpatschiger Kollege diese leidige Angelegenheit erledigt hat, werden wir uns das Gelände anschauen.« Mit einem Anflug von Geringschätzung legte Godunow das Geschenk in seine schmalen Frettchenhände und wandte sich dann wieder leutselig Abdul zu, von dem er noch mehr Einzelheiten über den herrlichen Bombenanschlag zu erfahren wünschte.

Eine volle Stunde später, nachdem sie eine festere, geeignetere Schnur aufgetrieben hatten, fuhren sie in einem engen, scheppernden Lift das verdunkelte rote Stahlskelett eines Hochhauses in der Lower East Side hinauf. Sie fuhren bis zum obersten Stockwerk, das, abgesehen von dem verstaubten Durcheinander von Bauwerkzeugen, ein paar Zementsäcken, Schlackensteinen und dem großen X, das auf jedem der frisch eingesetzten Fenster klebte, so gut wie fertig war. Die Stromversorgung des Gebäudes funktionierte noch nicht, so daß nur das Licht der silbrigen Scheibe des Mondes durch die Fenster fiel.

Im Vorübergehen klopfte der Russe nachdenklich an das Fensterglas und nickte anerkennend. »Spezialgehärtet. Dieses Glas könnte man nicht mal mit einem Vorschlaghammer kaputtkriegen. Das muß man den Amerikanern lassen!«

Zielsicher bahnte er sich im Halbdunkel einen Weg, dort wo später einmal der Berberteppich eines edel ausgestatteten Büros liegen würde. Währenddessen erklärte er genau, wo die nächste Bombe plaziert, wie das Gebäude zusammenstürzen werde und wie viele Menschen vermutlich unter seinen herabdonnernden Schuttmassen umkommen würden.

Angesichts dieser Lawine von präzisen Informationen hatte Abdul das kleine neuverpackte Geschenk völlig vergessen, bis der vom Mondlicht beschienene Godunow es ihm anbot: »Unser Dankeschön für dich. Auf eine glänzende Zukunft des Islam!«

Lächelnd akzeptierte Abdul schließlich das Geschenk. Er vermutete einen Bargeldvorschuß oder irgendeine pakistanische Antiquität. Er war so müde, daß es ihm im Moment ziemlich egal war.

Er löste die neue, dickere Schnur, die Verpackung folgte, bis am Ende ein kleiner Pappkarton zum Vorschein kam. Aber der war – leer.

Seine dunklen Mandelaugen, die zuerst überrascht, dann gehetzt wirkten, blickten in das grinsende Bärengesicht des Russen. »Das ist leer.«

Plötzlich verstand Abdul, ließ den Karton fallen und rannte los.

Er kam nicht weit. An der Lifttür schnitt ihm der riesige Russe, der sich für einen Mann seiner Größe mit erstaunlicher Schnelligkeit bewegte, den Weg ab. Er packte Abdul, der keineswegs klein und leichtgewichtig war, und hob ihn hoch, als wäre er eine Spielzeugpuppe. Dann schleuderte er ihn auf den staubigen Fußboden zurück, so wie ein Mann ein abgelegtes Kleidungsstück wegwirft, gedankenlos und ohne Mühe.

Abdul landete auf dem Rücken, um ihn herum eine Wolke weißen Staubs. Er rappelte sich schnell wieder auf, aber da war schon wieder – unglaublich behende – dieser große Bär, der wie Jelzin aussah, und stemmte ihn hoch.

Dann setzte er ihn sanft ab, entstaubte sogar seine Jacke und sagte mit seinem Bären-Lächeln: »Ja, mein Freund, leer. Ich fürchte, so leer wie deine Geschichten. Dimitri, würdest du bitte so freundlich sein und unserem Freund die Hose ausziehen?« Abdul stand zitternd und schweigend da. Sein Tod war jetzt kein Geheimnis mehr, sondern eine Angelegenheit so klar und unabänderlich wie das unbewegliche Auge des Mondes. Seine dünnen Knie klapperten. Er mußte seinen Urin zurückhalten, während das Wiesel die Anweisungen seines Meisters ausführte. Seine langen, spitzen Finger entfernten Abduls Hose, seine Unterhose, fischten die grobe Schnur vom staubigen Boden und befestigten sie stramm an Abduls schweren Hoden.

»Mein liebes Bürschchen, du kennst die Namen, die Geschichte deiner sogenannten Verschwörer ganz gut, aber deine Zeitangaben sind falsch. Der Bombenanschlag auf das World Trade Center fand an einem Freitag und nicht, wie du behauptest, an einem Donnerstag statt. Und es war der öffentliche Parkplatz, der in Flammen aufging, besonders auf der B-2-Ebene, und nicht der Einstellplatz für die Mieter. Der echte Abdul, falls es ihn überhaupt gibt, hätte das gewußt.«

Er trat zurück und schaute mit verschränkten Fingern zufrieden zu, wie sein Helfer das andere Ende der groben Schnur an einem in der Nähe liegenden Schlackenstein befestigte, ihn grimassierend hochhob und den schweren Brocken in Abduls zitternde Arme legte. »Hier hast du ihn.«

Godunow führte den schlotternden Abdul mitsamt dem Brocken und allem zum nächsten Fenster, schob es mit einer Hand hoch und ließ eine kühle nächtliche Brise herein und die rauhe Symphonie des Verkehrs von Manhattan zwanzig Stockwerke tiefer. Er stieg hoch und nach draußen, wobei er den zitternden, hosenlosen Mann gleichsam führte und dazu einlud, mit ihm die schmale Fensterbank zu teilen. Das Gesims war aus Beton und so schmal, daß die Schuhspitzen der Männer über die Kante hinausragten.

Während beide dort unter den Sternen das Gleichgewicht

hielten, erklärte ihm der Russe sanft: »Ein Mann, sogar ein Feind, sollte die Welt nicht verlassen, ohne die Wahl zu haben. Deine wird einfach sein. Du kannst den Brocken fallen lassen; das wird dir die Genitalien abreißen, dich aber nicht sofort töten, und du kannst versuchen runterzukommen – in ein Krankenhaus oder eine Notaufnahme, bevor du verblutest. Oder du springst einfach mit dem Brocken und vermeidest dabei fast jeden Schmerz, wenn auch nicht den Tod.« Er beugte sich vorsichtig hinüber und küßte den dunkeläugigen Mann auf die Wange.

Der Russe kletterte zurück ins Gebäude, schloß und verriegelte das Fenster. Dann klopfte er sachte und rief durch das Fensterglas hindurch: »Solltest du einen solchen Sturz überleben, was allerdings ziemlich unwahrscheinlich ist, aber solltest du es tatsächlich irgendwie überleben, dann sag deinen Freunden, daß ich Betrüger nicht ausstehen kann. Daß es überhaupt nur einen einzigen Mann gibt, der es verdient, mit Iwan Godunow auf die Jagd zu gehen – das amerikanische Genie Frank Springer! Kannst du das behalten, mein Freund? Frank Springer? Deine Kumpane werden den Namen kennen!«

Wieder unten auf der Straße, stiegen sie in das wartende Taxi. Als sie die hintere Tür schlossen und dem Fahrer die Adresse des New Amsterdam Hotels in der Nähe des Parks nannten, hörten die beiden russischen Herren nicht weit entfernt ein schweres, dumpfes Geräusch, als sei in der dunklen Straße hinter ihnen etwas aus großer Höhe auf ein Autodach gekracht. Ob es sich bei diesem Objekt um ein Lebewesen, einen Stein oder gar um beides handelte, wußte freilich keiner von beiden.

TEIL I

1

Im Traum war Chris wieder am Rennen.

Der gleiche verzweifelte Lauf, der gleiche Alptraum, durch die alte Nachbarschaft des Ventura County, quer durch den sonnenverbrannten Vorgarten der Wilsons. Chris' Gesicht badete in Schweiß und Schrecken, während Mattys letzte Worte in seinen Ohren nachhallten: *»Das Baby ist weg!«*

Er raste durch die Sackgasse, rannte hinüber zum Anwesen des alten Ehepaars und blieb bei dem Versuch hängen, dessen Stahlzaun zu überspringen. Wenn er das schon nicht schaffte, dann gewiß kein Kleinkind. Er jagte zu Rick Cormans Auffahrt und schrie: *»Nicky!«* Der Kleine antwortete selten, wenn man ihn beim Namen rief, aber Chris wußte sich anders nicht zu helfen. So hämmerte er denn auch an Ricks Eingangstür, wohl wissend, daß der noch gar nicht zu Hause war. Er wirbelte herum und rannte zum eigenen Hinterhof zurück, obwohl Matty gerade von dort gekommen war. Hinter der fast anderthalb Meter hohen Steinmauer war ein steiler Hohlweg. Jenseits davon lag die gefährlichste Kreuzung der Nachbarschaft.

Chris schaute über den Mauerrand. Die Welt auf der anderen Seite war von schauderhafter Klarheit, jedes Blatt und jeder Zweig der großen Eichen in gestochen scharfem Kontrast. Irgendwo jenseits des Traumes hallte das Echo quietschender Reifen durch den Hohlweg und versetzte ihn in Panik. Was tun? Die Mauer überspringen und unten nachsehen – oder es noch mal auf der Straße versuchen? Er verharrte in qualvoller Unentschlossenheit. Die Zeit, auch sie gleichsam eine Wand, rückte von allen Seiten gegen ihn vor. *»Nicky!«* rief er mit vor Schrecken heiserer Stimme.

Schnaufend lief er zu der Sackgasse zurück, aus der ihm Matty entgegentaumelte. Ihr Gesichtsausdruck machte ihn innerlich völlig leer.

»Ich war gerade mit der Wäsche beschäftigt – und er war direkt *hinter* mir!«

Warum war die gottverdammte Tür nicht verschlossen? Aber für solche Überlegungen war jetzt keine Zeit. »Okay«, keuchte er, »er kann nicht weit gekommen sein! Ruf 911 an! Ich nehme noch mal die Nachbarschaft.«

Für den Bruchteil einer Sekunde trafen sich ihre Blicke. Hinter ihrer Sprachlosigkeit erkannte er flüchtig die wilde Bitte um Vergebung und daß er das alles in Ordnung bringen möge, wie er es noch stets getan hatte. Er stand mutterseelenallein im Universum. Unfähig, ihren Blick länger zu ertragen, schubste er sie in Richtung des Hauses. Oh, *Gott,* bitte, flehte er keuchend, bitte …

Die kühle Nachmittagsbrise weckte ihn. Das Gesicht von den Schatten der Ahornblätter gemustert, erwachte er in dem Aluminiumliegeschwinger neben dem neuen Haus. Man war nicht mehr in Ventura County in Kalifornien, sondern ein paar Meilen serpentinenreicher Gebirgsstraße von dem winzigen Weiler Greenborough/Colorado entfernt. Es war Frühherbst, nicht später Frühling. Matty war in der neuen Küche. (Er konnte sie durchs Fenster fröhlich singen hören.) Sie bereitete alles für Ricks und Sharons ersten Besuch vor.

Und Nicky lebte, dem Kleinen ging es gut. Ein Traum. Nicht der erste und wohl auch nicht der letzte.

Er blinzelte zu seinem Liebling, dem großen Ahornbaum, hinauf und erblickte die erste verräterische Patina eines kräftigen Orange, das das sommerliche Grün der Blätter verdrängte. Bald würde der Wald ringsum in schillernden Herbstfarben schwelgen. Der Sommer ging zur Neige. Gut zwei Monate waren sie jetzt in dem neuen Haus. Dabei schien es erst gestern gewesen zu sein, als sie das vollgestopfte kleine Stadthaus in Thousand Oaks geräumt hatten und in die ländliche Wildnis hinausgezogen waren. Die Zeit fliegt, wenn man älter wird.

Er hatte Schwierigkeiten mit dem dritten Akt seines Theaterstücks.

Schlimmer noch: Die Tatsache überhaupt, daß er Dramatiker war, machte ihm zu schaffen; er brauchte nur an die geringen Einnahmen der letzten Zeit zu denken. Hinzu kam, daß er hier in der Wildnis von Colorado nicht länger die alte Ausrede der Arbeit beim Entstörungsdienst benutzen konnte. Der Schritt war getan, das Geld ausgegeben, die Verpflichtung übernommen. Entweder er stürzte sich hinein und schaffte es als Schriftsteller, oder er warf das Handtuch.

Der dritte Akt war immer der schwierigste. Der Anfang war leicht, aber der gottverdammte Schluß!

Chris rieb sich die Augen, setzte sich auf und schaute über den weiten Rasen hin zu dem schönen neuen Haus, das wie ein großes A aussah. Einfach herrlich! Er hätte nicht einmal gewagt, von einem solchen Haus zu träumen, wenn sie nicht in der letzten Zeit soviel Glück gehabt hätten.

Es war großartig, aber auch ein bißchen beunruhigend.

Besonders wenn er von Nicky träumte, von dem, was geschehen war, was hätte geschehen können. Aber vielleicht war gerade das die Lösung für den dritten Akt: Das Kleinkind von Ralph und Sheila lief durch die Vordertür ihres Stadthauses davon. Dann hätte sie eine Entschuldigung dafür, sich von ihm scheiden zu lassen. Obendrein bekäme der erste Akt dann mehr Biß.

Er brummte und schüttelte den Kopf. Nur Eltern verstanden, wie schrecklich es war, beinahe das eigene Kind zu verlieren. Nie hatte er Schlimmeres durchgemacht.

Er erhob sich aus seinem Stuhl, schaute feindselig auf die Schreibmaschine und den Haufen unvollendeter Seiten und ging zum Haus, um mit seiner Frau auf die Cormans zu warten.

Rick Corman war außer sich vor Begeisterung über das neue Haus. Überall raste er herum, schwang sich nach oben, trampelte wieder nach unten wie ein rotbäckiger ausgelassener Zwölfjähriger. Vor den Augen des verwirrten, aber strahlenden Chris sauste er mit einer Miene nachempfundenen Stolzes hin und her.

»Einfach *fantastico!* Ein echter A-Bau! Unglaublich! Sharon, *he,* Sharon!« rief er atemlos.

»Ich bin hier oben, Liebling!« antwortete seine Frau vergleichsweise zurückhaltend aus dem oben gelegenen Schlafzimmer. Sie stand neben Matty, während die beiden kühl den spektakulären Blick aufs Gebirge genossen, einen träge dahingleitenden Habicht, den unendlichen Himmel.

Rick verstand was von Häusern, baute selbst welche. Durch die geöffneten Schiebetüren sprang er wieder hinaus auf die Zedernholzveranda. »Schaut euch mal diese fachmännische Arbeit an! Seht mal diesen Fußboden: Zapfenverbindungen. Keine von den gewöhnlichen 4-x-20er-Dielen für diese Leute hier!« rief er zu den Frauen hinauf. »Ich meine, es ist einfach der helle Wahnsinn. Ich glaube, ich spinne!«

»Richtig«, erwiderte Sharon, »und jetzt halt bitte mal die Luft an. Das Kind macht gerade Mittagsschlaf.«

Glotzäugig kam Rick wieder herein, schüttelte angesichts der herrlich ausgestatteten Innenräume den Kopf und versetzte in Richtung Chris: »Du armer Tropf hast ja keine Ahnung, was du hier vor dir hast!«

»Das ist richtig«, antwortete Rick grinsend, wobei er Sharons ausdruckslosen Tonfall nachahmte.

Fast zärtlich betastete Rick die Wand. »Gipsverputz. Nicht billig!« Er nickte und wandte sich wieder Chris zu: »Wie steht's mit der Bedachung? Keinen Schimmer, was? Los, komm mit!« Dann eilte er durch die Eingangstür nach draußen.

»Wir gehen nach draußen«, informierte Chris seine Frau mit monotoner Stimme. Matty, die oben war und Sharons Rücken anstarrte, dachte bei sich: *Na prima! Jetzt läßt man mich hier im neuen Haus mit jemandem allein, mit dem ich mich schon im alten Haus nie wohlgefühlt habe. Was hat diese Frau bloß gegen mich?* »Sharon, ich glaube, Chris hat unten Kaffee aufgesetzt. Möchtest du welchen?«

Lächelnd drehte sich Sharon vom Panoramafenster weg. Sie war liebenswürdig, hübsch. Trotzdem würde sie nie eine enge Freundin werden. »Ja, danke. Klingt gut.«

Auf der unteren Veranda indessen reckte sich Rick auf Zehenspitzen nach oben. »Dies hier sind Schindeln, kein echtes Holz.«

Chris näherte sich ihm von hinten. »Und, ist das schlecht?«

»Nein, verdammte Wichse, das ist gut. Die echten aus Holz sind kurzlebig und feuergefährlich. Die hier dagegen sind aus Beton und Holzfaser – leicht, haltbar und gutaussehend. Hier wußte jemand, was er tat.« Er inhalierte tief die klare Gebirgsluft. »Mein Gott, riechst du das?«

Chris lächelte nur und reichte ihm den Kaffee. »Ich beachte es schon gar nicht mehr.«

Wenn die randvolle Tasse nicht gewesen wäre, hätte ihm Rick einen freundschaftlichen Stoß versetzt. »Natürlich nicht, du Schwachkopf. Was für eine tolle Aussicht!«

»Du kommst gerade vom Flugzeug. Morgen wird es dich bereits langweilen.«

»So wie es *dich* langweilt. Ist das dort ein Habicht oder ein Adler?«

Chris blickte zum Himmel auf: »Ein Steinadler. Der größte Greifvogel Nordamerikas. Natürlich vom Aussterben bedroht.«

»Hör sich einer den an. Kennt schon die heimische Tierwelt.«

»Das habe ich in der dritten Klasse gelernt.«

Rick ging in Richtung Terrasse. »Du und dein Supergedächtnis. Komm, laß uns ein bißchen rumlaufen.«

»Du bist doch gerade erst angekommen. Willst du dich nicht frisch machen, pissen oder sonstwas?«

»Ich werde im Wald pissen. Dafür ist er schließlich da.«

Unten machte es sich Sharon gerade auf dem Sofa bequem. Sie blies den Dampf von ihrer Kaffeetasse und betonte abermals, wie sehr ihr das Haus gefalle.

Matty dachte: *Sie will mich gern haben, aber irgendwie läßt sie selbst es nicht zu. Warum eigentlich?*

»Schmeckt der Kaffee, oder hat ihn Chris wieder zu stark gemacht?«

Matty schüttelte den Kopf. »Er ist in Ordnung.«

Sharon betrachtete den holzgetäfelten Raum, den gemauerten Kamin. »Ich wollte, ich hätte auch so einen reichen Onkel!« sagte sie, während sie wieder den Dampf wegblies. Dabei vermied sie es, Matty offen in die Augen zu sehen: »Wie kommt es eigentlich, daß du ihn nie erwähnt hast?«

Matty saß in dem großen grünen Lehnsessel – dem einzigen Möbelstück, das sie aus Kalifornien mitgebracht hatten – vor dem Panoramafenster, eingerahmt von smaragdgrünen Kiefern und von hinten durch das goldene Nachmittagsleuchten beschienen. »Ich kannte ihn kaum. Habe ganz gewiß nicht damit gerechnet, in seinem Testament vorzukommen. Dabei handelte es sich übrigens entgegen Ricks Vermutungen nicht um mehrere Millionen Dollar. Es reichte gerade, dieses Haus und noch ein paar Kleinigkeiten zu kaufen. Das ist alles.«

»Das ist eine ganze Menge.«

»Wir hatten Glück. Na und?«

Sharon, die sich beim Anstarren ertappt fühlte, schaute weg: »Oh, nichts. Tut mir leid. Ich dachte nur gerade daran, wie sehr Rick Chris vermissen wird. Er fehlt ihm schon jetzt.«

Matty nickte. »Ja, Chris ihn auch. Schade um uns beide ...« Kaum hatte sie es ausgesprochen, als sie es auch schon bereute. Aber jetzt war es zu spät.

Angesichts der Intimität der Situation konnte Sharon die Bemerkung schwerlich ignorieren. »Ich weiß, Matty. Wir beide waren uns leider nie so richtig nah. Ich bedaure das. Wirklich.«

Matty nickte zustimmend, ein wenig überrascht von diesem Eingeständnis. »Ich auch. Woran liegt es deiner Meinung nach?«

Sharon seufzte: »Schlechtes Timing? Schlechtes Karma? Wir kennen uns einfach nicht lange genug.«

»Aber doch lange genug.«

Sharon nippte an ihrem Kaffee: »Ja, schade. Da kann man nichts machen.«

Matty nickte, während sie zur Küche ging. »Ja, kann man nichts machen. Noch einen Kaffee?«

»Danke«, und einen Moment später, »Rick und ich kannten Chris einfach schon so lange ... bevor du aufgetaucht bist. Und plötzlich warst du *da.*«

»Ich liebe ihn sehr«, sagte Sharon, während sie den Kaffee eingoß.

»Ich weiß. Ich weiß das.«

»Wirklich?«

»Natürlich. Hör zu ...«

»Ich habe das nicht getan, um ihn euch wegzunehmen, weil es mit uns vieren nicht geklappt hat.«

»Matty, ich weiß ...«

»Ich habe es für Nicky gemacht. Für die Familie. Die Familie kommt zuerst.«

Sharon nickte. »Hör zu, ich verstehe das. Ich hätte wahrscheinlich dasselbe getan, wenn Rick und ich Kinder hätten. Dieser gräßliche Highway gleich nebenan.«

Als aus der Küche keine Antwort kam, wandte sie sich um. Mit der Tasse in der Hand stand Matty da und blickte wie erstarrt aus dem Fenster. Dabei schien sie die hoch aufragenden Bergspitzen und den mandarinfarbenen Himmel gar nicht richtig wahrzunehmen.

Sharon betrachtete sie schweigend.

Schließlich drehte sich Matty um und sah sie an. Ihr Lächeln bat um Verzeihung für das Schweigen.

»Du hast nie aufgehört, daran zu denken?«

Matty schaute auf ihren Kaffee. »Nein, nie.«

Auf der Kiesauffahrt langte Rick in den Kofferraum seines Plymouth, zog eine Badedecke beiseite, entnahm ein längliches Lederfutteral und reichte es Chris.

»Was ist das?« Chris brachte eine nagelneue Remington zum Vorschein, die angenehm nach Öl roch.

»Unser Einzugsgeschenk. Gefällt sie dir?«

»Wahnsinn! Das kann ich nicht annehmen.« Aber schon nahm er über den glatten Lauf hinweg eine zehn Meter entfernt stehende Douglastanne ins Visier.

»Okay, gib sie wieder her!«

»Zur Hölle mit dir! Und vielen Dank. Sie ist wundervoll. Ich nehme an, du hast deine Browning mitgebracht?«

Rick Corman, der groß und athletisch war – und übrigens auch ein besserer Schütze und Fernmeldetechniker als Chris –, hatte die Waffe schon in der Hand, während er die Kofferraumklappe zuknallte. »Ich hab Leergut auf dem Rücksitz. Oder hast du schon was aufgestellt?« Er grinste, weil er die Antwort schon wußte.

Chris grinste zurück. »Hier entlang, Kumpel.«

Jeder feuerte zehn Schuß ab, doch während Rick stets traf, verfehlte Chris fast die Hälfte.

»Mein Gott, drei Wochen weg vom Schießstand und schon nicht mehr in Form.«

»Leck mich! Ich hatte zu tun.«

»Was zu tun? Mußtest dich wohl an die frische Luft gewöhnen?« Rick atmete tief ein und seufzte sehnsüchtig, während er die Blechbüchsen wieder auf den von Kugeln zerfetzten Baumstumpf stellte.

»Vergiß die Büchsen, ich will dir was zeigen. Schau mal her. Der hier führt zum See.« Chris zeigte auf einen hölzernen Pfad links von der kurvigen Auffahrt.

Rick ging in die Knie, während er eine Büchse fallen ließ. Sein Gesicht war wie erstarrt: »Ach, Quatsch!«

»Habe ich den See nicht erwähnt?«

»Nicht direkt. Wo – zeig ihn mir!«

»Was – den See oder den See *und* das Boot?«

»Du Scheißkerl!«

»Habe ich das Boot nicht erwähnt?«

»Wahnsinn! Wie reich war dieser verdammte Onkel eigentlich?«

Chris schloß auf und zog die Türen des Bootshauses zur Seite. Ein schmuckes Motorboot kam zum Vorschein, das dort faul im Schatten schaukelte – inmitten des Moschusgeruchs von Seewasser und Zedernholz.

Glücklich wie ein Kind mit seiner neuen Spielzeugeisenbahn, kam Rick herein und strich mit der Hand über das polierte Mahagonideck. »Irre, echtes Mahagoni!«

»Wirklich?«

»Ja, du undankbare Kreatur!«

Vorsichtig betrat Rick das Boot, setzte sich grinsend hinters Steuerrad und schnipste Chris mit den Fingern zu. Der kramte nach den Schlüsseln und gab sie ihm. »Jemals mit so was gefahren?«

»Halt die Luft an und steig ein.« Er ließ die starken Motoren unter spuckendem Dröhnen an, setzte fachmännisch zurück und manövrierte sie aus dem kalten Schatten hinaus in das Licht der untergehenden Sonne. Dann schob er den Gashebel nach vorne und fuhr auf den offenen See hinaus. Seine Stimme war über dem Dröhnen der Motoren gerade noch zu verstehen: »Absoluter Wahnsinn! Und dieser Onkel hat hier gelebt?«

»Im Sommer, glaube ich, aber selbst das nicht jedes Jahr. Es war ein unverhoffter Glücksfall, Alter. Ich habe noch nie so ein Schwein gehabt. Es ist völlig verrückt.«

»Mann, schau mal das Ufer da! Douglastannen. Ich wette, die da ist hundert Jahre alt.« Er wies auf etwas hin. »Ist da jemand?«

Chris mußte zweimal hinsehen, bis sich die Gestalt eines alten Mannes am tannengesäumten Ufer abzuzeichnen begann: schweigsam brütend wie die Bäume, in tiefe Schatten eingehüllt, unbeweglich wie der Indianer aus der Zigarrenreklame. Und genau das war er auch: ein Indianer.

»Das ist John Antler Horn«, lächelte Chris. »Komm, laß uns Hallo sagen.«

Rick drosselte die Geschwindigkeit und steuerte zum Ufer, bis Felsen und herumflitzende Elritzen im aufklarenden Wasser sichtbar wurden. Trotz der einsetzenden Abendkühle hemdlos, stand der kaffeebraune alte Indianer da wie angewurzelt inmitten von Gestrüpp und Binsen. Ohne den Blick von den fernen Wassern abzuwenden, sagte er: »Tag, Chris Nielson. Ich bin gekommen, dich zu sehen. Hast du jetzt einen Chauffeur?«

»Nein, John. Das hier ist mein Freund Rick Corman aus Kalifornien.« Rick grüßte.

Da sie nun nahe genug heran waren, wandte ihnen der Alte schließlich sein von Wind und Wetter gegerbtes Gesicht zu und betrachtete sie teilnahmslos aus Augen, die vielleicht noch die Schlagzeilen des Ersten Weltkriegs gelesen hatten. »Als Junge war ich mal in Kalifornien. Es riecht nach Fisch.«

Rick lächelte. »Der Ozean.«

John Antler Horn ignorierte ihn und hielt Chris ein Buch hin. »Ich wollte dir dies hier bringen. Es erzählt von den Eisseglern. Wenn das große Wasser friert, komme ich zu dir herüber, und wir werden zusammen segeln gehen. Dahingleiten wie ein Habicht.«

Mit einem leichten Kopfnicken nahm Chris das Buch entgegen. »Ich freue mich schon drauf, John. Danke.«

Dann wandte sich der alte Mann Rick zu. »Sie steuern wie eine Frau.«

Rick lächelte. »Tatsache?«

»Ihr Boot ist gut ausgerüstet, aber es stinkt nach Benzin.«

Rick zuckte die Schultern. »Es ist sein Boot.«

Antler Horn sah Chris an. »Wenn der Schnee fällt, werde ich dir zeigen, wie man Eissegler fährt. Ohne Benzin. Ich werde dir einen Pfeil bauen. Kleiner als mein Boot, aber flink. Es wird früh Winter werden. Ein kalter Winter.«

»Woher wollen Sie das wissen?« fragte ihn Rick umgänglich.

Der alte Mann starrte ihn an. Dann schaute er weg, zum

Wald hin und darüber hinaus und sagte: »Ich mag den Lärm nicht.«

Rick war verblüfft. »Sie haben was gegen die Geräusche des Waldes?«

Wieder ignorierte ihn der Alte. »Es tut meinen Ohren weh. Es schmerzt meine Augen. Ich benütze jetzt viel Tylenol.«

Chris nickte. »Sie meinen all die neuen Baustellen in der Stadt, nicht wahr? Das ganze Gehämmere und Gesäge.«

»Es stinkt nach Teer, und es schmerzt meine Augen.«

Rick lächelte wieder. »Der Fortschritt.«

Das Gesicht des alten Mannes war wie aus Granit, ein altes Gesicht, weise wie die Hügel. »Es ist nichts Gutes. Es ist nichts Gutes, was da in die Stadt kommt. Es ist dunkel und gemein. Es hat die Augen der Spinne.«

»Hört sich wie Fortschritt an.« Rick zwinkerte Chris zu.

Aber Chris sah ihn nur böse an und wandte sich dem alten Indianer zu. »Egal, ich freue mich auf die Lektüre, John.«

»Ich werde dir beibringen, auf dem Eis zu segeln und wie ein Habicht dahinzugleiten. Hat Montana heute gespielt?«

»Heute nicht, John. Das Spiel ist morgen. Aber ich glaube, er hat sich zur Ruhe gesetzt.«

»Montana ist ein mächtiger Krieger. Ich glaube, er ist zum Teil Irokese.«

»War nett, Sie mal wiederzusehen, John!« Chris gab Rick ein Zeichen, und der steuerte das Boot vom Ufer weg.

Der alte Indianer hob die flache Hand. »Knick nicht die Seiten, und beschmutz nicht den Umschlag! Ich habe 3 Dollar 95 für das Buch bezahlt, Chris Nielson.«

»Alles Gute, John!«

Als sie außer Hörweite waren, fragte Rick: »Ein Eingeborener, was?«

»Ich bin ihm eines Tages auf dem Postamt von Greenborough, unserem Kaff hier, begegnet. Er hat sich gleich an mich drangehängt.«

»Warum gerade an dich?«

»Weil ich so ein Mordskerl bin, natürlich.«

»Wo lebt so ein alter Indianer auf einem See in Colorado?«

»Fahr mal dort rüber. Ich werd dir zeigen, wo die dicken Fische beißen.«

Sie kreuzten, bis die Sonne unterging, ein zermatschtes Orange, das mit der undurchsichtigen Fläche des Sees verschmolz. Chris begann, sich Sorgen über den Rückweg zu machen.

»Du bist mir ein komischer Gebirgsbewohner! Findest nicht mal im Dunkeln zurück zu deinem Steg.«

»Ich bin kein Bergmensch, sondern ein Vorstadtbewohner mittleren Alters aus Ventura, der sich nebenbei ein bißchen mit den Bergen beschäftigt.«

Corman spottete: »Verdammte Scheiße. Die Hälfte meiner Zeit in Vietnam habe ich mit nächtlichen Kampfeinsätzen auf dem Fluß zugebracht.«

»Fang bloß nicht wieder davon an, okay?«

»Keine Angst. Was willst du hier draußen in der Wildnis eigentlich arbeiten, Alter?«

Chris antwortete erst, als er Ricks Blick auf sich ruhen fühlte. »Hier gibt's nicht gerade Unmengen von Telefonmasten zum Draufklettern, oder?«

»Also?«

»Ich gedenke eigentlich nicht, im üblichen Sinne zu arbeiten.«

Rick drosselte den Motor, so daß sie leichter miteinander sprechen konnten, während sie sich dem fernen Landesteg näherten. Es wurde bereits ziemlich kühl. Waren das die Vorboten eines frühen Winters? Vielleicht hatte der alte Indianer ja recht. »Im üblichen Sinne?«

Während sie ihre Tassen ausspülte und sie dann ins Abwaschwasser legte, erklärte Matty Sharon mit ruhiger Stimme: »Er möchte schreiben. Er will ein richtiger Stückeschreiber werden. Es wird ja auch Zeit.«

Sharon schien erstaunt. »Und das ... ich meine ... ihr könnt ...«

»Es geht uns gut. Vielleicht wird er ja ein zweiter Neil Simon, vielleicht auch nicht. Aber ich will, daß er seine Chance bekommt.«

Matty zuckte die Achseln, betrachtete den Sonnenuntergang, den flammenden Himmel. »Er ist schon jenseits der Vierzig. So was kommt vor.«

Sharon nickte und wandte sich um, um mit ihr gemeinsam den Himmel zu betrachten. »Wie machst du's eigentlich mit dem Einkaufen?«

»Greenborough liegt ungefähr eine halbe Stunde entfernt. Eine Art kleineres Aspen. Bevor Aspen wurde, was es jetzt ist.«

Sharon seufzte tief: »Mein Gott, was für eine Sonne!«

»Komm mit. Laß es uns von der Terrasse aus betrachten.«

Sie gingen nach draußen. Sharon inhalierte den wunderbaren Kiefernduft und schloß verträumt die Augen. »Man könnte süchtig davon werden. Wo sind eigentlich die Jungs?«

»Chris gibt wahrscheinlich mit dem See an.«

»Oh, mein Gott. Hoffentlich gibt's keine Barsche, sonst werdet ihr uns nie wieder los.«

Rick stieg vom Boot und betrachtete den Rest des Sonnenuntergangs. Urlauber bezahlten für so was. Chris würde es jeden Abend gratis haben. Er vertäute gerade das Boot und schloß die Türen des Bootshauses, um anschließend – die Arme in die Seiten gestemmt – gemeinsam mit Rick den herrlichen See zu betrachten, der hereinbrechenden Nacht zu lauschen, dem anhebenden Gequake der Frösche und den Schaukelwellen des Bootes, die an die Pfähle schwappten.

Chris verweilte einen Moment zu lang.

»Was ist los, Kumpel?«

Chris sah auf den See hinaus, dann wandte er sich dem Pfad zu. »Ach, nichts.«

Rick schnaubte verächtlich. »Ah, ja. Das ›nichts‹ kenne ich. Gewöhnlich gefolgt von drei kleinen Punkten. Wie nennt man das doch gleich? Du bist doch der Schriftsteller.«

»Eine Ellipse.«
»Egal, sag schon!«
Chris seufzte und stieß einen Kiefernzapfen mit dem Fuß weg. »Oh, ich dachte daran, wie schön es wäre, wenn ihr beide Matty mögen würdet.«
Sie gingen eine Weile.
»Warum sagst du nichts? Es hat dir wohl endlich mal die Sprache verschlagen, was?«
»Ich mag sie.«
»Aber nicht Sharon.«
»Sharon ist eben Sharon. Auch mich mag sie nur die Hälfte der Zeit.«
Chris nickte. »Sharon glaubt, es sei schwer, an sie heranzukommen.«
»Hat sie dir das gesagt?«
»Nein, aber sie denkt so. Ich beneide euch beide.«
»Warum denn? Du bist doch schließlich derjenige mit dem tollen Landhaus.«
Chris dachte darüber nach, während unter ihm der Kies knirschte. »Ihr beide habt eine gemeinsame Geschichte. Du kennst sie schon so lange. Du feierst mit ihren Eltern Weihnachten.«
»Die Abteilung Inquisition unserer Geschichte.«
»Matty und ich kennen uns erst drei Jahre und vier Monate. Manchmal ...«
»Was ist? Sprich!«
»Ich weiß nicht. In vieler Hinsicht sind wir uns noch fremd. Manchmal frage ich mich ... ob es wirklich wahr ist ...« Seine Stimme verlor sich.
Sie gingen ein Stück.
»Unterzeichnung der Magna Carta?« fragte Rick.
Chris seufzte. »Nicht heute abend. Ich bin müde.«
»Unterzeichnung der Magna Carta?«
Ohne Zögern kam Chris' Antwort: »15. Juni 1215.«
»Wo?«
»Runnymede.«

»Jack Londons Geburt?«

»Am 12. Januar in San Francisco.«

»Welches Jahr?«

»1876.«

»Erste Veröffentlichung?«

»›To the Man on the Trail‹.«

Rick klopfte ihm auf die Schulter und ging weiter. »Dachte schon für eine Sekunde, du hättest es verloren.«

»Mein Supergedächtnis?«

»Deinen Super*verstand.* Matty ist das Beste, das *Wirklichste,* was dir Armleuchter je passiert ist. Das sieht sogar ein Schwachkopf wie ich.«

»Das macht es noch nicht wahr.«

Rick stöhnte ungeduldig: »Bloß kein Neid auf die mageren Jahre, Kumpel. Sei doch froh, daß du noch zu Lebzeiten so eine Klassefrau wie Matty abgestaubt hast. Ein Verlierertyp wie du verdient sie doch gar nicht.«

»Amen.«

»Es scheint, als ob ihr Besuch bekommen hättet.«

Chris sah den Kiesweg hinauf in Richtung der Zedern-Fassade des Hauses, wo etwas hochrot Leuchtendes majestätisch neben Ricks bescheidenem Plymouth parkte.

»Donnerwetter! Wer von deinen Bekannten besitzt denn einen Lamborghini?«

Chris taxierte die extreme Linienführung des Sportwagens: extrem niedrig, extrem teuer und extrem rot.

Er blickte argwöhnisch, die Stirn gerunzelt. »Niemand.«

2

»Wir sind zuuuuurüüüüüück!« brüllte Rick in der Diele. Es kam keine Antwort.

Chris schloß die Tür hinter ihnen und sah sich im Haus um.

»Ich hab's dir doch gesagt, habe dem Frieden gleich nicht getraut. Jetzt sind sie mit dem Lamborghinifatzke in den Wald abgehauen.« Rick wandte sich zum Panoramafenster und sah drei Gestalten, die sich auf dem hinteren Rasenstück unterhielten. »Wer ist das?«

»Ich vermute, Herr Lamborghini. Komm, halt mein Händchen!«

»Wobei? Ich brauche ein Bier.«

»Ich hasse es, neue Leute zu treffen. Komm, laß mich nicht im Stich!«

»Mein Gott, verdammt groß der Bursche. Ist das ein alter Schulfreund von Matty?«

»Krieg deine Nase aus dem Eisschrank, und wir werden sehen.«

»Du nimmst es wohl nicht alleine mit ihm auf, was?«

Als sie die Flügeltüren aufschoben, blickte Matty nach oben. Chris fragte sich, ob ihr Gesicht ein wenig gerötet war; oder lag es nur an dem rosigen Sonnenuntergang?

»Kommt, lernt Mattys Vetter kennen!« sagte Sharon begeistert.

Rick nahm einen kräftigen Schluck und rülpste schwach. »Erst reiche Onkels, jetzt ein verlorener Vetter. Das Mädchen steckt voller Überraschungen.«

Chris unterdrückte sein Unbehagen und lächelte freundlich zu der Gruppe hin. »Hat der da mein Gewehr in der Hand?«

Rick schaute grimmig drein: »Sieht ganz so aus.«

Chris stöhnte: »Warum kann ich den Kerl schon jetzt nicht ausstehen?«

»Weil er größer ist und besser aussieht als du?«

Mit erzwungenem Lächeln kamen sie die Holzstufen herunter.

Er war *tatsächlich* größer und sehr muskulös: dichtes blondes Haar, klare blaue Augen, denen wenig zu entgehen schien.

Chris ertappte sich bei der Frage, ob er es mit diesem Typen aufnehmen *könnte.*

»... aber das wahrhaft goldene Zeitalter des Kiewer Reiches begann natürlich erst 980, als Wladimir Großfürst wurde. Wladimir! Was für ein Mann! Ohne zu zaudern, räumte er seinen Bruder im Kampf um die Nachfolge aus dem Weg.« Frank Springer wandte sich lächelnd Chris zu.

Der Druck seiner Hand war zurückhaltend, aber fest, voller Selbstvertrauen und gezügelter Kraft. »Chris, da sind Sie ja endlich. Gestatten, Frank Springer, Mattys Vetter.« Entschuldigend blickte er zu Sharon und Rick hinüber. »Ich fürchte, ich komme ungelegen.«

»Ach was!« versicherte Chris. »Frank, Rick Corman.«

»Rick, freut mich.«

»Wie geht's?«

»Sharon hast du ja schon kennengelernt.«

»Ja, ich hatte bereits das Vergnügen.« Frank deutete auf die beiden Frauen. »In der Gesellschaft zweier so reizender Damen hatte ich schon zu hoffen gewagt, Sie beide wären auf dem See verlorengegangen.«

Alle waren amüsiert. Sharon war geradezu hingerissen.

»Ich glaube, wir sind diejenigen, die Sie unterbrochen haben«, sagte Chris und nickte Rick zu.

Frank wehrte gleichgültig ab: »Überhaupt nicht. Ich war gerade dabei, Ihre liebenswerten Gattinnen mit meinen endlosen Geschichten über das alte Rußland zu langweilen. Kennen Sie die Geschichte Rußlands, Chris?«

»Nicht besonders gut. College.«

»Aber er ist ein schneller Lerner«, sagte Rick.

»Er hat ein eidetisches Gedächtnis«, bemerkte Matty. »Weißt du, was das ist?« Lag da eine Spur von Sarkasmus in ihrer Stimme?

Frank Springer wandte sich ihr langsam zu und grinste. »Allerdings, Häschen.« Dabei zwinkerte er mit den Augen und stupste ihr gönnerhaft mit dem Zeigefinger auf die Nase.

»Fast eidetisch«, korrigierte Chris.

»Erstaunlich«, strahlte Frank, »Sie sollten wirklich Mütterchen Rußland studieren. Ein faszinierendes Land. Das Kätzchen und ich haben Vorfahren dort.«

Wirklich überrascht, wandte sich Chris an seine Frau. »Du hast Rußland niemals erwähnt, Matty.«

Noch bevor sie antworten konnte, legte Frank ihr den Arm um die Schulter. »Ich fürchte, es liegt deprimierend lange zurück. Trotzdem fließt vielleicht noch der eine oder andere Tropfen vom Blut des alten Wladimir in unseren Adern.«

»Ist er Ihr Hauptinteressengebiet?« fragte Sharon beeindruckt.

»Eines von vielen, meine Liebe«, erwiderte Frank, »der alte Wladimir war schon ein erstaunlicher Bursche. Er brachte das Christentum nach Rußland und führte die Nation auf den Weg der Orthodoxie.«

»Ich hatte immer gedacht, Rußland sei ein gottloses Land«, sagte Sharon kokett.

Frank lächelte ihre kecke Nase an. »Wirklich, meine Liebe?«

»Frank kommt aus New York«, platzte Matty heraus, um sein Staunen zu unterbrechen.

Chris nickte. »Oh, wirklich?«

Wieder legte Frank seinen Arm um Matty und zog sie an sich.

»Aus Rye, im Norden des Staates. Habe meine kleine Kusine seit Jahren nicht gesehen.« Er blickte auf ihre kupferfarbenen Locken hinab. »Wie lange eigentlich, Kleines?«

Matty behielt ihr verschmitztes Lächeln. »Jahre! Ich dachte schon, der Springersche Familienzweig sei ausgestorben«, erklärte sie Chris, wobei sie seinem Blick im Licht der untergehenden Sonne auswich.

Frank drückte sie und küßte sie auf die Wange. »Einen Springer wird man nicht los, Kusinchen. Mein Gott, Chris, dieser Platz hier ist wunderbar!« Mit anerkennendem Nicken begutachtete er das Grundstück. »Einfach wunderbar.« Mit dem Finger hob er Mattys Kinn. »Du läßt es dir wirklich gutgehen, mein Kätzchen.«

Mattys Lächeln war wie gefroren.

»Was tun Sie beruflich, Frank?« wollte Rick wissen.

Lächelnd wandte sich ihm Frank zu. »Ich bin Freiberufler.«

Rick starrte ihn an. »Ach so.«

Während des anschließenden Schweigens deutete Chris mit

dem Kopf auf sein Gewehr, das in der Hand des großen Mannes schaukelte. »Jagen Sie, Frank?«

»Wie bitte? Ach so. Sie haben doch nichts dagegen, daß ...?«

»Überhaupt nicht«, hörte sich Chris sagen.

Frank wog das Gewehr in der Hand. »Eine Remington, nicht wahr?«

»Ja.«

»Schöne Waffe. Ein bißchen zu leicht für meinen Geschmack, aber gut zur Fasanenjagd. Jagen Sie überhaupt Fasanen, Chris? Bei uns im Osten gibt es echte Prachtexemplare davon.«

»Ich fürchte, nein. Ich bin nicht so fürs Töten.«

»Oh, wirklich?« Frank hob sanft das Gewehr und blickte zum Himmel. Alle folgten der dunklen Mündung hin zu dem verschwommen hoch am Himmel stehenden Flügelpaar.

Sharon wollte etwas sagen, aber angesichts des Krachens des Gewehrs sprang auch sie wie die anderen zur Seite.

Der große Adler taumelte und torkelte, verlor zunehmend an Höhe und verschwand in der Ferne hinter den Tannen. »Eine gute Jagdwaffe!« erklärte Frank, der das Gewehr fast zärtlich nach oben hielt, während er fachmännisch die Patronen entlud. Chris starrte schweigend auf die ungebrochene Linie der Tannen, während Rick sich zu ihm neigte und halblaut bemerkte: »Jetzt wissen wir, warum das eine gefährdete Tierart ist.«

Frank schaute zur Veranda hinauf und begann plötzlich zu lächeln. »Na, wen haben wir denn da?«

Alle wandten sich Nicky in seinem Kinderpyjama zu. Er hielt sich an den Geländerstäben fest. Seine Augen waren noch voller Schlaf.

»Das ist Nicky«, sagte Chris, »unser Sohn.«

Ohne den Blick abzuwenden, ging Frank auf die Veranda zu. »Na, was sagst du nun, kleiner Cowboy?«

»Kann man Adler eigentlich essen?« fragte Rick Chris.

Aber der ignorierte ihn. Er beobachtete den großen blonden Mann, der sich hinkniete, als Nicky vorsichtig die Verandastufen herunterkam, die Geländerpfosten dabei immer fest im Griff.

Frank hob das Kind mit der einen Hand hoch, in der anderen hielt er das Gewehr. Sehr zu Chris' Mißbehagen griff das Kind danach. Frank zeigte es ihm mit breitem Lächeln und rief den anderen zu: »Der Kleine ist ja genau wie ich.«

»Ist das Ding noch geladen?« fragte Sharon leise.

Chris trat einen Schritt vor. Er war angespannt. »He, Partner«, rief er seinem Sohn zu, der die Arme ausstreckte und heruntergelassen werden wollte. Dann lief er über den grünen Rasen zu seinem Vater.

Sie saßen im Eßzimmer unter der hell erleuchteten Decke mit dem Wagenradkandelaber. Man war gerade dabei, die Regenbogenforelle zu verzehren, die Chris am Vortag gefangen hatte. Draußen war es dunkel, und jenseits des Gardinenfensters konnte man in dieser Spätsommernacht jeden Stern erkennen.

»Chris«, staunte Frank beim Essen, »diese Forelle schmeckt wirklich unvergleichlich.«

»Einfach köstlich«, pflichtete Sharon bei.

Über die Fischgräten hinweg nickte Chris seiner Frau zu. »Das ist Mattys Werk. Ich habe nur den Köder an den Haken gehängt.« Er hatte ein stolzes Lächeln von ihr erwartet, doch es folgte nur ein ausdrucksloses Schweigen. War sie nur ein wenig versonnen, oder hatte er vorhin irgendeinen Fauxpas begangen?

Frank kaute nachdenklich vor sich hin, während sein Blick durch das geräumige Zimmer wanderte. »Ich komme einfach nicht drüber hinweg. Dieses Haus! Einfach unglaublich! Mir gefällt, was Sie damit gemacht haben, Chris.«

»Danke.«

Frank schüttelte den Kopf. »Unsere Matty hier bekommt das Haus und der alte Frank den Sportwagen, richtig, mein Schatz? Guter alter Onkel Arky!«

Chris hielt zwischen zwei Bissen inne und sah seine Frau an. »Ich dachte, dein Onkel hieß Thomas.«

»Jeder nannte ihn Arky«, unterbrach Frank, »warum eigentlich, Kätzchen?«

Mit gefrorenem Lächeln stocherte Matty in ihrem Salat herum: »Ich kann mich wirklich nicht mehr erinnern.«

Frank legte seine Gabel beiseite und neigte sich schelmisch über den Tisch. »Ricky!« Er zeigte mit dem Kopf auf Matty, »ob Sie's glauben oder nicht. Ich habe dieses süße Ding mal splitternackt gesehen!«

In diesem Moment ließ Sharon ihr Glas fallen. Zwar zerbrach es nicht, aber die Flüssigkeit ergoß sich über den Tisch. »Oh, es tut mir so leid.«

Matty machte sich mit einer Leinenserviette daran zu schaffen. »Kein Problem, ist ja nur Wasser.«

Rick und Chris starrten Springer an.

Frank langte hinüber zu Matty. »Laß mich dir helfen.«

»Es geht schon«, zischte sie, während sie aufgeregt die Tischdecke abtupfte. Dann lachte sie die anderen nervös an. »Ich hole dir ein neues Glas, Sharon.«

Rick schaute Chris an.

Chris schaute Frank an. »Sie hatten was von ›splitternackt‹ erwähnt?«

»Wie bitte? Ach so, ja. Das ist *Jahre* her. Auf Onkel Arkys Farm. Das Häschen und ich pflegten dort nackt zu baden. Wir waren bestimmt nicht älter als sechs.« Er drehte sich im Stuhl um und rief in Richtung Küche.

»*Nicht wahr,* Häschen?«

Aus der Küche kam kein Laut.

Frank lächelte, wandte sich wieder dem Tisch zu und spießte ein Stück Forelle auf. »Ein wunderschönes kleines Mädchen. Die längsten Beine, die ich je gesehen habe. Aber Sie wissen ja bestens darüber Bescheid, Chris. Könnte ich wohl ein bißchen Tartarsauce haben, Rick?«

Rick reichte sie ihm und schaute dabei Chris an. Sharon kaute hastig und blickte starr auf ihren Teller.

»Hört sich an, als ob Matty die Geschirrspülmaschine vollmacht. Ich werde ihr mal helfen.«

In der kühlen Abendbrise, draußen auf der Veranda, bot Frank den beiden anderen Zigarren an.

»Nein, danke«, lehnte Chris ab, »wirklich nicht.«

»Seien Sie nicht verrückt«, beharrte Frank und steckte Chris die Zigarre in den Mund, »die kommen direkt aus Castros Hinterhof.«

Dankbar zündete Rick das lange Ding an. »Woher haben Sie die, Frank?«

Frank paffte, wohlig grunzend. »Ich sagte es schon.«

Mit einem Auge schielte Rick durch den Rauch. »Sie kennen Leute auf Kuba?«

»Nicht irgendwelche Leute, Ricky, sondern den Alten höchstpersönlich.«

Rick schaute Chris an und dann wieder Frank: »Castro?«

Frank lehnte sich gegen das Geländer und beobachtete die Sterne. »Wir haben einige Zeit miteinander verbracht. Lassen Sie sich bloß nicht einreden, das Zeug aus Nicaragua sei der beste Stoff. Del zieht immer noch das beste.«

Rick erstarrte. »Del?«

»Castro! Seine engsten Freunde nennen ihn Del.«

Rick schaute Chris an, der nur mit den Schultern zuckte.

Frank stützte sich aufs Geländer und blickte hinaus in die schützende Nacht. »Wissen Sie, Chris, das ist der süßeste kleine Junge, den ich je gesehen habe.«

»Danke.«

»Aber Vorsicht! Matty hat mir erzählt, daß den Hügel runter ein ziemlich großer Fluß ist.«

»Weit weg. Wir lassen Nicky nie aus den Augen.«

»Aber er war es vorhin, als Sie alle mich beim Vogelschießen beobachteten.«

»He!« begann Rick, aber Chris brachte ihn mit einer Handbewegung zum Schweigen.

»Ich schätze Ihre Besorgnis, Frank, aber ich kann selbst auf mein Kind aufpassen.«

»Verstehen Sie mich nicht falsch. Ich bin mir sicher, daß Sie und Matty die allerbesten Eltern sind – das sieht man dem

Kind an.« Er blies den Rauch zu den Sternen, die dicke Zigarre drehte sich langsam über dem vorspringenden Unterkiefer, die scharfgeschnittenen Gesichtszüge glühten rot auf, wenn er einen Zug nahm. »Lassen Sie mich trotzdem sagen, daß es nichts Furchtbareres gibt, als wenn einem das eigene Kind genommen wird. Es gibt nichts Schlimmeres.«

Chris beobachtete ihn. »Es klingt, als sprächen Sie aus Erfahrung«, erwiderte er ruhig.

Frank nahm feierlich einen Zug. »Ich fände es nur furchtbar, wenn irgend etwas während Ihrer Abwesenheit passieren würde. Furchtbar für einen Mann. Man fühlt sich innerlich wie tot. Man kommt nach Hause, die Frau ist verzweifelt, man sucht und sucht – es zerreißt einem die Eingeweide, der Schuldkomplex –, und es endet alles damit, daß der kleine Körper im seichten Wasser liegt.«

»Verdammt noch mal. Hören Sie auf!« Rick schob sich nach vorn. »Zufällig haben diese Leute hier schon einiges durchgemacht.«

Chris hielt ihn am Arm fest. »Schon gut, Rick.«

»Nichts ist gut!«

Frank spielte den Unschuldigen. »Habe ich was Falsches gesagt, meine Herren?«

»Seid ihr Kerle bereit zum Nachtisch?« rief Sharon von drinnen.

Chris öffnete die gläserne Schiebetür und schob den widerstrebenden Rick hinein, um den Frauen Gesellschaft zu leisten.

3

Nach dem Dessert entspannte sich die Lage ein wenig.

Matty schenkte immer wieder Wein nach. Chris hielt die Party am Laufen, indem er von seiner Zeit als Drehbuchautor bei Metro erzählte; bevor er der Filmwelt den Rücken gekehrt und begonnen hatte, Theaterstücke zu schreiben.

Aber der Friede war nicht von Dauer.

Beim Kaffee eskalierte die Abneigung zwischen Rick Corman und Frank Springer beim Thema Vietnam, ein richtiger ›kalter Krieg‹.

Rick, der während des Krieges gedient und beinahe sein junges Leben bei der Tet-Offensive verloren hatte, regte sich über jeden auf, der nicht wirklich dabeigewesen war und sich durchgebissen hatte. Hitzig argumentierte er, diese ganze nutzlose Erfahrung sei eine Art griechischer Tragödie gewesen – das Ergebnis buchstäblich vorherbestimmt –, ein Akt der Weltgeschichte, in der solch zwanghafter Wahn ohnehin an der Tagesordnung sei.

Springer, der kühle, gewinnende Intellektuelle, hielt mit seiner eigenen Meinung dagegen: daß nämlich Amerika bei vernünftigem Verständnis und sachgerechter Anwendung der Militärkunst das Resultat wesentlich hätte beeinflussen können. Und so, zum wachsenden Mißbehagen der anderen Gäste, eskalierte der ›Krieg‹ am Eßtisch der Nielsons: Rick Corman blieb unnachgiebig, während ihn Frank Springer bei jeder Wendung köderte und ausmanövrierte, ohne dabei seine zigarrenpaffende Zurückhaltung aufzugeben.

»Mein lieber Ricky. Angesichts des Scheiterns ist es leicht, sein Gewissen mit der Überlegung zu beruhigen, daß nichts von dem, was wir in Vietnam hätten unternehmen können, etwas geändert hätte; daß das Schicksal und nicht die direkte Tat das Endergebnis vorherbestimmte. Sie machen die Kräfte der Geschichte für unser Versagen verantwortlich. Aber erinnern Sie sich, mein Herr, es waren vier nordvietnamesische Armeekorps, die Südvietnam erobert haben und nicht der dialektische Materialismus.«

Rick, der Sharons Du-hast-genug-getrunken-Blicke ignorierte, tappte prompt in die Falle. »›Dialektisch‹ – was soll denn das sein? Wovon redet der überhaupt, Chris?«

»Warum reden wir nicht über was anderes?« schlug Sharon vor.

Rick schnitt ihr mit erhobener Hand das Wort ab. »Verdammter Mist! Was soll das bedeuten, Springer?«

Frank Springer lächelte gütig und paffte vor sich hin. »Wie Solschenizyn sagte: ›Wir dürfen uns nicht unter den Rockzipfeln des Schicksals verstecken‹. Unser Fehler bestand in der Annahme, es handele sich hier um einen Antiguerrillakrieg. Wiederholt haben wir die nordvietnamesischen Guerillaoperationen als die eigentliche Strategie betrachtet; wir glaubten an all die Theorien über den ›Volkskrieg‹, wie Mao Tse-tung sie vertrat.

Wütend lehnte sich Rick zurück und sah Chris an. »Hast du eine Ahnung, wovon der Typ eigentlich redet, Kumpel?«

»Was haben die Amerikaner Ihrer Meinung nach im Krieg falsch gemacht?« wollte Chris von Springer wissen.

Springer, der Mattys Hintern betrachtete, während sie den Tisch abdeckte, wandte sich lächelnd an seinen Gastgeber. »Wir haben in Vietnam genauso gekämpft wie in Korea. Ein gravierender Fehler. Wie in Korea war unsere anfängliche Reaktion defensiv, im Vertrauen auf die südvietnamesischen Bodentruppen und begrenzte US-Luftunterstützung. Gegen Mitte des Jahres 1965 war klar, daß das nicht funktionierte. Wir brauchten Kampftruppen, um die Lage zu stabilisieren. Die Erste Kavalleriedivision – zu der unser tapferer Freund hier gehörte – räumte im La-Drang-Tal in Zentralvietnam kräftig mit dem Vietcong auf. Sie waren am Laufen. Und genau in diesem Moment hätten wir in die Offensive gehen müssen. Leider war ein solches Vorgehen aber in der US-Strategie, die ja auf die *Eindämmung*, nicht die *Zerschlagung* der kommunistischen Kräfte ausgerichtet war, nicht vorgesehen. Aus Angst vor einem nuklearen Krieg und der Intervention der Chinesen unterstützte Washington Johnson, der praktisch den einzig sicheren Weg zum Sieg blockierte, nämlich eine strategische Offensive gegen die Urquelle des Krieges.«

Ricks Frau schnellte hoch, als er auf den Tisch schlug. »Eine strategische Offensive gegen Nordvietnam war doch damals politisch gar nicht machbar, Sie impotenter Snob!«

Für einen Augenblick erwartete Chris, daß Springer – ein bärenstarker Bursche, dessen Augen keinerlei Rückzug signalisierten – sich über den Tisch schwingen und Rick einen Schlag versetzen würde.

Springer lächelte nur. »Vielleicht nicht, Ricky, aber wir hätten sicherlich die Offensive ergreifen und das Schlachtfeld begrenzen können. Anstatt uns jedoch auf den eigentlichen Kriegsgegner, nämlich Nordvietnam, zu konzentrieren, haben wir Katz und Maus mit der Guerilla im Süden gespielt – und verloren. Der Feind zermürbte uns und lachte sich eins ins Fäustchen.«

Am Tisch herrschte Schweigen.

Schließlich konnte Rick nicht länger an sich halten. »Und wo waren Sie während der ganzen Zeit, Frankieboy? Zigarrenrauchen mit Ihrem alten Kumpel Del?«

Immer noch lächelnd, legte Springer bedächtig seine Zigarre beiseite.

Chris, der die Katastrophe kommen sah, war schon im Begriff aufzustehen, um das Schlimmste zu verhüten, als es plötzlich an der Eingangstür läutete und der Abend gerettet war.

»Ich geh schon«, sagte Matty dankbar lächelnd.

Nun, da der gefährliche Augenblick vorüber war, machte es sich Springer wieder bequem, entzündete abermals seine Zigarre und lächelte zu Sharon Corman hinüber.

»Tag, Chris Nielson.«

Chris sah auf und erblickte über sich die hoch aufragende Gestalt John Antler Horns. In seinen blauen Arbeitsklamotten, die sicher wenig Schutz gegen die zunehmende Kühle da draußen boten, stand er da.

»Ich wollte mein Buch abholen.«

Sharon saß da mit offenem Mund, schließlich hatte sie noch nie einen waschechten Irokesen zum Abendessen dagehabt.

Springer hingegen zeigte nur mäßiges Interesse.

»Ich habe das Buch noch gar nicht angefangen, John.«

»Nicht angefangen?«

»Möchten Sie vielleicht Kaffee und Kuchen, John?« fragte Matty, die neben ihm stand, »wir waren gerade dabei, Schluß zu machen. Bitte setzen Sie sich!«

Antler Horn drehte sich zu ihr. »Was für ein Kuchen?«

»Schokoladencreme oder Kürbiskuchen, falls Sie den vorziehen.«

Antler Horn nickte ihr mit seinem Ledergesicht zu. »Am Plymouth Rock haben die Pilgerväter ihren Kürbiskuchen mit den Indianern geteilt.«

Matty lächelte ein wenig verunsichert. »Ja, das stimmt. Ich hole Ihnen welchen.« Schnell verschwand sie in der Küche.

Antler Horn musterte Sharon ziemlich unverfroren und neigte sich sanft zu Rick hinab: »Ihr Weib hat einen festen Busen.«

Corman lächelte: »In der Tat.«

»Gute Beobachtung, mein Freund«, bemerkte Springer, während Sharon rot anlief.

In der Küche goß sich Matty inzwischen hastig einen kräftigen Schuß »Old Grand Dad« ein, den sie schnell hinunterkippte. Sie unterdrückte ein Husten und hielt sich am Spülbeckenrand fest. Sie merkte, wie ihre Hände zitterten.

»Ich würde das Buch gerne durchlesen«, sagte Chris zu dem alten Mann.

»Aber nicht die Seiten knicken!« erwiderte Antler John.

»Natürlich nicht.«

Matty kam mit dem Kuchen zurück. Der Alte, der immer noch stand, nahm ihn und ging zur Tür. Matty schien befremdet.

»Ich werde dir einen Pfeil bauen, Chris Nielson«, rief der Indianer von der Tür her. Er verharrte lange genug, um die Tischgesellschaft einer eingehenden Prüfung zu unterziehen. »Es herrscht ein schlechter Geruch heute abend.« Dabei warf er Frank Springer einen Blick zu, der aus Vorzeiten zu stammen schien.

»Geruch?« fragte Springer, der den Alten kalt betrachtete.

»Er meint all die neuen Baustellen«, klärte ihn Chris auf.

Springer schien beeindruckt.« Sie können von hier aus die Stadt riechen?« fragte er Antler Horn.

Der alte Indianer starrte ihn nur an.

»Ich rieche überhaupt nichts«, sagte Sharon kleinlaut.

»Es ist ein schlechter Geruch. Er verschlingt die Stadt. Ich brauche eine Menge Tylenol gegen das Kopfweh. Tylenol ist das beste. Vier von fünf Ärzten empfehlen es.«

Springer grinste.

Der Alte sah ihn an, grinste aber nicht zurück. Dann nahm er seinen Kuchen, drehte sich um und verließ das Haus.

Schlagartig war es im Raum still geworden.

»Na ja ...«, sagte Sharon gedehnt.

Alle lachten, vermutlich um die Anspannung zu lockern.

Aber das hielt nicht lange vor.

Kaum war der alte Indianer verschwunden, nahm Rick das Gespräch da wieder auf, wo er Springer provoziert hatte.

Matty, deren Stimme leicht bebte, setzte sich zwischen die beiden und spielte den geselligen Puffer. »Chris war nicht im Krieg. Nicht wahr, Liebling?«

Chris verstand den Wink und schüttelte den Kopf. »Ich war einer von den wenigen Glücklichen, die es noch in die Nationalgarde schafften, bevor die keinen mehr reinließen. Als King erschossen wurde, habe ich ein paar kleinere Aufstände im Innern miterlebt – aber nichts Größeres.«

»Haben Sie schon immer Stücke geschrieben?« wollte Springer wissen. Chris, der froh war, daß die Unterhaltung eine andere Richtung nahm, antwortete versöhnlich: »Wahrscheinlich wollte ich immer schon schreiben. Ich habe mein Lehrgeld in Hollywood bezahlt.«

»Erzähl uns doch ein paar von deinen Hollywoodgeschichten«, schlug Rick vor. Er war jetzt weniger aggressiv, weil er Gelegenheit bekam, mit seinem Helden zu prahlen.

Chris grinste und schüttelte den Kopf. »Kaum das Richtige für eine Unterhaltung nach Tisch. Ich kriege immer eine üble Magenverstimmung, wenn ich über die Filmindustrie rede. Ich schreibe jetzt keine Drehbücher mehr, sondern Theaterstücke. Das sind zwei Paar Schuh.«

Sharon schüttelte den Kopf. »Zu schade«, sagte sie freundlich zu Springer, »Chris kann so gut erzählen. Er hat ein phantastisches Gedächtnis.«

»Ein analer Charakter«, sagte Rick, »wie steht's mit Ihnen, Frank? Irgendwelche aufregenden Geschichten von mitternächtlichen Streifzügen mit ihrem Kumpel Fidel?«

Springer wehrte ab. »Genug Kriegsgeschichten.« Er grinste verschwörerisch. »Aber da wir gerade von analen Charakteren sprechen. Ich kenne eine Geschichte, die Sie vielleicht amüsiert. Wenn Sie mir gestatten, Sie nochmals mit einer alten russischen Überlieferung zu langweilen.«

»Bitte, bitte!« bettelte Sharon.

Rick stöhnte nur und verdrehte die Augen.

Sharon beugte sich lächelnd zu Springer hinüber, wobei ihre Brüste über das Tischtuch wischten. »Bitte, Mr. Springer.«

»Frank.«

Wieder verfärbte sich Sharon, während Chris den sarkastischen Seitenblick von Rick ignorierte.

Springer lehnte sich breit zurück. »Nun, wie Sie sicher wissen, wurde Rußland im fünfzehnten Jahrhundert von dem berüchtigten Iwan dem Schrecklichen regiert.«

»Natürlich wissen wir das«, sagte Chris, der den wütenden Blick seiner Frau nicht beachtete.

»Eine Zeitlang scheint der alte Iwan Moskau ganz aufgegeben und sein Hauptquartier in einem befestigten Palast in Alexandrowsk aufgeschlagen zu haben, diese verrückte Parodie eines Mönchsklosters, von wo aus er regierte. Einer der Prinzen, Boris Teluipa, fand dort ein ungewöhnliches Ende. In den Augen des Herrschers war er des Verrats überführt.« Springer paffte und blickte in die Runde, um sich zu vergewissern, daß er im Mittelpunkt der Aufmerksamkeit stand. »Selbst für die damalige Zeit war seine Bestrafung ungewöhnlich, besonders angesichts des Umstandes, daß Iwan bekanntermaßen ein analer Charakter war.«

Wieder paffte Springer. Jeder wartete. Rick tat so, als ob er mit seinen Gedanken woanders war, bis Chris ihn unter dem Tisch anstieß.

Springer lächelte amüsiert. »Man zerrte Prinz Teluipa vor seinen Ankläger und zog ihn nackt aus. Und jetzt kommt der wirklich amüsante Teil. Einer von Iwans Lakaien präparierte einen besonders spitzen Pfahl, den man in den Anus des Prinzen einführte.«

Sharon verzog das Gesicht.

»Tief hinein, durch den Körper nach oben getrieben, bis er beim Nacken wieder heraustrat. Unter grauenhaften Qualen, aber immer noch ziemlich lebendig, siechte der arme Kerl volle fünfzehn Stunden im Klosterverlies dahin.«

Mit offenem Mund starrte Rick über den Tisch.

»Die Mutter des Prinzen, die Fürstin, wurde hinzugebracht, um mit ihrem Sohn während der Prozedur zu sprechen, so lange, bis er schließlich verschied. Danach überließ man die Fürstin – eine gutmütige Matrone – mehr als hundert von Iwans Kanonieren, die sie ›zu Tode schändeten‹, wie man das nannte. Dann warf man sie den Hunden des Herrschers vor, die sie zerfleischten.«

Am Tisch herrschte die Stille vor dem Sturm.

Rick, nicht länger fähig oder willens sich zurückzuhalten, sah Springer ungläubig an. »Das halten Sie also für eine amüsante Anekdote nach Tisch?«

Springer schien ehrlich verblüfft. »Verstehen Sie denn nicht, das war sein Fetisch. Iwan war analfixiert. Kapiert?« Er schüttelte lächelnd den Kopf und kippte den Rest seines Weines runter. »Dieser Iwan! Was für ein Typ!«

Schweigen.

Sharon Corman räusperte sich ausgiebig.

Matty rappelte sich auf, um nach dem Kaffee zu schauen. Sobald sie in der Küche und unbeobachtet war, griff sie zitternd zur Schnapsflasche.

Chris suchte krampfhaft nach irgendeinem rettenden Wort, als Springer plötzlich aufstand und etwas aus seiner Manteltasche fischte. »Hätte ich ja beinahe vergessen.« Er holte ein schmales Päckchen hervor und reichte es Matty, die gerade mit dem Kaffee zurückkam. »Ein Einzugsgeschenk.« Zögernd nahm Matty es entgegen, während sie das schmale rote Band auf dem schneeweißen Seidenpapier anstarrte. »Danke, Frank. Das wäre wirklich nicht nötig gewesen.«

»Keine Ursache.« Und schon hatte Springer das Geschenk wieder an sich genommen. »Darf ich?« Er ging zur Stereoanlage an der Wand und entfernte die Seidenpapierverpackung. »Ich glaube, das wird Ihnen allen gefallen. Immer wenn ich zu Hause bin, höre ich mir das Tag und Nacht an.« Er nahm die CD aus der Plastikkassette, stellte den CD-Player an und drehte an den Knöpfen von Chris' Panasonic.

Den Raum erfüllte ein leichtes rhythmisches Trommeln, das anschwoll. Ein organischer Ton, den man aber nicht sofort erkannte.

Geradezu glückselig wandte sich Springer von der Stereoanlage ab.

»Ein Regensturm?« versuchte Sharon zu raten.

Springer blinzelte. »Raten Sie noch mal!«

Stirnrunzelnd lauschte Sharon dem sanften Rauschen aus dem Lautsprecher.

»Es sind die Niagarafälle«, stellte Matty tonlos fest.

Chris sah auf und war überrascht, sie am Fuß der Treppe zu sehen. Sie wirkte erschöpft und abgespannt. War sie krank?

»Kätzchen bekommt den ersten Preis«, schwärmte Springer.

»Würdet ihr mich für einen Moment entschuldigen?« murmelte Matty, schon im Hinaufgehen begriffen.

Die anderen starrten auf ihren schweigenden Rücken, während Springer – anscheinend besorgt, Matty könnte das Beste verpassen – die Lautstärke aufdrehte, so daß der donnernde Wasserstrom sie gleichsam nach oben schwemmte.

Sharon fühlte sich gewissermaßen verpflichtet, die durch Mattys Abwesenheit entstandene Lücke zu füllen. »Will noch jemand Kaffee?«

Matty ging rasch nach oben, wobei sie sich schwer aufs Geländer stützte. Das donnernde Brausen des Wassers brandete gegen ihren Rücken.

Sie ging die Diele entlang, warf einen schnellen Blick auf den schlafenden Nicky, kam zum Elternschlafzimmer, machte die Tür zu und verschloß sie, griff nach dem Nachttischtelefon und wählte; sie mußte zweimal wählen, weil ihr zitternder Finger zunächst die Tasten verfehlte.

Einen Moment später sprach sie leise in den Hörer: »Er ist hier.«

Sie wartete.

Dann: »Was heißt das? Sie wissen schon alles? Was? Ja, ja. Ich will, daß er *verschwindet.* Jetzt! Nein, *nein* ... Jetzt!«

Sie hielt inne, nickte wütend, zwang sich zur Ruhe. »Jawohl, ich bin ruhig. Okay. Und warum hat man mich nicht darüber *informiert?*«

Wieder senkte sie ihre Stimme. »Okay. In Ordnung. Aber tun Sie das auch wirklich!« Sie legte auf.

Sie fühlte sich keineswegs besser, hetzte ins Bad, zu hastig, als daß sie auch nur das Licht hätte anmachen können, warf noch gerade rechtzeitig den Klodeckel zurück und überließ ihr Abendessen der Schüssel.

Sie sackte zusammen, die Knie auf dem Teppich, Tränen auf den Wangen, mit wächsernem Gesicht, sich mit zitteriger Hand über den Mund wischend. Im Bad war plötzlich ein tiefes fast außerirdisches Rumoren zu hören, ein Stöhnen, das Matty schließlich als ihr eigenes erkannte. Sie preßte ihre glühende Stirn gegen das kühle Porzellan und schloß die Augen. Warum konnte sie nicht einfach hierbleiben, mit dem kühlen Porzellan verschmelzen und sich in ein schweigendes anorganisches Etwas verwandeln wie die Tapete oder die Fliesen?

Nein! Kämpf dagegen an!

Aber gegen was? Alles war aus, alles. Seit dem Moment, als sie ihn die Auffahrt hatte heraufkommen sehen.

Wie hatte er sie bloß finden können?

Matty setzte sich hin, wobei sie sich benommen am Schüsselrand festhielt und dem Pulsschlag in ihren Ohren lauschte. Als sie versuchte aufzustehen, fühlte sie das bekannte Ekelgefühl und kämpfte dagegen an – nichts mehr da, was ich dir geben könnte, Klo. Aber sie irrte sich: Diesmal schmerzte es heftiger, brannte es stärker als beim ersten Mal; dabei war sie so laut, daß sie Angst hatte, von denen da unten gehört zu werden. Dann fand sie sich wieder zusammengesackt zwischen Klo und Waschbecken, gebrochen und kraftlos.

Steh auf, hier kannst du nicht bleiben. Vielleicht will er ja gar nichts.

Natürlich will er was!

Sie blickte zur Decke auf, die zu verschwimmen begann. Eines Tages würden sie alle Decken streichen. Und die Küche und Chris' zweiten Arbeitsraum. Aber nicht jetzt. Du hast dich darum gekümmert, altes Mädchen. Du hast dich um alles gekümmert, Heirat inbegriffen, um die Karriere von Chris, Nicky …

Nicky!

Ein eisiger, bösartiger Schrecken befiel sie; ein Keuchen entrang sich ihrer Brust. Sie unterdrückte eine neue Welle von Schwindelgefühlen.

O lieber Gott, o Gott, mach mit mir, was du willst, aber laß nicht zu, daß meinem Kind etwas zustößt, meinem Nicky.

Sie mußte aufstoßen. Es roch nach Galle. Sie richtete sich auf. *Ich werde nicht hier in meinem Erbrochenen sitzen und zulassen, daß meinem Kind etwas zustößt.*

Einen Moment später ließ sie kaltes Wasser laufen, stellte sich vor den Spiegel und starrte auf ihr leichenbleiches Ebenbild. Dann drehte sie sich um und ging zu ihren Gästen zurück.

Ihre Beine waren wie aus Gummi, als sie wieder die Treppe herunterkam. Sie hielt sich an den Kehlleisten des Holzgeländers fest. Franks volle Baßstimme dröhnte von unten herauf.

Bitte, Herr, laß ihn nicht um eine Übernachtung bitten!

Aber Springer war schon dabei, sein Jackett anzuziehen. Er bedankte sich nochmals bei Chris und erzählte ihm zum fünften Mal, wie toll sein Haus und sein Sohn seien, daß er überhaupt ein Mordsglück gehabt habe, jemanden wie Matty zu finden und sie zu heiraten.

Er drehte sich um, sah Matty herunterkommen. »Aber Kätzchen! Du siehst bleich aus! Chris, sieht sie nicht bleich aus?«

»Ist was mit dir, Schatz?« Besorgt trat Chris zu ihr.

»Alles okay. Wahrscheinlich zuviel Wein. Die ganze Aufregung.«

Chris hielt Springer die Tür auf. »Besuchen Sie uns bald mal wieder.«

Springer winkte von der Veranda herüber und sah wieder Matty an. »Verlassen Sie sich drauf!«

Später dann, als sie im dunklen Schlafzimmer lagen, langte Chris nach seiner Frau.

Matty wehrte ihn sanft mit der Hand ab. »Bitte, halt mich nur ein Weilchen fest.«

Er legte seinen Arm um sie und küßte ihr Haar, voll mit ihrem Duft.

Sie schwiegen eine Weile.

»Vermißt du nie unsere alte Nachbarschaft?« fragte sie schließlich vorsichtig.

Chris dachte nach. »Ein bißchen schon. Aber ich liebe das neue Haus und unser neues Leben.« Er drehte sich in der Dunkelheit zu ihr um. »Du denn nicht?«

»Oh, doch. Es ist wunderschön hier. Wirklich wunderschön. Nur …«

»Nur was?«

»Ich weiß nicht so recht. Ich glaube, ich vermisse ein paar Dinge. Nicht nur die alten Nachbarn, sondern … na ja, du weißt schon …«

»Hot Springs ist keine Tagesreise entfernt. Kingston liegt sogar noch näher.«

»Auch nicht gerade eine weltläufige Stadt.«

Er war wirklich überrascht. »Aber du wolltest doch raus aus der Stadt, Matty. Es war doch deine Idee. Wegen dem, was mit Nicky passiert ist.«

»Raus aus der Stadt, ja.«

»Aber?«

»Ich bin froh, daß wir umgezogen sind, wirklich.«

»Ist das so?«

»Natürlich. Es ist nur ... ich will ja nur sagen, daß es mir nichts ausmachen würde, falls wir doch noch einmal umziehen würden.«

»Nichts ausmachen? Die ganze Packerei?«

»Ich meine doch den Verkauf. Es ist solch ein tolles Haus, mit so einer irren Aussicht. Wir könnten im Nu draußen sein. Das heißt natürlich, nur wenn wir das wollten.«

»Aber wir wollen nicht, oder?«

»Richtig.«

Sie schwiegen eine Weile.

»Ich sage ja nur, daß es gar nicht so schwer wäre. Das ist alles«, murmelte sie, nicht lockerlassend.

In tiefer Dunkelheit lag er da und versuchte herauszufinden, ob er sie richtig verstanden hatte. Er wollte sich gerade umdrehen, um sie etwas zu fragen, als ihm das gleichmäßige Auf und Ab ihres Busens verriet, daß sie bereits eingeschlafen war.

Er seufzte, fühlte sich weder unglücklich noch richtig müde. Er dachte an den Abend zurück. An die Cormans. An Frank Springer. An Matty, und wie sehr er sie liebte. Wie sich sein Leben durch sie verändert hatte, und wie es davor gewesen war. Er hatte beim Entstörungsdienst von Ventura County gearbeitet, doch das war nur der letzte in einer langen Reihe von Jobs gewesen, die er zwar ordentlich, aber doch ohne jedes persönliche Engagement verrichtet hatte. Die Trägheit war geblieben, bis seine wahre Berufung hervortrat – eingemottet wie bei einer sich auswachsenden Schmetterlingspuppe kam der Dramatiker zum Vorschein.

Groß, athletisch und bäurisch, mit dem Gesicht eines Habichts und einer Nase, die er so sehr haßte, daß er es darauf angelegt hatte, sie gleich zweimal auf dem Schulhof gebrochen zu bekommen, hatte sich der junge Mann Ernest Hemingway, dessen Fotos in der Long-Island-Bücherei gehangen hatten, zunächst dem Aussehen, dann auch der Kunst nach zum Vorbild genommen. Weil er die schwer bestimmbare Einfachheit dieses Giganten mochte, hatte er geglaubt, ein ähnlicher Prosastil werde ihn lässig durch zwei New Yorker Colleges hindurchgleiten lassen. Sein Vater, der wie Hemingway die See liebte, sich aber ständig mit Fragen des Unternehmensrechts herumschlagen mußte, hielt sich zurück; weder ermutigte er Chris' frühe Schreibambitionen, noch versuchte er, sie ihm auszureden. Er überließ es dem jungen Mann, für sich selbst herauszufinden, daß Schule und Leben zweierlei waren und er die eigentliche Welt noch gar nicht kannte.

Mit Hemingway im Gepäck brach Chris auf, die Welt und seinen Platz darin zu finden. Wie sich zu seiner großen Enttäuschung herausstellte, war es nicht der des Romanschriftstellers.

Ein schwächlicher, aber unnachgiebiger Professor am Colgate College hatte ihm zu seinem Verdruß und seiner anhaltenden Bestürzung gesagt, daß seinem Abschlußaufsatz etwas fehle. »Was denn?« hatte Chris wissen wollen und nur die vage und läppische Antwort bekommen, eines Tages werde er das schon selbst herausfinden.

Er arbeitete in allen möglichen Jobs, kam viel herum, und in seinen Zwanzigern bekritzelte er zahllose Stapel von Papier, Romane und Kurzgeschichten. Nur der Haufen Ablehnungen, die er sich damit im Laufe der Zeit einhandelte, war noch höher.

Ein One-night-Stand in Phoenix bei einer älteren Frau, die klüger war, als es zunächst den Anschein hatte, überraschte ihn. Sie blieb die Nacht über wach und las den letzten seiner abgelehnten Romane. Bevor sie ihn zurückgab und sich umdrehte, sagte sie, es fehle etwas darin.

In San Francisco dann, dessen dubioser Mittelpunkt damals die Haight Ashbury war, schloß er sich einer Gruppe von Schauspielern und Möchtegern-Broadway-Stars an, die alle vorhatten, gleich nächste Woche nach New York abzuhauen, um im Actors Studio bei Marlon Brando und Strasberg zu studieren. Chris schrieb dort, während er gleichzeitig als Tellerwäscher arbeitete, nur um es mal zu versuchen, vier

Stücke. Er schaffte es sogar, zwei davon aufgeführt zu bekommen. Die Kritiken waren gar nicht mal so schlecht. Als ihm ein Freund vorschlug, es doch mal mit Romanen zu versuchen, hielt Chris ihn für verrückt.

Er war mittlerweile Anfang Dreißig und in Los Angeles gelandet. Er sah Hemingway immer unähnlicher. Beim Mitternachtskaffee las damals ein Bekannter von ihm – ein Möchtegernschauspieler beziehungsweise -produzent, der wie Chris selbst gerade als Kellner arbeitete – sorgfältig sein letztes Buch. Er fand, daß es dramaturgisch perfekt gebaut sei, aber daß Chris etwas zum Romanschriftsteller fehle. »Was?« wollte Chris vorsichtig wissen.

Die Liebe zu den Wörtern, hatte ihm der Bekannte geantwortet. Chris dachte darüber nach. »Du solltest es mal mit Drehbüchern versuchen«, hatte sein Bekannter noch gesagt, bevor Chris das Tablett abräumte, »da dreht sich alles um den dramatischen Aufbau.«

Chris schrieb insgesamt fünf, alle im Stil der Schwarzen Serie, und er verkaufte sie fast sofort. Er wurde unter Vertrag genommen, machte zwei Jahre lang seinen Erfolg zu Geld, verdiente eine Menge Kohle. Aber nichts von ihm wurde produziert. Typisch Hollywood. Nach weiteren vier Monaten fand er heraus, wie sehr er die ganze Filmemacherei haßte, wie angenehm er andererseits aber das Leben in Südkalifornien fand; das Leben und das Formprinzip des Drehbuchs. Eines Nachts, über einem Haufen von grell-fröhlichen Drehbüchern, entschied er ganz allein, Bühnenschriftsteller zu werden. Obwohl er mit einigen geschlafen und mit vielen Freundschaft geschlossen hatte, hatte er sich während dieses gesamten Lebensabschnitts kein einziges Mal in eine Frau verliebt. Heirat hatte er nicht einmal flüchtig erwogen.

Als er noch auf dem College gewesen war, wäre es beinahe einmal passiert, aber er hatte sie an einen gesichtslosen Niemand verloren. Fortan gab er sich als Junggeselle, bis es ihm zur Gewohnheit wurde. Schon der Gedanke ans Heiraten wurde ihm fremd. Er war gern an der frischen Luft, liebte das

Skeetschießen und Schießplätze, aber nicht die Jagd oder das Töten. Er war handwerklich begabt und stolz auf seine Unabhängigkeit. Am meisten aber liebte er es, Stücke zu schreiben. Das machte ihn zwar nicht reich, manchmal sogar ziemlich arm, so daß er gezwungen war, alle möglichen Jobs, beispielsweise beim Entstörungsdienst, anzunehmen, aber er fühlte sich gut dabei. Er blieb an der Westküste, wo mehrere seiner Stücke an örtlichen Stadttheatern aufgeführt wurden. Er hatte gerade sein drittes produziert und aufgeführt: *Paarungszeit,* hatte beim Bühnenaufbau und -bild geholfen und sich bei der Belegschaft beliebt gemacht. Das Ensemble hatte er selbst ausgewählt, darunter eine kupferlockige, geschmeidige und zurückhaltende Achtundzwanzigjährige namens Matty Springer.

Beim Vorsprechen hatte er sie kaum beachtet. Auf der Bühne dann wurde sie lebendig. Etwas regte sich in ihm, als er da in der ersten Reihe saß. Er war irgendwie von ihr fasziniert, wußte sofort, daß sie die Richtige für die Rolle war. Die anderen waren nicht schlecht, aber die hier konnte *spielen.* Er konnte es kaum glauben, daß sie kein Profi war.

Noch in der gleichen Nacht hatte er sie angerufen, um ihr Bescheid zu geben. Sie schien erfreut, reagierte aber nicht überschwenglich. Sie wußte, daß sie gut war. Unter dem Vorwand, so schnell wie möglich mit dem Stück beginnen zu wollen, hatte er ihr das Skript noch in derselben Nacht vorbeigebracht.

Er hatte wirklich vorgehabt, es nur abzugeben und gleich wieder zu gehen. Sie hatte Kaffee gemacht, und sie hatten sich geschlagene sechs Stunden in ihrem winzigen Wohnzimmer herumgelümmelt und geredet. Schläfrig und merkwürdig nervös, hatte er ihr schließlich gute Nacht gewünscht und sich zur Tür gewandt. Er war über sich selbst erschrocken gewesen, als er sie dann plötzlich geküßt hatte. Sie hatte ihn kurz ihre Zunge schmecken lassen, dann hatte sie gelächelt, ihm die Tür geöffnet und ihn hinausgeworfen.

Als er zu Hause war, hatte er sie angerufen, um sich zu entschuldigen. Sie hatte in den Hörer gelacht, und es hatte wie klirrendes Eis geklungen und ihn bis hinab in die Zehenspitzen erregt. Er war sich blöd vorgekommen, verwirrt, stammelnd und unbeholfen wie ein junger Schnösel. Sie mußte es bemerkt haben. *Was wollen Sie eigentlich sagen?* hatte sie wissen wollen. Als er keine Antwort fand, hatte sie laut geseufzt und gesagt: »Komm zurück, ich mache uns noch eine Kanne.«

Er war hineingegangen und sie hatten sich in fast völliger Dunkelheit gegenübergestanden und sich angestarrt. Es hatte ihm gutgetan, ihr wieder nahe zu sein und ihren Geruch zu spüren. Er zitterte wie ein Spastiker, ihm war fast schwindlig. Sie hatte freundlich lächelnd den Kopf geschüttelt, seine Wange gestreichelt, wie eine Mutter ihr verwirrtes Kind. In plötzlicher Wut hatte er sie heftig an sich gedrückt, ihre Lippen ungeschickt verletzt und sie ungraziös auf ihre klobige Couch hinuntergezogen. Nie zuvor in seinem Leben hatte er etwas so heftig gewollt.

Sie hatte es zugelassen, daß er ihre Brüste entblößt, diese heftig geküßt und sogar die bleiche, fast unsichtbare Narbe auf einer ihrer Brüste zu sehen bekommen hatte. »Ein gutartiger Tumor«, hatte sie ihm umstandslos erklärt.

»Egal«, hatte er geflüstert.

Sie hatte sich ganz ausgezogen, sich an ihn gedrängt. »Ich möchte, daß du alles siehst. Für den Fall, daß du es häßlich findest.«

»Oh, Gott«, hatte er nur gestöhnt, ihre Brustwarze geküßt und die bleiche Narbe, »du bist einfach wunderbar.« Und zitternd hatte er ihr zwischen die Beine gegriffen.

Da hatte sie ihn mit fester Hand gehindert und mit ihren nächsten Worten aus der Fassung gebracht. »Willst du mich nicht zuerst heiraten?«

Er hatte ihre grünen Augen erforscht und nichts Leichtfertiges darin entdecken können.

Schon am nächsten Wochenende waren sie nach Las Vegas gefahren. Genau neun Monate später war Nicky zur Welt gekommen.

4

Chris stand früh auf, rührte den Pfannkuchenteig an und zerteilte frisches Obst, während Matty mit dem Baby herumalberte. Er mahlte Kaffee und deckte unter ihren dankbaren Blicken den Tisch auf der Terrasse. Von dort oben blickte man auf das vom Nebel verhüllte Colorado. Es war angenehm, wieder allein zu sein. Sie waren wieder zu dritt, nachdem sich die Cormans am vorigen Abend tränenreich verabschiedet hatten.

Nicky saß im Kinderstuhl und bekleckerte sich, während Matty und Chris sich mit unendlicher Hingabe über den Orangensaft hinweg anblickten. Vollkommenes Glück an einem ebensolchen Morgen.

Den ganzen Morgen über arbeitete Chris an seinem Manuskript. Er wußte genau, wann er aufhören mußte. Den ersten Akt hatte er beendet und sich den dritten eingeprägt. Jetzt gab er sich Mühe, den zweiten nicht einfach auszuwalzen, bloß um Zeilen zu schinden. Ein Eichelhäher pochte frech an seine Fensterscheibe, um ihn ans Mittagessen zu erinnern, das Matty bereits unten auf der Anrichte bereitgestellt hatte. Es gab dampfende Hühnernudelsuppe und getoastete Käseschnitten.

Chris mampfte einen Kräcker und sagte spontan: »Laß uns heute nachmittag fischen gehen.«

Sie sah ihn an und begriff, daß er es ernst meinte. »Und was machen wir mit Nicky?«

»Mitnehmen.«

»Aber Chris!«

»Wir haben Schwimmwesten. Außerdem will ich, daß er sich ans Wasser gewöhnt. Je früher er schwimmen lernt, desto sicherer wird er sich fühlen.«

»Wahrscheinlich hast du recht.«

»Der Winter kommt bald.«

Sie grinste. »Du hast mich überzeugt.«

Sie packten eine Thermoskanne und Obstschnitten ein.

Dann schlenderten sie gemütlich zu ihrem privaten Anlegeplatz.

Nicky zeigte auf alles mit dem Finger und wollte wissen, wie es hieß. Chris fuhr mit dem Boot in die Mitte des Sees. Matty war angenehm entspannt. Der Kleine kicherte ausgelassen. Seine Augen blitzten vor Staunen, während ihm der Wind das blonde Haar zersauste.

»Es gefällt ihm!« rief Chris über den Lärm der zwei Innenbordmotoren hinweg.

Matty nickte und zwinkerte ihm zu.

Mit der Zeit wurde es jedoch ungewöhnlich warm. Nicky war nackt bis auf die Windeln, aber Matty schwitzte trotz ihres breitrandigen Hutes.

Chris, der schon drei Barsche gefangen hatte, hatte keine Lust aufzuhören; trotzdem begann er schuldbewußt, die Leinen einzuholen.

Mittlerweile war auch die mit Limonade gefüllte Thermoskanne leer.

»Zu blöd«, sagte Matty entschuldigend, »ich hätte meinen Badeanzug mitnehmen sollen.«

Plötzlich spürte er einen Ruck an der Leine, verlor es aber wieder.

Er reckte den Hals und blickte um sich. »Auf dem See ist keine Menschenseele.«

»Vergiß es, Süßer!«

»Warum? In deinem Bikini bist du eh so gut wie nackt.«

»Ich werde doch nicht splitternackt in den Havasausee steigen!«

»Nur mit deinem guten alten Vetter Frank, was?«

Sie schaute zum fernen Ufer, wobei sie die Hand schützend vor die Augen hielt, um ihren Gesichtsausdruck zu verbergen.

»Es gibt noch andere Häuser am See. Die Leute haben Feldstecher.«

»Aber im *Wasser* sieht dich doch niemand, Matty. Was ist schon dabei, wenn sich ein paar alte Säcke ein bißchen aufgeilen?«

»Chris Nielson, du spinnst. Außerdem kühlt sich das Wasser bereits ab.«

»Okay«, sagte er niedergeschlagen, »ich werde dann mal die Leinen einholen ...«

Aber er wollte so gerne angeln, und wenn er mit diesem Gesicht eines geprügelten Hundes herumlief, konnte sie ihm eh nichts abschlagen. Sie hatte die Arme in die Hüften gestützt und seufzte. Sie wollte es ihm nicht zu leicht machen: »Du bist es doch, der sich aufgeilen will.«

Er grinste schelmisch und rezitierte: »Ihr Körper leuchtete wie Elfenbein in der Mittagssonne ...«

»Von wem ist das?«

»Christopher Nielson. Nimm dir Zeit.«

Anmutig wie ein Aal entkleidete sie sich, ließ ihre Kleider auf dem heißen Kissen zurück und tauchte ins Wasser ein, ohne daß sich Wellen bildeten. Während sie sich am Dollbord festhielt, lachte sie siegessicher. »Oh, mein Gott, du hattest recht, es ist *wunderbar.* Liebling, komm doch auch rein.«

Er nickte ironisch: »Und Nicky übernimmt das Boot.«

»Da hast du auch wieder recht. Oh, es ist einfach herrlich. Unanständig, aber schön.«

»Du machst mich saugeil. Und das vor den Augen meines Sohnes.«

»Heb es dir für später auf.«

»Oh, Scheiße ...«

»Was? *Oh, Gott!*«

Er nickte. Sie reckte sich und sah im aufgewühlten Wasser ein weißes Motorboot auftauchen, das sich von dem mit halbversunkenen Tannen gesäumten Nordufer her näherte.

»Verdammter Mist, Chris. Ich habe es dir *gesagt.*«

»Bleib, wo du bist. Sie werden dich gar nicht bemerken.«

Sie brausten heran. Sie waren zu viert. Ihre Stimmen waren so laut, daß sie sogar den Dieselmotor übertönten. In ihren Fäusten glitzerten Bierdosen. Dazu spielte aggressive Rockmusik. Einer von ihnen, mit einer roten Baseballkappe und einem T-Shirt überm Schmerbauch, zeigte auf das Boot von Chris, vielleicht auch auf Matty. Chris glaubte, etwas von »Wassernixe« gehört zu haben, kurz darauf von »Fotze«. Dann folgte Gelächter, als ihre Bugwellen gegen das kleinere Boot schwappten.

Das Boot von Chris dümpelte heftig. Matty hielt sich weiter fest, aber der sich hebende Dollbord riß sie heftig hoch und aus dem Wasser und entblößte ihre bleichen Brüste mit den dunklen Brustwarzen. Sie ließ los, schluckte Wasser und würgte. Chris hielt sie fest, bis sich das Wasser ein wenig beruhigt hatte. »Das haben die *extra* gemacht«, keuchte sie aufgebracht.

Chris sah auf das Heck des sich entfernenden Schiffes und kniff die Augen zusammen: »Diese Arschlöcher!«

Matty rieb sich das Wasser aus den Augen.

»Verdammt!«

Sie blickte angestrengt, drehte sich in seinem Griff, um das weiße Schnellboot zu sehen, das jetzt eine leichte Kurve beschrieb und zurückkam.

»Gib mir deine andere Hand!«

»Chris, diese Wichser sollen nicht auf ihre Kosten kommen.« Sie riß sich los, stieß sich vom Boot ab. Als die Welle herankam, tauchte sie geschickt unter, wartete im dunkelgrünen Wasser, bis die wimmernden Schiffsschrauben vorüber waren, kam wieder an die Wasseroberfläche, schnappte nach Luft und duckte sich gegeschickt, als die nächste, kleinere Welle heranrollte. Dann waren sie endlich weg.

Chris zog sie an Bord, warf ihr die Kleider zu: »Alles in Ordnung?«

»Natürlich. Diese Arschlöcher. Man kann wirklich *nirgendwo* hingehen!«

»Mami *schön!*« verkündete Nicky fröhlich.

Alle drei mußten lachen.

Trotz des Vorfalls mit dem Motorboot fühlte sich Chris gut und spendierte ihnen allen ein Abendessen im Florey Inn am Südufer. In dem langgestreckten Restaurant aus Rotholz gab es das beste Essen außerhalb der Stadt.

Sie aßen Barsch, der jedoch nach Chris' Meinung lange nicht so gut sein konnte wie der, den er selbst am Nachmittag gefangen hatte.

Zum Nachtisch gab es leckeres Tiramisu. Sie plauderten, warfen die Musikbox an und beobachteten den dünner werdenden Strom der Touristen. Sie sahen, wie Nicky müder wurde und in seinem Stuhl einnickte.

Chris trug ihn zu dem großen hell erleuchteten Anlegesteg hinüber. Matty hatte sich bei ihm eingehakt.

Die Nachtluft war klar. Die Kühle kündete den bevorstehenden Winter an. Es war bereits kälter als die Nächte in Kalifornien. Der See roch nicht wie der Ozean, hatte vielmehr den typischen Geruch eines Binnensees, jene beißende moschusartige Klarheit, die Chris sauber und verführerisch fand. Während sie auf dem Anlegesteg an Klampen und Taurollen vorbeigingen, dachte er, daß er niemals zuvor in seinem Leben so glücklich gewesen sei.

Im Mondschein fuhren sie zum eigenen Pier zurück. Chris saß am Steuer. An seine Schulter gelehnt, schlief Matty ein. Nicky schlummerte tief in den schützenden Armen seiner Mutter. Chris überließ sich einem erhebenden Glücksgefühl. Er tat dies weit über jedes vernünftige Maß hinaus, aber das war ihm jetzt egal, denn es gab ihm Gelegenheit, ihre allzu kurze gemeinsame Vergangenheit Revue passieren zu lassen.

Willst du mich nicht zuerst heiraten?

Es war ein wichtiger Abend für Chris gewesen, die furchtbar hektische, aber aufsehenerregende Premiere seines Stückes *Scheinbare Erleichterung* am Ventura Theater. Nicht zuletzt, weil auch der Hollywoodproduzent Gerald Reed im Publikum sein sollte.

Chris, der hypernervös hinter dem Vorhang herumzappelte, plagten in letzter Minute Zweifel am dritten Akt. Mehrmals spähte er in die zusammenströmende Menge hinaus, konnte Reed aber nicht entdecken. Er setzte große Erwartungen in die Aufführung, noch größere in die weibliche Hauptrolle – seine neue Geliebte, Matty. In ihrem Kleid sah sie heute abend bezaubernd aus; wie geschaffen dafür, majestätisch in den ersten Akt hinauszusegeln und die hiesigen Provinzler mit ihrer Schönheit und ihrem Talent zu verblüffen. Während ihn das Premierenfieber schüttelte, grübelte er darüber nach, worauf er am meisten stolz war, auf sein Stück oder auf die schöne Frau, mit der er heimlich schlief.

Kurz bevor der Vorhang aufging, hatte ihn Matty, die sonst nie nervös war, überraschend zur Rede gestellt. Ihre Miene war finster. Schminke und Lidstrich wirkten verzerrt. »Warum hast du mir nichts davon erzählt?«

Chris, angespannt und abgelenkt, hatte zunächst nur Bahnhof verstanden. »Was erzählt?«

»Norma Walker hat mir gerade gesagt, daß Gerald Reed unter den Zuschauern ist. Gerald Reed – *der Produzent.*«

Nie zuvor hatte er sie so aufgebracht gesehen, richtig außer sich, als ob er einen geheimen Schwur gebrochen hätte.

»Vielleicht ist er hier«, hatte Chris sich verteidigt, »aber auch nur vielleicht.«

»Norma sagt, sie hat ihn *gesehen.*«

»Ich dachte, du freust dich. Das ist deine Chance, diesem Kleinstadttheater zu entkommen. Du kannst ein Star werden. Ich fühle mich geschmeichelt, daß jemand sich bloß wegen unseres kleinen Stückes die Mühe macht, aus dem Tal nach hier oben zu kommen.«

»Ich *will* aber kein verdammter Star sein!«

Er hatte sie verblüfft angestarrt. Außer über sie beide hatte sie sonst von nichts anderem gesprochen.

»Wie bitte, ich höre wohl nicht recht?«

Einen Moment lang schien sie zu stutzen. War verärgert. Doch schon hatte sie sich wieder im Griff, wie ein richtiger Profi.

»Ich bin noch nicht *reif* dafür.«

»Mach dich nicht lächerlich. Willst du hier lebenslang versauern und deine Perlen vor die Säue werfen? Ich dachte, du wärst eine Schauspielerin.«

Sie schaute weg, wurde ruhiger. »Ich bin«, sie faßte sich an die Stirn, »ehrlich gesagt, ich bin schon glücklich, wenn wir beide nur zusammen sind.«

Er hatte die Arme um sie gelegt. »Laß uns einfach so tun, als ob die da draußen alle nackt wären.«

Sie hatte gelächelt. Ein wenig. »Es tut mir leid.«

Er hatte den Kopf geschüttelt. »Nein, mir tut es leid. Ich bin ein Nervenwrack. Ich wünschte, ich hätte deine Gelassenheit.«

Sie war einen Schritt zurückgetreten und hatte ihn mit alter Vertrautheit angelächelt. Dann verfinsterte sich ihre Miene abermals: »Ich will nur nicht, daß was schiefgeht.«

Chris schaute jetzt nach unten, als ihre roten Locken sich bewegten, das Boot schlingerte einen Moment in einer verirrten Welle.

In Wahrheit war alles schiefgegangen, jedenfalls für ihre eben erst begonnene Karriere. Nach der Heirat hatte sie die Dinge schleifen lassen. Sie schien alles vergessen zu haben, konzentrierte sich ganz auf ihre Ehe und Nicky, der knapp neun Monate nach ihrem Kennenlernen geboren worden war.

Es schien ihr auch nichts auszumachen. Sie sah so glücklich und zufrieden aus wie er. Vielleicht stimmte das Klischee ja doch: Wahres Glück findet man nicht in einer glänzenden, kometenhaften Karriere, sondern in den Armen dessen, der einen liebt.

Er küßte ihr Haar und provozierte ein schläfriges Murmeln.

Hast du ein Schwein, dachte er, während er sie heimsteuerte, hast du ein Schwein, Mann!

»Scheiße« fluchte er leise, aber doch laut genug, um sie aufzuwecken.

Sie fuhr hoch – Nicky schlafend in ihren Armen – und nahm den sternenglitzernden See mit der Überraschung der frisch Erwachten in sich auf. »Chris?«

Er drosselte die Motoren zu einem gurgelnden Baß und driftete vorsichtig auf ihren Pier zu. Seine Haltung war angespannt. »Unsere Freunde sind wieder da.«

Sie setzte sich auf und spähte zu dem bleichen Koloß von Schnellboot hinüber, das vor ihrem Bootshaus lag. Sie erstarrte im Schein der gelben Armaturenbrettbeleuchtung. »Dies ist ein privater Anlegeplatz«, murmelte sie gereizt.

Chris nahm noch mehr Gas weg und richtete das Boot auf das gegenüberliegende Ufer aus. Er erwog kurz, zu wenden und noch einmal eine kleine Tour zu unternehmen, bis diese Witzbolde abhauten. Doch gleich darauf verwarf er diese Idee wieder. Matty war müde und wollte duschen. Er selbst war erschöpft vom langen Tag und wollte nur einen Drink und ein Bett. »Nur die Ruhe bewahren, Baby«, mahnte er.

»Wo vertäuen wir das Boot?«

»Wir werden es heute nacht am Steg festmachen. Das wird schon laufen. Ich habe bloß keine Lust, mit diesen besoffenen Schweinen heute nacht noch Streit anzufangen.«

Alle vier lagen ausgestreckt auf Deck herum, zwanglos um einen schier unerschöpflichen Bierkühlbehälter gruppiert. Bis jetzt waren sie gute Jungs gewesen und hatten sich nur volllaufen lassen. Chris hoffte, sie hatten damit nicht übertrieben. Schon die letzten zehn Minuten hatte er sich gefragt, wo die Krachmusik herkam. Jetzt wußte er es.

Als Anfänger am Steuer lenkte Chris sein Boot so vorsichtig wie nur möglich. Trotzdem brachte er es fertig, den Schiffsbug gegen die Schutzreifen des Landestegs krachen zu lassen. Wenn die Gruppe sie bisher nicht bemerkt hatte, dann jetzt.

Chris blieb nichts anderes übrig, als vorsichtig auszusteigen, das Boot an die Leine zu nehmen und über die Planken zu der einzigen Klampe hinüberzugehen, seiner Klampe, und vor ihnen zu stehen.

»Ahoi, Seemann!« lautete die saloppe Begrüßung, die allgemeines Gekicher auslöste.

Vorsichtig taxierte er die Gruppe. Er roch förmlich den Ärger und war entschlossen, ihn zu vermeiden. »Meine Herren, dies ist ein privater Steg.«

Noch mehr Gekicher: »Echt wahr?«

»Allerdings. Ich schlage Ihnen vor, hier bis zum Morgen

ihren Rausch auszuschlafen. Zu dieser Jahreszeit sind eine Menge Kinder auf dem See.«

»Was immer Sie sagen, Kapitän.«

Chris nickte. »Schön. Sie können gerne bis zum Morgen bleiben.« Er kniete nieder und begann, ihr Tau loszumachen.

Der mit der roten Kappe richtete sich auf. Der gewaltige Bauch kam in Bewegung und unterwarf das bierbefleckte T-Shirt einer echten Zerreißprobe. »Was treibst du da eigentlich, Seemann?«

Chris verzog keine Miene. »Sie losbinden. Dies ist meine Klampe. Sobald mein Boot vertäut ist, werde ich sie darüber festmachen, so daß Sie problemlos in aller Frühe ablegen können.« Er fühlte seine Finger leise zittern und ärgerte sich darüber. Verlier nicht die Kontrolle. Sie explodieren gleich, suchen nur noch nach einem Vorwand.

»Was passiert eigentlich, wenn wir vorher schon Lust zum ›Ablegen‹ haben, du Großmaul?«

Chris stand da wie angewurzelt, straffte sich, blickte sie an. Lauter große Kerle, breitschultrig und kräftig. Unrasiert und mit blödem Grinsen im Gesicht. »Davon würde ich Ihnen in Ihrem Zustand abraten«, gab er zurück.

»Du würdest uns abraten, ja? Von welchem Zustand redest du eigentlich, Käpt'n?«

Seine Erregung stieg, ein Adrenalinstoß. Er ignorierte es. »Sie sind betrunken.«

Ihr Lächeln verflog. Sein Pulsschlag beschleunigte sich. »Komm rüber und sag das noch mal, Käpt'n.«

Es war jetzt wichtig, an das Kind zu denken, von Matty ganz zu schweigen. Hier draußen war es einsam und dunkel. Diese Männer waren zweifellos Touristen, die sich – fern der Heimat und ihren Gesetzen – aufgrund ihrer zahlenmäßigen Überlegenheit unglaublich stark fühlten. Chris blieb fest, ohne sie doch direkt herauszufordern. »Meine Herren, wir können die Angelegenheit selbst regeln – oder mit Hilfe der Polizeipatrouille auf dem See. Die Wahl liegt bei Ihnen.«

Wiederum wurde gekichert. »Die Seepatrouille, du meine

Fresse«, ließ sich jemand vernehmen. Wahrscheinlich hatte er recht. Um diese späte Zeit waren nur noch wenige Bullen unterwegs, dazu noch weit entfernt. Außerdem hatte Chris kein Funkgerät an Bord, was dieser Mob freilich nicht wußte.

Er drehte ihnen den Rücken zu, ging zu Matty und dem Kind und half ihnen aus dem Boot. Er nahm Nicky in seine Arme und dachte: Wenn sie das Kind sehen ..., wenigstens einer von diesen Idioten muß doch ein Kind haben.

Er bekam Buhrufe und Pfiffe zur Belohnung. »Wau, schaut euch die Beine von dem *Gerät* an!«

Sie hatten sich alle aufgesetzt, brüllten und rülpsten um die Wette. »Hallo, Puppe, ich hab deine großen weißen Titten im Tageslicht gesehen.«

Chris wurde rot. Er zögerte. Mattys Fingernägel gruben sich in seinen Arm.

»Rund und schwer und vorne rosa.«

Chris biß sich auf die Lippen, wollte sich umdrehen, ließ sich aber von Matty mitziehen.

»Hallo, Puppe! Wenn der Kleine versorgt ist, kannst du uns ja mal ranlassen. Bin schon den ganzen Tag geil auf einen Milchshake.« Das Gelächter wurde lauter. Als sich Chris umdrehte, war einer von ihnen dabei, das Boot von Chris loszubinden. Chris riß sich von Matty los und blieb stehen. »Du gottverdammter Wichser!«

»Chris!«

»Das ist *unser* Boot!«

Wenn er bloß ein Gewehr, ein Bleirohr oder sonstwas gehabt hätte. Er war wütend. Obgleich er wußte, daß das unklug war, ging er weiter auf sie zu, um ihnen damit Respekt einzuflößen. »Laß die Leine los!«

»Hast du was gesagt, Kleiner?«

Chris langte nach unten, griff nach einem fleischigen Arm, merkte, wie er selbst mit atemberaubender Kraft zur Seite geschleudert wurde. Er wich zurück, verfing sich in einer Taurolle und fiel hin. Stürmisches Gelächter folgte.

Einen qualvollen Augenblick lang saß er da. Wie betäubt betrachtete er seine verhedderten Beine. Er konnte Matty nicht ins Gesicht sehen. Er würde eine schwere Schlappe einstecken müssen. Er hatte keine Ahnung, wie es weitergehen sollte. Die waren zu viert und Ärger gewöhnt. Jerry Funcinello, ein alter Kollege von Chris aus der Zeit beim Entstörungsdienst in Ventura mit Armen wie Stahlseile, der hätte es vielleicht mit denen hier aufnehmen können. Aufgrund der jahrelangen Arbeit oben auf den Telefonmasten war Chris sicher stärker als die meisten Männer, aber gegen die hier rechnete er sich keine Chance aus.

Sollte er ihnen das Boot überlassen und morgen Anzeige erstatten? Oder sollte er ihnen einen Kampf liefern, sich für Matty verprügeln oder sogar umbringen lassen?

Er müßte auch an das Kind denken. Auf keinen Fall aber wollte er vor Matty als Feigling dastehen. Mit erhobenen Fäusten rappelte er sich wieder auf, doch jetzt starrten alle auf etwas, das sich irgendwo hinter ihm zu befinden schien.

In der Hoffnung auf eine Uniform drehte er sich um; statt dessen erkannte er Frank Springer, der ungezwungen zum Steg herüberschlenderte. Der winkte zu Matty hinüber und grinste breit.

»Guten Abend, Kätzchen! Was hast du da an der Hose, Chris?«

Chris klopfte sich den Dreck vom Hintern. Er war jetzt dankbar für jede Art von Unterstützung.

Frank trug Sporthemd, Freizeithose und leichte Slipper, wirkte locker und entspannt. Er küßte Matty auf die Wange und gab Nicky einen sanften Klaps. Dann schlenderte er lächelnd auf Chris zu. »Freunde von Ihnen, Chris?«

Chris wischte sich den Dreck von den Händen. »Eigentlich nicht.«

Frank grüßte zum Schnellboot hinüber. »Guten Abend, die Herren! Noch ein Bier übrig?«

»Nicht für dich, Scheißkerl!«

Frank grinste weiter, während er den Pier in Augenschein nahm. »Ist das Ihr Boot, Chris?«

»Ja.«

»Es ist nicht festgemacht.« Er kniete sich nieder und nahm das Schiffstau in seine Hände.

Als die Fleischerarme nach Frank griffen, hatte Chris ihn warnen wollen, aber der Schrei blieb ihm im Halse stecken. Frank wurde roh gepackt und auf die unebenen Planken geschleudert, fast bis an den Rand des Stegs, aber nicht in das schwarze Wasser hinein.

Verdammter Mist, dachte Chris. Frank war keine Hilfe. Er machte alles nur noch schlimmer. Jetzt, wo die Karten nicht mehr ganz so ungleich verteilt waren, würde er um eine Schlägerei nicht mehr herumkommen.

Frank rollte sich geschickt ab, kam unbeschädigt auf seinen Hintern zu sitzen und blinzelte. Er umfaßte seine Knie mit den Armen, so als ob er sorgfältig nachdenken müsse. Er musterte den Fleischberg über sich gelassen und mit sanfter Neugier; als wäre das Ganze nur irgendein entschuldbarer Fauxpas, für den er nun zu Recht eine Erklärung erwartete.

Er nickte dem Fleischberg zu und lächelte sogar, während er da unter den von Insekten flirrenden Lampen des Stegs auf dem Boden saß. Ohne Eile begann er im Plauderton: »Weißt du, als die Mongolen zwischen 1237 und 1240 durch Rußland stürmten, taten sie das mit solcher Rachsucht, wie sie das Land bislang nicht erlebt hatte. Es war einfach ehrfurchtgebietend.«

Der Fleischkloß war völlig perplex und grinste zu seinen Kumpanen hinüber: Der Kerl mußte vor Angst übergeschnappt sein.

Frank lockerte sich mit einem Grunzen.

Er kam wieder auf die Füße. »Die heilige Stadt Rjasan an der Oka wurde buchstäblich dem Erdboden gleichgemacht. Selbst das große Kiew wurde zerstört. So etwas wie die sogenannte Goldene Horde hatte die Welt noch nie zuvor gesehen.«

Der Fleischberg grinste, holte aus und schlug Frank ins Gesicht. Besser: hätte, wenn Frank noch dagewesen wäre. Der Fleischberg hatte sein Ziel verfehlt, murrte über den Fehlschlag. Seine große Faust war über Franks geduckten Rücken hinweg ins Leere geschossen. Frank drehte sich um die eigene Achse und erwischte den anderen genau in dem Moment, als dieser aus dem Gleichgewicht und am Rand des Piers ins Taumeln geraten war. Franks Tritt aus der Drehung heraus war schneller als der Blitz und – dem Geräusch nach zu schließen – von vernichtender Wucht. Er erwischte voll den Solarplexus seines Gegenübers, dessen fleischiges Gesicht vor Überraschung bleich war. Wie von einer Explosionswelle erfaßt, flog er rückwärts durch die Luft, ruderte wild mit den Armen, hatte nicht mal genug Luft zum Fluchen und klatschte wie eine Kanonenkugel ins Wasser.

Planschen und Geraune folgten; vom Rennboot her nur verblüfftes Schweigen.

Als alle wieder aufsahen, war Frank im Begriff, in aller Ruhe das Boot wieder zu vertäuen. Er lächelte immer noch.

Wieder Stille.

Dann schrie einer: »Knöpft euch dieses Arschloch vor!«

Der Größte der Truppe, der seine Tätowierungen zur Schau stellte, schwang sich über den weißen Schiffsbug und landete mit einem gewaltigen Bums direkt vor Frank. Dieser richtete sich gerade wieder auf und schien unerschüttert. Der Angreifer versetzte ihm einen gewaltigen Schwinger, der Frank voll am Kinn erwischte. Doch der wich nicht einen Zentimeter von der Stelle, obwohl der Schlag über den See hallte wie ein splitternder Baseballschläger.

Er zuckte nicht einmal mit der Wimper, drehte nur ein wenig den Kopf, als der Schlag ihn traf. Sein Körper schwankte kaum, die Hände an den Hüften stand er sicher auf seinen Füßen.

»Weißt du, die Mongolen waren Nomaden. Sie gaben dem Gras der Steppe bei weitem den Vorzug vor den Wäldern des Nordens. In der Tat hatten sie aber für eine dauernde Okkupation auch nicht genügend Truppen.«

Der Tätowierte war total geschockt. Mit offenem Mund stand er da. Sein Verstand sagte ihm, daß er diesen Mann da niedergeschlagen haben *mußte.* Der konnte gar nicht da stehen. Noch keiner hatte einen solchen Schlag ausgehalten. Aber warum stand dieser Kerl dann grinsend vor ihm?

Doch plötzlich erwachte Nicky schreiend in Mattys Armen. Schlagartig verschwand jede Heiterkeit aus Franks Gesicht.

Unsicher trat der Tätowierte einen Schritt zurück.

Frank hielt warnend den Finger nach oben. »Ach du meine Güte! Jetzt hast du den Kleinen aufgeweckt«, und schon griff er sekundenschnell mit der Linken nach der Hüfte des Mannes, während er ihn mit der Rechten am gestreiften T-Shirt-Nacken packte. Dann *hob* er den sich windenden Koloß über seinen Kopf und warf ihn ins Boot zurück, wo er wie ein gefällter Baum zu Boden krachte. (Chris glaubte seinen Augen nicht zu trauen. Und obwohl er alles mit angesehen hatte, würde er sich auch später weigern, es zu glauben.)

Chris wußte, daß ihm der Mund offenstand und seine eigenen Fäuste machtlos waren.

Irgendeiner an Bord zog ein Messer.

Frank wandte sich ihm ruhig zu. Ganz geduldiger Pädagoge, sagte er: »Trotz ihres barbarischen Äußeren hatten die Mongolen durchaus Verstand. Erst terrorisierten sie die Russen, dann zogen sie sich mit ihren Truppen an die untere Wolga zurück. Doch sie blieben weiter kampfbereit. Bei der kleinsten Unbotmäßigkeit rückten sie aus und vernichteten den Angreifer.« Er grinste freudlos. *»Schnell wie der Blitz.«*

Der Mann überlegte einen Moment, ließ das Messer fallen und langte nach dem Gashebel. Die großen Mercury-Motoren erwachten hustend zum Leben. Ein anderer holte sich das Messer, lief zum Bug und kappte die Leinen.

»He, he!!« Sie packten den Mann im Wasser, zogen ihn tropfend in das bereits fahrende Boot. In Bergen von Gischt rasten sie davon, die Tonnen am Pier blieben alarmschlagend zurück.

Lächelnd drehte sich Frank zu Matty um. Er streckte die Hände nach dem Kind aus, das jetzt ganz wach und ruhig war. Wie die anderen hatte diese blitzschnelle Gewalt es gleichsam überwältigt. Frank grinste, machte mit seinen Fingern ein

Zeichen, und zu Chris' Überraschung kam Nicky lächelnd in seine Arme. Er knuffte mit seinen flachen Babyhänden auf Franks Schultern und verkündete vergnügt: »*Stark.* Starker Frank!«

Springer strahlte vor Freude: »Eh, der kennt ja meinen Namen.«

Er zwinkerte zu Chris hinüber. »Ich sage Ihnen, Chris. Der Kleine sieht mir von Minute zu Minute ähnlicher.«

5

Sie saßen beim Drink; solides Zedernholz schützte sie vor unheilvoller Nacht und bösen Erinnerungen. Chris gestand Frank nicht ohne Bewunderung: »So was hab ich noch nie gesehen.«

Sie saßen ganz entspannt und bequem im Wohnzimmer und tranken Highballs. Gewöhnlich gönnte er sich keinen, doch jetzt schien Chris die Gelegenheit dazu passend.

Matty, sonst eine vollendete Gastgeberin, wirkte seltsam abwesend und hielt sich abseits. Gab sie sich etwa Mühe, daß Chris sich nicht unterlegen fühlte? Noch unterlegener, als er sich ohnehin schon fühlte. Unterlegen, aber dankbar; schließlich waren Nicky und Matty heil und unversehrt. Hier waren sie geborgen und in Sicherheit. Alles war gutgegangen.

»Im Ernst, Frank, wo haben Sie das gelernt? In der Armee?«

Frank, der zu Matty hinübersah, wandte sich freundlich an Chris. Oder war er nur geduldig? »Habe ich mir so nebenbei zugelegt.«

Chris, immer schon ein großer Fan erstklassiger Schlagmänner, fragte beharrlich weiter: »Ja, aber der Schlag, den Sie kassiert haben. Ich meine ..., wie, zur Hölle ... So was habe ich noch nie gesehen. Der Kerl war ein Bulle!«

»So stark war er nun auch wieder nicht. Im übrigen, das alles wird mit Spiegeln gemacht.«

Chris blickte verständnislos drein. »Wie bitte?«

Frank schaute wieder zu Matty, dann blickte er zerstreut auf Chris. Er erscheint so gleichgültig gegenüber den Ereignissen des Abends, ging es Chris durch den Kopf, als ob ihm so was alle Tage passierte. Vielleicht war es ja wirklich so.

Frank stellte seinen Drink auf den Kaffeetisch, stand auf und signalisierte Chris mit den Händen, er solle aufstehen. »Es ist ganz einfach. Ich werde es Ihnen beibringen.«

Chris erhob sich müde und ungelenk. Es war ein langer Abend gewesen.

Wieder trieb ihn Frank an: »Heben Sie Ihre Fäuste!«

Aus der Küche kam es kühl: »Chris? Denk an das Baby ... der Lärm ...«

Frank winkte ab: »Das dauert keine Minute.« Er stellte sich in Positur, Beine auseinander, lockere Körperhaltung, die Arme baumelnd: »Okay, Chris. Schlagen Sie zu!«

Chris war mulmig zumute. Er schnitt eine Grimasse, zögerte, schlug mit halber Kraft und verfehlte das Kinn des anderen. Frank verdrehte die Augen. »Nein, verdammt. Sie sollen mich richtig *schlagen,* Chris. Mit ein bißchen Schmackes, wenn ich bitten darf. Keine Angst, Sie werden mich nicht berühren.«

Chris leckte sich die Lippen. Das sollte der nicht sagen, schließlich hatte er auf dem College geboxt.

»Sie sind der Boß. Alles klar?«

Frank lächelte.

Diesmal schlug Chris richtig zu – und verfehlte abermals.

»Hören Sie zu«, stieß Frank wütend hervor, »wollen sie hier rummachen wie eine Schwuchtel, oder wollen Sie wissen, wie es gemacht wird?«

Chris wurde wütend, merkte, daß der andere ihn aufstacheln wollte, und lächelte zurück.

»Frank, bitte!« kam es aus der Küche.

Frank zuckte nur die Schultern: »Wenn du mit einer Schwuchtel verheiratet sein willst, ist das dein Bier.«

Chris ließ die Hände sinken. Sein Lächeln war verschwunden. »In Ordnung, Frank.«

Frank schaute ihn fest an. »Was soll in Ordnung sein? Vielleicht hätte ich zulassen sollen, daß diese Typen Matty an die Titten grabschen.«

Chris traf ihn mit seiner besten Rechten, daß es nur so krachte.

Vielleicht hatte sich Franks Kopf ein wenig gedreht, aber sonst auch nichts. Er hatte sich nicht vom Fleck gerührt und strahlte Chris an. »Sehen Sie? Ein Trick!«

Chris starrte auf die eigene Faust. »Habe ... habe ich getroffen?«

»Nein.«

»Aber ich habe es doch gehört.«

Frank lächelte, schlug unterhalb der Taille die Hände so zusammen, daß dieser klatschende Ton entstand. »Klingt echt, was?«

Chris war beeindruckt und zeigte es. »Dann hat Sie der Kerl also überhaupt nicht erwischt.«

Frank blinzelte. »Aber er *dachte,* er hätte getroffen, oder war doch zumindest verunsichert. Deshalb hatte ich leichtes Spiel mit ihm. Der Trick besteht darin, dort zu sein, wo man es nicht erwartet.«

Chris nickte. Er hatte verstanden. Scheiße. Das war nun seine beste Rechte gewesen.

Frank nahm eine andere Position ein. »Okay, schlagen Sie noch mal zu!«

»Ich gehe duschen«, verkündete Matty, als sie steif an ihnen vorbeirauschte. Dabei hinterließ sie einen Duft, der seine Wirkung auf die beiden Männer nicht verfehlte. Frank duckte sich, ließ die Hände fallen. »Ich will deine beiden Kleinen nicht am Schlafen hindern.« Er schaute auf seine Armbanduhr. »Chris, es ist schon nach elf. Ich suche mir jetzt besser ein Hotel.«

Chris sprang ein wie ein verlorener Bruder. »Meinen Sie das im Ernst? Seien Sie nicht albern. Sie bleiben über Nacht hier.«

Frank lehnte höflich ab. »Sie haben nicht mit mir gerechnet. Nein, ich kann nicht.«

»Seien Sie nicht albern«, hörte Chris sich wiederholen, »wir wollen es so, oder etwa nicht, Matty?« Auf halbem Wege zum oberen Stock blieb sie für einen Moment stehen. »Nicht wahr, Liebling?«

Für einen Moment verharrte sie regungslos, eine Hand auf dem Geländer. Sie lächelte matt. Resigniert? Sie sieht alt aus, dachte Chris.

»Natürlich«, erwiderte sie freundlich und beinahe aufrichtig.

Aus der Tiefe des Wohnzimmers blickten die zwei Männer zu ihr hinauf, Gläser in den Händen, von hinten beleuchtet vom Kaminfeuer, Gesichter, bestimmt durch hervorstehende Adams- und vier albern hüpfende Augäpfel wie Spiegeleier in einer seelenlosen Hülle. Matty stand da, schaute und staunte über den die Geschlechter trennenden Abgrund, der sich vor ihr auftat wie eine dunkle, dunstige Höhle. Matty, die total erschöpft war, hätte gerne etwas durch die Luft geschleudert.

»Ich dusche jetzt. Wir sehen uns morgen, Frank.«

»Danke, Kätzchen.« Aber sie war bereits verschwunden. Chris sah ihr einen Moment nach, dann wandte er sich wieder seinem Gast zu. »Die Kleine ist ganz erschöpft. Wir hatten schon vorher einen kleinen Zusammenstoß mit diesen Kerlen.«

Frank setzte sich wieder und griff nach dem fast leeren Glas. »Dabei sieht die Gegend so nett und harmlos aus.«

»Ja. Scheiß was! Ich fülle mal Ihr Glas nach.« Er nahm Franks Glas und ging in die Küche. »Touristen. Das ist eben der Preis, den man zahlen muß.«

Drüben im Wohnzimmer nickte Frank mitfühlend: »Ja, vermutlich. Andererseits, ich gäbe was drum, wenn ich hier leben könnte!« Er schaute sich ausgiebig um: »Und das alles dank des guten alten Onkels Miltie.«

Chris, der gerade eingoß, hätte beinahe etwas verschüttet. Er sah auf. »Ich dachte, er hieß Onkel Arky.«

Auch jetzt geriet Frank nicht in Verlegenheit. »Oh, ja. So hieß er auch. Einige nannten ihn Onkel Sam. Können Sie sich das vorstellen? Sogar viele. Guter alter Onkel Sam.«

»Sehr merkwürdig«, sagte Chris, der gerade frische Drinks anbot.

»Nicht wahr? Genauso wie die Regierung.«

»Ich meine, daß er so viele Spitznamen hatte. Warum, glauben Sie, war das so?«

Frank nahm einen Schluck und zuckte die Schultern. »Keine Ahnung. Ich weiß nur, daß ich für meinen Teil der Erbschaft dankbar bin. Und ich glaube, Sie und Matty denken das gleiche über das Haus.« Er schmatzte genüßlich mit den Lippen. »Guter Drink.«

»Danke.« Chris setzte sich ihm gegenüber.

»Natürlich haben Sie von uns beiden das bessere Geschäft gemacht.«

Chris hob die Augenbrauen. »Glauben Sie? Das ist doch ein irrer Wagen, den Sie da haben.«

»Ja, aber Matty ...«

»Ach, Sie meinen Matty. Ja. Aber es gibt nur eine Matty.«

Frank betrachtete ihn schmatzend. »Allerdings. Nur eine.« Einer spontanen Eingebung folgend, lehnte er sich vor und lächelte gewinnend. »Sagen Sie mir etwas im Vertrauen?«

»Natürlich.«

»Darf ich offen sein?«

»Ja, klar.«

»Fickt sie gut?«

Chris verschluckte sich fast, mußte husten, blinzelte und suchte in den Augen des anderen irgendeine Gemeinheit, ohne sie zu finden.

Frank grinste entwaffnend. »Ich meine, läßt sie sich *gerne* ficken, wie man so sagt?« Er schüttelte nachdenklich den Kopf und lehnte sich mit dem Drink zurück: »Ich hatte immer das Gefühl, daß es ihr mit mir keinen Spaß macht.«

Chris hatte einen Kloß im Hals und schluckte schwer. Etwas in ihm brannte wie Feuer, und das war keineswegs nur der Drink. Das Zimmer schien plötzlich eine leichte Schlagseite zu haben. Er war sich kaum des Glases in seiner Hand bewußt.

»Worüber reden Sie eigentlich?« brachte er endlich mit puterrotem Gesicht hervor.

Frank schaute ihn unschuldig an. »Meine erste Frau. Habe ich Ihnen denn nicht erzählt, daß ich schon mal verheiratet war?«

»Ich glaube nicht.«

Frank nickte, schaute nachdenklich auf sein Glas. »Marcia. Süße kleine Marcia. Bitte verstehen Sie mich nicht falsch. Nicht daß der Sex völlig unbefriedigend gewesen wäre – jedenfalls nicht für mich.« Er schüttelte den Kopf, als wolle er etwas Unbegreifliches verscheuchen: »Ich hatte einfach nie das Gefühl, daß sie wirklich bei der Sache war. Irgendwie. Verstehen Sie, was ich meine?«

Chris mußte nochmals schlucken »Ich ... ich glaube ...«

Frank nickte. »Aber was Sie betrifft, scheint Matty ja ihren Spaß zu haben?«

Chris setzte seinen Drink ab. »Aber Frank! Das ist wirklich eine sehr persönliche Frage, finden Sie nicht?«

Frank dachte nach. »Tut mir leid, Sie haben wahrscheinlich recht.« Dann erhellte sich sein Gesicht wieder. »Aber es bleibt ja in der Familie.«

Chris erwiderte lahm: »Ja, schon ... aber ...«

»Ich meine, die Sache ist doch die, Chris. Ich bin praktisch mit diesem sommersprossigen kleinen Ding aufgewachsen. Sie war wie eine Schwester für mich.«

Eine Schwester, mit der du nackt baden gegangen bist, dachte Chris.

»Ich hatte sie während ihrer ersten Lebenshälfte für mich, Sie haben sie während der zweiten, stimmt's?«

Chris lehnte sich zurück. »So würde ich das nicht ausdrücken.«

»Nicht? Hören Sie zu. Ich kenne Matty gut genug, um zu wissen, ob sie was gegen eine harmlose Unterhaltung über Sex einzuwenden hätte.«

»Ich habe nie behauptet, daß ein Gespräch über Sex per se unstatthaft ist ...«

Frank hob beschwichtigend die Hände. »Sie haben natürlich recht. Sex *sollte* eine Privatangelegenheit zwischen zwei Leuten bleiben.« Er langte nach seinem Drink und lächelte schelmisch. »Oder zwischen einer Person und sich selbst, wenn die Nacht lang ist und Freunde fehlen.«

Leicht beklommen erwiderte Chris das Lächeln.

»Beantworten Sie mir doch wenigstens die eine Frage. In aller Offenheit. So was würde ich nie jemanden außerhalb der eigenen Familie fragen. Ich glaube, Sie wissen, wie sehr ich Sie mag, Chris.«

»Was denn?«

»Ganz offen ... bläst sie Ihnen einen?«

Chris knallte sein Glas auf den Tisch, daß es überschwappte und die Fernsehzeitschrift naß wurde. »Verdammt noch mal, Frank ...«

Wieder beschwichtigte Frank: »Sie haben ja völlig recht, das war ein bißchen taktlos. Ein bißchen kompromittierend für unsere Freundschaft. Eine Freundschaft, an der mir sehr viel liegt, glauben Sie mir. Ich entschuldige mich. Vergeben?«

Chris wischte mit einer Serviette den Fleck weg.

Die Eiswürfel in Springers Hand klirrten. »Aber Sie wissen, Chris, eines müssen Sie zugeben: Ohne Sex – ich meine guten, sauberen Sex zwischen einverständigen Erwachsenen – hättet ihr beide niemals so etwas Wunderbares bekommen wie diesen süßen kleinen Kerl, der da oben schläft. Stimmt's?«

»Da gebe ich Ihnen recht.«

Begeistert nickend, fuhr Frank fort: »Ich gäbe meinen rechten Arm, wenn ich so ein tolles Kind haben könnte. Wer würde das nicht? Außer meiner lieben Gattin, versteht sich. Die natürlich nicht. Glaubte nicht, daß ich ein anständiger Vater sein könnte. Ich frage Sie, Chris, und seien Sie ehrlich zu mir: Sehe ich aus wie jemand, der keinen richtigen Vater abgeben kann?«

Chris zögerte. »Das geht mich wirklich nichts ...«

Er brach ab. Frank sah ihn nicht einmal an. Er starrte auf etwas hinter Chris' Rücken.

Chris wandte sich um, folgte dem Blick des anderen. »Was?«

Frank stand langsam auf und ging ruhig, aber bestimmt – ohne dabei die Augen abzuwenden – zum Westfenster. Er starrte nach draußen, wo Chris nur totale Dunkelheit wahrnahm. »Was sagten Sie noch mal, wie weit Ihre nächsten Nachbarn entfernt wohnen?«

Chris setzte seinen Drink ab und stand auf. »Ein paar Kilometer. Haben Sie Lichter gesehen?«

Frank sagte nichts, starrte nur.

Chris ging hinüber und stellte sich neben ihn, versuchte seinem Blick zu folgen. Dunkelheit. »Was ist da?«

Zwanglos tat Frank die Hände in die Hosentaschen. »Da draußen ist jemand ...«

Chris drehte sich der Magen um. Konzentriert blickte er nach draußen, bis die Scheibe beschlagen war und er wegsehen mußte: »Ich kann nichts erkennen. Wie kann man bei der Dunkelheit überhaupt etwas erkennen?«

Frank wandte sich vom Fenster ab, griff wieder nach seinem Drink und machte eine wegwerfende Bewegung. »Vielleicht ein Hirsch oder so was.« Er schluckte, leerte sein Glas und gab es Chris. »Wenn ich Sie wäre, würde ich trotzdem die Vorhänge zuziehen. Ich hoffe, das Haus ist gut gesichert.«

Chris leckte sich die Lippen. »Hm, ja. Manchmal achte ich nicht drauf. Hier draußen.«

Frank nickte. »Wenn ich Sie wäre, würde ich von jetzt an aufpassen.« Er streckte sich, gähnte leise, lächelte wieder. Dann klopfte er seinem Gastgeber auf den Rücken. »Chris, Alter. Ich gehe schlafen, wenn Sie nichts dagegen haben.«

»Natürlich nicht. Ihr Zimmer ist dort hinten am Ende der Diele, ganz rechts.«

Frank nickte, schaute auf die Treppe. »Das Zimmer von mir und Matty, meinen Sie wohl?«

Chris starrte ihn verdutzt an.

Frank lachte rauh, gab Chris einen Klaps auf den Rücken. »Dieser Gesichtsausdruck. Chris, Sie sind unbezahlbar. Bis morgen früh dann.« Am Fuß der Treppe blieb er einen Moment lang stehen: »Ich weiß das zu würdigen, Chris. Wirklich.«

»Nicht der Rede wert.«

Frank zögerte, trat eine Treppenstufe zurück. »Sie haben nicht noch ein zweites Gewehr? Ich dachte, wir könnten morgen ein bißchen jagen gehen, bevor ich mein Flugzeug nehme. Natürlich nur, wenn Sie Zeit haben.«

Chris überlegte einen Moment. »Ja, ich habe ein zweites Gewehr.«

Frank blinzelte: »Klasse. Abgemacht. Schlafen Sie gut.« Gutgelaunt stieg er die Treppenstufen empor.

Chris blieb mit den beiden Gläsern in der Mitte des leeren Wohnzimmers zurück und wunderte sich: Welches Flugzeug? Wohin? Und von wo?

Er war nicht dazu gekommen zu fragen.

Matty war längst eingeschlafen und schnarchte sanft, als er ins Bett stieg.

Chris kroch vorsichtig zu ihr hin. Er küßte ihre Wange, fühlte sich erregt von ihrem Parfum. Dann knipste er das Licht aus und berührte ihre weiche Schulter, umfaßte die Wölbung ihrer vom Schlaf warmen Brüste. Sie rührte sich, wachte aber nicht auf. Er küßte ihre Schulter. Dann legte er sich zurück, die Hände hinter dem Kopf verschränkt. Er hatte mit ihr über Frank reden wollen.

Worüber genau, hätte er nicht zu sagen gewußt.

Eine Weile lag er ruhig da. Er versuchte zu schlafen, aber es klappte nicht. Schließlich knipste er das Licht wieder an, reckte den Hals und fand John Antler Horns Buch übers Eissegeln.

Er blätterte es flüchtig durch und blieb an folgender Stelle hängen: *»... wenn zwei Segler den Wind auf verschiedenen Seiten haben, dann soll die Jacht, die den Wind auf der Backbordseite hat, der anderen aus dem Weg gehen ...«*

Für einen Moment schloß Chris die Augen und versuchte sich vorzustellen, wie der große See wohl zugefroren aussähe. Wie sich der Wind in seinem Gesicht anfühlen würde, während der Eissegler über die silberne Oberfläche dahinflog ...

So schlief er mit dem Buch in der Hand ein.

6

Als Chris erwachte, stach ihm die Sonne in die Augen. Schon nach acht – später als ihm lieb war. Er fühlte sich benommen, seine Zunge war belegt: die Drinks!

Matty war nicht da, ihre Bettseite war kühl.

Er streckte sich und grunzte. Von unten her roch es verführerisch nach Speck und Kaffee. Die Gute! Sie versuchte offensichtlich, ihre gestrige Reserviertheit wiedergutzumachen.

Chris stieß die Laken zurück und saß mit einem Gefühl da, als wären in seinem Schädel Eispickel am Werke. Oh, Gott!

Er saß an der Bettkante und ließ die Eispickel gewähren, bis das Ganze in eine Art Pochen überging. Schließlich stand er auf und ging ins Badezimmer. Ein Blick genügte. Nie wieder Drinks zu später Stunde!

Die anderen waren wahrscheinlich schon seit Stunden auf. Verdammt, hatte Frank nicht was von morgendlicher Jagd gesagt? Bitte nicht! Er tastete nach seinem Morgenmantel.

Als er die Treppe hinunterging, waren die Eispickel wieder da. Jeder Schritt erinnerte ihn unsanft an das Gewesene, aber der Duft des Kaffees war nahezu berauschend. Woher hatte Matty den? Er roch wie frisch aufgebrüht.

Er kam in die Küche und stieß auf Frank. Der war quietschvergnügt, hatte die Schürze umgebunden und war gerade dabei, das Fett vom Speck in eine leere Pappschachtel zu gießen.

»Einen wunderbaren guten Morgen, der Herr!«

Matty war nirgends zu sehen.

»Kommen Sie. Setzen Sie sich. Der Kaffee ist noch heiß.«

»Duftet großartig.« Chris schlurfte zum Holzhocker.

»Kubanischer Mokka! Der allerbeste! Sind diese Tassen richtig? Ich habe sie aus dem Regal über der Spüle.«

»Prima. Haben Sie das alles selbst gemacht? Wo ist Matty?«

»Ich dachte, die schläft. War Sie nicht bei Ihnen?«

Chris schüttelte den Kopf und schlürfte dankbar das Getränk. Der Kaffee war *tatsächlich* großartig. »Wenn Nicky nachts aufwacht, legt sie sich manchmal zu ihm und schläft dann dort ein.«

»Ach so. Wie ist der Kaffee?«

»Ganz ausgezeichnet. Ist der von Ihnen?«

»Den nehme ich überall mit hin. Halte es gar nicht ohne das Zeug aus. Wie hätten Sie gerne Ihre Eier?«

»Aber Sie sind doch der Gast.«

»Spiegelei?«

»Das ist wirklich nicht nötig. Danke, Frank, aber ich bin gar nicht so hungrig.«

»Quatsch. Man soll nicht mit leerem Magen auf die Rotwildpirsch gehen. Ich werde Eier nach Ranchero-Art machen. Das wird Sie umhauen.«

»Hören Sie zu. Erwarten Sie sich da draußen nicht zuviel. Ich habe noch nie viel Rotwild gesehen.«

»Wirklich? Ich habe heute morgen schon zwei Rehe gesehen.«

Chris langte nach der Sahne. »Seit wann sind Sie auf?«

»Noch vor Morgengrauen. Habe einen langen Spaziergang gemacht. Ich hoffe, Sie haben nichts dagegen. Wollte mich ein bißchen umsehen, verstehen Sie?«

Chris setzte die Tasse geräuschvoll ab. »Nein, verstehe ich nicht. Was meinen Sie?«

Frank teilte den Speck aus. »Nach Spuren unserer Freunde.«

Chris straffte sich. Er betrachtete das brutzelnde Fleisch, aber ihm war plötzlich der Appetit vergangen. »Und? Haben Sie was gefunden?«

Frank verrührte das Eigelb in der Pfanne, schlug es sachkundig, gab Käse, geschnittene Zwiebeln und Salsasoße hinzu. »Sie haben nicht zufällig Tortillas da? Macht nichts! Schwer zu sagen. Der Boden ist ziemlich felsig hier. Menschliche Spuren, ja. Aber ich bin mir nicht sicher, wie alt. Zerbrechen Sie sich jetzt darüber nicht den Kopf. Genießen Sie Ihr Frühstück.«

Chris lehnte sich zurück. In seinem Schädel pochte es. Er taxierte den breiten Rücken des Mannes mit der Schürze. »Was, sagten Sie, machen Sie beruflich, Frank?«

Frank erwiderte: »Ich bin bei der Regierung angestellt. Von Zeit zu Zeit. Habe ich das nicht erwähnt?«

»Gelegentlich? Wie funktioniert das?«

Frank drehte sich zu ihm um. Zuerst lächelnd, dann finster. »Mann, Sie sehen scheußlich aus. Kopfschmerzen?«

Chris nickte in seinen Kaffee. »Ja, eine Pracht. Gewöhnlich trinke ich nicht so viel, schon gar nicht so spät nachts.«

Frank schnipste effektvoll mit den Fingern. »Die Antwort liegt in meinem Wagen. Bleiben Sie sitzen.« Er verließ die Küche. Chris hörte seinen Magen knurren, beruhigte sich aber damit, daß das Essen ihn davon befreien werde. Er sah zur Wanduhr: 8.30 Uhr. Es war merkwürdig, so ganz ohne Matty und das Kind. Er schaute besser mal nach.

Frank kam zurück, hielt ihm ein gelbbraunes Fläschchen hin und nahm zwei Tabletten heraus, die er auf die sauber gefaltete Serviette seines Gastgebers legte. »Das einzig wahre Mittel gegen Kater.«

Chris hatte zu starke Schmerzen, als daß er Lust gehabt hätte zu streiten. Er schluckte und spülte sie mit dem phantastischen Kaffee hinunter.

»Zählen Sie bis drei, und die Schmerzen sind weg. Worüber hatten wir gerade gesprochen, Chris?«

»Sie wollten mir gerade erzählen, was Sie beruflich so treiben.« Er sah gerade noch rechtzeitig auf, um seine Remington auf sich zufliegen zu sehen.

Wie durch ein Wunder gelang es ihm, sie aufzufangen, ohne daß etwas auf dem Tisch zu Bruch ging. Das *war* verdammt leichtsinnig, ging es ihm durch den Kopf.

»Gesichert und geladen.« Frank zwinkerte. »Essen Sie auf, und dann gehen wir.«

Vorsichtig lehnte Chris die schwarze Mündung gegen den Rand des Hockers und kontrollierte, ob das Gewehr gesichert war. Wie kann man jemanden zur Ordnung rufen, der einem am Abend vorher wahrscheinlich eine Menge Kummer erspart hat? Er ließ es auf sich beruhen. »Ich muß erst mal nach Matty und dem Baby schauen. Will auch noch rasch duschen.«

»Sie können duschen, wenn wir zurück sind. Was macht der Kopf?«

Chris hielt einen Moment inne und sah seinen grinsenden Gast an. »Oh, die Kopfschmerzen sind weg.«

Frank zwinkerte ihm zu.

»Was war das für ein Zeug?«

Frank, der gerade rohe Eier verzehrte, lachte nur. »Ein altes Familienrezept.«

Die neuen Wanderschuhe, die Matty ihm letzte Woche gekauft hatte, konnte er nicht finden. Er hatte die Schachtel *irgendwo* hingetan. Also begnügte er sich mit Tennisschuhen. Sie würden sich ja ohnehin nicht allzu weit vom Haus entfernen. So hoffte er wenigstens.

Er beugte sich über Nickys Bettchen und betrachtete versunken seine Frau, die – goldrosa wie auf einem jener leuchtenden Gemälde von Delacroix – zusammengerollt dalag und mit dem Ausdruck größter Zufriedenheit ihren glückseligen Sohn umklammert hielt. Nicky schlummerte sanft in ihrer Armbeuge, während beider Haut wie Marmor im schmeichlerischen Morgenlicht glänzte. Matty räkelte sich geschmeidig in ihrem blauen durchsichtigen Nachthemd, das er aus Jux bei Fredericks unten im Tal gekauft hatte. Der Federboasaum dieses albernen Kleidungsstückes lief verführerisch an ihrem Slip entlang, während die nackten langen Beine kokett träge auf zerwühlten Laken ruhten. Ihr wuscheliges, glänzendes Haar ergoß sich über Kopfkissen und Kind. Matty, die sexy Mutti.

Er küßte beide auf die Stirn. Nickys war feucht von Kinderträumen, die der Mutti kühl und vom schläfrigen Nachduft eines Parfums umweht.

Ich liebe euch, sagte er lautlos. Schlaft gut, meine Lieben, mein Leben.

Er richtete sich auf, schloß beruhigt die Fensterläden und lächelte stolz. Dann beschloß er, dieses wunderbar vulgäre Nachthemdchen am Abend mal genauer zu studieren.

Als er sich umdrehte, sah er zu seiner großen Überraschung

Frank in der Türöffnung stehen. »Alles in Ordnung?« flüsterte der freundlich-besorgt.

Chris empfand die Einmischung als störend, ließ es dann aber gut sein. Er nickte nur, geleitete Springer hinaus und schloß leise die Tür.

In der Küche sagte Frank: »Was hatten Sie vorhin von mir wissen wollen?«

Chris durchstöberte die obere Hälfte des Küchenschranks und suchte hinter Konservenbüchsen nach seinen Patronen.

»Habe sie schon.« Frank grinste hinter ihm und rasselte mit der Schachtel. »Meine eigene Sorte.«

Chris stellte die Schachtel auf die Anrichte und wandte sich ohne Überraschung um. »Sie waren dabei, mir zu erzählen, was Sie beruflich machen.«

Beklommen hielt er seine Remington in der Hand.

Niemals zuvor war er an dieser Seite des Berges gewesen. Chris liebte es, an der frischen Luft zu sein, aber er war kein Pfadfinder. In seinem Hinterkopf lauerte irgendwo die heimliche Befürchtung, er könne sich verirren.

Frank, der piekfein in teuren Eddie-Bauer-Jagdklamotten herumlief, schien dagegen in seinem Element zu sein. Das große Gewehr sicher im Griff, richtete er die Augen nach vorn auf den Weg. Chris konnte allerdings überhaupt keinen Weg ausmachen, bestenfalls eine Art von engem Trampelpfad zwischen Tannen, Gestrüpp und herabgestürzten Steinen. Der See lag irgendwo im Norden, eine gezackte Hügelkette versperrte den Weg dorthin. So dachte er jedenfalls. Er war sich ziemlich sicher. Jenseits der Hügelkette thronte Bale's Peak unter der ersten Schneedecke des Jahres, blauschattige Schluchten hoben sich vom kobaltblauen Himmel ab.

»Und dann nach dem College habe ich eine Weile in einem Schuhgeschäft gearbeitet, was mich bald langweilte«, fuhr Frank mit seiner vierzigminütigen Litanei fort, die zwar detailliert und genau schien, aber dennoch nichts Konkretes über seine gegenwärtige Tätigkeit verriet. »Ging zur Armee.

Auch das langweilte mich. Trat in die Marine ein. Langweilte mich wieder.«

»Warten Sie einen Moment!« Chris schnaufte erhitzt. Er kletterte gerade eine starke Steigung hinauf, und die Tennisschuhe drückten bereits.

»Wie kommt es eigentlich, daß Sie die verschiedenen Waffengattungen so problemlos wechseln konnten? Sollten wir übrigens nicht mal anhalten, um was zu trinken?«

Frank stand sehr ruhig auf der Spitze einer Felskuppe – kein bißchen außer Atem, gelassen – und hielt schweigsam Wacht wie die dürre Kiefer neben ihm. »Sie trinken zuviel«, sagte er geduldig, während er auf etwas starrte, das außerhalb von Chris' Sichtweite zu liegen schien.

»Zuviel *Wasser?*«

»Es wird heiß. Wasser kann Sie aufblähen wie ein Schwein.«

»Was treiben wir hier eigentlich, Frank? Ist dies ein Geländemarsch oder eine Jagd?«

Keine Antwort, nur das langsame respektheischende Heben von Franks Hand, das Chris abrupt zum Schweigen brachte und ihm die eigene laute Plumpheit bewußtmachte.

Frank stand bewegungslos da, als wäre er ein Teil des Berges.

Chris' Herz schlug wild, als er sich bis an Franks Seite vorgearbeitet hatte. Er rang nach Atem. »Was ist los?«

Frank starrte in weite gewellte Felsschluchten, ein schier endloser Anblick von Chromgrün und Dunkelbraun.

Chris betrachtete alles, sah aber nur Wildnis. Er konnte nicht einmal den gottverdammten See ausmachen. »Ein Hirsch?«

Frank blickte argwöhnisch.

Das spottische Krächzen einer Krähe zerriß die Stille und versetzte Chris in Aufregung. »Scheißvögel!«

Frank entsicherte sein Gewehr. »Hier ist jemand in unserer Nähe.«

Chris fühlte, wie sich seine Kopfhaut spannte. Er schluckte. »In unserer Nähe? Wo?«

Frank sagte nichts, starrte nur ins Leere. Schließlich drehte er sich zu Chris um, das Gesicht steinern. »Bleiben Sie hier.«

»Warten Sie einen Moment. Wohin gehen Sie, Frank?«

»Bleiben Sie, wo ich Ihnen gesagt habe.«

Dann war er plötzlich verschwunden.

Chris stand leicht schwitzend auf zerbrochenen Schiefern. Er machte eine Drehung um 180 Grad, sah nichts als Kiefern und Felsen und immer wieder Felsen. Weder Frank noch sonst jemand war zu sehen.

Er wartete. Hinter einem Baldachin aus Tannen stand die Sonne im Zenit. Wegen der vielen Fliegen wischte er sich über die Augen, blinzelte, rieb abermals. Immer noch nichts.

»Frank?«

Hinter sich hörte er Steine prasseln.

Er wandte sich um und sah Frank zwanzig Meter entfernt, das Gewehr auf ihn gerichtet: »Frank! Was soll das?«

Eine Tausendstelsekunde, nachdem die Waffe in Franks Armen geruckt hatte, krachte der Schuß in seine Schädeldecke. *Ich bin tot.*

Er brachte den Gedanken nicht zu Ende, weil die Kugel – wie eine erboste Wespe – die Luft neben seinem linken Ohr zerschnitt. Die krachenden Echos des Schusses folgten. Chris merkte, daß er noch lebte, ja nicht einmal das Ziel abgegeben hatte. In diesem Moment kam nämlich Frank mit Karacho den felsigen Abhang heruntergefegt. Er hielt das Gewehr nicht mehr in den Armen, sondern in einer Hand. Er schnellte an Chris vorüber, lief wieder rückwärts zur Spitze der Felskuppe, gebückt und mit federnden Schritten, ruhig wie ein Panther.

Bleich wie der Tod starrte Chris ihn aus weit aufgerissenen Augen an.

Frank drehte sich um und schüttelte den Kopf. »Ich habe ihn verfehlt.«

Chris, dem sein Gewehr wie ein fremdartiger Amboß vorkam, der ihm weiche Knie und schlappe Arme verursachte, versuchte Wörter zu bilden: »Sie haben auf jemanden *geschossen!*«

»Bin mir ziemlich sicher, daß ich ihn verfehlt habe.«

Chris wurde rot vor Wut – schmiß beinahe sein Gewehr auf den Boden. »Sie haben auf jemanden gezielt. Sind Sie wahnsinnig? Und wenn es bloß ein Jäger war?«

Er verlor sich in Franks unerschütterlichem Blick. »Chris, er hat auf Sie angelegt.«

Die Welt färbte sich weiß. »Wie bitte?«

»Wenn ich nicht auf ihn geschossen hätte, könnte man jetzt Ihre Gehirnteile aufsammeln. Diese Typen meinen es ernst.«

Chris schluckte mühsam, seine Blase brannte plötzlich. »Die Kerle von gestern abend?«

Frank nickte. »Mindestens zwei von ihnen. Ich dachte zuerst, sie wären hinter mir her, aber … *Scheiße!*« Sein Gesicht war plötzlich ganz starr.

»Was, *was?*«

»Matty.«

»Matty?«

Frank schien einen Moment zu überlegen, dann packte er dem anderen an die Schulter, bis es weh tat. »Finden Sie den Weg zum Landesteg?«

»Zum Steg?«

»Chris, hören Sie auf, alles zu wiederholen. Schaffen Sie es von hier zum Landesteg? Nur diese Schlucht runter und dann an den Bäumen dort vorbei, sehen Sie?« Er wies die Richtung.

»Ich glaube, schon, sicher. Was machen wir jetzt?«

»Diese Wichser! Sie haben uns wahrscheinlich vom Haus weggelockt und dann kehrtgemacht, um zu Matty kommen.«

»Uns weggelockt?«

»Chris, ich folge ihrer Spur schon seit einer Stunde. Ich habe nicht damit gerechnet, daß es mehr als zwei sein könnten. Schaffen Sie es nun zum Landesteg oder nicht? Ich möchte Sie draußen auf dem See und in Sicherheit wissen; das heißt, wenn die nicht schon Ihr Boot haben.«

»Wohin gehen *Sie* denn?«

»Ich kann das Haus schneller allein erreichen, Chris. Sie gehen jetzt besser.«

Chris drehte sich um, wischte sich noch mehr Schweiß aus

der Stirn, drehte sich nochmals um. »Warten Sie einen Moment. Ich will mit Ihnen gehen.«

»Chris! *Denken* Sie doch mal nach! Was passiert, wenn sie uns einkreisen? Wir verdoppeln unsere Chancen, wenn wir uns trennen.«

Chris fühlte sich in einen Alptraum hineinversetzt, ein völlig unwirkliches, außerirdisches Gefühl; genau wie damals, als Nicky …

»Was soll ich denn auf diesem beschissenen See?«

»Verstehen Sie denn nicht, daß das Boot der schnellste Weg ist, um Hilfe zu holen? Verdammt noch mal, *gehen* Sie endlich los!« Dieser barsch vorgetragene Befehl ließ Chris klein beigeben. Er trat einen Schritt zurück.

Schließlich drehte er sich um und trottete lustlos davon. Nach ein paar Metern drehte er sich nochmals um: »Hier lang?«

Frank stöhnte ungeduldig, fingerte in seinem mit Wolle gefütterten Jackett herum und warf Chris etwas silbern Glänzendes zu, das dieser mit der Hand auffing: ein Kompaß.

»Wissen Sie, wie man damit umgeht?«

»Ja, glaube schon.«

»Der Steg muß nördlich liegen. Folgen Sie einfach der Nadel.«

»In Ordnung.«

»Und jetzt *gehen* Sie!«

Chris rannte.

Er lief immer noch, als ihm zehn Minuten später klar wurde, daß er den See eigentlich längst hätte sehen müssen. Was immer auch die verdammte Nadel anzeigen mochte – überall nichts als Felsen.

Er kam zu einem gezackten Bergrücken, einem hohen, morgenkühlen Felsabhang. Er stand, auf seine Arme gestützt, da und atmete schwer, bis ihm bewußt wurde, daß er eine gute Zielscheibe abgab, aber er *mußte* erst wieder zu Atem kommen, seinen Standort bestimmen.

Er fühlte sich verwundbar und merkwürdig isoliert von allem Leben. Die Höhenkrankheit?

Dann sah er es links unter sich, ein klitzekleines Stückchen blauen Sees, keineswegs nördlich, sondern beinahe nordöstlich. Konnte sich Frank geirrt haben? Er schaute grundlos auf die Uhr: 10.06 Uhr.

Irgend etwas stimmte nicht.

Er versuchte, sich auf das Haus zu konzentrieren. Aber wo lag das verdammte Haus jetzt? War das dort das südliche Ende des Sees oder das westliche? Unmöglich, das von hier aus zu bestimmen. Er fluchte vor Wut. Warum waren sie überhaupt in diese verdammte Wildnis hineingegangen?

Steh hier nicht bloß rum!

Tu lieber, was Frank dir gesagt hat: Wenn du jetzt deine eigenen Pläne schmiedest, wirst du alles verderben.

Zu seinem Erstaunen blickte er gerade in diesem Moment in die schwarzen, unergründlichen Augen eines Hirsches, der dort schon eine Ewigkeit gestanden haben mochte. Ein Wapiti, also genau das, wofür sie angeblich hierhergekommen waren. Sein graubrauner Wedel war ihm zugewandt, der Kopf herumgedreht, die großen Lauscher gespitzt. Als er davonrannte, stand der Schwanz wie eine weiße Fahne nach oben, als wollte er seine Brüder warnen.

Chris steckte den Kompaß weg, hielt das Gewehr nach oben und startete den steilen Abhang hinunter, hin zu dem fernen, schimmernden Fleckchen Blau dort unten.

Auf halbem Wege nach unten wußte er bereits, daß der Abhang, der aus losem Schiefer und Geröll, aber nicht aus solidem Fels bestand, für seine Tennisschuhe zu steil war, so daß er jetzt entweder sehr schnell laufen oder sich nach unten werfen mußte, um hier überhaupt heil herauszukommen.

Er entschied sich für die erste Möglichkeit, ruderte mit den Armen, die Klippe war jetzt glatt wie Eis.

Oh, nein. Scheiße. »Halt!«

Die Schieferklippe endete keineswegs auf flachem Boden, ging vielmehr in eine noch steilere über. Eine tiefe Schlucht, in die er hineinstürzen würde, falls es ihm nicht gelang, einen jungen Baum, einen Felsen oder sonst etwas zu fassen zu kriegen.

Hilflos mußte er mit ansehen, wie sich seine Beine immer schneller bewegten. Eine Lawine von Geröll und Dreck riß ihn mit sich, zerfetzte ihm die Jeans, dann Oberschenkel und Knie. Er versuchte, sich mit den Tennisschuhen Halt zu verschaffen, diesen verfluchten Tennisschuhen, aber es klappte nicht. Er hätte sich eben die Zeit nehmen sollen, um nach den Wanderschuhen zu suchen. Jetzt kommt der Rand der Klippe. Jetzt kommt das Ende deines Lebens.

Matty im Morgenlicht, seine Wange küssend. *Ich liebe dich, Christopher Nielson.* So wunderbar im Morgenlicht. Und was würde sie jetzt machen, und wie sollte Nicky denn ohne einen Vater zurechtkommen ...?

7

Als Matty erwachte, schnappte sie nach Luft, die Augen waren weit aufgerissen. Mit dem Instinkt einer Löwenmutter wußte sie sofort Bescheid.

Sie drehte sich um, prüfte die Aladin-Uhr auf Nickys Kommode und verspürte einen schmerzhaften Stich durch ihre verkrusteten Wimpern: neun Uhr sechsundzwanzig.

Das Kind schlief immer noch.

Irgend etwas stimmte ganz und gar nicht.

Sie legte ihm die zitternde Handfläche auf seine lockige Stirn, die feuchtwarm, aber nicht besorgniserregend heiß war. Und doch. Sie schüttelte ihn heftig. »Nicky!«

Er blinzelte matt mit den Augen, murmelte undeutlich: »Pfannekuchen ...?«

Matty setzte ihn auf, gab ihm einen Klaps auf die Backe. Angesichts seiner starren Pupillen, des wackelnden Kopfes spielte ihr Herz wieder verrückt: »Kleiner?«

Schon war er wieder eingeschlafen. Scheiße, *Scheiße!*

Sie rappelte sich auf und bemerkte, daß sie dieses alberne Nachthemd trug.

Ein Frösteln überlief sie, dem weitere Kälteschauer folgten.

Sie war in ihrem Flanellschlafanzug zu Bett gegangen. Hatte Chris sie in dieses Ding gesteckt?

Hoffentlich war er es gewesen!

Sie rannte in die Diele hinaus, ahnte bereits, daß das Schlafzimmer leer sein würde, und behielt recht.

Wie in einem Traum – einem Alptraum – schwebte sie die Treppe hinab, glitt über das Küchenparkett. Auch dort war niemand. Es roch nach Frühstück. Zwei Hocker waren herausgezogen.

Sie wandte sich ab. Als sie sich umdrehte, fiel ihr Blick auf die Patronenschachtel auf der Anrichte.

Ein Adrenalinstoß: *»Chris!«*

Sie wirbelte herum, lief zur Eingangstür und riß sie geräuschvoll auf.

Von Tau bedeckt, glänzte Frank Springers Lamborghini matt im hellen Morgenlicht. Ihr beiger Volvo stand geduckt daneben. Es entging ihr jedoch, daß sich von Westen her rasch eine dunkle Wolkenbank näherte.

Er hatte Chris in den Wald mitgenommen!

Mit Gewehren! Blöd. Wie konntest du nur so blöd sein!

Sie wirbelte herum, ersetzte den Gedanken durch die Tat und griff nach dem Telefon. Natürlich war die Leitung tot. Barfüßig und zitternd stand Matty auf dem kalten Fußboden; gelähmt wie eine alte Frau und ebenso hilflos.

Tu etwas!

Nicky!

Sie lief die Treppe hinauf.

Ich muß nachdenken, muß *nachdenken!* Frank war alles zuzutrauen, auch das Schlimmste, nämlich daß Chris tot war.

Frank will das Kind.

Sie kam zum oberen Treppenabsatz, wimmernd wie ein Tier, hastete zu Nickys Zimmer. Dann zwang sie sich stehenzubleiben. Sie mußte erst wieder zu Atem kommen und *überle-*

gen. Das ist jetzt alles, was du hast: deinen Verstand. Überliste ihn.

Ruhe bewahren!

Das Kind ist okay, steht nur momentan unter Drogen.

Das gleiche hat er mit dir gemacht.

Den Orangensaft hatte er nicht manipuliert, den hatte sie am Abend nicht aus den Augen gelassen. Er mußte letzte Nacht in Nickys Zimmer geschlichen sein und ihm eine Spritze gegeben haben.

Gedankenverloren strich sie sich über die Arme, suchte nach Einstichen. Mein Gott, kannte er die richtige Dosierung für ein Kind? Würde Nicky ins Koma fallen?

Wieder rannte sie zu ihm, zerrte den kleinen Körper hoch. »Nicky!«

Das Kind blinzelte benommen und murmelte etwas Unverständliches. Wieder befühlte sie seine Stirn, seine Handgelenke, seine Knöchel. Er schien in Ordnung, nur nicht ganz bei sich.

Hol ihn hier raus!

Aber Chris? Hatte er den auch unter Drogen gesetzt?

Egal, rette jetzt das Kind! Das würde Chris auch wollen!

Sie hastete zum Fenster, öffnete die Fensterläden, blickte argwöhnisch ins gleißende Sonnenlicht. Mit Ausnahme der beiden Wagen war die Auffahrt leer, ebenso der Seitenhof und was sie vom hinteren Teil sehen konnte.

Sie drehte sich herum, ergriff ihren Morgenrock und schlüpfte hinein. Dann hielt sie inne. Nein. Zieh dich richtig an, hol deine Handtasche und dein Geld; wirst es brauchen.

Sie griff nach ihren Tennisshorts, zog rasch den roten Strickpullover von Robbins-May an, ohne BH drunter, vergaß die Socken und schlüpfte in ihre alten Slipper. Ihr Körper zitterte heftig. Sie konnte gar nicht aufhören damit.

Sie griff wahllos nach der Babykleidung auf Nickys Kommode, fand eine alte Tüte von Toys 'R' Us, stopfte sie voll, nahm rasch das Kind in ihre Arme und rannte ungeschminkt zum Schlafzimmer.

Dort schnappte sie sich ihre Handtasche, sah kurz nach dem Geld, fand acht Dollar, nahm das Scheckbuch (dachte wieder an Chris), schulterte die Handtasche und rannte mit dem Baby in den Armen die Treppe hinunter.

Auf der Treppe blieb sie abrupt stehen. Die Eingangstür stand offen.

Frank wartete draußen ...

Sie ging langsam weiter, wiegte Nicky, blieb auf dem Wohnzimmerteppich stehen.

Matty stand da und starrte auf die Bäume draußen, den Himmel, die Auffahrt und die zwei Autos (Flucht).

Hatte sie selbst die Eingangstür offengelassen? Sie konnte sich nicht erinnern.

Scheißegal! Lauf!

Matty lief.

Sie stieß auf eine kühle Morgenbrise. Vogelgezwitscher. Über allem der liebliche blaue Himmel. Niemand stürzte sich auf sie. Nicky blinzelte einmal im hellen Sonnenlicht, drehte den Kopf und nieste in ihre Armbeuge. Gut so!

Sie konnte ihn nicht halten und gleichzeitig die Schlüssel handhaben. Sie mußte ihn irgendwo absetzen.

In plötzlicher Panik fuhr sie herum. Sie war sich sicher, vom Waldrand her ein Geräusch gehört zu haben. Ihr Herz schlug wild.

Nichts. Entspann dich.

Sie legte Nicky auf die sonnenerwärmte Motorhaube und suchte verzweifelt nach den Schlüsseln.

In der Handtasche waren sie nicht.

Oh, verdammt! Im Haus? Oben auf der Schlafzimmerkommode? Der Korb im Wohnzimmer? Matty! Matty, *überleg!* Sie hämmerte mit der Faust gegen die verschlossene Tür. Und da war er wieder, dieser wimmernde Ton, der von tief unten aus ihrem Zwerchfell herkam.

Sie beobachtete einen grauen Zaunkönig, der auf dem Rand des Daches saß. Noch immer übersah sie das heraufziehende Unwetter.

Denk nach! Wo hast du sie zum letzten Mal gesehen?

Wahrscheinlich auf der Kommode im Schlafzimmer.

»Komm, Kleiner!« Wieder hob sie das Kind hoch und drehte sich um. Als sie sah, daß die Beifahrertür nicht verschlossen war, überlegte sie kurz. Ohne Kind würde sie schneller im Haus und zurück sein.

Sie lief schnell um den Kühler des Volvo herum, öffnete die Tür und legte Nicky sanft auf den Beifahrersitz, das süße Köpfchen weich gebettet. »Mutti ist gleich wieder da!«

Er strampelte einmal mit den Beinen in der Luft, um gleich darauf leise weiterzuschnarchen.

Matty raste zum Haus zurück.

Die Treppe hinauf. Atemlos und benommen fand sie die Schlüssel schließlich im Schlafzimmer.

Diesmal ging sie die Treppe langsam hinunter.

Wenn du jetzt hinfällst und dir das Genick brichst, war alles umsonst.

Als der gewaltige Donnerschlag das Haus erbeben ließ, schrie sie entsetzt auf.

Wieder durchquerte sie das Wohnzimmer, drehte sich ruckartig nach links und spürte wieder das nun schon vertraute Stechen in der Magengegend. Am Waldrand hatte sich ganz sicher etwas bewegt. Sie sah sich sorgfältig um.

Sie zögerte, sah zu dem ruhenden Volvo hin.

Schnell und leise gelangte sie zur Eingangstür, die sie noch leiser schloß. Dann machte sie kehrt und raste zum Hintereingang des Hauses. Fast wäre sie über den großen gewellten Kaminvorleger gestolpert und hätte die Schlüssel verloren.

Vorsichtig öffnete sie die Hintertür, schlich über die hintere Freitreppe, umrundete die linke Hausseite, wobei sie angestrengt den an das Rasenstück angrenzenden Wald musterte. Ihre Ohren waren gespitzt. Plötzlich blieb sie an der Ecke der Vorderseite stehen. Sie sah sich sorgfältig um.

Wieder das Krachen des Donners. Sonst nichts.

Gut. Jetzt lauf los!

Sie sprintete zum Wagen.

Die ersten Regentropfen trafen sie, als sie an der Tür hantierte.

Sie steckte den Schlüssel hinein, den falschen, zog ihn mit einem Schnappen wieder heraus. Sie schüttelte den Schlüsselbund, ließ ihn auf den Kies fallen, fluchte, hob ihn wieder auf, suchte mit Fingern, die einfach *nicht* das winzige Schloß finden konnten. Schließlich war er drin und sie öffnete die Tür.

Sie hatte sie wieder geschlossen, den Motor angelassen und die Hand bereits am Schalthebel, als sie bemerkte, daß Nicky nicht mehr da war.

»Nein!«

Sie sprang hinterm Steuer hervor und schrie seinen Namen.

»Nicky!«

Sie ließ ihre Augen über die Kiesauffahrt wandern, musterte die undurchdringliche Wand aus dichtem Unterholz und schemenhaften Kiefern, die hinter einem Regenvorhang verschwand. Lieber Gott, er konnte überall sein.

»Nicky, Liebling!«

Matty hastete zum Waldrand und blickte in eine undurchdringliche Schattenwelt voller geheimer Schrecken. Schlangen. Wasserläufe, die plötzlich zu Sturzfluten anschwollen.

»Zur *Hölle* mit dir«, stieß sie hervor, womit sie vor allem sich selbst meinte.

Sie drehte sich um, die Haare wirr, schaute über ihre Schulter zurück. Ein Kind würde von dem angezogen werden, was es am besten kannte: dem Haus.

Sie hetzte wieder zurück, rutschte auf den regennassen Kieseln aus, zerschrammte sich dabei die zarten Knie (Betty-Garble-Knie, hatte Chris sie genannt; jetzt waren sie ruiniert). Sie ignorierte den Schmerz und das Blut. Hetzte weiter, sprang die kurze Treppe hinauf, schnappte nach dem bronzenen Türgriff, bevor ihr einfiel, daß sie ja von innen zugeschlossen hatte. Sie taumelte gegen den Holzrahmen, schluchzte, rang enttäuscht nach Luft, preßte seinen Namen in einem wirren Kreischen hervor: »Nicky!«

Der Donner ergriff ihren Schrei und trug ihn in die fernen Wälder.

Nur ihr leises Wehklagen, das Gemurmel des prasselnden Regens und das Gurgeln der Dachtraufen war zu hören. Ansonsten Stille.

Wie durch ein Wunder öffnete sich die Tür hinter ihr, brachte sie beinahe zu Fall. Der Türspalt vergrößerte sich. Sie gewann wieder Halt, sah auf. Da war er und lächelte sie verschlafen an …

»Mama …!«

Sie zog ihn an sich, drückte ihn gegen den feuchten, muffigen roten Pullover, küßte seine zarte Wange und sah hinter ihm im Halbdunkel des Sturmes die Silhouette dessen, der hoffentlich ihr Mann war. Ihr messerscharfer Instinkt sagte ihr freilich, daß er es sicher nicht war.

Wiederbelebt durch die ersten Tropfen, dann blinzelnd hinter dem einsetzenden Sturzregen, bedeckte Chris das Gesicht mit seinen zerschundenen Fingern, rollte über die qualvoll schmerzende Schulter nach links und stellte fest, daß er noch immer am Leben war.

Er war am Leben, fähig zu sitzen, schließlich sogar zu stehen, wenn auch nur unter Zuhilfenahme des Gewehrs, das dank der gütigen Vorsehung in seiner Nähe zu Boden gefallen war. Es war ein langer Sturz gewesen – so weit erinnerte er sich –, aber doch nicht ganz so steil, wie er befürchtet hatte.

Er schaute nach oben in den prasselnden Regen, sah den von verbogenen Zweigen und ausgerissenen Schößlingen gesäumten Verlauf seines Sturzes; weiter unten dann das Kiefern-Dickicht am Fuße des Abhangs, das zweifellos seinen Sturz gebremst und ihn gerettet hatte. Sein ganzer Körper schmerzte, aber er lebte.

Mit einiger Anstrengung konnte er sogar laufen.

Schließlich konnte er sich auch an den Rest erinnern.

Er überprüfte seine Uhr. Das Uhrglas war kaputt.

Er erinnerte sich dumpf an Franks Plan. Da er jedoch nicht

wußte, wie lange er schon hier war, ließ er ihn als rein hypothetisch fallen. Falls Matty wirklich in Gefahr gewesen war, dann war der Ernstfall wahrscheinlich schon eingetreten. Ihr jetzt mit dem Boot zu Hilfe zu eilen – falls das Boot noch da war –, schien nutzlos und pure Zeitvergeudung. Seine beste Option war nun, so schnell wie möglich zum Haus zurückzukehren; vorausgesetzt, daß nichts gebrochen oder böse verstaucht war, was immerhin ein kleines Wunder darstellen würde. Wahrscheinlich suchten Frank und Matty bereits nach ihm.

Der schnellste Weg führte zurück nach oben, aber bei seinem Ausgangspunkt nötigte ihn das über vorhersehbare Felswände, die in Angriff zu nehmen er weder die Kraft noch die Erfahrung hatte. Der zweitschnellste Weg war quer geradeaus, aber das brachte eigene Probleme mit sich: Die Vegetation war sehr dicht dort, und der Regen behinderte die Sicht. Er konnte das Haus völlig verfehlen oder, schlimmer noch, sich verlaufen.

Die sicherste Route war vermutlich die am Seeufer entlang, auch wenn das einen Umweg bedeutete und kostbare Zeit kostete. Mit dem vertrauten Ufer als Führer würde er sogar bei dieser Sintflut seinen Weg finden, um den See herum ihre Anlegestelle ausfindig machen, den Pfad hinauf und hinein ins Haus ... das konnte zwei, drei Stunden dauern.

Gut. Das war also der Plan. Er ging jetzt besser los, bevor er sich eine Lungenentzündung holte.

Er machte ein paar vorsichtige Schritte. Seine Beine schienen in Ordnung zu sein, obwohl er in der linken Seite ein fürchterliches Stechen verspürte, das entweder von einer äußeren Verletzung durch einen Ast oder aber von einer inneren und damit gefährlicheren herrührte. Er hatte jetzt keine Zeit, das nachzuprüfen.

Seine Unterarme waren übersät mit blutigen kleinen Schnittwunden, die der Dauerregen reinwusch. Wie zu erwarten, hatte er furchtbare Kopfschmerzen. Dennoch untersuchte er seinen Kopf nicht. Er wollte gar nicht so genau Bescheid wissen; am Ende hingen ihm noch Teile seines Gehirns heraus.

Die Tennisschuhe waren ein Witz. Völlig zerfetzt. Eine lose herabhängende Sohle hatte den Absturz sogar noch beschleunigt.

Er wußte, daß der See in der Nähe war, konnte ihn aber nicht sehen. Selbst wenn dort draußen im Unwetter ein Motorboot gewesen wäre, hätte man es wegen des prasselnden Regens nicht hören können.

Er begann sich an seine Pfadfinderzeit zu erinnern, an alles, was er damals an sommerlichen Lagerfeuern in alten, eselsohrigen Handbüchern gelesen hatte.

Er wußte, daß der See nahe dem untersten Niveau des Hochlandes lag. In seiner Jugend hatte er gelernt und sich also daran erinnert, daß die sichtbare Vegetationsfolge in den Bergen, den nordamerikanischen jedenfalls, abfallend verläuft.

Die Baumgrenze ist nahe dem Gipfel und markiert die baumlose Zone alpiner Tundra. Weiter unten beginnt eine verkümmerte bodennahe Vegetation, die man mit einem deutschen Wort – Krummholz oder so ähnlich – bezeichnet. Aber das war jetzt sowieso ohne praktischen Nutzen, denn er befand sich unterhalb dieser Höhe.

In seiner unmittelbaren Umgebung standen vor allem Rot- und Douglastannen. Diese Bäume hatten eine irgendwie geartete symbiotische Beziehung, deren genaue Einzelheiten er jedoch nicht zusammenbrachte: etwa derart, daß die Rottanne langsamer wächst, aber länger lebt, während die schnell wachsende Douglastanne ihre Samen ausstreut, die die Berghänge vor Erosion schützen helfen. Die unbezwingbare Natur. Es hatte da eine Federzeichnung gegeben, die diesen Vorgang im zweiten Kapitel des Lehrbuches illustrierte.

Weiter unten dann würde er Unmengen an Ponderosakiefern finden und noch tiefer die ersten Wacholder- sowie Laubbäume, die das Seeufer säumten.

Und dazwischen immer wieder Fels.

Er ging es ruhig und überlegt an, beruhigte sich mit der Überzeugung, daß Frank wahrscheinlich schon dort angekommen war und Matty samt Kind vor jedem Unheil schützte.

Das Gewehr als Krücke benützend, stieg er langsam nach und nach zur wogenden Oberfläche des Sees hinab.

Hager und elend, ungeschminkt und lustlos schlüpfte Matty in das rosa Unterhöschen. Dann zog sie sich das brandneue Nachthemd an.

Im unteren Badezimmerspiegel sah sie grotesk aus wie eine Saloon-Stripperin: die Brüste kaum verhüllt, das Haar immer noch feucht und verklebt vom Regen und kein Kamm zur Hand. Merkwürdig, daß sogar unter solchen bizarren Umständen das Bedürfnis, gepflegt und vorzeigbar auszuschauen, bestehen blieb.

Sie schlüpfte in die flauschigen, rosafarbenen hochhackigen Pantoffeln und seufzte resigniert. Dann öffnete sie die Badezimmertür und ging hinaus, um es ihm vorzuführen.

Er saß immer noch in dem gelbbraunen Eames-Sessel, das Gewehr quer über die Knie gelegt, den langen schwarzen Lauf auf das Sofa am anderen Ende des Raumes gerichtet, auf das Sofa und Nickys zerzausten Kopf.

Das Kind war immerhin wach genug geworden, um schläfrig die Türe zu öffnen, seine Mutter zu erkennen und gleich darauf wieder in ihren Armen einzuschlafen.

Frank, der ihren Bitten gegenüber kalt und abweisend war, hatte ihm noch ein Nilpferdchen ins magere Ärmchen gesteckt. Zu Mattys Entsetzen war Nicky wieder tief eingeschlafen.

Matty trat in ihrer lächerlichen Aufmachung ins Wohnzimmer und schaute ihn an. »Also. Wirst du es mir nun sagen?«

Frank nahm sich Zeit, sie eingehend zu betrachten.

»Dreh dich um!«

»Frank ...«

»Dreh dich um, ich will die andere Seite sehen.«

Sie tat es.

»Nett. Du hast kein Pfund zugenommen. Vorhin im Dunkeln war ich mir nicht sicher.«

»Du wolltest mir sagen, wo er ist.«

Er lehnte sich zurück. Wie stets genoß er es, alles unter Kontrolle zu haben, und lächelte zufrieden. »Hast du deine Brustwarzen rot nachgezogen?«

»Da drinnen ist keine Schminke.«

»Wo dann?«

»In meiner Handtasche. Du wolltest es mir sagen.«

Er bewegte sich und der dunkle Lauf des Gewehres mit. Wenn es jetzt zufällig losging, würde es dem Kind glatt den Kopf wegreißen und auch vom Sofa nicht viel übriglassen.

»Er lebt.«

Trotz seiner Vorliebe fürs Lügen, merkte sie, wie sie wieder ruhiger atmen konnte. »Wo ist er?«

Frank zuckte mit den Schultern, zeigte auf die regennassen Fensterscheiben. »Irgendwo da draußen. Vermutlich im See.«

»Im See?«

»Deine Vulva sieht geil aus in dem Ding. Betont die Schamlippen. Hat er dich oft da drin gefickt?«

»Warum im See?«

Frank stöhnte gelangweilt. »Was gibt es zu trinken?«

Matty schaute zur Küche hinüber: »Was hättest du gern? Ein Bier?«

»Oh, Gott, nein. Dein Mann versteht nichts von Bier. Champagner?«

»Vielleicht ist eine Flasche da. Ich schaue mal nach.«

Er grinste. »Und ich werde dich dabei beobachten.«

Sie schenkte ihm ein. »Die Männer letzte Nacht... du kennst sie, nicht wahr?«

Sie sah noch gerade rechtzeitig auf, um ihn nicken zu sehen. Er lächelte.

»Schenk dir selbst auch einen ein, Kätzchen.«

Sie zögerte. Sie wollte sich nicht mit ihm streiten, holte noch ein Glas. Sie mußte ihn von dort wegkriegen, damit der Gewehrlauf nicht länger auf Nickys Kopf zielte.

»Wer waren sie?«

Er nahm den Drink von ihr entgegen. »Was glaubst du denn, wer?«

Plötzlich brauchte sie einen Drink. Sie schluckte, mußte sich schütteln: »Du lügst.«

»Gut.«

Sie nahm noch einen Drink: »Warum? Was hätten sie für einen Grund?«

Er schlug die Beine übereinander und lächelte breit. Er genoß dies alles sehr. Auch das Gewehr bewegte sich, aber die Schußrichtung blieb. »Es scheint so, als wäre ich wieder beliebt.«

Sie nickte versonnen. Als ob er je unbeliebt gewesen wäre! »Sie wissen also Bescheid, wissen auch, daß du hier bist, wissen alles über dich.«

»Wegen *denen* bin ich doch hier, Süße. Hat er dich auch draußen im Wald gefickt? Unter den Sternen? Während die Blätter an deinem schönen weißen Arsch klebten?«

Sie stellte ihr Glas auf den Korbtisch. »Kann ich mich jetzt anziehen? Mir ist kalt.«

»Wirklich? Mir war jahrelang kalt. Jahrelang, Matty. Kannst du dir vorstellen, wie das ist, Matty?«

Sie blickte ihn an: »Allerdings, sehr *gut* sogar.«

Er behielt das wohlwollende Grinsen im Gesicht. »Soll das heißen, daß ich kein guter Liebhaber gewesen bin? Kein aufmerksamer Liebhaber?«

»Wenn du darunter Stricke, Leder und Prellungen verstehst, dann schon.«

»Und Telefonschnüre.« Er kicherte in sich hinein. »Dir hat es gefallen.«

»Na sicher, deshalb bin ich wohl auch abgehauen, was? Kannst du vielleicht dieses Gewehr woanders hintun? Es zielt genau auf Nickys Kopf.«

»Ich weiß genau, worauf es zielt.«

»Bitte, du bekommst keinen Ärger mit mir.«

»Bis jetzt habe ich überhaupt noch nichts von dir bekommen.«

Sie drehte sich weg.

»Wo hat er dich geschwängert?«

Zögernd blieb sie am Panoramafenster stehen, die Augen auf den verregneten Wald gerichtet. Bleib weg, Chris. Bleib weg von hier, mein Liebling. Er wird auch dich töten. »Ich habe dir schon einmal gesagt, daß das Kind von dir ist.«

Wieder kicherte er leise: »Und das soll ich glauben?«

»Glaub, was du willst.« Aber sie dachte: Nein, bitte glaub es! Wenn du es glaubst, tust du vielleicht dem Kleinen nichts.

Frank drehte lustlos den Kopf und musterte das schlafende Kind. »Ich muß gar nichts glauben, außer dem Ergebnis des Bluttests.«

Sie bemühte sich, mit fester Stimme zu antworten: »Das ist wahr.«

»Und wir haben genug Zeit dafür. Zieh bitte die Vorhänge zu.«

Sie drehte sich zu ihm um: »Warum? Die Nachbarn sind kilometerweit entfernt.«

»Zieh die Vorhänge zu, und zwar alle. Und mach das Licht aus.«

Sie tat, wie befohlen, während sie ein Ekelgefühl unterdrückte.

»Können wir das Kind zu Bett bringen, bevor ...?«

»Bevor ... was?«

Sie seufzte. »Bevor wir es tun.«

»Was tun?«

Sie knirschte mit den Zähnen. »Können wir wenigstens das Kind nach oben bringen?«

Er grinste. »Ja, ja. Du trägst ihn nach oben, öffnest das Fenster, steigst hinaus und der Regen macht deine schöne Aufmachung naß.«

»Frank, verdammt noch mal, dann komm doch mit.«

Er überlegte: »Können wir es in eurem Schlafzimmer machen?«

Sie wandte sich wieder den Vorhängen zu und murmelte etwas.

»Wie wär es damit?«

»Was immer du *willst!*« zischte sie.

Er kicherte wieder. »Du bist so hilfsbereit. Versuchst du vielleicht, Zeit zu schinden? Meinst du wirklich, du hast noch Zeit, Matty?«

Sie saß erschöpft auf der Sofalehne. »Ich weiß nicht, was ich habe. Ich weiß nur, was ich nicht mehr habe.«

Er heuchelte Mitgefühl. »Armes Ding. Da bist du nun fünf Jahre mit dem reichsten und brillantesten Geheimagenten im Gewerbe zusammen, lebst fünf Jahre mitten im größten Luxus, umgeben von Reichtum und Glanz großen Stils. Jede andere Frau würde dafür töten. Und du? Du brennst durch und findest diesen Telefonmastenjockey und läßt dich von ihm schwängern. Zu guter Letzt findest du dann noch heraus, daß Mutterschaft und echte Liebe doch das einzig Wahre sind. Liegt da dein Problem, Dummerchen?«

Sie sah ihren schlafenden Sohn an.

»Ich meine, erwartest du, daß ich in dieser Situation Mitleid mit dir habe?«

Sie drehte sich brüsk um: »*Nein!* Du hast doch gar keine Gefühle!«

Sein Gesicht wurde hart: »Du elende Schlampe. Ich habe dich geliebt.«

Sie *mußte* einfach lachen; eine Art geknebeltes Kichern, das sie sofort bereute, als sie ihn ansah. Sie wurde steif.

Reg dich nicht auf. Entspann dich.

Sie seufzte, als wenn dies die plötzliche Spannung hätte abbauen können. *Halt die Unterhaltung am Laufen, halt sie am Laufen …* Dabei wußte sie gar nicht, worauf sie beim Zeitschinden eigentlich hoffte. »Ich war müde. Ich war einsam. Ich wollte nicht, daß das für den Rest meines Lebens so bleibt. Ich bin nicht stolz darauf, daß ich abgehauen bin.«

»Aber du würdest es wieder tun?«

Sie schüttelte den Kopf: »Wozu das alles? Mach doch endlich, was du sowieso vorhast!«

Als er den Gewehrhahn spannte, sprang sie auf.

Er hielt Nicky den Gewehrlauf an die Schläfe. »Hat er dich auch in den Arsch gefickt?«

»Frank.«

»Das treiben sie dort, wo ich hingeschickt wurde. Unter anderem. Und noch vieles mehr. Einer schrie zwei Tage lang. Nicht, weil er sich in den Arsch ficken ließ, sondern weil er sich geweigert hat. Fein, haben die gesagt. Kein Problem. Dann haben sie ihm den Arsch buchstäblich zugenäht.«

Sie schloß die Augen. »Willst du, daß ich dich anflehe? Ist es das?«

Er zuckte mit den Schultern. »Ich habe die angefleht. Das ändert gar nichts. Überhaupt nichts.«

»Er ist dein Kind, dein *Sohn!*«

»Das sagst du!«

»Frank. Ich habe dir schon gesagt, daß ich zu allem bereit bin. Was willst du von mir?« Sie sagte das alles mit der größten Zurückhaltung, deren sie fähig war. Dabei konnte sie ihre Augen nicht von der schwankenden Gewehrmündung lassen. Während er immer noch schwieg, überkam sie plötzlich eine grauenhafte Ahnung. »Du hast ihn erschossen!« stieß sie hervor, in sein unerbittliches Gesicht hinein.

Er schnaubte verächtlich und verdrehte die Augen nach oben. »Herrgott noch mal! Ein geladenes Gewehr am Kopf ihres Kindes, aber alles, woran sie denken kann, ist der bewundernswerte Chris, der Bergdramatiker. Ich habe ihn nicht getötet, aber ich *werde* es tun ... Jawohl. Direkt vor deinen Augen. Ich werde dabei kein bißchen Blut verspritzen. Aber im Moment lebt er noch.«

Er war wahnsinnig, schlichtweg durchgeknallt. Redete wieder genauso absurdes Zeug wie früher.

Sie mußte einen Weg finden, Nicky hier herauszubekommen. Wenn sie mit Frank ins Bett ging, würde er vielleicht unaufmerksam werden oder sogar einschlafen.

»Frank, er ist nur ein unschuldiges Kind. Nimm das Gewehr weg. Ich haue nicht ab. Ich verspreche es dir. Ich mache alles, was du willst. Aber tu dem Baby nichts zuleide.«

Er sah sie ruhig an: »Dein Baby!«

»Unser Baby!«

Er zuckte mit den Achseln. »Oder vielleicht doch *sein* Baby?«

»Nimm das Gewehr weg, *bitte!*«

»Vielleicht ist es gar nicht geladen.«

»Bitte.«

Er schlürfte den restlichen Champagner und stellte das Glas auf den Kaffeetisch.

»1584«, begann er leutselig, »als Iwan der Schreckliche starb, gab es keinen Thronfolger mehr. Bei einem seiner berüchtigten Wutanfälle hatte der Zar seinen eigenen, vielversprechenden Sohn, den jungen Iwan, totgeschlagen.«

Matty starrte ihn verschwommen an, alles in ihr löste sich auf.

»Er hatte natürlich noch zwei Söhne. Aber der eine – Fjodor – war geistig hoffnungslos zurückgeblieben, während der andere – ein Junge namens Dmitrij – keinen echten Status innerhalb der Thronfolge hatte. Er war der Sohn von Iwans siebter Frau, die viel herumhurte. Und deshalb hatte er nach kanonischem Recht keinerlei Anspruch auf den Thron. In den Augen Gottes, wie man so sagt, war nicht klar, zu wem das Baby wirklich gehörte. So wurde der Idiot Fjodor zum Herrscher Rußlands.«

Matty starrte ihn an.

Frank warf ihr einen beschwörenden Blick zu. »Da siehst du, wie launenhaft die Geschicke des eigenen Stammbaums sein können, oder etwa nicht?«

Matty schloß die Augen. In ihrem grotesken Nachthemdchen saß sie da, die Arme um den eigenen Körper geschlungen.

Sie brauchte unbedingt noch einen Drink. Aber sie schämte sich bei dem Gedanken an Chris, der irgendwo da draußen Kälte und Sturm ausgesetzt war, einen weiteren zu holen.

Diese Gedanken gingen ihr in einer seltsamen Mischung aus Geistesabwesenheit und nahezu totaler Erschöpfung durch den Kopf, als draußen jemand vorsichtig an die Haustür klopfte.

8

Chris pochte an die Tür. Entweder hatte er die Hausschlüssel bei seinem Sturz verloren, oder er hatte vergessen, sie überhaupt mit auf die Jagd zu nehmen.

Er zitterte sichtlich, wußte aber nicht, ob das von inneren Verletzungen oder vom Schock herrührte. Vielleicht war es aber auch nur ein einfaches Frösteln wegen des Regens, der unterdessen in ein Nieseln übergegangen war. Er fühlte sich elend und völlig erschöpft. Möglicherweise brauchte er dringend ärztliche Hilfe. Wenn doch nur jemand die Tür öffnen und ihn hereinlassen würde! Hoffentlich hatte Frank schon ein anständiges Feuer (das erste im neuen Haus) und Matty Irish Coffee für sie gemacht. Am wichtigsten aber war jetzt, daß er sich irgendwo hinlegen konnte, wo es weich und warm war. Das erschien ihm als eine geradezu paradiesische Aussicht.

Er klopfte wieder, lehnte sich gegen die Klingel, pochte abermals und klingelte in einem fort. Schließlich schrie er ihren Namen. Seine Stimme klang dabei so rauh, daß es ihn stärker zum Frösteln brachte als selbst der kalte Nieselregen.

Obwohl der Sportwagen und der Volvo dort unten auf der Kiesauffahrt parkten, sagte ihm ein diffuses Gefühl, daß keiner antworten würde.

Trotz ihrer Angst um Nicky öffnete Matty beim vierten Klingeln ihren Mund. Das Schreien ihres Namens klang so schaurig, daß sie schon im Begriff war zu antworten.

Frank brachte sie mit einem Blick zum Schweigen. »Laß es einfach klingeln, hörst du!«

Innerlich mußte sie ihm sogar recht geben. Laß es lieber klingeln, laß Chris wieder weggehen.

Denn wenn er irgendwie hereinkam, ihr geliebter Chris, würde nicht nur Nicky sterben müssen.

Du schaffst es nicht gegen ihn, Chris, du kannst ihn nicht besiegen. Niemand kann es. Andere haben es versucht. Ich war dabei. Ich habe es gesehen. Es ist schrecklich. Und es geht nicht einmal rasch vorüber. Du kannst ihn nicht besiegen, Liebling. Du kannst nur weglaufen.

Sie beugte den Kopf und ignorierte das Hämmern und Klingeln.

Es tut mir so schrecklich leid, Chris.

Nach einer Weile hielten seine blutverkrusteten Knöchel das Hämmern nicht mehr aus. Er trat Schritt für Schritt in den Nieselregen zurück, stand unter dem Vordach, sah sich um und bemerkte, daß alle Vorhänge an der Südseite vollständig zugezogen waren.

Komisch. Warum waren sie um diese Tageszeit alle zugezogen? Er beugte sich nach rechts und sah, daß das auch für die Nordseite galt. Er fühlte ein Grauen in sich aufsteigen, das sogar seine köperlichen Schmerzen vergessen machte.

Er verließ die Veranda, wobei ihn Schmerz und irgend etwas anderes japsen ließen. Er trottete zur Rückseite des Hauses, die er verschlossen fand. Auch hier waren die Vorhänge zugezogen. Er fühlte, wie seine Angst krebsartig zu wuchern begann.

Verdammt, warum bloß?

Jetzt hämmerte er auch noch gegen eines der großen Panoramafenster. (Es war seltsam elastisch – komisch, daß ihm das nie aufgefallen war.) Zuerst fürchtete er, das Glas zu zerbrechen und sich dabei zu schneiden, aber er hatte ja ohnehin schon jede Menge Schnittwunden.

Er war sich jetzt sicher, daß er so nicht hineinkam. Er begriff auch rasch, daß er zusammenbrechen würde, wenn er nicht bald einen Weg nach drinnen fand. Hier draußen in Regen und Kälte konnte das verdammt unangenehm werden.

Mit geschlossenen Augen murmelte Nicky vor sich hin: »Pfannekuchen …?«

Matty dachte: Oh, mein Gott. Kind, sei ruhig, mach keinen *Lärm!*

Angstvoll blickte sie zu Frank hinüber. Sie sah, wie sein großer Zeigefinger an dem stahlblauen Abzug spielte.

Völlig unbedacht platzte sie heraus: »Er hat nichts gegessen. Er ist einfach nur hungrig.« Gleich darauf schlug sie sich selbst auf den Mund.

Das hinderte Frank freilich nicht daran, aufzustehen und anmutig wie eine Raubkatze um den Polsterhocker herum zum Sofa zu schreiten, wo er die schwarze Mündung der großen Schrotflinte bedächtig an die zarten rosigen Lippen des Kindes setzte.

Er tat dies mit der gleichen salbungsvollen, kalten Berechnung, die sie so gut kannte.

Matty rannte zu ihnen hinüber.

Sie sah, wie das schwarze Mündungsloch – gleich einem unergründlichen, leeren Auge – herumschwenkte und auf ihren Brustkorb, gleich rechts neben dem Herzen, zielte, um schließlich an ihrem Brustbein, genau in der Mitte ihres üppigen Dekolletés zur Ruhe zu kommen. Frank lächelte ein wenig, als wäre es ungeheuer schlau von ihm, das Gewehr dort mit so müheloser Geschicklichkeit zu plazieren.

Matty konnte hören, wie das dumpfe Pochen ihres Herzens durch den langen Gewehrlauf bis zu seinem Abzugsfinger widerhallte.

Nicky murmelte: »Schwarzer Bär ...«

Und schlief wieder ein.

Zum zweiten Mal an diesem Morgen erwachte Chris bei leichtem Regen.

Hatte er überhaupt geschlafen?

Alles bewegte sich wie unter einer dicken Schicht von Gelatine. Oder war er es, der sich hindurchbewegte, während alles andere stillstand?

Er schaute an sich hinunter. Vorne auf seinem Hemd explodierten dicke blutigrote Tropfen.

Mein Kopf blutet wieder. Ob das schlimm ist? Natürlich ist das schlimm, fragt sich nur, wie schlimm.

Ihm wurde klar, daß er sich in dem feuchten Hof auf dem matschigen Rasen an der Südseite des Hauses befand. Er konnte sich überhaupt nicht mehr erinnern, wie er hierhergekommen war. Sein Hintern fror. Rückenmarksentzündung! Die alte Plage der Infanterie.

Er rappelte sich auf, fiel wieder hin und kroch zu einer großen Pfütze, die noch leicht von gelegentlichem Nieseln gekräuselt war. Dort trank er gierig, auf Hände und Knie gestützt, wie eine der großen afrikanischen Raubkatzen in den Fernsehshows der *National Geographic.* Die hatte er sich immer in seinem warmen, trockenen Haus in Los Angeles angeschaut, bevor er nach hier gezogen war – in diesen lieblichen Alptraum der Woodlands hinein.

Danach fühlte er sich ein wenig besser. Wenig später war er imstande, sich hinzuknien, und schließlich stand er sogar, wenn auch auf wackligen Beinen und leicht schwankend.

Er drehte sich um und begann, nach einem Felsbrocken zu suchen, nach irgendwas Hartem, um zu tun, was getan werden mußte.

Aber da waren keine Felsen. Im Wald ja, Tonnen davon, ganze Steinbrüche, aber nicht hier, auf dem gepflegten Rasen. Gott allein wußte, daß er nicht die Kraft hatte, zurück in den Wald zu gehen (zu kriechen?) und im aufgeweichten Lehmboden nach irgendwelchen Felsstücken zu suchen.

Egal. Matty hatte letzte Woche ein paar große, glatte Flußsteine gesammelt und in einem schiefen Haufen in der Nähe der Veranda aufgeschichtet, in der Hoffnung, damit später mal einen Garten einzufrieden. Wenn das Glück ihn nicht gänzlich verlassen hatte, mußten sie noch dort sein.

Sie waren noch da. Er nahm einen auf, wobei er in seiner Benommenheit fast vornübergekippt wäre. Der Stein war handtellergroß, schön mit ockergelben Tupfen. Chris stellte sich zurecht, spannte alle Muskeln und schleuderte ihn gegen das kleinste und folglich auch am billigsten ersetzbare Fenster.

Der Stein traf genau die Mitte, schnellte zurück und plumpste ihm vor die Füße. Er starrte auf das widerspenstige Fenster, verdutzt wie ein Menschenaffe vor einer Logarithmentafel. Das übelste Fenster, das er je gesehen hatte. Plötzlich fand er sich ausgestreckt im nassen Gras wieder, konnte sich aber nicht genau an den Sturz erinnern. Er wartete, ohne ungeduldig zu werden, bis der Schwindelanfall und die Übelkeit vorüber waren und die Welt und die Wälder aufhörten, wie verrückt zu rotieren.

Wie war es bloß möglich, daß ein Stein dieser Größe nicht mal den kleinsten Riß in einer einfachen Fensterglasscheibe hinterließ egal, ob nun mit oder ohne Wärmedämmung? Schwer zu sagen. Hier draußen im Nieselregen begann alles ziemlich trübe auszusehen. Vielleicht hatte er eine schwere Quetschung des linken vorderen Lungenlappens (er hatte mal so was gelesen). Aber vielleicht lag es ja auch nur am Wetter, denn eine zweite Wolkenwand rückte heran und verdüsterte den ohnehin schon dunklen Himmel. Trotzdem war es gut, daß sie hierhergezogen waren, dachte er sarkastisch. Auf jeden Fall war es gut gewesen, daß Mattys Onkel gestorben war und ihnen dieses wunderbare Haus mitten in dieser gottverlassenen Gegend vermacht hatte; wo Polizei und Nachbarn, Feuerwehr und Krankenhaus so *wunderbar* weit entfernt waren, daß man problemlos innerhalb von zehn Minuten *erfrieren* konnte, falls man sich selbst ausgeschlossen hatte. Er hörte sein eigenes Lachen: ein gegurgeltes Krächzen, dessen Klang ihm angst machte.

Er setzte sich wieder auf, doch diesmal schaffte er es nur auf die Knie. Er überstand eine neuerliche Welle von Schwindel und aufkommender Übelkeit. Auf seine Handballen gestützt und Blut spuckend, fand er sich wieder.

Er schaute auf das rotgesprenkelte Gras hinunter und dachte, daß er sicher nicht noch mal hochkäme, falls er wieder hinfiele. Er brachte sich mit Mühe in eine sitzende Position, aus der heraus er sich dann langsam wieder aufrichtete. Als nächstes mußte er das Gewehr finden.

Schließlich fand er es halb versunken im schlammigen Wasser, wo es Rost ansetzte. Er würde einen ganzen Öltanker brauchen, um es wieder anständig in Schuß zu bringen. Da stand er nun, wackelig und matt, kniff die Augen zusammen und versuchte, mit schwankendem Gewehrlauf sein Ziel anzupeilen: das arrogante Fenster, und drückte ab.

Obwohl er den Gewehrschaft bewußt vorschriftsmäßig gegen seine Schulter gepreßt hatte, weil er mit dem Rückstoß rechnete, warf ihn dieser buchstäblich um.

Wieder rappelte er sich auf und glotzte blöde das Fenster an, das – anders als ein normales, entgegenkommendes Fenster es hätte tun müssen – nichts als ein paar unbedeutende Sprünge aufwies.

Matty sprang auf, als sie den Schuß hörte, denn für Donner war es viel zu nah gewesen. Beinahe hätte sie aufgeschrien, beherrschte sich dann aber.

Frank lächelte nur.

Das Geräusch, das nun folgte, klang wie eine Handvoll Steine, wie ein plötzlicher sommerlicher Hagelschauer, der gegen das Panoramafenster im Eßzimmer prasselte. Matty war sich keineswegs sicher, was eigentlich passiert war.

Nicky rührte sich ein wenig im Schlaf, aber das war auch schon alles. Ich muß ihn dazu bringen, etwas zu essen, dachte sie geistesabwesend, während die Erschütterung noch in ihrem Kopf nachhallte. Oder wenigstens Wasser, damit er innerlich nicht austrocknet. Oder hatte Franks Spritze das bereits besorgt? Herr im Himmel, laß mein Kind nicht sterben! Sie schaute zu Frank hinüber, als erwartete sie von ihm eine Antwort.

Er lag ausgestreckt auf dem Teppich und schielte durch einen Spalt des Vorhangs. Nach wie vor war die Mündung auf den Kleinen gerichtet. »Unser Bergdramatiker!« verkündete er grinsend.

Es versetzte ihr innerlich einen Stich.

Er blinzelte ironisch. »Fertig, aber noch nicht völlig erledigt.«

Die Kälte, die bislang nur seiner langsam gefühllos werdenden äußeren Haut zugesetzt hatte, begann nun langsam nach innen zu ziehen und gierig nach seinem Herzen, seiner Seele zu greifen.

Chris' Verstand erfaßte den Sachverhalt mit äußerster Klarheit: So fühlt sich der Tod an. Jetzt weißt du es.

Eigentlich gar nicht so schlecht. Nicht annähernd so schrecklich, wie er es sich immer vorgestellt hatte.

Bis er an Nicky dachte. Und an sie.

Da überfiel ihn wieder der Schrecken. Die kalten Finger des Todes zogen sich ein wenig zurück. Es gelang ihm, die angenehme Selbstzufriedenheit zurückzudrängen und wieder Anteil am Schicksal der Lebenden zu nehmen.

Er sah das gottverdammte Fenster an.

Er glaubte nicht, daß es sich um eine fehlerhafte Schrotpatrone gehandelt hatte, wenngleich das nicht auszuschließen war.

Er hatte allerdings einen schrecklichen Sturz hinter sich, bei dem er alle Patronen verloren hatte, mit Ausnahme der einen, die noch im anderen Lauf steckte. Sollte er es noch mal mit dem undurchdringlichen Fenster versuchen?

Scheiße! Er konnte kaum das Gewehr heben!

Er blickte den Kiesweg hinunter. Oder sollte er etwas anderes versuchen?

Er war sich ziemlich sicher, daß der Schlüssel nicht im Auto steckte. Es sei denn, Matty oder er selbst hatten ihn in einem Augenblick der Ablenkung im Zündschloß stecken lassen. Auch das war möglich, immerhin hatte es in der letzten Zeit eine Menge solcher Augenblicke gegeben. Das war gut möglich.

Trotzdem.

Auf dem Weg dorthin stürzte er zweimal.

Er machte sich nicht einmal die Mühe, durch die tollen Seitenfenster des Lamborghini zu schauen. Der war ohnehin verschlossen. Er benutzte lediglich die rotglänzende Motorhaube, um sich einen Moment lang anzulehnen, bevor die nächste trübe Welle von Schwindelgefühlen heranrollte und wieder abebbte.

Er stolperte zum nächsten Auto und fand es verschlossen. Natürlich.

Diesmal hielt er den Kolben des Gewehrs gegen seine Brust und lehnte sich buchstäblich im rechten Winkel dagegen, um zu verhindern, daß er wieder nach hinten katapultiert wurde. Dann drückte er ab.

Das Fenster an der Fahrerseite flog auseinander und riß das an der Beifahrerseite sowie Teile der inneren Dachverkleidung mit sich. Der Schuß hatte eine solche Wucht, daß nur noch eine Handvoll klitzekleiner Achtecke aus Sicherheitsglas auf dem sonnenerhitzten Armaturenbrett und dem Sitz verstreut herumlag. Das war gut so, denn er hatte gar nicht die Kraft, sie zur Seite zu wischen. Es reichte gerade noch dazu, den Türknopf hochzuziehen, die rostige Tür zu öffnen und sich halbtot hinters Steuer fallen zu lassen – mitten in die herumwirbelnden Teile der Innenverkleidung.

Wenigstens war er jetzt aus dem beschissenen Regen heraus.

Es blieb kaum Zeit, dies festzustellen, denn schon wurde es wieder dunkel um ihn.

»Natürlich kannst du schauen«, gestattete Frank ihr jovial.

Matty stellte sich neben ihn und schaute durch ein Stück der Gardine, aber außer dem Nieselregen, dem verregneten Wald und dem leeren Hof war nichts zu erkennen. »Er ist im Volvo.«

»Warum bleibt er dort sitzen?«

Frank ging sich noch einen Drink machen. »Ich glaube, er ist gestürzt.«

Matty drehte sich vom Fenster weg. »Gestürzt?«

Frank goß sich ein und nickte. »Den Berg runter.« Er grinste. »Vielleicht ist er auch einem Berglöwen begegnet. Habt ihr hier Pumas in den Rocky Mountains? Ja, klar. Na, jedenfalls ist er blutverschmiert.«

Mit ruckartigen Schritten ging sie zur Tür.

Das Klicken der Schrotflinte hielt sie auf.

Matty erstarrte, schloß die Augen, blieb vor der Eingangstür stehen. »Bitte, laß mich. Vielleicht stirbt er.«

Frank goß den Drink in sich hinein, stellte das Glas auf die gekachelte Anrichte und schmatzte mit den Lippen. Für einen Moment schaute er sie nachdenklich an. »In Ordnung. Du kannst zu ihm gehen.«

Mit einem Fünkchen Hoffnung drehte sie sich zu ihm um.

Warnend hielt er den Finger hoch. »Oder du bleibst hier und hilfst mir, den Kleinen wiederzubeleben. Ich glaube, ich habe die letzte Injektion ein bißchen zu hoch dosiert ...«

Mattys Herz schlug höher.

Frank goß sich schnell noch einen ein und betrachtete nachdenklich den Wuschelkopf auf dem Sofa. »Irgendwie sieht er mir tatsächlich ähnlich. Meinst du nicht auch?«

»Frank, bitte!«

Er zuckte die Achseln. »Du hast die Wahl, Kätzchen.« Er rülpste leicht. »Der Dramatiker oder der Kleine.«

Diesmal weckte ihn das Klappern seiner Zähne. Er preßte die Kiefer zusammen, musterte seine Umgebung.

Ja, richtig ... ich habe es geschafft, mich zum Auto zu schleppen. *Und das Auto hat einen Spiegel.*

Er setzte sich steif auf. In seinem Innern loderte der Schmerz. *(»Irgendwas da drinnen ist ganz sicher gebrochen, Mr. Nielson. Wenn wir erst die Röntgenaufnahmen haben, wissen wir mehr.«)* Er streckte die Hand aus, rückte den Spiegel zurecht und fand alles gar nicht so schlimm wie erwartet. Da war eine Menge Schwarz, geronnenes Blut, um sein blaues Auge herum und im verfilzten Haar. Vielleicht verbarg es das Schlimmste.

Wenn er doch bloß die Zündschlüssel hätte!

Wieder war dumpfes Donnergrollen zu hören; ziemlich laut, aber größtenteils nur Bluff, denn der Sturm zog auf den Bahnen des Blitzes gen Osten. Dabei blitzte es.

Du mußt hier irgendwie rauskommen. Rauskommen. Dich untersuchen lassen. Frau und Kind finden.

Er bemerkte, wie er untätig das Handschuhfach anstarrte.

Als die Erinnerung wiederkam, hätte er fast laut aufgestöhnt. Ein höllischer Schmerz durchzuckte ihn, als er sich nach vorn beugte und den silbernen Knopf drückte. Die Klappe öffnete sich, und die kleine Innenbeleuchtung ging an. Da lag eine halbe Tafel Hershey-Mandelschokolade, die er dort zusammen mit Landkarten und anderem persönlichem Krimskrams vor einer Woche liegengelassen hatte. In der Tageshitze war alles zu einer breiigen, papierversetzten Masse verschmolzen; trotzdem war es das Leckerste, was er je verzehrt hatte. Es langte gerade für zwei Bissen.

Er lehnte sich aus dem geborstenen Fenster, um einen Schluck sauberen Bergregen aufzufangen und alles hinunterzuspülen. Danach fühlte er sich besser.

Wieder mußte er an das Handschuhfach denken.

Es gab da einen kleinen gelben Knopf zum Öffnen des Kofferraums. Hoffentlich hatte Matty nicht den Erdbebennotfallkasten herausgenommen, als sie damals für ihren Umzug in die Berge gepackt hatten ...

Als er sich aus dem Fahrersitz heraushieven wollte, waren seine Beine so steif, daß er erst mal ungeduldig dasitzen und sich mit kraftlosen Fingern notdürftig Oberschenkel und Waden massieren mußte. Nebenbei fiel ihm auf, daß am linken Zeigefinger der ganze Fingernagel fehlte. Der Finger war völlig taub.

Er humpelte über den knirschenden Kies zum Kofferraum und öffnete mit schmerzenden Rückenmuskeln die Haube. Dann wühlte er zwischen Landkarten, Plastikbechern und McDonald's-Verpackungen herum – den ausrangierten Zeugen ihres kurzen gemeinsamen Lebens. Drei kurze Jahre nur, in denen sich gleichwohl viel angesammelt hatte.

Da lag ein verschrumpelter Strandball neben einer Decke voller Sand, Überbleibsel ihrer Ausflüge an die Strände von Santa Barbara, hier eine Raiders-Baseballkappe, die er völlig vergessen hatte.

Und dort, unter dem Reifeneisen fand sich ein abgenutzter weißer Plastikkasten mit dem Rotkreuzzeichen: *kalifornische Erdbebennotausrüstung.* Der Deckel schnappte auf: ein Fläschchen mit Antibiotika, Heftpflaster, Alkohol zum Einreiben, Aspirin (er schluckte sofort eine Handvoll), eine Tube Kortison-Salbe, Bandagen, ein Taschenmesser, eine Packung Schnellkaffee und eine kleine Flasche mit Trinkwasser.

Noch bevor er die Medizin nahm, schüttete er den Kaffee ins Wasser, schüttelte energisch die kleine Flasche und schluckte alles hinunter. Er würde es dringend brauchen, wenn er nachher die steilen Haarnadelkurven hinunterfuhr.

Für einen Moment lehnte er sich gegen die Kopfstütze und ließ Koffein und Aspirin wirken. Schon besser. Im Spiegel sah er die himbeermarmeladenfarbene Schweinerei, die sein Gesicht war. Er hielt sich nicht länger damit auf. Noch war er nicht tot.

Chris atmete tief ein, langte, vor Schmerz zusammenzuckend, unter das Armaturenbrett, griff nach dem Taschenmesser und tastete mit der anderen Hand nach dem richtigen Zündkabel. Als Jugendlicher hatte er mal einen Nachbarsjungen beobachtet, wie der einen Wagen kurzschloß. Ob das wohl kompliziert war?

»Mein Gott, Frank! Er hat *Fieber!*«

Mit dem Whiskeyglas in der Hand schlenderte Springer gemächlich zum Sofa hinüber. Er bückte sich mit einer Dringlichkeit, als ginge es darum, einen Nietnagel zu inspizieren. Dann legte er seine große Hand auf Nickys kleine feuchte Stirn. »Hm, vielleicht ein bißchen.«

»Was hast du ihm gegeben?« verlangte Matty zu wissen. In diesem Augenblick hatte sie überhaupt keine Angst vor der Schrotflinte.

Frank brummelte überheblich. »Hättest du was davon, wenn ich's dir sagen würde?«

Sie glitt mit der Hand unter Nickys Hemd und preßte sie gegen dessen Brust. »Er schwitzt. Du mußt ihm helfen!«

Mit einem Murren stellte Frank bereits den Drink auf den

Couchtisch. Er bückte sich vor dem Sofa und holte lässig die schwarze Reisetasche hervor. Matty hatte keine Ahnung gehabt, daß sie dort versteckt gewesen war.

Er ließ sie aufschnappen und warf den schwarzen Deckel zurück, der matt schimmerte und wunderbar nach Leder roch. Das Innere war mit Dosierfläschchen und Einwegspritzen aus Plastik bestückt, einer ganzen Batterie davon. Die Fläschchen waren mit Elastikbändern befestigt. An der Rückseite des Deckels war in gleicher Weise eine kleine schwarze Handfeuerwaffe angebracht. Matty sah sie kurz an, dann schaute sie weg.

Frank seufzte, nahm sich Zeit, strich mit den Fingern an den Flaschenetiketten entlang, wählte mit geschürzten Lippen ein Fläschchen aus und nahm es heraus.

Er hielt es hoch und kniff die Augen zusammen. »Würdest du bitte die Lampe dort anmachen!«

Gehorsam sprang Matty auf. Sie schaltete die Tiffany-Lampe von Best Company ein, regenbogenfarbiges Licht fiel durch ein Art-Nouveau-Mosaik. Frank nickte der kleinen Flasche zu. »Ja, das ist es.«

Er riß die Zellophanverpackung der Spritze auf, nahm die Schutzkappe von der Nadel aus rostfreiem Stahl und führte diese durch den Gummipfropfen der Flasche. Dann zog er sorgfältig die gelbbraune Flüssigkeit auf.

Er drehte sich zu Matty um. »Gibt es hier irgendwo Alkohol?«

Sie deutete auf die Flüssigkeit. »Was ist das für ein Zeug?«

Das bekannte Lächeln: »Hilft es schon, wenn ich's dir erzähle?«

»Verdammt noch mal, was spritzt du meinem Sohn?«

Frank ließ die Nadel ein wenig sinken, setzte sich geduldig und ohne große Eile auf den Teppich zurück: »Ich dachte, er sei *unser* Sohn?«

»Was ist in der Spritze?«

»*Ist* er nun unser Sohn oder nicht?«

»Bitte, fang nicht wieder damit an. Du weißt doch, daß er es ist.«

»Dann würde ich ihm doch wohl kaum etwas geben, das ihm schaden könnte, richtig? Ich meine, vorausgesetzt, du glaubst, daß ich glaube, daß der süße Kleine, der hier vor uns liegt, tatsächlich mein Nachkomme ist.«

Matty schaute ihn eine Sekunde lang an. Dann stand sie auf und eilte zur Treppe. »Ich werde den Alkohol holen.«

Im Badezimmer aber stieß sie einen Fluch aus, schlug mit zitternder Faust gegen das glänzende Porzellanwaschbecken vor dem offenen Medizinschrank. Die große, trübundurchsichtige Plastikflasche stand immer noch neben der Zahnpasta und der Hautcreme, war aber zu ihrer Enttäuschung leer. Sie hatte sie schon lange ersetzen wollen.

Als sie wieder, von ihrem lächerlichen Nachthemdchen umflattert, die Treppe herunterkam, rief sie: »Wir haben keinen Alkohol.«

Frank seufzte gelangweilt auf und langte nach dem Whiskeyglas. »Kein Problem.« Er nahm ein Taschentuch aus seiner Hemdtasche, stippte es in seinen Drink und rieb damit Nickys unglaublich zarten Trizeps ein. Dann griff Springer nach der Spritze.

»Warte!«

Matty fuhr sich zitternd mit dem Handrücken über den Mund. Als hätte sie eine Entscheidung getroffen, rieb sie schnell beide Hände auf dem Teppich, um sie zu trocknen, und streckte eine Hand aus. »Laß es mich tun!«

Frank musterte sie neugierig. Schließlich zog er die Schultern hoch und gab ihr die Spritze.

Dann langte sie an Frank vorbei und ergriff das halbleere Dosierfläschchen, führte die Nadel wieder durch den Verschluß und entnahm den Rest der gelbbraunen Flüssigkeit.

Sie tupfte sich Whiskey auf den linken Vorderarm und führte langsam die Nadel ein, bis die Flüssigkeit zur Hälfte verschwunden war. Als sie die Nadel herauszog, streckte sie ihren Arm und legte die halbleere Spritze vorsichtig auf den Kaffeetisch. Sie beugte den Arm mit dem Einstichloch und hielt ihn angewinkelt, für den Fall, daß es blutete.

Frank betrachtete sie erwartungsvoll. »Und was jetzt?«

Matty schluckte, befühlte wieder die fiebrige Stirn ihres Sohnes. Dann drehte sie sich um, seufzte und starrte mißtrauisch auf die halbleere Spritze: »Jetzt warten wir ein bißchen.«

Frank lachte gutmütig, was unter den gegebenen Umständen fast angenehm klang. Er reckte sich, lachte lauter, ging zu den vorgezogenen Vorhängen und spähte hinaus: »Meine vertrauensvolle, liebende Gattin!«

Matty beobachtete, wie er zur Musikanlage hinüberschlenderte und an den Schaltern und Knöpfen des Stereoturms herumhantierte. Im Nu erfüllte aggressiver Rock das Wohnzimmer, dessen Lautstärke er jedoch auf ein erträgliches Maß reduzierte.

»Was tust du da?« fragte ihn Matty.

Frank zog eine seiner Zigarren aus dem Jackett, zündete sie an und machte es sich wieder in dem tiefen grünen Sessel von Chris bequem. Er schlug die Beine übereinander und paffte zur Decke hinauf: »Tanz für mich, Kätzchen.«

Matty stieß einen angeekelten Laut aus und schaute weg. Frank grinste: »Tanz für mich.«

Sie starrte ihn wütend an.

»He. Was immer du dir da eingespritzt hast, wird auf aktiven Metabolismus schneller reagieren! Steh auf und beweg dich! Tanz für mich!«

Sie wollte etwas sagen, sah auf Nickys schwach atmende Brust und die Schweißtropfen auf seiner Stirn. Sie befühlte sie rasch. Die Stirn war heißer als vorher.

»Es ist dein Kleiner«, bemerkte Frank trocken zwischen zwei Zügen.

Matty kam wieder auf die Füße. Ja, er war ein Irrer, aber was er sagte, war richtig. Zaghaft begann sie, sich zu bewegen, ließ aber ihren Sohn nicht aus den Augen.

»Stell dich nicht so an. So wirst du das Zeug nie in deinen Kreislauf kriegen. Schüttel deine Schwanzfeder!« Ihr Atem ging schleppend. Sie hob die Arme, wackelte mit den Füßen, während ihre Brüste heftig wogten. Sie ließ Nicky nicht aus den Augen, wobei sie sich keinen Moment im unklaren darüber war, wohin Frank schaute. Gut so. Dieser geschniegelte Wichser. Laß ihn ruhig glotzen. Während er das tat, würde sie vielleicht die Gelegenheit haben, nach der Waffe zu greifen, die an der Innenseite des Deckels der Reisetasche befestigt war. Er schien den Revolver völlig vergessen zu haben. Instinktiv riß sie ihre Augen davon los. Frank vergaß nie etwas.

Sie wandte sich ihm zu und zwang sich zu einem matten Lächeln.

Er beobachtete sie *tatsächlich*, besser gesagt: ihren Schritt. Er hatte schon ein paar Drinks intus und war am Morgen mit Chris im Wald herumgelaufen. Er mußte doch müde sein.

Ihre Bewegungen wurden ausgreifender, sie warf ihren Busen nach vorn, wackelte mit den Hüften, wie damals im College.

Frank klatschte ermutigend. »Los, laß das Serum fließen!«

Sie faßte sich mit den Händen an die Brüste, um ihn noch mehr abzulenken, simulierte ein Stöhnen, als sie sich in die Brustwarzen kniff, näherte sich jedoch gleichzeitig der schwarzen Reisetasche.

»Pump es, pump es durch die alten Rohre!«

Sie bewegte sich ruckartig, drehte sich, stieß ihren Arsch zu ihm hin, bückte sich, strich mit den Händen über den Teppich.

Nur noch wenige Zentimeter trennten sie von der Reisetasche. Sie umfaßte ihre Knöchel, zeigte ihm ihren prallen Arsch, wand sich im Takt der Musik, ließ das Haar herunter, errötete. Sie konnte fast hinlangen und den schwarzglänzenden Revolver berühren.

Draußen auf der Ausfahrt wurde ein Auto angelassen.

Matty richtete sich keuchend auf.

Frank war augenblicklich nüchtern, eilte schnell zum Vorhang und spähte hinaus.

»Was ist das?« flüsterte Matty. Dann lauter, den stampfenden Rock übertönend: »Was *ist* das?«

Frank nahm die Zigarre aus dem Mund. »Dein Ehemann. Sieht so aus, als hätte er den Wagen gestartet.«

Matty ›tauchte‹ nach dem Revolver.

Sie löste ihn mit einem sauberen Ruck aus der Halterung und faßte ihn mit beiden Händen. Mit einer Gewandtheit, die sie selbst überraschte, stand sie im Nu wieder aufrecht und zielte auf Franks Kopf.

Aber da waren jetzt zwei Franks.

Sie blinzelte verdutzt, schüttelte den Kopf.

Ihre Eingeweide zogen sich zusammen, als sie begriff, daß nicht die Anstrengung des Tanzens sie so heftig schwitzen ließ.

Eine plötzliche Übelkeit überfiel sie.

Sie zielte auf seine verschwimmende Silhouette und drückte ab.

Doch nichts passierte. Die Sicherung. Vielleicht war der Revolver ja noch nicht entsichert. Soviel verstand sie immerhin von Waffen.

Nur daß sie sich leider nicht erinnern konnte, wo genau sich die Sicherung bei Handfeuerwaffen befand. Was hatte sie eigentlich vorgehabt?

Trübe blickte sie auf die schimmernde Waffe, deren bläulicher Glanz sie faszinierte. Irgendwie schön.

Frank nahm ihr den Revolver so mühelos aus den bleiernen Händen wie einem Baby die Süßigkeiten.... *ein Baby.*

Nicky. Mami hat es für dich getan, mein Kind.

Die Perspektive, aus der sie nach oben schaute, war einigermaßen seltsam. Sie lag jetzt *unter* dem gläsernen Couchtisch. (Wie war sie da bloß hingekommen?) Mit starren, glasigen Augen betrachtete sie die glänzende Nadel der halbvollen Spritze.

Chris!

Dort unter dem Couchtisch erschien ihr sein Gesicht. Das sonnengebräunte Gesicht von Chris, wie es sie damals am ersten Tag auf der kleinen Vorstadtbühne von Thousand Oaks angelächelt hatte.

Aber es war Franks schallendes Gelächter, das sie in die Dunkelheit begleitete.

9

Bei drei verschiedenen Gelegenheiten wäre er beinahe den Berg hinuntergestürzt.

Beim dritten Mal war es am schlimmsten. Er hatte vollständig das Bewußtsein verloren. Der führerlose Volvo kam auf dem Schotter des Seitenstreifens zum Abhang ins Schleudern und brach hinten aus.

Chris erwachte keuchend. Mit weit aufgerissenen Augen riß er das Steuer herum. Sein Mund stand weit offen vor Entsetzen. Der Rand des Canyons war gefährlich nah. Noch etwas näher, und der Wagen würde in der nächsten Sekunde hinabstürzen, und er selbst wäre verschwunden, hinabgetaucht in magenumstülpende Schwerelosigkeit, gefangen in einem verrückten Zeitlupensturz auf malerische Granitfelsen und bukolische Jagdpfade. Aber dann wehte aufgewirbelter Staub vorüber, und er umklammerte immer noch krampfhaft und mit blutleeren Knöcheln das Kunststofflenkrad. Sein Herz schlug wild.

Den Wagen hatte es haarscharf an den Abgrund geschleudert. Er zeigte jetzt in die falsche Richtung, bergauf statt bergab, während der Motor noch gehorsam im Leerlauf verharrte.

Seine Alternativen sah er glasklar vor sich: Entweder er hielt jetzt an, fuhr den Wagen an die Seite und ruhte sich aus (mit der Wahrscheinlichkeit, daß er nie wieder aufwachte), oder er biß die Zähne zusammen, drückte aufs Gaspedal und raste mit einem Stoßgebet auf den Lippen den Rest des Weges nach Greenborough hinunter. So oder so. Eine dritte Möglichkeit gab es nicht.

Das Problem war, daß er keine Ahnung hatte, wie weit das schmucke kleine Postkartenstädtchen eigentlich entfernt lag. Er war nur zweimal dagewesen (überteuerte Boutiquen, Schickimicki-Designer, Kunstgalerien). Erst zweimal war er diese enge Bergstraße entlanggefahren und hatte nicht besonders auf die Entfernung geachtet. Sein rasiermesserscharfes Gedächtnis sagte ihm, die Fahrt habe ungefähr 100 Minuten gedauert.

Seine Uhr war kaputt und deshalb unbrauchbar. Ihm lief weiter Blut in die Augen, was das Ablesen des Meilenzählers zu einem Problem machte.

Wichse! Er wendete den Wagen, schaltete und fuhr kreischend los, Schiefer aufwirbelnd.

Er mußte – ungeachtet seines Zustands – Hilfe holen, die Behörden einschalten. Er verstand genug von Polizeiarbeit, um zu wissen, daß Zeit alles war. Je kälter die Fährte, desto geringer die Erfolgsaussichten. Natürlich sagte er sich immer wieder, daß es keinen Grund zur Beunruhigung gab. Die wirkliche Gefahr lag in seinem sich verschlechternden Zustand. Matty und Nicky ging es gut. Sie hatten sicher nach ihm gesucht, als er sich nicht gemeldet hatte. Wahrscheinlich suchte die Polizei bereits nach ihm.

Deshalb seufzte er vor Erleichterung – obwohl er rücksichtslos schnell gefahren war –, als rotblaue Warnlichter in seinem Rückspiegel aufleuchteten und das große, schwarzweiße Polizeiauto mit seiner schaurigen Sirene heranbrauste. Er hatte wirklich die Absicht, mit dem netten Polizisten die Lage zu besprechen, nachdem die beiden Wagen am felsigen Straßenrand anhielten. Aber als der Streifenpolizist in seiner schneidigen braunen Uniform mit den dunklen Beinstreifen, dem Smokey-Bear-Hut und dem Sam-Browne-Gürtel zu ihm kam, war Chris nicht einmal imstande, den Türgriff des Volvo zu betätigen und zu grüßen. So schwach war er.

Er hatte nicht einmal genug Luft, um die Herkunft all des zerbrochenen Glases und der Schrotspuren auf dem Armaturenbrett und am Dach zu erklären. Er hatte nicht einmal die Kraft, dem Polizisten zu versichern, daß er wirklich nicht so mißtrauisch die Stirn zu runzeln und den glänzenden Dienstrevolver zu ziehen brauchte. Ich bin nicht betrunken oder gefährlich oder überhaupt etwas, außer vielleicht am Sterben.

Grelles Licht weckte ihn. Er kniff die Augen zusammen. Böse kleine Nadeln attackierten sein Gehirn.

»Es ist sehr hell hier, nicht wahr?« Eine beruhigende Stimme vom Land (Neu-England, Vermont?). Die Stimme gehörte zu einem noch weißeren Fleck, so daß Chris die Augen noch schmerzhafter zusammenkneifen mußte.

»Die Wände sollten getönt sein. Man nennt das eierschalenfarben. Sauber und beruhigend, ohne dabei antiseptisch zu wirken. Aber ich fürchte, der Maler hatte das falsche Musterbuch. Ich lasse mal ein wenig die Rollos herunter. Besser so?«

Chris nickte dankbar.

»Können Sie sprechen, mein Sohn?«

Er versuchte es, brachte aber nur ein Krächzen zustande. Ein freundliches leises Lachen war die Antwort. »Ich nehme das als Bestätigung. Sie sind unseren Berg runtergefallen, stimmt's?«

Dieses Mal war die Zustimmung besser zu verstehen.

»Das dachte ich mir. Das kommt hier häufig vor.« Der weiße Fleck verwandelte sich in ein blasses Hemd unter einem noch weißeren Laborkittel. Darüber ein buschiger Schnauzbart, buschige Augenbrauen, silbernes Haar, das sich bereits lichtete, und eine schwarzumrandete Brille. Ein geduldiges, fast väterliches Lächeln. »Ich sehe wie ein gottverdammter Landarzt aus, was?« Wieder ein warmes Kichern, als sich der weiße Kittel an glitzernden Krankenhausutensilien zu schaffen machte. »Alle sagen das, und das bin ich auch tatsächlich. So weit, so gut.«

Er kam jetzt um den Stahltisch herum, auf dem Chris – wie er jetzt bemerkte – lag, und schaute durch die große schwarze Brille zu ihm hinab. »Ihnen scheint es dagegen weniger gutzugehen. Haben Sie einen Namen, mein Sohn?«

»C – C ...«

»Nehmen Sie sich jetzt bitte Zeit; wir haben viel Zeit. Hier.«

Er gab Chris ein Glas, dessen Inhalt nach klarem Wasser schmeckte.

Nein, dachte Chris, wir haben keine Zeit.

»D – Danke. Chris. Ich heiße Chris ...«, er brauchte eine Sekunde für den Rest, »Nielson.«

Das Lächeln wurde breiter. Er nickte. »Gut, sehr gut. Und ich bin Doc Holiday. Hallicur in Wirklichkeit, aber die Kerls hier tun gerne so, als hätten wir hier draußen den Wilden Westen. Also tue ich ihnen den Gefallen. Wo schmerzt es besonders?«

»Oh, Gott, überall. Meine Frau –«

»Sie waren allein im Wagen, Mr. Nielson.«

»Ich weiß. Ich glaube, meine Frau und mein Kind sind möglicherweise in Gefahr. Haben Sie ein Telefon?«

»Gut, gut. Wir werden sie erreichen. Legen Sie sich einfach hin. Es geht Ihnen nicht so schlecht, wie Sie aussehen. Ich sage das nur, weil Sie der zweite glückliche Empfänger von Röntgenaufnahmen hier in meiner bescheidenen Landpraxis sind. Meine glänzende neue Maschine ist erst zwei Wochen alt. Habe drei Jahre versucht, dieses Kuhdorf soweit zu bringen, mir eine zu kaufen. Dauernd fallen Leute den Berg runter und machen sich ihre Beine kaputt. Sie sind besser davongekommen als die meisten. Nichts ist gebrochen. Wie geht es dem Kopf?«

»Gut. Der Schmerz ist weg.«

Holiday zwinkerte ihm zu. »Ich habe Ihnen intravenös ein bißchen Demerol gespritzt, Sie mit Antibiotika aufgemöbelt und am Kopf ein paar Nähte gezogen. Wie tief war der Sturz?«

»Hundert Meilen.«

Holiday lachte leise. »Nun, Sie müssen häufiger aufgeschlagen sein. Am North Peak?«

»Ich weiß es wirklich nicht.«

»Gut. Egal, nichts Ernstes, soweit ich sehen kann.« Er lachte wieder leise. »Sie scheinen überrascht zu sein.«

»Ich habe einiges Blut verloren.«

»Haben sich in die Zunge gebissen. Mußte aber nicht genäht werden. Keine inneren Schweinereien. Ich hätte sie entdeckt. Sie werden stocksteif sein und üble Schmerzen haben, sobald es kalt wird. Und das wird bald passieren. Ich gebe Ihnen ein paar Pillen mit für später. Sind Sie gegen irgend etwas allergisch: Penicillin, Ampicillin?«

»Nein.«

»Gut. Wahrscheinlich brauchen Sie sowieso keins. Fühlen Sie sich in der Lage, für kurze Zeit zu sprechen?«

»Am Telefon, ja.«

Holiday ging zur Praxistür und öffnete sie. »Officer Clayton würde gerne ein Wort mit Ihnen sprechen. Er wird dafür sorgen, daß Ihre Anrufe durchgestellt werden.« Er beugte sich nach draußen. »Buck ...«

Die schneidige Uniform ohne Smokey-Bear-Hut kam geschäftsmäßig herein und trat zu Chris an den Behandlungstisch.

»Wie geht es Ihnen?«

»Buck, sein Name ist Nielson, Chris Nielson. Er sagt, daß seine Familie vielleicht in Schwierigkeiten ist. Ich lasse Sie beide jetzt allein. Sprechen Sie. Aber nicht zu lange, Buck.«

Der freundliche Doc Holiday schloß die Tür hinter sich. Chris sah imposante Schultern vor sich, kompakt gebaut, sonnengebräuntes Gesicht, den obligaten Dienstschnäuzer, gespiegelte Sonnenbrille, eine kräftige ausgestreckte Hand, die nur deshalb nicht besonders fest zugriff, weil sie es nicht nötig hatte. »Officer Clayton. Nennen Sie mich Buck.«

»Gut, ich bin Chris.«

»Sie sind am Berg abgestürzt, nicht wahr?«

»Ja. Zu blöd.«

»Aha.« Er beobachtete Chris' Augen genau. Reine Routine oder verdächtig?

»Nächstes Mal sollten Sie es mit Wanderschuhen versuchen.«

»Ich war in Eile.«

»Oh? Und warum, Chris?« Freundlich bot er ihm eine Zigarette an.

»Nein, danke. Wissen Sie, was meine Frau angeht ...«

»Sie sind mit Ihnen gewandert?«

»Nein, nein. Sie waren zu Hause.«

Officer Clayton holte jetzt seinen Schreibblock hervor und klappte ihn routiniert auf. »Das wäre also in Thousand Oaks, Kalifornien?«

»Nein. Das ist die alte Adresse. Wir wohnen jetzt hier.«

»Aha.« Den Kuli bereit: »Wo wäre das genau?«

»In den Bergen. Es ist ...« Ihm wurde plötzlich klar, daß er sich nicht an die Adresse erinnern konnte. Er mit seinem Supergedächtnis. Vielleicht lag es an dem Zeug, das Doc Holiday ihm gegeben hatte.

Clayton wartete geduldig, den Kuli gezückt.

»Wir sind erst vor ein paar Tagen eingezogen. Ich kann mich im Moment nicht an die Adresse erinnern.« Geistesabwesend rieb er sich den Kopf und fühlte nach den Stichen.

»Nehmen Sie sich Zeit, Chris.«

Das führte zu nichts. Das führte zu langsam zu gar nichts. Er mußte mit Matty sprechen. Und zwar jetzt sofort! »Hören Sie zu. Die Nummer ist in meiner Brieftasche.«

»Wir haben keine Brieftasche gefunden, Chris. Nur die Autopapiere im Wagen. Mit der kalifornischen Zulassung. Sie wissen, daß das Gesetz des Staates Colorado die Anmeldung von neuen Nummernschildern innerhalb von dreißig Tagen vorschreibt.«

»Ich hatte es ja vor. Hören Sie mir zu. Ich habe Grund zu der Annahme, daß meine Frau und mein Kind sich in Gefahr befinden.«

»In was für einer Gefahr, Chris?« Er war weder richtig herablassend noch richtig mißtrauisch. Mehr in der Art: Der Kerl ist wahrscheinlich in Ordnung. Ist nur übel gestürzt. Das hat seinen Kopf ein bißchen durcheinandergebracht.

Chris dachte nach. Bau ihm eine Brücke, gib diesem Paragraphenreiter was, woran er sich festhalten kann. »Gestern abend sind meine Frau und ich vom Abendessen am See zurückgekommen. Ich habe ein Motorboot.«

Clayton notierte.

»Und einen privaten Anlegeplatz. Nun. Da waren diese Kerle, eine Gruppe Ausflügler – wir hatten sie schon früher gesehen, als … (er hielt es für besser, Mattys Nacktbaden unerwähnt zu lassen) wir angeln waren. Zuerst rasten sie in diesem großen Boot heran, machten Wellen und höhnische Bemerkungen. Sie wissen schon …«

»Was für Bemerkungen?«

»Nur … Es ist nicht so wichtig. Sie waren betrunken.«

»Trinken auf dem See ist verboten. Neues Gesetz.«

»Egal. Wie ich schon sagte: Wir hatten spät abends am See zu Abend gegessen, und auf dem Rückweg, als ich beim Anlegen war, hatten diese Kerle ihr Boot direkt vor meinem Bootshaus vertäut. Wie schon gesagt, es ist ein privater Steg.«

»Aha.«

»Sie machten Ärger.«

»Haben sie Sie angegriffen?«

»Ja. Nein. Haben das Maul weit aufgerissen und mich gestoßen.«

»Haben Sie gestoßen.«

»Das ist richtig.«

»Aha. Und Sie haben zurückgestoßen?«

»Nein. Der Vetter meiner Frau war da.« Konnte er Frank damit in Schwierigkeiten bringen? »Er hat sich um die Sache gekümmert.«

»Wie denn?«

»Er regelte das. Zwang sie, Farbe zu bekennen. Sie hauten ab. Egal, am nächsten Morgen sind Frank und ich …«

»Einen Moment: Frank?«

»Mattys Vetter.«

»Matty: Ihre Ehefrau.«

»Ja, ich habe eine Frau, Matty, und einen Jungen, Nicky. Er ist zwei. Jedenfalls sind Frank und ich am nächsten Morgen auf die Jagd gegangen und – oh, ich habe etwas vergessen! Frank glaubte, er habe nachts im Dunkeln jemanden in der Nähe unseres Hauses herumschleichen sehen.«

Officer Clayton kritzelte: »Herumtreiber.«

»Egal. Wir sind früh aufgestanden und auf die Pirsch gegangen. Jemand hat auf uns geschossen.«

»Wer?«

»Das konnten wir nicht sehen.«

»Aha.«

»Sie hätten mich beinahe getroffen.«

»Aha.«

Chris sah ihn schief an. »Das scheint Sie nicht zu überzeugen, Officer Clayton.«

»Buck. Keineswegs. Sind Sie sicher, daß es absichtlich geschah? Ich meine, es gibt noch andere Jäger. Massenweise. So was passiert oft.«

»Es war Absicht.«

»Entspannen Sie sich, Chris. Ich muß das hier auf meine Art regeln. Reden Sie weiter.«

»Frank ... wir beide begannen uns Sorgen zu machen, daß es wieder die Typen vom Anlegeplatz waren. Wir beschlossen, uns zu trennen. Frank wollte zum Haus zurückgehen und nach Matty und Nicky schauen. Ich sollte zum See gehen und versuchen, Hilfe zu holen.«

»Getrennt.«

»Ja. Wir glaubten, es würde unsere Chancen verdoppeln, falls einem von uns was passierte.«

»Ich verstehe. Schade, daß Sie kein Mobiltelefon dabei hatten.«

»Ich habe mal eins ausprobiert. Zu viele Störungen wegen der Berge.«

»Ich verstehe. Weiter. Was geschah dann?«

»Frank ging zum Haus zurück und ich in Richtung See. Dabei bin ich gestürzt. Hat denn niemand die Polizei informiert? Unter dem Namen Nielson oder Springer?«

»Schon seit mehreren Tagen hatten wir keine Notanrufe, Chris. Nachdem Sie gestürzt waren ...«

»Ich war bewußtlos. Schaffte es schließlich zurück zum Haus. Es war fest verschlossen, alle Vorhänge zugezogen.«

»Niemand zu Hause?«

»Ich bin mir nicht sicher. Ich habe meine Schlüssel verloren.«

»Die Fenster?«

»Ich habe es versucht. Ich war sehr schwach.«

»Natürlich.«

»Ich habe gehämmert und geschrien. Keine Antwort. Franks Wagen stand noch auf der Auffahrt. Das beunruhigte mich.«

»Aber das Haus war verschlossen.«

»Absolut dicht.«

»Sie haben alle Türen ausprobiert?«

»Von dem, was ich gesehen habe, hat keiner versucht hineinzukommen. Aber, wie gesagt, ich war in einer ziemlich schlechten Verfassung.«

Officer Clayton nickte, machte Notizen, schlug eine neue Seite auf. »Und diese Kerle am Pier haben Ihr Autofenster herausgeschossen?«

»Nein, das habe ich selbst gemacht.«

Clayton sah zu ihm auf.

»Ich hatte keine Schlüssel. Ich mußte hinein.«

»Ich verstehe.« Er kritzelte weiter. »Und wie konnten Sie den Wagen ohne Schlüssel fahren?«

Chris sah ihn einen Moment an: »Ich habe ihn kurzgeschlossen.«

Clayton sah nicht auf, sondern schrieb weiter.

Diesmal wartete Chris. Langsam fühlte er sich in diesem Raum beengt.

Über dem Waschbecken hing ein schlecht gerahmter Druck von Norman Rockwell. Er zeigte einen kleinen Jungen, der mit heruntergelassener Hose und entblößtem Hintern dastand und das Diplom in einem anderen Arztzimmer studierte, während der Doktor hinter ihm eine Spritze vorbereitete. Chris fragte sich, ob es dieses Bild gewesen war – wahrscheinlich das alte Titelbild einer Zeitschrift –, das Doc Holiday dazu bewogen hatte, selbst praktischer Arzt zu werden.

Officer Clayton beendete sein Gekritzel und wartete.

»Das ist alles«, sagte Chris, »ich kam dann den Berg runter, und Sie haben mich gestoppt.«

Clayton nickte und klopfte nachdenklich mit dem Stift auf

seinen Block. Chris konnte es in den Spiegelgläsern der Brille sehen.

Tap, tap, tap.

Wieder bedrängte ihn Chris. »Verstehen Sie. Ich bin sehr besorgt um meine Frau und mein Kind.«

Officer Clayton nickte. »Ich verstehe das gut. Schauen wir, ob ich Sie richtig verstanden habe. Sie sagen, daß Sie und dieser«, er konsultierte seinen Schreibblock, »Mr. Springer letzte Nacht jemanden auf Ihrem Grundstück haben herumschleichen sehen.«

»Frank hat sie gesehen.«

»Warum haben Sie uns da nicht angerufen?«

Chris hatte tatsächlich daran gedacht gehabt, aber in Franks Anwesenheit war es ihm wie eine Überreaktion vorgekommen. Dabei war der Gedanke die halbe Nacht in seinem Hinterkopf herumgespukt. »Ich weiß nicht. Ich hätte es tun sollen.«

»Das hätte Ihnen vielleicht eine Menge Ärger erspart.«

»Ja. Das war gedankenlos. Meinen Sie, wir könnten jetzt meine Familie kontaktieren?«

Falls Officer Clayton im Begriff gewesen war zu antworten, so wurde er jetzt von Doc Holidays Bürotelefon unterbrochen. Für ein Vorzimmer war die Räumlichkeit zu klein. Zu Chris' Überraschung ging Officer Clayton zur Wand und nahm den Anruf entgegen.

»Ja. Aha. Richtig. Nielson. Jawohl. Gut.« Er stand über einen blitzsauberen rostfreien Sterilisator gebeugt. Die brauchte man zum Sterilisieren von Spritzen, dachte Chris. Jetzt sind sie alle in Wegwerfverpackungen.

Officer Clayton legte auf, kam wieder zu Chris und schnallte seinen Gürtel enger. Chris begriff nicht ganz, warum es unbedingt nötig war, hier im Büro die Spiegelglassonnenbrille aufzubehalten. *So* hell war es nun auch wieder nicht. Eierschalenweiß hin oder her.

»Tut mir leid«, entschuldigte sich Clayton, »Vorschriften. Wie steht es mit der Adresse?«

Chris, dem die Geduld ausging, stützte sich auf einen Ellbogen. Sein Körper fühlte sich an wie ein nasser Sack. »Ich habe Ihnen doch gesagt, daß sie nicht zu Hause waren!«

»Soweit Sie wissen.«

»Ich will, daß Sie anfangen, nach meiner Frau und meinem Kind zu suchen!«

Clayton musterte ihn ruhig. »Was schlagen Sie vor? Was sollen wir tun, Chris?«

Der hatte sich die Sache gar nicht richtig überlegt. Sie sind doch die verdammte Polizei! Er hätte ihn am liebsten angeschnauzt, ließ es dann aber bleiben. Besser Ruhe bewahren. Wie es aussah, fand seine Wahrheitsliebe nicht den rechten Glauben.

»Ich glaube, Sie sollten sich ein Weilchen ausruhen, Chris. Vielleicht fällt Ihnen dann ja auch die Adresse ein.«

»Verdammt noch mal! Es ist ein neues Haus, praktisch gleich den Berg hoch. Wie viele gibt es davon in der Gegend?«

»Eine ganze Menge. Welche Straße meinen Sie?«

»Die, auf der Sie mich angehalten haben!«

»Bitte, beruhigen Sie sich. Wir versuchen zu helfen. Es gibt unzählige Zufahrtsstraßen zum Cameron Trail. Können Sie sich erinnern, welche zu Ihrem Haus führt? Sagen Sie es mir, und ich werde sofort einen Wagen losschicken.«

»Was ist mit dem blöden Telefon? Können Sie die Adresse nicht von der Auskunft bekommen?«

»Gerade probiert, Chris. Bis jetzt sind Sie anscheinend noch nicht gemeldet.« So ungefähr in diesem Ton.

»Was meinen Sie mit ›anscheinend‹?« Gegen seinen Willen wurde Chris zornig.

»Wir sind hier in der tiefsten Provinz, Chris. Hier dauert alles länger. Wir werden in ein paar Stunden eine Suchmeldung loslassen, wenn ...«

Wenn was? Wenn das wirklich mein Haus ist? Aber wieder hielt er sich zurück. Er fühlte, daß es ihm nichts nützen würde, diesen Hornochsen unter Druck zu setzen. Aber irgend etwas mußte er tun.

Er warf die Bettdecke zurück und fand sich in Bandagen und einen Kittel eingewickelt. »Ich werde Sie selbst hinbringen.«

Doc Holiday schaute zur Tür herein und zog mißbilligend die buschigen Brauen zusammen, als er sah, was passierte: »Heh, wo gehen Sie hin?«

Chris hatte sich aufrecht hingesetzt. Er unterdrückte seine Schmerzen, damit sie nichts merkten. »Ich kann mich momentan nicht an meine Adresse erinnern. Buck wird mich hinbringen.«

Der gute Doktor schaute Officer Clayton an.

Noch bevor sie ein Wort wechseln konnten, platzte Chris heraus: »Sie haben gesagt, es sei nichts gebrochen.«

»Sie sind schwach, haben eine Menge durchgemacht.«

»Ich fürchte, meine Frau und mein Kind ebenso.«

Holiday wurde ein bißchen milder. Wieder blickte er den Polizisten an, als bräuchte er dessen Bestätigung. Clayton zuckte mit den Achseln. *(Das ist Ihr Job.)* Schließlich nickte Holiday. »Gut, wenn Sie unbedingt wollen. Ich möchte, daß Sie in zwei Stunden wieder hier sind, Buck!«

»In Ordnung, Doc.«

Chris stieß sich vom Tisch ab und unterdrückte dabei ein Stöhnen. Ein kleiner Sieg. »Wo ist meine Hose?«

Die Kopfschmerzen kamen mit Wucht zurück, aber natürlich ließ er sich nichts anmerken. Trotzdem hätte er jetzt gerne die Tabletten gehabt, die der Doktor ihm versprochen hatte. Egal welche.

»Biegen Sie hier links ein«, wies er Officer Clayton an.

Es war seltsam. Noch nie war Chris in einem Polizeiauto gefahren. Alles war sauber und neu und irgendwie unwirklich.

Sogar die Polsterung roch nach übertriebenem Diensteifer und humorlosem Professionalismus. Nicht eigentlich kalt, vielmehr unpersönlich. Wie Polizeioffizier Clayton mit seiner Spiegelglas-Sonnenbrille. Ich kann dich sehen, aber du kannst mich nicht sehen.

Jetzt ging es die enge Straße hinauf, den Kiesweg, und schon stand Franks Lamborghini da.

»Schöner Wagen.«

»Der gehört Frank.«

»Verstehe.«

Clayton fuhr daran vorbei und parkte den Streifenwagen vor der Veranda des Hauses. Er stellte den Motor ab, das Mikrofon bereits in der Hand. Er murmelte etwas, das Funkgerät knatterte, und etwas ebenso Unverständliches wurde erwidert. Dann hängte er das Mikro ein.

Chris schaute auf das große Dienstgewehr, das zwischen ihnen festgemacht war, und fragte sich, ob Officer Clayton es losmachen würde. Wie sich herausstellte, vermutete er zu Recht, daß nicht.

Sie stiegen aus.

Officer Clayton trug einen 45er-Special-Polizeirevolver mit geriffeltem Griff an der linken Hüfte. Ein Linkshänder. Aber auch hier öffnete er nicht die Haltersicherung. Er wirkte sehr ruhig und konzentriert, als sie sich dem Haus näherten. Irgend etwas an diesem leichten nachlässigen Gang ging Chris auf die Nerven.

Aber nicht so sehr wie das glänzende neue Adreßschild, das an der Veranda angebracht war: 1944 Sycamore Drive.

Chris war sich sicher, es noch nie zuvor gesehen zu haben. Und genauso sicher war er, daß Polizeioffizier Clayton es ausgiebig zur Kenntnis genommen hatte. Man konnte es kaum übersehen, schließlich war es frisch gestrichen und nagelneu. An der Tür angekommen, schaute ihn Clayton erwartungsvoll an. Wieder probierte Chris den Griff aus, aber die Tür war noch immer verschlossen.

Clayton klopfte vernehmlich. »Hier ist die Polizei. Bitte öffnen Sie!«

Zu Chris' Verzweiflung war nichts zu hören.

Gerade wollte er sich mit einem Ich-hab's-Ihnen-doch-gesagt-Gesichtsausdruck an Clayton wenden, als sich drinnen etwas rührte. Chris' Herz schlug wild, als er ein Klicken hörte und sich gleich darauf die Tür öffnete. Und dort stand Frank Springer, der sie verständnislos anschaute. »Ja bitte?«

Chris wollte hinein. »Frank! Wie geht es Matty?«

Aber Springer hielt die Tür mit der rechten Hand fest und wich nicht zur Seite. »Wie bitte?«

Chris sah ihn an. »Was ist los? Ist Matty verletzt?«

Jetzt sah Springer Officer Clayton an. »Gibt es irgendein Problem, Officer?«

»Ja.« Frank sah wieder verdutzt Chris an, dann Clayton. »Was kann ich für Sie tun?«

»Sind Sie der Vetter dieses Herrn?«

Frank runzelte die Stirn, dann begann er zu lächeln. »Wie bitte?«

Chris drängte ungeduldig nach vorn, versuchte an den breiten Schultern vorbei in die dunkle Eingangshalle zu schauen.

Claytons breite Hand auf seinem Oberarm hielt ihn auf. »Warten Sie einen Moment, Chris.«

Chris riß sich los. »Verdammte Scheiße, Frank. Dies ist nicht der geeignete Moment für Ihre beschissenen Spielchen. Wo ist Matty?« Er drängte nach vorn, und diesmal war es Frank, der ihn über die Türschwelle zurückstieß.

»Warten Sie. Wer ist dieser Mann, Officer? Ich will einen Ausweis sehen.«

Zu Chris' Überraschung wies sich Clayton pflichtgemäß aus. Sein Respekt vor Frank war unübersehbar.

»Greenborough-Polizei-Department. Dieser Mann gibt an, hier zu wohnen. Kennen Sie ihn?«

Gibt an …

Frank sah Chris von oben bis unten an. »Verstehe. Es handelt sich wohl um so eine Art Begrüßungsscherz, nicht wahr?«

»Kennen Sie diesen Mann, Mr. Springer?« wiederholte Clayton mit Nachdruck.

Frank schien echt aus der Fassung gebracht: »Natürlich nicht. Was ist hier eigentlich los?«

»Frank, Sie Wichser!« Chris stürzte an beiden vorbei ins Haus und schrie aus vollem Halse: »Matty! Nicky!«

Clayton war direkt hinter ihm. »Nun aber gut …«

Chris fuhr herum wie ein Tier. Das Gesicht war verzerrt, alle seine guten Vorsätze vergessen. Von ruhiger Entschlossenheit keine Spur. »Fassen Sie mich nicht an. Fassen Sie mich ja nicht an, verstanden?«

Officer Clayton kam dicht an ihn heran und hielt beschwichtigend die Hände in die Höhe. »In Ordnung, Chris. Beherrschen Sie sich jetzt. Wir wollen diese Leute hier nicht verärgern.«

Chris starrte Frank an. »Verdammte Scheiße, wo sind sie?«

Frank wandte sich mit der Miene eines Unschuldslamms an Clayton, doch der ließ sich hier von niemandem das Kommando abnehmen. »Mr. Springer. Wenn Sie sich bitte ausweisen könnten. Den Führerschein vielleicht.«

Frank nickte geflissentlich. »Natürlich.« Er holte seine Brieftasche hervor, öffnete sie und gab sie dem Polizisten.

Clayton warf einen raschen Blick hinein, dann sah er schnell Chris an. Steif gab er diesem ein Zeichen.

Chris kam zögernd herüber, und Clayton gab ihm die Brieftasche. Die Adresse war identisch mit der auf dem Hausschild.

»Das ist doch Blödsinn. Das Schild da draußen ist nagelneu. Fragen Sie ihn, wer noch hier lebt.«

Clayton nahm die Brieftasche und gab sie Frank mit einem prüfenden Blick zurück.

»Meine Frau und mein Kind sind zum Einkaufen in der Stadt.«

»Name Ihrer Frau?« fragte Clayton.

»Matty Springer. Mein Sohn heißt Nicky.«

»Sie Arschloch!« schäumte Chris, »mit diesem Mist kommen Sie nicht durch!«

Wieder hob Clayton beschwichtigend die Hand. »Mr. Springer, ich nehme an, Sie haben irgendwo eine Heiratsurkunde. Ich versuche nur, die Tatsachen festzustellen.«

Jetzt war es Springer, der versöhnlich die Handflächen hochhielt. »Das ist ganz in Ordnung. Ich habe sie hier. Einen

Moment.« Er ging ins Wohnzimmer zu Mattys lackiertem chinesischem Schreibtisch.

Er macht das alles mit so viel Selbstverständlichkeit, dachte Chris, mit solch unglaublicher Überzeugung. Ich könnte fast selbst daran glauben.

Aber innerlich vereiste er. Was hatte dieser Verrückte mit seiner Familie angestellt? Wenn er sich eine derartige Mühe mit dem neuen Hausschild und dem gefälschten Führerschein gegeben hatte, dann war alles möglich. Es war idiotisch gewesen, ihn übernachten zu lassen, mit ihm auf die ›Jagd‹ zu gehen. Und das nach all den merkwürdigen Monologen beim Abendessen und nachher diesen geilen Andeutungen über Matty. Er hatte sich wie ein Idiot benommen.

Jawohl. Und Frank hatte das voll ausgenutzt.

»Da wären wir.« Frank kam mit einer braunen Aktenmappe zurück, öffnete sie und kramte in den Papieren herum. »Officer Clayton?« Er gab dem großen Bullen ein Blatt Papier mit Eselsohr.

Clayton überflog es. Dann sah er Chris wieder mit seinen unergründlichen Spiegelglasaugen an.

Chris, der schon ahnte, was ihn erwartete, mußte es sich trotzdem selbst anschauen. Er nahm dem Bullen die Heiratsurkunde aus der Hand, sah Mattys vertraute Handschrift und Franks fremdes Gekritzel.

Etwas in seinem Innern rührte sich.

Es war der helle Wahnsinn, aber alles wirkte echt: die Urkunde, das Datum, das Alter des Papiers. Jedenfalls auf den großen Bullen.

Der drehte sich jetzt um, ging durch das Zimmer zum Dielenspiegel mit dem Teakholztisch darunter. Darauf stand ein neues, golden eingerahmtes Foto eines lächelnden Paares. Chris fühlte, wie etwas seine Brust durchzuckte.

Clayton drehte sich mit dem Foto und hielt es Chris so hin, daß er es deutlich sehen konnte. Es zeigte Matty und Frank, Wange an Wange, breit lächelnd. Aber obwohl Matty ein bißchen jünger aussah, die Frisur anders, der Lippenstift heller war, handelte es sich unzweifelhaft um sie. Franks Haar schien ein bißchen dichter zu sein.

»Wann wurde diese Aufnahme gemacht, Herr Springer?« wollte Clayton wissen.

»Vor fünf Jahren. Gleich nach unserer Hochzeit.«

Der Bulle drehte sich zu Chris um. »Kennen Sie diese Frau?«

Chris sah zur Treppe hinüber. »Was würde es ändern, wenn ich ja sagte. Er hat Sie doch schon überzeugt. Er ist so verdammt gerissen.«

Kaum hatte er das gesagt, als er auch schon zur Treppe stürmte.

»Bleiben Sie stehen«, rief Clayton. Chris, der ihnen den Rücken zuwandte, stellte sich vor, wie der glänzende Dienstrevolver mit einem Ruck aus seiner knirschenden Lederhalterung befreit wurde.

»Lassen Sie ihn ruhig«, sagte Frank beschwichtigend, »ich will die Sache endlich hinter mich bringen.«

Chris erreichte den oberen Flur, blickte schnell in Nickys Zimmer, dann ging er direkt zum Elternschlafzimmer. Er erwartete gar nicht, dort seine Frau anzutreffen, aber er hoffte, wenigstens irgendeinen vertrauten Gegenstand von ihr zu finden: ein Kleidungsstück, eine Parfumflasche, irgendeinen Hinweis, daß sie jemals existiert hatte.

Er öffnete den Wandschrank im Schlafzimmer.

Alle seine Kleidungsstücke waren weg, genauso Mattys; jedenfalls die, an die er sich erinnerte. Zwar waren da Frauenkleider, die ziemlich teuer aussahen, aber er hatte Matty noch nie darin gesehen. Auf der anderen Seite war eine ganz neue Garderobe Herrenbekleidung.

Natürlich.

Kauf einfach ganz neue Klamotten, dann gibt es keine Möglichkeit, anhand von Quittungen irgendwelche Nachforschungen anzustellen. Sehr schlau.

Chris drehte sich um und bemerkte, wie er das Bett anstarrte.

Natürlich konnte er in jeden Schrank schauen, jede Ecke

und jeden Winkel durchsuchen, aber er wußte bereits instinktiv, daß er in diesem Haus nichts finden würde. Er hatte keine Ahnung, wo Frank die Sachen versteckt hatte, aber hier waren sie jedenfalls nicht.

Rastlos arbeitete sein Verstand.

Du mußt dich beruhigen. Du darfst ihn nicht gewinnen lassen oder gar die Sache noch weitertreiben lassen. Alle Vorteile sind auf deiner Seite, solange du nicht ausflippst. Er erwartet, daß du in Panik gerätst. Aber die Vorteile liegen bei dir. Man kann die Vergangenheit eines Paares nicht einfach auslöschen. Auch dann nicht, wenn es nur eine kurze Vergangenheit war. Es gab noch anderes als Heirat, Autozulassungen und Adressen. Er mußte jetzt nur Ruhe bewahren und nachdenken.

Rasch, aber beherrscht kam er wieder die Treppe herunter, die Hände auf dem glatten Treppengeländer aus Kiefernholz. Er fühlte sich unwirklich, als wenn seine Füße gar nicht die mit Teppich ausgelegten Treppenstufen berührten. Es hätte auch sein können, daß er die Treppe hinabeilte, um den beiden Besuchern einen Drink anzubieten.

Officer Clayton telefonierte und hängte gerade ein, als Chris beim Kaminvorleger ankam. Er bemerkte, daß ein Bild im Korridor fehlte. Ein Bild, worauf er selbst, grinsend, braungebrannt, einen Barsch hochhielt. Zwei Jahre war das her. Matty hatte die Aufnahme an dem kleinen See nördlich von Ventura gemacht.

Officer Clayton fragte ihn: »Was macht Ihr Kopf, Chris?« Seine Stimme schien gegen jeden Ärger immun zu sein.

Er hatte das beinahe erwartet. »Es geht mir gut.«

Frank schaute auf seine Verbände. »Waren Sie in einen Kampf verwickelt, Mr. ... – wie war noch der Name?«

»Fick dich selbst«, gab Chris zurück. Er wandte sich an den Bullen. »Ich verlange eine Vermißtensuche nach meiner Frau und meinem Kind, und zwar sofort. Sie wissen so gut wie ich, daß ich sowohl körperlich wie geistig intakt bin. Ein Mann, der seine Brieftasche samt Führerschein bei einem Sturz verliert, wird nicht unbedingt verrückt. Ich wünsche, daß Sie jetzt das Hauptquartier verständigen und den Aufenthaltsort meiner Familie herausfinden. Wenn nicht, das verspreche ich Ihnen, werde ich jeden Rechtsanwalt aus Los Angeles, den ich kenne, hier raufkommen lassen. Dann können Sie Ihren Smokey-Bear-Hut gegen eine Hausmeistermütze eintauschen.«

Er sprach gelassen, fast herrisch, mit all dem kühlen, aber empörten Auftreten eines steuerzahlenden Bürgers, das ihm zu Gebote stand.

Officer Clayton aber blieb ein sturer Klotz hinter Spiegelgläsern. »Ich habe gerade mit Sheriff Bradley gesprochen. Er würde sich gerne mit Ihnen unterhalten. Ich weiß, daß Sie mit mir zusammenarbeiten werden, Chris.«

»Natürlich. Und Sie mit mir, nicht wahr?«

»Wir werden alles in unserer Macht Stehende tun, um diese Sache in Ordnung zu bringen. Sie haben mein Wort.«

Chris nickte kurz. »Das reicht mir.« Er öffnete die Eingangstür und wartete höflich auf den großen Bullen, nur um zu zeigen, wie unterwürfig er sein konnte. »Meine Rechtsanwälte werden sich mit Ihnen in Verbindung setzen, Frank. Und natürlich werde ich ihnen Ihren Hang zu lustigen Streichen erklären. Ich bezweifle allerdings, daß sie Ihren Sinn für Humor teilen. Gehen wir, Officer Clayton?«

Clayton setzte sich seinen rundkrempigen Hut wieder auf und wandte sich an Frank. »Entschuldigen Sie die Störung«, hörte er ihn sanft sagen.

Frank schüttelte nur den Kopf und murmelte etwas, das wie »Vergessen Sie's« klang.

Als Clayton die Tür erreichte, war Chris schon auf halbem Wege zum Streifenwagen. Er bewegte sich mit steifen, vorsichtigen Schritten. Bauch rein, Brust raus.

Die Sonne schien hell und klar und hatte alle Spuren des gestrigen Sturmes getilgt. Ganz so, als ob es überhaupt nicht geregnet hätte, ja, als ob es niemals ein Gestern gegeben hätte.

10

Sheriff Bradley war auch Richter Bradley. Ferner war er der Besitzer der Greenborough-Tierpräparation, und gelegentlich arbeitete er dort auch als Verkäufer. So klein war die Stadt.

Eine Ankündigung, die diese verschiedenen Berufe bekanntgab, befand sich – schwarze Schrift auf Milchglas – an der Tür seines kleinen Büros im Kreisgerichtsgebäude von Greenborough. Es war das älteste Gebäude der Stadt, vielleicht sogar des ganzen Landkreises. Seine Mauern aus der Zeit des Bürgerkrieges hatten Generationen von meterhohen Schneeverwehungen und verheerenden Hagelschauern überlebt. Eine einsame schwarze Kanone – keiner wußte, aus welchem Kriege – zielte auf die Berggipfel der Colorado Mountains.

Joe Bradley war klein und stämmig. Er bekam langsam eine Glatze und schien ständig zu schwitzen. Er trug ein beiges Hemd ohne Krawatte, eine Freizeithose, dazu eine große silberne Gürtelschnalle im Cowboystil sowie schwarze blitzeblanke Stiefel.

An der rissigen Gipswand hinter ihm hing in einem alten Rahmen ein bräunliches Foto des örtlichen Polizeidepartments um die Jahrhundertwende, das während der Jahre des Bergbaus aufgenommen worden war: breite Schnauz- und Backenbärte, Uniformen im Stil der damaligen Zeit, mit Knopfreihen verziert. Daneben hing eine flüchtige Zeichnung der kleinen Stadt. Sie war mit einem Wasserzeichen versehen, verblaßt und mit tadelloser Signatur des Zeichners: 1962. Keines der beiden Bilder hing gerade.

Bradley saß hinter seinem Stahlschreibtisch – ein Museumsstück aus den fünfziger Jahren, solide und schwer wie ein Buick – unter einem tragbaren Ventilator. Sein Brummen erfüllte den Raum, obwohl es hier drinnen kühl war. Er forderte Chris auf, doch Platz zu nehmen, und fragte ihn, ob er gerne einen kalten Drink haben würde.

»Nein, danke.«

»Nicht? Einen Kaffee?«

»Danke, nein.«

Officer Clayton blieb nahe der Tür stehen. Ihm bot man keinen Drink an.

»Also gut«, brummte Sheriff Bradley freundlich. Er wirkte gemütlich, zwanglos und typisch kleinstädtisch. Chris begann langsam, sich daran zu gewöhnen. »Lassen Sie uns ein wenig plaudern.« Er wischte mit seiner kräftigen Hand über den Schreibtisch, als ob er alte Angelegenheiten beiseite schieben wollte.

»Buck, würden Sie bitte die gottverdammte Tür öffnen? Hier ist es ja heißer als in der Hölle. Ich habe ein paar kalte Bier in Reserve, Mr. ... wie war doch gleich der Name?«

»Nielson. Chris.«

»Ich kann im Dienst kein Bier trinken.« Der Sheriff zwinkerte mit den Augen und senkte die Stimme, als ob Officer Clayton es nicht hören sollte, obwohl er es offensichtlich tat. Samstag abends mogele ich manchmal, aber erzählen Sie es keinem.«

»Sie haben mein Wort.«

Bradley lehnte sich grunzend und seufzend zurück und stellte den Ventilator so, daß er mehr von dem Luftzug abbekam.

»Also. Buck hat mir mitgeteilt, daß Sie beide draußen in Springers Haus waren.«

»Das Haus gehört mir, Sheriff.«

»Nennen Sie mich Joe. Ihr Haus.«

»Das ist richtig.«

»Aha. Ja, aber Springer behauptet, es sei seins.«

»Frank Springer behauptet eine ganze Menge. Daß er mit meiner Frau verheiratet ist, zum Beispiel. Und daß er der Vater meines Kindes ist.«

Bradley nickte: »Aha. Nun. Das ist ein starkes Stück, nicht wahr?«

»In der Tat.«

»Und Sie sagen, daß das Haus da oben am Cameron Trail Ihnen gehört.«

Nur die Ruhe bewahren, sagte sich Chris. Reg dich nicht über diese Leute auf. »Sehen Sie, Sheriff – Joe. Der einfachste Weg, die Dinge aufzuklären, wäre es, sich mit meiner Frau und meinem Sohn in Verbindung zu setzen. Frank Springer bestreitet nicht, daß sie existieren. Warum fahren wir also nicht noch einmal hin und finden heraus, wo sie sich seinen Angaben zufolge nun genau aufhalten? Dann sprechen wir mit ihnen, und die ganze Sache ist erledigt.«

Sheriff Bradley nickte. Er nahm alles mit geduldigem Ernst zur Kenntnis, leckte sich die breiten Lippen, lehnte sich in seinem Stuhl zurück, näher hin zum brummenden Ventilator.

Er war nicht verärgert, war noch nie verärgert gewesen und würde es auch in Zukunft nicht sein. Seine Augen wanderten hinüber zum gemächlichen Treiben der Hauptstraße, deren sonnige Bürgersteige dabei einen scheelen Blick ernteten. »Würde mich nicht wundern. Würde mich überhaupt nicht wundern, wenn zwei Leute im Ort ihre Häuser miteinander verwechseln würden. Eins sage ich Ihnen. Diese Stadt verändert sich. Sogar rasch. Kennen Sie Aspen, Chris?«

Chris blähte ungeduldig die Backen. »War mal da, ja.«

»Sah mal fast genauso aus wie hier. Kleinstadt. Provinz. Keiner in Eile. Dann kamen die Filmstars.« Er schüttelte den breiten Schädel, als unterwürfe er sich dem Unabänderlichen. »Jetzt wird Greenborough immer mehr wie Aspen. Nicht nur wegen der Touristen. Es kommen durchaus Leute, die bleiben. Wollen dem Smog und der Kriminalität in den Städten entkommen. Jetzt haben wir sogar *Kunst*galerien hier. Scheiße. Die bringen zwar nichts ein; wüßte auch nicht, wie. Aber die werden wir nicht mehr los. Keine Frage: Das Städtchen verändert sich.«

Der Sheriff brach seine Tagträumereien ab und warf einen schnellen Blick auf seinen Stellvertreter, der hinter Chris' Rücken stand. »Also, soweit ich verstanden habe, haben Sie keine gültigen Ausweispapiere bei sich. Richtig?«

»Wie ich bereits Officer Clayton erklärt habe, werde ich sie wohl bei meinem Sturz verloren haben.«

»Ja. Der Doc erzählte mir schon, daß Sie unseren Berg hinuntergepurzelt sind. Wie geht's dem Kopf?«

»Danke, gut. Natürlich habe ich einen Personalausweis, aber der ist – der *war* – in meinem Haus. Aber das würde natürlich bedeuten, daß wir noch einmal hinfahren und es durchsuchen.«

»Dafür bräuchten wir aber selbstverständlich einen Haussuchungsbefehl.«

»Wenn Sie glauben, daß es Springer gehört.«

»Nun, irgendeinem wird es sicherlich gehören.« Er lachte bellend, um die Atmosphäre zu entspannen. Als Chris nicht mitlachte, warf er Clayton wieder einen Blick zu.

»Also, Chris, wie steht's mit Grundbuchunterlagen, Kaufurkunde und solchen Sachen?«

»Ich sagte es schon. Bei mir zu Hause. Wie alle meine Sachen.«

»Aha. Nun, wir haben die Grundstücksleute kontaktiert. Die sagen, das Haus läuft unter dem Namen Springer. Matty Springer.«

»Meine Frau. Das Haus war ein Geschenk ihres Onkels.«

Bradley nickte und griff zum Füllfederhalter. »Und haben Sie seine Adresse und Telefonnummer?«

»Er ist tot.«

Bradley legte den Füller wieder beiseite. »Aha. Irgendwelche lebenden Verwandten, die diesen Onkel kennen?«

»Hören Sie, Sheriff –«

»Verstehen Sie, das Problem, Chris – ich darf Sie doch Chris nennen?«

»Bitte.«

»Chris, das Problem ist folgendes: Buck hat mir erzählt, er habe die Besitzunterlagen und die Heiratsurkunde bereits in Springers Haus eingesehen. Sie liefen auf den Namen Frank Springer.«

»Sheriff Bradley …«

»Ich habe eine Nachforschung veranlaßt. Man wird das mit den New-York-State-Behörden abklären.«

Chris dachte darüber nach und ignorierte den plötzlichen stechenden Schmerz. Gar nicht so blöd, wie sie aussahen, diese Leute. »Papiere kann man fälschen, Sheriff. Leicht sogar.«

Der Sheriff hob die Brauen. »Ach, wirklich?«

»Natürlich.«

»Haben Sie persönliche Erfahrungen darin? Beschäftigung mit Rechtsangelegenheiten? College vielleicht?« Er war immer noch freundlich, auf die gleiche Weise wie Officer Clayton. Freundlich wie eine Kobra, bevor sie zubeißt.

Chris lehnte sich zurück. Er wußte nicht genau, was hier eigentlich vorging. Aber irgend etwas ging ganz sicher vor.

Er hatte immer weniger Karten zum Ausspielen. Aber noch waren ein paar Trümpfe darunter. »Ich wiederhole, Sheriff. Finden Sie meine Frau und mein Kind. Fragen Sie sie einfach direkt, wo sich ihr Ehemann und Vater aufhält.«

Bradley klopfte einmal auf die Stahlplatte seines Schreibtischs und bekräftigte, daß er auch schon zu diesem Schluß gekommen sei. »Scheint mir am sinnvollsten. Und Sie, Buck?«

Chris ahnte, wie Officer Clayton hinter ihm nickte.

Bradley lächelte gewinnend. »Und ich habe Mr. Springer angewiesen, uns sofort zu verständigen, sobald seine Frau – die Frau und das Kind – wieder daheim sind. In der Zwischenzeit haben wir Ihre Personalien – verzeihen Sie die Zudringlichkeit – beim Ventura-County-Polizei-Department überprüft. Bei der Überprüfung war alles in Ordnung. Ihre Adresse im Ventura County, ihre Autozulassung ...«

»Einen Moment. Wenn Sie meinen dortigen Wohnsitz überprüft haben, dann müßten Sie doch auch wissen, daß Matty meine Ehefrau ist.«

Bradley runzelte die Stirn, wühlte zwischen Papieren und Akten auf seinem Schreibtisch herum. »Unserem Bericht zufolge – wo ist das verdammte Ding? –, unserem Bericht zufolge sind Sie männlich, von weißer Hautfarbe, zweiundvierzig Jahre alt, alleinstehend.«

»Das ist lächerlich.«

»So steht es hier.« Er reichte Chris den Ausdruck.

Chris überflog ihn und warf ihn auf den Schreibtisch. »Hören Sie, Sheriff ...«

»Wie lange waren Sie mit dieser – er warf einen schnellen Blick auf seine Unterlagen – Matty verheiratet, Chris?«

»Drei Jahre.«

»Drei Jahre verheiratet.« Jetzt machte Sheriff Bradley sich Notizen. »Und wo fand die Hochzeit statt, Chris?«

»Las Vegas.«

»Aha. Das Jahr?«

»1992. August. Aber wir müssen bei denen doch in der Kartei stehen, oder?«

»Wo genau, Chris? Name der Kirche?«

Er mußte einen Moment nachdenken. Die Sache war ziemlich hastig arrangiert worden, sozusagen in letzter Minute, in quasi jugendlichem Überschwang.

Willst du mich nicht zuerst heiraten?

Er konnte sich weit besser an das außerhalb gelegene Motel erinnern als an das kleine Büro in Las Vegas, das als Kirche diente. »Irgendwas mit Kirche. Little Church of the West oder so ähnlich.«

Bradley kritzelte weiter. »Aha. Können Sie sich vielleicht an die Adresse erinnern?«

»Verdammt noch mal. Wir müßten doch irgendwo in den Akten des Kreisbeamten verzeichnet sein.«

Bradley kritzelte weiter und nickte. »Könnte sein. Wir werden das ganz bestimmt überprüfen. Der Mädchenname Ihrer Frau?«

Christ wußte verdammt gut, daß Bradley den Namen bereits kannte, aber es darauf anlegte, daß er ihn auch laut wiederholte. Deshalb blieb er ruhig und tat ihm den Gefallen: »Springer.«

»Ach ja.« Bradley notierte.

Das Schreibtischtelefon läutete.

Sheriff Bradley klemmte den Hörer zwischen Schulter und

Ohr, während er weiter notierte. »Aha. Gut. Danke.« Er hängte auf und sah an Chris vorbei. »Das war Doc Holiday. Er sagt, er müsse Herrn Nielson möglichst bald in seiner Praxis sehen. Es sei dringend.«

Chris hörte, wie sich Clayton hinter ihm bewegte. Wahrscheinlich setzte er sich gerade seinen Hut auf. Sein ganzer Stolz. Er schien den Hut nie drinnen zu tragen.

»Das hier ist eine kleine Stadt, Sheriff«, sagte Chris zu ihm.

»Eine attraktive Rothaarige und ein kleiner Junge von zwei Jahren können nicht schwer zu finden sein. Und wir haben jeden verfügbaren Mann im Einsatz, Chris. Darauf können Sie sich verlassen. Aber jetzt möchte ich, daß Buck Sie zurück zur Klinik begleitet. Wollen doch mal sehen, warum der Doktor so aufgeregt ist. Ich rufe Sie sofort von hier aus an, sobald wir was Neues erfahren. Darauf können Sie sich verlassen. Ob Sie es glauben oder nicht. Das ist die erste Vermißtenanzeige, mit der wir es je in diesem Provinznest zu tun hatten. Überlassen Sie die Sache ruhig uns, Chris. Buck?«

Officer Clayton hatte schon die Hand auf Chris' Schulter, noch bevor der überhaupt aufstehen konnte.

Doc Holiday hatte bereits die Röntgenaufnahme des Schädels. Dieses Phantombild von Chris steckte unter einer Metallklemme an dem Leuchtschirm an der Wand des Büros.

Holiday war gerade am Telefon, als Chris und Clayton wieder sein Büro betraten. Er hängte auf und wandte sich ihnen mit seinem freundlichen Lächeln vom Lande zu. »Ah, gut. Wie geht es Ihrem Kopf, Chris?«

Chris blieb stur stehen, was klar signalisieren sollte, daß er sich keineswegs hinsetzen, sondern nur kurz bleiben wollte.

»Alles in Ordnung«, log er. Er fühlte ein dumpfes Hämmern.

Holiday brummte: »Ganz so in Ordnung nun auch wieder nicht, wie ich fürchte. Er wies auf die erleuchtete Röntgenaufnahme. »Schalten Sie das Licht aus, dann können Sie es besser sehen.«

»Ich kann es gut erkennen.«

»Gut. Sehen Sie das hier ...?« Er zeigte mit seinem kleinen Finger auf etwas. »Dieser kleine silberne Fleck oberhalb des linken Temporallappens. Das ist ein Schädelriß. Nicht unbedingt ein Problem. Es ist vielmehr die graue Zone darunter, die mir Sorgen macht.« Wieder benutzte er den kleinen Finger.

Chris blieb standhaft. »Ja?«

Holiday saugte an den Zähnen. »Röntgenaufnahmen sind ein enorm nützliches Hilfsmittel. Aber sie sind nicht perfekt. Das Gerät hier ist neu. Kann sein, daß ich was verpatzt habe, aber ich habe zwei Aufnahmen gemacht. Dies ist die deutlichere von beiden.«

Das ist doch alles scheißegal. Meine Frau und mein Kind werden vermißt. Kapiert ihr Idioten das denn nicht?

Aber er schwieg.

Weil sie es natürlich wußten. Ganz genau sogar. Wie genau, das mußte Chris noch herausfinden. Und er mußte dabei ganz kühl und vorsichtig bleiben. Sonst würde er es mit dem breitschultrigen Officer Clayton zu tun bekommen. Dann würde alles so nach Vorschrift ablaufen, daß er niemals etwas herausfinden würde.

Sehr kühl und gefaßt sagte er: »Bitte, Doktor, schießen Sie los!«

Holiday nickte. »Nun, die graue Fläche, von der wir sprachen, hat nicht die Merkmale eines Tumors. Machen Sie sich da keine Sorgen. Wahrscheinlich ist es nur eine zusätzliche Gehirnwindung, überflüssiges Gewebe. Das passiert. Hat gar nichts zu bedeuten. Kein Grund zur Beunruhigung.«

»Oder?«

»Oder es handelt sich dabei um ein Blutgerinnsel. Aber selbst dann: Wenn es sich stabilisiert, gibt es keinen Grund zur Beunruhigung. Natürlich sähe ich es lieber, wenn es überhaupt nicht da wäre. Aber man kann Schlimmeres im Gehirn mit sich herumschleppen und dabei ein ganz normales Leben führen. Es wird erst dann zum Problem, wenn es sich zu einem Hämatom auswächst. Das kann Druck verursachen und Komplikationen.«

»Zum Beispiel?«

Holiday zuckte die Achseln. »Da, wo es sich momentan befindet? Zumindest chronisches Kopfweh. Schlimmstenfalls Blindheit oder Epilepsie.«

Chris stemmt die Hände in die Hüften: »Warum haben Sie das nicht früher gesagt?«

Holiday betrachtete die Röntgenaufnahme und mied Chris' Blick. »Einfach übersehen. Vermutlich. Wie ich schon sagte. Das Gerät ist noch neu für mich.«

»Verstehe. Was können wir machen, Doktor?«

Holiday schob die schwarz umrandete Brille bis zur Nasenwurzel und überflog geistesabwesend seine Notizen auf dem Schreibtisch. »Wenn nötig, müssen wir eine Schädelbohrung vornehmen, bis hinein in den betroffenen Bereich. Dann müssen wir drainieren wie bei einem vereiterten Zahn. Wenn der Bereich dagegen nicht wächst und Sie keine Symptome entwickeln, dann machen wir gar nichts.« Er sah zu Chris auf. »Haben Sie irgendwelche Schwindelgefühle? Übelkeit?«

»Nein. Ich bin bloß ein bißchen hungrig.«

Holiday lächelte. »Irgendwelche merkwürdigen Geruchsempfindungen? Zum Beispiel der Geruch von Apfelsinen, obwohl gar keine da sind?«

»Nein.«

»Gut, sehr gut. Ein gutes Zeichen.«

Chris beobachtete ihn für einen Moment und mußte sich ein sarkastisches Lächeln verkneifen. »Also, was glauben Sie, Doc? Könnte so etwas mein Gedächtnis in Mitleidenschaft ziehen und mir Ereignisse vorgaukeln, die in Wirklichkeit nie stattgefunden haben? Ist so was möglich?«

Holiday räusperte sich und wühlte in seinen Papieren herum. »In Fällen wie diesem besteht auf jeden Fall die Möglichkeit dafür. Wenn es ums Gehirn geht, ist alles möglich. Am besten, man bleibt vernünftig und zieht keine voreiligen Schlüsse. Wir müssen eben abwarten.«

»Und wie soll das gehen?« fragte Chris, der begann, ein bestimmtes Verhaltensmuster festzustellen.

Holiday saß in seinem abgenutzten Drehstuhl, der ein wenig quietschte. »Kommt drauf an. Ich würde es gerne sehen, wenn Sie für eine Weile bei uns blieben. Am besten im Bett.«

»Besteht in dieser kleinen Klinik die Möglichkeit dazu?« fragte Chris freundlich.

Holiday, der die Frage vorausgesehen hatte, schüttelte den Kopf. »Nein, aber ich habe eine Vereinbarung mit Kelsie Baxter und ihrer Pension. Sie hat ein Zimmer, das wir manchmal belegen. Dort sind Sie ganz ungestört, viel besser als ein normales Krankenhauszimmer. Sogar viel besser als in der verdammten Mayo-Klinik. Sie bekommen drei warme Mahlzeiten am Tag, und ich wäre in der Nähe, um hereinzuschauen und nach Ihnen zu sehen.« Er zwinkerte. »Und Kelsie ist eine attraktive Dame.«

Chris nickte, blickte schnell in Claytons Richtung und sah sich selbst in den Spiegelgläsern: »Klingt ideal.«

»Viel billiger als in der Großstadt. Und wenn es sich als harmlos herausstellt – was wahrscheinlich ist –, können Sie sich wieder auf den Weg machen, ohne allzu mitgenommen zu sein und mit reinem Gewissen. Schon irgendwelche Erfolge bei der Suche nach Ihrer Familie?«

»Wir arbeiten dran«, warf Officer Clayton ein.

Chris rieb sich das Kinn, als ob er ernsthaft nachdächte, aber er hatte seine Entscheidung bereits getroffen. »Also, Doktor. Ich weiß Ihre Besorgnis zu würdigen. Die Pension scheint mir ein guter Tip zu sein. Ich werde es mir ernsthaft überlegen. Wäre es übrigens möglich, daß ich die notwendigen Arrangements dort selbst träfe?«

Holiday nickte. »Sagen Sie Kelsie einfach, sie soll mich anrufen, daß ich die Sache bestätige.« Er sah kurz Clayton an und schaute dann schnell wieder weg.

Chris nickte zustimmend: »Ich brauche ohnehin einen Platz, wo ich mich aufhalte, während Officer Clayton nach dem Verbleib meiner Familie forscht.«

Clayton nickte.

Chris ging schnell auf Holiday zu, um ihm die Hand zu schütteln. Er wollte die Sache hinter sich bringen und hier rauskommen. »Nochmals vielen Dank für Ihre Hilfe. Ich werde ganz bestimmt darüber nachdenken.«

»Es wäre das Beste für Sie, Chris. Mit dem Kopf sollten Sie sich nicht zuviel bewegen. Besonders nicht Auto fahren.«

»Aha. Nochmals vielen Dank. Wir sehen uns.«

Holiday kritzelte etwas auf einen Notizblock. »Hier ist ein Rezept für etwas, das ihr Befinden verbessert. Gehen Sie zu Petersons Apotheke an der Ecke. Er ist am billigsten. Irgendein Markenpräparat tut's.« Er sah auf. »Oh, Sie haben ja gar kein Geld.«

»Ich habe Kredit, sobald ich eine neue Karte beantrage.«

Holiday nickte und gab Chris das Rezept, das dieser sich in die Hemdtasche schob. »Machen Sie sich jetzt bitte keine Sorgen um meine Rechnung oder die von Kelsie. Hauptsache ist, daß Sie sich jetzt so schnell wie möglich hinlegen.«

»Aber ich habe doch Zeit genug, vorher mal anständig zu Mittag zu essen?«

Holiday lächelte: »Natürlich. Sagen Sie bloß Kelsie, daß sie mich anrufen soll, sobald Sie eingezogen sind. Sie ist eine nette Frau und wird sich gut um sie kümmern. Buck, helfen Sie ihm bitte, wenn er was zu tragen hat.«

»Wird gemacht, Doc.«

»Später werde ich Billy mit dem Papierkram rüberschicken.«

»Papierkram?« Chris hob eine Augenbraue.

Holiday winkte ab: »Versicherungsformulare, so was. Nervig! Der Staat verlangt, daß wir Sie genauso behandeln wie einen normalen Krankenhauspatienten. Sie müssen ein paar Formulare unterschreiben, mehr nicht. Sind Sie krankenversichert?«

»Ja.«

»Na sehen Sie.«

»Gut. Nochmals vielen Dank. Sie hören von mir.« Noch bevor Clayton etwas sagen konnte, fragte ihn Chris, der die Situation im Griff behalten wollte: »Kann ich draußen kurz mit Ihnen sprechen, Buck?«

»Sicher doch.«

Draußen auf dem sonnenbeschienenen Bürgersteig tat Chris so, als ob er das Rezept mit großer Besorgnis studierte. »Wo ist noch mal die Apotheke, die der Doc erwähnt hat?« fragte er den Polizisten hilflos.

Clayton setzte sich den Hut auf. »Gleich da an der Ecke. Kann man gar nicht verfehlen.«

»Gut. Hören Sie, Buck. Das mit vorhin tut mir leid. Ich bin einfach runter mit den Nerven.« Er hielt das Rezept hoch. »Und ich weiß jetzt auch, warum.«

»Vergessen Sie's. Verständlich. Wir werden genug Zeit haben, die Einzelheiten zu klären, nachdem Sie sich ein wenig ausgeruht haben.«

»Genau. Danke.« Chris seufzte hörbar, als wenn ihm ein Stein vom Herzen gefallen wäre. Mit müden Augen sah er sich in der schicken kleinen Hauptstraße um: »Ich werd mir irgendwo was zu essen besorgen und dann gleich zur Pension. Der Kopf fängt an weh zu tun. Wo gibt's gute Burger?«

»Maxine's, den Block runter. Selbstgemachte Fritten.«

»Klingt gut.« Er streckte seine Hand aus. »Nochmals danke, Buck. Und Sie kontaktieren mich, sobald Sie was von Matty oder meinem Sohn hören?«

Clayton ergriff seine Hand: »Alles unter Kontrolle, Chris. Wir werden sie finden. Sie haben mein Wort.«

Chris wollte fortgehen, aber Clayton, den man nicht so rasch abschüttelte, klopfte ihm freundlich auf den Rücken: »Ich komme mit zu Maxine's. Sowieso Zeit für die Mittagspause.«

Über einem Cheeseburger mit Ketchup, der wahrscheinlich ganz gut war, den er aber kaum anrührte, sagte Chris zu dem Polizisten so nebenbei: »Der Doc scheint ein sehr gewissenhafter Mann zu sein.«

Clayton, dessen Smokey-Hut an der Stuhllehne baumelte,

verschlang eine Spezialplatte, die keine wortreiche Bestellung erfordert hatte. Ein Kopfnicken beim Betreten des Lokals hatte genügt. »Oh, Doc ist der Beste. Hat mir mehr als einmal die Haut gerettet.«

»Wie das, Buck?«

Clayton verschlang enorme Happen. »Schlangenbiß. Eine große Klapperschlange unten beim Wicket Crick. Achten Sie darauf, wo Sie hier hintreten.«

Chris versuchte herauszufinden, ob ihn der Bulle veralbern wollte, aber es gelang ihm nicht.

»Und worauf Sie treten«, fügte Clayton hinzu. »Doc hatte das Schlangenserum. Jetzt habe ich es immer bei mir im Streifenwagen.«

Das kleine und gemütliche Restaurant, mit original rostfreiem Stahl, echten Ledersitzgruppen und voller Gerüche, war fast leer. Es war noch nicht Mittagszeit. Die wenigen Morgennachzügler – meist ältere Stammgäste – blickten von ihren roten Lederhockern neugierig auf Chris und Clayton; als bekäme Chris eine Sonderbehandlung, weil er mit dem Stellvertreter des Sheriffs zusammen aß.

»Ich vermute, in einer Stadt dieser Größe gibt es nicht viele Verbrechen«, fuhr Chris fort. Er verstummte, dachte an Matty und Nicky, überlegte, wie er den großen Bullen loswerden könne. Er fragte sich, wo er zuerst suchen sollte und wie. Dabei wußte er, die Antwort lag bei Frank Springer. Aber er wußte nicht, wie er jetzt dorthin zurückkommen sollte, jedenfalls nicht ohne aufzufallen.

»Mehr als früher. Es kommen viele, um sich hier niederzulassen. Sie würden staunen, wie viele aus Kalifornien kommen – wie Sie selbst. Wegen der Erdbeben. Aber die meiste Zeit sind wir damit beschäftigt, Touristen aus dem Straßengraben zu ziehen«, er sah lächelnd auf, »oder von den Bergen zu holen.«

Chris erwiderte das Lächeln pflichtschuldig: »Sie mögen die vielen Neuankömmlinge in Ihrer hübschen Stadt nicht, was?«
Clayton kaute und zuckte die Achseln.

»Ach, Gott. Ich habe nichts dagegen. Ich habe gerade eine Gehaltserhöhung bekommen. Mehr Leute, mehr Geld. Sehen Sie dieses große Durcheinander von Baustellen dort nördlich der Hauptstraße?«

»Ja.«

»Da bauen sie eines dieser Multiplexkinos. Diese Stadt hatte früher kein einziges Kino, und jetzt bauen Sie ein Multiplex. Bloß Skifahren und Wandern langweilt die Leute. Die wollen am Abend was unternehmen und nicht bloß die Sterne ansehen.« Er nickte zum Tisch hin. »Sie essen nicht viel.«

Chris betrachtete den fast unberührten Burger. »Mein Kopf. Leichte Übelkeit.«

»Beherzigen Sie den Rat des Doc, legen Sie sich hin. Gehen Sie zur Pension, Kelsie wird sich um Sie kümmern.«

An der rotgrünen Beschriftung MAXINE'S vorbei starrte Chris aus dem Schaufenster auf die Hauptstraße. Er fragte sich, wo Matty jetzt wohl sein mochte. »Um die Wahrheit zu sagen, Buck. Ich bin da ein bißchen hin- und hergerissen. Ich habe noch ein paar unerledigte Sachen zu Hause, verstehen Sie?«

Clayton sah von seinen Fritten auf. »In Ventura?«

Chris nickte. »Thousand Oaks. Nur ein paar unerledigte Sachen bei meiner Telefongesellschaft dort. Ich habe im Entstörungsdienst gearbeitet, bevor wir hier nach Colorado zogen. Ich muß sie hauptsächlich darüber informieren, an welche Adresse sie meine Versicherungsunterlagen, Sozialversicherungsnummer und solches Zeug schicken sollen.«

»Können Sie das nicht telefonisch erledigen?«

Chris sah aus, als hätte er daran noch nicht gedacht. »Ich muß ihnen noch ein paar Ausrüstungsgegenstände zurückgeben, Zeug in meinem Kofferraum, das ich vergessen habe abzugeben.«

»Das könnten Sie doch mit der Post schicken.«

Chris räumte ein: »Vielleicht. Aber sie sind ein bißchen heikel, was den Postversand von Firmeneigentum betrifft.«

Um ihn vom Thema abzulenken, rieb er sich den Kopf.

»Tut weh, was?«

Chris nickte. »Ich glaube, ich sollte mich wirklich hinlegen. Ich hasse es bloß, mir über unerledigte Dinge den Kopf zerbrechen zu müssen.« Er drehte den Kopf zurück. »Ob ich wohl von hier aus anrufen kann? Versuchen, meine Frau zu erreichen?«

»Natürlich, Maxine's hat ein Telefon. Dahinten, gleich neben dem Männerklo.«

Chris nahm sich beim Aufstehen Zeit. »Ja, das ist wahrscheinlich das beste.«

Clayton, der die Komödie nicht durchschaute, kaute weiter seine Fritten. »Machen Sie Ihren Anruf. Ich erledige das mit dem Tablett hier.«

»Oh, das kann ich nicht annehmen.«

Clayton hielt seine freie Hand hoch. »Ich bestehe darauf.« Er lehnte sich nach vorn, als wenn dieses Entgegenkommen ihre Beziehung einen entscheidenden Schritt nach vorne gebracht und sie zu alten Freunden gemacht hätte. »Der Sheriff fände es wahrscheinlich nicht gut, daß ich Ihnen das sage, Chris, aber um ehrlich zu sein: Jeder würde sich besser fühlen, wenn Sie in der Stadt blieben. Wir passen auf Sie auf. Verstehen Sie mich nicht falsch. Ich sage nicht, daß Sie zu der Sorte gehören. Aber in der Vergangenheit haben einige dieser Touristen, dieser Clowns, die sogenannte Unfälle hatten, am Ende die Stadt verklagt, falls Sie verstehen. Trotz der Zuwanderer sind wir eine Kleinstadt. Unsere Einnahmen stammen hauptsächlich aus dem Tourismus. Sheriff Bradley sähe es sicher nicht gern, daß ich das sage.«

Oder er hat dich sogar instruiert, es zu tun, falls ich noch weitere Anstöße bräuchte. »Kapiert, Buck. Es ist wahrscheinlich das beste, wenn ich hier in Greenborough bleibe.«

»Ich bin davon überzeugt«, versicherte ihm Clayton voller Anteilnahme.

Christ stand auf. »Ich mache noch kurz den Anruf. Hier, lassen Sie mich wenigstens das Trinkgeld übernehmen.«

Aber Clayton hielt beide Hände hoch. »Schon erledigt.«

»Gut. Danke, Buck! Ich weiß das zu würdigen.«

Glücklicherweise befand sich das Telefon in einem engen, abgelegenen Flur außerhalb der Hörweite des Speiseraums.

»Hallo, Vermittlung. Ich hätte gern ein R-Gespräch nach Thousand Oaks in Kalifornien.« Er nannte den Namen und die Nummer.

Er wartete. »Hallo?«

Vermittlung: »R-Gespräch von Chris Nielson, übernehmen Sie die Kosten?«

Sharon Cormans wunderbar vertraute Stimme antwortete: »Ja, natürlich. Chris?«

Vermittlung: »Bitte sprechen Sie jetzt!«

»Sharon.«

»Hallo. Wie geht's dir? Alles in Ordnung?«

Sie würde es noch früh genug erfahren, aber nicht jetzt. »Nur ein bißchen Heimweh, Süße. Ist Rick zufällig schon zum Mittagessen zurück?«

»Ja, er ist in seiner Bude und sieht sich das Spiel an. Geht es Matty gut?«

»Ja. Leider habe ich wenig Zeit, Süße. Könnte ich wohl kurz mit Rick sprechen?«

Sharon antwortete ein wenig besorgt: »Klar, einen Moment ...«

Im Hintergrund, wahrscheinlich der Küche der Cormans oder ihrem Wohnzimmer, hörte Chris, wie dumpf Ricks Name gerufen wurde. Er stellt sich vor, wie sein früherer Nachbar sich in seinem abgewetzten Lieblingssessel herumlümmelte, mit einem Sandwich in der Hand. Wahrscheinlich war er gerade damit beschäftigt zu entscheiden, ob er zur Arbeit zurückgehen oder noch bis zum nächsten Touchdown bleiben sollte. Beim Entstörungsdienst verdiente man heutzutage gutes Geld.

Sharon – die einfühlsame Sharon mit ihrer Intuition – hatte unterdessen keinerlei Plauderei angefangen. Wahrscheinlich ahnte sie, daß dieser Anruf doch mehr als ernst war. Schließlich hatte sich Rick den letzten Happen seines Sandwichs in den Mund gestopft und kam zum Telefon.

»Schon Heimweh, was? Gut, du alter Hinterwäldler. Du kannst unser freies Zimmer haben.«

»Wir sitzen in der Scheiße, Rick. Ich muß es kurz machen.«

Rick war sofort bei der Sache und schluckte den letzten Bissen hinunter. »Was? Schieß los!«

»Es ist verrückt. Ich kann jetzt nicht alles von vorne erzählen. Du mußt mir vertrauen.«

»Was kann ich tun? Geht es um Matty?«

»Ja, und Nicky. Ich glaube, momentan geht es ihnen gut, aber ich brauche dich hier.«

»Ein Unfall? Bist du verletzt?«

»Noch nicht. Im Moment würde ich Sharon gern aus der Sache raushalten. Geht das?«

»Schwer, aber nicht unmöglich. Ich habe morgen abend eine Konferenz in Chicago. Es geht um Glasfiberkabel oder so. Chicago ist nicht weit von dir.«

»Und die Konferenz?«

»Scheiß drauf – die werden auch ohne mich überleben. Es ist meine beste Entschuldigung gegenüber Sharon. Ist das früh genug?«

»Es muß. Jetzt hör zu! Ich möchte, daß du von unserem Haus wegbleibst, wenn du hierherkommst. Komm nicht in die Nähe!«

»Wo bist du, Chris?«

»Hör jetzt einfach zu. Gib dich als ein Mr. Adams aus. Nimm dir ein Zimmer in der Pension an der Hauptstraße von Greenborough. Wenn sie dich nach deinen Personalien fragen, sag einfach, du hättest deinen Führerschein verloren oder so. Bezahl in bar. Zahl alles bar und bring viel Geld mit. Geht das, ohne daß Sharon was davon erfährt?«

»Geht in Ordnung. Wo wirst du dich aufhalten?«

»Ich werde in der Pension sein. Aber, und das ist wichtig, bitte versuch *nicht*, mich zu kontaktieren. Ich werde dich kontaktieren. Versuch, einen Flug am Nachmittag zu bekommen. Aber *keine* Telefonanrufe. Du kennst mich nicht. Hast du mich verstanden?«

»Mein Gott!« Er spürte die Erregung in Chris' besorgter Stimme. Hier begann ein Abenteuer, wie Rick es seit Vietnam vermißt hatte.

»Hast du es dir notiert?«

»Greenborough. Pension.«

»Geh um Punkt sechs Uhr zum Restaurant – vergiß nicht, deine Uhr umzustellen. Nimm eine der Zweiersitzgruppen, und bestell dir eine große Mahlzeit. Reiß nicht das Maul auf. Du bist ein Tourist. Verpatz die Sache nicht. Ich komme dann irgendwann vorbei.«

»Wie lange werde ich dasein?«

»Mindestens eine Woche. Und hör zu, bring genug Geld, um ein paar Schießeisen zu kaufen. Kann Sharon dich hören?«

»Im Moment ja.«

»Ordnung. Bring genug für wenigstens ein Dutzend Jagdflinten und Handfeuerwaffen, falls wir die bekommen.«

»In Ordnung, Chris. Ja.« Rick konnte seinen Eifer jetzt kaum noch zügeln.

»Okay, auf die Pferde!«

»Schön, von dir zu hören. Paß auf dich auf.«

»Punkt sechs.«

»Gruß auch an Matty. Tschüß!«

Officer Clayton stach gerade in ein dickes Stück Kirschkuchen, als sich Chris lächelnd wieder hinsetzte.

»Alles in Ordnung mit der Telefongesellschaft?« fragte er zwischen zwei Bissen.

»Alles bestens«, sagte Christ und machte sich nun an den Cheeseburger.

Er fühlte sich, wenn nicht besser, so doch nicht mehr so allein.

TEIL II

11

Zur gewohnten Zeit erwachte Matty in ihrem eigenen Bett. Die Sonne schickte ockerfarbenes Licht durch die bauschigen Gardinen des nördlichen Fensters, Vögel sangen, und der Geruch aromatischen Kaffees wehte von unten herauf; was bedeuten mußte, daß Chris schon auf war und sie hatte schlafen lassen.

Dann erinnerte sie sich an alles.

Oh, mein Gott!

Ihr erster klarer Gedanke: *Ich lebe noch.*

Sie setzte sich auf, sogar ohne Kopfschmerzen, warf ihre roten Locken zurück und sah sich selbst im Kommodenspiegel gegenüber: verstört und mit Ringen unter den Augen. Sie trug ihren Flanellpyjama und nicht das lächerliche durchsichtige Nachthemdchen.

Gott im Himmel, hatte sie bloß geträumt?

Sie rollte sich über den Rand der Matratze, griff nach ihrem Morgenmantel und schlüpfte hinein, ohne sich um ihre warmen Wollslipper zu kümmern, bevor sie nicht bei Nicky nachgesehen hatte.

Sie fand ihn behaglich und sanft schlafend in seinem blauen Rennwagenbettchen aus Plastik, den schwarzen Bären im Schwitzkasten haltend. Sie berührte seine engelgleiche Stirn, die aber nicht verschwitzt war. Trotzdem sah er bleich und schwach aus. Oder lag das am Morgenlicht?

Sie kam in die Diele.

»Chris?«

Vorsichtig ging Matty die Treppe zum Wohnzimmer und der

Küche hinunter. Auf der Anrichte wurde heißer Kaffee warm gehalten. Alles war sauber und ordentlich. Fleckenlos. Ihr seltsames Spiegelbild beobachtete sie in der Edelstahlpfanne, die über dem Ofen hing.

»Chris?«

Das Oberteil ihres Morgenmantels vorne zusammengerafft, eilte sie zur Eingangstür, die sie unverschlossen fand. Sie öffnete. Draußen war es hell und klar und kalt. Die großen Ahornbäume begannen Farbe zu zeigen. Der glänzende Lamborghini schimmerte von der Auffahrt herüber. Der Volvo von Chris war weg.

So stand sie, als ein Windzug ihr eine Haarsträhne über das Auge wehte. Sie strich sie zurück, während sie sich auf die Lippe biß. Chris' Wagen war verschwunden, aber auch Frank schien weggegangen zu sein.

Das ist deine Chance! Hol das Baby hier raus!

Der Gedanke versetzte ihr einen Stoß, dann fing sie sich wieder. Sie hatte sich dadurch schon einmal täuschen lassen. Schon oft hatte es *geschienen,* als wäre er weg. Aber er war dann doch immer wieder im letzten Moment und am unmöglichsten Ort wieder aufgetaucht, mit diesem Grinsen, versteht sich.

Sie schloß die Tür.

Sie schrie, so laut sie konnte: *»Frank!«*

Nichts.

Das Haus *schien* leer zu sein.

Das ist ein Trick. Eine Falle. Eins seiner Spielchen.

Sie mußte nachdenken. Übereil nichts, verpatz die Sache nicht! Irgendwo gibt es hier eine Logik, die du herausfinden mußt.

Egal! Schaff Nicky aus dem Haus!

Ihre tierischen Instinkte setzten sich durch. Ja. Bring Nicky in Sicherheit. Das war das einzig Wichtige.

Sie drehte sich um, zögerte, drehte sich abermals um. Sie sah sich mit dem schlafenden Kind fliehen – dem dann doch *schweren* Kind –, durch taugefleckte Waldungen und dichtes, sie erschöpfendes Unterholz hindurch.

Versuch noch einmal das Telefon.

Sie tat es, aber natürlich war es immer noch tot.

Sie stand da und lauschte in das leere Nichts des Hörers. Das Gefühl morgendlicher Normalität, dem sie sich überlassen hatte, verflüchtigte sich im Nu. Wieder fühlte sie die gewohnte Panik heraufkommen, sich aufbauend.

Sie stieß ruckartig die Tür auf und lief den Weg hinunter, den groben Kiesweg zu dem großen roten Sportwagen. Sie wußte, daß es nutzlos war, vergeudete Zeit, aber sie mußte nachschauen, mußte Bescheid wissen.

Sie beugte sich zu dem silbernen Griff hinab und zog daran. Zu ihrer Überraschung ließ sich die Tür leicht öffnen. Zu ihrer noch größeren Überraschung baumelten Franks Autoschlüssel im Zündschloß.

Zu einfach. Zu verführerisch.

Sie mußte sich bloß anziehen, Nicky in ihre Arme nehmen und das Weite suchen. Vielleicht war er irgendwo da draußen, gleich die Straße runter, und wartete auf sie mit einer Schrotflinte. Na und? Sie würde Nicky im Sitz nach unten drücken, sich selbst hinters Steuerrad ducken, das Gaspedal durchdrücken und irgendwie an ihm vorbeirasen.

Es war eine Chance. Eine Chance, die sie schon einmal gehabt hatte.

Trotzdem eine Chance. Sie stürmte die Treppe hoch. Sie holte ihre Shorts und ein ärmelloses Top aus dem Wandschrank, ohne sich diesmal anzuziehen. Dann hob sie Nicky, der so furchtbar bleich aussah, sanft hoch. »Komm her, mein Kleiner.« Dann rannte sie mit ihm die Treppe hinunter.

Wahrscheinlich war Frank schon da und wartete am Fuß der Treppe. Oder auf der Veranda. Oder er saß in seinem roten Sportwagen. Wie stets lächelnd.

Aber er war nicht da.

Sie dachte nicht einmal an die Hausschlüssel, sondern eilte die Auffahrt hinab, während sie Nicky in den Armen wiegte. Wieder griff sie nach dem silbernen Türgriff, öffnete mit einem Ruck und setzte das Baby sorgsam auf den Sitz neben sich.

Du hast das alles schon einmal gemacht.

Sie langte nach dem Zündschloß – sprach ein leises Gebet – und drehte. *Klick.* Nichts.

Kein Röhren des schweren italienischen Motors, kein beruhigendes Vibrieren des Sitzes. Nichts. Nur das Licht, die rauschende Brise, das dumme Gezeter der Spatzen.

Und dann etwas anderes.

»Eine Hirschkuh. Ein Hirsch. Ein weiblicher Hirsch ...«

Sie sah auf. Der große Motor rührte sich nicht, und sie zitterte heftig. Sie sah, wie er direkt vor ihr aus der Waldkulisse heraustrat. Er trug das buntkarierte Jagdhemd, das sie Chris letztes Jahr gekauft hatte. Ein Springbock hing ihm über die Schultern. Er war groß, und der Kopf mit dem Geweih baumelte lose herab. Und tatsächlich: Frank lächelte, während er sang: »... Strahl, ein goldener Sonnentropfen ...«

Matty lehnte sich zurück. Mit einem Schlag hatte sich ihre Entschlossenheit verflüchtigt.

Man konnte nicht gegen ihn gewinnen. Unmöglich, ihn zu besiegen. Sie hatte es weiß Gott versucht.

Frank blieb auf der Höhe ihres Seitenfensters stehen und bückte sich, um ihr zuzublinzeln. »... einen wunderschönen guten Morgen, Kätzchen. Schon gefrühstückt?«

Er trug keine Waffe, jedenfalls konnte sie keine sehen. Wahrscheinlich hatte er irgendwo ein großes Jagdmesser unter seinem Jackett versteckt. Oder er hatte den Hirsch mit bloßen Händen zur Strecke gebracht. Das klang vielleicht unwahrscheinlich, aber bei Frank Springer war alles möglich. Frank konnte alles. Einfach alles.

Er grinste zu ihr hinunter, sah zu dem schlafenden Kind hinüber. Dann nahm er eines der baumelnden Vorderbeine des Hirsches und winkte mit einem schlammigen Huf Nicky zu. »Hallo, du da. Wie fühlen wir uns heute?«

Matty sah ihn nicht einmal an. »Was hast du getan? Warum bin ich nicht tot?«

Frank wandte sich zu ihr, wobei er das Gewicht auf seinen Schultern gar nicht zu spüren schien. »Wie bitte, Kätzchen?«

»Was war in der Spritze, Frank?«

»In der Spritze… Ach so, die Spritze. Nur ein Beruhigungsmittel. Du warst sowieso ziemlich geschockt vor Erschöpfung.« Als er sie jetzt ansah, schien er irgendwie selbst schockiert. »Matty, du glaubst doch nicht etwa, daß ich etwas Tödliches hineingemacht habe. Nicht bei meinem eigenen Sohn.«

Sie wandte sich ab und studierte geistesabwesend die Spuren rötlichen Goldes, das die Ahornbäume am Kiesweg durchwirkte.

Sie spürte, daß er wieder lächelte. »Er ist *mein* Sohn, oder? Ich meine, das haben wir doch bereits festgestellt, oder?«

Sie ließ ihren Kopf zurückfallen, schloß unterwürfig die Augen und hielt immer noch das nutzlose Steuerrad fest. »Was wirst du machen, Frank? Chris wird jeden Moment wieder mit den Behörden hiersein.«

»Wirklich? Glaubst du?«

»Natürlich.«

»Wozu bloß?«

»Müssen wir Spielchen spielen?«

»Ich spiele keine Spielchen. Und ich hoffe, Chris auch nicht. Du bist meine Frau. Wir haben bereits festgestellt, daß Nicky mein Sohn ist. Das Haus ist unter deinem Namen eingetragen, womit es zugleich auch mein Eigentum ist. Was gibt es da zu spielen?«

Für einen Moment dachte sie, dies sei wieder nur eine seiner absurden Reden, doch plötzlich durchzuckte sie ein stechender Schmerz. Sie öffnete die Augen und wandte sich zu ihm. Er lächelte.

»Verdammter Mist. Was hast du vor, Frank?«

Er strahlte und gab dem toten Springbock einen Klaps auf die Flanke. »Später gibt es einen schönen Wildbreteintopf. Und jetzt eine kleine Überraschung. Du wirst es mögen. Wie die zweiten Flitterwochen.«

Matty schnitt innerlich eine Grimasse. Sie erinnerte sich an die ersten Flitterwochen. Damals war ihr zum ersten Mal klar geworden, wie verrückt er wirklich war. Was er gesagt, was er von ihr verlangt hatte.

Schon damals drehten sich ihre Pläne darum abzuhauen.

»Ich hänge das hier nur noch auf und lasse es ausbluten, dann bin ich gleich wieder bei dir, Kätzchen.

Gut gelaunt ging er hinter das Haus. »Fa … ein weiter, weiter Weg zu gehn!«

Sie starrte zu ihrem Sohn hinüber, der unschuldig schlief.

Ein weiter, weiter Weg zu gehn.

Jetzt konnte sie es versuchen. Scheiß was auf den Wagen, greif dir Nicky und hau ab in den Wald.

Ja, sie konnte das …

Sie konnte aber auch erwischt werden. Springer war schnell wie der Wind. Und das war noch das geringste Problem. Für ihre wirkliche Bestrafung würde er sich des Kindes bedienen. Es gab da eine unausgesprochene Übereinkunft zwischen ihnen.

Solange sie nicht zu fliehen versuchte und tat, was er wollte, so lange würde Springer wahrscheinlich – *wahrscheinlich* – dem Kind nichts tun.

Ihm war alles zuzutrauen, das durfte sie nie vergessen; sie konnte das ohnehin nicht. Es fiel nicht schwer, alte Erinnerungen heraufzubeschwören. Flitterwochen in der Hölle. Das kleine, von Sprühregen befleckte Ferienhäuschen nahe der mit einem Geländer versehenen Brüstung. In der Ferne das ständige Rauschen des Wasserfalls. Seine Hände in der Dunkelheit. Sein extrem muskulöser Körper. Die Sachen, die er von ihr verlangt hatte. Die Körperstellen, die sie hatte berühren müssen. Lecken müssen.

»… Weiber sind alles Schlampen. Oh, das ist wahr. Ihre Grausamkeit ist sprichwörtlich. Zingua beispielsweise, die Königin von Angola, die grausamste aller Frauen, tötete ihre Liebhaber, sobald sie in sie eingedrungen waren … Um ihr grausames Wesen zu befriedigen, ließ sie jede Schwangere unter Dreißig vor ihren Augen in einem Mörser zerstoßen, während sie fickte …«

»... mach ihn hart, Matty (stöhnend). Mach ihn hart, du affektierte Schlampe, oder ich werde dich wieder treten.«

Sie verdrängte die Erinnerungen, den Schrecken und Abscheu.

Ja, er würde das Kind töten. Dann würde er sich sie vornehmen. Sie ging einen gefährlichen Weg. Ihre einzige Chance war jetzt Chris.

Aber natürlich würde er auch Chris töten. Auch das gehörte zu seinem Plan.

Im Boot war Frank geradezu ausgelassen. Sein blondes Haar flatterte im Wind, die weißen Zähne lächelten grimmig unter Chris' Kapitänsmütze, er meisterte das Steuerrad des Motorboots so leicht wie alles andere, das sie ihn je hatte anfassen sehen. Es war, als wäre er sein Leben lang Rennboot gefahren. Nach allem, was Matty wußte, war es tatsächlich so.

»Ich finde es einfach großartig vom ›Onkel Arky‹, uns dieses wundervolle Rennboot zu kaufen, nicht wahr, Liebling? Das ist ein echtes Mahagonideck; wußtest du das, Kätzchen?«

Sie starrte auf Nicky, der immer noch schlief und zusammengerollt auf dem gelbbraunen Kissen neben ihr lag. Er war in einen afghanischen Wollteppich eingewickelt, den sie mit Franks Erlaubnis hatte mitbringen dürfen, und wurde vom Schlagen des Schiffsbugs durchgeschüttelt.

Nicky schlief nun schon seit Stunden, vielleicht länger als einen ganzen Tag. Das wurde mehr als gefährlich.

In ihrer Angst hatte sie alle Möglichkeiten durchgespielt, von einer Gehirnschädigung bis hin zur Epilepsie. Jetzt fürchtete sie das Koma, den ewigen dunklen Schlaf. Sie fürchtete, niemals wieder die großen grünen Augen ihres Sohnes zu sehen, nie wieder sein helles Lachen zu hören.

Sie wandte sich dem grinsenden Frank zu, bereit, ihn anzuflehen. Aber was nützte das? Jedesmal, wenn der Name des Kindes auch nur erwähnt wurde, verdüsterten sich seine streng nordischen Gesichtszüge. Etwas Nachdrückliches lag fast greifbar in der Luft. Jetzt konnte sie nur hoffen, daß er sie nicht hier hinaus aufs kühle tiefe Wasser gebracht hatte, um sich des Kindes zu entledigen, es zu ertränken.

Mord war seine zweite Natur, ein Freund. So hatte er selbst es einmal ausgedrückt. »Das Leben kann heimtückisch und betrügerisch sein, Kätzchen. Mord aber gewährt wahren inneren Frieden.«

Sogar der Mord an einem Kleinkind. Ein Soziopath kennt keine Schuld, keine moralischen Schranken. Frank war mühelos imstande, Nicky über Bord und ins schäumende Wasser zu werfen, als wenn er eine Fliege totschlüge, ohne jeden Anflug von Schuldgefühlen. Später am Abend konnte er im Bett liegen und in schonungslosen Einzelheiten seine Vision vom Ableben des Kindes beschreiben: den entsetzlichen Abstieg in Dunkelheit und Kälte, das grausame Wasser, das in die zarten Lungen eindrang, die krampfhaften Zuckungen, die letzten aufsteigenden Luftblasen, die unschuldigen, glasigen Augen, die im leidenschaftslosen Schlamm, im unachtsamen Schmutz versinken.

Frank konnte das alles lebendig, kalt und ungerührt erzählen. Erzählen, was die Fische später mit dem kleinen bleichen Körper anstellen würden. Und das alles mit der krankhaften Klarheit des Psychopathen. Während Matty ihm auf den Laken zu Willen sein und sich abmühen würde, seine Wünsche zu befriedigen, würde er stöhnen und lachen.

Aber noch war es nicht so weit. Erst mußte er sein kleines Spielchen haben. Ihre Strafe bestand darin, warten zu müssen, nicht zu wissen, was als nächstes passieren würde. Wenn sie es am wenigsten erwartete, wenn sie sich in falscher Sicherheit wiegte, dann würde er zuschlagen. Schnell und tödlich. Mit furchtbarer Endgültigkeit.

Trotzdem konnte sie nicht an sich halten. »Frank?«

»Ja, Liebling?«

»Der Kleine, Frank. Bitte! Er ist nun schon seit Stunden unter dem Einfluß von Beruhigungsmitteln. Er hat Fieber. Er hat weder Nahrungsmittel noch Wasser zu sich genommen. Er muß ganz dehydratisiert sein. Er wird sterben, Frank.«

Frank lächelte. »Schau dir den See an«, sagte er begeistert. »Ich habe immer von so einem Ort *geträumt.* Damals im Funhouse dachte ich beim *Masturbieren* an einen Ort wie diesen. Mit dir. Mit einem kleinen Kind, das unseres wäre.«

Er richtete seine betrügerischen Augen auf Matty. »Ich hätte mir nie träumen lassen, daß das eines Tages wahr werden würde, auf diesem wundervollen See, in diesem wundervollen Haus. Ich hätte nie zu träumen gewagt, daß du mir einen Sohn schenkst, Kätzchen.«

Mit Daumen und Zeigefinger befühlte sie Nickys Handgelenk. »Bitte, Frank! Sein Puls wird schwächer.«

Frank sah auf das schlafende Kind hinunter. »Ein Springer hat keinen schwachen Puls. Wir haben alle starke und kräftige Herzen. Ein Stamm des Nordens. Das Kaspische Meer. Unsere Vorfahren kämpften gegen die mongolischen Horden.«

Er wandte sich um und sah sie mit schwarzen, unnachgiebigen Augen an. Sein Gesicht war plötzlich wie versteinert. »Vorausgesetzt natürlich, er ist wirklich mein Sohn.«

Ein Nebelhorn erscholl links von ihnen, keine fünfzig Meter windgepeitschter Schaumkronen entfernt; ein Seepatrouillenboot und ein Arm in Khakiuniform, der freundlich herüberwinkte.

Frank lächelte pflichtschuldig und winkte zurück: nur ein Familienausflug auf dem See.

Matty sah, wie der große Kreuzer für einen Moment mit ihnen gleiches Tempo hielt und dann langsam abdrehte.

Fast reflexhaft durchzuckte es sie. Beinahe hätte sie sich im Boot aufgerichtet und wild zu ihnen hinübergewinkt. Sobald sie auf ihrer Höhe gewesen wären, hätten sie den blassen, kranken Jungen gesehen. Dann hätte es nicht einmal einer Erklärung von ihrer Seite bedurft, daß dies nicht ihr Ehemann war, sondern ein Wahnsinniger, der sie entführt hatte.

Beinahe hätte sie es tatsächlich getan.

Aber sie wußte, wie es enden würde. Sie hätte hilflos dabeigestanden, während Frank, immer noch grinsend, nicht einmal außer Atem, die beiden netten Polizisten mit seinen Händen getötet und ihr Boot versenkt hätte. Und das alles, ohne mehr als ein paar Minuten dabei zu verlieren oder irgendwelche Aufmerksamkeit auf dem fast leeren See zu erregen. Es war Herbst. Die Touristen waren verschwunden. Das Schnellboot war in der Mitte des Sees, weit entfernt von den neugierigen Blicken aus den wenigen Strandhäusern. Frank konnte alles machen, schnell, (relativ) sauber und ohne großes Aufheben.

Sie sah das Patrouillenboot in der Ferne verschwinden.

Etwas würde passieren.

Sie las es in Franks Gesicht. Es hatte sich verändert. Das gewöhnliche grimmige Lächeln war einer intensiven Vorfreude gewichen.

Er würde das Kind ertränken.

Aber nein. Jetzt konnte sie sehen, worum es sich handelte. Aus dem spätmorgendlichen Nebel des Nordufers tauchte schemenhaft eine Öffnung auf. Eine Durchfahrt, flankiert von kniehohen Binsen, gezackten Granitfelsen und Wacholderbüschen. Ein Fluß.

Der Fluß hütete ein Geheimnis, etwas, was sie nie zuvor gesehen oder gehört hatte. Eine enge Flußmündung, keine sieben Meter breit. Aber jetzt, während sie hinunterstürzten, erweiterte sich der Flußlauf zunehmend. Frank reduzierte keineswegs das Tempo, sondern fuhr rücksichtslos drauflos (war es denn anders vorstellbar bei ihm?), als sei er hier schon einmal gewesen.

Dabei lächelte er ununterbrochen.

Was hatte dieser Wahnsinnige vor?

Matty sah ihn schief von der Seite an, wobei ihr Kopf hart hin und her schlug. Das Boot geriet fast außer Kontrolle, kehrte dann aber unter Franks festem Griff in die Flußmitte zurück.

Er zwinkerte ihr zu: »Felsen unterm Kiel. Das Wasser ist seicht hier. Tut mir leid.«

Ein weiterer, wenngleich schwächerer Stoß. Frank reckte sich über den Schiffsbug, um nach verborgenen Hindernissen zu suchen. Sie flehte den Himmel an, er möge das Boot drosseln, bevor sie alle getötet wurden. Ein Reiher glitt vorüber und hinterließ einen undeutlichen Eindruck von schlagenden Flügeln und alarmierendem Kreischen.

Wieder ein Stoß, diesmal kräftiger, Wasser strömte in das Boot. Mit steifem Grinsen im Gesicht gewann Frank die Kontrolle über das Boot zurück. Er genoß es, liebte es, sie zu ängstigen.

Matty sah über den steil angestellten Schiffsbug hinaus; angestellt, weil sie aus den Untiefen heraus waren und Frank die Geschwindigkeit rücksichtslos forciert hatte. Die beiden Flußufer schienen immer näher zu rücken: fünfzehn Meter ... zehn ... Ein Geräusch wie von Fingernägeln auf der Schultafel. Die schwarzen Krallen eines Astes fuhren über die Beifahrerseite und schienen nach ihnen greifen zu wollen. Matty schrie auf und streckte ihre Arme nach Nicky aus. Allerdings zu spät, um zu verhindern, daß die schwarze Kralle eines Zweiges seine bleiche Stirn blutig ritzte.

»Verdammt noch mal, Frank! Fahr langsamer!« Sie zog Nicky an sich und wischte den Kratzer mit ihrem Ellbogen ab. Es war keine tiefe Wunde, und seine bläßliche farblose Stirn blutete kaum, aber der bloße Gedanke daran erfüllte Matty mit tierischer Wut.

Frank warf ihnen einen schnellen Blick zu, dann gab er schadenfroh Gas und ließ das Boot förmlich springen. Die beiden Flußufer kamen gefährlich näher. Acht Meter ... fünf ...

»Frank!«

Ein grauer Flußstein, größer als ein Auto und mit Moos überzogen, kam auf sie zu.

Matty sah die Katastrophe kommen: den berstenden Schiffsbug, das Zwillingstriebwerk, das das polierte Mahagoni aufschlitzte, während ihre Körper nach vorne flogen.

»Du Scheißkerl!« schrie sie und übertönte sogar das Jaulen des Motors.

Sie ließ ihren Sohn auf das Kissen fallen und griff nach dem Steuerrad. Frank lachte bloß. Er gab nicht nach und behielt das Steuer fest im Griff.

»Dreh um. Bitte, dreh um!«

Er versetzte ihr mit dem Handrücken einen harten Schlag, so daß sie auf Nickys zerbrechlichen kleinen Körper fiel. Das Kind gab einen Zischlaut von sich. Matty schaute rasch auf und sah, wie der große, düstere Felsen Himmel und Sonne verdunkelte und ihr den Kopf abreißen würde. Statt dessen sausten sie haarscharf daran vorbei. Die Bugwelle riß ihr Haar nach oben.

Jetzt wurden sie langsamer, Frank ging vom Gas.

Sie verloren schnell an Fahrt. Die Zwillingsmotoren gingen in ein blubberndes Schnurren über, über dem sofort ein anderes Geräusch hörbar wurde. Ein rauschender Lärm, den sie jedoch nicht einordnen konnte.

Matty setzte sich auf. Der Fluß vor ihnen verschwand in einer Wolke aus aufwallendem Nebel. »Frank?«

Träge trieb er dahin, und als sich der Fluß abermals verbreiterte, steuerte er das Boot an das rechte Flußufer und schaltete in den Leerlauf. Sie stießen sanft gegen das Ufer. Jetzt waren sie da. Das Tosen war ohrenbetäubend. Ein Wasserfall.

Frank stellte die Motoren ab und grinste sie triumphierend an. »Habe ich dir nicht gesagt, daß es eine Überraschung ist? Wie die Niagarafälle, Kätzchen.«

Er schwang sich über den Bootsrand, griff nach der Vertäuung und machte sie an einem jungen Baum fest. Die starke Strömung zerrte bereits am Heck und straffte das Tau.

Dann bückte er sich und langte nach Nicky.

Matty bewegte sich vorwärts und vergaß für eine Zehntelsekunde, wie schnell er war. Weder sah sie den Schlag kommen, noch fühlte sie ihn wirklich. Sie fühlte nur, daß ihr Rücken gegen das harte Heckwerk stieß, ihr Nacken nach vorn gerissen wurde und sie sich die Knöchel schmerzhaft am Metall abschürfte.

Als sie sich taumelnd wieder aufrichtete, waren die beiden – Nicky in seinen Armen – in Richtung Wasserfall verschwunden.

»Frank!«

Während ihr noch farbige Ringe vor den Augen tanzten,

stieg sie hastig vom Boot, fiel in den saugenden Uferschlamm, rappelte sich wieder auf und stolperte ihm hinterher: »Frank! Bitte!«

Er wird ihn den Wasserfall hinunterwerfen.

Matty, der Kopf wie in einem Wirbel, rannte, wobei sie den stechenden Schmerz in Rücken und Beinen ignorierte.

Er hatte das schon die ganze Zeit über vorgehabt.

Sie lief, stolperte und atmete schwer. Es war wie ein Traum – in Zeitlupe und irgendwie entrückt –, in welchem sich der Wald, der Fluß, das Rauschen des Wasserfalls zu einem einzigen abscheulichen Gebilde verdichteten, das sie einfach nicht durchstoßen konnte, um ihn rechtzeitig zu stoppen, Zeit war alles, verschluckte alles. »Frank, um Himmels willen!«

Er ignorierte sie, schaute nicht einmal zurück, und ging jetzt bis zu den Knöcheln, den Oberschenkeln ins Wasser. Er trotzte der reißenden Strömung am äußersten Rande des Wasserfalls. Die Situation war prekär: Er bewahrte mit seiner kostbaren Last das Gleichgewicht, während der Fluß an seinen Knien zerrte und er sich mit profilstarken Stiefeln auf glitschigem Untergrund bewegte. Ein Ausrutscher. Ein kleiner Ausrutscher ...

Matty rannte, glitt aus, fiel, riß sich das Knie auf, ruderte mit den Armen, lief immer noch, rannte bis zum äußersten Rand des Wasserfalls. Sie starrte über den Abgrund, sah den reißenden Fluß die Massen seiner sonnendurchfluteten Wasser aufwirbeln, den schwindelerregenden Fall – wenn's wenig war, 15 Meter – hinab auf flachen, starren Fels. Schaum wirbelte auf, während ein Brüllen die Luft erfüllte, das die übrige Welt förmlich auslöschte.

Frank!

Sie watete in das reißende Wasser hinaus und wurde sofort von einer unglaublichen Kraft gepackt, als wenn ein Riese sie schlüge. Matty schrie, drehte sich, griff verzweifelt nach Ästen, Felsen und der Uferböschung. Krallte sich fest, grub sich ein und schleppte sich durchnäßt und stolpernd zu den von der Strömung gebogenen Uferfarnen zurück.

Sie sah sich um, um nach ihnen zu schauen. Frank befand sich mit Nicky direkt in der Mitte des Wasserfalls.

Frank stand da wie ein Pitbullterrier, seine muskelbepackten Oberschenkel spannten sich unter der angeklatschten Jeans, der Rücken steif, die Unterarme angewinkelt. Ein Wikinger, der ein Kind opferte. Ihr Kind, ihr Baby, ihr Leben. Sie sah, wie er Nicky über seinen Kopf hob.

»Frank!« Ein stummes Wehklagen entstieg unwillkürlich den Tiefen ihrer Seele. Sie sank im Schlamm auf die Knie.

Alles vorbei. Alles aus. Alles, was sie liebte.

Da war Bewegung hinter ihr. »Heh!«

Jemand rief laut, eine tiefe Baßstimme, voller Zorn und Unglauben.

Matty sah auf und sah, wie sie dort hinter ihr am Ufer standen: zwei Jungen in Wanderschuhen und mit Rucksäcken. Dann war da noch ein Mädchen mit langem, glattem, blondem Haar, gefranstem Rock, wadenhohen Mokassins, ganz ohne Schminke und üppig gebaut, wie ein Hippie. Sie hatte an einem Lutscher gesaugt, nahm ihn aber aus dem Mund, als sie jetzt völlig erstaunt auf die Szene am Rand des Wasserfalls starrte.

Frank, dessen unerklärlicher Tagtraum zerbrochen war, drehte sich bei dem Geräusch um.

Wieder ließ sich die tiefe Baßstimme des einen Jungen vernehmen: »Mensch, Mann, was *machen* Sie da bloß?«

Frank starrte sie lässig an. Lächelte.

Immer noch mit Nicky in den Armen, begann er zum Ufer zurückzuwaten.

Mit weichen Knien stand Matty zitternd da und wagte zu hoffen.

Tropfend kamen sie ans Ufer. Das bewußtlose Kind baumelte in seinen Armen. Frank lächelte den jungen Leuten freundlich zu, besonders dem Mädchen mit den langen Zöpfen. »Das goldene Zeitalter des Kiewer Reiches«, begann er, »wurde von Wladimir, einem der drei Söhne des Swjatoslaw, regiert. Wladimir wurde Großfürst.«

Die zwei Jungen sahen sich verblüfft an. Einer der beiden nahm sorgfältig seinen Rucksack ab. Seine Bewegungen waren langsam, fast wie einstudiert.

»Wir erinnern uns seiner nicht seiner politischen oder militärischen Erfolge wegen, sondern wegen seiner Rolle in der Religionsgeschichte.«

Frank, der immer noch das Kind hielt, beobachtete ruhig, wie der Wanderer seinen Rucksack vorsichtig auf den Boden stellte. Die Augen des Jungen hatten die wassertriefende Gestalt vor ihm keine Sekunde aus den Augen gelassen. Man fühlte, daß etwas passieren würde, daß eine Linie überschritten und kein Zurückweichen mehr möglich war.

»Im Jahre 986 versuchten die Vertreter der damals herrschenden Glaubensrichtungen, ihn zu bekehren. Die Chasaren versuchten natürlich, ihn zum Judentum zu bekehren. Aber als Wladimir sie fragte, warum die Juden aus Jerusalem vertrieben worden seien, kam nur eine lahme Antwort: ›Gott war böse auf unsere Väter und verstreute uns über die anderen Völker unserer Sünden wegen.‹ Natürlich hatte Wladimir kein Interesse an der Religion eines zerstreuten Volkes.«

Der größte Junge, der seinen Rucksack nicht abgesetzt hatte, schaute zuerst unschlüssig die anderen an und dann wieder Frank. »Mann, was reden Sie da für einen Scheiß?«

Franks Gesichtsausdruck blieb geduldig. »Die Wolgabulgaren traten als nächste an Wladimir heran. Sie wollten ihn zum Islam bekehren. ›Im Jenseits‹, so erzählten sie ihm, ›bekommt jeder Mann von Mohammed siebzig schöne Frauen.‹ Normalerweise hätte sich Wladimir, der beileibe kein Kostverächter war, solch einen Vorschlag überlegt. Das Problem war nur, daß die Mohammedaner eine Einschränkung machten: Weinabstinenz als eine Bedingung ihres Glaubens. Das konnte Wladimir natürlich nicht akzeptieren. ›Trinken ist das Vergnügen der Russen‹, antwortete er ihnen, ›und ohne dieses Vergnügen können wir nicht leben.‹«

Der am Boden sitzende Wanderer langte beiläufig und bedächtig in seinen Rucksack, die Augen noch immer auf Frank gerichtet. Springer schien jedoch nicht länger an ihm interessiert zu sein, so sehr war er mit seiner Vorlesung beschäftigt.

»Aber mit der römischen und der byzantinischen Kirche war es wieder anders. Das Christentum existierte schon eine Weile im Kiewer Rußland, sogar in Wladimirs eigener Familie. Die Kathedrale der Hagia Sophia war eine besonders großartige Sehenswürdigkeit. Deshalb wurde Wladimir nicht nur ein richtiger Christ«, Frank hielt ihnen jetzt den vor Wasser triefenden Kleinen wie ein Geschenk hin, »sondern er ordnete auch an, daß sich das ganze Volk sofort taufen ließ.« Dann setzte er ihnen Nicky, klatschnaß, zerbrechlich und scheinbar auch getauft, vor die Füße.

Matty eilte zu ihrem Sohn, hob ihn hoch und fühlte eine Woge der Erleichterung, als sie seinen schwachen Atem auf ihrer Wange spürte.

Frank wandte sich dem Indianermädchen zu, dessen lange blonde Haare wie gesponnenes Gold in der Brise des Wasserfalls wehten. »Die Hauptchronik berichtet jedoch, daß der neue Fürst vor seiner Konversion, vielleicht sogar danach, eine ›unstillbare Lust auf Frauen‹ hatte. Er hatte mindestens sieben Ehefrauen, dreihundert Konkubinen in Wischgorod, dreihundert in Belgorod und zweihundert in Berestowo.« Springer lächelte freundlich das große blonde Mädchen an, deren ovale grüne Augen ihn mit mädchenhafter Verwunderung musterten. Sie schien eher fasziniert als ängstlich. Frank lächelte gewinnend. »Ganz im Vertrauen, Herzchen. Ficken dich diese beiden netten jungen Männer gleichzeitig oder nacheinander?«

Das Mädchen nahm ihren feuchten Lutscher mit einem kecken Schmatzen aus dem Mund, wobei ihr vor Erstaunen offener Mund eine zierliche spitze Zunge zum Vorschein brachte, die vom Konfekt grün gefärbt war.

Der kniende Junge holte ein großes Jagdmesser aus rostfreiem Stahl hervor, welches das Sonnenlicht anzog und zurückwarf. Er hielt es locker an seiner Seite.

»Die Attraktion für die dazwischenliegende Frau ist hierbei offensichtlich«, verkündete Frank erbaulich. »Obwohl sie selbstverständlich der männlichen Prostata ermangelt, gilt der weibliche Anus gleichwohl als erogene Zone, die sich gleichzeitig mit der Vagina zusammenzieht und allen drei Beteiligten einen gleichermaßen befriedigenden Orgasmus verschafft. Die beteiligten Männer profitieren dabei von der zusätzlichen Sinnesreizung, daß ihre Glieder sich, nur die dünne weibliche Analwand dazwischen, aneinander reiben. Allerdings empfinden einige Männer den dadurch erreichten Lustgewinn als unwillkommene Störung.«

Das funkelnde Messer war mittlerweile langsam nach vorn gerichtet worden. Der andere, dunkelhaarigere Junge trat wie auf ein psychisches Signal hin einen Schritt zurück, während er mit der linken Hand das Mädchen mit sich zog. Der Wanderer mit dem Messer trat zwischen die beiden und Frank. »Ich glaube, Sie verschwinden jetzt besser.«

Frank lächelte.

Der Wanderer, das Messer nach vorn gerichtet, drehte die Augen, aber nicht den Kopf, Matty zu. »Sind Sie mit diesem Typen zusammen?«

Matty war selbst zwei Schritte zurückgewichen, wobei sie Nicky gegen ihre Brust preßte. Klar wie in einer Kristallkugel sah sie, was gleich geschehen würde. »Lauft!« befahl sie ihnen deutlich.

Alle drei sahen sie an, als seien sie mit dem Unergründlichen konfrontiert.

»Bei uns dreien«, fuhr Frank lässig fort, während er sein Flanellhemd aufknöpfte, »würden wir freilich eine dritte, bislang unbenutzte Öffnung benötigen. Mein Vorschlag: Während die zwei sie von vorn und von hinten ficken, werde ich mich über diese üppigen Brüste hermachen und ihren Lippen meinen Schwengel anbieten.«

Der Wanderer mit dem Messer ignorierte Mattys schrille Warnung und sprang los.

»Nein!«

Frank empfing ihn elegant, lenkte problemlos die tödliche Klinge ab und verwickelte den anderen in eine Umarmung.

Ein kurzes Handgemenge, eine nachlässige Fußbewegung und schon flog der Rucksack zu Boden. Aus dem offenen Ende fiel ein silbernes Transistorradio heraus, das gegen einen Felsen schlug und zum Leben erwachte: »Love Train« von den Ojays.

Frank zog den Jungen noch fester an sich heran: »Warte! Warte! Ich *liebe* dieses Lied!« Er wirbelte herum und begann, mit ihm zu tanzen, wobei die silberne Klinge irgendwo zwischen ihnen verborgen war.

»Lauft!« schrie Matty den beiden anderen zu.

Aber die standen nur sprachlos da, dumpf und verständnislos, obgleich die Blondine mit dem langen Haar mit ihrem raffinierten ovalen Mund und der ulkigen grünen Zunge die Anfangsbuchstaben eines Wortes formte.

»... people all over the land – join hands ...«

Frank wirbelte den Jungen immer wieder herum, drückte ihn dabei fest an sich. Ihre Sohlen wirbelten kleine Wolken von Staub und Dornennadeln auf.

»... faster faster round and round the love train, love train ...«

Frank lachte schadenfroh, während das Gesicht des Jungen sich vor Furcht, Benommenheit und noch etwas anderem rötete. Immer und immer schneller.

Plötzlich kreischte das blonde Mädchen los. Ihre Zunge glänzte grün im Sonnenlicht. Der Lutscher war zu Boden gefallen und vergessen.

Eine dünne Blutspur zog sich von den Lippen des tanzenden Jungen bis hin zu seinem spitzen Kinn. Frank ließ ihn los.

Ein letztes Mal noch drehte sich der Junge träge, beschrieb einen torkelnden, schwindelerregenden Kreis, senkte den Kopf und sah mit verständnislosem Blick auf sein Hemd und den größer werdenden rotbraunen Fleck.

Frank, der seinen Partner vergessen zu haben schien, sich jedenfalls nicht mehr um ihn kümmerte, hüpfte herum und klatschte zu dem stampfenden Rhythmus in die Hände. Jetzt bemerkte Matty, daß Frank im Besitz des Messers war, das er sicher am Gürtel verstaut hatte. Die Klinge war nicht einmal rot.

Der Wanderer taumelte, sank auf die Knie und zerrte an seiner weiten Hemdbrust. Dabei stöhnte er wie ein Tier, als die feuchte graue Windung seiner Gedärme hervortrat. »Oh, nein ...«, sagte er einfach. »Oh, nein, oh, nein ...«

Das blonde Mädchen kreischte noch lauter und durchdringender.

Aber noch immer lief sie nicht davon. Sie stand wie angewurzelt und betrachtete die nutzlosen Versuche ihres jungen Freundes, seine schlüpfrigen Innereien zusammenzuhalten. Ein Hauch von Fäkalien wehte von dort her, wo die Klinge tief und tiefer eingedrungen war, während das Blut sich zum Sturzbach entwickelte.

Der zweite Junge ignorierte das kreischende Mädchen, seinen ausgeweideten Freund und stürzte los.

Frank erreichte ihn mit vier leichten Sprüngen, ergriff eine Handvoll schwarzer Haare und riß ihm den Kopf zurück, brachte den Jugendlichen auf die Knie und durchschnitt ihm mit unbekümmerter Leichtigkeit den hervorgetretenen Adamsapfel.

»Die Assyrer glaubten«, erzählte Frank der hysterischen Blondine, »daß, wenn man einen Mann während seiner Enthauptung fickt, das einen beiderseitigen Orgasmus hervorruft und daß der Penis des Opfers seine Ejakulation vollendet, auch noch nachdem der Kopf bereits abgetrennt wurde.«

Matty fand sich im tiefen Wald wieder. Nicky hing an ihrer schwer atmenden Brust. Ihre Beine bewegten sich ohne ihr Zutun, und sie ignorierte die peitschenden Dornensträucher ebenso wie die eigenen zerschnittenen Gliedmaßen.

Sie floh, ohne Ziel und ohne nachzudenken. Wie sie schon einmal geflohen war.

Hinter sich, über der fernen Kakophonie des Wasserfalls, hörte sie das Krachen von Ästen. Die Blondine begann endlich, sich in Bewegung zu setzen. Dann vernahm man ein hohes unmenschliches Kreischen, wie bei einer Pferdeschlachtung. Es brach abrupt ab, wie eine Schallplatte, wenn man die Nadel hob.

Dann war nur noch das Keuchen von Mattys Lungen zu hören und das Knirschen unter ihren Sandalen.

12

Chris saß immer noch in dem kleinen Restaurant und trank eine Tasse von Maxines frischem Kaffee nach der anderen. Schließlich geschah das, worauf er gehofft hatte: Das Funkgerät an Officer Claytons schwarzem Dienstgürtel piepte, und er drehte sich um und griff danach.

»Ja, hier Clayton. Aha. In Ordnung.«

Clayton steckte das Funkgerät zurück in den Gürtel und nahm einen letzten Schluck von seinem Kaffee.

»Irgend jemand ist in einer Schneeverwehung steckengeblieben. Sie brauchen Hilfe. Scheiße. Verstehe nicht, warum Harvey Hendricks das nicht alleine schafft. Schließlich hat er den verdammten Schneepflug.«

»Es schneit schon?« fragte Chris besorgt.

»In den höheren Lagen. Noch kein Grund zur Beunruhigung für Sie. Ich muß gehen, Chris. Das mit der Anmeldung in der Pension schaffen Sie alleine, oder?«

»Ich gehe direkt dorthin«, log Chris.

Officer Buck Clayton rückte seinen breitkrempigen Hut so lange zurecht, bis er nach geschicktem Hin und Her die ideale Position gefunden hatte. »Dieser kleine Ausflug auf den Berg wird nicht länger als eine Stunde dauern. Rufen Sie das Büro an, wenn Sie was brauchen.«

»Ja, danke, Buck.«

Clayton stand auf und ließ ein Bündel mit Ein-Dollar-Scheinen fallen. »Und machen Sie sich keine Sorgen um Ihre Frau und Ihr Kind. Sie können nicht weit sein. Wir werden sie finden.«

»Das hoffe ich, Buck.«

»Darauf können Sie sich verlassen.« Er tippte an seine Hutkrempe. »Entspannen Sie sich.«

»Bis später.«

Chris blieb ruhig sitzen, bis die breitschultrige Uniform durch die Glastür zu dem am Gehweg abgestellten Streifenwagen gegangen war, den Motor angelassen hatte und davongefahren war.

Auch dann blieb er noch ein wenig sitzen und überlegte: War der Anruf echt gewesen? Parkte Clayton weiter unten auf der Straße, um ihn zu beobachten und zu sehen, was er als nächstes unternahm? Was war mit den anderen Polizeibeamten in der Stadt? Hatte man sie alarmiert, einen gewissen Mr. Nielson nicht aus den Augen zu lassen? Den Verrückten, der behauptete, er lebe oben in einem großen Haus, in dem doch in Wahrheit bereits ein anderer Mann wohnte?

Innerlich verfluchte Chris sich selbst. Wenn er doch nur schon früher in die Stadt gekommen wäre und sich bei den Einheimischen hätte blicken lassen! Dann würde dies alles nicht so ablaufen. Wie die Dinge lagen, war er hier völlig unbekannt. Nach dem, was sie von ihm wußten, hätte er irgendein ortsfremder Spinner sein können, den man besser im Auge behielt.

Aber warum sah er es nicht so? Warum meinte er, etwas anderes zu spüren?

Er stand auf, ging zu dem Münzfernsprecher und wählte seine Nummer. Er bekam das Besetztzeichen zu hören. Wirklich besetzt oder unterbrochen?

Er wählte die Auskunft und informierte das Fräulein über sein Problem.

»Die Leitung ist unterbrochen.«

»Das sollte nicht sein. Ich wohne dort. Können Sie jemand hochschicken, um nachzuschauen?«

»Natürlich. Ihre Adresse?«

Chris gab sie ihr, wobei er sich an das frischgestrichene Hausschild erinnerte.

»Das läuft unter dem Namen Springer, richtig?«

Chris hatte keine Lust, sich mit ihr zu streiten. »Ja.«

»Wir werden uns sofort darum kümmern.«

»Vielen Dank.« Er hängte ein und verließ das Café.

Einen Augenblick später stand er blinzelnd in der prallen Nachmittagssonne und schaute auf die Uhr: 15.45.

Er sah sich ein wenig in der kleinen Stadt um, sah die schicken Läden und häßlichen Baustellen. Die Kopfsteinpflasterwege und Tante-Emma-Läden erinnerten ihn an Carmel in Kalifornien, mal abgesehen von den Baustellen und – natürlich – dem angrenzenden Meer.

Er hielt an, überlegte, ob er beim Sheriff vorbeischauen sollte, begriff aber instinktiv, daß das nutzlos wäre. Vielleicht wußte Sheriff Bradley tatsächlich schon etwas, vielleicht schon seit Stunden. Aber er würde Chris nicht davon unterrichten. Irgend etwas Seltsames ging in dieser Stadt vor.

Wie sollte er also vorgehen?

Er kannte die Antwort: einfach weitermachen, fürs erste. Schon früher war ihm in einer Seitenstraße die Vorderseite eines Büros aufgefallen. Nun ging er dorthin, wobei er sich von unsichtbaren Augen beobachtet fühlte. Er änderte wie zufällig die Richtung und überquerte die Straße. Dann schlenderte er – immer noch gemächlich und mit den Händen in den Taschen – zwei Häuserblöcke weit zur Pension Greenborough.

Die Pension erhob sich inmitten von stattlichen Kiefern; ein restauriertes Haus im viktorianischen Stil. Die meisten antiken Schnörkeleien sahen echt und gut erhalten aus. Das Ganze war frisch gestrichen in blendendem Weiß. Ein dreistöckiges Zuckerkuchenhaus, das Dach mit roten Ziegeln gedeckt, Kuppeln, Türmchen und Dachfenster, aus denen weiße Spitzengardinen herauswehten. Es erinnerte Chris an die wenigen übriggebliebenen Strandhotels aus der Zeit der Jahrhundertwende.

Die Empfangshalle war eine Symphonie aus gedämpftem Purpur: rote Brokatvorhänge, weinroter Teppichboden und rubinrote Kristalleuchter, die heutzutage ein Vermögen kosteten.

Fast ein wenig zuviel Rot für das Auge, aber aufgefangen

durch die Wärme der Eichentäfelung und den blitzeblanken breiten Empfangstresen aus Eiche mit Jack-London-Messinglampen und Verzierungen.

»Ich möchte zu Kelsie Baxter«, erklärte Chris einem Mädchen mit roter Uniform, das hinter der glänzenden Dienstglocke und dem ledergebundenen Anmeldebuch stand.

»Sind Sie Mr. Nielson?« fragte das Mädchen zurück.

»Ja.«

»Zimmer 310 ist schon für Sie reserviert, Sir.« Sie drehte sich um, nahm einen Schlüssel vom Brett hinter ihr und reichte ihn Chris.

»Irgendwelches Gepäck?«

»Nein, im Moment nicht. Danke.«

Unter ihren Sommersprossen und der roten Kappe kam ihr routiniertes Pensionslächeln zum Vorschein. »Zum Lift geht's da lang. Das Restaurant ist dort drüben. Wenn Sie etwas brauchen, wählen sie die Eins.«

Chris nickte, innerlich verärgert. Er hatte das schleichende Gefühl, daß andere sein Leben bestimmten. »Nun, dann scheint ja bereits alles für mich geregelt zu sein.«

»Genießen Sie Ihren Aufenthalt.«

Er ging zu dem schwarzen schmiedeeisernen Lift, der wie ein Käfig aussah und sich in der Mitte der Eingangshalle befand. Er drückte auf einen messingumrandeten Knopf, der schwach aufleuchtete. Das Innere – ebenso blitzsauber und gründlich gepflegt wie alles andere in diesem Hotel – trug Chris mit einem sanften, schlingernden Ruck und angenehmem, gut geöltem Summen nach oben. Er teilte den Lift mit einer Frau, einer attraktiven dunkeläugigen Schönheit in Grün, die ihn anlächelte. Einladend? Chris nickte zurück, ohne es mit dem Lächeln zu übertreiben. Er hatte wirklich andere Probleme, und die Frau in Grün schien wenig Ermutigung zu brauchen, schien allein in diesem kleinen Touristenstädtchen zu sein.

Zu seiner Erleichterung war die Halle auf seinem Flur in einem dezenten Beige gehalten, obwohl der Teppich im obligaten Rot war und die Türen Handgriffe aus geschliffenem Glas und große Schlüssellöcher aus Messing aufwiesen.

Sein Zimmer war kleiner als erwartet, aber angenehm. Es hatte einen funktionierenden Kamin, obwohl der nur mit Gas arbeitete und vermutlich neu war. Das Bett war weich, aber komfortabel – Messingstreben an Kopf- und Fußteil –, die Schränke waren aus knotigem Kiefernholz und rochen nach Politur. An den Wänden hingen in übergroßen Rahmen Gemälde von Bergansichten. Waschbecken aus echtem Marmor mit neuen, aber auf antik getrimmten Messingarmaturen zierten das Badezimmer. Nur das schwarze Auge des Fernsehers mit der dazugehörigen Pay-TV-Karte paßte nicht ins Bild. Das Telefon hatte einen Hörer im französischen Stil. Ein Stilgemisch, aber immerhin irgendwie altmodisch. Wenigstens hatte sich jemand Mühe gegeben.

Chris wusch sich Gesicht und Hände und trocknete sie dann mit frisch duftenden Handtüchern ab. Er öffnete das Nachttischchen, fand unter der Gideon-Bibel das dünne Telefonbuch von Greenborough, blätterte es schnell durch und wählte eine Nummer. »Guten Tag. Mein Name ist Chris Nielson. Ich bin neu in der Stadt und brauche ein paar Ratschläge. Haben Sie heute nachmittag ein wenig Zeit? Verstehe. Und wie steht's mit morgen früh? Gut. Zehn Uhr? Schön. Bis dann.« Er legte auf und dachte: keine Sekretärin, keine Empfangsdame, eben eine Kleinstadt.

Er lehnte sich gegen das Messing-Kopfteil des Bettes, fand das aber unbequem und ließ sich auf die Matratze gleiten. Mit geradezu erschreckender Unmittelbarkeit überfiel ihn die Erschöpfung. Er wollte – mußte – unbedingt für ein paar Minuten die Augen schließen. Aber Schlaf war wie Verrat. Schliefen Matty und das Baby jetzt auch? Ließ Springer sie überhaupt schlafen? Sogar *mit* ihm?

Tat er ihnen weh?

Er rollte sich zur Seite und ertappte sich dabei, wie er einen der gerahmten Kunstdrucke mit Berggipfeln anstarrte; das schlecht ausgeführte Machwerk eines Stümpers. Er legte sich wieder auf den Rücken, streifte die Schuhe ab und ließ ein wenig von der Anspannung entweichen, die sich in seinem Kreuz verknotet hatte. Die Ungeduld zerrte an ihm. Er sollte jetzt eigentlich dort draußen sein und nach ihnen Ausschau halten, anstatt hier im Bett zu liegen. Er sollte in seinem Auto sitzen und wieder den Berg hinauffahren – mit einer Feuerwehraxt, mit irgendwas, womit man die gottverdammten kugelsicheren Fenster zerbrechen konnte.

Aber man würde ihn sehen und ihm folgen. Wenn nicht Officer Clayton, dann irgendein anderer aus Bradleys Truppe. Eine offene Auseinandersetzung war nicht möglich.

Statt dessen plante er einen nächtlichen Angriff. Der Überraschungseffekt. Er wollte das bewerkstelligen, indem er entweder Rick hier im Zimmer zurückließ, um mögliche Telefonanrufe entgegenzunehmen – die Tür verschlossen, um neugierige Blicke abzuwehren; oder er würde mit Rick als Mittäter den Berg hinaufklettern, um gegen das Haus und den verrückten Frank Springer einen Angriff zu unternehmen.

Das waren die derzeitigen Optionen.

Für einen Moment schloß er die Augen.

Vielleicht war schlafen, wenn er es überhaupt konnte, keine so schlechte Idee. Er würde ein bißchen Ruhe gut gebrauchen können, um wieder Kraft zu schöpfen. Trotz seiner Erschöpfung versuchte er, sich selbst zu überzeugen, daß er alles richtig machte und unter den gegenwärtigen Umständen nicht mehr tun konnte.

Er konnte an gar nichts denken, und das machte ihn ratlos und unsicher. Er starrte die Decke an und dachte an Mattys liebes Gesicht.

Willst du mich nicht zuerst heiraten?

Wer außer Frank Springer log hier noch?

Und wieviel?

War der hilflose kleine Nicky das einzige wirklich unschuldige Opfer in diesem Spiel?

Chris lag auf der Bettdecke, die Augen zur Zimmerdecke

gerichtet, und sah das lachende Gesicht seines Sohnes, als ihn der Schlaf übermannte.

Er träumte, er sei wieder in ihrem alten Haus in Thousand Oaks. Dieses Mal war der Traum so lebendig wie die wirklichen Geschehnisse, als sie sich ereignet hatten, und lief in genau der gleichen Reihenfolge ab.

Es war Stunden her, seit Nicky verschwunden war, seit Chris zu der Einfahrt gelaufen und Matty ihm entgegengekommen war – mit weit aufgerissenem Mund und vor Entsetzen geweiteten Augen. Im Kopf und auch im Herzen hatte Chris aufgegeben. Das Baby war weg.

Er wandte sich von den Schiebetüren ab und ging durch das verdunkelte Haus zur Küche. Weder er noch Matty hatten das Licht im Wohnzimmer angemacht. Noch ein unbewußter Versuch, den Einbruch der Nacht hinauszuschieben? Sie stand mit dem Rücken zu ihm und trocknete Geschirr ab. Sie war noch immer rothaarig, schlank und noch reizender als damals bei ihrem ersten Kennenlernen. Er spürte die Kluft zwischen ihnen beiden, die sich bereits rapide vergrößerte, und machte einen aufrichtigen Versuch, zu ihr zu gehen und diese Kluft zu schließen. Aber er konnte nicht.

Er haßte sie nicht, gab ihr nicht die Schuld. Aber so viel schwarzer unergründlicher Kummer nach drei Jahren solch unglaublichen gemeinsamen Glücks war einfach unbegreiflich. Ein Teil von ihm konnte das alles immer noch nicht fassen. Etwas derart Vollkommenes kann seinen Glanz nicht verlieren. Er wollte sie jetzt nicht berühren, weil alles irgendwie anders sein würde. Und er wußte nicht, ob er das auch noch würde aushalten können. In seinem selbstsüchtigen Entsetzen wollte er alles so, wie es einmal gewesen war. Bis es wieder soweit war, würden sie einander fremd sein. Wahrscheinlich hatte er unrecht. Trotzdem konnte er nicht zu ihr gehen. Er konnte es einfach nicht. Er ging aus der Küche.

Er wußte, daß er völlig erschöpft war und dieser Zustand alles grau und erstickend wie Flußschlamm machte.

Ja. Aber wie das Denken abstellen?

Sie würden heute nacht etwas brauchen, wenn sie überhaupt schlafen wollten. Er kannte die Bedeutung des Schlafes, des Vergessens. Er würde Dr. Ramsey anrufen und etwas aus der Apotheke holen.

Immer wieder fand er sich in Nickys Zimmer. Er wußte nicht, warum. Vielleicht, weil ihm sein Dortsein das Gefühl gab, das Kind sei noch am Leben; vielleicht aber auch, weil er am Ende doch hierherkommen mußte und weil das Ende hinauszuschieben, vielleicht sogar das Eintreten des Ereignisses zu verhindern wäre. Aber falls es dazu kam, wollte er nicht, daß irgendein Fremder das Spielzeug und die Kleidung wegschaffte.

Er stand bei der Aladinlampe auf der Kleiderkommode und beobachtete, wie der Geist seines Sohnes im Zimmer herumhüpfte. Der Schmerz war so heftig, daß er ihn daran erinnerte zu atmen. Ein verzweifelter, wimmernder Laut, der ihn beinahe in Tränen ausbrechen ließ. Chris langte nach unten, hob das Kinderbuch von dem mit Buntstiften beschmierten Teppich auf und stellte es ins untere Regal zu den anderen Büchern.

Das Zimmer war mal wieder ein einziges Durcheinander. Matty lief ständig hinter dem Kind her, um Sachen aufzuheben, was Nicky aber noch nicht richtig begreifen konnte. Er war solch ein gutes Kind, so ein hübscher kleiner Bengel. Im Kreißsaal hatte Chris ihn zuerst nicht hergeben wollen. Sogar dann nicht, als Matty ihn lächelnd darum gebeten hatte, weil das Baby schließlich gestillt werden mußte. Das Kind war nach Matty das zweite Wunder in Chris' Leben; er wollte es nie mehr loslassen.

Jetzt war es ihnen genommen.

Der rote Teddybär, glänzend und immer noch neu, stand in der Ecke auf dem Kopf und starrte ihn wütend an. Chris musterte das Zimmer. Der schwarze Teddybär, ohne Augen und schon arg mitgenommen, war nirgendwo zu finden. Einer plötzlichen Eingebung folgend, straffte sich Chris und ging jetzt schnell zu Matty in die Küche. Auf dem Weg überprüfte er sorgsam den Flur. Ein Hoffnungsschimmer zeichnete sich ab.

»Der schwarze Bär ist nicht in seinem Zimmer. Wußtest du das?«

Sie stand an der Spüle und drehte sich um. Ihre Augen waren geschwollen und so rot wie ihre Spülhände. »Nein.« Sie mußte sich räuspern und es noch mal versuchen. »Nein.« Nie schien er ihr nahe zu sein, wenn sie weinte. Und sie hatte jetzt viel geweint.

»Vielleicht hat er den Teddybär mitgenommen, als er rausging«, drängte Chris. Nicht mehr als ein Hoffnungsschimmer, aber besser als gar nichts.

Sie nickte, ohne ihn wirklich verstanden zu haben. »Und?«

»Es könnte wichtig sein. Wenn er den Bär irgendwo liegengelassen hat – wenn sie ihn finden, könnte das einen Anhaltspunkt ergeben.«

Sie schien nicht überzeugt, ließ die Sache aber auf sich beruhen.

Er starrte sie eine Sekunde lang an. »Ich werde Calley anrufen.« Calley war der junge Polizist.

Sie trocknete sich die Hände ab und winkte müde ab. Dabei sah sie so durchsichtig und zerbrechlich aus wie feines Kristall. »Nein, jetzt bin ich dran. Ich mache das.« Die ganze Nacht hatten sie sich am Telefon abgewechselt, die Polizei angerufen und deren Anrufe entgegengenommen. Polizei, Nachbarn, Freunde und Verwandte. Es war eine Höllenqual, und sie bestand darauf, dieses Leid zu teilen. Es hatte ihn immer wieder überrascht, was sie zu ertragen vermochte. Manchmal Dinge, die ihm sehr, sehr schwergefallen wären. Sie ging zum Wandtelefon und wählte.

Als sie aufhängte, drehte sie sich um und starrte durch ihn hindurch. »Er hatte heute seine letzte Impfung«, sagte sie zusammenhanglos, »er hat nur einmal in der Praxis geweint. Dr. Bradley hat gesagt, er sei gesund wie ein Pferd.« Sie sah wie ein Gespenst aus, das sich jederzeit in Nichts auflösen und zugleich auch die letzten drei Jahre verschwinden lassen konnte. Wenn er nur blinzelte, würde sie im Nu verschwunden sein – wie ein verflogener Traum.

Chris ging zurück ins Wohnzimmer. Er legte zuviel Gewicht und Hoffnung auf die Sache mit dem Bären.

Er putzte sich die Zähne vor dem Spiegel im Elternbadezimmer, betrachtete sich selbst mit zusammengekniffenen Augen, wie er gemeinsam mit ihr darauf wartete, daß die Tabletten, die er aus der Apotheke geholt hatte, Wirkung zeigten. Er war sich dessen nicht sicher.

Sein ausgemergeltes Gegenüber war ihm unbekannt, und das jagte ihm einen jähen Schrecken ein. Konnte er – konnten sie beide den Rest ihres Lebens damit leben? Es schien undenkbar. Irgendwann würde sich irgend etwas ändern. Aber würde das ausreichen? Und rechtzeitig geschehen?

Sein Herz schlug wild, als er einen krächzenden Schrei aus dem Schlafzimmer vernahm. Matty!

Er kam auf den Fliesen ins Rutschen, als er mit flatternden Pyjamahosen um die Ecke bog, einen Faden Zahnpastaspucke hinter sich herziehend. Er fand sie auf dem dicken Wollteppich neben dem Bett. Sie preßte die Hände an ihre geröteten Schläfen und hatte den Gesichtsausdruck einer Wahnsinnigen. Mit einem Gefühl der Schuld, das schon fast in Wut umschlug, eilte er zu ihr. »Matty, was ist?«

Sie sank gegen die Kante der Matratze, die Beine angewinkelt, das Nachthemdchen verheddert, und erbebte vor Lachen und Weinen. Er griff nach ihr und versuchte, sie fest an sich zu ziehen, aber mit ihrer wiedergefundenen Kraft stieß sie ihn weg. Sie vermochte kaum, mit ihrem hysterischen Gelächter aufzuhören. Aber als sich ihre Blicke trafen, strahlten ihre Augen vor Freude, und sein Herz machte einen Luftsprung.

»Ich konnte meine Pantoffeln nicht finden! Dann habe ich drunter gefaßt, ob sie vielleicht dort sind.«

Er brauchte einen Moment. Dann ließ er sie los und griff nach der heruntergefallenen Tagesdecke, während er sich nach unten beugte.

Unter dem Bett und neben den Pantoffeln lag Nicky in fötaler Seligkeit; die Bäckchen gerötet, ruhig atmend und den schwarzen Bären unterm Kinn – in Sicherheit und weit weg von allen steril riechenden Behandlungszimmern und ärztlichen Spritzen. Chris zog ihn sanft hervor, als ob er auseinanderfallen könne, weckte ihn mit stürmischen Küssen, hielt Matty fest, schüttelte sie und Nicky, der zwischen ihnen beiden war. Dankbar lauschten beide dem wunderbar entrüsteten Quieken ihres schläfrigen Kleinen. Der Doktor hatte gesagt, daß die Spritzen den Kleinen müde machen würden. Bis zu diesem Augenblick hatte Matty das völlig vergessen gehabt.

Das Nachttischtelefon schnarrte und überraschte Chris, der sich immer noch mit Matty vor Lachen ausschüttete. Es war Rick von nebenan, der sich erkundigen wollte.

Chris atmete zum ersten Mal seit dem Nachmittag tief durch und erzählte ihm alles.

Später, in der nun beruhigend wirkenden Dunkelheit, lag Chris da, die Arme um sie gelegt, das Kind friedlich in ihrer Mitte. In einem langen, stillen Gebet dankte er Gott.

Matty wandte sich ihm freundlich zu. »Ich will hier weg.« Sie sagte es leise, aber mit endgültiger Kraft. »Vielleicht aufs Land. Irgendwo weit weg und ohne Autos. Und zwar bald.«

Er sagte nichts, gegen so viel Überzeugung ließ sich schwerlich argumentieren. Aber er fragte sich: Wie? Mit welchen finanziellen Mitteln?

»Ich werde nicht zulassen, daß so etwas noch einmal passiert«, flüsterte sie resolut.

Und Chris, der in ihren Armen lag, ließ endlich die lange zurückgehaltenen Tränen fließen.

Um acht Uhr riß ihn das Schrillen des Telefons aus seinen fürchterlichen Erinnerungen. »Chris. Tut mir leid. Habe ich Sie geweckt? Hier ist Doc Holiday.«

»Tag, Doktor … wieviel Uhr ist es?«

»Ich habe Sie aufgeweckt. Es ist kurz nach acht. Geht es Ihnen gut? Kümmert man sich gut um Sie?«

»Ja, ja. Ich scheine auf dem Fußboden eingeschlafen zu sein.«

»Sie sind doch nicht etwa hingefallen?«

»Nein, nein, alles in Ordnung. Was gibt's Neues?«

»Bis jetzt nichts, fürchte ich. Habe gerade mit dem Sheriff gesprochen. Aber sie arbeiten dran, Chris. Keine Angst!«

»Gut. Das beruhigt mich.«

»Wie geht es Ihrem Kopf?«

»Gut. Ich war richtig weggetreten.«

»Sie brauchen den Schlaf. Schlafen Sie einfach weiter. Ich werde mich morgen früh wieder melden.«

»Danke, Doc.« Er legte auf und starrte in die Dunkelheit.

Er erwachte im Sonnenlicht und fühlte sich so erfrischt, als hätte er unter Einwirkung eines Beruhigungsmittels geschlafen. Er erkundigte sich bei der Rezeption nach Telefonanrufen. Nichts.

Dann duschte er, zog sich an und kam ins Restaurant hinunter, um ein leichtes Frühstück zu sich zu nehmen. Er bestellte Zimtwaffeln und Kaffee. Während er in das dünne Lokalblättchen schaute (keine Erwähnung von Matty und Nicky, keine Suchmeldung), überlegte er es sich noch einmal und folgte schließlich seinem Gefühl: Er bestellte Schinken mit Ei, weil er damit rechnete, später noch eine Menge Energie zu benötigen.

Mitten beim Essen schaute er auf und bemerkte Doc Holiday, der gerade ihm gegenüber Platz nahm. »Wie geht es unserem Patienten heute?«

»Danke. Kaffee?«

»Danke, ich hatte schon.« Holiday konnte Chris die Gedanken vom Gesicht ablesen. »Bis jetzt noch nichts. Ich habe auf dem Weg hierher beim Sheriff vorbeigeschaut. Sie hätten Ihr Frühstück auch aufs Zimmer bestellen können. Ich habe Kelsie Bescheid gesagt.«

Chris nickte dankbar. »Das ist in Ordnung. Ich mußte einfach mal raus aus dem Zimmer. Glauben Sie, ein kleiner Spaziergang in der Sonne nach dem Frühstück könnte mir schaden?« Er sagte das mit kalkulierter Nachlässigkeit, als wäre ihm dieser – harmlose – Gedanke gerade erst durch den Kopf gegangen.

Holiday zögerte. »Na ja, ich würde es lieber sehen ...«

»Nur einmal um den Block, um meinen Kreislauf in Schwung zu halten.«

»Na gut. Wenn Sie müssen. Aber dann wieder rasch nach oben ins Bett. Wenn Sie irgendwelche Schwindelgefühle haben, kommen Sie bitte sofort hierher zurück.«

»Wird gemacht.«

»Ich werde am frühen Nachmittag wieder nach Ihnen sehen.«

»Danke, Doc«, sagte Chris, während er den Schinken verzehrte, »ich bin wirklich dankbar für alles, was Greenborough für mich tut.«

»Es ist uns ein Vergnügen und eine Pflicht, Chris.«

Chris lächelte ihn an und biß die Zähne zusammen.

Als Holiday gegangen war, warf er die Serviette hin und gab der Kellnerin ein Zeichen, unterschrieb schnell die Rechnung und ging in den hinteren Teil des Hotels zu den Toiletten. Er ging jedoch daran vorbei und nahm den Hinterausgang.

Dann passierte er einen großen Hinterhof mit Anbau, begegnete zahlreichen Gästen und ging schließlich die Hinterfront des Gebäudes entlang zur angrenzenden Allee. Über die Allee gelangte er schnell zur Hauptstraße. Er stoppte und hielt rasch Ausschau nach Streifenwagen und bekannten Gesichtern. Er riskierte es und überquerte ganz zwanglos die Hauptstraße. Dort war ein Geschenkeladen, der vor allem silberne Halsbänder und Ringe mit blauen Steinen verkaufte. Er lächelte den Verkäufer an, überflog die Vitrinen und fragte, ob er die Toilette im hinteren Teil benutzen dürfe. Er ging dorthin, an der Toilette vorbei und zur Hintertür hinaus. Wieder überquerte er zwei Straßen. Er fühlte sich beschwingt und albern.

»Goldstein und Söhne. Rechtsanwälte« stand zwischen einer Bäckerei und einer Schuhreparatur auf der Gorge Street, einer Seitenstraße.

Wie bei Sheriff Bradley gab es auch hier nur einen Raum, einfach eingerichtet, mit einer durchgesessenen Couch, mehreren rostigen Stahlaktenschränken, vielen Regalen voller juristischer Literatur und einem pockennarbigen Schreibtisch. An der ansonsten kahlen Wand war ein kleiner Glaskasten angebracht, der eine, wie Chris vermutete, alte deutsche Luger-Pistole enthielt. Davor saß ein beinahe glatzköpfiger Mann mit Brille in grauem Anzug und Krawatte, der durch seine dicken Brillengläser hindurch ein verblichenes Taschenbuch las. Mickey Spillane, wie Chris bemerkte. Als Chris den Raum betrat, sah Mr. Goldstein auf.

Das Taschenbuch verschwand. »Ja?«

»Nielson. Ich habe gestern angerufen. Mr. Goldstein.«

Der sehr kleine Mann mit dem schütteren Haar erhob sich und reichte ihm seine bleiche, unbehaarte Hand. Sein Händedruck fiel reichlich schlapp aus. »Ich bin der einzige. Es gibt keine ›Söhne‹. Ich fand nur, daß es so auf dem Firmenschild besser aussah. Setzen Sie sich.« Das weiche ovale Gesicht schrie förmlich nach einem Bart oder Schnauzer.

Chris nahm auf dem einzigen vorhandenen Holzstuhl Platz.

»Der hält mir den lästigen Kleinkram vom Leibe«, erklärte Mr. Goldstein.

»Wie bitte?«

»Der Stuhl. Man hat viele dieser schlechtbezahlten, lästigen Aufträge in einer Stadt wie dieser. Sie werden sich nicht lange in diesem Stuhl aufhalten, wenn es sich nicht wirklich um etwas Wichtiges handelt. Nennen Sie mich Abe.«

Chris nickte. »Chris. Nennen sich in Greenborough alle beim Vornamen?«

»Das gehört zum Kleinstadtmief. Wie kann ich Ihnen helfen?«

Chris überlegte kurz und schlug die Beine übereinander. »Kennen Sie Sheriff Bradley, Mr. ... Abe?«

Das Schreibtischtelefon läutete. Goldstein griff diensteifrig danach. »Ja? Aha. Jetzt nicht, nein, ich habe einen Klienten hier. Richtig«, sagte er ziemlich wütend und legte auf.

Der kleine Rechtsanwalt lächelte: »Tut mir leid. Sie fragten gerade, ob ich den hiesigen Sheriff kenne.«

»Ja.«

Goldstein verschränkte die Hände und nickte hinter seinen Brillengläsern. »Interessant. Er kommt in mein Büro und das erste, was er wissen will, ist weder mein Preis noch die Frage, ob ich überhaupt was tauge. Auch nicht, was so ein kluger jüdischer Rechtsanwalt in so einem schlecht zahlenden Provinzkaff treibt, sondern ob ich die örtlichen Bullen kenne. Interessant.«

»Und. Kennen Sie sie?«

»Wie denn nicht? Wie ich schon sagte ...«

»Es ist eine kleine Stadt. Mögen Sie ihn?«

»Bradley? Ein stiernackiger Fiesling. Schlimmer noch: ein bigotter stiernackiger Fiesling. Nächste Frage.«

»Hat er Sie je bestochen, oder besticht er Sie jetzt?«

Abe Goldstein lächelte wie ein moderner Humpty Dumpty mit Brille. »Sind Sie ein Bulle?«

»Warum? Verschweigen Sie etwas, Abe?«

»Eine zunehmend größer werdende kahle Stelle direkt hier am Hinterkopf. Aber sonst?« Er zuckte heftig die Achseln. »Vielleicht ein paar Fälle, die mir die IRS sowieso nicht abschlagen würde; wer weiß. Sie sind, wenn ich das mal so sagen darf, ein interessanter Kerl, Chris Nielson. Offensichtlich intelligent, schlecht angezogen, extrem paranoid, aber sehr interessant. Ich kann mich nicht länger zurückhalten. Mit was für einem unglaublich interessanten Fall kommen Sie hier in mein bescheidenes Büro?«

Chris beschloß, dem Anwalt alles zu erzählen. Er fühlte, wie er sich innerlich öffnete und keinerlei Details ausließ. Er war glücklich, daß er sich gegenüber diesem fremden Menschen aussprechen konnte. Ein ihm völlig Unbekannter, der trotzdem vertrauenswürdig schien. Aber das war reine Intuition.

Goldstein machte ab und zu ein paar Notizen, hörte jedoch meistens zu und nickte. »Und wo ist unser Freund Springer jetzt, Chris?«

»Oben im Haus, vermute ich.«

»Mit Ihrer Frau und Ihrem Kind?«

»Bin mir ziemlich sicher. Obwohl sie scheinbar nicht zu Hause waren, als Officer Clayton und ich da waren.«

»Und Sie behaupten, Sie würden hier in unserem wunderschönen Weiler praktisch festgehalten?«

»Festgehalten ist noch höflich ausgedrückt. Obwohl nichts dergleichen geäußert wurde. Die Frage ist, *warum* ich festgehalten werde. Wie es aussieht, verdächtigt man mich.«

»Des Mordes?«

»Wie ich schon sagte. Man hat mir *geraten* zu bleiben; als medizinische Vorsichtsmaßnahme, nicht aus Vollstreckungsgründen. Aber irgend etwas liegt in der Luft. Man kann es spüren. Ich jedenfalls.« Chris lächelte bitter. »Es sei denn, Sie glauben, daß mir der Sturz wirklich das Gehirn ramponiert hat.«

Goldstein nickte und machte sich weiter Notizen. Dann warf er den Kuli beiseite und lehnte sich wieder zurück, als habe er gerade eine Mahlzeit beendet. »Warum sind Sie zu mir gekommen, Chris?«

»Warum nicht?«

Der Rechtsanwalt blickte flüchtig aus dem Fenster. »Es gibt noch zwei andere Anwaltskanzleien in der Stadt. Größere Kanzleien. Glaubten Sie, mit einem wie mir Geld zu sparen?«

»Nein.«

»Es kam mir auch nicht so vor. Warum dann?«

Chris folgte dem Blick des anderen nach draußen. Eine Gruppe von Bauarbeitern schob sich drängelnd in einen kleinen Laden auf der anderen Straßenseite. »Wir sind hier in Colorado. Aber in vieler Hinsicht ist dies noch tiefster Mittelwesten, sehr provinziell. Eine rassistische Stadt. Es gibt zwei Kirchen, aber keine Synagoge. Reiche Leute ziehen hierher, meistens alter Reichtum aus Neu-England, manchmal auch Kalifornier. Wenn man diesen ganzen Bauanstrengungen trauen darf, sind wir auf dem besten Wege, eine Spielwiese für die Reichen zu werden.«

Goldstein beobachtete ihn. »Sie wollen damit auf Ihre raffinierte Weise sagen, eine ziemlich sterile Spielwiese.«

»›Ziemlich‹ ist gut.«

»Sie wollen damit sagen, eine verfolgte Seele könnte einer anderen verfolgten Seele helfen?«

»So in etwa.«

Goldstein lehnte sich zurück und lächelte. »Ein sehr interessanter, kluger junger Mann.«

»Abe, können Sie mir helfen, meine Frau und mein Kind zu finden?«

Goldstein dachte darüber nach. »Es ist eine Kleinstadt. Jeder kennt jeden. Sie brauchen einen Kriminalbeamten, Mr. Nielson.«

»Es gibt keine.«

»Holen Sie einen her.«

»Kostet Zeit und Geld. Außerdem wären sie außerhalb ihres Zuständigkeitsbereichs.«

»Dann eben einen Privatdetektiv.«

»Noch einen Ortsfremden wie mich selbst?«

Der Anwalt lächelte und gab Chris recht. »Verstehe. Was genau soll ich denn machen, Chris? Vorausgesetzt, ich glaube Ihre unterhaltsame und höchst unwahrscheinliche Geschichte?«

»Tun Sie es?«

»Nun, vorausgesetzt es ist so, was soll ich für Sie tun?«

»Bearbeiten Sie den juristischen Aspekt der Angelegenheit. Informieren Sie mich über meine Rechte, falls ich welche habe. Gehen Sie Ihre Bücherregale durch und schauen Sie nach einschlägigen lokalen Gesetzeslücken, besonderen einschränkenden Bestimmungen, seltsamen Eigentumsvorbehalten, nach allem, was mir zu beweisen hilft, daß das Haus mir gehört und nicht ihm. Mir und Matty.« Er nahm einen Zettel aus seiner Brusttasche und gab ihn dem Rechtsanwalt. »Erledigen Sie Telefonanrufe, die ich nicht machen kann. Das hier ist der Name der Kirche, in der Matty und ich in Las Vegas getraut wurden. Sheriff Bradley überprüft das angeblich beim dortigen Kreisamt, aber lassen Sie uns nicht auf den verlassen.«

Goldstein nahm das Papier. »Sonst noch etwas?«

»Fragen Sie beim Westlake-Krankenhaus in Ventura nach; besorgen Sie Nickys Geburtsurkunde. Das Problem besteht darin, daß alle meine Unterlagen in diesem Haus sind.«

»Sie und Frau Nielson sind noch nicht lange zusammen?«

»Richtig. Und was alles noch schlimmer macht: Sie hat ihren Mädchennamen behalten. Springer.«

»Warum?«

Chris atmete tief durch. »Ich habe nie wirklich darüber nachgedacht.« Er schüttelte den Kopf. »Verdammte Scheiße. Unsere Heirat – unsere Beziehung – muß doch irgendwo aktenkundig sein.«

Goldstein nickte dem Papier zu. »Sie wollen also, daß ich als Ihr Rechtsanwalt agiere, ohne daß jemand es erfährt, richtig? Eine Art Geheimanwalt.«

»So könnte man es nennen.«

»Interessant. Sonst noch etwas?«

Chris zögerte. »Na ja. Schnüffeln Sie ein bißchen außerplanmäßig in der Nachbarschaft herum, wenn Sie Zeit haben.«

Goldsteins Augen flackerten. Er akzeptierte die Herausforderung und gewann vielleicht sogar Geschmack daran. »Mut«, das war es, was Chris wirklich gemeint hatte, als er von »Zeit« sprach. Goldstein hatte sicherlich den Wunsch, wenn nicht sogar den Mut dazu. Chris ahnte – und hoffte auf – alte persönliche Reibereien zwischen dem Anwalt und der örtlichen Polizei.

Goldstein überflog seine Notizen und lehnte sich in seinem Stuhl zurück. »Sollen wir Klartext sprechen? Im Jugendjargon gesprochen: Sie lutschen die Rechtsabteilung aus.«

»Heißt das, Sie nehmen mich nicht?«

»Sie wissen längst, daß ich es tun werde. Alles zum Normaltarif. In Anbetracht ihrer gegenwärtig prekären Finanzsituation verzichten wir auf den üblichen Vorschuß. Wenn die Sache erfolgreich abgeschlossen ist, werden Sie allerdings feststellen, daß ich nicht billig bin.«

»Das ist in Ordnung. Ich habe Kreditkarten, mit denen ich sofort bezahlen kann.«

»Behalten Sie das lieber. Sie werden es wahrscheinlich brauchen. Kurz gesagt, ich lasse mich leicht anpumpen, aber erzählen Sie es nicht weiter.«

»Das werde ich nicht. Danke.«

»Wollen Sie unterdessen noch einen kostenlosen, nichtjuristischen Rat?«

»Ja.«

»Rechtsangelegenheiten brauchen Zeit, sogar die unbedeutenden. Manchmal benötigt man für die sogar die meiste Zeit. Warten Sie nicht, Chris Nielson. Warten Sie nicht auf Recht und Gesetz. Deren Recht oder meins. Je länger Ihre Familie in Gefahr ist, desto mehr haben Sie zu verlieren, physisch wie juristisch.«

»Ich verstehe. Darum kümmere ich mich schon.«

Goldstein hob die Augenbrauen. »Wie?«

»Müssen Sie das wissen?«

Der bebrillte Mann zuckte mit den Achseln. »Vermutlich nicht. Gut. Ich mag Sie. Mehr noch, ich mag Ihren seltsamen Fall. Die Langeweile ist hierzulande oft schlimmer als der Antisemitismus. Diese Sache gefällt mir. Interessant. James Bond.« Er sah Chris' Gesichtsausdruck. »Bitte, ich meine es ernst, Sie haben meine ganze Sympathie. Ich weiß, daß Sie leiden. Ich werde alles in meiner Macht Stehende tun. Sie haben mein Wort.«

»Oder Sie rennen gleich zu Bradley.«

Goldstein nickte und hielt beide Handflächen hoch. »Das ist gut. Ein bißchen Paranoia kann gar nicht schaden. Aber früher oder später, so scheint mir, werden Sie mir vertrauen müssen. Geht das, Mr. Chris Nielson?«

»Das habe ich doch schon, oder nicht?«

Goldstein lächelte. Wieder notierte er etwas und gab es Chris.

»Mein private Telefonnummer. Ich wohne zehn Minuten von hier. Benutzen Sie eine öffentliche Telefonzelle.«

»Ich verstehe.«

Der Rechtsanwalt nickte und verschränkte die Hände:

»James Bond. Ja, das wird interessant werden. Sagen Sie, sind das Verwandte?«

Chris sah ihn an. »Wer?«

»Die anderen Männer, denen Sie vertrauen. Die, mit denen Sie dorthin zurückgehen.«

Chris sah ihn an. »Nur einer, und kein Verwandter. Woher wissen Sie das?«

»So was würden Sie doch nicht allein versuchen.« Er musterte Chris' schlaksige Statur. »Nur einer. Mein Gott. Haben Sie Gewehre?«

Chris dachte nach. Warum sollte er ihm nicht alles sagen? »Ja.«

Abe Goldstein lächelte. »Wie aufregend. James Bond. Sie haben meine Luger gesehen, die in der Glasvitrine hinter mir? Haben Sie daran gedacht, sie sich auszuleihen?«

»Nein.«

»Ein gutes Ding. Es ist immer hier im Büro. Haben Sie den Riß am Griff bemerkt?«

Chris kniff die Augen zusammen. »Ja.«

»Gehörte einem Nazioffizier. Mein Onkel Tunis hat sie mir gegeben.«

»Hört sich nach einer interessanten Geschichte an.«

»Eine kurze Geschichte. Mein Onkel war noch ein Kind, als er zusammen mit seinem Vater und seinem älteren Bruder im Konzentrationslager Dachau in Regen und Matsch stand. Sein älterer Bruder war zwölf, ein frühreifes, aber freundliches Kind. Nur um sie zu demütigen, hatte man sie schon mehrere Stunden in Habachtstellung stehen lassen, als der ältere Bruder meines Onkels, der müde und sehr durstig war, den Kopf in den Nacken legte, um ein paar Regentropfen aufzufangen. Einer der deutschen Offiziere schrie ihn an. Er senkte den Kopf, aber nicht schnell genug. Der Offizier – ein gutaussehender junger Mann mit flachsblondem Haar – zog seine Pistole und pustete dem Jungen das Gehirn weg. Dann wandte er sich dem schluchzenden Vater zu, aber die Pistole hatte eine Ladehemmung. Also schlug er ihn damit tot. Da die Pistole jetzt scheinbar nutzlos war, schmiß man sie in den Schlamm. Als die GI's Monate später das Lager befreiten, fand mein Onkel die Pistole in der Nähe eines der Stalags. Jahre später hatte meine Stieftante Angst, mein Onkel könnte die Waffe gegen sich selbst richten, und warf sie in den Abfall. Ich holte sie mir. Schöne Waffe, nicht wahr?«

»Schön wie der Tod«, antwortete Chris.

Der kleine Mann lächelte und nickte. »Ich glaube, Sie verlassen jetzt besser mein Büro, Chris. Hat Sie jemand reinkommen sehen?«

»Ich glaube nicht, aber ...«

»Aber wer weiß. Das gehört dazu, nicht wahr? Eine echte Intrige mitten im kleinen Greenborough.«

Chris schaute kurz nach draußen. Auf der anderen Straßenseite wurde gehämmert und gesägt. »Gar nicht mehr lange so klein.«

Er stand auf, schüttelte dem kleinen, glattgesichtigen Mann die Hand und ging zur Tür. »Ach so. Sagen Sie, Abe, was machen Sie eigentlich?«

Der Anwalt schaute auf: »Was meinen Sie?«

Chris grinste und wies auf das Taschenbuch auf dem Schreibtisch »Warum bezeichnen Sie sich nicht als Privatdetektiv?«

Während er lächelte, schien sich Goldsteins Gesicht ein wenig zu verfärben. »Ein altes hebräisches Sprichwort sagt, daß in jedem Mann eigentlich zwei stecken. Der eine, der herumläuft. Der andere, der versucht rauszukommen. Ich kann mich nicht erinnern, jemandes Anwesenheit mehr genossen zu haben als die Ihre, Chris. Aber um der Sicherheit – und Ihrer Familie – willen ist es das beste, wenn Sie sich hier im Büro nicht mehr blicken lassen, solange ich nichts Konkretes herausgefunden habe. Ich werde einen diskreten Weg finden, Sie zu kontaktieren.«

Chris blieb einen Moment lang an der Tür stehen. »Sie glauben also nicht, daß ich übermäßig paranoid bin, wenn ich denke, daß mein Telefon abgehört wird?«

Der Rechtsanwalt zuckte mit den Achseln. »Ich glaube, Vorsicht ist die Mutter der Porzellankiste.«

»Ein hebräisches Sprichwort?«

»Nur ein Goldsteinscher Appell.«

Chris nickte. »Gut. Und nochmals vielen Dank.«

»Danken Sie mir, wenn ich es verdient habe. Ah, da kommt Ärger ...«

Chris, dessen Herz sofort schneller schlug, wandte sich um und sah einen mandeläugigen, dunkelhaarigen jungen Mann Anfang Zwanzig durch die Tür kommen.

»Herr Nielson, mein unvermeidbarer Neffe Hershel. Hershel, Mr. Nielson.«

Der junge Mann schüttelte Chris die Hand und lächelte gewinnend. »Sind Sie ein Klient?«

Chris wollte schon antworten, aber Goldstein unterbrach ihn. »Er ist ein Freund, Hershel, und das ist alles, was du zu wissen brauchst. Ein Anwalt stellt nicht einfach nur Fragen, sondern die richtigen Fragen. Übrigens wäre es mir lieber, wenn weniger angerufen würde, wenn ein Klient bei mir ist.«

»Du hast gerade gesagt, er sei ein Freund«, berichtigte ihn der junge Mann.

Goldstein mußte lächeln. »Was glauben Sie, Mr. Nielson: Wird dieser Junge mal ein guter Rechtsanwalt? Mach die Tür zu, Hershel. Mr. Nielson ist ein vielbeschäftigter Mann.«

Chris trat auf die feindliche Straße hinaus.

13

Matty war noch keine zwanzig Meter weit gekommen, als sie die Erschöpfung überfiel und zu Boden zog.

Auf dem felsigen, steil abfallenden Grund mitsamt den Dornensträuchern kam sie ins Straucheln. Instinktiv streckte sie die Arme aus, um den Sturz abzufangen. Dabei hatte sie beinahe das Kind fallen lassen.

Statt dessen hielt sie ihn fest und prallte heftig – inmitten von

Unkraut – mit der rechten Schulter auf. Sie ertrug die schmerzhaften Stiche in ihrem Lendenwirbel ebenso wie das niederschmetternde Gefühl, daß sie wieder einmal alles falsch gemacht hatte, so wie sie noch stets alles falsch gemacht hatte. Und daß es dabei bleiben würde, bis sie und Nicky tot wären und der Wahnsinnige gewonnen hätte. Sie hätte ihrem anfänglichen Instinkt trauen sollen. Einem Frank Springer kannst du nicht davonlaufen, keiner kann das.

Aber sollte sie einfach weiter dasitzen und nichts tun?

Jetzt hatte sie es getan. Der Preis ihres törichten Handelns würde Nicky sein.

Sie hätte sofort loslaufen sollen, sobald sie das Kind wieder sicher in Händen gehalten hatte; in jenem Moment, als sie Frank mit dem unglückseligen Wanderer tanzen sah. Sie hätte längst auf und davon sein müssen, bevor er dem anderen, größeren Jungen die Kehle durchschnitt.

Jetzt tötete Frank die arme Blondine oder hatte es bereits getan. Vielleicht vergewaltigte er sie zuerst und verschaffte Matty so ein paar wertvolle Minuten Zeit.

Sie lag in dichtem Unterholz und versuchte, wieder zu Atem zu kommen. Gleichzeitig versuchte sie zu entscheiden, in welche Richtung sie fliehen sollte, was freilich absurd war, da sie überhaupt nicht wußte, wo sie sich eigentlich befand.

Sie wußte ungefähr, wo der Fluß war. Normalerweise wäre es wohl das vernünftigste, ihm bis zum See und schließlich zum Haus zu folgen. Aber Frank würde das natürlich voraussehen und überhaupt: Was sollte sie im Haus. Was nützte irgendein Versteck bei Frank Springer? Matty schaute auf ihr Kind hinunter. So blaß, so erschreckend bleich. Der kleine Brustkorb hob und senkte sich fast unmerklich.

Ohne Hilfe wird er noch vor der Abenddämmerung tot sein.

Sei ruhig!

Sie würde nicht auf ihre höhnische innere Stimme hören. Irgendwie würde sie ihn zum Krankenhaus bringen, eine Straße finden, ein Auto heranwinken, irgend etwas. Sie würde ihren Sohn nicht im Wald sterben lassen.

Verzweifelt befühlte sie das dünne Handgelenk nach seinem Puls und spürte ein schwaches Flackern. Als sie sein linkes Augenlid mit dem Daumen zurückschob, fand sie den eierschalenweißen Augapfel, das Geflecht der Blutgefäße, die wie rote Blitze aussahen. Die Pupillen waren nach hinten gerollt. Koma?

Nicky, Nicky, mein süßes Baby.

Zur Hölle mit dir, Frank!

Sie setzte sich auf, wobei sie Nicky fest an ihre Brust drückte und versuchte, sich wieder zurechtzufinden. Überliste ihn. Was er wohl gerade in dieser Sekunde tat?

Wenn die Blondine sich unterwarf, würde er ihr umstandslos die Kehle durchschneiden und basta. Wenn sie sich wehrte – was er ja genoß –, würde er sie wahrscheinlich mehrmals vergewaltigen. Wegen des Kitzels. Das würde Matty Zeit verschaffen.

Zeit. Erkauft mit dem Elend einer anderen Seele.

Ruhig! Ich versuche nachzudenken!

Welche Schritte würde Springer von ihr erwarten?

Er würde erwarten, daß sie – panisch, erschöpft und obendrein mit dem freilich relativ leichten Kind belastet – dem Flußlauf folgte.

Also mußte sie eine andere Route wählen.

Matty drehte sich um und musterte den umliegenden Wald.

Bäume. Ulmen, wie ihr auffiel. Gestrüpp, felsiger Grund, Granit- und Schieferplatten und zunehmend mehr trockenes Laub. Der Winter rückte jetzt rasch näher. Der erste Frost lag in der Luft. Östlich von ihr – jedenfalls nahm sie an, es sei östlich – lag eine Lichtung, die von Kiefern und Tannen gesäumt war. Hier lag wenig Laub, was schon die geschlossene Front der Farne verhinderte. Ohne Laub würde sie weniger Lärm machen und zugleich weniger Spuren hinterlassen.

Sie rappelte sich auf, sah sich noch einmal ängstlich um und machte sich in Richtung der Lichtung davon.

Ungefähr alle zehn Meter hielt sie an, hob den Kopf und lauschte.

Vögel, ein gelegentliches Huschen von etwas, das kein Mensch war, doch keinerlei Geräusch von Schritten war zu hören. Bis jetzt. Sie mußte über sich selbst lachen. Idiotisch. Blöd. Sie würde ihn ohnehin nicht kommen hören. Keiner konnte das. Er war einfach plötzlich da.

Sie hastete weiter, während das Laub unter ihr raschelte, so vorsichtig sie auch auftrat. Schließlich kam sie zu der kahlen, überwiegend felsigen Zone. Sie entspannte sich ein wenig, als das Rascheln aufhörte. Wenn sie doch nur einen guten Vorsprung herausholen und aus der Reichweite seiner Fährtensucher-Qualitäten hinausgelangen könnte.

Sie trat auf etwas, das piepste.

In einem Reflex sprang Matty zurück, die Augen starr auf den felsigen Untergrund gerichtet. Nichts als Geröll und Unkraut.

Ihr Blick fiel auf einen üppigen Brombeerstrauch. Dann eine Bewegung. Sie beugte sich tiefer und ertappte sich dabei, wie sie auf ein getigertes Fell starrte, in die runden Knopfaugen eines Kätzchens.

Ein junge Katze. Hier draußen?

Sie hätte sich beinahe hinuntergebeugt, um sie aufzuheben. Aber schließlich hatte sie ihre eigenen Probleme. Sie schaute noch einmal hin, dann ging sie weiter. Armes Ding.

Nochmals schaute sie über ihre Schulter zurück. Nichts. Nur Wald.

Sie war schon fast auf der anderen Seite der Lichtung. Wahrscheinlich war es nur Wunschdenken, aber wenn sie noch ein weiteres Stück Weges schaffte, hatte sie vielleicht eine Chance, ihn loszuwerden.

Ja, dann brauchte sie ›nur noch‹ die Nacht zu überleben: allein und ohne Dach überm Kopf im Wald. Wenn sie nicht erfror, würde sie verdursten.

Sie biß sich auf die Lippe, ohne den Schmerz zu fühlen oder das Blut zu schmecken. Sie hatte plötzlich eine schreckliche Vision: Sie sah sich selbst auf den Knien, allein im kalten, erbarmungslosen Wald unter hoch aufragenden, bösartigen Bäumen und einem schwarzen, sternenlosen Himmel, während sie mit bloßen Händen ein kleines Grab schaufelte.

Sie fing panisch an zu laufen, achtete nicht auf ihre dumpfen Schritte, das knisternde Laub. Sie lief und lief. Sie sah sich noch einmal um, bevor sie der Wald verschluckte.

»... doe a deer, a female dear ...«

Matty stoppte abrupt. Es versetzte ihrem Herzen einen Stoß. Beinahe wäre das Kind zu Boden gefallen. Ein nicht zu unterdrückendes Schluchzen kam über ihre Lippen.

»... ray, a drop of golden sun ...«

Sie konnte einfach nur so dastehen. Ihr Herz schlug unregelmäßig, die Schultern bebten in hoffnungslosem Schluchzen, und ihre Ohren mußten die gräßliche Melodie ertragen. Woher sie kam, ob von vorn oder von hinten, wußte sie nicht. In solchen Sachen war er sehr geschickt.

Er hatte sie aufgespürt. Natürlich hatte er sie aufgespürt. Sie hatte es gleich gewußt. So ist es halt, man muß es einfach versuchen, auch wenn alles dagegen spricht. Also hatte sie es versucht. Und nun würde das Baby sterben müssen.

»... me, a name I call myself ...«

Sie hielt Nicky fest an sich gedrückt, küßte sanft seine blasse Stirn und flüsterte: »Ich liebe dich, Kleiner.« Sie wartete.

Lächelnd kam Springer direkt hinter ihr aus dem Wald hervor, genau auf dem Pfad, den sie gekommen war. Es war, als wenn sie ihm eine klare, leicht lesbare Fährte hinterlassen hätte, der er – die Hände lässig und unbeschwert in den Hosentaschen – nur zu folgen brauchte.

»Heh, Kätzchen. Hast du den gleichen Weg wie ich?«

Sie drehte sich um und sah ihn an.

Kein einziger Blutspritzer war an ihm zu sehen: an seinen Kleidern, seinen Händen, auf seinem blöde grinsenden Gesicht. Und doch hatte er getötet. Und wieder getötet.

Etwas erreichte sie. Von seinem Körper her wehte ein Hauch zu ihr herüber: der Hauch der toten Wanderer! Keinerlei Blut war zu sehen, aber den Geruch ihrer letzten Augenblicke auf dieser Erde konnte er nicht verbergen.

»Wie wär es, wenn wir jetzt nach Hause gehen und ein nettes Abendessen zum Erntedankfest machen. Was sagst du dazu, Matty?«

Erntedankfest. Na, ist das nicht seltsam, dachte sie verträumt. Sie hatte vorher nicht einmal daran gedacht. War denn schon Erntedankfest? Konnten denn Feiertage sein? Mitten in diesem Alptraum? Wie jedes Jahr um diese Zeit? Obwohl doch diesmal alles ganz, ganz anders war? War es möglich, daß inmitten dieses Wahnsinns irgendwelche Menschen irgendwo ein ganz normales Leben führten?

Normal ... Sie hatte fast die Bedeutung des Begriffs vergessen.

Er war weniger als fünfzehn Meter von ihr entfernt. »Kätzchen. Ich habe eine großartige Idee für ein Erntedankfestabendessen ...!«

Alles geschah so plötzlich, mit so schwindelerregender Geschwindigkeit, daß nicht einmal Frank – der unbezwingbare Frank – es kommen sah.

Ein graubrauner Fleck links von ihm, ein Blitz gelbbraunen Fells und ein kehliger Schrei. Plötzlich war Springer am Boden. Etwas hatte ihn umgeworfen, ein großes Ding mit Krallen, ein Puma, ein Berglöwe, wie Matty schließlich klar wurde.

Natürlich, jetzt begriff sie alles. Das Kätzchen! Wahrscheinlich eines aus einem ganzen Wurf, der unter dem Brombeerstrauch versteckt war. Matty hatte sie gestört und damit wahrscheinlich ein flehentliches Miauen ausgelöst, das der donnernde Wasserfall vor ihren Ohren verborgen hatte, aber nicht vor den Ohren der wachsamen Katzenmutter. Und sie, ein großes, geschmeidiges Muskelpaket mit Reißzähnen – von Sorge, Furcht und dem verhaßten Menschengeruch erregt –, war zu dem Brombeerstrauchversteck zurückgekehrt und auf Frank gestoßen, der ihrem Wurf am nächsten war. Sie war zurückgekehrt und hatte zugeschlagen.

Jetzt war es Frank, der schrie.

Ein außergewöhnlicher Laut. Nie zuvor hatte Matty ihn schreien hören. Seine Feinde schon, aber nicht Frank.

Ein merkwürdig köstlicher und befriedigender Laut. Frank, der schrie und strampelte, und das gelbbraune, zähnefletschende Ding auf ihm drauf.

Matty drückte Nicky fest an sich und rannte los.

Das Fauchen und Schreien blieb immer weiter hinter ihr zurück.

Lauf! Lauf! Lauf!

Wäre es nicht einfach phantastisch, wäre es nicht die schönste Art höherer Gerechtigkeit, wenn alles, was die Menschen versäumt hatten, jetzt von der Natur in einem einzigen gewaltsamen Augenblick erledigt würde?

Natürlich war das zu viel erhofft.

Sie hätte nicht daran denken sollen. Sie hätte lieber nach vorne schauen sollen, um nach Anzeichen eines Pfades, einer Straße oder sogar eines Autos Ausschau zu halten. Stattdessen wandte sie sich noch ein letztes Mal um. Sie hoffte und betete, daß sie Zeuge werden würde, wie die Großkatze ihren Ex-Ehemann zerfleischte, ihm Augen und Leber herausriß. Statt nach vorn schaute sie zurück, so daß die dicke Eiche sie voll ins Gesicht traf, als sie sich wieder umdrehte. Hart, unbeugsam und unversöhnlich.

Sie lag in ihrem eigenen Schlafzimmer. Von Kopf bis Fuß schmerzte alles, aber sie war warm und im Trockenen, mit einer Bettdecke über sich. Instinktiv begriff sie, daß es bereits Abend und einige Zeit vergangen war.

Mit überraschender Klarheit erinnerte sie sich an das Vergangene. Sie war sich ziemlich sicher, daß es noch der gleiche Tag war, nur zu vorgerückter Stunde.

Sie sprang auf. Ihr Schädel brummte entsetzlich. Im Dunkeln eilte sie zu Nickys Zimmer. Sein blaues Sportwagenbett war leer. Matty rannte die Treppen hinunter, durch den kalten Flur und die Diele bis zur Küche. Der Anblick, der sie dort erwartete, raubte ihr den Atem.

Frank lehnte sich gegen den Herd, hantierte mit der Soßenpfanne und summte leise eine Melodie vor sich hin. Die Küche war erfüllt von Wohlgerüchen; es roch nach gebratenem Hähnchen, Truthahn oder etwas ähnlichem. Er trug eine weiße Schürze über grauen Freizeithosen, einen grünen Sweater und Chris' Hausschlappen.

Nicky saß in seinem Kinderstuhl und hatte den roten Pyjama an.

Er saß wach in dem Stuhl und *aß*. Mit einem breiten Lächeln im süßen Gesicht sah er zu ihr auf und brach ihr gequältes Herz. Er quietschte vor Vergnügen und schrie: »Mami!«

Frank, der am Herd stand, drehte sich daraufhin um. »Hallo. Ein schönes Erntedankfest. Wieder auf den Beinen? Setzt du dich zu uns, Kätzchen? Hat dich der Geruch geweckt?«

Wie in einem Traum kam Matty in die helle Küche, setzte sich neben ihren wunderbaren Sohn und sackte in sich zusammen. Dabei konnte sie ihre dankbaren Augen nicht von dem rosigen, fröhlich lächelnden Kind lassen, das mit seinem roten Power-Rangers-Löffel aus Plastik Kartoffelpüree in sich hineinschaufelte. »Nicky, Baby.«

Frank schob gebratenes knackiges Gemüse hin und her und drehte sich wieder zu ihr um. »Ganz schön hungrig unser kleiner Hosenscheißer, was?«

Matty strich die zarten Locken zurück, legte ihre Handfläche auf die vollkommene gewölbte Stirn. Kühl. Normal. Sie warf Frank einen innigen Blick zu. »Danke.«

Er schaute sie verwundert an: »Wofür? Heh, das Kind muß doch essen, oder?« Er legte den Kochlöffel beiseite, kam zu ihr, beugte sich hinab und küßte sie. Sie ließ es zu, erlaubte es sogar, daß seine Zunge über ihren sensiblen Gaumen glitt; so dankbar war sie, so überwältigt von diesem Augenblick. Freilich war sie auch viel zu ausgehungert und erschöpft, um ihn zurückzuweisen.

Springer saß grinsend neben Nicky – das Kind zwischen ihnen – und half ihm, wenn er sich den Plastiklöffel zu voll gemacht hatte. Eine große, glückliche Familie. Ernsthaft aufgeregt, wandte er sich an Matty. »Hör zu, Kätzchen. Ich habe über alles nachgedacht. Was meinst du – nach dieser tollen Erntedankfestmahlzeit zu dritt –, was würdest du sagen, wenn wir einfach abhauen? Einpacken und in die Berge ziehen.«

Sie konnte nichts dagegen tun: Immer wieder wanderten ihre Augen zum Tisch, zu der glänzenden Porzellanschüssel hin, auf der sich ihr verzerrtes Spiegelbild abzeichnete, während ihr Magen in ungeduldiger Erwartung knurrte.

Frank schlug sich ermahnend gegen die eigene Stirn. »Du bist natürlich völlig ausgehungert. Hier!« Er stand rasch auf, lief zum Herd zurück und mit dem Gehabe einer anspruchsvollen deutschen Hausfrau verteilte er mit spielerischer Leichtigkeit die Nahrung auf ihrem Teller. Er brachte den dampfenden Teller, Weinglas und Gewürze gleichzeitig und stellte alles sorgfältig und korrekt vor sie zwischen das funkelnde Besteck: »Iß! Laß es dir schmecken!«

Matty schlang gierig das Essen hinunter. Der plötzliche Anstieg des Blutzuckerspiegels berauschte sie förmlich. Sie leerte ihr Weinglas in einem Zug, und Frank war sofort zur Stelle, um nachzuschenken, ein Handtuch um die Flasche gewickelt, lächelte er merkwürdig innig und wohlwollend.

»Was meinst du, Kätzchen?« Er wies nach oben. »Das hier paßt nicht zu uns. *Wir* sind anders, wir sind doch Städter. Vermißt du nicht all die Geschäfte? Sag, vermißt du nicht die Geschäfte – New York, Dallas, San Francisco?«

Matty langte nach den frischen, warmen Biskuits und einer neuen Portion von dem wundervoll riechenden Truthahn. »Mein Gott«, hörte sie sich selbst sagen, »das schmeckt wunderbar. Hast du das selbst gekocht?«

»Hau rein, es ist noch genügend da. Woran ich vor allem gedacht habe, ist ein neuer Anfang. An einem neuen Ort, einem neuen alten Ort. Besonders New York.«

Matty nickte und kaute. Ihre Lebensgeister begannen sich zu regen, Kraft und Ausdauer kehrten zurück. Laß ihn reden. Iß einfach, solange du Gelegenheit dazu hast.

»Seit damals denke ich darüber nach. – Stimmt was nicht?«

Sie hatte unbewußt auf sein Hemd gestarrt. »Was? Oh, nichts.«

Einen Augenblick lang bildete sich eine mißtrauische Falte auf seiner Stirn, die jedoch gleich wieder einem betörenden Lächeln wich. »Der Panther. Der Berglöwe. Du wunderst dich, daß kein Blut, keine Schrammen zu sehen sind.«

»Na ja.«

»Nein, schon in Ordnung. Ist ja auch völlig normal, sich darüber zu wundern. Ich bin gar nicht so paranoid, wie manche Leute dich glauben machen wollen, Matty.«

Er nannte sie selten Matty.

»Ich weiß«, erwiderte sie.

»Das kommt von der Weste«, grinste er. »Die Weste. Ich trage sie immer. Du müßtest dich doch erinnern.«

»Natürlich.« Natürlich ging er nie ohne kugelsichere Weste aus.

»Ich hoffe, das Schreien hat dich nicht irritiert. Ich war zu keinem Zeitpunkt ernsthaft in Gefahr. Ich habe mit Doggen gekämpft, Kätzchen, die wiegen viel mehr als diese magere Raubkatze. Natürlich hatte ich mein Messer dabei.«

Natürlich.

»Das Schreien sollte sie ablenken. Ich habe mir ein paar Kratzer am Oberschenkel zugezogen, bevor ich mit dem Messer zustoßen konnte. Nichts weiter. Warst du besorgt?«

»Nein.« Iß einfach weiter. Komm wieder zu Kräften. Laß ihn ruhig quasseln, bleib ruhig sitzen, und verzehr sein wunderbares Abendessen; er hat es nicht vergiftet, also denk nicht dran.

»Egal. Ich habe nachgedacht. Erinnerst du dich an New York? Erinnerst du dich an die Niagarafälle? Aber natürlich. Wie könnte einer von uns das vergessen? Nachdem ich dich vorhin nach Hause getragen hatte, saß ich in deinem Schlafzimmer und fing an, darüber nachzudenken. Und weißt du, Kätzchen, ich glaube wirklich – was ist jetzt schon wieder los?«

Sie mußte kräftig schlucken. »Nichts!«

Wieder dieser verschlagene Blick. Dann das obligate Lächeln. »Es ist wegen dieser Wanderer, nicht wahr? Du machst dir Sorgen wegen ihnen.«

»Nein, ich ...« Sie sah ängstlich auf Nicky, der gerade Apfelmus auf seinen Pyjama kleckerte. Frank wischte es, ohne hinzusehen, mit der Serviette weg. So wie Väter das eben tun.

»Jawohl. Du machst dir Sorgen wegen der Kinder, die ich umgebracht habe.«

»Nein, wirklich nicht.«

»Lüg mich nicht an, Matty«, sagte er plötzlich ganz kalt.

Sie zwang sich dazu, weiter zu essen. »Gut. Ja. Ein wenig besorgt.«

Schon war das breite Grinsen wieder da. »Das waren keine Kinder. Ich glaube, du müßtest eigentlich wissen, daß das keine Kinder mehr waren, Kätzchen.«

»Nicht?«

Er hüstelte. »Natürlich nicht. Du weißt, was sie waren. Du weißt, daß mein Leben ständig in Gefahr ist. Wo immer ich hinkomme, überall besteht stets die Gefahr eines plötzlichen, scheinbar unerklärlichen Todes. Ich konnte das in dem Moment einfach nicht zulassen, oder? Ich konnte nicht zulassen, daß sie mich umbringen und du mit unserem Sohn dort draußen im Wald allein bliebst, Matty.«

Sie sah ihn rasch an: »Was?«

»Er ist *unser* Sohn. Richtig?«

Ein Angstschauer. »Natürlich. Ja.«

Wieder lächelte er. »Genau. Dann verstehst du doch auch, warum ich es tun mußte, oder?«

»Ja, ich kann es verstehen.«

»Noch Wein?«

»Danke, ich habe noch.«

Er verschränkte die Hände und beugte sich eifrig zu ihr hinüber. Er wollte gerade fortfahren, als Nicky ihm mit dem Plastiklöffel gegen den Kopf schlug.

Matty fühlte, wie ihr Puls sich beschleunigte.

»Laß das!« sagte Frank ruhig zu dem Kind, ohne hinzusehen.

Nicky machte »Bamm« und schlug ihn wieder.

Frank wandte sich zu ihm um.

»Er ist fertig«, stieß Matty hervor, »fertig mit dem Essen.«

Frank betrachtete das Kind. »Wo ist dein Spielzeug, Nicky? Wo ist das schöne Spielzeug, das Papa dir mitgebracht hat?« Er beugte sich hinunter und hob ein Plüschtier – einen ausgestopften Tiger – vom Teppich auf und gab es dem Jungen. Nicky grinste, küßte es und trommelte damit auf den Tisch.

»Unsere Mißverständnisse«, begann Frank wieder, »alle unsere Mißverständnisse, unser ganzes Unglück läßt sich zum gleichen Ort zurückverfolgen. Zum Norden des Staates New York. Zu den Niagarafällen, wo wir geheiratet haben und alles anfing.« Er sah auf seine Hände und rieb geistesabwesend an seinem ringlosen Ringfinger. »Ich habe dich nicht gut behandelt, Matty.«

Matty sah zu, wie ihr Sohn am Ohr des Tigers kaute. »Frank, das ist lange her.«

Er schlug so fest auf den Tisch, daß Matty mit einem kurzen Schrei aufsprang, wobei ihr ein Bissen aus dem Mund fiel. Nicky schnappte nach Luft.

Frank fing sich rasch wieder. »Tut mir leid. Aber das alles ist noch so frisch, als wäre es gestern gewesen. Gemessen am Alter des Universums: der Bruchteil einer Sekunde. Matty, ich habe dir unrecht getan. Ich weiß es. Ich habe unsere Ehe zerstört.«

Sie starrte auf ihren Teller und mußte schwer schlucken.

»Und ich will, daß du weißt, wie leid es mir tut.«

Als er längere Zeit schwieg, sah sie rasch auf und war völlig verblüfft: Tränen flossen ihm über die Wangen, der Kopf war gebeugt, die gefalteten Hände lagen auf dem gewürfelten Tischtuch, als ob er betete. »Es lag am Gewerbe, am Job. Oh, dieser Scheißjob.« Er blinzelte, und die Tränen tropften auf seine breiten Fingerknöchel.

Matty wand sich innerlich.

»Du kannst dir ja gar nicht vorstellen, was sie alles von einem verlangen. Ich weiß, du glaubst, du wärst selbst dabeigewesen, hättest einiges davon gesehen – aber du kennst nicht das Schlimmste, Kätzchen. Du kannst nicht das Schlimmste kennen, die Abgründe, die völlige Verderbtheit.«

Er sah zu ihr auf. Mit geröteten Augen und abgespanntem Gesicht. Noch nie hatte sie einen solchen Ausdruck in seinem normalerweise herrischen Gesicht gesehen. »Sie können einen Mann *umkrempeln.* Mit dem, was sie verlangen, können sie einen umdrehen und auseinanderreißen. Sie verlangen, sie verlangen immer mehr. Denn wenn du mitmachst, machst du mit. Da kann man nicht wieder aussteigen. Du wirst so mit der Zeit. Du wirst schlimmer als einfach nur böse. Du wirst ... gleichsam göttlich.«

Sie beobachtete ihn, ohne zu atmen.

»Das schlimmste ist natürlich, daß du anfängst, es zu genießen«, er schluckte und preßte die Augen zusammen, so daß die Tränen in Strömen flossen, »daß du es immer stärker herbeiwünschst.«

Er streckte seine zitternde Hand aus und legte sie auf die ihre. Matty mußte sich zwingen, ihre Hand nicht wegzuziehen. Seine Handfläche fühlte sich wie der Rücken einer Schildkröte an, wie die Haut eines Außerirdischen.

»Ich will, daß es aufhört, Matty. Ich will, daß wir noch einmal von vorn anfangen. Daß wir dort wieder anfangen, wo alles schiefzugehen begann. Ich will euch beide dorthin zurückbringen. Zu den Wasserfällen. Zu dem Ort, wo wir geheiratet und dieses wundervolle Kind gezeugt haben.«

Matty hörte von irgendwoher einen seltsam unnatürlichen Laut. Dann begriff sie, daß es ihr eigenes Wimmern war.

»Ich möchte alles wiedergutmachen, daß du das Leben führst, das du verdienst. Ihr beide. Ich *kann* das, Matty ... Ich habe herausgefunden, daß ich fähig bin, es zu tun. Wirst du mir helfen? Gehst du mit mir zurück zu den Wasserfällen, zurück zu einem neuen Anfang? Ich werde bei ihnen aussteigen. Ich schwöre dir, daß ich bei denen aussteige. Und ich werde mich ändern. Ich werde wieder der Mann, in den du dich damals verliebt hast.«

Sie zitterte so stark, daß sie sich heimlich mit der linken Hand an der Tischkante festhalten mußte. »Frank, können wir später darüber reden? Ich muß darüber nachdenken.«

Er küßte ihr sanft die Wange. »Natürlich. Nimm dir soviel Zeit, wie du brauchst. Wir haben jetzt alle Zeit der Welt. Hast du genug gegessen?«

»Ja. Vielen Dank.«

Er langte nach einem dampfenden Topf. »Hier, nimm noch ein bißchen.«

»Nein, danke. Ich bin voll.«

»Bitte, du brauchst deine Kraft.«

Provozier ihn nicht!

Sie zwang sich zu einem Lächeln. »Gut.«

Er strahlte und tat ihr Innereien auf den Teller.

Matty nahm ihre Gabel, während sie an die weißen, donnernden Wasserfälle zwischen New York und Kanada dachte, an ihr gischtgeflecktes Ferienhäuschen, an ausgedehnte Spaziergänge die nebelverhangenen Klippen entlang. Mit einem Mann, von dem sie glaubte, er sei jemand anderes. Ein Mann, den sie glaubte lieben zu können. Den sie tatsächlich geliebt hatte.

Der strenge Geruch der Innereien zog ihr in die Nase. Sie stocherte darin herum und zögerte.

Sorgfältig drehte sie das keilförmige Stück Fleisch um. Für einen Moment vergaß sie zu atmen.

Teilnahmslos blickte sie auf den verräterischen Farbstreifen auf der rauhen Kruste des Fleisches; gebraten, aber immer noch grün wie ein Lutscher. Vor ihrem geistigen Auge erschienen die blonden Zöpfe, der entsetzte Blick.

»O Gott.«

Ihr Stuhl krachte nach hinten, als sie aufsprang, stolperte und zum unteren Badezimmer raste. Nicky war so unvorbereitet, daß sein rosa Mündchen ein überraschtes O formte.

Der Klodeckel war heruntergeklappt. Sie konnte nicht warten und kotzte in die Badewanne.

Im Nu kniete sie zitternd an dem kühlen Porzellanrand, mitgenommen und starr vor Ekel. Verschwommene Bilder eines blonden Kopfes ohne Zunge suchten sie heim. Die Ameisen machten sich bereits an den wunderschönen Augen zu schaffen.

Schluchzend richtete sich Matty wieder auf. Noch ein quälender Krampf, der ihr derart gewaltsam den Magen umdrehte, daß sie eine Kaskade von Urin abließ.

Wahnsinnig! Er ist völlig wahnsinnig!

Aus der Küche hörte sie, wie sein überspanntes, verrücktes Lachen sie verhöhnte.

14

Unten auf Ricks Ankunft wartend, verdöste Chris den größten Teil des quälend langen Nachmittags. Oder er ruhte sich in dem viel zu weichen Hotelbett aus, ohne jedoch richtig schlafen zu können.

Vielleicht wollte er das auch gar nicht, obwohl er die Notwendigkeit dazu einsah. In den bevorstehenden Stunden würde es viel zu tun geben. Er brauchte Erholung, würde seine Kraft noch nötig haben. Er hatte begonnen, Liegestütze, Kniebeugen und ähnliche Körperübungen zu machen, war jedoch viel zu steif dafür. Infolge des Sturzes wurde er sogar noch steifer. Besonders die Liegestütze riefen arge Kopfschmerzen hervor. Außerdem war es sowieso zu spät. Es war unrealistisch zu erwarten, man könne sich nach monatelangem Nichtstun in ein paar verzweifelten Stunden wieder fit machen.

Er würde sich zu einem großen Teil auf Rick verlassen müssen. Vielleicht zuviel. Das machte seinem Gewissen zu schaffen. Immer wieder stellte er sich Sharons vorwurfsvolles Gesicht vor.

Fast ein Jahr lang war er auf keinen Telefonmast mehr geklettert, hatte sich nicht dort oben mit Lederriemen und Geschirr festgehakt. Er hatte irgendwann festgestellt, daß der größte Teil seiner Ausrüstung sich im Kofferraum des Volvo befand, aber er hatte sie seit dem vorletzten Sommer nicht mehr angefaßt.

Nun lag er in diesem seltsamen Hotel und starrte die weiße,

makellose Decke mit ihren überladenen Ornamenten und viktorianischen Schnörkeleien an. Dabei hatte er eine Empfindung, die ebenso amüsant wie alarmierend war: Anscheinend konnte er sich nicht mehr eindeutig an das Gesicht seiner Frau erinnern. Nicht genau jedenfalls, nicht mit jener fehlerlosen Präzision, die sein Gedächtnis sonst auszeichnete.

Gegen das nach Waschmittel riechende Hotelkissen gelehnt, dachte er darüber nach. Er hatte mal irgendwo gelesen, daß Liebende, die sich kurz zuvor getrennt haben, Schwierigkeiten haben, einander zu beschreiben. Aber darum handelte es sich hier keineswegs, wie er sich trübselig eingestand. Es lag an etwas anderem. Jawohl, du hast sie gekannt, aber niemals wirklich.

Die letzten paar Stunden schienen diese Theorie zu belegen.

Er hatte sie nie wirklich gekannt.

Letzten Endes sind wir alle einander fremd. Wer hatte das gesagt?

Er rollte sich zur Seite und betrachtete düster das Telefon am Bett. Noch eine seltsame Empfindung. Nie zuvor hatte er einem Telefon mißtraut, es sei denn in der Art, wie er als Fernmeldetechniker jenen Telefonanlagen mißtraut hatte, deren verworrene Leitungen und korrodierte Endverzweiger er unter zahllosen Hochspannungsdrähten zu reparieren hatte. Aber obwohl er damals unzählige Anrufe heimlich mit angehört hatte – nachmittägliche Geständnisse, gelangweilte Hausfrauen, die sich mit kreischenden Säuglingen im Hintergrund endlos über Bagatellen aufregten, während Chris hoch oben seiner gefährlichen Arbeit nachging, schwitzte, Wespen auswich und versuchte, die Verbindung zwischen den unbekannten Teilnehmern zu verbessern –, hatte er während dieser ganzen Zeit niemals befürchtet, selbst abgehört zu werden.

Er rollte sich wieder auf den Rücken und fühlte durch Brust und Kissen das konstante Pochen seines Herzens.

In der Hauptsache ging es natürlich nicht um sie – um sie beide. Es ging um Nicky. Wessen Sohn er auch immer war. Nicky war unschuldig.

Nach einer Weile gab er die Hoffnung auf Erholung auf. Eine wirkliche Erholung würde erst möglich sein, wenn dies alles vorbei war.

Viertel nach betrat Chris das Restaurant.

Es war dringend notwendig, daß Rick zu ihm kam und nicht umgekehrt.

Er sah seinen Freund in dem Moment, als er das große, eichengetäfelte Café betrat. Er sah den breiten geröteten Quadratschädel, der sich über eine Mahlzeit beugte, den athletischen Körperbau, das grelle Hawaiihemd und die Khakishorts; leicht übertriebener Touristenlook.

Chris lächelte freundlich und fragte die Bedienung, ob er sich irgendwo hinsetzen könne. Sie bejahte und Chris fand einen Tisch gegenüber dem seines früheren Nachbarn, etwa sechs Meter entfernt.

Er setzte sich, nahm die Speisekarte und wartete geduldig darauf, daß Rick ihn bemerkte. Als dies geschah, trafen sich ihre Blicke einen Augenblick lang, woraufhin Chris sofort wieder wegschaute. Es mußte spontan aussehen. Nach einer Weile schaute er wieder kurz auf, nickte kaum wahrnehmbar, und Rick stand auf.

Als Corman sich seinem Tisch näherte, sah Chris scheinbar überrascht von seinem Essen auf, streckte seine Hand aus, zog eine kleine Schau ab, was für eine Überraschung das sei. Dann bot er ihm den Stuhl gegenüber an.

»Glaubst du, irgendwer nimmt uns diesen Quatsch ab?« Rick lächelte mild und nahm Platz.

Chris zuckte mit den Achseln und behielt sein blödes Lächeln bei. »Wer weiß? So macht es jedenfalls weniger Aufsehen, als wenn ich einen völlig fremden Menschen zum Essen einlade. Sie sollen denken, wir seien alte Freunde. Hattest du irgendwelche Schwierigkeiten, in die Stadt zu kommen?«

»Nein. Der Flughafen von Kingston ist so groß wie ein Supermarkt, und der Bus nach Greenborough war so schnell wie eine Düsenschildkröte, aber ich habe Skier auf dem Mietwagen, um Eindruck zu schinden. Wußtest du, daß es draußen schneit?«

»Nein. Verdammte Scheiße.«

»Aber nicht stark. Wo ist Matty?«

»Im Haus, hoffe ich. Ich glaube, es geht ihr gut. Nicky ebenfalls. Aber ich tappe wirklich im dunkeln.«

»Was läuft hier eigentlich?«

»Unser Spezi Frank Springer.«

»Ist er zurück?«

»*Eingezogen,* behauptet, es sei sein Haus und seine Familie.«

»Wovon redest du eigentlich?«

»Sch ...« Ihre Kellnerin kam. Chris bestellte Schmorfleisch, Rick einen Cheeseburger. Die beiden Männer saßen da und beobachteten, wie der Kugelschreiber sorgfältig, mit typisch kleinstädtischer Bedächtigkeit, die Bestellungen aufnahm und sich ein Stückchen Kaugummi in den hübschen Backen der jungen Dame hin- und herbewegte. Chris dachte: Sie ist achtzehn, neunzehn, braucht sich um nichts Sorgen zu machen, außer darum, ob ihr Freund sie dieses Wochenende wieder zum Sex zwingt oder nicht.

Als die Kellnerin gegangen war, sagte Chris: »Ich weiß, wie das klingt, glaub mir. Mein Gott, wenn du wüßtest, wie ich mich fühle. Aber anscheinend meint Springer es ernst. Und irgendwie hat er es geschafft, das Gesetz auf seine Seite zu bringen.«

»Das Gesetz?«

»Die örtlichen Behörden jedenfalls. Entweder durch eine Intrige oder durch eine Reihe zufälliger Umstände oder beides. Jedenfalls ist er drinnen und ich bin draußen. Draußen in der Kälte. Und sie beobachten jeden meiner Schritte, überwachen jedes Telefongespräch, um dafür zu sorgen, daß ich eine Weile aus dem Rennen bin. Wahrscheinlich werden wir jetzt gerade beobachtet.«

»Warum, verdammt noch mal?«

»Das ist die Frage.« Chris schüttelte den Kopf. »Ich bin mir nicht sicher. Mein Gefühl sagt mir, daß sie da oben bei ihm im Haus sind. Wahrscheinlich in Sicherheit, jedenfalls im Moment. Springer hat eine ziemlich echt aussehende Urkunde, die bezeugt, daß er und Matty Mann und Frau waren – sind.«

»Na und? So eine hast du doch auch.«

Chris seufzte. Jetzt, wo er Rick sah und ihm zuhörte, erschien das alles noch unwirklicher. »Ja, aber *in* dem gottverdammten Haus, zusammen mit allem anderen, das beweist, was mir gehört. Außer dem Wagen, den ich noch habe. Frank war da sehr freigebig. Nett von ihm. Wahrscheinlich ist es ziemlich einfach, Autopapiere nachzuprüfen.«

»Aber die Autozulassung enthält deine Adresse.«

»Sie enthält meine alte Adresse, Rick. Ich habe an alle wichtigen Dinge gedacht. Glaub nur nicht, ich hätte irgendwas übersehen.«

»Leiser.«

Chris riß sich zusammen. »Ich habe an alles gedacht. Das Problem ist nur, daß jemand anderes das ebenfalls getan hat.«

Rick schaute einen Augenblick geistesabwesend weg. »Ich wußte gleich, daß dieser Springer ein Wichser ist.« Seine blauen Augen überflogen rasch das Restaurant, als ob er die Situation im Nu einschätzen könne. Sein Gesichtsausdruck sagte: Jetzt ist alles in Ordnung, mein Lieber. Jetzt bin ich hier. Mach dir um nichts Sorgen. »In Ordnung, was ist mit der Bundespolizei und dem Bürgermeister?«

Wieder beschied ihn Chris abschlägig: »Sie werden es einfach der örtlichen Rechtsprechung überlassen. Dann sind wir wieder da, wo wir angefangen haben.«

»Gut. Gut. Ich versuche bloß, dich ein wenig abzuklopfen. Dir ist klar, daß du hier eine merkwürdige Verschwörung unterstellst?«

»Ich weiß nicht, was ich unterstelle. Ich weiß nur, daß ich nicht untätig herumsitzen und Zeit verlieren werde, indem ich Sheriff Bradley gegenüber so tue, als wäre ich ein guter Junge. Und währenddessen erkaltet die Spur zu Matty und dem Kind. Sich gesetzestreu zu verhalten bedeutet zugleich, ihnen in die Hände zu spielen.«

»Es fällt schwer sich vorzustellen, daß die ganze beschissene Stadt mit diesem Wahnsinnigen unter einer Decke steckt.«

»Bleib ein paar Tage hier, und du wirst mir glauben. Irgend etwas hier in Greenborough ist faul. Nur habe ich weder Zeit noch Lust, es herauszufinden. Ich will meine Familie wiederhaben. *Jetzt.* Heute abend werde ich wieder hochfahren. Wenn Matty und das Kind dort sind, dann bringe ich sie wieder mit. Der Rest kommt später.«

»Und ich komme mit dir mit.« Rick gab ihm einen Klaps auf den Arm.

Chris, der sich Vorwürfe machte, schaute weg. »Sharon glaubt, du seist in Chicago.«

»Mach dir darüber keine Sorgen.«

»Doch, ich mache mir Sorgen. Und das solltest du auch. Diese Typen – diese Provinzheinis –, laß dich nicht von ihnen täuschen. Sie sind geschickt. Geschickt genug. Ganz zu schweigen von Springer selbst.«

»Ich werde mit Springer fertig.«

Chris zweifelte daran. Ricks großer Fehler war sein überdimensioniertes Selbstbewußtsein. Daß er ein Kriegsheld war, der Waffen sammelte, ein guter Schütze und ausgezeichneter Freund, machte ihn noch lange nicht unüberwindlich. »Vielleicht hat Springer dort oben Helfer, Rick.«

»Auch wir haben Helfer.«

Chris sah ihn an »Was hast du mitgebracht?«

Jetzt war Rick in seinem Element. Er konnte sich ein knappes, herrisches Grinsen nicht verkneifen. Es war Wildwest-Zeit. »Habe die ganzen Schießeisen direkt zum Hotel bestellt. Als ich ankam, wartete das Zeug schon auf mich an der Rezeption. Keiner hat Verdacht geschöpft. Wir sind für die Bärenjagd ausgerüstet.«

»Ich will das bezahlen. Gib mir einfach alle deine Belege.«

»Scheiß drauf! Laß uns Matty und das Kind befreien!«

Chris begann sich besser zu fühlen. Jetzt, wo Rick hier war, ließ sich die Sache vielleicht wirklich durchziehen. »Ist das Zeug jetzt auf deinem Zimmer?«

»Im Kofferraum. Verschlossen und geladen, geölt und einsatzbereit, sobald du selbst es bist, alter Freund.«

Chris schaute rasch auf seine Uhr. Er fühlte, daß es jetzt ernst wurde. »Sobald es dunkel wird.«

In einer entlegenen Ecke des Hotelparkplatzes unter einer Straßenlaterne aus Aluminium, die er mit einem Stein unschädlich gemacht hatte, öffnete Rick den Kofferraum seines Mietwagens, Modell Acura. Das Mondlicht ergoß sich über einen Kofferraum voll dunkelblauen Metalls und geriffelter Gewehrschäfte aus Holz.

»Mein Gott«, Chris trat einen Schritt zurück, »das ist ja ein ganzes *Arsenal!*«

Rick grinste. »Wir werden nicht alles benutzen, aber besser zuviel als zuwenig. Kennst du irgendwas davon?«

Chris schaute ihn neidisch an. »Du weißt verdammt genau, daß ich so gut wie nichts von Feuerwaffen verstehe, abgesehen von Tontaubenflinten und ab und an mal 'ne Scheibenpistole.«

Rick lächelte. »Mach dir keine Sorgen. Gut, schnell eine Lektion. Der Reihe nach zeigte er auf jede Waffe und erklärte: »Was ich mitgebracht habe, sind größtenteils Schrotflinten. Der Schnelligkeit und Einfachheit wegen habe ich auf Pumpguns und halbautomatische Waffen verzichtet. Ebenso ausgeschlossen habe ich einläufige Jagdflinten, weil man da nach jedem Schuß nachladen muß. Uns bleiben doppelläufige Büchsen und Flinten, Jagdgewehre und Scheibenbüchsen. Diese beiden großen Doppelläufer haben eine herrliche psychologische Wirkung, wenn man direkt zwischen die Augen zielt.«

Chris musterte sie. Er fühlte sich frei und verwegen, verzweifelt, ängstlich und ausgepumpt.

»Das hier ist mein Liebling, die Rossi-Bockflinte, ein Import aus Brasilien. Du kannst den ganzen Tag mehrere hundert Schuß großkalibrige Munition und grobes Schrot mit dieser Schönheit verschießen, und trotzdem bleibt die Waffe in Schuß und funktioniert zuverlässig. Den Quatsch mit Spezial-

Würgebohrungen kannst du gleich vergessen. Wir werden wahrscheinlich aus kurzer Entfernung feuern, und bei sieben Metern wird jede beliebige Streuung für unsere Zwecke ausreichen.«

Chris nickte, als würde er diese Informationen aufnehmen, statt an Matty und Nicky zu denken.

»Als Munition habe ich – an dich denkend – leichte Skeetpatronen mitgebracht. Die sind ziemlich tödlich und auf kurze Entfernung gut geeignet, einen Mann aufzuhalten. Die Gewehrläufe sind alle länger als 45 Zentimeter, das entspricht den Vorschriften der Bundesgesetze und erlaubt es uns, wie harmlose Wachtel- oder Kaninchenjäger auszusehen, falls zufällig die Bullen vorbeikommen. Soweit verstanden? Du siehst unschlüssig aus.«

»Mit mir ist alles in Ordnung.«

Rick Corman grinste. »Nein, stimmt nicht. Du hast einen Mordsschiß. Gut so. Ich auch. Dann sind wir wenigstens auf dem Posten und knallen uns nicht gegenseitig ab. Egal, laß dich jedenfalls nicht durch die technischen Details ins Schwitzen bringen. Ich wollte dich nur ein bißchen für den Notfall instruieren.« Er griff tiefer in den Kofferraum und holte eine glatte, glänzende Handfeuerwaffe hervor. »Ruger P-94. Eine der besten Neun-Millimeter-Pistolen, die es gibt. Und eines der neuesten Modelle. Die hier ist so ähnlich wie die P-89, die du zu Hause auf dem Schießstand benutzt hast, nur ohne die ergonomischen Probleme dieses Modells. Hier.« Er gab sie Chris.

Chris nahm sie und hob sie an. Sie fühlte sich gut an.

»Bitte beachte die neue und verbesserte Griffführung. Das bedeutet, daß, selbst wenn deine Hände vom Schweiß glitschig sind – und das wird passieren –, du keinerlei Probleme haben wirst, sie zu bedienen. Die Sicherung ist ebenfalls benutzerfreundlicher. Fühl mal diesen Xeroy-Griff, der wie eine Handgranate geriffelt ist. Schlanker als beim alten Modell. Fühlt sich gut an, nicht wahr?«

»Ja.«

»Das neu gestaltete Magazin enthält immer noch fünfzehn Schuß. Ungeladen wiegt sie 940 Gramm, und der Rückstoß ist so leicht, daß sogar ein Kind sie bedienen kann. Ich habe sie mit meiner SIG-Sauer P-226 zusammen abgefeuert und die Trefferquote war vergleichbar.

Da sie im Freien waren, unterdrückte Chris den Drang, mit der Pistole etwas anzuvisieren. »Munition?«

»9x19-mm-Vollmantel, 9,6-Gramm-Hohlspitze, extra für Parabellum ausgelegt. Schießt einer Stechmücke die Titten ab.«

Er griff tiefer in den Kofferraum.

»Ich werde diese süße Kleine mitschleppen. Eine Mauser-Schnellfeuerpistole, ein Sammlerstück aus der Vorkriegszeit. Man braucht längere Patronen dafür. Ich ziehe das vor. Das wär's. Packen wir's an?«

Chris steckte sich die Ruger in den Gürtel. »Bin bereit.«

Rick lächelte. Seine Augen leuchteten im Schein des Parkplatzes. »Der Tanz geht los!«

Immer mehr Schnee fiel und deckte schnell alles zu, auch die enge Bergstraße. Kein gutes Zeichen, dachte Chris.

Rick, der hinter dem Steuer saß, wandte sich ihm zuversichtlich grinsend zu, als könne er seine Gedanken lesen. »Mach dir darüber keine Sorgen. Ich habe Schneeketten im Kofferraum, falls nötig.«

Chris sah ihn an. »Du hast an alles gedacht.«

Rick grinste noch breiter. »Sogar daran, einen weißen Wagen zu mieten. Die ideale Tarnfarbe bei dem Wetter.«

»Woher wußtest du, daß es schneien würde?«

»In der Zeitung stand was von sechzigprozentiger Wahrscheinlichkeit. Ich habe gespielt. Ein bißchen Glücksspiel gehört dazu.«

Chris wußte, von welchem Spiel die Rede war. Und er wußte auch, daß Rick es offensichtlich genoß.

Rick war tatsächlich wie neugeboren. Die langweilige Arbeit im Kontrollzentrum und das Haus in der Vorstadt waren vergessen. Er war wieder in den Wäldern, wo es vor Guerillas nur so wimmelte, und sonnte sich in der Hitze des Gefechts oder vielmehr – wie die Dinge lagen – genoß die Kälte des Gefechts in den Rocky Mountains.

Auf halber Strecke den Berg hinauf – während die Scheinwerfer des Acura die Geister der Tannen vor der Kulisse bleicher, fast lunarer Hügel aufblitzen ließen – blühte plötzlich im Rückspiegel des Mietwagens ein Lichtschein auf, wie die glühenden Augen einer Bestie der Nacht.

»Ich sehe ihn«, bemerkte Rick, noch bevor Chris etwas sagen konnte. »Sieht nicht wie ein Streifenwagen aus, aber ich kenne die örtlichen Streifenwagen nicht. Besser vorsichtig sein.«

Sie hielten an. Rick stieg aus, öffnete die Motorhaube und tat so, als ob er sich an etwas zu schaffen machte. Eine Chevy-Limousine fuhr an ihnen vorbei, wobei die Beifahrerseite für einen Moment durch den Lichtschein des Acura erhellt wurde; ein blasses, pausbäckiges Gesicht unter einem mit Ködern geschmückten Schlapphut. Dann waren sie vorbei, und die Rücklichter verschwanden im dunklen Wald. Rick schlug die Motorhaube zu und glitt wieder hinein. »Angler.«

Chris sah ihn an. »Nachts? Im Schnee?«

»Erledigt.« Rick schien unbesorgt.

Er fuhr wieder auf die Bergstraße zurück. Die Reifen knirschten im höher werdenden Schnee. Ohne weiteren Zwischenfall setzten sie ihre Fahrt fort.

Obgleich es eine mondlose Nacht war, leuchtete die schneebedeckte Landschaft um sie herum. Chris war sich sicher, daß sie sogar ohne Scheinwerfer die Straße vor sich klar würden erkennen können. Andererseits waren natürlich auch sie selbst deutlich zu sehen. Langsam begann er zu begreifen: Alle seine Pläne, im Schutze der Dunkelheit den Berg hochzuschleichen, lösten sich in Nichts auf. Er bemerkte, daß Rick das Tempo beträchtlich reduzierte. Eine Vorsichtsmaßnahme auf der steilen und glatten Straße? Rick schien plötzlich besorgt zu sein.

»Noch irgendwelche Abkürzungen, bevor wir zu deinem Haus kommen?«

Chris schüttelte den Kopf. »Nicht daß ich wüßte.«

Rick nickte. »Ich auch nicht. Dann müssen wir uns selbst eine Abkürzung schaffen.« Er riß das Steuer herum und wendete den Wagen so scharf, daß Chris die Luft wegblieb.

»Verdammt, was machst du bloß?«

Der Acura schoß über den verschneiten Straßenrand hinaus und tauchte mit der Stoßstange im steilen Winkel nach unten. Der Sicherheitsgurt schnitt Chris förmlich in die Schulter. Das Fahrzeug krachte ins Unterholz, was ein scharfes metallisches Kratzen unter Chris' Füßen verursachte. »Scheiße!«

Der Wagen rumpelte weiter, bog einen Kiefernast zurück, der Schnee aufspritzen ließ, und kam abrupt zum Stillstand. Rick schaltete das Licht aus.

»Verdammte Scheiße, was ist los?«

Rick schaltete den Wagen aus, ließ das Fenster auf seiner Seite herunter und atmete die Frischluft ein.

Chris erstarrte. »Was passiert hier?«

Corman hielt seine behandschuhte Hand nach oben. »Schnauze!«

Chris saß, wie befohlen, schweigsam da und besah sich durch die pudrige Windschutzscheibe die leuchtende fremde Landschaft. Ohne den Schein der Lampen schien sie gleichsam zu phosphoreszieren. Ein Winterwunderland, dachte er gedankenverloren. Dann stellte er sich ihre schwarzen Umrisse vor dieser Kulisse vor. Ideale Zielscheiben.

Er sah wieder Rick an. »Was nun?«

Corman musterte den Wald jenseits der Motorhaube. »Irgendwas stimmt nicht.«

Was sollte *das* heißen?

Rick schaute rasch in den Rückspiegel, dann wieder nach vorn. Er zog sacht am Türgriff und stieg leise aus. »Komm her. Keine Bange!«

Rick schloß die Tür, ging zum Kofferraum, öffnete ihn, langte hinein und holte einen grauen Matchbeutel hervor, dem er etwas entnahm. Es waren Overalls mit Kapuzen, wie Chris bemerkte, als ihm einer zugeworfen wurde. »Zieh das an!«

»Gehen wir zu Fuß?«

»Ja.«

Mißtrauisch streifte Chris sich den bleichen Stoff über. »Ist das Kunstseide? Woher hast du die?«

»Armeeausstattung. Keine Fragen, bitte.«

Chris seufzte. »Ich vermute, du könntest von hier aus mein Haus finden?«

»Bei der Helligkeit? Jeder Jungpfadfinder könnte das.«

Chris nickte sich selbst zu. Ein Jungpfadfinder vielleicht, aber ich nicht. Er wäre hier draußen verloren, mit oder ohne leuchtenden Schnee. Ohne Rick wäre er verloren, ohne Ricks Stärke, sein Selbstvertrauen und seine militärische Ausbildung. Er schloß den Reißverschluß, schloß die Schnalle und steckte die Ruger in den Gürtel. Rick hatte ihm schon den Rücken zugewandt und schritt rüstig durch kälberhohe Schneeverwehungen voran. Der ewige Stoßtruppführer. Chris nahm das Gewehr und beeilte sich, nicht den Anschluß zu verlieren.

Ungefähr zehn Minuten stapften sie bergauf. Ricks Kopf, der mit einer Kapuze bedeckt war, drehte sich ständig hin und her, um den Wald auf beiden Seiten in Augenschein zu nehmen. Er blieb stehen – gefrorener Atem kam aus seinem Mund – und neigte sich Chris zu. »Sollten wir getrennt werden, versuch weiterhin, dich genau nördlich zu halten.« Mit dem Gewehr wies er die Richtung. »Sechs Meter in die andere Richtung, und du fällst den Berg runter. Gerader Fall, eine halbe Meile Luftlinie.«

»Ich werde mich bemühen, das zu behalten.«

Rick lächelte. Ging wieder voran und erstarrte plötzlich. »Was ist los?«

Corman hob den Kopf, seine erhobene Hand bedeutete ihm zu schweigen.

Chris kam nah und flüsterte: »Hörst du etwas?«

Rick hob sein Kinn »Wir sind nicht allein.«

Chris' Kopfhaut spannte sich. »Woher weißt du das?«

Rick legte den Kopf schief: »Riechst du das?«

»Was soll ich riechen?«

»Zigarettenrauch.«

Chris schnupperte, roch aber nichts.

Rick gab Chris sein Gewehr, machte sich an seinem Gürtel zu schaffen und holte etwas aus seiner linken Reißverschlußtasche.

»Was machen wir jetzt?«

Rick nahm den Gegenstand, ein Rolle aus durchsichtigem Draht – wie eine Angelleine –, und begann damit, das eine Ende um den dicken Baumstamm einer Kiefer zu wickeln. Nachdem er ihn zu seiner Befriedigung befestigt hatte, ging er mit dem Draht ungefähr sechs Meter weit über offenes Gelände und befestigte das andere Ende an einem Baum ähnlicher Größe. »Stell dich da drüben am Draht auf, in der Mitte.«

Chris tat wie ihm befohlen.

Rick kam zu ihm und betrachtete nickend den Draht, der direkt unter Chris' Adamsapfel entlanglief. Dann klopfte er ihm auf die Schulter. »Gut. Das wird genügen. Laß uns gehen. Aber leise. So leise, wie du kannst.«

Chris nahm sein Gewehr und holte seinen Freund ein.

»Wenn wir in einen Hinterhalt geraten«, flüsterte Rick, »lauf diesen Weg zurück; folge einfach unseren Spuren. Versuch dich daran zu erinnern, wo der Draht ist. Versuch, dir die Gegend mit deinem berühmten Gedächtnis einzuprägen. Versuch, hinter diesen Draht zurückzulaufen, bevor du erschossen wirst. Einen durchschnittlich großen Kerl würde es an der Kehle erwischen, einen großen Typen an der Brust. Wie auch immer, wenn es sie im Lauf erwischt, wird es sie ganz schön umhauen.« Er zwinkerte Chris zu. »Nur eine kleine Sicherheitsmaßnahme. Mach dir keine Sorgen. Wir werden schon nicht getrennt.«

Chris stapfte müde weiter und dachte: Warum hast du es dann erwähnt?

Jetzt wurde der Berg steiler. Chris' Wadenmuskulatur begann von dem strapaziösen Marschrhythmus dumpf zu schmerzen.

Langsam ging ihm die Puste aus. Ich werde nicht langsamer werden, wiederholte er sich immer wieder, ich werde Rick nicht zeigen, daß ich müde werde, wie stark die Schmerzen auch sein mögen, wie sehr dieser beschissene Schnee auch an meinen Stiefeln zerrt. Schließlich wurde das Gelände etwas flacher, die Bäume wurden seltener.

Plötzlich hielt Rick wieder an.

Chris war dankbar für diese Atempause, verzichtete jedoch heroisch darauf, sich an einem jungen Baum abzustützen. Verdammte Scheiße. Er war total außer Form, und sein Atem stand wie Nebel über seinem Kopf. »Was ist jetzt wieder los?«

Rick beachtete ihn nicht und schnupperte in der Luft. Dann lächelte er: »Nun gut ...«

Chris wartete. Er begann zu frieren und wurde ungeduldig. Mit dem Auto wären sie jetzt schon beim Haus, und er wäre an Mattys Seite. War dieses Herumgewandere in der Kälte wirklich die beste Lösung? Was nützte das alles, wenn er am Ende nicht mehr genug Kraft für eine Auseinandersetzung hatte?

Rick nickte. »Ja.«

Chris atmete ein paarmal tief durch und fühlte sich etwas besser. »Ja was?«

Rick lächelte. »Sie sind hier.«

Chris blickte sich hastig um. »Wer? Wo?«

»Überall um uns herum.«

Chris blickte argwöhnisch in die Runde und fühlte, wie seine Hand automatisch den Gewehrschaft fester hielt.

Ruhig lag der Wald unter der Schneedecke da.

Nur Schnee, Bäume, Hügel, ein schwarzer Himmel und noch mehr Schnee. Und Schweigen. Das allumfassende Schweigen der weiten Natur.

Dann sechzig Grad rechts von ihm eine Bewegung.

Chris hob das Gewehr, aber es war bereits zu spät.

»Runter damit!« befahl eine hervortretende Gestalt, die kurz zuvor noch ein Baum gewesen war. Während ihm das Herz in die Hose rutschte, konnte Chris das schwach schimmernde Gewehr des Mannes sehen.

Wieder begann sein Herz wie wild zu schlagen. Chris dachte: Ein Waldhüter. Vielleicht nur ein Waldhüter oder ein Bulle.

Vielleicht.

Aber dann konnte Chris sehen, daß der Mann, der jetzt näher kam, keine Uniform trug, sondern eine dunkelrote Plaidjacke, Jeans und Stiefel mit Profilsohlen. Das Gewehr war einläufig und sah gemein aus. »Auf den Boden«, sagte der Mann ruhig.

Chris zögerte. »Wer sind Sie?«

»Auf den Boden, Arschloch, oder ich amputiere dir die Knie!«

Chris ließ das Gewehr fallen.

Grunzend stieß der Mann das Gewehr aus dem Weg. Er trug einen dichten Bart, und sein Atem roch vage nach Steaksoße. Irgendwas an ihm ...

»Wo ist dein Freund?« Er gab Chris mit dem Gewehrlauf ein Zeichen, die Hände hoch zu nehmen.

Einen Augenblick lang verstand Chris nicht. Rick war doch gleich rechts neben ihm. Als er vorsichtig und langsam den Kopf drehte, bemerkte er, daß er nicht mehr da war. »Ich bin allein«, versuchte er.

Der Mann grunzte. »Ah ja. Und von wem stammt die andere Spur?«

Chris blickte ihn argwöhnisch an. »Ich kenne Sie.«

Der Mann lächelte boshaft. Er strahlte Selbstvertrauen aus und hielt sein Gewehr fast nachlässig in den Armen.

»Von der Anlegestelle. Sie waren einer von den Typen, die uns am Pier belästigt haben.«

Der Mann hielt Chris den Gewehrlauf direkt unters Kinn – eine Gefühl wie eisige Hitze. »Dein Kumpel, du Versager, wo ist der?« fragte der andere gebieterisch und mit weniger Geduld.

»Hier bin ich«, verkündete Corman.

Der Mann schnellte herum und feuerte in die Nacht. Ein scharfer, donnernder Krach echote in der Ferne über alabasterfarbenen Hügeln. Ricks Stimme schien von nirgendwoher gekommen zu sein. Von nirgendwo und überall.

Der Mann schwenkte das Gewehr vor sich hin und her. »Zeig dich. Jetzt.«

»Erschieß bloß keinen!«

Der Mann schwenkte das Gewehr nach rechts, sah nichts, drehte sich schnell um und schlug Chris kräftig zwischen die Schultern. Chris ging in die Knie. Noch bevor er diesen Schock verkraftet hatte, saß ihm die kalte Gewehrmündung an der Schläfe. »Komm jetzt raus, du Wichser, oder ich mache aus deinem Freund Hundefutter!«

Unter gesenkten Lidern hervor sah Chris, wie Rick mit erhobenen Händen – in der Linken hielt er immer noch das Gewehr – auf der anderen Seite der Lichtung hinter einem Baum hervortrat. Genau entgegengesetzt, wo Chris und anscheinend auch der Fremde ihn vermutet hatten.

»Runter mit der Artillerie, du Clown.«

Rick zögerte, sah kurz zu Chris hinüber, ließ das Gewehr in den Schnee fallen und hielt die Hände steif über dem Kopf.

Oh, mein Gott, dachte Chris, was habe ich getan.

»Und jetzt komm hier rüber zu deinem Freund.«

Rick kam vorsichtig auf sie zu. »Wer sind Sie?«

Der Mann zielte mit dem Gewehr auf Ricks Eingeweide. »Staatspolizist. Was treiben Sie hier eigentlich mitten in der Nacht?«

Rick kam näher; das Sternenlicht erhellte sein ausdrucksloses Gesicht. »Wir sind Jäger. Wir haben Jagdlizenzen, die nicht zwischen Tag und Nacht unterscheiden.«

»Schlaues Kerlchen. Schlauheit kann tödlich sein.«

Rick sagte: »Das gilt auch für Leute, die sich als Staatspolizisten ausgeben.«

Der Mann hob das Gewehr.

Mach das nicht, dachte Chris, spiel jetzt nicht den Klugscheißer!

Rick war jetzt noch sechs Meter entfernt. »Könnte ich mal den Ausweis sehen?«

»Leck mich, du Wichser!«

Rick war noch vier Meter entfernt. Lächelte. »Staatspolizisten feuern nicht einfach auf nicht identifizierte Ziele. Du hättest nicht so schießwütig sein sollen, Arschloch. Hast dich selbst verraten.«

Chris riß die Augen auf. *Mein Gott, Rick, was machst du bloß?*

Der Bärtige hob den Gewehrkolben über die linke Schulter, um ihn Rick voll ins Gesicht zu schmettern.

Wie in Zeitlupe beobachtete Chris, wie der Kolben kurz davor war niederzusausen, wie sich die Schultern des Mannes unter dem roten Anorak für den Stoß strafften, sah, wie Rick selbstsicher, sogar *lächelnd* dastand, ohne auch nur mit der Wimper zu zucken, als plötzlich ein Schuß über die Lichtung krachte. Ein purpurrotes Loch tauchte wundersamerweise auf der Stirn des Bärtigen auf. Gewaltsam zurückgeschleudert, flog der Mann mit gespreizten Armen durch die Luft, ebenso sein Gewehr.

Bestürzt zuckte Chris zusammen. *Wer hatte geschossen?*

Rick stand lässig da, öffnete vorne den Reißverschluß seines Overalls und ließ eine verborgene, noch rauchende Automatik zum Vorschein kommen, die in seiner ›dritten‹ Hand lag.

Er ging zu dem stummen Körper, richtete die automatische Waffe einen Moment zwischen die weit geöffneten Augen, was ihn zu befriedigen schien, und steckte die Pistole wieder in seinen Gürtel.

Chris beobachtete ihn, wie er das Oberteil des Overalls abstreifte und den stützenden Tannenzweig aus Ärmel und Handschuh entfernte und dann zu Boden warf. Dann schlüpfte er mit seinem echten Arm wieder in den Ärmel. Netter Trick. Wo hast du das bloß gelernt, dachte Chris. Bei der Armee oder aus einer dieser Macho-Zeitschriften wie *Soldier of Fortune?*

Rick beugte sich über den Körper, durchwühlte den Anorak, fand eine kleine Brieftasche und hielt sie unter das schwache Licht einer Taschenlampe. »Wir haben die Ehre«, sagte er brummend zu Chris, »mit Mr. Andrew J. Spanning, kürzlich verstorben. Mr. Spanning stammt aus Virginia. Sein Autokennzeichen ist VR 222-7694. Er benutzt American Express, wenn er nicht gerade tot ist. Mr. Spanning ist auf dem Führerscheinfoto ohne Bart.«

Er untersuchte die Brieftasche des Mannes. »Hm. Das ist interessant.« Er drehte sich um und reichte Chris die offene Brieftasche. »Der Dritte von rechts, ist das nicht unser Freund?«

Chris nahm die Brieftasche, musterte ein Polaroidfoto mit sechs grinsenden Anglern, die vor herbstlicher Kulisse eine Schnur voll mit Glasaugen und Barschen hochhielten. Der Mann in der Mitte war die Leiche zu seinen Füßen. Die Augen von Chris wanderten zu dem Dritten von rechts: Frank Springer. Etwas kräftiger und jünger, aber zweifellos Springer. »Was hat das zu bedeuten?«

Corman klopfte die Leiche ab. »In der Tat! Was wohl ...«

Chris schüttelte den Kopf. »Das ergibt doch überhaupt keinen Sinn. Der Typ kann doch gar kein Freund von Springer sein. Ich habe gesehen, wie Springer ihn neulich übel verdroschen hat.«

Rick sah ihn scharf an.

»Er und einige seiner Kumpels haben mich und Matty auf dem See belästigt. Springer kam dazu und beendete die Sache. Hat uns buchstäblich gerettet.«

Rick kniff die Augen zusammen. »Bist du dir sicher, daß es derselbe Typ ist?«

»Es ist derselbe Typ.«

Rick dachte nach. »Hm. Ich rieche was.«

»Ich rieche ein abgekartetes Spiel.«

»Was für ein abgekartetes Spiel?«

Chris blickte starr auf das Foto. »Das ist die Frage.«

Rick grunzte und griff dem Mann unter die Achselhöhlen, um ihn hochzuheben. »Kannst du mir mal helfen, Kumpel?«

Chris mußte einen Moment lang nachdenken, bevor er sich in Bewegung setzte. »Was treiben wir hier?«

»Nimm seine Beine. So. Jetzt laß uns ihn hier rüberbringen.«

Chris nahm den Rand des Abgrunds in Augenschein.

»Was *treiben* wir hier?«

Rick manövrierte sie zu der Felskante. »Ich weiß nicht, wie es mit dir steht, Alter. Aber ich versuche, es wie einen Jagdunfall aussehen zu lassen. Bei drei ...«

»Warte einen Moment.« Chris ließ die Beine los. »Wir können ihn nicht einfach die beschissene Klippe runterwerfen.«

Rick sah ihn geduldig an. »Nicht? Steht das in unserem Jagdschein?«

Chris sah unruhig auf den Körper hinunter. »Laß den Quatsch. Wir reden hier über ein menschliches Wesen. Jemand mit Familie und Freunden.«

»Ach ja. Einer seiner ›Freunde‹ ist gerade dabei, oben in diesem Haus deine Frau zu terrorisieren.«

Chris schüttelte den Kopf. Er fühlte sich desorientiert, irgendwie krank, fühlte sich gezwungen, zu bremsen, was zu schnell und außerhalb seiner Reichweite ablief. »Nein. Das muß ein Irrtum sein.«

Rick legte die Hände auf die Hüften, sein Atem gefror. »Er ist doch der Typ auf dem Foto in der Brieftasche, oder etwa nicht?«

Chris seufzte. »Ja.«

Rick grunzte. »Dann zum Teufel mit ihm.« Dann hievte er ihn mit einem neuerlichen Ächzen hoch und stieß ihn fort, bevor Chris auch nur blinzeln konnte. Der Körper flog über die verschneite Felskante – eine nickende Marionette – und stürzte nach unten.

Chris drehte sich um, um nicht zu sehen, wie die Leiche im Abgrund verschwand.

»Was glaubst du?« Rick, der in Aufräumlaune war, griff bereits nach dem Gewehr des Mannes. »Für mich sieht es so aus, als wäre er hier an der Felskante herumgewandert und gestolpert, wobei er sich selbst erschossen hat.« Er warf dem hinabtrudelnden Körper das Gewehr hinterher. »Eine 11/87 Remington. Gute Waffe.«

Er wandte sich Chris zu und schien besorgt. »Dein erster Toter?«

»Ja.«

Rick nickte. »Der erste ist immer am schlimmsten. Atme tief durch. Du wirst schon wieder.«

Aber mir geht es gar nicht so schlecht, dachte Chris. Besser, als ich gedacht hätte. Seine Beine zitterten ein wenig. Aber ich habe keine Angst. Ist das nicht seltsam, dachte er. Mir ist nur ein bißchen übel, fühle mich innerlich leer.

Er sah zu seinem geschäftigen Ex-Nachbarn hinüber. Aber nicht Rick. Rick ist geladen, in ausgezeichneter Verfassung. Er genießt das alles. Und das war kein Wunder, dachte Chris mit einem leichten Anflug von Verdruß, denn er war *gut.* Es war also nicht bloß Geschwätz gewesen all die Jahre.

Chris drehte sich wieder um und starrte auf den Rand der Klippe, wo der Körper verschwunden war; kurz zuvor noch ein lebendiger, atmender Mann. Ein Mann mit Vergangenheit, mit Gefühlen, vielleicht mit Frau und Kind, der durch diesen verschneiten Wald gegangen war. Ein Gefühl, das kosmisch und tiefgründig, zugleich aber beunruhigend prosaisch war, durchströmte ihn. Dieser Mann war da und doch nicht da. Die Kälte und der Schnee aber blieben. Und er, Chris, lebte noch, *war* noch, kämpfte sich durch das *Heute.* Bis auch er, wie das kurze Aufflackern eines Filmbildes auf der gigantischen ewigen Leinwand, gegangen sein würde, für immer verschwunden, von keinem erinnert und unbedeutend ...

»Heh!« Rick zwinkerte ihm zu. »Heh!«

Chris blinzelte und sah hinüber.

»Tief inhalieren! Ist dir übel?«

»Nein.«

»Steck dir den Kopf zwischen die Knie.«

»Alles in Ordnung.«

»Mußt du pissen?«

»Nein.«

»Das braucht dir nicht peinlich zu sein, wenn du pissen mußt.«

»Ich muß nicht pissen.«

Rick nickte befriedigt. »Nun, das bestätigt, was ich bereits wußte.« Er klopfte sich die Hände ab und langte nach seinem Gewehr.

»Wir haben es mit einem Psychopathen zu tun, vielleicht sogar einer Gruppe von Psychopathen.«

Chris spürte eine quälende Benommenheit, die wie eine unbarmherzige Stechmücke war. Er konnte dieses schwindelerregende Gefühl ebensowenig abschütteln, wie er im Schnee laufen konnte, ohne Spuren zu hinterlassen. *»Invasion of the Body Snatchers«*, murmelte er.

Rick sah ihn an. »Was?«

»Hast du den Film gesehen? Keiner konnte dem anderen trauen. Jeder war gegen jeden.«

Er fühlte, daß ihm etwas in die Hand gedrückt wurde, und sah nach unten: ein Flachmann. »Ich will nichts.«

»Trink. Nur einen Schluck.«

»Mir geht es gut.«

»Ich weiß, trink trotzdem.«

Chris nahm einen Schluck, zuckte zusammen und fühlte, wie ihn der Whiskey innerlich aufwärmte und sein Schwindelgefühl verdrängte. Rick sammelte ihre Ausrüstung ein. »Wir brechen besser wieder auf, bevor die Anglerfreunde auftauchen.« Chris sah ihn starr an und spürte eine leise Furcht.

»Du willst immer noch zu Matty?«

»Natürlich.«

»Gut. Wir müssen jetzt getrennt gehen. Bis zum Haus. Ich garantiere dir, daß die Sache haarig wird. Sie werden auch so tun, als wenn es ein Unfall wäre. Hältst du das durch?«

»Ich habe dir doch gesagt, daß mit mir alles in Ordnung ist.«

Rick lächelte. »Das hast du.« Er warf sich das Gewehr über die Schulter und zeigte auf den Wald. »Dein Haus liegt genau östlich, ungefähr zwölfhundert Meter. Du kannst es nicht verfehlen, wenn du dem Schwanz folgst.«

»Was für einem Schwanz?«

»Dem Schwanz des Skorpions.« Er blickte zum Himmel. »Es ist die Konstellation dort oben ...«

»Ich weiß, wo sie ist. Warum können wir nicht zusammenbleiben?«

»Weil es unsere Chancen, zu Matty und dem Kind zu kommen, verdoppelt. Wenn einer von uns aufgehalten wird, hat der andere immer noch eine Chance, deine Familie da rauszuholen. Irgendwelche Einwände gegen den Plan?«

Ja, viele. »Nein.« Das Gefühl der Vereinzelung blieb.

»Dann, auf geht's.«

Chris zögerte. Um Zeit zu schinden? Das fragte er sich selbst. »Du bist dir sicher, daß das Haus dort liegt?«

»Überlaß die Erkundungsmanöver mir«, erwiderte Corman mit verkniffenem Lächeln. Da war er wieder, der eifrige Krieger, der glücklich durch verminte Reisfelder streifte. Chris konnte ihm die Sache jetzt nicht ausreden, selbst wenn er es gewollt hätte. Und ein Teil von ihm wollte es tatsächlich. Er begann den Berg hinaufzusteigen und fühlte sich dabei sehr einsam.

»Halt!« Rick warf ihm etwas zu. »Für den Nahkampf.« Chris fing ein schmales, sehr schön geformtes Messer von zwanzig Zentimetern Länge auf, das in einem Lederfutteral steckte. »Nachtfalke. Steck es dir in deinen Stiefel, falls die Ruger dich im Stich läßt. Der Griff ist aus verstärktem Kunststoff, was wiederum bei verschwitzten Händen hilft. Die Klinge ist aus spezialgehärtetem Stahl, geschwärzt, um das Blitzen zu beseitigen, darüber hinaus scharf und fest wie sonstwas. Ich habe damit doppelt genähtes Rindsleder geschnitten, wie durch weiche Butter.«

»Was ist mit dir?«

»Ich habe ein gutes Cold Steel Tanto. Wir sind alte Freunde. Warte einen Moment.« Er kam zu Chris zurück und zog hinten etwas aus seinem Gürtel.

Er hielt einen dünnen Streifen grauen Metalls hoch, kaum größer als eine Nagelfeile und nicht reflektierend. »Das ist das, was wir ein Folsum Special nennen. Ein Gefängnismesser. So dünn, daß es bei längerer Benutzung bricht. Aber es kann dir den Arsch retten, wenn du in der Scheiße sitzt. Und jetzt kommt das Beste ...«

Er bückte sich, zog am Rand von Chris' linkem Stiefel und legte das Innenfutter frei. »Hier steckst du den Nachtfalken rein. An die Wade, verstanden? Wenn wir aufgehalten und durchsucht werden, wird das die erste Stelle sein, wo sie nachschauen. Dann werden sie dir das Messer abnehmen.« Dann nahm er die scharfe Spitze des kleinen Messers und schob sie langsam in das Stiefelfutter, bis nur noch die Spitze des umwickelten Griffes zu sehen war, und auch das nur, wenn man genau hinsah. »Wir stecken also dieses süße kleine Ding direkt daneben. Im Futter versteckt. Wenn sie den Nachtfalken finden, werden sie nicht nach der kleinen Klinge suchen. Sie werden es übersehen, und du hast immer noch eine Waffe. Funktioniert wie eine Zauberformel. Gut. Sind wir bereit?«

Chris schluckte unwillkürlich. »Warte eine Sekunde.«

»Fang erst gar nicht an. Wir stecken bis zum Arsch in dieser Scheiße. Jetzt gibt es kein Zurück mehr.«

Das war der Auslöser. Chris fühlte, wie die aufgestaute Wut in ihm hochstieg. »Und das findest du natürlich großartig, was?«

Rick betrachtete ihn kühl. »Es war notwendig, Chris.«

»Das weißt du doch gar nicht! Er wollte dich schlagen, nicht erschießen.«

»Mich erst schlagen und dann erschießen. Uns beide. Glaub mir.«

»Ja, ja. Ich glaube dir ja. Diese Sache ist irrsinnig gefährlich und eine Nummer zu groß für uns. Jedenfalls für mich. Wir haben einen Mann umgebracht. Wir stehen außerhalb des Gesetzes, falls es dir noch nicht aufgefallen ist. Hör jetzt mal für einen Moment auf, den Marineinfanteristen zu spielen, und hör zu. Springer, dieser Wichser, ist vielleicht verrückt, aber in den Augen dieser schwachsinnigen Kleinstädter tut er nichts Ungesetzliches. Du mußt begreifen, daß die nur darauf warten, daß wir – vielmehr ich – etwas Dummes und Leichtsinniges tun, damit sie mich ganz legal einbuchten können. Ich habe mich bislang total zusammengenommen, die Zähne zusammengebissen und abgewartet, um nur ja nichts Unvernünftiges zu tun.«

»Wir tun nichts Unvernünftiges, Chris«, versicherte ihm Rick geduldig. »Wir tun das Notwendige. Und wir werden das weiterhin tun, wenn du mir die Führung überläßt. Und sprich bitte leiser.«

»Ich ... es geht alles zu schnell. Ich muß *nachdenken!*«

»Tu das. Denk an Matty.«

»Ich denke *nur* an sie. Denk du an Sharon, verdammt noch mal!«

»Das habe ich. In der Nacht, bevor ich wegfuhr, habe ich ihr gesagt, daß ich sie liebe, habe sie auf die Stirn geküßt und sie gevögelt, bis wir beide wund waren. Und jetzt bin ich hier mit dir und bereit, die Sache durchzuziehen. Es hat schon begonnen, Chris.«

Du hast es begonnen, dachte Chris, aber er sagte nichts.

Corman sah ihn einen Augenblick lang an. »Chris, willst du, daß ich die Angelegenheit allein erledige? Ich werde es tun. Du brauchst dich nicht zu schämen.«

»Mach dich nicht lächerlich.«

»Ich komme gut allein zurecht. Du kannst in der Stadt abwarten, bis alles vorbei ist.«

»Mensch, da oben sind meine Frau und mein Kind!« Dann zaudernd: »Nur ...«

Rick sah ihn ruhig an. »Nur was?«

Chris betrachtete das bösartige Gewirr des Waldes.

»Ich fände es einfach besser, wenn wir zusammenblieben.«

»Nein. Das ist der richtige Weg. Ich übernehme die Rückseite des Hauses, du die Vorderseite.«

»Was? Einfach den Berg hochgehen und an der Haustür klingeln?«

Das reflektierende Licht ließ Ricks unbewegliches Gesicht blaß erscheinen. »Das ist genau das, was ich von dir erwarte. Vielleicht wird Matty sogar reagieren. Aber wenn Springer antwortet, bleib cool. Sag ihm in aller Ruhe, du möchtest deine Frau sehen, möchtest nur mit ihr sprechen, keinen Krach machen. Gib dich locker und frostig. Halt ihn vor allem auf, verwickel ihn in ein Gespräch, so daß ich hinten reinkommen kann. Wenn Matty und Nicky da sind, werde ich sie finden. Ich kenne das Haus doch wie meine Westentasche, falls du dich erinnerst. Wenn Springer dich nicht reinläßt, fang keinen Streit mit ihm an. Halt ihn am Reden, aber sieh zu, daß es nicht zu Handgreiflichkeiten kommt, so sehr du diesen Wichser auch haßt. Sag ihm, daß sich deine Rechtsanwälte mit ihm in Verbindung setzen werden, und geh friedlich weg.«

»Das habe ich doch schon mal getan.«

»Siehst du? Du fängst an zu begreifen.«

Trotzdem hatte er ein mulmiges Gefühl. »Wir brauchen ein Signal für den Notfall«, schlug Chris ohne viel Begeisterung vor.

»Gut. Wenn du dich verirrst, feuer einen Schuß ab. Warte fünf Sekunden, so daß ich dich orten kann. Dann schieß noch einmal. Aber nicht öfter. Auf keinen Fall. Wenn du Ärger bekommst, schieß zweimal kurz hintereinander. Kapiert?«

»Jawohl, Herr Feldwebel.«

Rick lächelte und schlug ihm kräftig auf die Schulter. »Noch bevor die Nacht vorüber ist, wirst du Matty in deinen Armen halten. Laß uns aufbrechen, bevor wir die Sache totreden.«

Chris schulterte das Gewehr, drehte sich resigniert um und schritt in den schattigen, feindlichen Wald hinein.

15

Abgeschnitten, weithin sichtbar und allein stapfte Chris zehn Minuten später durch den immer höher werdenden Schnee. Der heimtückische Berg wurde immer steiler, das Gewehr grub sich in seine Schulter, und sein Mut begann zu sinken.

Die Puste ging ihm aus, und die Erschöpfung zehrte an ihm. Gleichzeitig unterdrückte er die beharrliche Überzeugung, daß dies alles ein immenser Fehler war, daß man mit mehr Zeit und Geduld einen schnelleren, saubereren und weniger riskanten Weg zur Rettung seiner Familie hätte finden können.

Aber jetzt hast du keine Zeit mehr, und du hast ohnehin schon einmal alles durchdacht.

Er hatte alles durchdacht. Oder etwa nicht? Ein nächtlicher Überfall war die einzige Möglichkeit. Richtig? Er wiederholte es immer wieder wie ein Mantra, während ihm gleichzeitig bei jedem Schritt im schweren Schnee die Muskeln weh taten und sein Hals vom Einatmen der kalten Nachtluft rauh geworden war.

Trotzdem hatte er seine Zweifel. Ein widerliches Gefühl breitete sich in seinen Eingeweiden aus. Ein Groll gegen sich selbst und dagegen, daß er die Anzeichen nicht früher bemerkt hatte. Sogar ein kleiner Groll gegen Corman, ihren einzig möglichen Retter: Rick und seine impulsive, arrogante Mißachtung von Gefahr und Gesetz; seine Knabennaivität, der er hier in der Wildnis freien Lauf ließ.

Aber das hier war keine echte Wildnis. Die Gesetze der Menschen verloren nicht automatisch ihre Gültigkeit, weil sie hier vom Gesetz der Natur umgeben waren. Rick wollte das nur so, tat so, ›als ob‹.

Er stapfte durch hohe Schneeverwehungen. Die Schneeoberfläche war bereits gefroren, so daß seine Stiefel ein dumpfes Knirschen hervorriefen. Gelegentlich stolperte er, fing den Sturz mit ausgestreckten Händen auf, das Gesicht für Momente im Schnee begraben, fluchte, verlor auch manchmal sein Gewehr.

Dann mußte er sich die Mühe machen, wieder anzuhalten, die Handschuhe auszuziehen, den Schnee abzuklopfen und sie wieder über die taub werdenden Finger zu ziehen. Und dann schleppte er sich weiter in jene Richtung, von der er hoffte, es sei die richtige.

Es hatte begonnen, stärker zu schneien. Wenn das so blieb, würde er auf verborgene Schneeverwehungen achten müssen.

Trügerisch, wie sie waren, konnten sie einen ganzen Mann verschlucken, ihn lebendig begraben; so hatte er es jedenfalls mal irgendwo gelesen.

Noch etwas, was seinen ohnehin überstrapazierten Verstand quälte.

Hinter sich hörte er Lärm und drehte sich schnell um.

Nichts.

Ein Eichhörnchen oder ein Hase.

Er stand in der zunehmenden Kälte mit feuchten Flocken an den Wimpern und blinzelte sie weg. Er suchte die Landschaft nach weiteren Bäumen ab, die nur wie Bäume aussahen. Er dachte an heiße Suppe, sein warmes Bett im Haus oben und an Matty, die zusammengerollt neben ihm lag; dachte an ihren schlanken Leib, ihren nach Schlaf riechenden Wohlgeruch.

Er dachte an Springer, der neben ihr lag.

Er riß sich von diesen Gedanken los.

Aber nicht völlig. Niemals völlig. Behalt sie am Rande deines Bewußtseins. Sie sorgen dafür, daß du wütend und entschlossen bleibst. Dann wirst du auch tapfer bleiben.

Er zuckte zusammen.

In der klaren, dünnen Bergluft lag plötzlich ein neuer Geruch, der über die vereisten Gipfel herüberwehte. Der süßlich stechende Geruch von Motorenöl.

Ein Wagen, der irgendwo auf einer Straße vorbeifuhr? Aber den hätte er doch hören müssen.

Er hielt an, zwang sich, ruhiger zu atmen, und lauschte.

Kein Laut. Man hätte eine Stecknadel fallen hören können, wenn das im tiefer werdenden Schnee überhaupt möglich war.

Unwillkürlich zitterte er. Tief drinnen empfand er plötzlich ein Gefühl unerklärlicher Nacktheit, als läge er völlig ungeschützt auf dem Präsentierteller. Etwas sagte ihm, daß es keineswegs ein Eichhörnchen gewesen war, was er da gehört hatte.

Gleich vor ihm zu seiner Linken – vielleicht knappe dreißig Meter – zeichneten sich zwischen den Silhouetten hochaufragender Tannen die Umrisse eines massiven Findlings ab. Etwas an seiner massigen Gestalt war spitz und irgendwie unnatürlich.

Chris blinzelte.

Plötzlich war ein kehliges Dröhnen zu hören. Wahrscheinlich ein Grizzly. Doch dann – zu schnell, als daß er noch hätte reagieren können – folgten das schmerzhafte gleißende Licht von Scheinwerfern sowie das Knirschen und Krachen von Schritten im Schnee. Geblendet, wich er zurück und hielt die Arme vor seine zusammengekniffenen Augen. Er dachte: Ein Auto? Hier inmitten der Bäume?

Ein wimmerndes Motorengeräusch machte ihm Beine. Etwas raste auf ihn zu. Die Lichter wurden heller, verdunkelten die nächtliche Erscheinung, ja die ganze Welt. Ein Motorschlitten.

Sie werden versuchen, es wie einen Unfall aussehen zu lassen.

Er richtete das Gewehr auf den alles andere absorbierenden grellen Schein, schielte mit wäßrigen Pupillen in die gleißende Helligkeit, konnte sich aber anscheinend nicht dazu durchringen zu schießen; er war einfach nicht gewillt, so schnell und mühelos zu töten, wie Rick es getan hatte. Vielleicht war es ein Waldhüter. Diesmal ein echter.

Aber das Fahrzeug wurde nicht langsamer. Er konnte fühlen, wie der Schnee unter seinen Stiefeln zu vibrieren begann.

Erschieß sie!

Er hatte die Sicherung vergessen. Er mußte das Gewehr herunternehmen, um sie zu finden, aber da war das Fahrzeug schon über ihm. Die Welt ertrank in einem weißen Dröhnen. Chris sprang zur Seite, fühlte wie glattes Metall gegen seinen linken Stiefel krachte, ihn fast sachte hochhob und einen eleganten Überschlag machen ließ. Ihm blieb sogar noch Zeit – mitten in der Luft – darüber nachzudenken, ob er das Gewehr festhalten oder riskieren sollte, draufzufallen und eine Ladung in die Eingeweide verpaßt zu bekommen. Er entschied sich fürs Loslassen.

Er landete im weichen Schnee und suchte nach der Waffe, als das Fahrzeug und sein im Schatten befindlicher Fahrer erwartungsgemäß eine Wende um hundertachtzig Grad beschrieben. In der Dunkelheit, die dem grellen Licht gefolgt war, lag alles – das Gewehr, der Wald ringsum – in ein undurchsichtiges Ocker gehüllt da. Seine Pupillen schrumpften auf Stecknadelkopfgröße. Dann kamen die gleißenden Scheinwerfer zurück und warfen überlange surreale Schatten. Er machte die Waffe inmitten von Geröll und Unterholz aus und tauchte nach dem Gewehrschaft.

Er bekam das Gewehr zu fassen, setzte es an die Schulter, kniete sich hin, als ihn das Scheinwerferlicht wieder erfaßte und der Motor ihm den Tod in die Ohren brüllte. Trotzdem zielte er sorgfältig und gab dann einen Schuß ab, der wimmernd von der verchromten Motorhaube abprallte. Wieder versuchte er zur Seite zu springen, rutschte im nassen Schnee aus und schrie auf, als ihm eine schwere Kufe über das rechte Bein fuhr. Unter heftigen Schmerzen erwartete er, daß nun das zermalmende Trittbrett folgen würde.

Es kam nicht. Anscheinend hatte er sich weit genug vom vorbeirasenden Fahrgestell weggerollt.

Diesmal ließ er das Gewehr nicht los, kam – trotz der brennenden Schmerzen im rechten Bein – auf einem Knie auf und richtete den Gewehrlauf auf das sich entfernende Fahrzeug, als plötzlich andere Scheinwerfer von Süden her über ihn hinwegglitten.

Zwei von der Sorte.

Während er noch hörte, wie das erste Fahrzeug zum zweiten Mal dröhnend kehrtmachte, riß Chris das Gewehr herum, visierte mit zitternden Armen das zweite an und schielte in das herankommende Scheinwerferlicht. Als die durchdringenden Lichter die Nacht auslöschten, hatte er plötzlich eine Idee.

Er zögerte in scheinbarer Verwirrung und bemühte sich, benommen zu erscheinen. Dann, im letzten Moment, täuschte er nach links an, drehte sich wie ein Basketballspieler um die eigene Achse und sprang nach rechts. Als das Fahrzeug vorbeiraste, zielte er halbblind auf den Führerstand und drückte ab. Ein kurzer Stoß gegen die Schulter, ein bleiches Gesicht, das durch das Mündungsfeuer noch bleicher erschien, plötzlich eine Art roter Sprühregen, und schon waren die Lichter vorüber und alles wieder in Dunkelheit getaucht.

Dann ein heftiges metallisches *Krachen.*

Chris sprang vorwärts, bemerkte, daß der Motorschlitten mit einer großen Espe zusammengestoßen und dort festgeklemmt war, während der Motor immer noch lief und schmierige Schwaden absonderte. Ein dunkler Torso hing schräg über den Lenkhebeln. Er ließ das Gewehr fallen, stellte sich mit gespreizten Beinen hinten aufs Fahrzeug und zog an den Schultern des beinahe kopflosen Körpers, wobei seine Handschuhe in warmes Rot tauchten.

Chris zog kräftig, verfluchte den Rauch, zog und zerrte mit schmerzenden Rückenmuskeln, bis er den Körper freibekam. Er hievte ihn über die Motorhaube und ließ ihn wie einen Sack Zement in den Schnee fallen. Ich mache das alles, ich renne und töte. Und ich mache das alles gar nicht mal so schlecht. Rick wäre stolz auf mich.

Er schwang sich auf den Sitz, als das erste Fahrzeug auf ihn zukam, zog heftig an den Lenkhebeln, drehte heftig am Gasgriff, fühlte, wie das Gefährt ruckelte und widerspenstig wimmerte, schließlich aber in einer Fontäne von Splittern vom Baum freikam. Es roch nach zermalmter Baumrinde. Die Maschine rumpelte über Felsen und Wurzeln, glitt dann aber mühelos über den herrlich glatten Schnee.

Da es unsinnig war, eine noch hellere Zielscheibe abzugeben, machte Chris die Lampen aus, ließ den schwarzen Gummigriff auf Vollgas. Er versuchte, sich zu erinnern: an den Pfad bergauf, die Felsen, an denen sie vorbeigekommen waren, die vertrauten Klippen und Bäume. Besonders an zwei Bäume. Wenn er sich bückte, und das Fernlicht seiner Verfolger ihnen den Plan nicht verriete, würde der Draht über die Haube des Motorschlittens hinweg den Fahrer mitten ins Gesicht treffen. Theoretisch jedenfalls. Wenn er den Draht wiederfand.

Ein Insekt summte an seinem Ohr vorbei. Er wußte nicht

sofort, was das war. Dann fiel der Groschen. Sie schossen auf ihn. Das Wimmern seines Motors hatte das Krachen des Schusses übertönt.

Ihn überkam ein merkwürdiges Gefühl der Erleichterung, das beinahe seine Furcht bezwang. Sie schossen auf ihn, weil sie es sich nicht länger leisten konnten, zu versuchen, das Ganze als Unfall auszugeben. Das hieß, daß man auch sie zur Verzweiflung bringen konnte; vielleicht waren sie genauso verzweifelt wie er selbst. Das aber bedeutete, daß man sie besiegen konnte.

Der nächste Schuß schrammte jaulend über die Motorhaube. Der darauffolgende riß ihm die Windschutzscheibe weg und ließ einen Schwall zersplitterter Plexiglasteile zurück. Wieder ergriff ihn Furcht. Er fuhr Slalom und hinterließ Serpentinen, denen die Kugeln folgen sollten.

Es schien zu klappen, denn das bösartige Insektensummen verstummte. Gleichzeitig lief er aber Gefahr, von seiner Bahn abzukommen.

Aber vielleicht war das schon geschehen.

Nichts kam ihm mehr bekannt vor. Sogar im hellen Sternenlicht konnte er seine und Ricks Spuren nicht ohne die Scheinwerfer erkennen. Zu seinem Bedauern mußte er sie wieder anschalten.

Vor ihm war nichts als blasses, wogendes Alabasterweiß. Der unermüdliche Schnee hatte ihre Spuren bedeckt.

Er war vom Weg abgekommen, vielleicht sogar sehr weit abgekommen. Vielleicht hatte er die Bäume mit dem gespannten Draht bereits passiert.

Vorne rechts spritzte stumm eine Schneefontäne auf: wieder eine Kugel.

Als wäre er betrunken, begann Chris jetzt im Zickzack zu fahren. Natürlich war das der helle Wahnsinn, bergab und bei diesem Tempo. Aber hatte er eine andere Wahl? Er mußte ihre Spuren und den Draht wiederfinden.

Plötzlich tauchte aus dem Nichts ein schwarzer keilförmiger Baumstumpf auf.

Als er ihn schließlich sah, schnappte Chris nach Luft, riß abrupt das Steuer herum, drückte sich mit seinem ganzen Gewicht gegen die Lenkhebel. Einen Augenblick lang glaubte er, er habe es geschafft. Aber seine linke Kufe streifte eine schwarze, vorspringende Wurzel; zwar nur knapp, aber das genügte. Das Fahrzeug heulte protestierend auf und zitterte wie im Fieber. Der Stoß verursachte ihm heftige Schmerzen im Nacken, denen eine beängstigende Taubheit folgte. Die Maschine neigte sich nach links, Chris versuchte auszugleichen, aber die Steuergabel war plötzlich schwergängig, und die Kufe war beschädigt, wie ihm die Vibrationen an Gesäß und Fersen verrieten. Wie schwer, wußte er nicht. Aber ohne vernünftige Lenkung – besonders bei dieser Geschwindigkeit – war ein Unfall praktisch vorprogrammiert. Er mußte das Tempo drosseln, aber gerade das konnte er nicht.

Er erinnerte sich an die Ruger hinten am Rücken, dachte daran, sie aus seinem Gürtel zu praktizieren, war aber zu schlau, um die wild vibrierenden Lenkhebel loszulassen. Die schwarzen Griffe fühlten sich jetzt wie Fremdkörper in seinen Händen an, wie lebende Wesen, die danach strebten, sich loszureißen. Jeden Moment konnte ihm die Maschine außer Kontrolle geraten und ihn kopfüber gegen einen Felsen oder eine unverrückbare Espe schleudern.

Wieder das Insektensummen, dann noch mal. Das Fahrzeug schlingerte und geriet außer Kontrolle. Sie hatten auf die andere Kufe geschossen. Diese Schweine wußten, was sie taten.

Mit zusammengebissenen Zähnen und verkrampften Schultern fuhr Chris weiter. Er hatte die Kontrolle verloren, kam ins Trudeln, wobei ihn eine unüberwindliche Kraft gegen das Armaturenbrett preßte. Er glitt seitwärts den immer steiler werdenden Abhang hinab, wobei er sich drehte, einen trägen, furchterregenden Bogen beschrieb, bis er fast rückwärts fuhr.

Als er kurz davor war, sich zu überschlagen, griff wunderbarerweise die rechte Kufe wieder. Er stabilisierte das Fahrzeug, obwohl er noch immer mit mehr als achtzig Stundenkilometern fast senkrecht hinabstürzte, aber die Maschine reagierte wieder, wenngleich widerwillig, auf seine Kommandos. Chris sah sich selbst als Teenager, wie er sich auf den vereisten Straßen von Long Island mit seinem ersten Motorrad – einer alten Indian – abkämpfte. *Immer gegensteuern!*

Er gewann die Kontrolle über das Fahrzeug zurück, verlor aber an Geschwindigkeit. Die Scheinwerfer des anderen Fahrzeugs überfluteten sein Armaturenbrett. Er war eine ideale Zielscheibe. Der nächste Schuß würde ihm sicherlich von hinten die Schädeldecke zertrümmern. Gleich mußte es soweit sein.

Als nichts passierte, blickte er sich rasch um und sah, warum. Der andere Motorschlitten war direkt hinter ihm, hatte gegenüber seinem beschädigten Fahrzeug rasch aufgeholt. Immer noch hatten sie die Chance, es wie einen Unfall aussehen zu lassen.

Er mußte etwas tun, und zwar schnell.

Zu seiner Rechten gähnte die verhängnisvolle Schlucht. Er konnte versuchen, direkt am Rand der Klippe entlangzufahren. Bei einem solchen Schwenk, der ihn dem Abgrund gefährlich nah brachte, konnte er hoffen, daß sie scharf seitlich abbiegen und abstürzen würden.

Aber sie waren vermutlich Experten in Sachen Motorschlitten, und seine Lenkung war nun einmal beschädigt.

Links von ihm rasten Bäume und Felsformationen vorbei, gelegentlich eine tödliche Schneeverwehung. Aber er konnte sie dort nicht hineinlocken, ohne selbst dabei draufzugehen.

Direkt vor ihm, dreißig Grad nach links, erstreckte sich sechs Meter über dem Boden ein Felsvorsprung, dazwischen lag ein dichtes Unterholz aus Douglastannen.

Vielleicht würde er es überleben, wenn er über den Vorsprung hinwegfuhr. Wahrscheinlich würde niemand das wagen, wenn er es nicht unbedingt mußte. Sie würden sehen, was er vorhatte, und vermutlich versuchen, den Vorsprung zu umfahren, aber die Tannen würden sie daran hindern. Vielleicht könnte er ihnen dann in den Wald entkommen. Vielleicht.

Chris zögerte, dann steuerte er abrupt nach links.

Für eine sanfte Landung würde er so viel Geschwindigkeit brauchen wie nur möglich; wie ein Skispringer auf der Schanze: Je größer die Höhe, desto weiter würde er fliegen, und um so sanfter war die Landung.

Theoretisch jedenfalls.

Er beschleunigte.

Er war noch knapp zwanzig Meter von dem Vorsprung entfernt, als die nächste Kugel wenige Zentimeter an seiner Schulter vorbeisauste und das Armaturenbrett traf. Sie hatten es auf ihn abgesehen, wollten ihm aber nicht folgen und den selbstmörderischen Sprung wagen.

Chris duckte sich, packte die Lenkhebel und steuerte auf die Mitte der Felsplatte zu.

Die kleineren und größeren Steine, die unter dem Schnee verborgen lagen, erschütterten sein Fahrzeug. Ein größerer unsichtbarer Felsbrocken würde ihn jetzt auseinanderreißen. Er war noch neun Meter von der Felskante entfernt. Noch sechs ...

Wieder spritzte eine Schneefontäne auf; gleich neben dem Vorderteil seines Gefährts. Er drehte sich blitzschnell um, sah wie das andere Fahrzeug immer näher kam und keineswegs, wie erhofft, abbremste.

Scheiße!

Er wandte sich wieder nach vorn, sah, wie der Felsrand auf ihn zukam, der beklemmende Sprung ins Unbekannte. Nein, dachte er, das kann ich nicht tun, das ist mein Tod. Beinahe hätte er noch in der letzten Sekunde abgedreht, aber dann sagte er sich: »Scheiß drauf«, preßte die Kiefer zusammen und raste über den Rand hinaus.

Es folgte eine vibrationslose, geradezu erhabene Schwerelosigkeit. Er schwebte. Die einzigen Geräusche waren das überraschte Wimmern des Motors und der Wind, der ihm in den Ohren pfiff. Er war ein Falke, ein Adler, diese wunderbare Kreatur mit ihren breiten Schwingen, die Springer am ersten Tag geschossen hatte.

Chris schloß die Augen und wartete.

Er fühlte sich unsanft gegen das harte Armaturenbrett geschleudert – sein Rückgrat wurde schmerzhaft zusammengestaucht –, als das Fahrzeug in dem mißtönenden Endzustand eines Autowracks wieder Bodenkontakt bekam.

Chris öffnete die Augen. Er fuhr immer noch.

Eine Schrecksekunde lang dachte er, die beschädigte linke Kufe würde von der schrecklichen Erschütterung abgerissen werden, aber sie hielt, und der ächzende und zitternde Motorschlitten war immer noch in einem Stück. Eine zweite Erschütterung hinter ihm machte ihm klar, daß nicht er allein den Sprung absolviert hatte.

Soviel zu seiner Ablenkungstaktik. Er hatte sein Gefährt noch mehr belastet und sich beinahe das Rückgrat gebrochen. Und wofür? Er mußte jetzt geschickt manövrieren und mit der Ruger das Feuer erwidern. Das war der einzige Ausweg.

Irgend etwas an der Landschaft, auf die er zuraste, kam ihm bekannt vor. Das Unterholz mit verkrüppelten Kiefern im Norden und der schneebedeckte felsige Weg, der es flankierte.

Dort. Gleich links. Die beiden Tannen von Rick und der dünne Metalldraht, der straff und unsichtbar dazwischen gespannt war.

Chris drehte nach links ab, hörte das alarmierende Schleifen des Fahrgestells und fühlte einen schleppenden Widerstand. Langsam, aber sicher lenkte er das rasende Fahrzeug auf sein Ziel zu. Als er das Vorderteil endlich soweit hatte, daß es in gerader Linie genau auf die Mitte zwischen beiden Bäumen zeigte, hielt er fest.

Da erwischte ihn ohne Vorwarnung etwas von hinten und schleuderte ihn abermals gegen das Armaturenbrett. Aus seinen Nasenlöchern spritzte Blut. Für einen Moment wurde alles um ihn herum schwarz: tiefes Purpur. Magentarot.

Sie hatten ihn von hinten gerammt, versuchten, ihn gegen einen Baum oder Felsbrocken prallen zu lassen.

Benommen blickte er auf, sah, daß er wieder vom Kurs abgekommen war und von der Mitte des Drahtes wegsteuerte.

Wenn er so weiterfuhr, würde er den linken Baum auf der anderen Seite passieren. Konnte es sein, daß diese Hundesöhne den Draht entdeckt hatten?

Wieder versuchte er, das Fahrzeug herumzureißen, aber es reagierte nicht, die Steuerung versagte. Oh, nein. *Oh, nein, nicht jetzt, so nah vorm Ziel!*

Er packte den rechten Lenkhebel mit beiden Händen und zog heftig daran. Keine Reaktion. Er war nur noch wenige Meter von dem Baum entfernt. In wenigen Augenblicken würden seine Scheinwerfer den dünnen Draht sichtbar werden lassen. Dann wäre alles aus.

Er riß sich die Handschuhe herunter, um besser zupacken zu können, griff wieder nach dem Lenkhebel, biß die Zähne zusammen und lehnte sich mit letzter Kraft nach rechts. Das Fahrzeug glitt vielleicht sechzig Zentimeter nach rechts. Nicht viel, aber genug. Der linke Baum kam schnell auf der Fahrerseite heran. Er würde ihn knapp verfehlen, ihn vielleicht sogar streifen. Aber er glaubte, er könne daran vorbeikommen und unter dem Draht hindurchfahren. Die Frage war bloß, ob die kaputte Windschutzscheibe darunter hindurchkommen würde, auch wenn er sich duckte. Würden seine Verfolger es kapieren und im letzten Moment ausweichen?

Für Spekulationen war jetzt nicht die Zeit. Jetzt kam der Baum, die Scheinwerfer beleuchteten die Details der Baumrinde, doch noch war der Draht unsichtbar. Mein Gott, dies *waren* doch die richtigen Bäume, oder?

Wieder fühlte Chris einen Stoß, als sein Verfolger mit der Motorhaube das hintere Ende seines Fahrzeugs rammte. Sein Fahrzeug kam kurz ins Schleudern, fing sich wieder. Der Baum kam bedrohlich näher. In dem Augenblick, bevor er sich duckte, sah Chris den Draht im Licht seiner Scheinwerfer.

Dann war er vorbei und drunter durch.

Er sah über die Schulter nach hinten.

Eine dunkle Gestalt im Cockpit des Verfolgerfahrzeugs zielte mit einer Pistole auf seinen Kopf. Chris bildete sich ein, er könne sehen, wie die heransausende Kugel seine Stirn durchbohrte und ihm die hintere Hirnschale wegblies.

Irgend etwas surrte an seinem linken Ohr vorbei. Im selben Moment verschwand plötzlich die Gestalt hinter ihm – ausgeknipst wie ein Fernsehbild –, während der verfolgende Motorschlitten, nun führerlos geworden, schnell langsamer wurde.

Chris drückte die Bremse, hielt an, sprang schnell heraus und griff hinten nach seiner Ruger.

Er fand einen Mann in einem Parka hinter dem Draht, der mit verdrehtem Bein auf dem Rücken lag. Die Vorderseite des Parkas war dort, wo er von dem Draht getroffen worden war, wie mit einem Skalpell sauber aufgetrennt. Der Mann rappelte sich auf und versuchte, nach einer silbernen Automatik zu langen, die knapp außerhalb seiner Reichweite lag.

Chris nahm die Ruger und schoß ihm zweimal in die Brust.

Dann wartete er einen Moment, um sicherzugehen, daß der Mann sich nicht noch einmal bewegte.

Er drehte sich um – gefrorener Atem hüllte ihn ein –, ging zu dem Fahrzeug des Mannes, das umgestürzt in einer Schneeverwehung lag und immer noch lief.

Chris stieg auf, drehte die Maschine herum und fuhr wieder den Berg hinauf zu seinem Haus. Plötzlich war alles einfacher, und zum ersten Mal begann er an die Möglichkeit eines Erfolgs zu glauben.

Er parkte in sicherer Entfernung von der Vorderfront des Hauses.

Er stellte den Motor ab und stieg mit der Ruger aus. Er wußte nicht, ob Rick schon angekommen war oder nicht. Er vermutete aber, daß er mit Hilfe des Motorschlittens Rick zuvorgekommen war; besonders, wenn Rick auch Ärger bekommen hatte, wie er selbst. Einen Augenblick lang stand Chris im fallenden Schnee und betrachtete sein Haus.

Das Obergeschoß war dunkel, die Wohnzimmer- und Küchenfenster hell erleuchtet. Dahinter waren Bewegungen zu erkennen, doch bei dieser Entfernung und angesichts der zugezogenen Vorhänge ließ sich nichts Genaues ausmachen.

Er ging durch den Schnee zu seiner Kiesauffahrt, kam an Springers halb eingeschneitem Lamborghini vorbei und ging ruhig zu der überdachten Veranda.

Auf der Freitreppe, unter der abgeschalteten Außenbeleuchtung, steckte er wieder die Pistole nach hinten und läutete.

Springer öffnete die Tür, als erwarte er Besucher. Er trug Chris' Bademantel und seinen Pyjama.

»Hallo! Was für eine unerwartete Überraschung!« Er sah aber überhaupt nicht überrascht aus. »Gerade haben wir über Sie gesprochen. Ich habe gar nicht Ihren Wagen gehört.« Er reckte sich über Chris' Schulter und blickte auf die leere Auffahrt.

»Sparen Sie sich den Mist, Frank. Wo ist meine Frau?«

Springer drehte sich um. »Kätzchen, schau mal, wer zu Besuch gekommen ist!« Und wieder zu Chris: »Kommen Sie doch herein. Wir haben gerade das Kind zu Bett gebracht und waren im Begriff, noch einen Schlummertrunk zu uns zu nehmen. Was möchten Sie trinken?«

Chris schritt vorsichtig über die Schwelle und fühlte, wie die Ruger gegen sein Kreuz drückte.

Das hatte er nicht erwartet.

Das Äußerste, was er erhofft hatte, war eine Hinhaltetaktik an der Eingangstür; wenn überhaupt. Jetzt war er im Haus.

Der Klang der hinter ihm ins Schloß fallenden Tür gefiel ihm nicht. Etwas störte ihn, trotz der Wärme des vertrauten Hauses und des gemütlichen Kaminfeuers.

Mattys schlanke Gestalt lag zusammengerollt auf dem Sofa davor.

»Matty leidet ein bißchen unter der Witterung«, sagte Springer, »und Nicky hatte die Grippe.«

Chris spürte eine innere Aufwallung und unterdrückte seinen Wunsch, Springer mit der Ruger den Rücken zu zerfetzen.

»Scotch mit Soda?«

Chris ignorierte ihn, ging bis ans Ende des Wohnzimmers, sah auf Mattys lange Beine, die sich auf der Couch streckten, sah das hauchdünne Nachthemdchen, das er ihr damals im Scherz gekauft hatte, und fühlte, wie sich seine Eingeweide zusammenzogen.

Ruhig bleiben, laß ihn reden. Rick war wahrscheinlich schon an der Hintertür. »Matty?«

Sie wandte sich ihm mit schweren Augenlidern und unstetem Blick zu, während ihr kurvenreicher Körper vom flackernden Kaminfeuer erhellt wurde. »Chris ...«

Er kam schnell zu ihr und kniete sich neben die Couch. Er war im Begriff, sie zu umarmen, als er das Blut sah.

»Sie haben ja keine Vorstellung, wie schwer es ist, eine neue Wohnung herzurichten«, sagte Springer aus der Küche. »Wir haben ausgepackt, Möbel gerückt und Nickys Impfungen erledigt. Diese Kinder. Und dann kriegt er trotzdem noch eine Grippe. Was will man dagegen machen?«

Es war nicht viel Blut, aber es bedeckte Mattys Nachthemd über ihrer linken Brust. »Mein Gott«, flüsterte Chris, der wieder an sich halten mußte, nicht die Pistole zu ziehen, »er hat dich verletzt!«

Er sah seiner Frau in die Augen.

Verdammt, er hatte sie unter Drogen gesetzt.

»Trotzdem finde ich, das Haus macht sich, finden Sie nicht auch, Chris? Hier ist Ihr Drink ...«

Haßerfüllt musterte Chris den größeren Mann. Er hoffte, daß man sein Zittern nicht sah, aber er vermutete das Gegenteil. »Was haben Sie mit ihr gemacht?«

Wieder setzte Springer einen seiner routinierten Blicke überraschter Unschuld auf. »Gemacht? Nun, ich habe mich bemüht, mich gut um sie zu kümmern. Um sie und den Jungen. Immerhin sind sie meine Frau und mein Kind.«

»Dafür wirst du krepieren, du elender Scheißkerl.« *Komm endlich,* Rick! Was, zum Teufel, treibst du? Sonst mache ich den Kerl alleine fertig.

Springer kam um die Couch herum, stellte Chris' Drink auf den Couchtisch, setzte sich an die Ecke des Sofas neben Matty. Sein Gewicht bewirkte, daß sie ein wenig näher zu ihm heranrutschte. »Ach, natürlich. Das Blut. Wie dumm von mir«, spottete er. »Das ist nichts.« Er zog das hauchdünne Nachthemdchen von ihrer Brust weg, holte ein Taschentuch aus seiner Bademanteltasche und betupfte mit dem weichen Stoff die Gegend oberhalb des Brustwarzenrings. Matty versuchte nicht, sich dagegen zu wehren.

Chris wäre ihm am liebsten schreiend und unbeherrscht an die Gurgel gesprungen, wenn nicht der Anblick dessen, was dort zu sehen war, ihn gefesselt hätte. Die blassen hellen Narben waren verschwunden. An ihrer Stelle befand sich jetzt eine sorgfältig ausgeführte Tätowierung, die noch frisch war und leicht blutete. »Verdammt, was ist das?« flüsterte er.

»Wunderschön, nicht wahr?« Springer strahlte und lehnte sich gemütlich zurück. »Natürlich habe ich ihr eine örtliche Betäubung – Xylocain – verabreicht. Sie hat nichts gespürt. Aber sie ist immer noch ein bißchen benommen. In ein paar Stunden wird die Blutung aufhören.«

Wieder betupfte er zärtlich die Tätowierung, aus der Blut sickerte. In dieser Geste lag etwas Fachmännisches, fast Medizinisches, was Chris daran hinderte, ihn gewaltsam zur Seite zu stoßen.

»Sie wundern sich über das Motiv. Wie Sie sehen, handelt es sich um eine Art Dämon, ein wirklich einzigartiges Geschöpf, um eine antike Sirene. Ein herrlich gefiederter Vogel mit dem Gesicht einer Frau. Man sagt, seit Urzeiten habe sie Seeleute ins Verderben gelockt.«

Springer straffte sich, reckte den Kopf und bewunderte seine Handarbeit. »Das Grundmuster ist natürlich Jahrhunderte alt. An der Wolga findet man es noch heute als Dekoration in den Häusern. Fensterläden, Türschwellen, Friese und ähnliches. Wenn die Handwerker ein Stück Holz zum Schnitzen vorbereiteten, zeichneten sie zuerst das Motiv auf Papier, legten dies flach auf das Holz, perforierten die Umrisse mit einer Nadel, bestreuten das Papier mit Kohlenstaub und schufen so eine Schablone auf dem Holz. Dann nahm man das Papier weg, verband die übriggebliebenen Einstiche miteinander und führte danach die Schnitzerei aus. Der moderne Tätowierungskünstler verwendet eine ähnliche Technik. Ich habe mir den Trick bei der Marine angeeignet. Keine schlechte Arbeit, würden Sie nicht auch sagen?«

Chris streckte die Hand aus, zog das Nachthemdchen wieder über Mattys Busen und tätschelte ihre blasse Wange. Sie war wieder abgetaucht. »Matty. *Matty!*«

»Ich fürchte, sie ist sehr müde. Ihr Scotch wird wäßrig.«

Chris beachtete ihn nicht. Mattys dunkle, unbestimmbare Augen blickten ihn jetzt an. »Chris ... bitte geh ...«

»Aber Kätzchen«, warf Frank ein, »wie ungastlich von dir.«

»Halt's Maul, Springer«, schrie Chris. Dann zu Matty: »Ich gehe, Baby, aber mit dir zusammen.«

»Nein ...« Ihre Augen versuchten, ihn zu fixieren.

»Liebling, kannst du gehen? Kannst du dich aufsetzen?«

»Ich würde davon abraten«, sagte Springer.

»Matty? Antworte mir. Ich hole dich hier raus. Wo ist Nicky?«

»Der ist in seinem Zimmer und schläft fest«, sagte Springer verbindlich und schluckte seinen Scotch. »Sie können selbst nachschauen, wenn Sie wollen.«

»Das habe ich vor.« Zu Matty: »Soll ich dich tragen?«

Sie sah weg. »Bitte. Geh!«

»Kannst du laufen ...«

»Chris ... du mußt gehen ...«

»Ich hole dich und das Kind hier raus.«

Sie schüttelte schwach den Kopf. »Nein ... ich will nicht ...«

Chris warf Springer einen aggressiven Blick zu. »Verdammt. Was haben Sie ihr verabreicht?«

»Ich? Ein einfaches Beruhigungsmittel wegen der Tätowierung.« – Arglos.

»Matty ...«

»Nein!« Diesmal klang es bestimmter. Ihre Augen waren klarer. »Ich bin seine Frau ... seine Frau ...«

»Quatsch.«

»Die Urkunde ist echt. Ich gehöre zu ihm. Geh jetzt ...«

»Matty, hör auf damit! Er hat dich mit Drogen manipuliert.«

Frank stellte seinen Drink neben den von Chris. »Wie ich sehe, haben Sie beide sich viel zu erzählen. Ich verstehe das. Solche Dinge können äußerst delikat sein. Ich lasse Sie einfach ein bißchen allein.« Heiter stolzierte er zur Küche. »Bedienen Sie sich an der Bar, alter Freund.«

Als er gegangen war, setzte Chris sich neben sie.

In Franks Abwesenheit schien sie ein wenig aufmerksamer und weniger ängstlich zu sein.

»Oh, Gott!« seufzte Chris. Der Ausruf schien das einzige zu sein, was momentan gesagt werden konnte.

Für einen kurzen traumverlorenen Moment schaute sie in die Ferne, als wenn sie etwas wiederfände. Für einen kurzen Augenblick war da wieder ihr vertrautes Gesicht, das süße Profil ihrer Nase, die liebliche, gewölbte Stirn. Dann verkrampfte sie wieder, der Druck war wieder da.

»Du mußt hier raus, Chris.«

»Matty ...«

»Nein, du mußt *jetzt* gehen! Ich werde versuchen, dich zu kontaktieren. In ein paar Wochen, Monaten. Du mußt gehen, Liebling, du mußt. Hier schwebst du in furchtbarer Gefahr!«

»Ich habe keine Angst vor ihm.« Aber er hatte Angst.

Wieder schien ihr Bewußtsein zu schwinden. »Geh zu deinem Auto ... fahr hier weg ... ich bitte dich. Uns geht es gut ... das Baby ist gesund ... Ich schaffe das besser allein. Vertrau mir.« Für einen Moment wurden ihre Augen klarer. »Er ist ein Mörder, Chris. Du hast ja keine Ahnung. Er ist *wahnsinnig*. Bitte. Wenn du mich liebst, wenn du unser Kind liebst.«

Er hatte einen Kloß im Hals. »Nicht ohne dich.«

Ihre Augen wurden schmaler. Dahinter Wut. Ihr Verstand kämpfte gegen die Müdigkeit an und gegen ihn. So hatte er ihr Gesicht noch nie gesehen. »Du *mußt* hier nicht den Helden spielen! Ich brauche dich lebend! Du kannst hier nichts ausrichten ... du bringst uns nur in Lebensgefahr. Er hat an alles gedacht. Er hat das Gesetz auf seiner Seite. Er ist geschickter, als du glaubst. Ich kann dir nicht alles in zwei Minuten erklären. Vertrau mir einfach. Geh!«

Sie blickte ihn jetzt klarer an. Begann die Wirkung der Droge nachzulassen?

Chris blickte nach unten und sah eine halbvolle Tasse Kaffee auf dem Tisch. Er roch daran und hielt sie ihr an die Lippen. Matty nahm einen kleinen Schluck, dann größere.

Ihre Augen – die Pupillen waren immer noch geweitet – glänzten nichtsdestoweniger.

Chris stellte den Kaffee ab. Plötzlich war er nicht mehr in Eile. Eine noch größere Angst als die vor Springer zehrte an ihm.

Sein Herz schlug wild, er hob ihr Kinn an, zwang sie, ihn direkt anzusehen. »Liebst du mich, Matty?«

Sie schüttelte den Kopf und sah weg. »Jetzt ist nicht die Zeit dafür.«

Chris zwang sie, ihm wieder ins Gesicht zu schauen. »Doch, verdammt noch mal!«

Matty leckte sich die Lippen.

Er beobachtete sie. Sein Herz raste. Etwas in ihm brach entzwei.

Das Ende kam, war schon da. Und es war nicht das Ende, das er erwartet hatte. Ihm war total übel.

»Matty?«

Sie konnte ihm nicht in die Augen sehen. »Es tut mir leid, Chris.«

Er starrte sie an, während alles in ihm zusammenbrach. »Heißt das ›nein‹?«

Sie seufzte, zitterte dabei.

»So war das also. Ich war eine ... bequeme Gelegenheit. Jemand, zu dem man fliehen konnte. Vor ihm. Ist es so?«

Sie schaute an ihm vorbei in die Ferne. Ihr Gesicht sprach Bände.

Plötzlich fühlte er das Verlangen, die Ruger gegen sich selbst zu richten. »Antworte mir, verdammt noch mal!« Er war selbst überrascht über das Ausmaß seiner Wut. »Das Leben eines Kindes steht hier auf dem Spiel!«

Matty schaute auf ihre Hände hinab, die Schultern unterwürfig zusammengezogen. »Ich hatte Angst, Chris. Ich hatte furchtbare Angst.« Sie schloß die Augen, als ob sie genug gesagt hätte. Sie tat einen langen Seufzer. »Verängstigt, verwirrt, in Panik. Du würdest das nie verstehen.« Sie sah zu ihm auf. »Du hast gesehen, was er mir angetan hat. Er hat viel Schlimmeres getan. Viel Schlimmeres. Ich mußte abhauen. Aber ich wußte nicht, wohin. Trotzdem bin ich abgehauen.« Es war ihr unmöglich, ihn jetzt anzuschauen. »Und dann warst du da.«

Sie zuckte wehmütig mit den Achseln, aber wohl ohne sich schuldig zu fühlen. Alles schien man ihr genommen zu haben, nur nicht ihren Stolz.

Er musterte sie einen Moment lang. »Ich glaube dir nicht.«

Sie lächelte fast, betrachtete ihn müde. »Gut denn. Dann glaub wenigstens dies: Wenn du jetzt nicht gehst, wird er dich bestimmt umbringen. Du *kannst* ihn nicht schlagen. Keiner kann das. Nach dir, wenn er erst mal aufgebracht ist, wird er zweifellos mich töten. Und danach … das Kind.«

Etwas in ihrer Stimme verwandelte den Raum in Stein, in die kalte, unnachgiebige Endgültigkeit von Marmor. Dieser Ton – begriff er – hatte schon früher existiert, war der Zeuge fürchterlicher Geschehnisse. Dinge, irgendwie vergraben und mechanisch verdrängt. Kleine Lügen und Betrügereien waren da noch das Geringste, was sie beide trennte.

Chris stand da, mit furchtverzerrtem Mund. Eine gigantische unversöhnliche Lawine überrollte ihn. Trotzdem sagte er: »Ich nehme meinen Sohn mit.«

Sie griff nach ihm, aber er riß sich los. Er eilte nach oben, raste durch den dunklen Flur und riß die Tür zu Nickys Zimmer auf. Das Kind schlief friedlich in seinem Rennwagenbett aus Plastik. Zu Chris' Erleichterung war er rosig und friedlich und anscheinend gesund. Chris nahm ihn in seine Arme und raste wieder nach unten.

Er war sich sicher, daß die Couch leer sein würde, wenn er ins Wohnzimmer zurückkam.

Aber Matty saß immer noch da, steif, die gefalteten Hände im Schoß und ins Leere starrend. Von Springer keine Spur.

Chris stand über ihr, während das Kind in seinen Armen hing. Wie sollte er das bloß anstellen. Wo war bloß Rick? Er setzte Nicky sanft am anderen Ende der Couch ab, drehte sich um und zog wieder Matty an sich. *»Matty!«*

Noch bevor sie antworten konnte, hörte man von draußen einen gedämpften Knall. Und noch einen. Eine Schrotflinte. Rick.

Chris wirbelte herum, hatte die Ruger in der Hand, noch bevor es ihm klar war. Er raste zur Eingangstür, riß sie auf.

Ein einzelner furchtbarer Schrei zerriß die Nacht. Ein Laut wie kein anderer, der einem das Herz zerriß.

»Rick!«

Er trat mit der Ruger hinaus auf die Veranda, spähte in die Dunkelheit, konnte nichts erkennen. »Rick.«

Chris zögerte, war hin- und hergerissen, konnte sich nicht entscheiden.

Laß sie nicht im Stich! Laß sie nicht da drinnen im Stich. Du wirst sie nie wiedersehen!

Ein leises grauenerregendes Stöhnen kam aus dem Wald.

Chris sprang die Veranda hinunter. Mit der Waffe in der Hand trabte er in die Richtung, aus der der Laut gekommen war. Das Herz schlug ihm bis zum Hals. »Rick!«

Sobald er aus dem Halbschatten der Veranda herausgetreten war, umgab ihn schwärzeste Nacht – der Wald. Er stand im feuchten Gras, reckte den Hals und lauschte.

Er meinte ein leises, entferntes Stöhnen zu hören.

Vorsichtig schritt er vorwärts, abgelenkt vom Geräusch seines eigenen Atems, die Ruger zitternd in der Faust. Sie fühlte sich klein, albern und nutzlos an.

Er mußte verrückt gewesen sein, als er zuließ, daß Rick ihn dazu überredete, das Auto so weit entfernt vom Haus abzustellen. Er würde es jetzt niemals finden.

Ein leises Stöhnen zu seiner Linken.

Er drehte sich dorthin um und betrat dichtes Unterholz. »Rick?«

Sein Stiefel stieß gegen etwas metallisch Hartes. Er beugte

sich hinab und brachte eine lange, silberne Taschenlampe zum Vorschein.

Chris schaltete sie an und fühlte, wie ihm der Atem stockte. Das Laub und Gras vor ihm war rot gesprenkelt. Eine Spur führte in Form dunkler Tropfen von dort weg, wo er die Taschenlampe gefunden hatte.

Mit der Taschenlampe in der linken Hand, der Pistole in der rechten, folgte er rasch der Spur. Eine innere Stimme warnte ihn, daß die Taschenlampe nicht Rick gehörte, sondern jemand anderem, der sie dort extra hingelegt hatte, um die karmesinrote Spur zu beleuchten.

Er richtete den Lichtstrahl nach vorn.

Geisterhafte Ranken von Ästen und Laubwerk, halbdunkle Schatten durchzuckten die dunkle Nacht.

Am Rande des Lichtkegels wurde eine unförmige Wulst im regelmäßigen Geäst sichtbar. Chris richtete den Lichtkegel nach oben und stieß auf Rick, dessen Körper träge kopfüber von einer stattlichen Douglastanne herabbaumelte. Was Knöchel und Ast miteinander verband, war nicht auszumachen. Beide Knie, glitschig vor Feuchtigkeit, waren im falschen Winkel gekrümmt. Die Arme hingen lose und ausgestreckt herab, als wollten sie die Erde anflehen. Die Augen waren geschlossen wie die eines Toten. Wie auch die Wangen waren sie von den der Schwerkraft gehorchenden Körpersäften aufgedunsen. Ströme von schwarzem Blut sickerten aus seinem offenen Mund, flehentlich aufgerissen, als erwarte er eine zahnärztliche Behandlung.

Chris ließ die Lampe fallen, taumelte zu dem großen Baum und riß das Messer aus seinem Stiefel. Fluchend kletterte er, fiel und versuchte es mit aufgerissenen Fingern noch mal. Drei quälend langwierige Versuche brauchte er, bis es ihm gelang, die rauhen Äste über dem hin und her schaukelnden Körper zu erklimmen, nach unten zu langen und mit dem Messer den Gürtel zu zerschneiden, der seinen Freund hielt. Er mußte ihn drei Meter oder so herabfallen lassen, weil es einfach keine andere Möglichkeit gab. Chris sprang runter und stolperte auf den bewegungslosen Körper zu. Er wiegte ihn in seinen Armen, weinte hemmungslos und schluchzte: »Oh, mein Gott!«

Rick Corman öffnete die Augen, betrachtete mit stumpfer Verwunderung die Nacht, wie ein kleiner Junge, den man verdroschen hatte, ohne daß er wußte, warum. Er wollte etwas sagen, aber heraus kam nur ein Gurgeln, und frisches Blut tropfte ihm aufs Kinn.

Jetzt bist du ganz allein, sagte seine innere Stimme.

Chris kniete in Dunkelheit und Kälte, wiegte seinen Freund in den Armen und roch das Blut und die Angst.

16

Chris fand sich in einem purpurfarbenen Tunnel wieder – einem antiseptisch riechenden Krankenhauskorridor und starrte teilnahmslos auf die einzige Bekanntmachung, die an der ansonsten leeren Wand der Notaufnahme klebte: WIR KÖNNEN AIDS BESIEGEN.

Er saß auf einer harten Holzbank, die Füße über Kreuz, die Hände im Schoß, als habe er sie vergessen. Er erlebte eine geradezu übernatürliche Reizüberflutung. Alles war irgendwie gesteigert: zu laut, zu hell, zu geschäftig. Er selbst stand im Zentrum von alldem: stärker, klüger und der übrigen Welt ein wenig voraus, sein Schädel summte. Trotz (oder gerade wegen) des Traumas der vergangenen Nacht und der damit verbundenen Erschöpfung wippte er flatterhaft und extrem nervös herum. In seinem neuen, quasi aufgeblasenen Zustand war er sich absolut sicher, mit allem fertig werden zu können. Wenn nötig, würde er beispielsweise problemlos jeden Gehirnchirurgen vertreten. Er könnte den Platz des Arztes einnehmen und mühelos anstrengende Eingriffe am Okulomotonius vornehmen, ohne die Medulla oblongata oder die Hirnanhangdrüse zu gefährden; er würde dies alles mit schwungvoller Gebärde erledigen und die lästige Pflicht des Zunähens einem seiner Lakaien überlassen, während er selbst, Chris, eine Kaffeepause machte.

Die vorbeikommenden Leute sahen ihn schief von der Seite an, manchmal starrten sie geradezu. Von der Brust abwärts war er mit blutigen Leopardenflecken übersät, denn Rick hatte stark geblutet, vor allem aus dem Mund. Chris, der Greenborough und den allgegenwärtigen Doc Holiday bewußt gemieden hatte, wußte bereits während seiner langen Fahrt nach Kingston in die Notaufnahme, daß beide Beine Ricks – wahrscheinlich durch Schüsse – direkt an den Knien oder oberhalb davon gebrochen waren. Ein blanker, speerförmiger Knochen hatte Ricks in einer Jeans steckenden rechten Oberschenkel durchstoßen, Bein und Fuß darunter waren völlig verdreht.

Chris hatte seinen und Ricks Gürtel dazu verwendet, an beiden Beinen ziemlich primitive Aderpressen am oberen Oberschenkel und über der Kniescheibe anzubringen.

Er hatte die Aderpressen dort angelegt, wo er die Oberschenkelarterien vermutete. Tatsächlich hatten die Blutungen dort größtenteils aufgehört, aber eben leider auch die Blutzirkulation. Während der fast einstündigen Fahrt nach Kingston – Greenborough wäre viel näher gewesen – hatten seinen fiebernden Geist Ängste geplagt: betreffs Wundbrand und den Verlust der unteren Gliedmaßen. Seine verschwitzten Hände hatte er um das Steuer des Sportwagens gekrallt und die Augen starr auf den Strahl des Fernlichts gerichtet, so als ob das die Entfernung verkürzen und die Unfallstation näher bringen würde. Er hatte keine Zeit gehabt, den dummen Mietwagen zu suchen, hatte vielmehr Frank Springers Lamborghini gestohlen, dessen Schlüssel unbeaufsichtigt im Zündschloß gesteckt hatte. Während der wilden Fahrt hatte er nur einmal auf dem Seitenstreifen angehalten, nach hinten gelangt, schnell die Knebel gelockert und Blut in die unteren Extremitäten fließen lassen. Dann hatte er sie wieder festgezurrt und war weitergefahren. Rick hatte weder das Bewußtsein wiedererlangt noch je ganz verloren, vielmehr mit geweiteten Augen und offenem Mund in glasiger (schmerzloser?) Entrücktheit vor sich hin gedämmert. Chris betete, daß es sich dabei um keinen Schock handeln möge, obwohl alle Wahrscheinlichkeit dafür sprach.

An dem furchtbaren schwarzen Mund hatte Chris nichts ändern können. Das Blut glänzte in einem zähen öligen Strom. Er hatte daran gedacht, einen Lappen hineinzustopfen, die Idee aber fallengelassen, aus Angst, er könne die Luftzufuhr unterbrechen oder möglicherweise – versehentlich – seinen Freund am eigenen Blut ersticken lassen.

Er fuhr hinaus in das unbarmherzige Dunkel aus Nacht und Angst, Wut und Schuld, und dazu noch das unheimliche Wimmern der eigenen Stimme.

Er fuhr und fuhr. Plötzlich war er auf dem hell erleuchteten Parkplatz der Unfallstation. Er lehnte sich auf die Hupe und schon hievten Männer in weißen Kitteln seinen verwundeten Freund vom Rücksitz. All dies geschah wirklich zu schnell und unpersönlich angesichts dessen, was Chris auf eigene Faust alles geschafft hatte. Sie ließen ihn allein und innerlich leer auf dem purpurfarbenen Krankenhausflur mit dem Aids-Poster zurück; zitternd vor zuviel Adrenalin und den ihn verfolgenden Schatten seiner Schande. Seine Aufmerksamkeit richtete sich immer wieder auf den Münzfernsprecher an der Wand. Sein Verstand stellte sich auf die Person ein, die am anderen Ende der Leitung sein würde, auf die furchtbare Pflicht, die er erledigen mußte, ja eigentlich sofort hätte erledigen sollen, sobald sie Rick hier hereingebracht hatten.

Während er voller Furcht vor dem Telefonanruf dasaß, starrte er blöd auf den Flur der Notaufnahme, auf dem mehrfarbige Hinweise zu diesem Raum oder jener Station wiesen. Dann ertappte er sich dabei, wie er geistesabwesend ausgerechnet über die Brustwarzen der Frau seines besten Freundes nachgrübelte.

Er hatte sie einmal kurz zu sehen bekommen; vor mehreren Jahren auf einer sommerlichen Campingfahrt mit Rick, Sharon und seiner ewigen Freundin und Beinahe-Ehefrau Janey.

Es war ein sonniger, heißer Augusttag gewesen, die Luft so

süß wie Athletenschweiß. Chris hatte die anderen für einen Moment allein gelassen und war den mit Tannen besetzten Hügel zu ihrem gemeinsamen Ferienhäuschen hinaufgeklettert, um einen Fischköder zu holen. Als er das Häuschen betrat, hatte er geglaubt, es sei leer, die anderen würden ausgelassen am Dock herumalbern. Er kam herein, drehte sich um und stieß auf Sharon, die gerade dabei war, ein grünes Bikinioberteil vorne zuzuknoten, mit den Körbchen nach hinten, die Brüste frei; ihr überraschtes Gesicht leuchtete golden und entzückt im Sonnenlicht. »Oh«, hatte sie ruhig und mit birnenförmigem Lächeln bemerkt. Ohne besondere Eile hatte sie routiniert das Befestigen des Oberteils vollendet und Chris dabei gestattet, in aller Deutlichkeit und Muße ihre herrlich großen Brustwarzen und die unebenen orangefarbenen Höfe zu betrachten. Sie hatte weiter gelächelt und ihn dabei angeblickt, so daß er zunächst hatte wegschauen müssen und sich später gefragt hatte, warum sie das getan hatte. Jedenfalls war es keine Einladung gewesen. Waren sie einfach so gute alte Freunde, daß sie derlei Intimitäten miteinander teilen konnten, ohne Peinlichkeit oder unangebrachte Neugier? Entschuldige den kleinen *Fauxpas,* aber ich bin froh, daß du es warst, lieber Chris, der die Gelegenheit hatte, meine Schönheit zu bewundern.

Jetzt starrte er ungeduldig und furchtsam auf das weiße Krankenhaustelefon. Eine Nacht voller Ängste, nun folgte eine weitere. Heute würde Sharon nicht lächeln. Nicht nur würde sie diese blutige, tragische Nacht niemals vergessen, sie würde sie vielmehr gleichsam sezieren, Tag für Tag, jedes Detail und jede kleinste Nuance davon. Schließlich würde sie ihm Fragen stellen, über jede einzelne Minute und Sekunde, bis sie bei der letzten Frage angelangt sein würde: *Warum hast du mit dem Anruf so lange gewartet?* Also stand er schließlich auf, nahm den Hörer, übernahm seine Verantwortung und rief an.

Ihr fröhliches »Hallo?« erklang am anderen Ende der Leitung, schnell gefolgt von einem Wechsel der Tonlage um eine

Oktave, als er ihr mitteilte, was passiert war, und schließlich der schwarze, bodenlose Brunnen ihres Schweigens.

Während ihm der Hörer am Ohr brannte, ertappte er sich dabei, daß er sich wünschte, das alles vorher gründlicher durchdacht zu haben, aber eigentlich hatte er das doch. Es gab wirklich keinen anderen Weg, es ihr mitzuteilen. Dein Ehemann ist angeschossen und dabei schwer verletzt worden. Sie fragte nicht, wie es passiert war, und er rückte auch nicht von selbst damit heraus. Das würde später kommen. Später würde noch vieles kommen.

Er hängte auf, starrte auf das stumme Telefon, die silberne Gabel. Alles sah noch genauso aus wie vor ein paar Augenblicken und war doch ganz anders.

Er erreichte wieder die hölzerne Bank, starrte auf das Aids-Plakat. Er konnte nichts dagegen tun, daß die Unterhaltung in ihm nachhallte, ungebeten und unerwünscht.

»Wie schlimm?«

»Ich weiß nicht, Sharon. Er ist auf der Intensivstation. Sie tun alles nur Mögliche.«

»Bei Bewußtsein?«

»Ich glaube, ja.«

»Blutungen?«

»Ein paar. Ich glaube, er wird schon wieder.« Und bloß, um weiterzumachen und Einzelheiten zu vermeiden: »Ich gebe dir die hiesige Adresse.«

»Kingston, Colorado, richtig?«

»Dann weiß der Taxifahrer ja, wo das Krankenhaus ist.«

Gefaßt. Zu gefaßt. Mißtrauisch?

Chris hörte Schritte und sah zu Dr. Werthem hin, der mit bedächtigem Gang durch die Halle kam, das Stethoskop hing ihm um den Nacken, so wie man es heute trägt ...

Chris stand erwartungsvoll auf.

Werthem sah müde, aber nicht unzufrieden aus. »Starker Mann, Ihr Freund. Hat eine Menge Blut verloren, hatte aber nicht mal einen Schock. Athlet?«

»Er macht Konditionstraining. Er ist also außer Gefahr?«

»Ich glaube, schon. Er hat nicht einmal das Bewußtsein verloren. Schwer zu glauben, was? Die Zunge war fast abgerissen, wußten Sie das? Wir haben sie, so gut es ging, genäht, aber es kann sein, daß er an der Zungenspitze einen Teil seines Empfindungsvermögens einbüßt. Aber wie konnte das bloß passieren?«

»Jagdunfall.«

»Ich verstehe ...« Skeptisch, aber ohne Druck auszuüben. Das war Sache der Polizei, wenn sie kam. »Hat sich vermutlich auf die eigene Zunge gebissen.«

»Wahrscheinlich. Und die Beine?« wollte Chris wissen.

Werthem zündete sich eine Zigarette an und bot Chris auch eine an, der ablehnte. »Ziemlich übel. Das linke besonders. Woher wußten Sie von der Oberschenkelarterie, Armeeausbildung?«

»Ja«, log er, um nichts erklären zu müssen. »Wird er gehen können?«

Werthem schenkte ihm einen ausdruckslosen Blick, während er einen Tabakkrümel von der Lippe entfernte. »Nicht vor einer Reihe weiterer Operationen und vielleicht selbst dann nicht.« Er bemerkte den Ausdruck in Chris' Gesicht. »Wahrscheinlich ja. Ich würde sagen, die Chancen stehen gut. Hängt davon ab, wie schwer das Nervensystem geschädigt ist, und das werden wir so schnell nicht wissen. Wollen Sie ihn hierlassen?«

»Ich weiß nicht. Seine Frau ist auf dem Weg. Warum?«

Werthem zuckte bescheiden die Achseln. »Wir sind ein guter Operationsbetrieb für ein Kleinstadtkrankenhaus. Haben eine Menge Erfahrung mit Schußwunden – Wachteljäger. Unser Reha-Flügel ist erste Wahl. Neue Whirlpools. Ich würde mich persönlich um ihn kümmern.«

»Ich werde es weitergeben. Danke. Wann kann ich ihn sehen?«

»Geben Sie uns noch ein paar Minuten. Aber es darf nur kurz sein.«

»Ich verstehe.«

Werthem nickte, sah Chris einmal von oben bis unten an und ging dann durch die Halle zurück; sein weißer Laborkittel flatterte, und das Aids-Plakat bewegte sich sanft in seiner Bugwelle.

»Heh ...«

Er erwachte aus einem Schlaf, an dessen Beginn er sich nicht erinnern konnte. Chris starrte mit verschleiertem Blick, offenem Mund und wie geistesabwesend auf Sharon Corman und bemühte sich, wieder klar zu werden. Sie rüttelte ihn sanft an der Schulter. Er hatte im Krankenhaus geschlafen. Rick war verletzt. Matty und das Kind waren immer noch in Gefahr.

Er setzte sich schnell auf, fand sich von fast völliger Dunkelheit umgeben. Ricks Bettvorhang war zugezogen und leuchtete schwach neben ihm. Die schwarze Undurchdringlichkeit des Fensters verriet ihm, daß es noch nicht Tag war. Sharons Gegenwart schien den Raum gänzlich auszufüllen. Ihr Schattenumriß stand ganz nahe, ihr Parfum kämpfte mit der frischen Luft, die sie von draußen mit hereingebracht hatte.

In der Dämmerung konnte er ihr Gesicht kaum ausmachen, aber er konnte sich die Einzelheiten vorstellen.

»Er schläft«, informierte sie ihn, als wüßte er das nicht und als ob sie beide einzig an Rick denken würden.

Um ihr zu zeigen, daß er es bereits wußte, antwortete Chris: »Ja.«

Sharon straffte sich, stand eine Weile da und starrte einfach auf ihn hinunter. Ihr Schweigen sprach Bände. Während er schlief, hatte sich ihre Angst verflüchtigt. Jetzt tauchten Fragen und Verdächtigungen auf.

Chris rieb sich die Augen. »Wann bist du angekommen?«

»Vor ein paar Minuten. Bist du auch verletzt?«

Er sah verständnislos zu ihr auf, dann fiel sein Blick auf sein blutbeflecktes Hemd. »Nein, nein. Mit mir ist alles in Ordnung.« Er nickte dem Vorhang zu. »Wie geht es ihm?«

»Stabil.«

Chris nickte hilflos. Er fühlte sich plötzlich noch einsamer als zuvor in den großen Wäldern. »Das ist gut.« Es klang irgendwie unaufrichtig, und er wußte nicht, warum.

Er erwartete, hoffte immer noch, daß Sharon sich auf den Rand des benachbarten leeren Bettes setzen würde, aber den Gefallen tat sie ihm nicht. Sie stand bedrohlich da, sah düster zu ihm herunter und sagte nichts. Eine zu lange Zeit schien vergangen, als sie schließlich fragte: »Wo ist Matty?«

Chris, der schon lange sehr durstig war, leckte sich die Lippen. »In Greenborough, im Haus.«

»Was ist passiert?«

»Hat Rick dir nichts erzählt?«

»Nein.« Ihr distanzierter Tonfall bestätigte, sie erwartete etwas weitaus Übleres als die Erkenntnis, daß Rick ihr das von der Geschäftsreise und der Konferenz nur vorgelogen hatte.

Chris rieb sich geistesabwesend die Oberschenkel. Er sehnte sich verzweifelt nach einem Drink, irgend etwas zu trinken, und sei es bloß Wasser. »Nicky und sie sind entführt worden.« Es klang lächerlich, sooft er es auch sagte oder dachte. Es klang unwirklich.

»Entführt?«

»Ja.«

»Aber du sagtest, sie sei im Haus.«

»Es ... Sharon, ich kann dir das hier nicht erklären.«

Sie sah ihn noch einen Augenblick lang an, wandte sich dem Vorhang zu, öffnete ihn ein wenig und drehte sich wieder um. »Ich muß mir ein Motel suchen. Bringst du mich hin?«

»Natürlich.«

Sie hatte bereits ihre Handtasche ergriffen; eine kurze, knappe Bewegung, die Schultern steif. Sie machte ihn verantwortlich. Sie kannte noch gar nicht die ganze Geschichte; trotzdem machte sie ihn bereits jetzt dafür verantwortlich.

Und gar nicht mal zu Unrecht, wie er zugab.

Die messerscharfe Sharon.

»Komm«, sagte sie zu ihm, »wir können im Wagen reden.«

Chris fuhr, erzählte und erklärte, Sharon hörte ruhig zu und sah ausdruckslos geradeaus. Die Scheinwerfer vorbeifahrender Wagen machten Streifen auf ihr Haar. Ausdruckslos und stumm während der ganzen Fahrt zum Motel.

Chris bestand darauf, ihr beim Einchecken zu helfen, trug ihr Gepäck und sah zu, daß alles in Ordnung war.

Der Raum war eine kleine, schäbige Angelegenheit mit Spanholzverkleidung und roch ein wenig nach Schimmel. Alle größeren, bekannten Motels waren ausgebucht; die Skisaison hatte begonnen.

Trotz der kalten Brise draußen öffnete Chris ein Fenster für sie, um den stickigen Raum zu lüften. Er regulierte den Thermostat, stellte ihr Gepäck an die Wand, wobei er sich stets ihrer bedrohlich stummen Anwesenheit in seinem Rücken bewußt blieb. Er hatte ihr das meiste bereits im Auto erzählt, seine Beziehungen zur Polizei von Greenborough inbegriffen. Sie aber verharrte in eisigem Schweigen.

Mit verschränkten Armen stand sie mitten im Raum und beobachtete ihn.

Er fühlte ihre Blicke im Rücken, während er geschäftig tat und doch nur das Eigentliche vor sich her schob. Schließlich jedoch merkte er, wie albern und erzwungen all seine Geschäftigkeit war, wie offensichtlich sie darauf hinauslief, Zeit zu schinden. Also richtete er sich auf, wendete sich ihr zu und sah sie erwartungsvoll an.

Der ganzen Situation haftete etwas Unwirkliches an: die späte Stunde, dieses seltsame Zimmer, und etwas Unheilvolles, das sich zwischen ihnen entwickelte, eine Art träger Explosivität, die aber nicht zum Ausbruch kam. Plötzlich verspürte er angesichts der tragikomischen Absurdität dieses Augenblicks das irritierende Bedürfnis, einfach loszulachen.

Trotz der tragischen Umstände hatte er gehofft, daß Sharons Gegenwart ihm inmitten seiner völlig auf den Kopf gestellten Welt ein Gefühl beruhigender Vertrautheit vermitteln würde, eine gewisse Wärme. Das war nicht passiert. Allein und von Rick auf diese Weise abgeschnitten, schien sie ihm noch fremder als eine Unbekannte, wie eine völlig andere Frau, mit der ihn nichts verband, die er kaum wiedererkannte. Zwischen ihnen hatte sich ein Graben geöffnet, den keiner von ihnen jemals wieder würde schließen können. Ihre steifen Schultern signalisierten mehr als nur Wut. Das war die Haltung und ruhige Rachsucht einer Betrogenen. Diese wie aus Stein gemeißelte Kälte, die Sharon bislang nur Matty gegenüber gezeigt hatte, traf nun auch ihn.

»Was wirst du jetzt tun?« fragte sie, wobei sie noch immer die Arme verschränkt hielt, als verberge sie etwas dahinter.

Chris stand kraftlos da, die Hände in den Hosentaschen. »Zurückgehen, natürlich, und Matty holen.«

»Wie?«

»Mir wird schon etwas einfallen.«

Zu seiner Erleichterung wandte sie sich um und ließ sich am Rand der Matratze nieder. »Was ist mit Rick?«

Er verstand nicht. »Jetzt bist du ja da.«

»Er ist dein bester Freund.«

»Sharon. Matty und Nicky ...«

»Er kann vielleicht nie wieder gehen. Haben sie dir das gesagt?«

Er hätte zu ihr hingehen müssen, aber traute sich nicht. »Dr. Werthem hat gesagt, er habe wirklich gute Chancen ...«

Ihr kurzes Nicken brachte ihn zum Schweigen. »Vor deinem Anruf hatte er sogar noch bessere.«

Zitternd atmete er ein. Er fühlte jetzt seine ganze furchtbare Erschöpfung, die auch noch soviel Schlaf nicht beseitigen konnte. »Was soll ich denn sagen? Du weißt doch, wie ich mich fühle.«

Sie sah ihn scharf an. »Nein, sag es mir. Wie fühlst du dich? Ich würde es gerne wissen.«

»Schatz ...«

Zu seiner großen Erleichterung brach es schließlich aus ihr hervor. »Er hat dich *vergöttert.* Hätte alles für dich getan; wäre wahrscheinlich sogar für dich gestorben. Ist ja beinahe passiert!« Endlich überließ sie sich ihrer Wut, was wahrscheinlich gut war. Ihre Stimme zitterte und drohte, schrill zu werden, wenn er sie jetzt nicht unterbrach.

»Sharon, ich wußte nicht, an wen ich mich sonst wenden sollte. Ich habe dir doch gesagt ...«

»Du hast es mir nicht gesagt. Du hast mir *gar nichts* gesagt, Chris. Hättest du das getan, hätte ich ihn nicht gehen lassen. Du weißt das. Schon damals wußtest du das!«

»Rick war ...«

»Rick war ein großer, ewiger Pfadfinder! Ein Infanterist, der die besten Jahre hinter sich hatte. Ein alter Soldat, der Angst vorm Altwerden hatte. Ein Kind, das im Wald spielte. Er war dein bester Freund! Mein *Ehemann!* Der einzige, den ich habe!«

»Matty ist die einzige Frau, die ich habe.«

»Wirklich?«

Er schaute sie verdutzt an. »Natürlich«, flüsterte er.

Sharon lachte bitter und sah auf den Bettvorleger. Die Handtasche hielt sie in den Schoß gepreßt. Chris starrte sie einen Augenblick an, fand dann einen Stuhl und lehnte sich darin zurück. »Du ...« Er schüttelte den Kopf. Der Gedanke brachte ihn aus der Fassung. »Die Wahrheit ist doch, daß du sie eigentlich nie gemocht hast, oder?«

Sie verdrehte bloß die Augen, sah nicht einmal hoch.

»Oder?« Er nickte, als wolle er das für ihn Offensichtliche bestätigen. »Seit ich sie das erste Mal zu euch mitgebracht habe, hast du mich nicht mehr so gern gehabt. Seit ich sie beide mitgebracht habe. Es war nicht mehr so wie früher, wie damals im Ferienhaus. Du hast die beiden nie gemocht.«

Sie starrte ihn wütend an. »Red doch keinen Scheiß! Du weißt, was ich für den Jungen empfinde! Außerdem hast du sie gar nicht zu uns mitgebracht. Rick und ich haben sie *getroffen,* genau wie Janey, Susan und all die anderen Frauen in deinem langen Junggesellenleben. Ich mochte sie alle, Chris, besonders Janey.«

»Aber nicht Matty. Matty niemals.«

»Ich habe sie ja nie wirklich kennengelernt. Du hast sie ja gleich nach Vegas geschleppt, bevor sie auch nur den Mund aufmachen konnte.«

»Du hattest zwei Jahre Zeit, sie kennenzulernen, Sharon! Sogar mehr. Aber du hast es gar nicht versucht.«

In diesem Moment warf sie voller Verachtung mit der Handtasche nach ihm. Das geschah so überraschend, daß er gerade noch genug Zeit fand, sein Gesicht mit den Händen zu schützen, wobei ihm der Metallverschluß die Knöchel aufriß.

»*Verdammt,* Chris! Warum hast du nicht Janey geheiratet? Sie hat dich geliebt. Liebt dich immer noch!«

Er sah sie verständnislos an und schüttelte nur langsam den Kopf. Dann stand er auf und ging langsam zur Tür. »Ich halte das nicht aus, Sharon.«

Sie sprang vom Sessel auf und grub ihre Fingernägel in seinen Arm. »Wohin *gehst* du, du elender Mistkerl?« Ihr Schwung riß sie beide gegen die Tür.

Er bekam ihre Hände zu fassen, bevor sie ihn schlagen konnte. »Sharon, hör auf damit.«

»Du bleibst *hier,* verdammt noch mal!« Jetzt trat sie nach ihm.

Sie brauchte jetzt eine Ohrfeige, etwas, das sie wieder zur Besinnung brachte, aber er brachte es einfach nicht fertig. »Sharon ...«

»Selbst jetzt denkst du an sie!«

Er stieß sie heftig zurück, packte sie bei den Handgelenken, bis ihre dünnen Knochen knackten und sie winselte. »Woran soll ich denn sonst denken, verdammt noch mal?«

»An mich. An uns. Wer deine wirklichen Freunde sind.«

»Matty ist meine *Frau!*«

Sie riß sich los und schlug ihn so heftig, daß er es gar nicht fühlte. Dann standen sie da und gafften sich gegenseitig an, während das Echo des Schlages noch in der Luft lag. Beide waren geschockt.

Japsend stieß sie hervor: »Sie gehört *ihm,* Chris! Kannst du denn das nicht begreifen? Sie hat dir *niemals* gehört ... Sie gehört Springer! Sie und ...«

Er wartete darauf.

»... und Nicky.« Sie keuchte, wischte sich mit steifer Hand

das Haar zurück. Ihr Gesicht war puterrot, in ihren Augen lag die kalte Angst.

Chris griff nach dem Türknopf, um ein plötzliches Zittern zu unterdrücken. »Nein.«

Sharon seufzte tief, wandte sich um und stolperte auf das Bett zu, die Hände vorm Gesicht. »Chris, Chris, Chris.«

Er preßte den Türknopf, bis es weh tat, aber das Zittern blieb. In Situationen wie dieser sollte einem jemand einen Drink anbieten. Aber wo war dieser Jemand?

Sharon nahm die Hände vom Gesicht und betrachtete ihre Handflächen, als könnte sie dort eine Antwort finden. Verwundert schüttelte sie den Kopf. »Du hast dieses enorme Gedächtnis, all das angehäufte Wissen. Und trotzdem kapierst du nichts, aber auch gar nichts.«

»Was hat sie dir erzählt?« fragte er argwöhnisch. »Was hat dir Matty anvertraut?«

Sie schaute ihn hoffnungslos an. »Sie hat mir *gar nichts* erzählt. Aber darum dreht es sich doch gerade. Sie hat mir nie etwas erzählt. Frauen sprechen miteinander, Chris. Frauen knüpfen Beziehungen über Gespräche, so wie Männer beim Angeln, auf der Jagd, was weiß ich. Aber Frauen *reden* miteinander. Besonders Frauen, denen aneinander liegt. Sie erzählen sich *alles.* Kennst du Janeys Mädchennamen?«

Er kannte ihn nicht. »Aber das bedeutet noch lange nicht ...«

»Aber ich. Ich kenne ihre Lieblingsfarbe und ihren Lieblingsfilm. Ich weiß, wen sie damals wegen ihrer Brustinfektion konsultiert hat und wie schlimm ihre Periode ist. Und wie lieb du bist, Chris, und wieviel du geben kannst. Ich kenne dich, liebe dich, durch Janey.«

»Und von Matty kam nichts, richtig?«

Sharon stieß Luft aus und schlug sich auf die Oberschenkel. »So einfach ist das nicht. Matty ist süß, vielleicht sogar, trotz dieser ganzen Geschichte, irgendwie ein guter Mensch. Aber sie läßt mich nur bis zu einem gewissen Punkt kommen. Bis dahin und nicht weiter. Es gibt die Ebene, wo sie dir gnädigerweise Eintritt gewährt, aber dann ist auch Schluß. Alles andere ist fest verschlossen. Sie ist durchaus angenehm. Aber eine Freundin, eine echte Freundin? Es lag nicht an mir, sondern an ihr. Ich habe es versucht! Nach zwei Jahren weiß ich noch genausoviel über sie wie an dem Tag, als du sie uns vorgestellt hast.«

»Sie ist scheu.«

»Sie schottet sich ab!« Wieder blickte sie auf den Bettvorleger. »Und jetzt weiß ich auch, warum.«

Er klammerte sich an dem Türknopf fest, weil er das Gefühl hatte, sollte er loslassen, weggeschwemmt zu werden und dieses grausame, unwiderstehliche Gespräch niemals beenden zu können; niemals Sharon und Rick oder das, was mal seine Vergangenheit gewesen war, wiederzusehen.

»Du willst also sagen«, begann er heiser, »mit anderen Worten, unsere Beziehung ist eine Lüge.«

Sie sah ihn voll echter Zärtlichkeit an. »Chris, du bist so lieb, aber von Frauen verstehst du überhaupt nichts. Was Frauen angeht, bist du ein großer Grünschnabel.«

Als sie weiterredete, klang sie fast resigniert. »Sie hält dich zum Narren, Chris. Schlimmer, du wirst wegen ihr umgebracht werden. Das würde mir leid tun und Rick auch.«

Chris drehte sich zur Tür. »Verdammte Scheiße. Ich will meine Frau und mein Kind zurück.«

Er wartete. Aber sie sagte nichts.

Als er sich zu ihr umdrehte, starrte sie gerade ins Leere.

Er sah ihr linkes Auge im billigen Lampenlicht, die andere Hälfte ihres Gesichts lag im Dunkeln, erstmals bemerkte Chris, daß dieses Auge überhaupt nicht wirklich braun war, sondern ein dunkles Haselnußbraun mit einem kleinen grünen Tupfer. Ein Makel, der diese Hälfte ihres Gesichts in eine Lüge verwandelte.

Er schien sie mit einer Hellsichtigkeit zu betrachten, die er nie zuvor gehabt hatte. Eine süße, unüberwindliche Schmetterlingspuppe, unter deren Oberfläche sich ein häßlicher Wurm in Fäden von Neid und Reue wand. Arme Sharon, armer Rick.

Ihr seid im Unrecht, dachte er. Es tut mir leid, es schockiert mich, daß du und Rick es verloren habt, daß es nicht mehr sehr wichtig für euch ist, aber ihr habt Unrecht.

»Gut«, hörte er sich selbst sagen, »ich werde bleiben. Ich werde mir ein Zimmer besorgen. Morgen werden wir zusammen frühstücken und dann Rick besuchen.«

Sie sah auf die Wand, nahm ihn nicht mehr wahr.

»Ich verspreche es ...«, sagte er, um sie aus ihrer Erstarrung herauszureißen.

Sie schloß die Augen und saß immer noch steif da.

Chris schloß leise die Tür hinter sich. Die frische Luft tat seinem Kopf gut. Er stand auf der Veranda des Motels und ließ sich von der Kühle erfrischen.

Dann ging er zu Springers Lamborghini und fuhr aus der Stadt hinaus nach Greenborough. Er raste in die Nacht hinein und dachte, daß er hätte bleiben *sollen.* Ich sollte da sein, wenn Rick morgens aufwacht.

Er dachte auch, daß im Licht dessen, was aus seinem Leben geworden war, Verheißungen – wie Sex oder Sharons Auge – eine andere Färbung angenommen hatten.

17

Matty träumte, sie selbst und das Kind seien dem Wahnsinnigen schließlich entkommen und an einem herrlichen Frühlingstag zum Bootshaus geflohen.

Sie hatte Nicky sicher in seine kleine orange Schwimmweste verstaut und lenkte das Motorboot zur Mitte des großen, ruhigen Sees, wo kein Mensch, nicht einmal der muskelbepackte und schnellschwimmende Frank Springer, sie je fangen würde. Aber dann hatte sie aufgeschaut und gesehen, daß er schon mit gleichmäßigen Zügen, in seinem mühelosen australischen Kraulstil, auf sie zukam. Bald würde er hiersein. Es gab also doch nur den einen Ausweg, sie hatte es immer gewußt. Sie hielt Nicky einen Moment lang fest und küßte ihn. Dann griff sie nach einer kleinen Handaxt und begann damit, Löcher in den Rumpf des Schiffes zu schlagen. Dabei dachte sie kein einziges Mal daran, daß es viel einfacher gewesen wäre – obendrein schneller, schließlich kam Frank immer näher –, einfach das Kind in die Arme zu nehmen und über Bord zu springen; alles hinter sich zu lassen: den Schrecken und die Furcht. Alles dort oben und weit, weit weg zurückzulassen, während sie und ihr Kind in immer grünere Tiefen hinabsanken, bis auch das letzte Sonnenlicht verschwunden war. Gerade in dem Augenblick aber, als diese Idee sich endlich in ihrem Kopf zu formen begann, als sie sich aufrichtete und nachdenklich die Axt ruhen ließ, kam plötzlich über den See ein kalter Wind herangefegt, der die glatte Oberfläche in ein gepflügtes Feld verwandelte und sie heftig erzittern ließ. Der Wind ließ das Wasser gefrieren und Frank in den Fluten ertrinken. Das war gut, leider viel zu gut, denn die greifbaren Aspekte des Traumes begannen ihr nun zu entgleiten, die flaue, prosaische Wirklichkeit gewann die Oberhand, zog sie empor. Zuletzt blieb sie allein zurück …

Zitternd und ohne Decke erwachte sie unten auf der Couch. Abgesehen von dem bleichen Sternenlicht, das durch das Nordfenster des Wohnzimmers fiel, war es dunkel. Matty blinzelte und richtete sich wieder in einer Welt der Vernunft und des Grauens ein. Dies war beileibe nicht ihr erster Selbstmordtraum. Sie schloß wieder die Augen vor zuviel, zu schnell auftretender Wirklichkeit.

Sie war steif vor Schmerz, von der heraufziehenden Kälte und der verkrampften Haltung, mit der sie auf dein Sofa gelegen hatte. Frank hatte wahrscheinlich vergessen, die Heizung anzudrehen. Oder es auch nicht vergessen. Jedenfalls hatte er sie nicht zugedeckt.

Immer noch schlaftrunken, setzte sie sich auf und blinzelte matt zu dem bleichen Lichtschein aus der Küche hinüber; zu der Neonleuchte über dem Herd, die nie abgeschaltet wurde.

Ihr Hals brannte vom Erbrechen. Sie erinnerte nur wenig von dem, was nach dem abscheulichen Abendessen geschehen war. Mit Ausnahme des Stücks grüner Zunge, an das sie sich freilich nur allzugut erinnerte. Auch daran, daß Frank hinter ihr ins Badezimmer gekommen war und ihr sanft die Schultern massiert hatte, während sie sich wieder und wieder in das glänzende Porzellanbecken erbrochen hatte. Dabei hatte er beruhigend gemurmelt: »Komm, Kätzchen. Es ist doch nicht alles *so* schlecht. Die ersten Siedler haben sich auch gegenseitig verspeist. Diese unerträglich harten Winter, du weißt schon.« Als Reaktion mußte sie sich abermals, und zweifellos zu seinem Vergnügen, erbrechen. Während er ihren biegsamen zitternden Körper festhielt und ihr den stinkenden Mund mit einem Waschlappen abwischte, hatte er gelockt: »Aber, aber, Kätzchen. Du glaubst doch nicht allen Ernstes, daß ich so etwas unserem Kind anbieten würde. Unserem einzigen Kind.« Er strich ihr das Haar zurück, wischte ihr mit dem warmen Waschlappen über den Nacken, dann über ihre runden Brüste und die immer noch entzündete Tätowierung, die der Spiegel zurückwarf. »Es war einfach meine Art, ihrer zu gedenken. Mund halten! Sprich über das, was du hier gesehen hast, und dir wird die Zunge entfernt. Na, jetzt siehst du schon besser aus. Sollen wir unsere Mahlzeit beenden?«

Er stützte sie, als sie durch das Haus zurücktaumelte. Sie kam nicht weiter als bis zum Sofa, das förmlich nach ihr griff und sie zu sich hinabzog; zu seiner Weichheit und dem Versprechen, vergessen zu dürfen. Springer saß neben ihr, als sie wieder wegdämmerte, und streichelte ihre Augenbraue. »Wir haben so viele Feinde, Kätzchen. Stimmt's? Das Mädchen war süß. Ich habe das wirklich sehr, sehr ungern getan. Aber sie wählen oft hübsche Larven. So untergräbt der Feind unsere Wachsamkeit.« Er küßte sie sanft auf die Wange. »Aber wir werden immer wachsam sein, nicht wahr, Matty, mein Schatz?«

Dann drehte er sich um, bückte sich und ermahnte das Kind: »Ach du meine Güte, schau her, du hast ja schon wieder dein kleines Geschenk fallen gelassen. So geht das aber nicht.« Springer fischte den kleinen Plüschtiger vom Boden.

Matty sah müde zu den beiden hinüber. Nicky hielt grinsend die Hand auf, und Frank gab ihm das ausgestopfte Spielzeug.

Matty sah sich das Spielzeug genauer an. An Nickys Händen und Armen entdeckte sie bräunliche Streifen, auch auf dem Tischtuch. Ihr Herz schlug heftig, als sie sich nach vorn beugte und den ausgestopften Tiger eingehender betrachtete. Das war überhaupt kein Tiger, sondern eine Jungkatze, ein Puma-Baby, noch nicht lange tot und erst ganz frisch ausgestopft. Nicky kicherte nichtsahnend und rieb sich mit dem Fell das Gesicht.

Danach verlor sie wieder das Bewußtsein.

Sie saß im abgedunkelten Wohnzimmer und dachte an Chris. Sie fragte sich, was es mit dem Gewehrschuß draußen auf sich hatte, fragte sich, ob er überlebt hatte, nachdem er so leichtsinnig aus dem Haus gestürzt war. Er hatte eine automatische Pistole in der Hand gehabt. Niemals zuvor in ihren gemeinsamen Jahren hatte sie ihn mit einer solchen Waffe gesehen. Er war ein guter Gewehrschütze, aber er verabscheute Handfeuerwaffen. Und wenn er jetzt eine trug, dann würde er sie auch benutzen.

Hatte er sie letzte Nacht benutzt?

Waren diese entfernten Schüsse nur einer von Franks Tricks gewesen, um Chris nach draußen zu locken, wo er ihn fertigmachen konnte, ohne im Haus Blutspuren zu hinterlassen? Sein kostbares gottverdammtes Haus.

Matty stützte den Kopf mit den Händen.

Sie hätte es anders machen sollen. Sie hätte alles durchplanen sollen. Sie hätte sicherstellen müssen, daß Chris nicht hierherkam, wo sie doch wußte, daß er kommen würde. Sie hätte das Kind nehmen und weglaufen sollen. Aber wohin in diesen Wäldern und dieser Kälte?

Aber Chris wäre sowieso gekommen, und Frank hätte ihn getötet.

Natürlich ist alles dein Fehler Du hast ihn in diesen Schlamassel hineingezogen… Du hast gelogen und betrogen… Chris hat nichts getan… nichts als dir ein Dach überm Kopf und Nahrung zu geben, dich zu beschützen und der Vater deines Kindes zu sein ...

Und als Dank würde er wegen ihr umgebracht werden.

Sie setzte sich aufrecht hin und schüttelte einmal heftig ihren Kopf. Gut. Das führt zu nichts. Du hast gar keinen Beweis, daß er tot ist. Frank liebte es, die Leute zum besten zu halten und die Dinge in die Länge zu ziehen. Er hätte Chris schon viel früher töten können und hatte es nicht getan. Dafür muß es einen Grund geben, wenn auch einen krankhaften, abartigen. Nimm an, Chris sei am Leben und versuchte, aus all diesen Umständen herauszukommen. Jetzt versuch du, etwas für ihn zu tun, indem du wachsam und aufmerksam bleibst. Und sei es auch nur für Nicky.

Nicky.

Stöhnend richtete sie sich auf, um nach ihm zu suchen. Sie hoffte, die Suche werde nicht lange dauern und in seinem Schlafzimmer enden. Nicky in seinem Plastikautobett.

So war es tatsächlich. Er lag im spärlichen Mondlicht, die Glieder weit von sich gestreckt in unschuldigem Schlummer; das friedliche Zimmer erfüllt vom leisen Schnarchen des träumenden Babys. Matty schlich näher und beugte sich über ihn, um die bleiche Stirn zu küssen. Doch dann zögerte sie, als sie seinen ausgestreckten linken Arm sah. Als sie näher kam, vermochte sie kaum zu atmen: Aus einem winzigen purpurroten Loch an seiner Armbeuge blutete es noch. Ein oder zwei Tropfen rötlicher Flüssigkeit oberhalb der Vene. Wieder stand er unter dem Einfluß von Beruhigungsmitteln.

Schwein, du *Schwein!*

Einen Moment lang saß sie neben ihrem Sohn und strich ihm sanft die herabfallenden Locken zurück. Sie wußte, daß selbst ein ganzes Orchester ihn jetzt nicht aufwecken könnte. Sie streichelte ihm die Wange und flüsterte: »Ich liebe dich.«

Als sie ihn betrachtete, mußte sie wieder an den Traum denken ...

Den Gedanken an Selbstmord hatte sie stets in den geheimeren Winkeln ihres Herzens verborgen. Er war ihr als eine letzte, verzweifelte Maßnahme erschienen. In letzter Zeit jedoch erschien er ihr weniger fremd, auch weniger verzweifelt, vielmehr eine Sache des gesunden Menschenverstands.

Es war sicherlich unmöglich, Frank zu entkommen. Er wartete nur darauf, daß sie davonrannte. Er *wollte* sogar, daß sie losrannte, damit er sie wieder einfangen und demütigen konnte. Dann konnte er sie und das Kind wieder mit Beruhigungsmitteln vollpumpen, so daß das Spiel endlos weiterging. Und das konnte lange, sehr lange dauern.

Ihre Hoffnung auf die Behörden hatte sie schon lange aufgegeben. Irgend etwas stimmte da nicht. Sie hätten schon längst hiersein müssen. Wenn schon nicht die örtliche Polizei, dann doch zumindest die Zentrale. Die Zentrale mußte wissen, daß die Telefonleitung tot und sie selbst in Schwierigkeiten war. Sie müßten es wissen und Frank in den Arm fallen, um dies alles zu beenden. Aber sie kamen nicht. Das konnte nur eines bedeuten: Man hatte sie angelogen. Nicht nur Frank – er am wenigsten von allen –, sondern die höheren Chargen. Man hatte sie belogen und vorsätzlich benutzt.

Nein, die Behörden würden nicht kommen. Keiner, außer vielleicht dem armen Chris, würde sie aus dieser Sache herausholen. Nur sie selbst.

Und der einzige Weg, das zu tun, war, Frank umzubringen.

Sie schaute auf das hübsche Kind hinunter. Plötzlich packte sie die kalte Wut.

Auch Frank war schließlich nur aus Fleisch und Blut. Man *konnte* ihn töten. Und sie war am nächsten dran, hatte am leichtesten Zugang zu ihm. Sie konnte sich nicht einfach hinlegen und zusehen, wie er ihren einzigen Sohn tötete und den einzigen Mann abschlachtete, den sie je geliebt hatte.

Sie konnte ihn nicht austricksen. Er war immer einen Schritt voraus. Austricksen nicht. Aber vielleicht gelang es ihr, ihn irgendwie zu überraschen …

Chris hatte einmal etwas zu ihr gesagt: *Ich weiß, daß niemand das Ende zu diesem Stück kennt, weil ich es selbst noch nicht weiß.*

Besorg dir ein Messer, ein Steakmesser aus der Küche. Eins von den scharfen. Leg es unter deine Matratze. Irgendwann mußte er ja mal schlafen. Kämpf gegen die Beruhigungsmittel an, die er dir in dein Wasser, deinen Kaffee oder Wein tut. Kämpf so lange dagegen an, bis er wegdämmert und seine Wachsamkeit nachläßt.

Dann hol das Messer unter der Matratze hervor.

Es würde gefährlich sein, aber sie konnte das Gefühl der Nutzlosigkeit nicht länger ertragen. Alles war besser als das, auch wenn sie dabei das Leben ihres Kindes riskierte. Frank konnte ihn sowieso jederzeit töten. Zeit zu schinden hieß doch nur, das Unvermeidliche hinauszuzögern.

Sie würde es tun. Sie würde sich ein Messer holen und dieses Schwein umbringen.

Sie beugte sich hinab, küßte Nickys Nase und tätschelte seine Wange.

Doch selbst dabei fragte sie sich noch, ob sie den Willen und die Nerven hatte, es zu tun.

Oder ob die abgrundtiefe Erschöpfung und die Drogen, mit denen er ihre Venen vollgepumpt hatte, ihr den Verstand raubten.

Leise ging sie den Flur entlang zum Elternschlafzimmer. Das Messer hatte sie am Gesäß, es wurde vom Gummiband ihrer Unterhose gehalten.

Frank würde dort sein und schlafen, doch niemals wirklich schlafen. Schon die Bewegung einer Küchenschabe konnte ihn wecken. Er hatte sich nie die Mühe gemacht, die Tür unten zu verschließen. Er wußte, daß sie nicht noch einmal versuchen würde zu entkommen. Es gab nämlich kein Entkommen, keinen Weg in die Normalität da draußen, es sei denn, er wollte es so.

Wahrscheinlich lag er jetzt friedlich in Chris' und ihrem großen handgeschnitzten Bett und wartete, ob sie wohl zu ihm gekrochen käme, bloß um warm zu bleiben. Er würde sie nicht anfassen, noch nicht einmal mit dem sexuellen Vorspiel beginnen. Da war sie sich sicher. Vielleicht bestand er wieder auf dem dünnen Nachthemdchen. Vielleicht würde er sogar gelegentlich ihr Leibchen zur Seite ziehen, um die Handarbeit über ihrer Brust zu bewundern, aber er würde sie nicht berühren und küssen, nicht einmal den Arm um sie legen.

Bis sie sagte, daß es an der Zeit sei. Bis sie zu ihm kam. Bis sie ihn darum bat, ja, darum bettelte.

So war die Vereinbarung zwischen ihnen, unausgesprochen, aber von beiden akzeptiert: Schlaf mit mir, liebstes Kätzchen, mach die Beine für mich breit, tu alles, was ich will, und noch mehr. Vielleicht, *vielleicht* lasse ich dann das Kind am Leben. Und es war wahrhaftig ein kleines Opfer für das Leben ihres Kindes. Einfach nur dazuliegen und es über sich ergehen zu lassen.

Wenn da nicht die Erinnerungen gewesen wären ...

Sie war ein höheres Semester in Radcliff gewesen. Ihr ganzes Leben lag vor ihr: sauber und ordentlich wie ihr schmuckes Zimmer im Studentenwohnheim.

Sie war die hübsche, intelligente und üppige Madeline Wilcox aus Kansas, war selig über ihr Stipendium in byzantinischer Geschichte. Aber sie kam aus Salina in Kansas, war schüchtern und nicht vertraut mit den sozialen Verhaltensweisen der Ostküste, die sie für sehr wichtig hielt, und mit den Sitten ihrer Kommilitonen. Sie hatte Kansas nicht eigentlich verlassen, sondern war vielmehr vor ihrem Leben dort geflohen: vor dem ständig betrunkenen Vater und einer stets weichen und fügsamen Mutter.

Die schlimmsten Prügel hatte sie am Abend ihres fünfzehnten Geburtstags bekommen, als sie – ein hübsches Mädchen, das bereits seinen High-School-Pullover gut ausfüllte – wegen einer Doppelvorstellung zu spät aus dem Kino nach Hause gekommen war. Die Abreibung war schmerzhaft und demütigend gewesen, aber eine Stunde zu spät gekommen. Der zweite Film war Inges *Picnic* gewesen, und der hatte Mattys Weg in die Zukunft besiegelt. Wie ihre neue Heldin Kim Novak hatte sie bereits entschieden, aus Salina zu fliehen, wenngleich ohne William Holden. Mit dem Stipendium gelang es ihr. Um den Staub von Salina abzuschütteln und sich die Eleganz der Novak anzueignen, hatte sie im Nebenfach Theater studiert. Verzweifelt hatte sie versucht, ihre Schüchternheit zu überwinden, die doch allen anderen so gefiel. »Du siehst aus, als würdest du über ein gepflügtes Feld laufen«, hatte ihr Onkel Emmet einmal zu ihr gesagt, als sie noch ein Kind war. Das hatte ihr Mädchendasein noch mehr erschüttert als die kurzfristig über sie hereingebrochene Kinderlähmung, von der äußerlich nur ein unmerkliches Hinken übrigblieb, die ihr innerlich aber arg zusetzte. In Radcliff war es ihr dann mit Hilfe alter Marilyn-Monroe-Filme gelungen, das Hinken in einen Schwung zu überführen, der ihr Aufmerksamkeit garantierte.

Ihr Studium war erfolgreich verlaufen, besonders in Geschichte, einem Fach, das ihr besonders lag. Sie war selbst überrascht gewesen, mit welcher Leichtigkeit sie im Schauspielfach brillierte. Tatsächlich wurde sie zu einer kleinen Berühmtheit in der Theaterklasse des Colleges und blühte in den großen Ausstattungsmusicals sowie den Stücken von Tennessee Williams geradezu auf. Bei einem dieser Stücke hatte sie in der Rolle der Blanche Dubois das übersättigte neuenglische Publikum zu Tränen gerührt und viel Applaus bekommen. Sie hatte einfach den Dreh raus.

Bis zu ihrem zweiten Jahr im College war sie eine aufgeregte Jungfrau gewesen, dann hatte sie es mit sich geschehen lassen: erst ungeschicktes Petting, dann noch unbeholfeneres (und außerordentlich unbefriedigendes) Vögeln. Sie hatte sich ihrem Rollenpartner »Stanley Kolwalski« (ein gutaussehender fummelnder Bursche namens Rink, der ›die Methode‹ bevorzugte und tatsächlich wie Brando aussah, wenngleich er nicht dessen Talent besaß) auf dem Rücksitz seines väterlichen Mercedes ergeben, wobei ihm mehr als die Hälfte aufs glänzende neue Polster danebengegangen war.

Zwei kleinere Stelldicheins (eins ziemlich übel, das andere wirklich schrecklich – beide gnädigerweise rasch vorüber) folgten, bis dann im ersten Semester ihres vorletzten Studienjahres das Alte Rußland und Professor Springer die Bühne betraten. Sie hatte seine unglaublichen Kenntnisse über die russische Bauernschaft und Religion bewundert, sein umfassendes Verständnis der historischen Zusammenhänge. Er war von ihren klassischen Gesichtszügen und ihren langen Beinen angetan. Aber Jason Allen, zwei Reihen hinter ihr, hatte diese zuerst bewundert. Dann hatte er sie schockiert und erfreut (buchstäblich atemlos gemacht), als er ihr beim zweiten Treffen seinen Delta-Tau-Delta-Anstecker angeboten hatte. Noch mehr außer Atem war sie aber gekommen, als er sie im Holiday Inn außerhalb des Campus so richtig schön ausgiebig durchgevögelt hatte. Diesmal ging nichts daneben. Immer wieder pumpte er sie voll, bis sie wußte, daß sie jetzt aufspringen und es herauslassen mußte, um es aus Furcht vor einer Schwangerschaft abzuwischen. Doch dann ließ sie es wieder stöhnend mit sich geschehen, und diesmal war es ihr egal. Denn sie hatte sofort gewußt, daß sie diesen gutaussehenden zukünftigen Rechtsanwalt mit dem herrlichen Humor und dem wunderbaren Lächeln heiraten würde. Sie würde viele Kinder mit ihm haben und draußen auf Long Island wohnen, nicht weit weg von seinen Eltern, über die er zwar ununterbrochen gesprochen, denen er sie aber leider nie vorgestellt hatte.

Matty ihrerseits brachte es fertig, Jason mit ihrer Zimmergenossin Cloris bekannt zu machen. Während des ganzen Winters und bis in den herrlichen Frühling hinein traf man sich zu viert; ausgerechnet ihre alte Flamme Rink war mit von der Partie. (Mattys Zensuren litten darunter, oh, nur ein wenig, denn mittlerweile war sie weit weniger an russischer Geschichte interessiert als daran, von Jason gebumst zu werden.) Das lief so bis zum Ende des letzten Semesters. In ihrem Lieblingsmotel passierte es dann, nachdem Jason sie zwischen dem harten Kopfteil des Bettes und geblümter Wand energisch durchgevögelt, ihr Schreie der Lust entlockt und sie beinahe besinnungslos gemacht hatte. Unmittelbar danach – sie selbst war noch gar nicht wieder richtig zu sich gekommen – erwähnte Jason beiläufig, daß er sich entschieden habe, ihre Zimmergenossin Cloris zu heiraten, die er seit Winteranfang öfter getroffen (und begeistert gevögelt) hatte. Und ob er nicht vielleicht seinen Anstecker wiederhaben könne.

Matty verbrachte den Sommer in einem Zustand, der über eine bloße Depression hinausging und an Selbstmord grenzte; insbesondere, als sie für ein paar Wochen glaubte, schwanger zu sein. (Wunschdenken; sie war so fertig, daß sie sich sogar mit einem Kind von Jason abgefunden hätte.) Irgendwie hatte sie die unerträgliche Hitze von Kansas sowie die provozierende Bequemlichkeit und Nachlässigkeit ihrer Mutter (der Vater war glücklicherweise im Frühjahr an seiner Trunksucht krepiert) überlebt. Im darauffolgenden Herbst war sie gleichgültig auf den Campus und in Professor Springers Fortgeschrittenenseminar für Russische Geschichte zurückgehumpelt. Sie hatte am Semesterende nur ergeben genickt, als er ihr gesagt hatte, daß sie durchfallen werde. Eines Tages hatte sie ihm nach dem Seminar gestanden, daß sie nicht mit dem Herzen dabei war.

Sie hatte seiner Einladung zum Abendessen nachgegeben, hatte zugelassen, daß er sie freundlich ausgehorcht hatte und scheinbar unendlich fasziniert von ihrer entfernten russischen Abstammung gewesen war. Auch seine gleichermaßen freundlichen Annäherungsversuche auf dem Sofa seiner Wohnung hatte sie sich gefallen lassen. Während Mahler aus der Stereoanlage schwoll, hatte sie ihn zwischen ihre Beine fühlen lassen. Schließlich war er in sie eingedrungen, sie war zusammengezuckt und hatte wegen seiner Größe aufgeschrien, sich dann eng an ihn geklammert und war – an Jason denkend – zu einem wunderbar entspannenden Orgasmus gekommen. Du fickst wie ein Luchs, hatte er schwer atmend zu ihr gesagt, und sie hatte es geistesabwesend für ein Kompliment gehalten. Noch in ihr drin, hatte er fast beiläufig gefragt: »Hast du jemals folgendes ausprobiert ...?«

Es war die erste von vielen solcher Vorstellungen gewesen, einige hatten sie gestört, andere sogar geängstigt, aber angesichts ihrer abflauenden Depression hatte sie keine zurückgewiesen. Sie war überzeugt, daß Professor Springer ihr das Leben rettete. Wenn der Sex im Laufe der Monate etwas abartig wurde, wenn er es bevorzugte, gewisse unkonventionelle Dinge zu tun, so war das ihrer Meinung nach in Ordnung. Er war zärtlich, rücksichtsvoll und immer dankbar. Und er blieb. Sie war einigermaßen zufrieden, wenn auch nicht wunschlos glücklich. Sie hatte Frank Springer nie geliebt, tat es jetzt nicht und würde es – wie sie sehr wohl wußte – auch niemals tun. In der Mitte des Semesters begann Springer, immer ernsthafter von Heirat nach dem Examen zu sprechen. Beim Abendessen oder bei Spaziergängen am See hatte sie bloß genickt. Sie war jetzt ungebunden, frei, klar und so unentschieden, was ihre Zukunft betraf, wie sie sich ihrer noch ein paar Monate zuvor sicher gewesen war. Doch Jason und die alte Clique waren nur noch eine blasse Erinnerung aus früher College-Zeit.

Außerdem glaubte sie, es gebe weit Schlimmeres als einen muskulösen, wahnsinnig intelligenten, außergewöhnlich angesehenen und sexuell potenten älteren Professor, der ständig von ihr schwärmte und sie ständig an die Größe ihrer russischen Vorfahren erinnerte. Außerdem hatte er immer wieder eine andere Art von Tätigkeit angedeutet, eine bessere, *wichtigere* Arbeit, die ihn nach Ablauf seiner Lehrverpflichtungen erwartete, Reisen, eine Menge Reisen, die zauberhaften Orte, die sie sehen, die wunderbaren kultivierten Menschen, die sie treffen würde. Und schließlich die Kinder, die sie haben würden. Alles in allem ein sicherlich anregendes Leben.

Am Tag nach ihrem Examen wurden sie bei den Niagarafällen getraut. Davon hatte er anscheinend sein Leben lang geträumt. Matty schwebte gleichsam über allem. Nie war sie ganz da, aber doch präsent genug, um mit ihm zu schlafen, mit großem Vergnügen, aber ohne Leidenschaft. Im dunstigen Mondlicht vor dem rauhen Gebrüll des Niagara hielt sie seine Hand. Sie glaubte, dies sei die wahre Liebe.

Keiner ihrer Bekannten kam zur Hochzeit. Mattys Mutter, seit dem Tod ihres Mannes ohnehin nur noch ein lebender Leichnam, zeigte keinerlei Interesse. Mit Franks finanzieller Hilfe zog sie in ein ausgezeichnetes Pflegeheim im Mittleren Westen, wo sie nach genau zwei Wochen still verwelkte und starb.

Was Franks bombastische Versprechungen betraf, so hielt er immerhin die eine: ein geräumiges Haus in Rye, wo Matty ihre Tage beim Frisör oder im Einkaufszentrum verbrachte (und sich manchmal vage fragte, ob sie vielleicht zufällig einmal Jason treffen würde oder gar seine so schwer zugänglichen Eltern). Ihre Nächte verbrachte sie allein in einem großen Bett in einem großen Haus, während Frank weg war und ›arbeitete‹. Arbeit für die Regierung, hatte er gesagt, ohne je deutlicher zu werden, ohne ihr auch nur sein Büro zu zeigen. (»Das meiste ist freiberuflich, Kätzchen.«) Dabei ließ er sie keineswegs im unklaren darüber, daß er nicht gerne über das Thema sprach.

Das war ihr Leben gewesen.

Zuerst hatte sie sich darüber beschwert, daß er nie zu Hause war (schließlich war es besser, mit jemandem zusammenzusein als mit niemandem). Doch schon bald beklagte sie (innerlich – niemals ihm gegenüber), daß er zu Hause war. Denn er wollte immer nur das eine, wenn er da war. Und er wollte viel davon. Und es mußte dabei schauerlich zugehen. Und häßlich, oft grotesk und schließlich zunehmend schmerzhaft.

Nur einmal hatte sie zurückgeschlagen. Einmal. Und das hatte sie eine neue Schmerzschwelle gelehrt.

So fraß sie denn alles in sich hinein und ertrug es. Wie ein Tier im Käfig.

»Was, in Gottes Namen ...«, hatte ihr Gynäkologe eines Nachmittags angesetzt zu sagen. Sie hatte ihn nie wieder konsultiert. Tief in ihrem Innern wußte sie, daß, wenn diese Perversitäten andauerten, sie nicht nur unfähig sein würde, ein Kind zu bekommen. Sie würde auch gar kein Kind mehr wollen. Nicht mit diesem Mann.

Dann war diese andere Geschichte passiert.

Sie beide allein waren eines Nachts auf einem Parkplatz von zwei Männern angegriffen worden. Oder vielmehr: Sie hatten Frank angegriffen. Sie hatten Schußwaffen. Sie hatten Messer. Sie hatten die Körpermaße von Footballspielern.

Und sie sah, was Frank, ohne auch nur schneller zu atmen, mit ihnen anstellte.

Sie sah auch, was er danach mit ihren Körpern veranstaltete.

Dort auf dem dunklen Parkplatz arrangierte er die beiden nackten Toten so, daß sie hintereinander und *in*einander verschlungen zu liegen kamen. Ein groteskes Arrangement, das offensichtlich für jemand anderen inszeniert war. Zuvor jedoch hatte er sie entmannt, ihre Hoden abgeschnitten. Dann stand er da, grinste glücklich zu Matty hinüber und schluckte sie langsam und genüßlich hinunter.

»Die Inkas glaubten, daß man, um die innere Stärke des Feindes zu erlangen, seine ...« Aber Matty war bereits dabei, sich in dem dunklen Durchgang zu übergeben, wobei er geduldig zusah.

Aber sie hatte genug gehört. Schlimmer noch, sie hatte gehört, *wie* er es gesagt hatte. Genauso wie damals in Radcliff, als er in aller Ruhe seine Vorlesungen gehalten hatte. Als ob intellektuelle Brillanz jede gotteslästerliche Handlung rechtfertigen könnte!

In der Nacht damals hatte sie ihn zum ersten Mal gesehen, wie er wirklich war. Sie begriff, daß seine Krankhaftigkeit, seine Begierden genauso grenzenlos waren wie seine überwältigende Stärke und Geschicklichkeit, daß die Rolle als Hochschullehrer nur der freundliche Deckmantel für etwas viel Mächtigeres und Heimtückischeres gewesen war, das weit über die Grenzen moralischer Verkommenheit hinausging und im dunklen Bezirk der Geisteskrankheit angesiedelt war. Nur ein bedächtiger, teuflisch-verrückter Verstand konnte sich so etwas ausdenken. Frank glaubte, um den Tod wirklich verstehen, schätzen und respektieren zu können, müsse er sich buchstäblich in ihm wälzen, ihn in sich aufnehmen.

Und dann gab es die, die ihm die Gelegenheit dazu gaben,

wirklich alle Gelegenheiten, die er sich nur wünschen konnte. Sie bezahlten ihn sogar dafür, und gar nicht mal schlecht.

Unterdessen genoß ihr Ehemann, der von Tag zu Tag unbegreiflicher wurde und die schlimmsten Ahnungen bestätigte, eine geradezu surrealistisch anmutende Immunität in Rechtsangelegenheiten, die sie nie ganz begriff.

Er gab sich blasiert und über alles erhaben. Sogar über Gott.

Währenddessen wurde der Sex, die Krankhaftigkeit seiner Bedürfnisse, immer bizarrer und verachtenswerter.

Eine Schnur um ihren Nacken, ihre Kehle abgeschnürt, mit seinem ganzen Gewicht auf ihr drauf, sein großes brennendes Glied schon in ihr spuckend, zischte er beim Höhepunkt: »Orgasmus durch Ersticken ... ist die sublimste ... Kunst von allen.« Dabei schwamm ihr sein alptraumhaftes Grinsen rötlich vor den Augen, als sie das Bewußtsein verlor, hoffend, sie werde niemals wieder erwachen.

Dergestalt mißhandelt und zugerichtet, dauerte es manchmal Wochen, bevor sie sich wieder aus dem Haus wagte.

Wie ein Krebs breitete sich der Wahnsinn aus, der nun ihr Leben geworden war. Gleichzeitig entstanden die ersten hoffnungsvollen Pläne, ihn zu verlassen. Da sie nun jedoch wußte, wer er war beziehungsweise was aus ihm geworden war, begriff sie, daß ihr Abgang schnell, endgültig und unwiderruflich sein mußte. Eine zweite Chance würde sie nicht haben.

Sechs quälend lange Monate plante sie ihre Flucht bis ins kleinste Detail.

Dann warf sie den ganzen Plan über den Haufen, als die Männer in den dunkelgrauen Anzügen mit den düsteren, grimmigen Augen eines Sonntagmorgens an ihrer Tür erschienen und Frank mitnahmen.

Sie erzählten ihr alles über den legendären Frank Springer. Für wen er arbeitete und warum. Warum er früher einmal für sie so wertvoll gewesen war und jetzt nicht mehr sein konnte.

Sie erzählten ihr, wohin er kam und wie man sich um sie kümmern werde. Für den Rest ihres Lebens. Sie bräuchte keine Angst zu haben. Nie wieder.

Sie hatten nicht gelogen. Damals nicht. Sie sorgten gut für sie. So gut, daß sie es nicht länger aushalten konnte.

Und ihnen schließlich entkommen war …

Leise durchquerte Matty den Flur, das Messer am Rücken, stieß sie sanft die Schlafzimmertür auf. Das Bett war leer und noch unbenutzt. Frank war nirgendwo zu sehen.

Spielte er wieder eins seiner Spielchen?

War da etwas hinter ihr? Sie wirbelte herum.

Nur Schatten und ein leerer Flur und das schmerzhafte Schlagen ihres Herzens.

Nur die Ruhe. Jetzt nicht die Nerven verlieren.

Er ist irgendwo im Haus. Er würde dich nicht verlassen. Du mußt ihn nur finden.

Sie drehte sich zum Flur um und hörte in der Ferne ein kurzes Krachen.

Sie ging ins Schlafzimmer zurück und zum Fenster, teilte vorsichtig die durchsichtige Gardine und starrte zu ihm in den schneebedeckten Hinterhof hinunter. Sein Oberkörper war nackt, die große rote Axt schwang im tödlichen Bogen über ihm, Holzspäne flogen umher. Er hackte Brennholz für sie. Für ihr gemütliches kleines Winterheim. Wie lieb und aufmerksam. Sie stand lange da und starrte auf ihn hinab: auf die schnelle Treffsicherheit seiner Schläge, auf die dicken Holzklafter, die muskulösen Schultern, auf die tödliche Präzision, mit der er die schwirrende Schneide plazierte.

Und sie hatte dieses alberne Steakmesser.

Matty seufzte tief und lehnte sich einen Augenblick lang gegen die kühle Fensterleiste, um auszuruhen. Ihr war elend zumute; die Ungleichheit, das groteske Mißverhältnis kam ihr zu Bewußtsein. Sie hatte nicht mehr Chancen gegen ihn als eine Fliege mit …

Sie wollte den Gedanken nicht zu Ende führen, stand abrupt auf und marschierte mit steifen Schritten aus dem Schlafzimmer hinaus auf den Flur. Sie mußte unbedingt etwas tun!

Nimm jetzt das Kind, und lauf weg, solange er draußen ist!

Sicher. Aber wohin rennen, vielleicht in die nächste Schneeverwehung? Keine gute Idee. Panik war nie ein guter Ratgeber.

Aber es *gab* einen Weg. Es *mußte* einen Weg geben. Versuch nicht, ihn reinzulegen. Überrasch ihn.

Jetzt befand sie sich auf der dunklen Treppe und tappte in noch schwärzere Schatten nach unten. Ihre Gedanken überschlugen sich, während sie gleichzeitig von hinten das Echo seiner scharfen, gleichmäßigen Schläge hörte.

Wahrscheinlich war er nicht einmal außer Atem.

Sie kam zur Eingangstür, die (natürlich) nicht verschlossen war, taumelte aber beim ersten eisigen Windstoß zurück und schloß die Tür gleich wieder. Wie konnte er das bloß ohne Hemd da draußen aushalten? Weil er eben kein Mensch ist, deshalb hält er es aus.

Mit pochenden Schläfen, den Kopf in den Händen, kam sie über den Wohnzimmerteppich zurück und brachte es dabei fertig, im Dunkeln schmerzhaft mit dem Couchtisch zusammenzustoßen. *Scheiße!*

Zur Hölle mir dir, Frank! Mit geballten Fäusten wirbelte sie herum und trat impulsiv gegen die Teakholzkommode an der Stirnwand, hörte darin einen Teller fallen und noch etwas. Sie wollte schon weggehen, als sie sich noch einmal umdrehte und bemerkte, daß dieses ›Etwas‹ die schwarze Reisetasche war, die zwischen Wand und Kommode gefallen war.

Einen Augenblick lang stand Matty mit offenem Mund da. Ihre Pläne und dieser Glücksfall verschmolzen zu einem einzigen Gedanken.

Sie blickte rasch über ihre Schulter hinweg in die Richtung, aus der die Schläge kamen. Dann stürzte sie sich aufgeregt auf die Reisetasche, die sie so leise wie möglich öffnete, und hielt den Inhalt ins spärliche Mondlicht.

Da waren mindestens ein Dutzend Dosierfläschchen mit verschiedenen Drogen, gefüllt und unbenutzt, und fast ein Dutzend Klarsichtpackungen mit Einwegspritzen.

Sie lächelte im Mondschein.

Kein Messer. Eine Spritze! Das war der Weg. Eine Spritze,

gefüllt mit Beruhigungsmittel. Wenn möglich, genug, um ihn zu töten. Wenn nicht, dann wenigstens genug, um ihn so lange auszuschalten, bis sie die Axt in den Händen hatte.

Ja, eine Spritze. Unter der Matratze versteckt, da hineingesteckt, wo ihre Finger sie schnell hervorziehen konnten.

Sie langte in die lederne Reisetasche, nahm eine der kleinen Flaschen heraus und beäugte mißtrauisch das Etikett: Seconal. Sie zögerte, zitterte plötzlich.

Würde er es nicht merken? Und die Spritze?

Hatte er sie alle gezählt, jeden einzelnen Gegenstand in der Tasche? Durchaus möglich. Schließlich ging er stets methodisch vor und war darüber hinaus über die Maßen paranoid.

Sie rollte die Flasche in der Hand, nahm eine der Spritzenpackungen und riß sie auf, bevor sie es sich noch anders überlegen konnte. Tu es! Du mußt diese Gelegenheit nutzen. Wird er dich umbringen, wenn er dich dabei erwischt?

Sie stach die Stahlnadel in den Gummistopper, füllte die Spritze mit der klaren Flüssigkeit, hielt sie gegen das schwache Licht und erstarrte. Das Hacken draußen hatte aufgehört.

Die Tür öffnete sich. Ein kalter Luftzug. Frank betrat den Raum.

Zuerst sah er sie nicht, weil sie dort auf dem Boden kauerte. Als er sie bemerkte, zögerte er einen Moment lang auf seinem Weg in die Küche. »Was, zum Teufel, treibst du da?«

Matty blieb ruhig, ließ die Spritze und das leere Fläschchen in die Reisetasche fallen und schloß leise den Deckel. Hier macht sich deine alte Schauspielerei bezahlt, dachte sie.

Sie legte die Hand an den Kopf, um seine Augen vom Boden abzulenken, stieß die Reisetasche mit der anderen Hand unter den Rohrstuhl und stand mit weichen Knien im Halbdunkel. »Was ich hier mache? Ich bin hingefallen, verdammte Scheiße. Von dem Zeug, das du mir immer in den Tee tust!«

Sie stolperte auf ihn zu und machte einen überzeugenden Schlenker; so glaubte sie wenigstens.

Frank betrachtete sie ruhig und lächelte. »Mein Gott, du siehst schrecklich aus.«

»Vielen Dank. Wenn ich hier vielleicht außer Beruhigungsmitteln auch mal was zu *essen* bekäme.« Sie eilte an ihm vorbei in die Küche und unterdrückte einen lauten Seufzer, als er ihr folgte. Hatte er etwas bemerkt?

Sie wußte, daß er nichts sagen würde, wenn es so war. Er würde eine Weile mitspielen und sie dann erst damit demütigen. Demütigen und quälen.

»Du hast dich weiter erbrochen«, erwiderte er, »und ich wollte dich nur ruhigstellen. Das Zeug kriegt man in jeder Apotheke.«

Theatralisch taumelte sie zum Eisschrank, nahm eine Milchflasche heraus und goß sich ein Glas voll. Sie sah ihn nicht an, als er zum Wasserhahn ging, um etwas zu trinken. Auf seinen Schultern glänzten Schweißperlen. »Was tust du?« fragte sie, als wüßte sie von nichts.

Er schluckte, füllte wieder sein Glas und schluckte wieder. »Ach, Brennholz hacken. Willst du mir helfen?«

»Danke, nein. Deine Beruhigungsmittel machen mich krank. Können wir nicht damit aufhören, was meinst du?«

»Sie helfen dir zu schlafen.«

»Du meinst wohl: Sie helfen mir, in deiner Nähe zu bleiben.«

Er goß sich Wasser nach. »Du kannst jederzeit gehen, Kätzchen. Ich würde mir aber einen warmen Mantel anziehen.«

Sie goß sich noch mehr Milch ein, um das Händezittern zu unterdrücken. »Ich habe über deinen Vorschlag nachgedacht«, begann sie gesprächig.

Doch in dem Moment, als sie es ausgesprochen hatte, wußte sie bereits, daß es dafür noch zu früh war. Ein Holzweg. So würde es nicht klappen. Er würde mißtrauisch werden.

»Von welchem Vorschlag sprichst du?«

Denk nach, Matty, *denk nach!* »Bei dir zu bleiben, noch mal zu den Niagarafällen zu fahren und das alles. Erinnerst du dich?«

Er setzte sorgfältig das Glas ab. »Oh, und?«

Sie schloß den Milchkarton und tat ihn wieder in den Eisschrank. »Nun, ich habe mir die Sache sorgfältig überlegt.«

Er drehte sich um, um ihren Gesichtsausdruck zu studieren, ob sie log, um ihre Augen zu sehen.

Sie wich den seinen aus. »Ich habe mich entschieden.«

»Ja?«

»Ja. Ich fände es einfach herrlich, Frank, wenn du die Niagarafälle nehmen würdest, den ganzen Norden des Bundesstaates New York – Kanada nicht zu vergessen –, nimm sie und schieb sie dir vierkantig in deinen mageren Arsch.«

Er lachte bellend.

Matty nippte an der Milch und betete.

Frank schüttelte den Kopf, trocknete sich die Hände ab und ging wieder zur Eingangstür. »In zwanzig Minuten bin ich fertig. Ich gehe dann nach oben ins Bett und werde sehen, ob du dir die Sache bis dahin noch mal überlegt hast.«

»Laß mich in Ruh!«

Er grinste, schloß die Tür hinter sich und hinterließ einen eisigen Luftzug an Mattys ohnehin zitternden Knien.

Sie hatte es geschafft. Aber beinahe wäre es schiefgegangen. Geduld war die Lösung. Nächstes Mal würde sie es schlauer anstellen.

Sie stieß das Glas beiseite, eilte durch die Küche und machte das Licht aus, als sie ging.

Sie kniete sich neben den Rohrstuhl, holte die Reisetasche hervor und entnahm ihr die Spritze und das Fläschchen. Sie wußte sofort, daß es nicht klappen würde. Selbst wenn er das fehlende Fläschchen und die Spritze nicht bemerkte, selbst wenn er nicht nachgezählt hatte: Er war derjenige, der den Abfall beseitigte. Er (mit seiner enormen Paranoia, seiner Angst, telefonisch oder sonstwie abgehört zu werden), war derjenige, der alles saubermachte, in jede Ecke spähte und dort Staub wischte. Es gab einfach keinen Ort, wo man etwas verstecken konnte. Keinen einzigen.

Außer vielleicht der Toilette.

Vorsichtig stellte Matty die Reisetasche wieder an ihren Platz. Dann befühlte sie den Teppich, um sicherzugehen, daß nichts verschüttet worden war. Schließlich nahm sie vorsichtig die volle Spritze und lief mit der leeren Flasche in der anderen Hand wieder nach oben.

Im Elternschlafzimmer hob sie ein wenig die Matratze auf ihrer Seite an, ließ die gefüllte Spritze sachte darunter gleiten und legte die Matratze wieder darüber. Eine winzige, kaum wahrnehmbare Beule.

Nein. Für Frank gab es nichts, was er nicht wahrnahm.

Sie langte mit den Fingern unter die Matratze und schob die Spritze tiefer hinein. Dann trat sie zurück und sah es sich an. Ja, so schien es in Ordnung.

So dachte sie wenigstens.

18

Auf der Rückfahrt nach Greenborough, ins blutige Morgenrot hinein, hatte Chris befürchtet, er könne hinter dem Steuer einschlafen, über den Mittelstreifen hinausschlittern und frontal mit einem anderen Auto zusammenstoßen; oder aber in eine der harten, verharschten Schneeverwehungen am anderen Straßenrand fahren, die sich dort aschfarben und von der Morgensonne noch unberührt auftürmten. Aber er war hellwach, sein Gehirn knisterte nur so vor Wachsamkeit, als hätte er mehr als nur die üblichen zwei Tassen Kaffee zum Frühstück gehabt, wo er doch in Wahrheit keine einzige getrunken hatte. Der große rote Sportwagen machte sich unter seinen Händen eigenartig angenehm. Auf den ersten Kilometern noch fremd und nervös wie eine junge Stute, beruhigte er sich bald, während Chris sich seinerseits an die direkte Lenkung, den engeren Wendekreis und die enorme Beschleunigung gewöhnte. Er verstand nun, warum Leute, besonders Männer, sie so heiß begehrten. Jedenfalls die, die es sich leisten konnten. Er konnte sogar etwas neidisch werden, wieder etwas zu all den Dingen hinzufügen, um die er Frank Springer ohnehin schon beneidete.

Springer wollte von allem nur das Beste. Deshalb hatte er sich auch Matty ausgesucht, sie vielleicht sogar geheiratet.

Und darum hatte er ihr weiter nachgestellt, nachdem sie sich getrennt hatten. Wie alle Männer mit einem guten Geschmack war er nicht unempfänglich für diese tiefgrünen Augen, ihre aufreizend langsamen Körperbewegungen, ihr ruhiges Selbstvertrauen, das ganz im Gegensatz stand zu ihrer Fähigkeit, plötzlich in unverschämtes Lachen auszubrechen, ja, sogar liebenswert albern sein zu können. Ihr weicher, gebräunter Körper, die Art, wie sie ihre Zunge einsetzte, ohne Zögern, auf königliche Art zudringlich.

Du kannst jetzt damit aufhören!

Aber natürlich konnte er nicht. Er hatte wirklich keinerlei Grund mehr anzunehmen, daß sie ihm – selbst während ihrer Gefangenschaft – treu geblieben war, gezwungenermaßen oder nicht; nicht einmal, daß sie ihm überhaupt jemals treu gewesen war. Keinerlei Grund anzunehmen, daß sie ihm jemals die Wahrheit über irgend etwas gesagt hatte.

Lügen waren von Anfang an Teil ihres gemeinsamen Lebens gewesen. Wie viele, wie weitreichende, das würde er noch erfahren. Jedenfalls wenn er jemals wieder dicht genug an sie herankäme, jetzt wo Rick ausgefallen war. Aber da war gewiß eine Menge Lügen, vielleicht mehr als Wahrheiten.

Aber niemand beginnt eine Beziehung ohne ein paar Lügen, redete er sich selbst gut zu. Wir kommen bloß ohne Lügen zur Welt. Nur die Geburt ist frei von Täuschung.

Kommt drauf an, von wessen Geburt hier die Rede ist!

Chris nahm den plötzlichen Adrenalinstoß fast gleichgültig hin. Er hatte sich beinahe daran gewöhnt, denn immer, wenn er jetzt an Nicky dachte, empfand er denselben stechenden Schmerz. Eines Tages hast du einen Sohn. Am nächsten Tag hast du einen Sohn und noch etwas anderes. In Wahrheit wies das Kind eine flüchtige Ähnlichkeit mit Frank Springer auf.

Trotz des geräumten Schnees war der Highway stellenweise immer noch gefährlich glatt. Chris bremste wegen eines alten Buick – eines alten, grünen, runden Panzers mit chromstrotzenden Bullaugen, wie er ihn selbst während seiner College-

Jahre besessen hatte. Chris machte sich den niedrigen Schwerpunkt und die große Spurbreite des Lamborghini zunutze und jagte verwegen vorbei, ohne auch nur einen Zentimeter auf dem trügerischen Asphalt ins Schleudern zu kommen. Als er den Oldtimer überholte, flogen dicke Schneebrocken von dessen Dach, die hinter ihnen wie Felsgestein explodierten. Für Sekunden sah Chris das wettergegerbte und entschlossene Gesicht des Fahrers. Fuhr der alte grüne Buick auch nach Greenborough? Zu seiner Familie? Zu einem glücklichen, normalen und auf bequeme Art alltäglichen Leben?

Wieder etwas zu beneiden. Er blickte kurz nach unten zu dem glänzenden Autotelefon. Er nahm den Apparat, behielt die andere Hand am sensiblen, lederbezogenen Steuer, wählte die Nummer des Krankenhauses und bat darum, mit Dr. Werthem verbunden zu werden.

»Dr. Werthem hat zur Zeit keinen Dienst. Dr. Michaels kann Ihnen weiterhelfen.«

Chris sagte: »Gut« und wartete. Schließlich hörte er eine jungenhafte Stimme am anderen Ende der Leitung. Jemand kaute etwas; wahrscheinlich das erste Frühstück. »Ich bin ein Freund von Rick Corman. Er ist einer von Dr. Werthems Patienten«, teilte Chris der Stimme mit. »Ich möchte mich nach seinem heutigen Befinden erkundigen.«

»Corman ... die Schußwunden, nicht wahr?«

»Ja.«

Chris hörte Papier rascheln. »Der Zustand des Patienten ist stabil ... die lebenswichtigen Organe sind in Ordnung ... die Blutwerte waren heute morgen in Ordnung; wurden gerade genommen. Vorübergehend getrübter Urin, hat sich gegeben. Es geht ihm gut; ist ansprechbar.«

»Wann kann ich mit ihm sprechen?«

Im Rückspiegel seines Sportrennwagens flammten rote und blaue Lichter auf.

»Oh, heute nachmittag, wenn seine Werte weiter gut bleiben. Aber ich bezweifele, daß er *sprechen* kann. Er wurde im Mund operiert, wissen sie?«

»Ach so«, sagte Chris lahm. »Vielen Dank, Doktor.«

»Stets zu Diensten.«

Der große Streifenwagen kam rasch näher und füllte das gesamte Rückfenster aus. Chris lächelte.

Er legte den Hörer ab und fuhr den großen Sportwagen gehorsam an den Straßenrand. Er hatte so etwas erwartet.

Chris kannte den Polizisten nicht, dessen Brustplakette ihn als Officer Colgon auswies. Er wußte nicht einmal, ob er vom Landkreis Greenborough und einer von Sheriff Bradleys Jungs war. Er war jung und blond, kräftig und unbeholfen, ziemlich genau so, wie er sich den unsichtbaren Doktor am Telefon vorgestellt hatte. Es schien ihm leid zu tun, daß er Chris die Handschellen anlegen mußte.

Chris wurden die Handschellen erst angelegt, nachdem er mit dem Polizisten in die ruhige frühmorgendliche Innenstadt von Greenborough eingefahren war. Sobald der Wagen vor dem Büro des Sheriffs angehalten hatte, kam der blonde Beamte in seiner schmucken Uniform hochoffiziell um den großen Streifenwagen herum und bat Chris höflich, aber bestimmt, die Hände hinter den Rücken zu tun. Dann legte er ihm die Handschellen an und führte ihn entschlossen in das Büro des Sheriffs. Wie im Fernsehfilm, dachte Chris, der in diesem Moment Mattys Gesicht vor sich sah, wie es sich im bläulichen Kathodenlicht konzentrierte.

Das Büro war leer. Chris fragte sich, ob ihn Officer Colgon in eine Zelle sperren würde. Aber der junge Mann zeigte auf eine Bank neben dem Schreibtisch des Sheriffs und ließ Chris für einen Augenblick dort allein.

Man hörte, wie Colgon im Hinterzimmer herumstöberte. Chris nahm an, daß Colgon seinerseits annahm, daß er in Handschellen an einem bitterkalten, schiefergrauen Novembermorgen wohl kaum weit kommen würde.

Einen Augenblick später kam Officer Colgon zurück, machte eine Kanne frischen Kaffee, bot Chris eine Zigarette an, die dieser ablehnte, zündete sich selbst eine an, setzte sich in einen alten Stuhl mit harter Rückenlehne, der auf der anderen Seite des Schreibtisches stand. Er stand sofort wieder auf, als ein Junge eine Schachtel mit Krapfen hereinbrachte. Colgon bot Chris die Schachtel an. Wieder lehnte er ab. Chris wußte nicht recht, wie er mit den Händen auf dem Rücken etwas essen sollte. Colgon bezahlte den Jungen, setzte sich mit Kaffee und Krapfen hin und aß. Er schwieg fast eine Stunde lang, bis Sheriff Bradley mit aufgequollenem, noch verschlafenem Gesicht hereinkam und mit ihm eine kalte Brise.

Bradley zog seine runzelige Lederuniformjacke mit dem Wollkragen aus und hing sie an den einzigen vorhandenen Kleiderständer. Dann rieb er sich die Hände und verkündete, daß es draußen kälter sei als die Titten einer Hexe. Dann ging er sofort zum Kaffee, goß sich eine Tasse ein und sah über die Schulter zu Chris hinüber. »Möchten Sie welchen?«

»Nein, danke.«

Bradley nippte, während der Dampf seine geröteten Backen liebkoste. Er leckte sich die Lippen und grunzte. Dann atmete er zum ersten Mal an diesem Arbeitstag tief ein. Er war gerade an seinem Schreibtisch angelangt, als Officer Colgon wieder eintrat. Bradley schielte hinüber, sah Chris' Handschellen, machte eine ungeduldige Handbewegung, und der junge Polizist nahm sie ihm ab.

»Mußten Sie lange warten?«, fragte er in den Raum. Chris begriff, daß er gemeint war.

»Nein. Weniger als eine Stunde.«

Bradley nickte. »Der gottverdammte Schneepflug konnte nicht zu meinem Haus hochkommen. Der gottverdammte Fahrer hat sein Auto nicht angekriegt, um zum Schneepflug kommen zu können!« Er lachte kurz auf, nahm ein Papier aus dem Haufen und angelte nach seiner Brille. »Also. Sie waren sehr beschäftigt, Chris ...«

Chris beobachtete ihn von der Bank aus.

»Wie geht's dem Kopf?«

»Danke, gut.«

»Sie waren in Kingston, nicht wahr?«

»Ja.«

Bradley schielte aus geteilten Brillengläsern über seine Nase hinab auf das Papier. »Aha. Nun, was ich mich frage – worüber wir uns eigentlich alle wundern – ist, warum Sie sich ausgerechnet den glänzenden roten Sportwagen von Herrn Springer ausgesucht haben und nicht Ihren eigenen.«

Chris sagte nichts.

Bradley legte das Papier und die Brille ab, dann wandte er sich ihm zu und sagte plötzlich nachdenklich: »Hatte selbst mal einen Sportwagen. Grüner Alfa. Kennen Sie Alfa Romeo?«

»Ja.«

»Italienischer Wagen. Hübsches kleines Ding, aber immerzu in der Scheißwerkstatt. Nichts für den Frost. Habe Sie zur Fahndung ausgeschrieben, Chris.« Er raschelte mit einem Zettel. »Sind Sie sich darüber im klaren, was das ist?«

»Ja.«

Bradley hob die Papiere hoch, als seien sie von nur geringer Bedeutung. »Wirklich nur eine Formalität. In einer Stadt wie Greenborough kriegt man nur selten die Gelegenheit, Großstadt-Maßnahmen einzuleiten. Daher habe ich eine Fahndung herausgegeben, bloß um mal zu sehen, wie so was aussieht. Ich glaube nicht, daß das auf Dauer in Ihrem Führungszeugnis bleibt. Warum haben Sie den Wagen gestohlen, Chris? Oder möchten Sie lieber warten, bis Springer kommt?«

Chris hob die Augenbrauen. »Er kommt?«

»Er hat die Anzeige erstattet«, sagte Bradley nickend, während er gemächlich seinen Kaffee schlürfte.

Natürlich, dachte Chris.

Bradley leckte sich die fetten, selbstzufriedenen Lippen. »Natürlich wissen wir alle, daß Sie eine gute Erklärung dafür haben«, sagte er ein wenig gönnerhaft. »Aber Sie werden wahrscheinlich von Doc Holiday eine üblere Abreibung beziehen als von mir. Wenn ich mich recht erinnere, hat er verlangt, daß Sie die ganze Zeit in der Pension bleiben und sich ausruhen. Geht es Ihnen wirklich gut? Keine Kopfschmerzen?«

Chris blickte auf die Hauptstraße hinaus, die sich jetzt im ersten Tageslicht belebte. »Ich werde auf Springer warten«, sagte er.

Bradley zuckte mit den Schultern und wandte sich wieder der Kaffeekanne zu. »Nun, wir leben in einem freien Land. Wäre vielleicht besser, wenn Sie die Nummer eines Rechtsanwalts parat hätten. Wäre mein Ratschlag.« Chris dachte an Goldstein, an den er schon länger nicht mehr gedacht hatte.

»Oder das Gericht wird Ihnen einen Pflichtverteidiger zuordnen, falls es soweit kommt. Aber das glaubt natürlich keiner.« Bradley nippte wieder und lächelte.

Chris sah hinüber, wie Bradley gerade schmatzend einen Krapfen verzehrte. Für Bradley würde es ein großartiger Tag werden.

Nach mehr als einer Stunde nahm Chris schließlich auch einen Krapfen und etwas Kaffee. Und dann spazierte Frank Springer herein, mit Matty im Schlepptau. Auch er lächelte. Chris dachte, daß er an einem Morgen noch nie soviel Gelächel gesehen hatte.

Matty, die nicht lächelte, steckte in einem schweren Silberfuchspelz, den er noch nie zuvor gesehen hatte. Sie sah Chris einmal kurz an, dann schaute sie weg.

Springer kam lächelnd herüber, schüttelte Chris die Hand und setzte sich auf die Bank gegenüber, direkt unter einem Glasschiebefenster. »Der Kaffee riecht gut«, verkündete er leutselig. Sheriff Bradley goß ihm mit schmunzelnder Zustimmung eine Tasse ein. Dann nahm er seinen dienstlichen Platz hinter dem Schreibtisch ein, machte es sich bequem und kramte wieder in Papieren.

»Anstrengende Fahrt hier runter, Mr. Springer?«

»Es ging. Mußten ein wenig auf das Taxi warten. Die meisten Straßen sind jetzt geräumt. Ich glaube, es wird ein schöner Tag werden.«

Bradley nickte. »Der Himmel klart auf.« Er kramte in den Papieren und langte nach seiner Brille. »Also dann zu dieser Geschichte mit dem Autodiebstahl ...«

Chris sah weiter zu Matty hinüber, die aber seinen Blicken auswich. Sie sah ein bißchen bleich aus, aber nicht besorgniserregend. Wo war das Kind? Er suchte in ihrem Gesicht nach einer Antwort, las dort aber keinerlei übermäßige Besorgnis. Springer mußte jemanden haben, der auf das Kind aufpaßte. Wenn Chris jetzt zum Haus könnte, würde er mit dem Baby einfach aus dem Haus herausspazieren können.

Er musterte das Gesicht seiner Frau. Stand sie unter Drogen? Sie machte nicht den Eindruck. Apathisch? Nicht vollständig. Etwas lag hinter ihren Augen: ein Geheimnis? Er kannte sie zu gut. Sie verbarg etwas. Etwas, das Frank auch wußte. Oder etwas, das Frank nicht wußte?

»... hier in meiner Hand habe ich einen Haftbefehl für Sie, Chris«, sagte Bradley gerade.

Chris wandte sich ihm wieder zu. Jetzt würden sie den Fall abschließen können. Sie hatten ihn genau dort, wo sie ihn haben wollten. Sie konnten ihn so lange wegstecken, wie sie wollten. Und Matty würde Springer gehören. Die Zeit würde vergehen und vergehen, bis sie wieder Fremde sein würden.

Bradley schaute ihn erwartungsvoll an. »Möchten Sie dazu eine Erklärung abgeben, Chris? Ihren Anwalt anrufen?«

»Was für eine Erklärung?«

Bradley lächelte, sah zu Springer hin, der das Lächeln erwiderte, sah wieder zu Chris, der mit den Achseln zuckte und ebenfalls lächelte, nur um gleichzuziehen. »Nun, zum Beispiel, ob Sie Mr. Springers Wagen gestohlen haben oder nicht.«

Chris lehnte sich zurück, er fühlte bereits das Innere seiner Gefängniszelle. »Ich habe ihn ausgeliehen.«

Sheriff Bradley grinste breit, als habe er das vorausgesehen. Mit einem gelben Bleistiftstumpf kritzelte er etwas auf einen Schreibblock. »Geliehen, ah, ja. Und wann genau haben Sie ihn ›ausgeliehen‹?«

»Letzte Nacht, gegen elf Uhr.«

»Sie waren bei Springers?«

Chris verschränkte die Arme. »Nein, ich war mit einem Freund zusammen. Rick Corman.«

Er sah, wie Matty sich zu regen begann, sich aber gleich wieder fing. Ihr Mundwinkel zuckte einmal, aber das Gesicht blieb ausdruckslos.

»Auf Springers Anwesen«, notierte der Sheriff.

Auf meinem Anwesen, dachte Chris, sagte aber nichts. Stattdessen sagte er: »Wir waren in der Nähe. Im Wald.«

Bradley notierte automatisch. »Und was haben Sie da oben in dem verschneiten Wald um elf Uhr nachts getrieben, Chris?«

»Gejagt.«

Bradley sah ihn an. Er hatte nicht mit Chris' Gelassenheit gerechnet, vielmehr heftige Anschuldigungen erwartet. Das hatte auch Frank getan, der ihn jetzt bewundernd anschaute. Wäre es nicht lustig, wenn ich hier heil herauskäme, indem ich einfach die Wahrheit erzählen würde?

»Gejagt.«

»Ach, richtig. Ich kenne die Ecke. Gut für die Hirschjagd da oben.«

»Nachts?« unterbrach Frank, der immer noch zuvorkommend grinste.

»Warum nicht?« fragte Chris, der ihn nicht ansah.

Bradley notierte. »Im Wald jagen. Und was passierte?«

»Mein Freund Rick ... wurde ... angeschossen.«

Matty ließ einen hörbaren Seufzer vernehmen. Jeder außer Chris bemühte sich, sie nicht anzusehen.

Bradley hielt mit seinen Notizen inne: »Wie ist das passiert?«

Chris verschränkte die Arme. »Man hat auf ihn geschossen. Mit einem Gewehr, würde ich sagen.«

»Und wer hat auf ihn geschossen, Chris?«

Chris machte ein Gesicht, als würde er eine Selbstverständlichkeit mitteilen. »Na ja, irgendein anderer Jäger«, er sah den lächelnden Frank an, »vermute ich.«

Bradley notierte, sah beinahe zu Frank hinüber, aber doch nicht ganz. »Und Sie waren dabei, als es passierte?«

»Nein, ich war eine Ecke entfernt. Ich habe es gehört und

bin hingerannt. Rick – mein Freund – war schon verwundet, als ich dort ankam.«

Bradley nickte. »Und Sie haben den anderen Jäger nicht gesehen?«

»Nein.«

Bradley notierte. »Und was passierte dann?«

Chris dachte an Ricks verunstalteten Mund, das schwarze Blut und entschied sich, es zu übergehen. Das funktionierte ganz gut. »Sobald ich begriff, daß mein Freund verwundet war, nahm ich ihn, legte ihn mir über die Schulter und lief zum Wagen zurück.«

»Ihrem Wagen.«

»Nein, zum Mietwagen. Rick ist aus Kalifornien. Er kam hier rauf, um mit mir ein paar Tage auf die Jagd zu gehen, und hat einen Wagen gemietet.«

»Aber warum das, wo Sie doch schon den Volvo hatten?«

»Rick wollte einen Wagen für sich alleine haben, um ein bißchen rumzufahren und so.«

»Aha.« Bradley notierte das mit weniger Begeisterung. »So trugen Sie also Ihren Freund zum Auto ...«

»Ja, und dabei kam ich am – er sagte es absichtlich – *Springerschen* Grundstück vorbei. Ich sah Mr. Springers Wagen, sah die Schlüssel stecken und dachte mir, das sei der schnellste Weg.«

»Aber warum haben Sie nicht an Mr. Springers Tür geklopft und um Hilfe gebeten?«

»Es war spät. Er konnte schon im Bett sein. Der Wagen war da; warum auf einen Krankenwagen warten, der sich durch all den Schnee hätte pflügen müssen? Ich dachte, der Sportwagen sei die schnellste Lösung.« Jetzt, wo er es laut aussprach, schien es ihm um so überzeugender. Chris war ganz zufrieden mit sich. Jetzt sah die Sache schon ganz anders aus. Man sah es an Bradleys Gesicht, an der Hand, mit der er sich Notizen machte.

»Aber Sie sind den ganzen Weg nach Kingston gefahren, obwohl wir doch einen guten Arzt hier in der Stadt haben. Warum?«

Chris überlegte einen Augenblick. »Die Verletzungen schienen beträchtlich zu sein. Ich dachte, der Patient bräuchte vielleicht eine umfassende medizinische Versorgung. Wie sich herausstellte, hatte ich recht.«

Bradley notierte, machte ein I-Pünktchen und lehnte sich zurück. Schließlich blickte er zu Springer hinüber. »Möchten Sie Ihrer Aussage noch etwas hinzufügen, Chris?«

Er tat so, als dächte er darüber nach. »Das wäre wohl das Wesentliche. Es tut mir leid, wenn ich Mr. Springer Unannehmlichkeiten gemacht habe. Es war sicher nicht meine Absicht, Mr. Springers Wagen zu stehlen. Es war eine Notfallsituation.«

Die Aussage blieb im Raum stehen. Sie klang eigentlich recht fundiert und vernünftig.

Bradley lehnte sich zurück, quietschte mit seinem Drehstuhl und klopfte mit seinem Bleistiftstummel auf den gelben Notizblock. »Nun, Chris, das ist so eine Geschichte. Das Problem ist nur, daß Sie – wenn ich mich recht erinnere – Mr. Springer beschuldigt haben, in Ihr Haus eingezogen zu sein. Sogar Ihre Frau und Ihr Kind entführt zu haben. Mir scheint, die Beweggründe für Ihre Anwesenheit auf dem Springerschen Grundstück geben Anlaß zu Vermutungen.«

»Ich war auf der Jagd«, sagte Chris schlicht.

Sheriff Bradley, der nicht länger amüsiert schien, sah ihn ruhig an. »Wollen Sie damit sagen, daß Sie Ihre wilden Anschuldigungen bezüglich des Hauses da oben gegen Herrn Springer und seine Frau hier nicht länger aufrechterhalten?«

»Ich sage«, erklärte ihm Chris, »daß ich mit meinem Freund Rick Corman auf der Jagd war. Auf der Jagd. Ich hätte diesbezüglich auch nichts gegen einen Lügendetektor-Test.« Natürlich würde er den auch bestehen, denn schließlich hatte er ja wirklich nicht gelogen. Wie jeder wußte.

Frank Springer grinste breit. Es war ein Grinsen der Bewunderung, das Grinsen eines hart bedrängten Gegners.

Bradley warf den Bleistift hin. »Nun, Chris. Ich fürchte, wir werden Sie ein paar Tage hierbehalten müssen, um Sie weiter zu verhören.«

»Oh, ich glaube, das wird nicht notwendig sein«, sagte Springer, der bereits aufgestanden war, die Hände zwanglos in den Hosentaschen.

Bradley sah ihn unterwürfig an. »Nun, Mr. Springer …«

»Alles in Ordnung, Sheriff. Ich werde keine Anzeige erstatten.«

Bradley schien verwirrt.

Springer musterte Chris, als ob Bradley nicht mehr zählte, gar nicht mehr vorhanden wäre. Dann sagte er mit ruhiger, geduldiger Stimme: »Wenn ich mich entscheide, keine Anzeige zu erstatten, haben Sie auch keinen Grund mehr, Mr. Nielson festzuhalten, richtig?«

»Nun … praktisch …«

»Na sehen Sie.« Er ignorierte Bradley immer noch und konzentrierte sich begeistert auf Chris, als sähe er ihn zum ersten Mal. »Offensichtlich ein Mißverständnis. Ich möchte auf keinen Fall eine Notfallsituation behindern. Denn genau darum handelte es sich hier ja wohl. Ich nehme an, Sie haben die Nummer des Krankenhauses in Kingston, Mr. Nielson, und die des Krankenzimmers?«

»Natürlich.«

Springer nickte. »Gut denn. Das wär's dann ja wohl. Ich habe zu tun.«

Er stand da und starrte Chris liebenswürdig an, bis diesem einfiel, daß er ja noch die Schlüssel von dem Lamborghini hatte. Er kramte sie hervor und gab sie Springer.

»Danke. Ich hoffe, Ihr Freund wurde nicht ernsthaft verletzt.«

»Ich auch.« Noch einmal blickte er zu Matty hinüber, die gerade mit zusammengepreßten Lippen wegschaute.

Springer langte nach vorn und bot Chris seine Hand an. Chris nahm sie und fühlte den festen, entschiedenen Griff, der wohl sagen wollte: »Gratuliere. Diesen Punkt überlasse ich dir.« Für einen Moment überstieg der Druck der Hand das normale Maß, ließ dann aber wieder nach.

Springer zog sich den Mantel an und nickte zum Sheriff hin:

»Sheriff Bradley.« Dann wandte er sich Matty zu, nahm ihren Arm und schon waren sie mit einem kühlen Luftzug draußen.

Officer Colgon, der vielleicht im Nebenraum zugehört hatte, kam mit Kaffee herein, sah zuerst Chris an, dann Bradley.

Bradley lächelte wieder und stopfte mit einer wegwerfenden Geste Papiere in die große Schreibtischschublade. »Nun, Chris«, sagte er in seinem alten vertraulichen Ton, »sieht so aus, als könnten Sie gehen.«

Und Chris, dem vor Überraschung und Erleichterung fast schwindelig war, verließ ebenfalls das Büro.

Ein kleiner Sieg. Aber hier draußen in der kalten, schlammverkrusteten Einsamkeit des Bürgersteigs erschien er ihm ohne Wert.

Er hatte nichts gewonnen. Springer hatte bloß das Spiel ausgedehnt und rüstete sich heimlich für zukünftige Schlachten. Er genoß diese kleine Herausforderung durch einen verachtenswert unbedeutenden, aber trotzdem geschickten Gegner. Springer fürchtete sich nicht vor einer Niederlage, sondern war nur ein wenig damit beschäftigt, seinen nächsten eigenen Angriff noch brutaler ausfallen zu lassen. Springer verlor nie, außer er wollte es so.

Würde sich Springer an Matty und dem Jungen rächen? Das war Chris' große Sorge.

Trotzdem glaubte er das nicht. Das war nicht Springers Stil. Das sähe nicht elegant genug aus.

Er würde Chris noch einmal kommen lassen und ihn dann töten.

Chris drehte sich in den steifen Wind, kniff die Augen zusammen und machte sich zur Pension auf. Er ertappte sich dabei, wie er den roten Lamborghini ansah, der weiter unten in der Straße vor einem Restaurant parkte.

Ohne sich im mindesten über seine Absichten im klaren zu sein, einfach seinen Schuhen folgend, ließ sich Chris zu der rustikalen Backsteinfassade des Restaurants tragen. Baulärm – so früh schon – schlug von der gegenüberliegenden Straßenseite her gegen sein Ohr, während der begleitende Gestank heißen Asphalts die saubere Bergluft durchsäuerte. Das echt Rustikale wurde abgerissen und das neue Rustikale aufgebaut. Wie die derzeitige kalifornische Mode des Santa-Fe-Stils, dachte Chris. Kein authentischer Südweststil, sondern bloß etwas quälend Mechanisches, das so ähnlich aussah. Wie man herausgefunden hatte, bevorzugten ältere Zivilisationen leuchtende, schmückende Farben, sogar die alten Griechen; die heutigen Handwerker dagegen hielten leuchtende, unverfälschte Farben für gewöhnlich. Die Theorie besagte, daß die Natur entsprechend ihren Erdtönen stärker zum Monochromatischen hin tendiere. So ein Quatsch, dachte Chris. Was war denn mit dem Tukan oder dem Mandrillpavian? Er dachte weiter: Ist mein Verstand vor Erschöpfung heißgelaufen; kommen mir deswegen diese unzusammenhängenden Gedanken?

Er passierte den geparkten Sportwagen am überfrorenen Bordstein und ging weiter, direkt auf die Restauranttür zu.

Er öffnete, ohne zu zögern, ohne Plan oder Vorbedacht. Er trat in die nach Essen duftende Wärme hinein, die wie eine schützende Decke erst allmählich angenehm wurde. Matty und Springer saßen auf der anderen Seite des eichengetäfelten Raums nahe der Ecke, bewacht von den ruhigen, toten Augen eines ausgestopften Dickhornschafbocks über ihren Köpfen. Weder der Schafsbock noch sie hatten ihn hereinkommen sehen.

Eine lächelnde Bedienung mittleren Alters näherte sich Chris. An ihrer mit einem Ansteckbukett verzierten Schulter vorbei sah er, wie Matty den Tisch verließ und sich – immer noch, ohne ihn bemerkt zu haben – zwischen den Tischen zur Damentoilette hin durchschlängelte.

Chris gab der Kellnerin seinen Mantel. »Irgendwo nahe dem Eingang. Ich muß mal Ihren Waschraum aufsuchen.«

»Natürlich. Gleich dahinten.« Sie war offensichtlich sehr freundlich und zuvorkommend.

Die Augen auf Springers Rücken gerichtet, folgte Chris Matty durch die Tische und einen kurzen, dunklen Flur hindurch zu den beiden nebeneinanderliegenden Toiletten.

Er sah, wie Matty hineinging, drehte sich um, ob jemand in der Nähe war, und folgte ihr.

Sie erkannte ihn in dem breiten Spiegel über dem altmodischen Porzellanwaschbecken. Ihre linke Hand, mit der sie etwas hatte wegwischen wollen, Tränen vielleicht, hielt mitten in der Bewegung inne.

Sie drehte sich um und betrachtete ihn, als sei sie nicht wirklich überrascht, als habe sie es vorhergesehen; vielleicht hielt sie es sogar für schlau. Schlau, so schien ihr Gesicht zu sagen, aber hoffnungslos. Idiotisch.

Da standen sie nun auf dem weißen Fliesenboden, atmeten das stark parfümierte Desinfektionsmittel von den nahen Toiletten ein und starrten einander an. Die Gegenwärtigkeit des Augenblicks war überwältigend, diese intime Nähe nach so langer Entfremdung war kaum auszuhalten.

Fast wie damals beim ersten Mal auf der kleinen Bühne in Thousand Oaks, dachte Chris, irgend etwas an ihrer vorsichtigen Erwartung ließ diesen zurückliegenden Augenblick so frisch wie von gestern erscheinen, klar und deutlich in all seinen Einzelheiten, so als könnte der Rest des weißgefliesten Raums einfach verschwinden, und sie beide würden dastehen als Schattenrisse im schwarzen Nichts und warten auf die sich vorbereitenden Szenenauftritte.

»Nun«, Chris, plötzlich einen Kloß im Hals, mußte sich erst räuspern, bevor er fortfuhr, »im Augenblick ist er nicht da. Wie wär's mit ein paar Antworten?« Und er fügte hinzu: »Ehefrau.«

Diesmal schaute Matty nicht weg, sondern nur knapp an ihm vorbei, als ob alle Antworten dort links oberhalb seiner Schulter zu finden seien. Noch immer wich sie seinen Augen aus. Als sie sprach, war es so gut, ihre Stimme zu hören: eine Stimme, die teils ihr, teils ihm gehörte und von all den winzigen Kleinigkeiten ihrer einstigen Nähe geprägt war.

Aber alles, was sie sagte, jedes Wort, das sie aussprach, machte sie zu einer Fremden. »Es gibt nicht viel zu sagen, Chris.« Sie starrte an ihm vorbei, wie versteinert von der Kargheit des Waschraums. »Ich wollte, es wäre anders.«

»Wer ist er?« versuchte es Chris.

Das Gesäß gegen das Waschbecken gedrückt, betrachtete sie sorgfältig und nachdenklich ihre Hände. »Nach seiner eigenen Aussage ist er Frank Springer. Ich kann leicht dafür sterben, daß ich dir das erzähle: Er arbeitet für die Regierung.«

Chris nickte: »Das hatte ich vermutet.«

»Mehr kann ich nicht sagen.«

»So eine Art Spezialagent oder etwas in der Art? Das ist auch der Grund, warum die örtlichen Bullen so einen gewaltigen Respekt vor ihm haben, oder?«

»Mehr kann ich nicht sagen.«

Chris atmete tief durch; wenigstens redeten sie miteinander. »In Ordnung. Laß uns über dich reden. Warst du oder bist du mit ihm verheiratet?«

»Ja. Offiziell.«

Der stechende Schmerz, der ihm hierbei zuvor durch Mark und Bein gegangen war, war endlich vorüber. Es war gar nicht mehr so schlimm. »Gut. Nächste Frage. Liebst du ihn?«

Jetzt mußte sie ihn natürlich ansehen, die Gesetze des einfachen Anstands schrieben das vor. »Ja, Chris. Es tut mir leid.«

Ich muß jetzt gelassen bleiben, dachte er, zur Hölle mit mir, wenn ich jetzt nicht die Ruhe bewahre, egal wie heftig der Schmerz war. »Warum hast du ihn dann verlassen?«

Sie schüttelte den Kopf – eine Bewegung, die alles an ihr zum Wackeln brachte –, schaute auf den Boden hinab, dann wieder hoch, dann wieder nach unten. »Wir haben keine Zeit für so was. Ich muß zurück.«

»Wir haben sehr wohl *Zeit* dafür.« Er zitterte. Er war derart wütend, daß er sich selbst sah, wie er im nächsten Augenblick ins Restaurant stürmte, Springer ein Steakmesser in die Kehle stach, dann wieder hierher zurücklief und das gleiche mit ihr machte.

Seine letzten Worte verhallten noch an den gekachelten Wänden, als erbäten sie eine Antwort von ihr, die aber ausbleiben würde. Was ihn noch wütender machte, war die Tatsache, daß ausgerechnet sie erfolgreich die Fassung bewahrte. Als hätte sie ihre Rolle für diesen Auftritt schon lange geübt, genauso wie damals bei seinen eigenen Stücken. Als ob dies hier ein Theaterstück wäre, der Alptraum eines Schauspielers, in dem sie ihre Texte perfekt beherrschte und mit enervierender Geduld auf ihren Einsatz wartete, während er unbeholfen, unvorbereitet und zornig herumtappte. Jetzt, wo er sich einmal hatte gehen lassen, konnte er sich einfach nicht mehr zusammenreißen und verlor zunehmend die Kontrolle über sich.

Aber immerhin kämpfte er für das Gute, und so fragte er nochmals mit ruhiger Stimme: »Warum hast du ihn verlassen? Die Antwort bist du mir wirklich schuldig.«

Matty sah sich geistesabwesend im Raum um. »Ich wollte Schauspielerin sein. Frank wollte das nicht. Jedes Mal, wenn ich es versucht habe und nach New York zur Bühne flog, hat er es hintertrieben. Er ist sehr einflußreich. Wirklich.« Sie seufzte. Kamen ihr Erinnerungen? »So ... Eines Tages sagte ich mir dann: Wenn's so nicht geht, geht es anders: Ich mußte mich bei der Filmindustrie verdingen. Wenigstens hätte ich da schauspielern können. Irgendwas in der Art.«

»Es sei denn, Hollywoods Agenten hätten dich groß rausgebracht. Das wäre Frank aufgefallen.«

Sie nickte. »Der anfängliche Plan war, klein anzufangen. Sich in der Provinz aufzuhalten. Kleine Rollen in Ferienproduktionen kleiner Gemeindetheater zu übernehmen, während ich gleichzeitig das Gelände sondierte. Ein bißchen Zeit vergehen zu lassen und dann zu Shampooreklamen überzuwechseln.«

»Spätestens dann hätte er es herausgefunden. Eigentlich jeder, wenn du es bis ins Fernsehen geschafft hättest.«

»Ja, aber vielleicht hätte er mich auch ernst genommen, wenn er gesehen hätte, wie entschlossen ich war.«

»Ich verstehe.«

»Ich habe nie behauptet, daß es ein schlauer Plan war.« Matty seufzte. »Egal, jedenfalls blieb ich zunächst in der Provinz.«

»Das war damals, als du mich getroffen hast.«

»Ja.«

»Und mich *geheiratet* hast? Ich dachte, du *liebtest* diesen Kerl?«

Sie schien Schwierigkeiten mit ihrer Atmung zu haben und preßte die Arme gegen ihr Zwerchfell, als wolle sie die Luft herauszwingen, um dann neu ansetzen zu können. »Ich habe ihn geliebt. Und ich liebte meine Karriere. Und ich dachte – blöderweise –, beides haben zu können. Ich glaubte, wenn er erst einmal sah, wie gut ich war, würde er ...«

»Würde er was? Dich wieder mit offenen Armen willkommen heißen? Wie großmütig der Kerl ist! Habe ich das richtig verstanden, Matty? Willst du allen Ernstes sagen, daß du mich die ganzen letzten drei Jahre ausgenutzt hast? Mich einfach nur ausgenutzt hast?«

Alles, was sie tun konnte, war dazustehen.

Er starrte auf ihr ausdrucksloses Gesicht und wartete auf das Lachen, den Witz, der nicht kam. Er hätte sie gern kräftig geschlagen. Er fragte sich, wo die alte Matty geblieben war, seine Matty. Er begann zu begreifen, daß es die alte Matty wie auch den tumben Idioten, den er gespielt hatte, in Wirklichkeit niemals gegeben hatte. In gewisser Weise löschte sie das beide aus, und er blieb allein zurück, durchsichtig wie ein feiner Schleier.

Er konnte das nicht akzeptieren.

»Du lügst«, versuchte er es.

Sie sah ihn ruhig an.

»Du hast Angst vor ihm, und du lügst.«

Wieder seufzte sie.

Zur Hölle mit ihr. *Alles* hätte sie tun dürfen, aber nicht seufzen.

»Ja«, sie nickte, »ich habe Angst vor ihm. Er ist ein gewalttätiger Mensch. Er hat unvorstellbare, unbegrenzte Macht.

Kontakte zu Leuten, von denen du es nie glauben würdest. Ich könnte dafür umgebracht werden, daß ich dir das erzähle. Aber ich lüge nicht. Ich lüge nicht, Chris. Ich habe dich betrogen. Ich bin darüber beschämter, als du ahnst. Aber es stimmt, ich habe dich hintergangen. Es war mehr als Selbstsucht. Es war karriere-besessener Egoismus, so einfach. Ich wollte, verdammt noch mal, Karriere machen.«

Sie zuckte mit den Achseln und lächelte bitter. »Und ihn wollte ich auch. Also versuchte ich beides. Und das hat uns alle ruiniert.«

Er wartete. Ihm war so kalt, daß das Herumlaufen draußen im Schnee nichts dagegen gewesen wäre.

»Ich war einfach sehr, sehr dumm. So dumm, daß ich dich nicht einmal um Vergebung bitten kann. Ich wurde einfach mitgerissen, und dann war es zu spät, um anzuhalten.« Sie betrachtete ihn mit toten Augen. Ihr Gesichtsausdruck machte ihn noch mehr frösteln. »Ich habe geschauspielert, Chris. Ich bin eine Schauspielerin.« Sie sprach es so aus, als wäre das Wort bedeutungsgleich mit Verfaultheit. »Mein Leben lang bin ich eine Schauspielerin, eine Betrügerin gewesen. Mein ganzes Leben lang.«

Ich wollte, ich wäre wieder in Kalifornien. Chris' gespaltener Geist ließ sich treiben. Ich wollte, diesen Teil meines Lebens hätte es nie gegeben, und ich könnte ihn wegschneiden wie einen Tumor und wieder dieser andere Bursche sein.

Nur eines war noch zu tun, und er kannte schon die Antwort darauf. »Und Nicky? Ist er mein Sohn?« Er hatte einen Kloß im Hals.

Diese Frage ließ sie erstarren. Die Arme fest unter den Brüsten, schüttelte sie sich einmal, geradezu spastisch, als hätte sie Fieber. Er bildete sich ein, ihre Zähne leise klappern zu hören. »Ich weiß es nicht.«

Er starrte sie an.

Mehr gab es dazu nicht zu sagen.

Fast eine Minute lang, bis ihm die Brust vor Atemnot schmerzte, schwiegen sie. »Gut«, sagte er sanft.

Hinter ihnen öffnete sich die Tür. Chris drehte sich so hastig um, daß ein heftiger Schmerz seinen Nacken durchzuckte. Eine dunkelhaarige Frau kam herein – dunkle Haare und Augen, eine attraktive Frau, gut gebaut. Schockiert blickte sie auf Chris. Irgend etwas an ihr kam ihm bekannt vor. Dann fiel es ihm ein. Die Frau im Hotellift.

»Wir machen hier sauber«, sagte Chris lahm. Die Frau sah ihn noch eine Sekunde länger an, dann Matty, nickte und ging schnell wieder rückwärts zur Tür hinaus.

Chris mußte auch nach draußen. Hier drinnen gab es einfach keine Luft mehr. Für ihn vielleicht nirgendwo mehr. Aber noch stand der letzte Schlag in die Magengrube aus. »Rick wäre beinahe umgebracht worden.«

Matty nickte mehr resigniert als beunruhigt. »Ich weiß.«

Selbst das schien sie nicht zu berühren. Ihre träge Hilflosigkeit machte ihn wahnsinnig. Er fühlte sich durchaus imstande, sie totzuschlagen.

Matty.

Wie?

Selbst Sharon hatte es begriffen. Wahrscheinlich hatte jeder es begriffen, auch Rick.

Jeder außer Chris. Der träge, alte, vertrauensselige Chris.

»Noch etwas zu beichten, bevor ich gehe?« fragte er, ohne seine Stimme wiederzuerkennen.

Zu seinem Entsetzen las er in ihrem Gesicht, daß da noch etwas war. Sie klammerte sich an das Waschbecken, um etwas loszuwerden. »Nicky. Der Tag, an dem er verschwunden, nach draußen gerannt war. Als alle nach ihm gesucht haben?«

»Ja?«

»Das war auch eine Lüge.«

Er erstarrte. »Verdammt noch mal, wovon redest du?«

Matty biß sich auf die Lippe. »Ich hatte das arrangiert. Habe ihn unter dem Bett versteckt. Wußte die ganze Zeit, wo er war.«

Chris war total verblüfft. »Aber *warum*, in Gottes Namen?«

Jetzt, wo sie damit angefangen hatte, wollte sie es auch

schnell hinter sich bringen. »Eines Tages habe ich Frank in Ventura gesehen. Er hat mich nicht gesehen, oder jedenfalls dachte ich das, aber ich wußte, daß er nach mir suchte. Ich mußte zusehen, daß wir so schnell wie möglich da wegkamen.«

Chris stöhnte. »Und dann? Darf ich fragen, wie du das übrige angestellt hast?«

Sie zuckte philosophisch mit den Achseln. »Das andere ergab sich praktisch von selbst. Sobald ich vom Tode meines Onkels erfuhr, wußte ich, daß das meine – unsere – Chance war. Sie boten das Haus an und ich nahm es.«

»Du hast uns aus Thousand Oaks vertrieben unter dem Vorwand, du seist um die Gesundheit unseres Kindes besorgt. Matty, dein eigener Sohn!«

»Ja.« Ihre Augen, ihre Stimme waren wie tot.

Jetzt war alles gesagt und getan.

Er erinnerte sich an das Epigramm von Robert E. Howard: »Alles vermieden – alles getan, so hebt mich denn auf den Scheiterhaufen. Das Fest ist vorüber, die Lichter gehen aus.«

»Ich habe nur noch eine Frage«, sagte Chris. »Wie wird jemand wie du zu so jemandem wie du?«

Er erwartete darauf nicht wirklich eine Antwort und bekam auch keine.

»Ich möchte, daß Bluttests gemacht werden«, hörte er sich selbst hervorstoßen.

Sie blickte auf, als habe sie das nicht erwartet.

»Um den Vater zu bestimmen. Ich will einen Bluttest. Fürs erste kannst du ihn behalten, darüber machen wir uns später Gedanken, aber du wirst mir diese beschissenen Bluttestresultate besorgen, und zwar innerhalb eines Monats. Hast du mich verstanden?«

»Ja«, flüsterte sie mit gesenktem Kopf.

Als ihre Tränen nun endlich hervorbrachen, rührte es ihn nicht im mindesten.

Eine Schauspielerin. Eine beschissene Schauspielerin.

Er wandte sich schroff um. »Du hörst von mir.«

Matty, plötzlich alarmiert, machte eine Bewegung in seine Richtung. »Chris! Gehe nie wieder in die Nähe des Hauses! Bitte! Er wird dich umbringen.«

Er zwang sich dazu, an der Tür des Waschraums stehenzubleiben. »Sieh zu, daß du die verdammten Testresultate besorgst. Schaffst du wenigstens das?«

Dann ließ er sie dort an den rauhen, öden Kacheln zurück, ohne die Antwort abzuwarten.

Das Kind und nur das Kind allein hielt ihn davon ab, im Restaurant auf Springer loszustürzen und ihm das grinsende Gesicht mit einem Stuhlrücken einzuschlagen. In diesem Moment hatte Chris zweifellos den Willen, das zu tun. Aber er konnte dabei draufgehen.

Und er war noch nicht bereit zu sterben. Nicht, bis er über das Kind Bescheid wußte.

Und den Vater des Kindes.

19

Als Chris sein Zimmer in der Pension betrat, läutete gerade das Telefon.

Beim dritten Mal hob er ab. »Ja?«

»Chris, hier ist Sharon.«

»Sharon!« Er schluckte. »Wo bist du? Bist du noch im Krankenhaus?«

»Ja.« Sie war nicht länger kühl, sondern kalt.

»Wie geht es Rick?«

»Es geht aufwärts. Er würde dich wahrscheinlich gerne sehen.«

»Hör zu, Sharon. Es tut mir leid, daß ...«

»Aber ich will es nicht. Ich will dich nicht hier sehen, Chris, verstehst du? Ich will nicht, daß du dich in der Nähe des Krankenhauses aufhältst.«

»Sharon, bitte. Ich weiß, daß du durcheinander bist ...«

»Ich bin überfallen worden.«

Ihm stockte der Atem. »Was?«

»Gestern abend auf dem Parkplatz. Zwei Männer, vielleicht auch drei. Ich hatte das Gefühl, sie suchten nach dir und trafen auf mich.«

»Oh, Gott. Sharon, ist bei dir alles in Ordnung?«

»Nein, bei mir ist nicht alles in Ordnung. Keineswegs. Ich bezweifle, daß bei mir jemals wieder alles richtig in Ordnung sein wird. Bei Rick sowieso nicht, oder?« Es war keine echte Frage.

Chris' Hals war so trocken, daß er nicht schlucken konnte. »Haben sie dich verletzt?«

Einen Augenblick Schweigen. »Ja, aber nicht so, wie du denkst. Sie haben mir vor allem Angst eingejagt. Das ist ihnen hervorragend gelungen.«

»Hast du gesehen, wer es war?«

»Ich habe nichts gesehen und nichts gehört. Kapierst du? Nichts gesehen und nichts gehört. Als wäre nie etwas passiert. Als würde es nie passieren. Kapiert, Chris?«

»Und Rick geht es einigermaßen?«

»Im Moment, ja. Ich ... ich bete, daß sie uns nicht noch einmal belästigen. Solange du dich raushältst. Und du wirst dich raushalten. Völlig. Wag es nicht, auch nur zu telefonieren. Ich weiß nicht, in welchen Schlamassel du da hineingeraten bist, Chris, aber Rick und ich können dir nicht helfen. Wir sprechen hier über unser Leben. Verstehst du mich? Ich werde nicht wegen dir meinen Mann verlieren, Chris. Ich werde es nicht zulassen.«

»Was kann ich tun, Sharon?«

»Ich habe es dir bereits gesagt. Laß uns in Ruhe. Und sieh zu, daß diese ...« – er würde niemals erfahren, was sie beinahe gesagt hätte – »daß Matty ebenfalls nicht in unsere Nähe kommt. Ruf nicht an. Weder hier noch zu Hause in Los Angeles. Versuch nicht, uns zu kontaktieren. Ich will uns aus dieser Sache raushalten. Vollständig.«

»Ich verstehe, Sharon.«

»Auf Wiedersehen, Chris. Und viel Glück.« Ein Augenblick

verging. Dann: »Sag Matty ... ach, sag ihr, was du ihr sagen mußt.« Dann war die Verbindung tot.

Jemand ist im Zimmer ...

Oder waren es nur die Geräusche des alten Gebälks? Chris konnte sich nicht einmal erinnern, eingeschlafen zu sein. Sein letzter Gedanke war gewesen, daß er Springer wirklich im Restaurant hätte angreifen, ihm die Kehle aufschlitzen und den Schädel einschlagen sollen; oder es doch zumindest hätte versuchen sollen. Was machte es jetzt noch für einen Unterschied, ob er einen solchen Angriff überlebte oder nicht? Was machte überhaupt noch einen Unterschied? In seinem Alter schien es ohnehin lächerlich, noch einmal von vorn beginnen zu wollen. Überhaupt etwas ohne Matty beginnen zu wollen erschien ihm lächerlich. Es war schon seltsam, wie ein Leben innerhalb weniger Stunden so völlig sinnlos werden konnte.

Wieder hörte er das Geräusch und fühlte, wie sein Herz schneller schlug. Es war ganz sicher jemand im Zimmer. Wenn er sich herumdrehte, würden sie es sehen.

Chris lag ruhig auf dem Bauch und tat so, als ob er schliefe, spitzte aber seine Ohren, um die Herkunft der Geräusche zu lokalisieren. Von der Spiegelkommode, oder kam es vom Fenster? Ja, vom Fenster.

Die Ruger war unter dem Bett.

Ganz langsam und leise ließ er seinen linken Arm seitwärts unter der Decke bis zur Matratzenkante gleiten. Sein schnell entworfener Plan war es, wenn es überhaupt einer war, plötzlich über die Bettkante zu rutschen, hinter dem Bett in Deckung zu gehen, sich die Waffe zu schnappen und auf jede Bewegung in dem abgedunkelten Raum zu schießen.

Er war gerade im Begriff, dies auszuführen, als er ein scharfes metallisches Klicken hörte. Er wußte sofort, was das war und daß alles zu spät war. Er war daher auch nicht überrascht, als er plötzlich den Druck von Stahl an seiner feuchten Schläfe spürte.

Du bist ein toter Mann, Chris Nielson. *Dies ist dein letzter Gedanke.*

Eine ihm nicht unbekannte Stimme sagte: »Bitte nicken Sie, wenn Sie wach sind, Mr. Nielson.«

Chris nickte gehorsam.

Noch ein Klicken, und der Druck an seinem Schädel verschwand. »Ah. Das habe ich ganz gut gemacht, finden Sie nicht auch?« Eine leichte Bewegung folgte, und dann blendete ihn der plötzliche Schein der Nachttischlampe. Durch seine verengten Pupillen schielte Chris nach oben in Goldsteins lächelndes Gesicht.

»Die Frage ist, ob die es genauso gut machen würden. Ich vermute mal, wenn nicht sogar besser. Waren Sie sehr erschrocken?«

»Sehr. Was soll das alles?«

»Ich will beweisen, daß man heutzutage nicht vorsichtig genug sein kann. Ich habe Grund anzunehmen, daß meine Kanzlei beobachtet wird.« Der Anwalt gab Chris die Ruger.

Chris nahm sie, setzte sich auf und rieb sich die Augen. Er war froh, daß er sich trotz seiner brennenden Blase nicht selbst bepißt hatte. »Wie sind Sie ...? Ich habe die Tür verschlossen.«

Goldstein zog einen Stuhl heran. Er war ganz in Schwarz gekleidet, trug sogar einen schwarzen Hut, wie ein ordinierter Rabbi: schwarze Handschuhe, Hose und Schuhe. Nur sein heiteres, lächelndes Gesicht war blaß. »Ich habe nicht die Tür benutzt, sondern das Fenster. Und zwar ganz geschickt, finden Sie nicht?«

Chris nickte. »Ich hätte nicht einschlafen dürfen.«

»Aber manchmal müssen Sie doch schlafen, oder? Die Frage ist nur, ob sie es weiter hier tun sollten. Ich habe wirklich nicht geglaubt, daß ein Mann meines Alters in völliger Dunkelheit eine Pergola hochklettern und durch ein Fenster einsteigen kann, ohne gehört zu werden. Ich habe meine Berufung verfehlt. Wie sehen Sie das?«

»Woher wußten Sie, wo die Waffe war?«

»Die war dort, wo ich sie selbst aufbewahren würde.«

»Ich hätte Sie erschießen können.«

Goldstein lächelte, zufrieden mit sich selbst und dem ganzen Abenteuer. »Das Risiko bin ich eingegangen. Ich konnte nicht das Telefon benutzen.«

Chris taumelte zum Badezimmer, fummelte herum und urinierte, grunzend vor Erleichterung. »Sind Sie sicher, daß es abgehört wird?«

»Sicher genug, um vorsichtig zu sein. Sie waren schließlich weg.«

Chris betätigte die Klospülung, spritzte sich Wasser ins Gesicht und kam etwas wacher ins Zimmer zurück. »Es ist eine Menge passiert. Schön, Sie zu sehen, Mr. Goldstein. Seien Sie nicht beleidigt, aber ich hatte Sie schon fast vergessen.«

»Sie hatten eine Menge zu erledigen.« Der Anwalt legte sich eine lederne Reisetasche auf den Schoß und öffnete sie. »Ich nehme an, Sie haben sich mit unserem Mr. Springer angelegt?«

»Ja.«

»Und anscheinend überlebt. Und Ihre Frau und Ihr Kind?«

Chris saß auf der Bettkante. »Er hat sie immer noch in seiner Gewalt. Ich fürchte, ich war nicht sehr erfolgreich. Springer hat Helfer. Sehr einflußreiche Helfer. Die Regierung.«

Goldstein nickte und holte Dokumente hervor. »In der Tat. Hier ist etwas, das Sie interessieren könnte ...« Er reichte Chris ein 20x25-Zentimeter großes Schwarzweißfoto. Der rieb sich die Augen und sah es sich genau an.

Frank und ein Gefolge von alten Freunden lächelten ihn, gegen die Sonne blinzelnd, von den Stufen des Kapitols aus an. Zwei der Anzugträger in Springers Nähe identifizierte Chris als die Männer, die zuvor im Wald beziehungsweise am Abend zuvor am Pier gewesen waren.

»Woher haben Sie das?«

»Ein Freund von mir aus dem Norden des Bundesstaats New York hat es gefaxt. Er wiederum hat das Vertrauen eines Senators in Washington. Ein Senator, der fürs erste ungenannt bleiben soll. Es war gar nicht so schwer zu beschaffen. Andere, noch erhellendere Sachen werden komplizierter zu besorgen sein. Und gefährlicher.« Er konnte seine Begeisterung kaum zügeln. »Es sieht so aus, als wären wir einer Geheimsache auf den Fersen.«

Chris starrte einen Moment zufrieden auf das Foto und gab es dann zurück. »Sie sind sehr umtriebig gewesen. Sonst noch etwas?«

Goldstein verstaute sorgfältig das Foto, als ob es sich um ein erstklassiges Juwel handelte. »Viel mehr. Ganze Lastwagenladungen voll, wenn wir sehr, sehr viel Glück haben.« Goldstein grinste von einem Ohr zum anderen. »Ich werde Ihnen die Einzelheiten mitteilen, wenn ich mir sicher bin. Für den Moment bin ich ziemlich überzeugt, daß unsere schöne Stadt Greenborough praktisch unserem Herrn Springer gehört.«

»Gehört? Aber wie?«

»Daran arbeite ich gerade. Um gerecht zu sein, Hershel arbeitet daran. Hershel, mein Neffe. Wie sich herausstellt, ist er als Detektiv viel wirkungsvoller denn als potentieller Anwalt. Glauben Sie, das liegt in der Familie, Mr. Nielson?«

Chris fuhr sich mit der Hand durchs zerwühlte Haar. »Mr. Goldstein, Sie sollten eines begreifen ...«

»Daß dies kein Spiel ist. Daß Leute dabei zu Schaden kommen können, wahrscheinlich sogar werden. Daß man die ganze Sache nicht auf die leichte Schulter nehmen sollte. Ja, das ist mir klar. Bin darauf vorbereitet.«

»Sind Sie auch darauf vorbereitet, daß man Ihnen buchstäblich die Zunge herausschneidet?« Chris bereute diese Bemerkung sofort. Es war ihm irgendwie peinlich gegenüber Rick, der nicht da war, um sich zu verteidigen.

»Wie bitte?«

»Sie hätten beinahe einen Freund von mir umgebracht. Selbst jetzt ist es noch nicht sicher, daß er jemals wieder laufen kann. Jetzt bedrohen sie seine Frau. Sie werden das mit jedem tun, der irgend etwas mit dieser Sache zu tun hat. Sie sind sehr mächtig. Vielleicht unschlagbar. Ich kann nicht von Ihnen erwarten, sich noch länger mit dem Fall zu beschäftigen.«

Goldstein sah ihn einen Augenblick an, dann lehnte er sich in seinem Sessel zurück. »Ich verstehe.« Dann, nach einem Moment des Nachdenkens: »Ich frage mich, ob Sie überhaupt Gelegenheit hatten, mit Mrs. Nielson zu sprechen?«

Chris warf ihm einen raschen Blick zu. In seinen schwarzen Einbrecherklamotten und seinem übergroßen schwarzen Hut gab Goldstein eine komische Figur ab. »Das ist jetzt eine Angelegenheit für die Polizei«, sagte Chris tonlos.

Goldstein sah ihn an und schien ein wenig zu schrumpfen.

Chris ertappte sich dabei, wie er geistesabwesend die Hände aneinander rieb, als wolle er sie reinigen. Er ließ es sein, sah zu Goldstein hoch. »Ich glaube wirklich, daß die Polizei jetzt das Richtige ist. Ich habe ein paar Freunde in Los Angeles ...«

Goldstein sagte nichts.

Chris leckte sich die Lippen. »Ich möchte mich natürlich bei Ihnen bedanken. Und Sie bezahlen. Wieviel schulde ich Ihnen?«

Goldstein zuckte mit den Achseln. »Lassen Sie mich rechnen ... zwei Arbeitstage, die übliche Gebühr, sagen wir zweihundert Dollar?«

»Gut. Ich gebe Ihnen einen Scheck.« Er war im Begriff aufzustehen, als ihm etwas einfiel. »Oh, meine Habseligkeiten. Ich habe zwar noch etwas auf meinem Konto in Thousand Oaks, aber ich habe keine Schecks. Sie akzeptieren nicht zufällig American Express?«

Goldstein sah ihn einen Augenblick lang an. Er war aufgestanden. »Hören Sie, Mr. Nielson. Wenn Sie Zeit haben, melden Sie sich bei Ihrer Bank in Kalifornien. Schicken Sie mir einen Scheck, wenn Sie Zeit haben. Sie haben meine Adresse.«

»Schön. Sehr großzügig von Ihnen.«

»Nicht der Rede wert. Also.« Er streckte seine Hand aus.

Chris schüttelte sie.

Goldstein ging zum Fenster.

»Hier«, beharrte Chris, »lassen Sie mich die Tür für Sie ...«

»Schon gut«, kam es von Goldstein, der gerade ans Fenster trat, es öffnete und eine kühle Brise hereinließ. »Dies ist vielleicht das letzte Mal, daß ich James Bond spiele. Ich möchte es so lange auskosten, wie ich kann. Gute Nacht, Mr. Nielson.

Und viel Glück für Sie und Ihre Familie.« Er trat in die Dunkelheit hinaus.

Chris stand auf dem bestickten Bettvorleger und starrte fünf Minuten lang auf das leere Fenster, ohne auch nur einen Muskel zu rühren. In dem nahezu halluzinatorischen Zustand, in dem sich sein wirbelnder Verstand gerade befand, dachte er tief und methodisch über die genaue Bedeutung nach, die die letzten Worte des kleinen Anwalts enthielten.

Familie ...

Chris lag ausgestreckt auf dem Bett, als ihn das leise Klopfen der Reinemachefrau weckte. Wieder hatte er vergessen, wie er eingeschlafen war.

Für Bruchteile einer Sekunde erlebte er vor dem eigentlichen Erwachen einen Zustand reiner, ungestörter Unschuld. Doch dann verschwand das Spinnengewebe, und er wurde in die Wirklichkeit – Matty, das Kind, den ganzen Alptraum – zurückgezerrt. Die Atempause, die ihm der Schlaf des Vergessens gewährt hatte, war im Nu vorbei.

Wieder fühlte er abgrundtiefe Müdigkeit. Würde das sein ganzes Leben so weitergehen?

Jetzt verstand er, warum Leute Selbstmord begingen. Das Leben *konnte* – so fremd ihm diese Auffassung auch immer gewesen war – tatsächlich unerträglich sein. Der Verstand konnte zusammenbrechen, implodieren. Er war kurz davor. Er rief der Reinemachefrau zu, sie solle zurückkommen, verließ rasch das Bett und saß eine Weile mit dem Kopf in den Händen da, während er gegen das heftige Bedürfnis ankämpfte, zurückzufallen und wieder den drogenähnlichen Pfad zu Schlaf und Frieden zu beschreiten. Bitte, Gott, ich brauche doch nur ein bißchen Frieden. Kein Mensch hält soviel aus. Statt dessen raffte er sich auf, brachte sich dazu, schwerfällig zum Badezimmer zu schlurfen und sich unter die prickelnde Dusche zu stellen, deren Strahl seine angegriffene Rückenmuskulatur massierte. Dann zwang er sich dazu, sich abzutrocknen, anzuziehen und auf die Uhr zu schauen. Es war nach zehn Uhr morgens. Er hatte fast einen ganzen Tag verloren.

Welchen Tag? Donnerstag? Freitag?

An welchem Tag hatte er Rick ins Krankenhaus gebracht? Er schien sich nicht erinnern zu können; als habe man ein Stück aus einem Puzzle entfernt. Er wußte nicht, warum es ihm so wichtig erschien, den Wochentag zu kennen, nur daß es so war. Beherrsch dich. Geh nach unten und frühstücke. Du mußt etwas essen. Schau in die Zeitung, ob schon jemand die Toten auf dem Berg gefunden hat. Entspann dich, und laß die Dinge sich setzen. Du wirst am Ende doch einen Weg finden, diesen Schweinehund bezahlen zu lassen.

Sie haben Sharon bedroht.

Während er sein Hemd zuknöpfte, dachte er darüber nach. In den Jahren ihrer Freundschaft hatte Chris in Ricks Stimme dann und wann Wut bemerkt. Aber niemals Furcht. Keine echte, herzzerreißende Furcht. Nie. Nicht bis zum heutigen Tag. Denk nicht dran. Geh runter, bestell dir was zum Essen, Schinken mit Spiegelei und Kaffee. Viel Kaffee. Du wirst dich besser fühlen. Dein Gehirn ist tot, sterbensmüde, ausgebrannt. Aber du bist nicht besiegt.

»Nein, verdammt noch mal«, hörte er sich selbst murmeln, »ich bin noch nicht besiegt.« Er fühlte sich bereits ein wenig besser.

Er war gerade dabei sich zu rasieren, als eine Explosion den Badezimmerspiegel erschütterte und sein Spiegelbild verschwimmen ließ, als sähe man es durch Gelatine hindurch.

Ohne es richtig wahrzunehmen, stieg Chris die alten Holzstufen der Hoteltreppe hinunter. Den langsamen schmiedeeisernen Lift hatte er nicht einmal in Erwägung gezogen. Vom Gesicht tropften ihm Rasierschaum und ein wenig Blut; sein Oberkörper war nackt, der Gürtel lose, er war ohne Schuhe, das nasse Haar nach hinten gestrichen. Da war er wieder, dieser sechste Sinn für eine verborgene Wirklichkeit, den er schon zuvor erlebt hatte, der ihn wissen ließ und auch wieder nicht ganz wissen ließ, was ihn unten auf der Straße erwarten würde.

Was er dort sah, während ihm ein eisiger Wind gegen den nackten Bauch schlug, war schwarzer schmieriger Rauch, der unter einer Menschenansammlung hervorquoll; gleich von der Hauptstraße ab, nur ein, zwei Blocks entfernt; von wo genau, konnte er nicht eindeutig erkennen. Aber es war dort in der kleinen Seitenstraße, wo Goldsteins Anwaltskanzlei lag.

In Socken überquerte Chris die gefrorene Straße, ohne etwas davon zu spüren. Er sah nur den schwarzen, schwelenden Rauch und bahnte sich ruppig einen Weg durch die verärgerten Passanten. Er kam der Backsteinecke immer näher. Als er um die Ecke bog, traf ihn eine Hitzewelle, und Sirenen heulten ihm in die Ohren.

Jemand versuchte, ihn zurückzuzerren, aber Chris riß sich heftig los und lief – *nein, nein, nein* – in die Hitze hinein, in die rötlich schimmernde Glut, die Rauchfahnen, die aus dem Fenster der Kanzlei drangen. Dahinter, hinter der ruinierten Tür, war nichts als undurchdringliche aufgewühlte Schwärze.

Feuerwehrfahrzeuge glitten seitlich auf der eisigen Straße vorüber, gelbgekleidete Männer sprangen herum und schleppten einen flachen, geschlängelten Schlauch aus Segeltuch. Chris riß sich angesichts der Kälte, die er freilich immer noch nicht spürte, zusammen, wobei ihm die Zähne klapperten. Der eiskalte Wind drehte, zog den Rauch zur Seite und gab kurz den Blick auf Goldsteins verkohlte Hülle frei. Er saß immer noch an seinem zerstörten Schreibtisch, die Augenhöhlen leer, der rosafarbene Mund vor Überraschung geöffnet. Das Haar war abgebrannt, und aus dem schwarzen Schädel stieg Rauch auf – wie aus einer Zigarette. Bis der Wind wieder umschlug und der Rauchvorhang alles verhüllte.

Und über allem schwebte in Chris' Vorstellung das Foto mit den lächelnden Männern auf den Stufen des Kapitols.

Jemand, der stürmisch vorbeirauschte, rempelte ihn an der Schulter an. Ein anderer schrie auf ihn ein, warf ihm schließlich einen Mantel über und versuchte, ihn wegzuführen. Chris befreite sich von dem Mantel. Er wehrte sich und versuchte ihnen klarzumachen, daß mit ihm alles in Ordnung war, daß er genauso ein Recht hatte hierzusein, wie jeder andere auch. Wie jeder andere. Jeder ...

Chris saß ganz allein in der lärmenden Bar in Greenborough; in der Ecke mit dem knotigen Kiefernholz und so weit wie möglich von der Menge entfernt. Er trank einen weiteren Drink und dachte zum wiederholten Male während der letzten Stunde: noch einen Drink. Dann nehme ich den Volvo, fahre den Berg zu Ricks Mietwagen hoch und breche irgendwie den Kofferraum auf, um an die Waffen ranzukommen. Dann fahre ich die vereiste Straße zum Haus hoch, puste diesem Arschloch den Schädel weg und hole mir meine Frau und mein Kind wieder. Wessen Kind es auch immer sei. Hole sie mir wieder und verschwinde für immer aus dieser grauenhaften Stadt. Aber zuerst werde ich hier in der Wärme und dem Lärm sitzen bleiben und meinen Drink leeren, denn es wird eine lange, kalte Nacht werden.

Und das erforderte noch einen Drink und noch einen. Doch sein Mut wollte sich nicht einstellen. Oder weniger sein Mut – er war jenseits jeder konventionellen Definition von Mut –, sondern mehr der Glaube daran, daß alle seine Handlungen, überhaupt irgendwelche Handlungen, Springer wirklich aufhalten konnten.

Bald war er zu betrunken, um überhaupt in irgendeiner Situation seinen Mann stehen zu können, geschweige denn in einer geradezu selbstmörderischen. Das war, so nahm er an, ohnehin die ganze Zeit seine Absicht gewesen: zu verhindern, daß er heute nacht umgebracht wurde, wie all die anderen. Hier in seiner Einsamkeit zu sitzen, dieser völligen, kompletten Einsamkeit, hier zu sitzen und die Welt an sich vorbeiziehen zu lassen und von ihr vergessen zu werden.

»Wenn Sie genug von dem Zeug trinken, wird es Sie umbringen.«

Das kam von zwei Sitzgruppen weiter.

Sie war allein, steckte in ihrer eigenen Ecke, eingehüllt in Rauch und den Nebel seines Rausches. Sehr dunkles Haar, sehr dunkle Augen, Mandelaugen und hübsch. Ein sehr roter Mund, der wie die Augen und das Haar mit ihrer fast irisierenden Haut kontrastierte. Vielleicht lag es auch nur am Licht hier drinnen, das schwach von ihrem eigenen Drink zurückstrahlte, den sie zu ihrem lächelnden roten Mund führte.

»Was sein muß, muß sein«, rief er hinüber und grüßte mit seinem bernsteinfarbenen Glas.

Sie grüßte zurück. »Auf den übermäßigen Genuß«, erwiderte sie und bestellte ein neues Glas.

Chris betrachtete sie mit verträumter Faszination, fast überzeugt, die Stimme zu kennen.

»Eiskalt hier«, sagte sie, nachdem die Bedienung gegangen war und sie sich einen weiteren Schluck genehmigt hatte. Sie schüttelte sich. »Aber es war die einzige Bar, die ich finden konnte.« Wieder lächelte sie ihn traurig an.

»Die Leute kommen zum Skifahren hierher«, klärte er sie auf, »die haben es gerne kalt.«

Der dunkle Kopf schüttelte sich, die Schultern zitterten. »Ich hasse die Kälte. Ich hasse sie wirklich.«

Warum bist du dann hierhergekommen, wunderte er sich.

Während sie schluckte – wahrscheinlich selbst schon halb blau –, las sie seine Gedanken. »Ich bin letzten Freitag dreißig geworden. Da habe ich mir gesagt: Wenn du noch jemals eine Wintersportart lernen willst, dann mach es jetzt.«

Chris nickte und goß sich noch einen aus seiner eigenen Flasche ein.

Sie beobachtete, wie er es hinunterkippte, sah zu, wie er schluckte und das Glas wieder absetzte. Die hübsche Frau schüttelte den Kopf. »Nein, ich habe gelogen. Ich hasse auch den Wintersport.«

Wieder antwortete er mit einem neuen Trinkspruch: »Auf die Verachtung des Wintersports.« Er trank, dann musterte er sie. »Wir sind uns schon mal begegnet. Bin mir sicher. Auf der Damentoilette?«

Sie lächelte. »Und im Hotellift. Auch damals habe ich geflirtet.« Chris sah einen Moment lang weg. »Ich hatte andere Dinge im Kopf.«

Sie nickte. »Ich bin hierhergekommen, um alle ›Dinge‹ zu vergessen. Freunde, Familie, meine Arbeit, die ich ebenfalls hasse. Und um jemand zu finden, der die gleichen Dinge haßt wie ich.«

Chris sah sie an. »Schon fündig geworden?«

Wieder schauten ihn die dunklen Augen kurz an, dann gaben sie der Kellnerin ein Zeichen. Sie bezahlte mit einem Zwanziger und griff nach ihrer Handtasche. »Warum gehen wir nicht zu mir und finden es heraus?« fragte sie Chris, während sie aufstand.

In ihrer Wohnung oder ihrem Hotel (Chris war sich nicht sicher, weil er auf der Fahrt eingeschlafen war) schaltete sie das Licht im Flur an, schlüpfte aus ihrem schweren Pelzmantel und warf ihn über einen Stuhl, den sie jedoch verfehlte. Sie streifte ihre Stöckelschuhe ab und wandte sich wieder Chris zu, der immer noch am Eingang wartete.

»Komm rein – Chris, nicht wahr?«

»Ja.«

»Komm rein, Chris. Ich beiße nicht.« Sie strich eine ebenholzfarbene Locke zurück. »Außer auf ausdrücklichen Befehl hin.«

Sie trug ein rotes Kleid im gleichen Farbton wie ihr Lippenstift. Es zeigte alles und war doch modisch. Oder doch modisch genug.

Chris kam zu ihr, umarmte sie und küßte ihren roten Mund, als ob sie es beide einstudiert hätten, als ob sie beide wüßten, warum sie hier waren; als seien sie über Anstandsregeln längst hinaus.

Sie erwiderte seinen Kuß mit weit festerem Druck als jemand, der noch kurz zuvor betrunken gewesen zu sein schien. Sie kreuzte die Arme und zog an den Trägern ihres Kleides. Sie nahm seine Hände und bedeckte ihre Brüste damit, während sie ihn immer noch leidenschaftlich küßte. Sie hielt ihn fest umklammert, als habe sie Angst, er könne schmelzen oder, so wie ihr ganzer Urlaub, zerrinnen, wenn sie sich nicht eng an ihn preßte. Als er ihre Zunge geschmeckt hatte, fühlte er, wie er unten steif wurde. (Gott sei Dank: das hatte der Alkohol also nicht ruiniert.) Er beugte sich hinab, um ihren Hals zu küssen, die kleine Vertiefung dort, dann tiefer hinab zu ihren Brüsten. Schnell griff sie nach dem Licht und schaltete es wieder aus, so daß sie augenblicklich in Dunkelheit getaucht waren, als wäre sie beschämt darüber, wo er sie als nächstes küssen würde. Chris fand das albern, denn das, was sie hatte, war beachtlich und schön fest, roch wunderbar nach Parfum und ihr selbst, schmeckte herrlich salzig. Als er ihre Brustwarzen fand, stöhnte und wimmerte sie: »Oh.«

Sie zog ihn zur Couch hinunter, die sie verfehlten; er jedenfalls – sie landete auf der Kante. Willig ließ sie sich hinuntergleiten, schob für ihn das rote Kleid nach oben, während Chris zwischen ihren festen, muskulösen Beinen, ihren warmen Oberschenkeln kniete, ohne einen Slip zu finden.

Und dann entglitt ihm alles. Er stand plötzlich neben sich und betrachtete sie beide, wobei er sich sehr albern vorkam, aber auch seltsam verärgert und unbeteiligt.

Sie spürte es sofort, seufzte tief und resigniert. Sie lehnte sich zurück, streichelte ihm die Wange und lächelte matt zu ihm hinunter – mit ihren traurigen dunklen Augen.

Chris schüttelte den Kopf. »Ich kann nicht. Ich kann es einfach nicht. Es tut mir leid.«

Sie zuckte mit ihren herabhängenden Schultern, lehnte sich gegen das Sofa und stieß wieder einen Seufzer aus: leise, lange und ausgiebig, um ihn schließlich mit einem Ton des Bedauerns ausklingen zu lassen. Sie ordnete ihr rot glänzendes Kleid, strich es glatt und machte sich wieder vorzeigbar. Die Anstandsregeln standen wieder zwischen ihnen. Sie stand rasch auf und gab ihm – wie eine Mutter ihrem Kind – im Vorübergehen einen Klaps auf den gesenkten Kopf. »Ich hole die Drinks …« Chris kniete noch immer in der Dunkelheit und fühlte sich albern und dumm und einsamer denn je. Er sprach jetzt schon mit den Wänden. »Ich kann einfach nicht.«

Später dann, nachdem sie ihnen herrliche Drinks eingegossen, ein schönes Feuer entzündet hatte, ohne daß sie dabei in ihrem Verhalten Groll oder offensichtliche Zurückweisung gezeigt hätte, setzte sie sich anmutig zu ihm auf die Couch, als hätte es keinerlei Peinlichkeit gegeben, als ob Peinlichkeit nichts sei, auf das sie ihre Zeit verschwendete. Sie nippte, lächelte ihn an und fragte: »War sie hübsch?«

Chris nickte, nippte selbst. »Ist hübsch.«

»Wie heißt sie?«

Er sah zu ihr auf. »Ihr Name. Mein Gott«, flüsterte Chris, »ich kenne nicht einmal Ihren Namen.«

»Janet.«

»Janet. Es tut mir leid, Janet.«

»Sagen Sie das nicht, vergessen Sie's. Und hören Sie auf, so nervös auszusehen. Sie müssen keine Vorstellung für mich geben. Und Sie müssen auch nicht nach einem eleganten Weg suchen, um mich zu verlassen. Ich will nämlich nicht, daß Sie mich verlassen. Können wir nicht einfach miteinander reden?«

Er mußte lächeln.

»Ein guter Anfang. Warum lächeln Sie?«

Chris schüttelte den Kopf. »Ich weiß es wirklich nicht. Ich vermute, weil es soviel zu besprechen gibt und Sie gar nichts davon begreifen würden.«

»Probieren Sie es doch mal.«

Beinahe hätte er damit angefangen. »Sehen Sie, ich schätze Ihr Entgegenkommen, aber die Sache ist die, daß ich es selbst nicht ganz begreife.«

Janet lehnte sich geduldig zurück und nuckelte an ihrem Drink. »Diese Frau hat sie verlassen?«

»Matty.«

»Waren Sie verheiratet?«

Wieder entlockte sie ihm ein Lächeln. »Es tut mir leid. Ich versuche wirklich nicht, vorsätzlich schüchtern zu sein. Es ist bloß alles so irrsinnig. Hören Sie, Janet. Ich glaube wirklich nicht, daß das mit dem Sprechen klappt. Und Sex genausowenig. Wenn Sie keine anderen Vorschläge haben, sollte ich besser gehen. Danke für die Drinks.«

Noch bevor er aufstehen konnte, erhob sie sich und nahm sein Glas. »Trinken Sie noch einen.«

»Hören Sie, Sie müssen nicht ...«

»Nein, nein. Ich bedaure weder Sie noch mich selbst. Ich fände es bloß besser, wenn Sie jetzt noch nicht gingen. In Ordnung?«

Chris seufzte und verschränkte die Hände.

Sie kam zurück und reichte ihm einen neuen Drink.

Er war wärmer als der erste. Auch das Zimmer wurde so warm und bequem, daß er merkte, wie ihm die Augen zufielen. Janet saß mit angezogenen Knien auf der Couch, blickte ihn an und lächelte. Das waren die letzten Eindrücke, an die er sich erinnern konnte, als ihn die träge Wärme darum bat, das Glas hinzustellen und einen Moment die Augen zu schließen. Nur einen Moment ...

Als er einige Zeit später aufwachte, weil ihn die Blase drückte, schlief sie selbst.

Sie lag zusammengerollt auf dem Sofa, die Beine angezogen, während sich ihre Brüste gleichmäßig hoben und senkten. Sie sah sehr jung und sehr süß aus. Sie ist süß, dachte er beim Aufstehen. So leise wie möglich dahintrottend, durchquerte er auf der Suche nach dem Bad die Wohnung. Während er dort vor der Kloschüssel stand und sich in dem fremden Badezimmer unter dem fremden, bernsteinfarbenen Schein der muschelförmigen Nachtlampe erleichterte und ein fremder moschusartiger Geruch ihn anwehte, hatte er wieder das merkwürdige Empfinden, daß um diese Zeit, in dieser Morgenstunde, das Leben mehr den Träumen ähnelte. Und Träume mehr dem Leben.

Er drehte sich vom Klo weg, spülte – hoffend, daß er sie nicht aufweckte – und trottete zurück zum Wohnzimmer, wo er einen Augenblick innehielt. Während er noch ihren schlanken, schlafenden Körper betrachtete, wußte er plötzlich mit absoluter Sicherheit, daß selbst das irgendwie falsch war, daß seine bloße Anwesenheit hier einen Betrug an Matty darstellte. Trotz allem, was er wegen ihr durchgemacht hatte, fand er die Vorstellung, ihr untreu zu sein, unerträglich.

Er langte nach seinem Jackett auf der Stuhllehne.

»Schon auf?«

Während er das Jackett anzog, drehte er sich zu ihr um. »Alles in Ordnung. Schlafen Sie weiter, Janet.«

Aber sie rappelte sich auf und gähnte ihn komisch an. »Sie gehen?«

»Ja.«

Sie unterdrückte ein weiteres Gähnen und nickte in Richtung Küche. »Ich mache ein kleines Frühstück.«

»Das würden Sie ... Ich werde Sie anrufen.« Selbst aus der Dunkelheit heraus konnte er noch ihr Lächeln sehen. »Das sagen sie alle.«

»Ich muß wirklich gehen«, brachte er vor. Er fühlte sich ein wenig in der Falle, weil er jetzt zur Hälfte dort draußen in der freundlichen, reinigenden Kälte war, andererseits aber, aufgrund ihrer Einmischung, wieder näher bei Matty.

»Wartet sie? Matty?«

Er zerrte an seinem Hemd. »Nein.«

»Dann können Sie also nur ins Hotel zurückgehen.«

Das war wahr. Der Gedanke an vier einsame Wände brachte ihn einen Augenblick lang in Versuchung dazubleiben. Nur daß er von Lügen die Nase voll hatte. Sie machten ihn krank. Und schließlich wäre dies nur eine weitere Lüge gewesen.

»Ich werde Sie anrufen. Wir können zusammen zu Abend essen.«

»Sie können gerne über sie sprechen. Ich habe nichts dagegen.«

Aber ich. »Nein, nein. Alles in Ordnung, wirklich.«

»Ich bin eine großartige Zuhörerin.«

»Sie sind überhaupt großartig. Punkt.«

»Es ist sehr kalt da draußen.«

Kälter, als Sie ahnen. »Bitte, Sie sind sehr überzeugend.« Er zwang sich, rasch zu ihr zu gehen und ihre Stirn zu küssen. Sie ließ es unbewegt über sich ergehen, saß einfach nur unbeweglich da, was den Kuß nichtssagend und unaufrichtig erscheinen ließ. Er gab ihr einen Klaps auf den Arm und wandte sich zum Gehen.

Er griff bereits nach der Eingangstür, als er bemerkte, daß sie ihm in den Flur gefolgt war, sich mit dem Rücken matt gegen die Wand lehnte und versuchte, einladend auszusehen, was ihr auch gelang.

»Sind Sie sicher, daß Sie nicht drüber sprechen möchten? Ich könnte uns Kaffee aufsetzen.«

Er ließ seine Hand auf dem Türknopf. »Es ist wirklich sehr verwickelt, Janet.«

»Gut. Sie können es mir bei einem heißen Bad erzählen. Dazu gebratener Speck mit Eiern und frischer Kaffee.«

Er lächelte. »Sie werden einmal eine großartige Ehefrau abgeben.«

Sie erwiderte das Lächeln nicht. »Danke. Das habe ich bereits hinter mir. Kommen Sie wieder rein.«

»Es geht wirklich nicht.«

»Bitte. Ich kann auch betteln, wenn Sie wollen. Das macht mir nichts aus.«

Er musterte sie. »Sie sind eine erstaunliche Frau.«

»Nur sehr entschlossen, wenn ich weiß, was ich mag.«

»Trotzdem vielen Dank.« Er öffnete die Tür.

»Sie lieben sie wirklich, was?«

Er drehte sich nicht um. »Ich muß gehen, Janet.«

»Sarah.«

Jetzt drehte er sich um und bemerkte, daß sie ihren Arm nicht hinter dem Rücken hielt, sondern ihn nach vorn richtete und in der Hand einen silbernen Revolver hielt.

»Der Name ist Sarah. Schließen Sie jetzt leise die Tür, und kommen Sie wieder hier rein.«

20

Die Frau namens Sarah machte mit der linken Hand Kaffee, in der rechten hielt sie den Revolver. Dabei bewegte sie sich mühelos und selbstsicher in der kleinen, gelben Küche.

Chris beobachtete sie von einem gelben Korbstuhl aus, der an einem Korbtisch mit Glasplatte stand. Zuviel Gelb, dachte er geistesabwesend, und alles zu ordentlich. Es würde ihm nach einiger Zeit auf die Nerven gehen. Aber darum ging es jetzt nicht, schließlich hatte sie den Revolver.

Im hellen Küchenlicht konnte er sehen, daß ihre Figur nicht nur gut in Schuß war, sondern richtig muskulös, durchtrainiert, die Beine fest und gut geformt, die Waden straff, sogar ohne Stöckelschuhe, das Gesäß fest, rund, fast jungenhaft und hart wie ein Apfel. Sarah war stramm und geschmeidig wie eine gutgeölte Maschine. Einige Männer würden sich ihretwegen in die Hosen machen. Chris bevorzugte die üppigeren Kurven seiner Frau. Oder hatte das was mit Liebe zu tun?

Und braungebrannt, diese Sarah war stark gebräunt, was ihm bislang nicht aufgefallen war. Sie hatte viele Stunden in der Sonne zugebracht, zur Erholung oder auf Arbeit. Eine athletische Frau, eine Brünette, vielleicht italienischer Abstammung.

Der schwarze Fleck zwischen ihren Beinen zeichnete sich als Schatten in ihrem Slip ab. Eine begehrenswerte Frau für jeden Mann, der nicht sowieso schon verknallt war.

Sarah lief mit schnellen, entschlossenen Bewegungen in der Küche umher und legte schließlich den Revolver auf die Anrichte, als er ihr hinderlich wurde. Zugleich signalisierte sie Chris, daß sie ihm und seiner Neugier vertraute, und er sie nicht betrügen werde. Er hätte sich auf die Waffe stürzen können, aber Sarah schien nicht übermäßig besorgt.

Sie schüttete Kaffee in den Papierfilter. »Meine Handtasche ist dort oben auf dem Kühlschrank. Können Sie sie bitte herunternehmen?«

Er stand auf, langte danach und hielt sie ihr hin.

Mit dem Rücken zu ihm, nicht einmal mehr in der Nähe der Waffe, sagte sie: »Im ersten Innenfach, die Brieftasche. Schauen Sie mal rein.«

Chris öffnete im Sitzen die Handtasche und fand ihr Foto auf einer grünen Plastikkarte. Ihr Haar war länger gewesen, als man das Foto gemacht hatte. »Sarah Jean Rawlings. CIA.«

Er sah zu ihr auf.

»Soll ich jetzt Eier machen?«

»Gut.«

»Gerührt?«

»Egal.«

»Ich hätte gern Rührei. Speck?«

»In Ordnung.«

Sie holte klappernd Pfannen aus dem Schrank und ignorierte dabei die Waffe. Als sie sich umdrehte, um etwas anderes zu holen, sah sie, daß er einen anderen, kleineren Revolver aus der Handtasche auf sie gerichtet hielt.

Während sie Eier aus dem Kühlschrank holte, sagte sie unbeeindruckt: »Der Colt ist nicht geladen. Hat sowieso einen überkomplizierten Abzug.« Sie langte nach der Smith & Wesson auf der Anrichte und warf sie ihm zu, als wäre es ein Keks. »Versuchen Sie mal diese hier.«

Chris fing sie auf und wog sie in der Hand. Schwerer als seine Ruger. »Was will die CIA von mir? Oder anders gefragt: Warum bringt mich die CIA zu Bett?«

Sarah schlug Eier in die brutzelnde Pfanne. »Aber auch nur fast. Und es ist Sarah Rawlings, nicht die CIA. Weil sie es wollte. Die CIA hat auch Sie gefickt, metaphorisch gesprochen, aber das könnte sich ändern. Das hängt von Ihnen ab. Toast?«

»Bitte.«

»Können Sie mal nachschauen, ob ich noch irgendwelchen Saft habe? Es gibt viel zu besprechen, und Sie werden eine Menge Fragen haben. Ich fange mit Springer an, wenn es Ihnen recht ist.«

Chris stellte eine Packung Orangensaft auf den Tisch. »Gut.«

»In Ordnung. Warten Sie mal. Wie weit sind Sie über die aktuelle Weltlage informiert?«

»Na ja. Ich war besser drüber informiert, als meine Frau und mein Kind noch nicht entführt waren. Ich sehe CNN.«

»Gut. Ich will es kurz machen. Im wesentlichen geht es um Folgendes: Die große Bedrohung seit dem Ende des Kalten Krieges ist der Terrorismus. Um genau zu sein, Terrorismus durch illegale Weitergabe von Nuklearstoffen. Bis dahin war unsere einzige Sorge, von den Russen in die Luft gesprengt zu werden. Jetzt müssen wir uns darüber Sorgen machen, was die Russen mit all dem herumliegenden spaltbaren Material machen wollen, nachdem sie sich entschieden haben, uns nicht damit in die Luft zu sprengen. Kurz gesagt, das Ende des kalten Krieges war eine zweischneidige Angelegenheit. Die Russen haben alle Mittelstreckenraketen vom Typ SS-23 zerstört, d. h. zerlegt und weggeworfen. Aber mit dem nuklearen Kernstück, dem Sprengkopf, geht das nicht so einfach. Man muß das Zeug irgendwo lagern. Und was gelagert wird, kann auch gestohlen werden. Können Sie mir folgen?«

»Ja.«

»Sarah reichte ihm eine Tasse dampfenden Kaffees. »Sagen Sie mir, wenn er zu stark ist. Gut. Wir – die Vereinigten Staaten und die CIA – haben Leute, die sich ständig mit diesen Dingen beschäftigen. Agenten dort, Agenten hier. In Kaliningrad, einer russischen Enklave im Baltikum, haben wir die Weitergabe eines einhundertdreißig Gramm schweren Koffers mit gamma-verstrahltem Material verhindert. Die Übergabe sollte zwischen einem Mann mittleren Alters aus St. Petersburg und dem leitenden Angestellten eines Handelsunternehmens stattfinden. Einer der größten Fänge in letzter Zeit war der Lufthansaflug 3369 aus Moskau, der in München mit dreihundertfünfzig Gramm waffenfähigem Plutonium landete. Ein Kolumbianer und ein Spanier wurden festgenommen. Das sind nur ein paar Beispiele. Es passiert dauernd. Und selbst wenn einige dieser Geschäfte klappten, würde es doch – alles zusammen – nicht ausreichen, um eine Atombombe zu bauen. Selbst für eine kleine braucht man acht Kilo reinen Plutoniums. Die Sache ist nur: Wenn genug von dem Zeug rauskommt, haben sie am Ende doch, was sie brauchen. Kabumm.«

Sarah stellte die Gasflamme kleiner und legte Brot zum Toasten hinein. Systematisch und effektiv. »Kurz und gut: Die alten Bedrohungen sind tot. Die extreme Linke, die Marxisten und ihre palästinensischen Verbündeten, haben nicht mehr viel Einfluß. Ihre Ideologien sind zerbrochen. Wer Washington heutzutage den Schlaf raubt, sind die namenlosen Extremisten von Hisbullah, Hamas und ihre Geldgeber. Besonders Iran. Leute, die sich einbilden, sie könnten den Lauf der Ereignisse im Nahen Osten und schließlich sogar der ganzen Welt verändern. Das sind die Käufer. Und sie sind ein Problem, aber nicht mein Problem. Warten Sie einen Moment.« Sie langte nach der Handtasche, holte ein kleines Mäppchen hervor, dem sie eine Reihe von Schwarzweißfotos entnahm. »Christopher Nielson. Darf ich vorstellen: Iwan Godunow.«

Chris musterte die Fotos. Drei davon, körnig und unscharf, zeigten einen bartlosen Mann mit silbernem Haar, einem breiten entwaffnenden Lächeln und unangenehmen Augen. »Sieht aus wie Jelzin.«

»Ja, ein bißchen. Godunow ist mein Problem. Vielleicht das der ganzen Welt, wenn er in seinem neuesten Beruf erfolgreich ist. Godunow ist ein Anbieter.«

Chris studierte die kalten eng beieinanderstehenden Augen. Leere, leidenschaftslose Augen. »Er verkauft nukleares Material an terroristische Gruppen?«

Sarah lächelte, während sie ihm mit der Gabel Rührei auf den Teller tat. »Ja, wahrscheinlich. Jeder, der es kann, tut es auch. Aber das ist gar keine so große Gefahr.«

Chris sah überrascht aus. »Nicht? Wie das?«

Sarah setzte sich ihm gegenüber, entfaltete im Schoß ihre Serviette und nahm ihre eigenen Rühreier in Angriff. »Hm, gar nicht schlecht. Der Preis von Plutonium ist extrem hoch.

Es würde Millionen kosten, eine anständige Bombe zu bauen. Und keine terroristische Gruppe – nicht einmal Hisbullah, die staatliche Unterstützung genießt – bekommt zig Millionen Dollar für ihre eigenen Käufe. Nicht wenn ein Land wie Iran versucht, eine Weltmacht zu werden. Und es ist ja wohl sonnenklar, daß Iran und Libyen keine Bombe kaufen, um sie dann einem Haufen hergelaufener Terroristen auszuhändigen. Wenn man dreihundert Millionen oder so für Feuerwerkskörper ausgibt, dann behält man das Zeug auch. Und genau das macht uns Sorgen, daß nämlich ein Staat große Mengen von Plutonium kauft und versucht, schnell ein nukleares Arsenal aufzubauen. Der Meistbietende wird mit Sicherheit ein Staat sein. Und hier kommt Godunow ins Spiel. Wie schmeckt der Speck?«

»Gut. Sie wollten über Springer sprechen.«

Sarah kaute nachdenklich, als ob sie überlegte, wie sie am schnellsten zum Kern der Sache kommen könne. »Dazu kommen wir noch. Erst Godunow. Egal. Sagen wir es mal so, um Zeit zu sparen: Godunow kommt aus dem Erdgeschoß des Nuklearzeitalters. Wir wissen, daß er vor etlichen Jahren, zur Zeit der Nixon-Administration, als Beamter des russischen Atomindustrieministeriums arbeitete, damals noch unter Hammer und Sichel. Wir wissen, daß er den Stellvertretenden Innenminister Michail Jegorow persönlich kennt; daß er unter Alexander Rumjantsew gedient hat, dem Direktor des Kurchartow-Instituts, eines der führenden Nuklearlabors Moskaus. Ferner wissen wir, daß – angesichts der gegenwärtigen wirtschaftlichen Situation Rußlands – das Rinnsal von Nuklearmaterial, das gegenwärtig aus Rußland nach Deutschland und anderswohin fließt, sich morgen in eine Sintflut verwandelt. Und wenn es jemanden gibt, der diese Sintflut steuern kann, dann ist es Godunow. Er hat die Quellen, die Kontakte, die Intelligenz und vor allem die soziopathische Persönlichkeit, es ohne Zögern zu tun. Wie Sie wahrscheinlich schon während dieses ellenlangen Vortrages vermutet haben, sähe ihn die CIA gerne tot.«

Chris nippte an seinem heißen, süßen Kaffee. Mit all dem Essen im Bauch fühlte er sich etwas besser. »Warum bringen Sie ihn nicht um?«

Sarah nickte kauend. »Nicht so einfach. Trotz der Fortschritte zwischen unseren beiden Ländern gibt es immer noch eine Menge Spannungen, unentschiedene Fragen zwischen unserer Nation und Rußland. Sie – viele von ihnen und einige von den wichtigen Leuten – halten Godunow für einen sehr wertvollen Mann. Was er ja tatsächlich ist, wenn er nicht gerade damit droht, überflüssiges Plutonium zu verkaufen. Führende russische Vertreter bestreiten das natürlich. Aber wir haben unsere Quellen. Nein, der Kerl muß ausgeschaltet werden. Aber es muß diskret geschehen. Wir wollen nicht noch so ein Desaster wie in der Schweinebucht. Wo doch so viele Burger von McDonald's darauf warten, den armen, unterernährten Iwans serviert zu werden.«

Sarah nippte an ihrem Kaffee. »Das heißt, wir brauchen den Besten. Jemand, der die Sache über die Bühne bringt. Und zwar so, daß das Ganze wie ein Unfall aussieht, und gleichzeitig die Russen überzeugt, daß wir absolut nichts damit zu tun haben. Und – noch wichtiger – jemand, der überhaupt an Godunow herankommt. Er wird bewacht wie der Papst, wie Elvis. Mehr noch. Er ist unglaublich klug, vielleicht sogar klüger als wir. Er befindet sich momentan hier im Lande, und wir sind nicht einmal sicher, wo er ist. So macht er es immer, manchmal nur um uns zu veralbern. Das ist seine Art mitzuteilen: Wenn ich so einfach hinein- und herausschlüpfen kann, dann kann es eine Atombombe auch. In meinem Beruf gibt es viele, die an Schlaflosigkeit leiden, Chris.«

»Kann ich mir vorstellen. Was kann man da machen?«

»Wir heuern den Besten an und töten ihn. Den Besten der Besten. Und da gibt es nur einen.«

Chris hielt beim Kauen inne. »Frank Springer.«

Sarah hob die Brauen: »Sehr gut. Sie bekommen eine Eins.«

Chris lehnte sich zurück. Der Kaffee war vergessen. »Er ist bei der CIA?«

»Ganz entschieden, ja.«

Chris nickte. Jetzt begriff er. »Und Sie sind bei der CIA. Wer sonst noch in dieser Stadt?«

Sarah konnte ein Lächeln nicht unterdrücken. »Sie wären überrascht. Noch Toast?«

Chris starrte in die Luft. »Die Kerle am Anlegeplatz. Die Kerle im Wald ...?«

Noch kauend, beendete sie den Satz für ihn: »Die Kerle auf den Stufen des Kapitols. Das Foto, das Ihnen der kleine jüdische Anwalt Goldstein gegeben hat.«

Chris fühlte einen Stich und ertappte sich dabei, wie er auf das Silberbesteck vor sich, das Messer, starrte. »Also Ihre Leute haben Goldstein umgebracht?«

»Wollen Sie mich mit dem Buttermesser angreifen?«

»Ja oder nein?«

Sarah kaute und seufzte. »So wie ich es verstanden habe, sollte er gar nicht im Büro sein. Es war als abschreckende Maßnahme gedacht.«

Chris starrte sie wütend an. »Nun, die Abschreckung ist sicher gelungen. An seinem Schreibtisch verbrannt. Entschuldigen Sie, Sarah, wenn das Ihr richtiger Name ist, nehmen Sie es mir bitte nicht übel, aber ich habe Schwierigkeiten, Ihre Leute von den iranischen Extremisten zu unterscheiden.«

Sie fand das gar nicht witzig. »Fangen Sie nicht damit an, Chris. Ich erzähle Ihnen das alles, weil ich glaubte, daß Sie klug genug sind, die Wichtigkeit der Sache zu begreifen, den Wald vor lauter Bäumen zu sehen. Natürlich spielen wir ein schmutziges Spiel. Dauernd. So schmutzig wie die. Manchmal erfordert das ...«

»Unschuldige Zivilisten zu töten.«

»... erfordert das, das Leben einiger zum Wohle aller aufs Spiel zu setzen.«

Chris verdrehte die Augen.

»Verdrehen Sie nicht die Augen, verdammt noch mal. Und verschonen Sie mich bitte mit dem spätpubertären ›Der-Zweck-heiligt-nicht-die-Mittel‹-Gegenargument, das Sie in den Siebzigern auf Sit-ins im College verteidigt haben. Mein Job ist unglaublich verwickelt und fast immer undankbar. Und manchmal, nicht oft, aber manchmal zwingt er uns, Dinge zu tun, die keiner, aber wirklich *keiner von uns* gerne tut. Damit Leute wie Sie in ihrem großen Haus am Kamin sitzen und CNN glotzen können.«

Chris hob ironisch die Brauen. »Leute wie *ich?* Welches Haus, welcher Kamin?«

»Und nur zu Ihrer Information: Meine Leute sind nicht für die Sache mit Goldsteins Büro verantwortlich. Das war die Idee von jemand anderem.«

»Wessen? Des Präsidenten? Wissen Sie, ich fange an, die Iraner zu verstehen.«

Ihr Gesicht versteinerte, die Lippen wurden schmal. Dann sofort wieder weicher. Sie fing wieder an, in Ruhe zu essen, hatte sich wieder im Griff. Leise fuhr sie fort: »Chris, ich kann Ihnen Goldstein nicht zurückgeben. Ich versuche, und daran habe ich hart gearbeitet, Ihnen Matty zurückzuholen. Ich habe eine Menge Arbeitsstunden auf das Projekt Christopher Nielson verwandt. Ich hatte eine Menge Ärger mit Leuten, die klüger als wir beide sind. Aber ich habe es durchgeboxt. Wollen Sie sich nun meine Vorstellungen anhören, oder wollen wir noch mehr Zeit damit verschwenden, Anschauungen über individuelle Moral und Patriotismus auszutauschen, während Matty dort oben hockt und sich gegen diesen Soziopathen zur Wehr setzt?«

Er beobachtete sie, lehnte sich zurück. »Ich höre.«

Sarah wischte sich den Mund mit einer Serviette ab. Eines mußte sie doch noch loswerden: »Sie mögen mich nicht mehr, nachdem Sie mich in der Diele befummelt haben. Aber jetzt sind Sie ganz Ohr, nicht wahr?«

Chris sagte nichts.

»Na ja, egal. In Ordnung. Verzeihen Sie die Anspielung, aber für den Rest müssen wir in mein Schlafzimmer gehen.«

Sie stand auf, warf die Serviette hin und leitete ihn durch den Flur zum hinteren Teil ihrer Wohnung.

Sie öffnete die Schiebetür des Wandschranks neben dem Schreibtisch, entnahm einen Lederkoffer, den sie aufs Bett legte und aufklappte. Er war randvoll mit streng geordneten Mappen und Umschlägen in Standardgröße. Sie öffnete eine Mappe und begann einem verblüfften Chris Nielson ein Foto nach dem anderen zu geben. Es waren glänzende Schwarzweißfotos im Format 20 x 25 Zentimeter, und alle zeigten Matty. Einige reichten bis in ihre Teenager-Zeit zurück.

Sarah klang routiniert, fast wie einstudiert. »Wir haben eine Akte über sie, die bis in ihre Kindergartenzeit zurückreicht. Ich kann Ihnen eine Liste aller Jungen geben, mit denen sie in der zehnten Klasse herumgeknutscht hat, ihre gegenwärtigen Adressen, die Anzahl ihrer Kinder, berufliche Stellungen und Gehälter. So wie von Ihnen. Nennen Sie mir irgendeinen Namen, ein Ereignis, und ich verschaffe Ihnen die gleichen Informationen über alle Lebenden und die meisten toten Personen.«

Chris kramte mürrisch in den Fotos herum. »Was für ein einzigartiges Talent.«

Sie reichte ihm das farbige Polaroidfoto eines rothaarigen Mannes mit Kurzhaarschnitt und Koteletten.

»Erkennen Sie den?«

Chris musterte das Foto. »Nein.«

»Das sollen Sie auch nicht. Das ist Springer. Siebenundzwanzig Jahre alt. Sein erstes Jahr als Agent.«

»Sie machen wohl Witze.«

Sarah reichte ihm noch ein Foto im Format 20 x 25 Zentimeter. Es zeigte einen dunkelhaarigen Mann mit dicken Brillengläsern und einem dünnen Schnurrbart. »Springer. Vor zehn Jahren. Nette Nase, was?«

»Schminke?«

Sarah kicherte. Ein tiefer freudloser Ton. »Das ist ein Gesicht des kalten Krieges, in das Sie da schauen, Chris. Wie naiv Ihrer Meinung nach die Gegenseite auch immer gewesen sein mag, aber Schminke hätten die sofort bemerkt. Nein, das ist echt. Plastische Chirurgie. Von den besten Ärzten...« Sie gab ihm zwei weitere Fotos, die nicht im entferntesten den beiden ersten ähnlich sahen.

Chris riß vor Erstaunen den Mund auf. »Springer?«

»Ich könnte endlos so weitermachen.«

Wie sieht sein Gesicht denn wirklich aus?«

Sie nahm ihm die Fotos ab – als wenn er schon zuviel gesehen hätte –, verstaute sie wieder sorgfältig in dem Koffer, den sie zuschnappen ließ, und setzte sich neben ihn auf die Bettkante. »Wer weiß? Es ist irgendwo in der Akte. Ich kann Ihnen eines sagen. Das Gesicht, das er jetzt trägt, ist das gleiche wie das, als er Ihre Frau kennenlernte.«

Chris wandte sich langsam ab. Mit den Händen in der Hosentasche lehnte er sich gegen die Tür des Schlafzimmers. »Sie ist nicht meine Frau.«

Sarah sah ihn vom Bett aus an. »Natürlich ist sie das.«

»Die Heirat ist ungültig. Springer hat mir die Urkunde gezeigt. Ich habe es überprüft.«

»Alles nur Papier. Für eine Heirat braucht es mehr als bloß Papier. Glauben Sie mir.« Ihre kühle Fassade taute ein wenig auf und verriet eine verborgene Zartheit. Verteidigte sie Matty?

Dann wieder geschäftsmäßig: »Sie traf Springer 1982. Er war bereits damals ein Problem für die Abteilung, ein unsicherer Kantonist, der ständig zu weit ging und von den Vorgesetzten zurückgehalten oder buchstäblich aus dem Gefängnis geholt werden mußte. Er liebt das Töten. So einfach ist das. Es macht ihm Spaß. Was ja auch sein Geschäft ist, solange er seinen Job erledigt, nicht wahr? So jedenfalls lautete die Theorie. Laßt ihn in Ruhe, weil er seinen Job so verdammt gut macht. Erinnern Sie sich an die Operation ›Desert Storm‹? Die hat Springer eingefädelt ... Ich versuche nur, Ihnen ein vollständiges Bild zu vermitteln. Nur weniges in der Regierungs- und der Weltpolitik läuft so, wie es dem Außenstehenden erscheint. Offensichtlich ist Springer kein Heiliger, ganz im Gegenteil. Er hatte immer seine Kritiker. Eines Tages dann ging er entschieden zu weit.«

»Was war los?«

Sarah sah einen Augenblick aus dem Fenster, als wenn die verschneiten Wege alte Erinnerungen in ihr wachriefen. »Wenn Sie so begabt und einflußreich sind, wenn Sie dann noch obendrein einen derart chaotischen Hintergrund wie Springer haben, dann verlieren Sie am Ende die Kontrolle über Ihre bösen Geister. Springer wimmelt vor Dämonen. Das war ungefähr zu der Zeit, als Ihre Frau die Bühne betrat. Zwei Wochen nach ihrer Hochzeit löschte Frank während einer zweiwöchigen Geheimmission – eigentlich als Routineoperation konzipiert – eine ganze Familie aus. Eine ganze Familie, einschließlich eines Teenagers und zweier Kinder unter zehn Jahren. Diese unnötige Barbarei war übel genug. Daß es sich dabei, wie sich herausstellte, auch noch um die falsche Familie handelte, machte die Sache nicht besser.«

»Oh, mein Gott.«

Sarah nickte. »Es kommt noch schlimmer. Wir wußten schon lange, daß Springer ein wenig seltsam war, aber die Abteilung begriff einfach nicht, wie durchgeknallt er war. Offenbar belästigte Springer die Kinder noch, bevor er sie umbrachte. Im Ernst, er folterte sie. Leute wie Springer – eiskalt geniale Köpfe wie er – engagieren sich entweder für Menschlichkeit, Religion, die edlen Dinge im Menschen, oder sie beschreiten den entgegengesetzten Weg: total und unwiderruflich. Es gibt eine hauchdünne Trennungslinie zwischen Genie und Wahnsinn. Keiner bezweifelte, daß Springer verrückt ist. Die Abteilung konnte sich nur nicht dazu durchringen, jemanden so Wertvolles fallenzulassen.« Sie sah zu Chris auf. »Zu diesem Zeitpunkt war er natürlich schon dabei, Matty zu tyrannisieren.«

Chris fühlte, wie er sich enger an den Türrahmen preßte. »Wir kennen nicht alle Einzelheiten, aber es fing offenbar mit milder Perversion an und sank schnell auf ein unaussprechlich niedriges Niveau hinab. Dreimal versuchte Matty wegzulaufen. Beim dritten Versuch schlug er sie bewußtlos. Wir wissen von zwei Selbstmordversuchen, die sie unternommen hat. Springer kam dazwischen. Sie hat versucht, die Heirat zu annullieren; ohne Springers Wissen und mit unserer Hilfe.

Springer und ein Rattenschwanz von Rechtsanwälten ließen das scheitern. Als Vergeltungsmaßnahme sperrte er sie für zwei Wochen in eine Kammer ein. Eine Toilette gab es nicht. Zwei Monate lang war sie in der staatlichen Nervenheilanstalt in Massachusetts.«

Chris fühlte, wie ihn eine Welle von Haß durchflutete, die alle anderen Gefühle beiseite schob. »Und immer noch haben Sie nichts unternommen!«

»Hören Sie auf, mich dazuzuzählen, Chris. Ich hatte, glauben Sie mir, dabei nicht mitzureden. Ich konnte es vielleicht versuchen. Und ich *habe* es versucht.« Sie machte eine gleichgültige Geste. »Am Ende war es Springer selbst, der es dahin brachte. In seiner persönlichen Habe fanden sie diese Notiz, die er auf einen Briefumschlag gekritzelt hatte. Sie enthielt einen Attentatsplan auf den Vizepräsidenten. Unseren Vizepräsidenten. Das brachte das Faß zum Überlaufen. Sie sperrten ihn für zwei Jahre ein.«

»Und Matty?«

»Matty fiel praktisch unter die Kronzeugenregelung, ein Schutzprogramm, das einen neuen Namen, neue Adresse, einen anderen Bundesstaat und finanzielle Unabhängigkeit für den Rest ihres Lebens beinhaltete. Sie wollte sich irgendwo nach Mexiko zurückziehen. Die Abteilung hingegen meinte, sich in aller Öffentlichkeit zu verstecken sei besser, besonders bei jemandem mit Springers Spürnase.

Wir schickten Matty als geschiedene Grundschullehrerin nach Montana, besorgten ihr dort eine Arbeit, alles streng legal. Jede wache Minute seiner Gefängniszeit verbrachte sie damit, ihre Scheidung zu organisieren und schließlich auch durchzubringen.«

Chris spürte, wie sein Herz höher schlug.

»Zwei Tage nach Inkrafttreten der Scheidung fing die Scheiße an.«

Chris fühlte, wie sich seine Freude in Eis verwandelte. Er stieß sich von der Tür ab und setzte sich Sarah gegenüber aufs Bett. »Was meinen Sie?«

Sarah stand auf, stellte den Lederkoffer wieder sorgfältig in den Schrank zurück und schloß langsam die Tür, als ob sie manchmal des großen Gewichts überdrüssig sei; als ob dieses Wegschließen des Koffers ihr eine vorübergehende Atempause verschaffte. Sie wandte sich zu ihm um. »Die Abteilung kam in den Besitz aufschlußreicher Informationen. Für die Preisgabe dieser Einzelheiten könnte – würde – ich erschossen werden. Es genügt wohl, wenn ich sage, daß es sich dabei um Gammastrahlen und unseren Freund Mr. Godunow handelt. Was den hervorragenden russischen Techniker anging, so war es langsam an der Zeit, die Samthandschuhe auszuziehen. Wie politisch brisant auch immer, wir konnten einfach nicht die Abschlachtung von Zehntausenden unserer Landsleute riskieren; vorausgesetzt, unsere Informationen waren korrekt. Godunow mußte sterben. Und der einzige, der dazu imstande war, saß im Gefängnis.«

Chris schloß die Augen. »Oh, mein Gott. Sie haben Springer rausgelassen?«

»Vorübergehend. Wir versprachen ihm eine Revision seines Urteils, wenn er die freie Welt von Godunow befreien würde. In Wirklichkeit logen wir.«

»Logen?«

»Springer war ein Musterhäftling. Was bei jemandem wie ihm nur eins bedeuten konnte: Er wollte raus. Unbedingt. Er wollte nicht nur Matty umbringen, sondern wahrscheinlich auch ein ganzes Gefolge früherer Freunde und Bekannter in Washington und anderswo. Er wollte sich für das demütigende Gefängnisleben rächen. Es war klar, daß auch Springer sterben mußte.«

Chris schüttelte bitter den Kopf. »Aber nicht bevor er seine dreckige Arbeit für Sie erledigt hatte.«

Sarah musterte ihn. »Oh, verteidigen Sie jetzt Springer, Chris? Fällt er für Sie unter die Rubrik patriotischer Amerikaner, die es verdient haben zu leben?«

»Lassen Sie sich durch den Sarkasmus nicht stören. Erzählen Sie zu Ende.«

Sarah griff hinter sich nach dem Colt und ließ ihn in ihrer Hand baumeln. Chris hatte keine Ahnung, wie er dahin gekommen war. Seit sie die Küche verlassen hatten, hatte er sie nicht mehr damit gesehen. »Springer ließ sich auf unser Angebot ein. Er würde den Russen aufspüren und eliminieren, wenn er im Gegenzug eine faire Revisionsverhandlung bekam. Natürlich wußte jeder, daß Frank Springer, der doch immer allen anderen zwei Schritte voraus ist – jeder wußte, daß *er* wußte, daß wir logen, daß er unmittelbar nach Ausführung seines Auftrags ein toter Mann sein oder doch zumindest wieder im Gefängnis sitzen würde. Und er wußte ebenfalls, daß *wir* wußten, daß er für den Fall, daß man ihn herausließ, bereits sein Untertauchen plante.

»Und tat er das?«

»Untertauchen? Oh, nein. Das wäre zu offensichtlich gewesen, das wäre genau das gewesen, was wir von ihm erwartet hätten. Frank würde so etwas nie tun. Statt dessen entwischte er uns lange genug, um Matty zu jagen.«

»Und?«

»Er fand sie in Montana, bevor wir da waren. Vergewaltigte und schlug sie. Wir schritten ein und drohten damit, ihn in den Knast zurückzuschicken.«

»Drohten ihm, aber taten es nicht.«

»Das ist richtig: Taten es nicht. In der Zwischenzeit verschwand Matty. Haute nach Kalifornien ab, wie wir später herausfanden. Ließ sogar eine kleinere Nasenoperation vornehmen. Färbte sich die Haare und gab sich als junge Schauspielerin aus, die Karriere machen wollte. In Wirklichkeit hatte sie natürlich keineswegs die Absicht, einer Kamera oder einem größeren Publikum auch nur nahe zu kommen. Wo sie wirklich hinwollte, das waren die großen Vorstädte, wie sie etwa um Los Angeles herum existieren. Sie wollte so normal aussehen, daß sie am Ende in der Anonymität aufging.«

»Und da komme ich ins Spiel.«

»Ja. Ihr Versuch, sich unsichtbar zu machen, war erfolgreich. Wir konnten sie wirklich nicht finden.«

»Aber Springer.«

»Er fand jedenfalls den ungefähren Aufenthaltsort heraus. Matty entdeckte ihn, bevor er sie entdeckte. Entsetzt rief sie uns an. Bat uns, sie selbst – Sie und das Kind – aus Kalifornien wegzubringen. Wir hatten ein nettes Haus in Colorado, das wir früher einmal für eine Schutzoperation benutzt hatten. Mit kugelsicheren Fenstern und allem.«

Chris nickte dumpf. »Und einen reichen Onkel hat es natürlich nie gegeben.«

»Nur den reichen Onkel Sam. Die Regierung hat das Ganze finanziert. Das Haus, den Umzug, das Boot.«

»Und die Idee, Nicky unterm Bett zu verstecken, um mich zu erschrecken und für den Umzug weichzumachen?«

Sarah schüttelte den Kopf. »Nein, das war Mattys Idee. Das war der schnellste Weg, der ihr einfiel, um Sie dort rauszuholen, bevor Springer auftauchte. Sie war verzweifelt. Sie hatte schreckliche Angst, Nicky zu verlieren. Ihn an Frank zu verlieren. Er wußte nichts von dem Kind, aber Matty wußte, was er anderen Kindern und deren Familien angetan hatte.«

»Warum haben Ihre Leute ihn nicht gestoppt, verdammt?«

»Das haben wir ja! Wir plusterten uns auf und machten die üblichen Drohgebärden. Und da er uns in der Hand hatte, ließ Springer natürlich auch ein paar Drohungen gegen uns heraus.«

»Matty gegen Godunow, richtig?«

Sarah nickte nur ergeben: »Ja, so war's, Chris.«

Chris schüttelte ungläubig den Kopf; schien gar nicht mehr damit aufhören zu können. »Es ist unglaublich. Einfach unglaublich. Sagen Sie, wie haben Sie es eigentlich geschafft, daß die gesamte Stadt Greenborough mitspielte? Haben Sie jedem einzelnen eine Mündung an den Kopf gehalten?«

Sarah machte ein trübseliges Gesicht. »Kaum. Wir sprachen mit den Stadtvätern. Ließen sie wissen, daß wir für eine Weile in die Stadt kommen und zeitweilig die Kontrolle übernehmen, eine Art diskreter Ausnahmezustand. Der normale Kleinbürger wußte natürlich von nichts.«

»Natürlich. Und Sheriff Bradley und seine Truppe spielten begeistert mit? Oder mußte man Zwang anwenden wie bei Matty?«

Ihr Gesichtsausdruck blieb hartnäckig ausdruckslos. Sie war jetzt ganz Profi, eine gut geölte Maschine, irgendwo über ihm, die ihren Job machte und ihn gut machte. »Sie zwingen keine Gemeinde, Chris. Sie versammeln den Gemeindevorstand und bieten denen an, was sie wollen. Geld. In diesem Falle neue Hotels, neue Restaurants, neue Skigebiete.«

»Und ein neues Büro für den Sheriff.«

»Man bringt ihnen bei, daß Zusammenarbeit mehr einbringt, als Ärger zu machen; daß sie nicht nur davon profitieren, sondern nebenbei auch noch ihrem Land dienen. Man schubst sie nicht, sondern leitet sie. Wenn die Sache vorüber ist, verschwindet man so leise, wie man gekommen ist. Wir mischen uns nur soweit ein, wie es unbedingt notwendig ist.«

Chris nickte und zitterte in einem fort. »Ja, ja. Nur nicht das Ökosystem aus dem Gleichgewicht bringen. Wer hat Rick Corman verstümmelt und beinahe umgebracht?«

»Das war Springer. Wir hatten nichts damit zu tun.«

»Aber es waren Ihre Agenten damals nachts im Wald und abends am Bootssteg.«

»Agenten außer Dienst, die meisten davon, Abtrünnige. Spezis von Springer. Nicht unsere Leute. Früher oder später war fast jeder in der Abteilung Springer etwas schuldig. Er hat eine Menge Freunde. Viele, die ihn wie einen Helden verehren und so sein wollen wie er. Die fühlten sich geschmeichelt, herumhängen und seine Anordnungen ausführen zu dürfen. Einfach nur in der Nähe eines Superstars zu sein. Wir haben sie überwacht. Niemand sollte zu Schaden kommen.«

Nickend und zitternd lief Chris im Zimmer umher. Wandte sich plötzlich zu ihr. »Also, was ist nun das Fazit? Hat Springer den Russen getötet oder nicht? Warum sind Sie hier?«

Sarah hielt die Waffe in der Hand. »Sie sind mein Auftrag. Ich bin Ihr Schutzengel.«

»Ihr Auftrag besteht darin, mich von dem Haus fernzuhalten. Indem Sie mich ficken, nicht weniger. Das ist vielleicht eine Organisation, der Sie angehören. Akzeptieren die American Express?«

»Ich denke, man hat Ihnen wirklich übel mitgespielt. Jeder würde so denken. Aber deshalb habe ich Sie nicht hierhergebracht.«

»Warum haben Sie mich hierhergebracht?«

Sarah zögerte, als habe sie diesen Augenblick vorausgesehen. »Es gibt da neue Entwicklungen. Ein Umdenken innerhalb der Abteilung. Das Fazit ist, daß Springer sich nicht an die Regeln hält.«

»Warum bin ich nicht überrascht?«

»Er hat wieder damit begonnen, willkürlich Leute umzubringen. Um genau zu sein: drei Wanderer oben am Bolus Point, nicht weit vom Haus entfernt. Vielleicht auch andere. Es sieht so aus, als sei er noch verrückter, als selbst wir es vorausgesehen haben. Sein Verfolgungswahn hat die Schallmauer durchbrochen. Er glaubt, die ganze Welt sei hinter ihm her, und sieht Verschwörer in seinem Morgenkaffee.«

»Hatten Sie von einem Verrückten etwas anderes erwartet? Ihr seid schon komische Leute!«

Sarah räusperte sich und holte tief Luft. »Die Abteilung hat beschlossen, die Taktik zu ändern. Springer läßt sich Zeit, braucht zu lange. Unsere Befürchtung ist, daß Godunow das Land verläßt, bevor er in Aktion tritt. Also werden wir Springer ersetzen; und zwar durch ...«

»Durch wen?«

Sarah starrte ihn an.

Chris starrte zurück, begriff nichts.

»Durch einen völligen Außenseiter. Durch jemanden, den die Russen nie verdächtigen würden, den sie überhaupt nicht kennen können. Jemand, der mit dem Gewehr umgehen kann, der athletisch ist, die Gegend kennt und sich im Kampf bewährt hat. Jemand mit einem ausgezeichneten Gedächtnis für Einzelheiten.«

Chris starrte sie an.

Und dann verstand er.

»Sind Sie wahnsinnig? *Ich!* Sie machen wohl Witze.«

Sarah sah auf die Waffe in ihrer Hand. »Glauben Sie mir, Chris. Die Sache ist nicht zum Lachen.«

Er saß einfach da. Alles drehte sich vor seinen Augen.

»Matty gegen Godunow, Chris. Das ist Ihre Chance, sie zurückzubekommen. Ihre Chance, beide zurückzubekommen.«

»Sie sind verrückt.«

»Sobald der Russe tot ist – der Auftrag ausgeführt –, braucht die Abteilung Springer nicht mehr. Sein Strafaufschub dauert so lange, bis Godunows Tod gemeldet wird. Frank Springer kommt zurück in den Knast. Sofort.«

Chris biß nicht an. »Ich weiß absolut nichts darüber, über diesen ganzen Agentenkram. Sie brauchen einen ausgebildeten Profi, verdammte Scheiße!«

Sie schüttelte den Kopf. »Nein, das ist genau das Gegenteil von dem, was wir brauchen. Das ist genau das, was die Russen erwarten würden.« Und bevor er sie wieder unterbrechen konnte, drängte sie: »Chris, es war mein Vorschlag an die Abteilung, Sie zu nehmen. Wir brauchen einen gänzlich Unbekannten, von dem die Russen nie gehört und noch viel weniger gesehen haben, der aber der ganzen Sache nahesteht.«

»Jemand, der nur was zu gewinnen hat«, fügte er boshaft hinzu. »Jeder andere hielte es für selbstmörderisch.«

Sarah nickte. »Gefährlich, nicht selbstmörderisch.« Sie beugte sich zu ihm hinüber, bemühte sich nicht einmal, die Aufregung in ihren Augen zu verbergen. »Es war nicht einfach, Sie zu verkaufen, Chris. Im Gegenteil. Die Abteilung mißtraut Außenseitern. Aber ich habe Ihren Lebenslauf, Ihre Fähigkeiten bis ins Detail überprüft. Sie sind wie geschaffen für einen solchen Auftrag. Und ich werde immer bei jedem Schritt bei Ihnen sein.« Sie sah ihn einen Moment lang an. »Ich habe für Sie den Arsch hingehalten, Chris, für Ihre Familie.«

»Ach, wirklich? Haben Sie das auch Matty erzählt, bevor Sie den Kontakt mit ihr abgebrochen und sie Springer überlassen haben?«

»Damit hatte ich nichts zu tun. Egal. Ich habe Ihnen schon gesagt: Springer ist draußen. Sie sind drin. Wenn Sie wollen. Es ist klar, daß ich Sie nicht dazu zwingen kann.«

Sie drehte den Revolver in der Hand, bot ihn ihm an, mit dem Griff zuerst. »Wenn Sie sich dagegen entscheiden, werden Sie den hier brauchen ...«

»Ist das eine Drohung? Außerdem habe ich bereits eine Waffe, danke.«

»Ich drohe Ihnen nicht, Chris. Aber ich glaube, Sie wissen, daß Springer Sie sich irgendwann vornehmen wird. Wenn er mit Matty und Nicky fertig ist.«

Er wußte, daß sie das extra gesagt hatte, um ihn herumzukriegen (was ihr auch gelungen war). Und er wußte ebenso, daß sie recht hatte.

Chris lief hin und her.

Er rieb sich den Mund und seufzte. »Was wissen Sie über das Kind?«

Sarah blickte ihm ins Gesicht.

»Ist es meines? Haben Sie diese Information in Ihren Akten und Computern?«

»Ich habe nicht verstanden, Chris.«

Er sah sie an. »Was meinen Sie damit, Sie haben nicht verstanden? Ist es mein Kind oder nicht?«

Sarah sah ihn ungläubig an. »Sie haben ihn zwei Jahre lang großgezogen. Sie waren im Krankenhaus, als er geboren wurde. Es war Ihr Gesicht, das er im Kreißsaal gesehen hat.«

»Sie wissen, wovon ich spreche. Ist Springer der biologische Vater, oder bin ich es?«

In ihrem Blick lag jetzt eine Distanz, die vorher nicht dagewesen war. »Nun, ich nehme an, daß nur ein Bluttest letzte Sicherheit bringt. Es tut mir leid, aber ich dachte, Sie fragten danach, wer der *Papa* des Kindes ist.«

Chris sah sie böse an.

Er drehte sich um und langte nach seinem Jackett über dem Stuhl.

»Sie gehen? Ist das Ihre Antwort, Chris?«

Er schlüpfte in seine Jackenärmel, ohne sie dabei anzusehen. »Ich habe Ihre Nummer.«

»Wir haben nicht viel Zeit«, sagte sie ihm an der Tür. »Jede Sekunde, die er bei ihr ist, gefährdet das Leben von Matty und dem Kind.«

Er warf ihr einen festen Blick zu. »Keiner weiß das besser als ich. Das versichere ich Ihnen.«

Dann trat er in die morgendliche Kälte hinaus.

21

Matty hatte jetzt bereits einen Tag und eine Nacht ohne richtigen Schlaf zugebracht; nur kurze Pausen nervösen Ausruhens, die ihre gequälte Seele stets vor der endgültigen Unterwerfung bewahrten.

Das Kind hatte eine Erkältung, mindestens eine Erkältung. Vielleicht die Grippe, vielleicht auch Schlimmeres. Den ganzen Tag brandete ein schwerer Husten auf, um dann wieder abzuebben, während er matt und träumend – unter Drogen? – auf der Couch vor der lärmenden Glotze saß oder in seinem kleinen Autobett oben flüchtig auf den schwarzen Bären starrte. Während des Tages das Auf und Ab des Hustens, nachts ein rauhes, verschleimtes Krächzen.

Matty, vor hilflosem Schrecken wie gelähmt, lag dann neben ihm, hielt ihn fest und säuselte ihm ins Ohr. Ihr Verstand arbeitete fieberhaft, und manchmal war sie nahe daran, den zarten kleinen Körper in ihre Arme zu nehmen, nach einem Mantel zu greifen und in die Schneelandschaft hinauszustürzen. Ihre Chancen dort draußen im eiskalten Wind waren wenig ermutigend, aber vielleicht immer noch besser als Nickys Chancen hier in diesem endlosen Holzgefängnis, unsichtbar angekettet von ihrem wahnsinnigen Kerkermeister.

Aber wohin konnte sie gehen, wenn sie dort draußen den grausamen Elementen ausgesetzt war?

Das Kind war bereits schrecklich krank, und selbst wenn sie es wieder bis zum Wagen schaffte und ihn starten konnte, war sie doch vollständig auf sich selbst gestellt. Soviel war jetzt klar. Weder von Stanford, Kelly oder den anderen Agenten würde Hilfe kommen. Wenn Hilfe aus dieser Richtung zu erwarten wäre, wäre sie längst schon dagewesen.

Sie war von allem abgeschnitten, allein, auf sich selbst und ihren eigenen Scharfsinn angewiesen, um sie beide zu befreien.

Aber warum war das so?

Sie und die Abteilung hatten eine Abmachung, einen Vertrag, und bislang hatte man sie nie im Stich gelassen, vielmehr alles getan, um so etwas wie einen unsichtbaren Schutzwall um sie herum zu errichten, hatte für sie und das Kind – und Chris – gut gesorgt und auf sie aufgepaßt. Sie hatte während der langen Monate von Franks Haftzeit immer wieder die Bestimmungen des Kronzeugenschutzprogramms studiert, Dokumente unterzeichnet und sie dann immer wieder studiert.

Zusätzlich hatte sie eine ganze Herde von Rechtsanwälten angeheuert, um ihre Scheidung durchzubringen.

Wie also hatte das Undenkbare geschehen können? Wie war er rausgekommen? Was konnte schiefgelaufen sein?

Warum hatte man sie nach Monaten, ja *Jahren* solider und ermutigender Zusammenarbeit mit der Abteilung so im Stich gelassen?

Sie hatten doch sicherlich keine Angst vor ihm, eine ganze Regierungsbehörde ... Gewiß nicht.

Unterdessen lag Nicky im Sterben.

Sie versuchte nicht einmal mehr, sich selbst etwas vorzumachen. Man kann nicht ständig Beruhigungsmittel in die Blutbahn eines Kleinkindes pumpen, ihn unregelmäßig füttern (es gab keine Lebensmittel im Haus; alles, was Frank in Sachen Ernährung anbot, waren telefonisch georderte Pizzas, die wegen der langen Anfahrt aus der Stadt durch den Schnee immer schon kalt waren), ihn mit Chips, Soda und anderen wenig vorteilhaften Nahrungsmitteln vollstopfen, ihm jede noch so oberflächliche medizinische Betreuung verweigern, sogar das fiebersenkende Mittel Tylenol, all das konnte man nicht über einen längeren Zeitraum hinweg tun, Tag für Tag, Nacht für Nacht, und dann erwarten, daß ein Zweijähriger das lange überlebte.

Ja, das Kind würde schließlich sterben. Wenn nicht Frank vorher starb. Und sie mußte schnell handeln.

Sein Verstand brach zusammen.

In einem Augenblick war er da, im nächsten schon wieder mit glasigen Augen irgendwohin abgedriftet. Kein Gedanke an sie, kein Gedanke an Nicky, an seine versagende Gesundheit.

»Er ist krank, Frank. Er muß zum Arzt. Ich flehe dich an.«

Aber er saß immer nur da, starrte ins Leere, den Mund weit offen, bis sie ihn an den Schultern rüttelte; ihn schüttelte, bis das Lächeln wiederkam, dieses verrückte, provozierende Lächeln. »Dem Kleinen geht's gut ... Kinder kriegen schnell mal Fieber. Das durchschnittliche russische Kind verbringt praktisch seine gesamte Kindheit in bitterkaltem Wetter. Die jammern ihren Eltern nicht die Ohren voll, oder?« Dann folgte das allmähliche, erschreckende Fokussieren seiner Augen. »Ich meine, er ist doch mein Kind ... oder?«

Ja, sie mußte schnell handeln. Und es gab nur den einen Weg: die Spritze, die sie unter der Matratze versteckt hatte.

Das aber hieß, ihn irgendwie in einem Moment zu erwischen – soweit sie das überhaupt konnte –, wenn er nicht auf der Hut war.

Das aber bedeutete: Sex mit ihm zu haben.

Sie wandte sich von der frühen Morgensonne ab. Das strähnige Haar im Gesicht, der Körper schlaff vor Erschöpfung, betrachtete sie mit schweren Augenlidern den schwachen Atem des Kleinen in seinem Bettchen. Sein Bettzeug mußte gewaschen werden. Selbst dafür war sie zu erschöpft gewesen.

Und eigentlich war das Bett zu klein für einen richtigen Erwachsenen. Trotzdem schlief sie jede Nacht bei ihm. (Frank beachtete sie gar nicht. Er wartete darauf, daß sie zu ihm kam.) Aber sie war unfähig, von Nickys Seite zu weichen, solange seine Temperatur so sprunghaft wechselte und seine Brust sich in Hustenanfällen zusammenkrampfte. »Mami ... krank ...« Dann hielt sie ihn, wiegte ihn, sang ihm etwas vor und versuchte, ihre Tränen vor ihm zu verbergen.

Manchmal gelang es ihr, in den frühen Morgenstunden ein wenig erlösenden Schlaf zu finden. Genau dann kam Frank wohl mit seiner Spritze und einem Glasfläschchen, um das Kind und vielleicht auch sie unter Drogen zu setzen. Sie war so ausgelaugt vor Erschöpfung, daß sie es selbst nicht hätte sagen können.

Sie nahm ein heißes Bad und lehnte sich mit einem dankbaren Stöhnen zurück.

Warum hatten sie sie im Stich gelassen?

Wo waren Stanford und die anderen Agenten hin? Sie hatten eine Abmachung, eine Vereinbarung. Wie konnten sie sich da einfach aus dem Staub machen – jeden Kontakt abbrechen – und ein zweijähriges Kind derart in den Händen eines Verrückten zurücklassen? Wie hatten sie ihn überhaupt entkommen lassen können?

Plötzlich fiel es ihr wie Schuppen von den Augen.

Es sei denn, er war gar nicht geflohen. Es sei denn, sie hätten ihn vorsätzlich laufengelassen!

Nein. Sie weigerte sich, das zu glauben.

Das widersprach allem, was sie ihr gesagt hatten, all den langen Stunden der Arbeit und Planung, die es gekostet hatte, sie zu verstecken und zu beschützen. Das ganze Geld, die vielen Arbeitsstunden, die man investiert hatte, nur dafür, daß man sie jetzt wieder zusammenwarf.

Aber das war die einzig vernünftige Erklärung.

Der einzige Grund, warum sie ihn nicht gewaltsam zurückgeholt, nicht im mindesten eingegriffen hatten. Ja, sie steckten unter einer Decke. Frank war wieder Agent, jedenfalls vorübergehend. Das war die einzig vernünftige Erklärung.

Aber zu welchem Zweck? Und für wie lange?

Natürlich bis er einen Auftrag für sie erledigt hatte. Aber wie lange würde das dauern? Wie lange noch? Bis ihr Kind tot war?

Wieder schloß sie die Augen, ließ sich tiefer in den Badeschaum hinabgleiten. Trotz aller Furcht und Verwirrung entschlüpfte ihr ein Seufzer lange entbehrten Wohlgefühls.

Es war egal, was irgendeiner von ihnen vorhatte. Das einzig Wichtige war, daß Nicky beschützt wurde. Und Chris auch, wenn sie das irgendwie schaffen konnte.

Sie mußte Frank töten. Wenn möglich, heute. Jetzt ...

Los, Matty! *Denk nach!* Es muß doch einen Weg geben, es gibt immer einen. Er ist auch nur ein Mann aus Fleisch und Blut. Und du bist eine Frau. Verführ ihn! Überleg dir etwas. Du bist eine attraktive, begehrenswerte Frau. Er will dich doch, hat dich doch immer gewollt, kann kaum die Augen von dir lassen. Wann immer er Gelegenheit dazu hat, steckt er dich in dieses lächerliche durchsichtige Nachthemdchen, oder er tätowiert dir mit Schablone sein stolzes russisches Zeichen ein wie ein Rancher sein Brandzeichen.

Alles, was er will, ist, daß du zu ihm gehst, daß du den Anfang machst; vielleicht sogar bettelst und angekrochen kommst. Er will, ja, er besteht darauf zu herrschen.

In Ordnung. Laß ihn herrschen. Laß ihn alles haben, was er will, wie krankhaft und entwürdigend auch immer, laß es echt aussehen. Kein Hinweis auf unredliche Absichten. Er will, daß du die Sache initiierst, aber er mißtraut deiner Aufrichtigkeit. Und aus gutem Grund.

Sie verfluchte sich im stillen selbst.

Sie hätte viel früher an die Spritze denken sollen, viel mehr ›auf Draht‹ sein müssen; unterwürfiger und weniger abweisend. Deshalb würde es jetzt viel schwerer sein. Jetzt mußte sie wirklich verschlagen sein, und genau das würde er vorausgesehen haben.

Denk nach! Es gibt immer eine Antwort. Selbst wenn man es mit Wahnsinnigen zu tun hat.

Versuch dich daran zu erinnern, wie er war. Am Anfang. Lange zurück in der fernen nebligen Vergangenheit, als du tatsächlich glaubtest, ihn zu lieben.

Nicht alles war damals schlecht, als es anfing, nicht. Die ersten paar Nächte in seinen starken, sonnengebräunten Armen waren sogar aufregend und glücklich gewesen. Bis die Bestie zum Vorschein gekommen war.

Sie seufzte erschöpft inmitten der seifigen Wärme, und der Wasserhahn rauschte wie ein Wasserfall hinter ihrem Kopf.

Ein rauschender Wasserfall.

Abrupt öffnete sie die Augen.

Die Niagara-Fälle, Kätzchen ... damals waren wir perfekt ... das perfekte Paar.

Die Niagara-Fälle.

Und im Nu hatte sie die Lösung.

22

Fast genau nach einer Stunde klopfte Chris wieder an ihre Tür; exakt die Zeit, die er gebraucht hatte, um zu der Pension zurückzukehren, die Kleider zu wechseln, zu duschen und über alles nachzudenken.

Doch mit dem Nachdenken war es nicht weit her gewesen, hatte er doch schon vor dem Verlassen ihrer Wohnung gewußt, daß er zurückkommen würde; hatte gewußt, daß jeder Schritt weg von ihrem Appartment, durch mit Schneematsch bedeckte Straßen, daß jeder Schritt dazu bestimmt war, sich die Zeit zu vertreiben und die Vision des Nachdenkens aufrechtzuerhalten, wo in Wirklichkeit kein Nachdenken stattgefunden hatte.

Er wußte, er würde alles tun, was Matty und ihr früheres Leben zurückbrachte.

Wahrscheinlich, so vermutete er, während er dort an der Tür stand und klopfte und sich ein wenig wie ein Idiot vorkam, wahrscheinlich hatte diese Frau, Sarah, das auch gewußt.

Sie öffnete die Tür, entzückend gekleidet in einem Kaschmirpullover und Tweedrock, gekämmt und zurechtgemacht, blank und kein bißchen überrascht. »Der Kaffee ist noch an«, sagte sie, drehte sich um und ging hinein, damit er ihr folgte.

Mit dem Rücken zu ihm, während ihre Hinterbacken reizend unter dem Tweed wackelten, kam sie in das Wohnzimmer zurück, wo sie anscheinend an etwas gearbeitet hatte. Auf dem Teppich zwischen Sofa und Couchtisch stand eine dampfende Tasse Kaffee.

Sie nahm wieder ihre – wie Chris vermutete – alte Stellung auf dem Teppich ein: Bauch nach unten, Hintern nach oben, prall und bemerkenswert, und beschäftigte sich mit einem Haufen gefalteter Papiere, die nach Landkarten aussahen. Er warf sein Jackett auf einen Sessel und bückte sich, um besser sehen zu können.

Ohne ihn anzusehen, zeigte Sarah mit ihrem lackierten Fingernagel auf etwas: »Das graubraune Gebiet hier ist Greenborough. Das Grün zeigt den Nationalpark drum herum, die Wälder. Wo es grau wird, ist meistens Fels.«

Sie zog die Landkarte rasch zur Seite, um eine andere darunter zu offenbaren, mit anderen Farben und in größerem Maßstab. »Hier ist das Geschäftsviertel ... Hier ist ungefähr Ihr Haus. Iwan Godunow ist irgendwo in diesem Gebiet. Nehmen wir an.«

Chris war verblüfft. »Er ist hier in Colorado?«

»Praktisch in unserem Hinterhof.«

Chris setzte sich mit einem verwirrten Brummen wieder, legte die Arme auf die Knie, studierte die Landkarten und dann Sarah. »Ich kann nicht ganz folgen. Godunow plumpst – in der gesamten westlichen Hemisphäre – ausgerechnet dort nieder, wo Springer Matty gefunden hat?«

Sarah sah mit geduldigem Gesichtsausdruck zu ihm auf, als warte sie darauf, daß bei ihm der Groschen fiele.

Als das eintrat, erlebte Chris eine neuerliche Demütigung. »Ich verstehe. Sie haben gelogen. Sie haben Matty und mich überhaupt nicht ›versteckt‹.«

Sie wartete darauf, daß er fertig war. »Sie hatten den Ort bereits für Springer als Operationsbasis vorbereitet. Sie haben Matty nicht abgesondert, sondern sie Springer gleichsam ausgeliefert. Sie und Nicky. Und mich ...«, fügte er hinzu.

Sarah sah ihn geduldig an. »Möchten Sie jetzt Kaffee?«

»Warum haben Sie erst gelogen? Ich dachte, Sie wollten mein Vertrauen? Das hier spricht dagegen.«

Mit der leichten, flüssigen Bewegung einer Athletin richtete sie sich auf, ging selbstsicher zur Küche und goß ihm eine Tasse ein. »Da ist überhaupt kein Widerspruch. Ich habe Sie aus dem gleichen Grunde angelogen, aus dem ich in meinem Beruf immer lügen muß: um einen Fuß auf den Boden zu bekommen. Darin besteht meine Arbeit vor allem: Einfluß zu gewinnen. Wenn ich Ihnen die ganze Wahrheit über das Haus erzählt hätte, wären Sie diesen Morgen vielleicht nicht zurückgekommen.« Sie reichte ihm die Tasse, um zu sehen, ob er sie nehmen oder hinausstürmen würde.

Er nahm sie.

Sie saß im Indianersitz neben ihm. »Egal. Mit den Lügen sind wir jetzt durch.«

»Wirklich?«

»Es gibt sonst nichts vor Ihnen zu verheimlichen. Was bleibt, ist unser Vorhaben, den Russen loszuwerden. Und diesbezüglich werde ich todsicher nicht flunkern.«

»Warum sollte ich das glauben, Sarah?«

»Weil ich, wie ich schon erklärt habe, dabei mitmache. Einer von der Behörde muß dabeisein, um die Tötung zu bestätigen.«

Chris atmete tief durch, pustete und nippte an dem heißen, lieblich duftenden Kaffee. »Mal angenommen, ich stimme diesem ... diesem Auftrag zu. Wann fangen wir an?«

»Sofort.«

»Heute?«

Sarah zeigte auf die Landkarte. »Wir haben eine kleine Hürde zu nehmen.«

»Die wäre?«

»Wir wissen nicht genau, wo Godunow ist.«

Chris setzte seinen Kaffee ab, während sich seine Augen ungläubig weiteten. »Sagen Sie das noch mal.«

Sie faltete die Karte in kleinere Abschnitte und deutete wieder darauf. »Es gibt ungefähr zehn bis zwölf Ranchhäuser in diesem Gebiet, die meisten davon Ferienwohnungen. Die Besitzer vermieten sie gewöhnlich während der Skihochsaison zu irrsinnigen Preisen. Wir sind uns achtzigprozentig sicher, daß Godunow sich in einem davon aufhält.«

Chris nickte trocken. »Achtzig Prozent. Gut zu wissen, daß ich es mit so präzisen Profis zu tun habe.«

»Das ist die beste Info, die wir haben. Und wir sind froh, daß wir sie haben. Wir wissen aber nicht sicher, in welchem Haus genau Godunow sich aufhält. Wir glauben, daß er seinen Aufenthaltsort wechselt. Glauben Sie mir: Godunow teilt völlig Springers Paranoia, umgelegt zu werden, wenn auch nicht seinen Wahn. Er ist ein kalter, mitleidloser und extrem intelligenter Killer. Und er umgibt sich mit einem eigens dafür ausgesuchten Gefolge von extrem intelligenten Killern und Bodyguards. Jeder Mann kann getötet werden. Aber man ist immer davon ausgegangen, daß derjenige, der Godunow tötet, selbst getötet werden wird.«

»Soll das ein Anreiz sein?«

»Ich gebe Ihnen nur die ungeschminkten Fakten, Chris. Es wird gefährlich werden. Wir haben die Variablen berechnet und die Widerstände in Betracht gezogen. Es ist machbar, aber es wird eine knappe Sache. Wir können Sie nicht dazu zwingen, es zu tun.«

»Sie haben mich schon gezwungen, indem Sie diese Situation herbeigeführt haben. Sie wollen also sagen, daß Godunow es als Meuchelmord-Experte mit Springer aufnehmen kann.«

»Das kommt ungefähr hin. Er besitzt vielleicht nicht Springers Lust am Töten, aber er teilt dessen soziopathischen Mangel an Gewissen. Ja, vielleicht spielt er in Springers Liga, sein russisches Gegenstück, sozusagen. Anscheinend bewundern sie sich gegenseitig.«

»Sie kennen sich?«

Sie schüttelte nachdrücklich den Kopf. »Nie getroffen. Vielleicht kurz am Telefon miteinander gesprochen; wir sind nicht sicher. Aber wir wissen, daß Godunow und Springer sich nie begegnet sind. Godunow weiß wie die meisten nicht einmal genau, wie Springer aussieht. Vielleicht hat er Fotos gesehen, aber Frank ändert sein Aussehen ja ohnehin ständig. Das Chamäleon. Erinnern Sie sich?«

»Ja, ich erinnere mich.«

»Aber sie wissen sicher voneinander. Und ihre gegenseitige Bewunderung ist sehr ausgeprägt. Genauso wie ihr jeweiliges Ego. Eine Art Haßliebe. Mögen Sie Filme?«

»Filme?«

»Alfred Hitchcock ist mal gefragt worden, wie er gerne sterben würde. Seine Antwort war: ›Von einer hübschen Blondine erschossen werden, natürlich.‹ Ich vermute, daß Godunow und Springer ziemlich ähnlich denken. Wenn du abtreten mußt, dann laß es durch einen ausgezeichneten Feind besorgen. Alles Macho-Quatsch. Können Sie unauffällig an Ihre normale Ausrüstung als Fernmeldetechniker herankommen?«

Chris lehnte sich zurück. »Meine Fernmeldetechniker-Ausrüstung? Das meiste von dem Zeug ist noch im Auto. Warum?«

Sarah nickte anerkennend. »Wir können Ihnen alles besorgen, was Sie nicht haben.« Sie wischte die Landkarte zur Seite, zog eine Papierrolle heran, entfernte das Gummiband und entrollte das Papier. »Das ist das Schema des gesamten Telefonnetzes im Alpine County. Dort hält sich Godunow irgendwo auf. Wenn wir Sie auf einen Telefonmast hoch bekommen, sagen wir mal in diesem Sektor«, sie deutete darauf, »und Sie kommen in die Leitung rein, dann könnten wir das Haus finden. Klingt das vernünftig?«

»CIA und FBI haben sicher qualifiziertere Leute, die das machen können.«

»Ja. Und sie haben alle Gesichter. Ich habe es Ihnen schon einmal gesagt: Godunow kennt jeden von denen, wirklich jeden. Wir haben es hier nicht mit irgendwelchen schlecht informierten Leuten zu tun. Dies sind extrem gefährliche Leute, die an Krisengebiete gewöhnt sind und daran, wie man sich darin bewegt.«

Chris dachte darüber nach. »Okay, lassen Sie uns annehmen, ich steige den Mast hoch und finde die Leitung. Wie soll ich Godunows Stimme erkennen?«

Sarah hielt bereits geduldig einen Finger nach oben und ging wieder ins Schlafzimmer. Sie kehrte mit einem handflächengroßen Kassettenrecorder zurück, kniete sich neben Chris und drückte auf einen Knopf. Eine leicht verzerrte, aber leicht zu unterscheidende Stimme sagte knarrend etwas auf russisch. Dann, nach einer Minute, auf englisch.

»Das ist Godunow?«

»Nein. Er geht nie ans Telefon. Das ist sein Assistent, Slewenski. Der nimmt immer die Anrufe entgegen. Er und nur er. Er verfügt über das, was die für einen ziemlich guten Akzent aus dem Mittleren Westen halten. Wenn Sie aus dem Mittleren Westen stammen, werden Sie vielleicht anderer Meinung sein, aber es klingt bestimmt auch nicht russisch. Wir werden Folgendes tun: Wir nehmen alle ihre abgehörten Gespräche auf und geben sie an die Zentrale weiter, wo das Labor die Tests macht. Schließlich warten wir darauf, daß sie uns zurückfaxen, wenn wir eine Übereinstimmung haben.«

Chris nickte. »Ich verstehe. Und dann verfolgt man über die Telefongesellschaft das Gespräch zurück zum richtigen Haus.«

»Eine Leichtigkeit.«

»Gut, jetzt haben wir also das Haus. Und dann?«

Sarah faltete die Karte zusammen. »Wir gehen so nah wie möglich ran, ohne entdeckt zu werden. Machen unser Ziel aus, entweder durch ein Fenster oder, wenn er uns eine Pause gestattet, beim Morgenspaziergang. Dann zielen wir auf ihn und drücken ab. Ihre Waffe hat bei neunzig Metern ihre optimale Treffgenauigkeit.«

»Was für eine Waffe?«

»Ich werde Sie Ihnen gleich zeigen.«

»Gut. Er ist also tot. Und was dann?«

»Dann schnell zurück in unseren kleinen Fernmelde-Entstörungsdienstwagen und nichts wie weg.«

»Wie sieht's mit Unterstützung aus?«

Sarah schüttelte den Kopf. »Nein, wir sind auf uns selbst angewiesen. Vom inoffiziellen Anheuern von freien Mitarbeitern mal abgesehen, darf die Behörde nicht in die Sache verwickelt werden. Es muß wie ein Jagdunfall aussehen. Jeder wird wissen, was wirklich geschehen ist, aber es muß wie ein Unfall aussehen.«

»Wird es Vergeltungsakte geben?«

»Aber sicher doch. Aber nichts, worüber Sie sich Sorgen machen müßten. Der anderen Seite ist egal, wer geschossen hat. Wir sind nur Söldner. Sie werden einen von unseren Erdölkonzernen in einem Dritte-Welt-Land in die Luft jagen. Etwas in der Art. Auge um Auge. Hauptsache ist, daß die Welt noch ein paar Jahre relativ atombombensicher sein wird.«

Chris dachte darüber nach. Dann schüttelte er den Kopf. »Nein, ich denke besser nicht darüber nach, sonst sage ich noch nein. Und Sie wollen heute anfangen?«

»Heute nacht. Es wird arschkalt sein, aber wir müssen so unverdächtig wie möglich erscheinen. Wir werden Sie mit einer Entstörungsdienstuniform ausstatten, dazu natürlich mit einem Firmenwagen.«

»Und Sie?«

»Ich werde auch in Uniform sein, im hinteren Teil des Lieferwagens, mit Kopfhörer, Transmitter und einer direkten Leitung zur Zentrale. Wenn wir Glück haben, landen wir vielleicht da schon unseren Treffer.«

Chris, dessen Rachen ungewöhnlich trocken war, nippte wieder am Kaffee und bemerkte zu seiner Überraschung, daß die Tasse fast leer war. »Gut. Nehmen wir also an, wir haben sie. Was dann?«

Sie wartete lange genug, um ihm einen intensiven Blick zuzuwerfen, stand dann auf, ging zum Wohnzimmerschrank, kramte darin herum, trat zurück und drehte sich mit einer Art von schwerem Militärgewehr wieder um. Dann warf sie es Chris aus fünf Metern Entfernung zu, der es zu seiner eigenen großen Erleichterung mit einer Hand auffing.

Sarah kam wieder zu ihm und nickte zu der Waffe hin. »Eine 0.416 Großwild, aufgebaut auf einer BBK 02 action. Sie hat einen englischen Walnußschaft. Dies hier ist ein Leupold-Zielfernrohr auf Warne-Montageringen: die wirkliche Besonderheit an diesem Gewehr. Kein anderes Zielfernrohr auf dieser Welt kann, was dieses kann. Und kein Gewehr der Welt schießt wie dieses. Kommt direkt aus dem Versuchslabor.«

Chris hob das Gewehr, legte es an die Schulter und zielte auf eine chinesische Vase am anderen Ende des Zimmers. Er sah nichts.

Sarah griff nach unten, drückte einen Knopf und das Fadenkreuz leuchtete auf. Automatisch erschien die Vase perfekt im Brennpunkt. »Mann, das ist ja irre«, murmelte Chris.

Sarah hockte sich neben ihn. »Das ist noch das wenigste.« Sie setzte sich neben ihn, eifrig bemüht, das neue Spielzeug zur Geltung zu bringen. »Wie Sie wahrscheinlich wissen, ist Infrarot jetzt der neueste Schrei. Dieses Gewehr geht noch einen Schritt weiter. Sie legen auf Ihr Ziel an, sagen wir, einen Hirsch. Mit normalem Infrarot verfolgen Sie den kleinen roten Laserpunkt durch das Zielfernrohr. Das Problem ist nur, daß, wenn Ihr Ziel ein Mensch ist, er den kleinen roten Punkt ebenfalls sehen und sich wegducken kann. Und Sie schießen vorbei. Jetzt schauen Sie mal ...«

Sie nahm ihm das Gewehr ab und drehte das Zielfernrohr um. »Dies ist ein hochentwickeltes Echolot, etwas wie ein modernes Radar. Das Infrarot wird wie bei irgendeinem Präzisionsgewehr ausgesandt, aber es ist für jeden außer Ihnen selbst unsichtbar. Die Linse funktioniert nach dem Prinzip der Polarisation. Um den Lichtpunkt zu sehen, muß man durch die polarisierte Linse sehen.«

Chris zeigte sich beeindruckt.

»Außerdem – und das mag ich besonders – ist das Echolot mit dem Abzug verbunden. Sobald das Ziel im Visier ist, speichert ein Computerchip die Zieldaten. Wenn Sie die Waffe nicht exakt auf das gewählte Ziel richten, läßt sich der Abzug nicht bedienen. Idiotensicher.«

»Mein Gott. Was fällt denen wohl als nächstes ein?«

Sarah lächelte stolz. »Sie würden sich wundern.«

Er sah von dem herrlich gearbeiteten Gewehrschaft auf. »Sarah, Sie haben Ihre Arbeit gern, nicht wahr?«

Sie schaute beiseite, zuckte mit den Achseln. »Es ist etwas, was ich gut mache.«

»Kriegen Sie eine größere Gehaltserhöhung, wenn Sie denen mit solch einem Geistesblitz kommen?«

Sie wandte sich kühl zu ihm um. »Eine Gehaltserhöhung und einen besseren Posten, ja. Sonst noch etwas?«

»Nur neugierig.« Er zuckte mit den Schultern und sah wieder auf den glatten Schaft des Gewehrs.

Sie beobachtete ihn. »Also, was glauben Sie? Können Sie damit schießen?«

»Natürlich kann ich damit schießen. Das wußten Sie doch schon.«

Sie lächelte. »Sie können es kaum abwarten, es abzufeuern. Das wußte ich ebenfalls.«

Mit einem Knurren gab er ihr das Gewehr zurück. »Kaum abwarten, es auf einem Schießstand auszuprobieren, vielleicht. Es ist prachtvoll. Aber nicht, um einen Menschen damit zu töten. Ich töte nicht einmal gerne Tiere. Als ich ein Kind war, habe ich Bambi gesehen.«

»Godunow ist kein Mensch, Chris.«

Chris stand auf, um noch Kaffee zu holen. »Hören Sie auf, Sarah. Kommen Sie mir bitte nicht auf die poetische Tour. Er ist kein Wasserbüffel. Er denkt und atmet wie Sie und ich.«

»Nein, nicht wie Sie und ich. Er verkauft Plutoniumschrott an den Meistbietenden.«

Er kam ins Wohnzimmer zurück. »Wer sagt mir, daß Springer nicht wieder ausbricht, meiner Familie nachstellt, besonders wenn er erfährt, wer ihn wieder in den Knast gebracht hat?«

»Er wird es nicht erfahren. Und er wird keine Zeit haben herauszukommen. Innerhalb einer Woche wird er ein toter Mann sein.«

»Können Sie das garantieren?«

»Dafür garantiere ich. Wenn der Russe erst einmal tot ist, ist Springer erledigt. Sie und Ihre Familie können dann wieder ein normales Leben führen.«

Chris mußte fast lachen. »Aber sicher doch.«

»Hören Sie, Chris ...«

Aber er winkte nur ab. »Egal, völlig egal. Wir verplempern nur unsere Zeit. Lassen Sie uns vorankommen.« Er nahm ihr das Gewehr ab und schulterte es lässig, wobei er aus seiner Tasse trank.

»Bevor mir wieder die Knie schlottern.«

Sie saßen in der Fahrerkabine des Lieferwagens im Dunkeln, Chris am Steuer, alle Lichter waren ausgeschaltet, außer der kleinen Taschenlampe, die Sarah zum Lesen der Landkarte brauchte.

Sie waren nicht mehr als fünfzehn Minuten weg von Greenborough, aber sie hätten genausogut Stunden entfernt sein können. Auf allen Seiten, soweit man in dieser sternenklaren Nacht sehen konnte, lagen schneebedeckte Gipfel und das geisterhafte Glühen der niedrigeren Hügel.

»Wir haben drei verschiedene Örtlichkeiten, wo Sie anzapfen können«, sagte sie gerade, »ich schaue gerade nach, ob wir auf der richtigen Straße sind.«

Sie kniff die Augen zusammen, weil die Taschenlampe nicht genug Licht hergab.

Ungeduldig langte Chris nach oben und schaltete die Innenbeleuchtung ein.

»Heh!« Nie zuvor, seit dem ersten Augenblick ihres Kennenlernens, hatte sie so erschrocken geklungen. »Das Licht kann man kilometerweit sehen hier draußen. Schalten Sie es aus!«

Chris drehte sich geduldig zu ihr hin. »Hören Sie, wir versuchen möglichst echt zu erscheinen, richtig? Ich soll ein Fernmeldetechniker sein, der hier draußen mit seinem Assistenten ein paar verrostete Endverzweiger überprüft. Das tun die Leute vom Entstörungsdienst gewöhnlich. Wirklich verdächtig wäre es, wenn ich hier im Dunkeln meine Landkarte checken würde.«

Aber an ihrem Gesichtsausdruck ließ sich ablesen, daß sie das kaum versöhnte. Sie hatte Angst.

Er hatte es vorher nicht gesehen, aber jetzt war es da. Sie hatte Angst um ihr Leben. Sarah Jean Rawlings wollte unbedingt ihre Beförderungsurkunde; so dringend, daß sie alles riskierte. Aber sie hatte Angst.

Um sie zu beruhigen, hätte Chris beinahe das Oberlicht ausgeschaltet, aber eine gewisse innere Wut hielt ihn davon ab. »Was passiert, wenn sie uns die Geschichte nicht abnehmen?« fragte er sie.

Sarah faltete die Landkarte zusammen und lehnte sich zurück. »Sie werden uns umbringen.«

»Umbringen? Zwei Fernmeldetechniker in einem Wagen des Alpine County Phone District?«

»Es gibt eine kleine Möglichkeit, daß sie mein Foto wiedererkennen. Die haben schließlich auch Computer.«

»Was heißt hier ›klein‹?«

»Es hat keinen Zweck, sich darüber Sorgen zu machen, Chris. Vielleicht haben sie uns schon bemerkt. Wenn sie sich zeigen, ist es sowieso egal. Egal, was wir sagen oder tun. Wenn sie sich zeigen, bedeutet das, sie legen uns um. Betteln ist unnötig, sie werden es gar nicht hören. Ich versuche nicht, Ihnen Angst einzujagen. Ich sage nur, wie es sein wird.«

»Jetzt, wo wir hier sind und nichts mehr ändern können.«

Sie steckte die Landkarte in eine Plastikmappe. »Die Gebietserkundung. Sind Sie bereit?«

Chris zog sich seine Kletterschuhe an, fragte sich unbestimmt, ob er verrückt sei, und stieß die Tür auf.

Draußen war es kalt und dunkel.

Er zog den Reißverschluß seiner gelben, pelzbesetzten Entstörungsdienstjacke hoch, stand unter dem Telefonmast aus Rotholz gleich neben dem Wagen und blickte nach oben, wobei er heftig atmete.

Es war immer dasselbe: das plötzliche Schwindelgefühl angesichts der sich in der Luft verlierenden Perspektive des Leitungsmastes, die Geister der Telefonkabel, die dort oben ein Gitter bildeten, die dickeren Hochspannungsleitungen am allerobersten Kreuzbalken. Chris grub sein Steigeisen in den Stamm und begann zu klettern.

Es war ein guter Mast, ziemlich neu, obgleich vom harschen Klima sehr viel stärker verwittert als jene, die er von Kalifornien her gewöhnt war. Ziemlich neu und mit viel weniger Kletternarben als die in Ventura County. Während seiner Arbeitsjahre hatte Chris Masten gesehen, die so übel zugerichtet waren, daß er sich geweigert hatte hochzusteigen. Statt dessen hatte er sie dem Gebietsmanager als zu ersetzen gemeldet – eine kostspielige Angelegenheit, die das Management gar nicht leiden konnte.

Herby Deeter, ein freundlicher, ihm aber nicht gerade nahestehender Kollege, hatte es vor fünf Jahren vorgezogen, alle Warnungen zu ignorieren. Er war bereits auf halber Höhe eines pockennarbigen Mastes in Moorpark, hatte die Steigeisen gerade eingestemmt, um sich mit dem Lederriemen festzuschnallen, als der Mast bei seinem Bauch mit dem Krachen eines Gewehrschusses unter seinem Gewicht buchstäblich in zwei Teile zersplitterte. Das ging zu schnell, als daß Herby noch Zeit gehabt hätte, nach seinem Sicherheitshaken zu greifen. Der erschrockene Fernmeldetechniker stürzte schreiend und mit den Armen rudernd hinab, und die obere Hälfte des Mastes jagte hinterher. Das Rundholz selbst verfehlte ihn, und Herby hätte wohl den Sturz aus fünf Metern Höhe auf den rauhen Schotter überlebt, wenn nicht die Hochspannungskabel – von dem Gewicht des abgebrochenen Mastes nach unten gerissen – wie züngelnde Schlangen über ihn hergefallen wären. Sie rösteten Herby Deeter, bis er nur noch ein schwarzes verbrutzeltes Etwas war. Der Besatzung des Krankenwagens blieb nicht viel mehr zu tun übrig, als die verkohlten Teile in ihr blaulichterndes, sirenenheulendes Fahrzeug zu schieben.

Hier draußen in Kälte und Dunkelheit blühten die Erinnerungen und Geschichten förmlich auf, während er höher und höher stieg, wobei er das Steigeisen jedesmal sorgfältig und bestimmt plazierte. Er hatte sich niemals, nicht für einen Augenblick, während seiner Arbeit für das County völlig sicher hier oben gefühlt.

Im Sommer war es die Hitze, waren es die Wespennester, die unter der Wetterschutzkappe des Endverzweigers verborgen waren, im Winter waren es Regen und Wind. Und jetzt, hier in Colorado, der Schnee und das Eis.

Auf letzteres stieß er weiter oben, knapp vier Meter unterhalb der Leitungen. Plötzlich auftretende vereiste Stellen ließen seine Handschuhe abgleiten, was ihm einen Schrecken in der Magengrube verursachte, der aber von dem tiefen, beruhigenden Halt seiner Steigeisen besänftigt wurde. Es gab da eine alte Regel beim Mastklettern: Wenn du fällst, laß los. Versuch nicht, nach dem Mast zu greifen. Vielleicht brichst du dir beim Fall das Genick, aber was dir die Splitter auf dem Weg nach unten antun, ist weit schlimmer. Hämmer dir das in deinen Kopf. Aber, dachte Chris, wenn er fällt, greift der Mensch instinktiv nach irgend etwas.

Chris erreichte den ersten Kreuzbalken, grub sich wieder ein, befestigte den Sicherheitsgurt und lehnte sich mit ein wenig mehr Zuversicht zurück. Sicherheitsgurte gingen so gut wie nie kaputt.

Er zog den Prüfhandapparat mit Wählscheibe aus seinem Werkzeuggürtel, langte mit seiner in Rindslederhandschuhen steckenden Hand nach oben und zog fest an der festgefrorenen Wetterschutzkappe. Er mußte den Handapparat wieder wegstecken und sich mit beiden Händen abmühen, bevor die Kappe in einem feinen Kristallregen freikam.

Chris stellte die Verbindung zu dem ersten von acht Anschlüssen her und wählte. Er horchte auf das entfernte Summen und Klicken, das leise Krächzen von weit entfernter Wärme und Licht, schließlich das Tick von jemandem, der den Hörer abnahm.

»Hallo?« Die Stimme einer bejahrten Frau. Ihre erste Niete.

»Telefongesellschaft. Wir überprüfen gerade die Leitung.«

»Oh, gibt es Probleme? Das kommt von dem vielen Schnee.«

»Wir hatten ein paar Meldungen über beschädigte Leitungen. Ihre scheint in Ordnung zu sein. Entschuldigen Sie die Störung.«

»Das kommt alles von dem vielen Schnee. Aber schön ist es trotzdem, nicht wahr? Meine liebste Jahreszeit.«

Chris stellte sich graues Haar vor, ein Schultertuch, ein faltiges Gesicht, vom Kaminfeuer erhellt, und eine zusammengerollte schwarze Katze in der Nähe. Einsamkeit.

»Entschuldigen Sie die Störung.« Chris unterbrach die Verbindung. Er hatte keine Lust, sich noch länger fremder Einsamkeit und Sehnsucht auszusetzen. Er fühlte sich selbst einsam genug, hier oben in Wind und Kälte.

Er stellte die zweite Verbindung her.

Keiner zu Hause. Sarah hatte ihn gewarnt, daß das ein Problem werden könnte, man vielleicht zwei, drei Nächte brauchen werde.

Chris stellte die nächste Verbindung her. Ein Teenager.

Die nächste: eine völlig erschöpfte Frau, die vor dem grellen Hintergrundlärm aus Kleinkindergeschrei, klappernden Töpfen und Pfannen kaum zu verstehen war.

Beim siebten Versuch ertönte eine sanfte, ruhige Stimme, mit einem leichten Akzent des Mittelwestens.

»Ja?«

»Telefongesellschaft. Wir überprüfen Ihre Leitung.«

»Oh?« Fast mißtrauisch.

Das sind sie schon!

Chris behielt den amtlich monotonen Tonfall bei. »Wir hatten heute nacht ein paar Meldungen wegen heruntergefallener Leitungen. Haben Sie heute abend irgendwelche Probleme mit Ihrem Telefon gehabt?«

»Nicht, daß ich wüßte. Sie sind der erste, der anruft. Telefongesellschaft, sagten Sie?«

»Ja, richtig.«

»Wo sind Sie, Telefongesellschaft? Sie klingen sehr kalt.«

»Ihre Leitung scheint in Ordnung zu sein. Entschuldigen Sie die Störung.«

»Nicht der Rede wert. Gut zu wissen, daß Alpine County auf Draht ist. Von wo, sagten Sie, rufen sie an?«

Chris zögerte, seine Gedanken überschlugen sich, lagen im Widerstreit miteinander. Er entschied sich für die Wahrheit. »Ich bin auf einem Leitungsmast im Südsektor, nahe Antelope Valley.«

»Verstehe. Klingt nach verdammt gefährlicher Arbeit.«

»Entschuldigen Sie die Störung.« Chris unterbrach schnell die Verbindung; immer noch hatte er die verschlagene, selbstbewußte Stimme im Ohr, sein Herz klopfte dumpf. Er fragte sich, ob er die Sache vergeigt hatte. Er wartete einen Moment, dann drückte er den roten Knopf auf seinem Handapparat. Sarah kam in die Leitung.

»Nun?«

»Klingt vielversprechend. Ich leite es nach Virginia weiter. Aber warum haben Sie unseren Standort preisgegeben?«

»Ich weiß nicht. Ich war in Panik. Zu lügen schien mir ... ich weiß nicht.«

»Es wird ein paar Minuten dauern, bis wir eine Bestätigung haben. Warum kommen Sie nicht herunter und trinken herrlichen Thermoskannenkaffee? Sie müssen ja frieren da oben.«

»Ja, ich komme. Danke.«

Er steckte den Handapparat weg, schnallte sich los und strebte nach unten. Er mußte sich dazu zwingen, langsam hinabzusteigen, obwohl seine Nase gefroren war und die Fingerspitzen trotz der Handschuhe bereits gefährlich taub wurden. In der Fahrerkabine reichte ihm Sarah, die ihre Kopfhörer aufhatte, während im hinteren Teil des Wagens die Sender summten, eine dampfende Plastiktasse. Sie wurde von der flimmernden Sendeapparatur beleuchtet, die sich hinter einer eingebauten, stählernen Schiebetür befand, die man hoch- oder runterschieben konnte, falls neugierige Augen vorbeikamen.

»Danke. Sieht so aus, als wollten Sie mich immer mit Kaffee besänftigen.« Er nippte, blickte auf und sah, wie sie sich geschäftsmäßig Notizen machte. Ihre schönen Augenbrauen verrieten ihm, daß sie sich Sorgen machte.

»Ich habe die Sache mit dem Standort vergeigt, was?«

»Vielleicht auch nicht«, antwortete sie ihm ohne Überzeugung, warf Block und Stift beiseite, glitt hinter das Steuer des Wagens und griff nach der Gangschaltung. »Schnallen Sie sich an, wir hauen ab.«

»Es gibt noch drei Anschlüsse«, begann er, wurde aber von einem entfernten, dann lauter werdenden Ton unterbrochen, der Sarah förmlich am Schalthebel festeiste.

Chris sah hinaus und nach oben in die Dunkelheit. Das Geräusch kam näher. Rhythmische Schläge, die sich in das stetige Hämmern von Hubschrauberrotoren verwandelten.

Er drehte sich zu Sarah, die ganz still dasaß, die Hand auf dem Schaltknopf.

Das hämmernde Echo drehte einen Augenblick später ab und entfernte sich. Das Gesicht angespannt, startete Sarah schnell den Wagen und kontrollierte die Rückspiegel. »Machen Sie sich nichts aus den drei anderen Endverzweigern. Wir können ja wiederkommen.«

Sie will bloß weg hier, dachte Chris. Ich hab es vergeigt. Scheiße.

Er sagte nichts mehr, und sie fuhr auf die schneeverharschte Straße zurück, ließ aber während des ersten Kilometers die Scheinwerfer ausgeschaltet.

Chris stellte sich Feldstecher und Zielfernrohre vor, die auf sie gerichtet waren.

23

Sie fuhren etwa zwanzig Minuten lang: Sarah am Steuer des ALPS-Montagewagens und Chris mit dem Finger auf der Landkarte. Es hatte begonnen, ein wenig zu schneien, Weihnachtsstimmung im Abendlicht. Sie begegneten dort draußen keinem einzigen Fahrzeug. Es war spät, schneite und war kalt. Die klugen Leute waren jetzt zu Hause im Bett oder saßen träumend vorm flackernden Kamin.

Ein rotes Licht hatte hinten am Empfänger aufgeblitzt, Sarah hatte nach dem Kopfhörer gegriffen, einen Kippschalter betätigt, einen Augenblick gespannt gelauscht, dann die Hörer abgenommen und hinter sich auf einen Haken gehängt. »Volltreffer!«

Chris überkam eine Welle der Heiterkeit, gefolgt von magenzerrender Vorsicht. Jetzt war es real – plötzlich sehr real –, das Ziel war gefunden. Sein Leben war im Begriff, eine Wende zu nehmen.

Sarah ihrerseits war in Hochstimmung. Sie fuhr so schnell, wie es die vereisten Straßen zuließen; ihr Gesicht wirkte entschlossen, die Schultern ebenso. Chris vermutete, daß sie Beförderungen, Auszeichnungen, eine vielversprechende Zukunft vor sich sah.

Wenn sie es schafften.

Sie fuhren um eine von Kiefern gesäumte Kurve herum, und sofort reduzierte sie – vorsichtig bremsend – die Geschwindigkeit. Sie keuchte: »Scheiße.«

Chris dachte sofort: Man hat uns entdeckt. Der Helikopter!

Er rutschte nervös auf seinem Sitz herum und schaute in die Runde. »Was ist los?«

Sarah zog die Handbremse an, nahm ihm brüsk die Karte aus der Hand und schien gar nicht glücklich. »Verdammte Scheiße!«

Er wartete im matten Licht des Armaturenbretts, wobei seine Augen zwischen ihr und der Karte hin und her sprangen. »Was ist los?«

Sie warf ihm die übel zerknitterte Landkarte zu, beschleunigte den Wagen und überquerte den Kamm einer Steigung. Dann schaltete sie sofort wieder die Scheinwerfer aus, aber nicht bevor Chris kurz die gelbgestreiften Straßenböcke und das SACKGASSE-BITTE-WENDEN-Schild erblickt hatte.

»Sarah, was gibt's? Wo sind wir?«

Mit abgestelltem Motor und angespanntem Gesichtsausdruck saß sie da. »Das ist das Eastmansche Anwesen. Das hatte ich befürchtet.«

Chris wollte etwas sagen, aber sie stieg aus, schloß leise die Wagentür und hinterließ auf dem Weg zum Warnschild und daran vorbei die Abdrücke ihrer Profilsohlen.

Chris stieg aus, um ihr zu folgen. Er blieb einen Moment stehen, starrte in die pechschwarze Nacht, weil das hämmernde Echo von irgendwo da oben wiederkam, ohne daß man seine genaue Position hätte bestimmen können.

Sarah, die sich nicht im mindesten über das Geräusch beunruhigte, ging zu einer weiteren kleinen Steigung, hielt an und stand still. Chris kam zu ihr heran und blickte gleich darauf in ein schwarzes bodenloses Nichts. »Falsch abgebogen?«

Sie schüttelte den Kopf. »Nein.«

Sie wirbelte im Schnee herum, eilte zum Wagen zurück und kam mit dem tollen neuen Gewehr wieder. Chris beobachtete, wie sie das magische Zielfernrohr einschaltete und es auf die Düsterheit jenseits des Hügelkamms richtete.

Sie nahm das Gewehr herunter, nickte und reichte es Chris. »Dort ist es. Ohne Zielfernrohr können Sie es nachts nicht erkennen.«

Chris nahm es ins Visier und erspähte knapp zweihundert Meter entfernt den Felssockel, eine dieser Absonderlichkeiten der Natur wie die hohen, spindeldürren, einsamen Felssäulen im Monument Valley, nur daß dies hier eben Colorado war. Eine Felseninsel, eingefriedet von Salbei- und Brombeerdickicht, und mittendrin ein tiefgeducktes einstöckiges Ranchhaus; allein und widersinnig wie in einem dieser Autoreklame-Spots im Fernsehen, der ein Auto auf einer Insel mitten in den Wolken zeigt.

»Wie haben die das bloß geschafft, dort etwas zu bauen?« staunte er. Sarah sah auf die Uhr. »Auf die gleiche Art, wie sie jetzt hin- und zurückkommen. Dahinter ist ein Hubschrauberlandeplatz, gleich an der Ostseite. Von hier aus können Sie ihn nicht sehen. Scheiße, genau das hatte ich befürchtet.«

Chris blickte forschend auf die Felssäule, sah aber nur die dunkle Fassade des Hauses, keine Bewegungen, keine Wächter. Aber wozu auch? Wer konnte denn in diese Festung hineingelangen? »Sie wußten von diesem Haus?«

»Ich habe davon gehört. Keiner glaubte daran, daß Godunow es benutzen würde, denn man braucht eine persönliche Hubschrauberlizenz, um in dieser Gegend operieren zu können. Anscheinend hat er das irgendwie umgangen. Ein kluger Schachzug. Er thront auf einer sechzig Meter hohen Säule. Fast uneinnehmbar, außer durch einen Luftangriff.«

Chris schielte durch das grüne Fadenkreuz. Die Enttäuschung verdrängte die Furcht, jetzt wo die Würfel gefallen waren. »Oder Felskletterer.«

Sarah schüttelte den Kopf. Anscheinend hatte man das bereits erwogen. »Das ist Chisum Point. Außer einer Seite ist alles glatter Fels. Das ist die Nordostwand. Die ist im Winter völlig vereist. Auch der beste Felskletterer der Welt hätte Schwierigkeiten, auch nur die halbe Höhe zu schaffen.« Wieder schüttelte sie den Kopf. »Wir sind am Ende. Wenigstens dieser Plan ist es.«

Chris, der Matty und das Kind mehr und mehr entschwinden sah, senkte das Gewehr und sah zum pechschwarzen Himmel auf, als ob er nach etwas suchte, das sie auf magische Weise hinüber transportierte. »Wirklich schade. Die fühlen sich wahrscheinlich so verdammt sicher, daß wir direkt bis zum Fenster kommen würden. Wenn wir bloß hinüberkämen. Es gibt natürlich keine Fußbrücken, oder?«

»Natürlich nicht.«

Chris nickte: blöde Frage. Ihm war bewußt, wie verzweifelt er schon klang.

Aber in seinem Inneren arbeitete es. Es gab einen Weg hinüber, und aus irgendeinem Grund fühlte er, daß er – nicht Sarah und ihre Abteilung – die Antwort kannte. Er brauchte nur einen Augenblick, um darüber nachdenken zu können. »Ist das hier die einzige Straße, die hineinführt?«

»Die einzige Straße.« Sie mußte nicht einmal auf der Karte nachschauen. Ein eisiger Atem kam von ihren blassen Lippen. Ihr war kalt. Sie wollte zurück in den Wagen, hatte diesen Plan bereits abgehakt. Chris ging bis an den Rand des Abgrunds und sah hinab, als sein Fuß ein silbernes Schneebrett löste, das auf seinem Weg nach unten dunkler und dunkler wurde. Sarah drehte sich zum Lieferwagen um. »Kommen Sie, wir hauen besser ab.«

Chris war bereits wieder im Wagen und zog gerade die Tür zu, als ihm die Idee kam. Er hielt ihre Hand an der Zündung fest. »Warten Sie eine Sekunde. Wie groß ist der Umfang – ich meine, der Weg um den Felsen herum? Könnten wir den zu Fuß gehen?«

Sie wollte etwas sagen, zuckte dann aber mit den Schultern, fand die Karte und faltete sie auf. »Sieht nach weniger als drei Kilometern aus. Wir könnten gehen, wenn es sein müßte. Warum?«

Chris nickte in seinem Sitz, dann lächelte er. Ja. Er drehte sich zu ihr hin: »Ich dachte an eine Art improvisierte Sicherheitsleine und an so was wie einen Enterhaken …«

»Chris …«

»Ich weiß, ich weiß. Es ist zu riskant, selbst wenn wir ihn so weit werfen könnten. Aber es gibt bereits eine Leitung über die Schlucht, Sarah.«

Sie erstarrte.

»Wie haben wir denn das Haus überprüft?«

Ihre Erstarrung nahm zu. »Die Telefonleitung? Meinen Sie das im Ernst? Sich an der Telefonleitung hinüberhangeln? Würde sie uns aushalten?«

»Nein, aber die Hochspannungsleitung darüber schon. Wenn wir Ihre Leute dazu kriegen wurden, den Strom in diesem Gebiet für ein paar Minuten abzuschalten.«

Sie dachte darüber nach. »Das kann ich machen.« Sie sah ihn ruhig an. »Aber wie machen wir das. Drüberhangeln … Geht das?«

»Das habe ich schon gemacht. Einmal.«

»Mit einem Gewehr?«

»Das Gewehr kann ich mir umhängen. Es wird heikel werden, aber wahrscheinlich ist die Leitung sowieso über die kürzestmögliche Entfernung geführt. Hören Sie! Ich sage nicht, daß ich es bei diesem Wetter machen kann. Aber ich finde, wir sollten uns die Sache zumindest mal ansehen. Rufen Sie Ihre Leute an, und finden Sie heraus, wo die Leitungen ankommen. Ich vermute, dort am südlichen Ende.«

Sie betrachtete ihn einen Augenblick, lächelte fast, nahm ihre Kopfhörer. »Ja, ich bin's. Ich möchte, daß Sie etwas für mich überprüfen ...

Die Leitungen waren wirklich in der Nähe der Südseite, beinahe verborgen im Unterholz und einer Fichtenschonung; ob das Absicht war oder nicht, konnte Chris nicht feststellen.

Er stand unter dem einsamen Leitungsmast und schielte hinaus in die Dunkelheit jenseits des Rands des Abhangs. Von hier aus schienen es weniger als dreißig Meter. Aber es war dunkel, schneite, und Entfernungen konnten täuschen. Trotzdem hatte er ein relativ gutes Gefühl, da er annahm, daß die Querbalken dort oben in der Dunkelheit nicht vereist sein würden.

Sarah stand in der Nähe und maß die Entfernung ebenfalls mit den Augen. Sie wartete auf seinen Kommentar. Ihre Haltung war weniger zuversichtlich als die seine.

»Ich glaube, es ist machbar«, sagte Chris schließlich.

Sie stand da und starrte in die Dunkelheit. Bei dieser Entfernung war die Hinterseite des Hauses auf der Felssäule gerade noch erkennbar.

Chris dachte kurz, sie werde sagen, das sei zu gefährlich, aber Sarah drehte sich nur um und eilte zum Wagen. Sie hatte gerade eine Verbindung hergestellt, als Chris sich neben sie setzte.

Sarah gab ihm die Kopfhörer. »Sie sagen denen, was Sie brauchen. Sie sind der Fachmann.«

Chris nahm die Kopfhörer entgegen. »Haben Sie unseren Sektor?« Ein Laut der Zustimmung. »Gut. Was ich brauche, ist eine zeitweilige Stromunterbrechung für das gesamte Gebiet. Für, sagen wir mal, eine Stunde, wenn Sie das schaffen können.«

Am anderen Ende hörte Chris Papiere rascheln. »Hm, ja. Wir haben ein paar Probleme. Die Leitung ist mit einem Krankenhaus und einem Altersheim verbunden. Wir müssen sehen, über was für Notaggregate die verfügen. Wir wollen doch nicht, daß einer am Atemgerät wegen uns blau anläuft. Geben Sie uns eine Minute.«

Chris gab Sarah die Kopfhörer zurück. »Sie überprüfen es.«

Für eine Weile saßen sie schweigend da.

»Reicht eine Stunde?« fragte ihn Sarah.

Chris zuckte mit den Schultern. »Ich glaube kaum, daß sie uns mehr Zeit geben werden.«

Sarah sah mißtrauisch zur Seite, als das entfernte, lauter werdende Hämmern der Hubschrauberrotoren sie abermals grüßte. Ihr Gesicht straffte sich. Sie sah auf die Ansammlung von Sendern, Empfängern und Aufnahmegeräten. »Wenn die uns finden, bevor Sie anfangen können«, sagte sie ihm geradeheraus, »versuchen Sie wegzurennen. Suchen Sie irgendein Loch, und verschwinden Sie darin. Versuchen Sie, sich im Unterholz zu verstecken. Wenn die ihre Gesichter zeigen, ist alles zu spät. Es wird keine Schonfrist geben.«

Chris saß schweigend da.

»Sie werden es nicht so aussehen lassen«, fuhr sie ernst fort. »Sie werden Ihnen den Eindruck vermitteln, daß sie Ihnen glauben, wenn Sie von Ihrem Job beim Entstörungsdienst erzählen. Sie werden fragen, wer Sie sind. In dem Moment, wo Sie es ihnen sagen – egal, was Sie ihnen erzählen –, werden sie uns umlegen. Die gehen kein Risiko ein. Wenn Sie sie also zuerst sehen, versuchen Sie abzuhauen.«

Sie zuckte unwillkürlich zusammen, als das rote Licht auf dem Empfänger aufleuchtete, langte nach dem Kopfhörer, rückte ihn zurecht. »Wir fangen an. Der Strom wird genau um Viertel nach zwölf abgeschaltet und kommt um Viertel vor eins wieder. Ob das reicht?«

Woher soll ich das wissen? dachte Chris. »Es muß wohl.«

Sie sprach ihre Bestätigung in das Kopfmikrofon und hängte es dann an seinen Haken.

Dann wandte sie sich an Chris: »In Ordnung. Sie haben Ihre Chance.«

Er nickte, fühlte ein leichtes Frösteln, ignorierte es und machte sich daran, seine Steigeisen festzuschnallen.

»Heh …«

Er blickte zu Sarah auf, die ihn mit sanften Rehaugen ansah.

»Wie wär's zuerst mit einem Kuß? Wäre das in Ordnung?«

Chris zog den zweiten Stiefel über, straffte sich und sah zu ihr hin. »Warum?«

Sie hob die Schultern. »Einfach so. Es ist kalt, und ich brauche ein bißchen Wärme.«

»Gut.«

Sie beugte sich zu ihm hinüber. Er drehte seinen Kopf ihren Lippen zu, spürte ihren sanften Druck und die schnelle Liebkosung ihrer warmen Zunge. Bekam noch einen flüchtigen Kuß auf seine Lippen gedrückt und noch einen. Dann zog sie sich rasch zurück, war wieder ganz dienstlich, ordnete ihre Notizen.

Chris kletterte aus dem Wagen und ging in Richtung des Leitungsmastes. Die äußere Kälte fühlte er überhaupt nicht. Die Kälte kam jetzt nur von innen.

Er schulterte das High-Tech-Gewehr, fand den Schulterriemen ein wenig zu locker und paßte ihn – dankbar für die vergeudete Zeit – an. Dann schulterte er wieder das Gewehr und begann in die Dunkelheit hinaufzusteigen, wobei der hölzerne Schaft ihm unangenehm gegen die Hüfte schlug. Er fühlte sich entfernt an seine Zeit bei der Nationalgarde erinnert. Auf halbem Wege nach oben bildete er sich ein, er könne die dicken Hochspannungsleitungen über den dünneren der Telefongesellschaft sehen, obwohl in Wirklichkeit alles im Dunkeln lag. Er pausierte lange genug, um auf seine Uhr zu schauen. Noch zwanzig Minuten Zeit. Wahrscheinlich hätte er nicht so früh damit starten sollen, aber wenn das Eis weiter oben zum Problem werden sollte, mußte er das im voraus wissen.

Er hatte gerade die Hälfte hinter sich, als er von unten ein hastiges Hupen hörte. Er drehte sich um, war im ersten Moment nicht besonders beunruhigt, bis ihm klar wurde, daß Sarah dies nicht tun würde, außer es gab Ärger.

Der kam in Form eines blendenden Suchscheinwerfers von unten und aus dem Wald hinter dem Wagen. Chris fühlte, wie ihn der Mut verließ.

Atemlos schaute er zu. Sarah, die Augen im grellen Licht zusammenkneifend, kam mit erhobenen Händen aus dem Lieferwagen. Chris fühlte, wie ihm fast das Herz aussetzte, dachte für eine verrückte Sekunde daran, sich schnell nach ganz oben zu hangeln und sich dort irgendwie zu verstecken.

Er konnte Männer in weißen Parkas erkennen, die in ihrer Uniformität fast militärisch wirkten und Gewehre und Taschenlampen hielten. Sie waren dabei, die zu Tode erschrockene Sarah einzukreisen. Chris stieg langsam abwärts. Er überlegte sich bereits, was er sagen würde, und ignorierte völlig Sarahs Ermahnungen. Die letzten Meter sprang er und sah den kalten Schrecken in ihren Augen. Sie sah wie jemand aus, der bereits tot war.

Trotzdem weigerte er sich, die Hände hochzunehmen. Er tat so, als wisse er nicht, was los sei, und stellte sich neben sie.

Einer der Parkas war grün – olivgrün wie eine Kriegsuniform –, die Kapuze umrahmte ein mageres Habichtsgesicht mit einer Nase wie ein roter Schnabel. Die anderen Parkas trugen Maschinenpistolen vom Typ Uzi; dieser Mann eine russische Luger.

Er näherte sich ruhig dem Pärchen in ALPS-Uniformen, hob die Luger und machte damit ein Zeichen in Richtung des Lieferwagens hinter ihnen. Drei der Uzi-tragenden Parkas lösten sich aus der Gruppe – sauber einstudiert – und sprangen in das Fahrzeug. Chris fragte sich, ob Sarah wohl die tarnende Trennwand runtergezogen hatte, dachte dann aber, daß das ohnehin egal war.

Eine Weile sagte niemand etwas.

Bis auf die gedämpften Geräusche der drei Parkas, die den Lieferwagen durchsuchten, herrschte Schweigen. Das Habichtsgesicht starrte Chris direkt in die Augen. Alles, was Chris tun konnte, war, nicht wegzusehen. Er blieb standhaft, trotz seiner sich zusammenziehenden Gedärme war er entschlossen, sich nichts anmerken zu lassen. Sarah, die sichtbar zitternd neben ihm stand, schwitzte sich vor Angst die Seele aus dem Leib.

Aus dem Lieferwagen hinter ihnen drangen gedämpfte Geräusche und Bewegungen. Einer der Männer rief etwas auf russisch nach draußen. Sie hatten das Sendegerät und die Kopfhörer entdeckt. Das Habichtsgesicht hielt jetzt die Luger mit gestrecktem Arm und preßte das kalte Loch der Mündung direkt an Chris' Schläfe. Für eine Sekunde stellte sich Chris mit fast übernatürlicher Klarheit vor, worüber jeder schon einmal nachgegrübelt hat: das Gefühl einer Kugel, die durchs Gehirn geht, der Blitz, der Schmerz, schließlich die hereinbrechende endgültige Dunkelheit.

»Wer sind Sie?« verlangte der grüne Parka zu wissen. Genau wie Sarah es vorhergesehen hatte. Es war Godunows Helfer, Slewenski, mit dem Chris schon am Telefon gesprochen hatte.

Chris sah sich der alptraumhaften Situation gegenüber, zu wissen, daß seine nächsten Worte, egal welche, auch seine letzten sein würden. Dennoch starrte er dem Mann weiterhin in seine schwarzen Wieselaugen. Plötzlich wurde es einfacher. Die Hoffnungslosigkeit befreite ihn irgendwie. »Nimm das Scheißding aus meinem Gesicht«, sagte er verächtlich und überraschte damit auch sich selbst.

Die Waffe blieb, wo sie war. »Was treiben Sie hier draußen?«

Chris stellte sich vor, er höre Sarahs klagendes Gewimmer, sähe ihre geschlossenen Augen, stellte sich vor, wie sie inständig flehte. Er fühlte überwältigendes Mitleid mit ihr. Sie würde nicht befördert werden, würde jetzt überhaupt keinerlei Zukunft mehr haben.

Dann dachte er an Matty. Und die Tatsache, daß er nichts zu

verlieren hatte, verlieh ihm eine merkwürdige Tapferkeit. Alles in allem schien das Universum doch ein ziemlich alberner Platz zu sein.

»Zum letzten Mal. Wer sind Sie?«

Chris starrte ihn haßerfüllt an. »Mein Name ist Frank Springer, Arschloch. Und ich habe dir schon einmal gesagt, du sollst die Spielzeugpistole aus meinem Gesicht nehmen. Jetzt! Bevor ich sie dir abnehme.« Er konnte es selbst nicht glauben, daß er all dies wirklich sagte.

Dann war da eine kurze Pause, in der weder die Luger abgefeuert wurde, noch Chris starb. Slewenski schienen irgendwie die Worte zu fehlen. Chris konnte fühlen, wie die weißen Parkas ihren Führer erwartungsvoll anstarrten. Slewenski leckte sich die schmalen Lippen. »Sie sind Springer?«

»Ich werde dich nicht noch einmal wegen der Waffe bitten, Slewenski.«

Dieses Mal, bei der Erwähnung seines Namens, veränderte sich das Gesicht des Russen. Nur eine kleine Elite von Leuten konnte seinen Namen kennen. Die Pistole blieb aber, wo sie war. »Was treiben Sie hier draußen?«

Chris machte ein ungeduldiges Gesicht und setzte dabei seine jahrelange Bühnenerfahrung ein. »Ich lege euch eine neue Telefonleitung, Wichser. Was denkst denn du, was ich hier draußen mit einem Lieferwagen voller Funkausrüstung und einem Hochleistungsgewehr treibe? Ich lege deinen Boß um.«

Slewenski hatte den Finger immer noch am Abzug und zeigte ein kaum wahrnehmbares mattes Lächeln. »So?«

Chris nickte. »Nun drück schon ab, Wichser, wenn du den Nerv dazu hast.« Er wartete zwei Herzschläge ab, bis er nicht mehr warten konnte, und fügte dann hinzu: »Es sei denn, du glaubst, jemand anderes täte es lieber.«

Der Russe zögerte, warf einem seiner Männer einen schnellen Blick zu, der daraufhin ein Handy zum Ohr führte. Auch das wirkte sauber einstudiert.

Jeder wartete.

Der Mann mit dem Handy rief etwas auf russisch zu Slewenski hinüber.

Slewenski ließ die Waffe sinken. Chris mußte sich zusammenreißen, um sein dringendes Bedürfnis, einmal tief durchzuatmen, zu verbergen. Er glaubte, daß keiner es bemerkt hatte.

Slewenski ging zum Handy und sprach hinein. Nickte.

Er kam zu Chris und Sarah zurück. »General Godunow lädt sie zu einem späten Abendessen bei sich ein.«

Chris nahm das Gewehr ab und warf es lässig einem der weißen Parkas zu. Dabei hatte er plötzlich das Gefühl, alles genau richtig zu machen.

Einer der Parkas löste sich von den anderen, kam schnell herüber und tastete Chris ab. Erst fand er die Ruger an Chris' Rücken, dann – wie von Rick vorhergesagt – das Nachtfalken-Messer im Stiefel. Auch das nahm er an sich. Aber nicht die nagelfeilendünne Gefängnisklinge, die im Futter versteckt war.

Chris lächelte in sich hinein. »Sag dem General, wir seien entzückt.«

Der kleine, schmale Hubschrauber, kompakt wie eine Wespe und fast so manövrierfähig, bot kaum genug Platz für Chris, Sarah und Slewenski, der das Ding flog. Es wartete auf einer Lichtung keine neunzig Meter vom Lieferwagen entfernt. Wie es so leise hatte landen können, war Chris ein Rätsel, obwohl er einiges über die Heimlichkeit selbsttätiger Rotation wußte. Auf jeden Fall dauerte der Sprung über den Abgrund zu der Betonfläche vor dem Bungalow hin weniger als fünf Minuten. Trotz möglicher Aufwinde aus der Schlucht und der prekär kleinen Landefläche erwies sich Slewenski als perfekter Pilot. Chris nutzte die Landung, die Slewenskis ganze Aufmerksamkeit erforderte, um rasch auf die Uhr zu schauen. Die leuchtenden Ziffern zeigten kurz vor Mitternacht an. Der geplante Stromausfall würde in etwa zwanzig Minuten fällig sein. Während die wimmernden Rotoren langsamer wurden, stieg Slewenski bereits aus, kam höflich herum und öffnete für Chris und Sarah die Tür. Plötzlich erscholl von überall her eine metallische Baßstimme. »Willkommen! Willkommen! Ich nehme an, Sie hatten einen vergnüglichen Flug!« Sie kam offensichtlich aus einer Sprechanlage, deren Lautsprecher anscheinend überall auf der Felseninsel versteckt waren, was das Feststellen der Herkunft der Geräusche so gut wie unmöglich machte. Das entfernte Bellen und Jaulen von Hunden im Hintergrund machte es nicht gerade leichter.

Aber wahrscheinlich kam die Stimme vom Haus her. Ein schönes Haus, eines dieser Ranchhäuser aus den Sechzigern mit vielerlei Extras: einem Gästehaus dahinter, einem Pool, einem neuen Schindeldach, einem wunderschön angelegten Garten mit Strauchwerk dazu, Malibu-Leuchten, die den Plattenweg erhellten, der zu dunkel gebeizten Doppeltüren führte, die so dick lackiert waren wie uralter Bernstein.

Ein lächelnder Godunow öffnete.

Er war kleiner, als Chris ihn sich vorgestellt hatte, aber kompakt, kräftig gebaut, rotwangig wie Jelzin, mit ähnlichem, sich aber lichtendem Silberhaar. Das Gesicht war im Kontrast zu dem seines unterwürfigen Gehilfen Slewenski fast quadratisch und scheinbar mit einem permanenten Lächeln ausgestattet. Der Mann strömte Selbstsicherheit aus und so etwas wie Genialität. Seine Augen waren kalt wie der Tod.

Zu Chris' Schrecken wurde er an der Eingangstür wie von einem Bären umarmt. Godunow strahlte. »Ah, zu guter Letzt. Lassen Sie mich sagen, daß es mir eine Ehre ist, mein Freund. Ich hatte schon angefangen zu glauben, es werde nicht mehr dazu kommen. Treten Sie ein, treten Sie ein!« Sie taten es und ließen das ferne, geifernde Kläffen hinter sich.

Chris und Sarah wurden wie Fürstlichkeiten in das tiefer gelegene Wohnzimmer geleitet. Der starke Geruch von Kiefernholz und Möbelpolitur dort wurde freilich durch den ranzigen Geruch kurzgebratenen Rindfleischs verdorben.

Mit offenen Armen, grinsend und großartig, dirigierte Godunow sie zu dem langen, mächtigen hölzernen Eßtisch, stieß zwei riesige Barsoi-Wolfshunde beiseite, peitschendünne, verlängerte Muskeln, das Fell geschmeidig und weiß wie der Schnee draußen, und so freundlich, daß einer seine kalte Nase in Chris' Handfläche stieß. Godunow schob sie liebevoll zur Seite, zog einen pflaumenfarbenen Stuhl mit Samtlehne für Sarah heraus, bedeutete ihr, Platz zu nehmen. Chris wurde nahegebracht, sich neben sie zu setzen. Sie waren Gäste. Jedenfalls im Augenblick.

Chris überflog die Zimmerausstattung, die man nur als abscheulich bezeichnen konnte. Nichts paßte zusammen. Altenglisch dort, ein bißchen Frühamerikanisch hier, ein paar Rattansofas direkt aus dem Miami der fünfziger Jahre, ein Art-déco-Schrank drüben an der Wand und ein Eames-Stuhl gleich daneben; nichts davon war billig, kein Teil ergänzte ein anderes. Alles hier war amerikanisch, als ob Godunow – trotz seines Mangels an Geschmack – sich größte Mühe gegeben hatte, alles auch nur andeutungsweise Europäische, geschweige denn Russische, zu vermeiden.

Godunow, der Platz genommen hatte, schien sehr stolz darauf zu sein, schien geradezu vor Stolz zu platzen, Chris – Springer – hier an seiner Tafel zu haben und mit ihm seinen Wein zu teilen.

Er schenkte ihnen großzügig ein, wobei er wie ein großer, glückseliger Bär lächelte. »Ich hoffe, Sie mögen ihn. Er kommt aus Ihrem Napa-Valley. Sie müssen die McDonald's-Burger verzeihen. Ich habe eine fürchterliche Schwäche dafür, obwohl ich weiß, daß Sie sie in diesem Land für ziemlich unstandesgemäß halten. Seit Glasnost haben wir sie natürlich auch in Rußland, aber es ist nicht das gleiche, obwohl sie behaupten, das Fleisch sei erste Klasse.« Er schüttelte den Kopf wie ein grinsender Sankt Nikolaus. »Russisches Rindvieh wird nicht mit amerikanischem Getreide aufgezogen, was immer sie einem auch erzählen mögen. Immer wenn ich in den Vereinigten Staaten bin, bestelle ich Big Macs. Können Sie mir verzeihen?«

»Big Macs sind in Ordnung«, versicherte ihm Chris, als ihnen eine Platte davon vorgesetzt wurde.

»Wein oder Coke?«

»Der Wein ist gut.« Chris sah Sarah an, die nickte. Sie war zu überrascht, noch am Leben zu sein, als daß sie noch länger nach außen hin hätte ängstlich sein können.

Godunow taxierte sie. »Und Ihre liebenswerte Begleiterin ist ... Verzeihen Sie mir?«

Chris hatte darüber nachgedacht. »Meine Frau Matty. Matty, darf ich vorstellen: Iwan Godunow, Rußlands größter politischer Mörder.« Er fragte sich, ob Sarah dachte, er spiele seine Rolle so gut, wie er selbst es von sich glaubte.

Godunow lächelte bescheiden und biß mit Vergnügen in einen triefenden Burger. »Bitte, Sie schmeicheln mir. Obwohl einige, glaube ich, mich für den größten Mörder der Welt halten.«

Chris kaute bedächtig an seinem Burger und nippte an seinem Wein. »Sie werden mir verzeihen, wenn ich da Einspruch erhebe.«

Godunow kicherte vor Vergnügen. »Oh, ja! Das ist das, was Sie gerettet hat. Ich glaube, Sie wissen, was meine Männer mit Ihnen in der Zwischenzeit veranstaltet hätten. Erzählen Sie mir ein wenig von Ihren Heldentaten. Wenn nur mehr Zeit wäre.« Er konsultierte seine Uhr.

»Unglücklicherweise muß ich innerhalb einer Stunde planmäßig nach München abfliegen. Schade. Es gibt soviel zu besprechen.« Er nahm das Spezialgewehr von Slewenski entgegen, als hätten sie diesen Moment einstudiert. Während er nickend seinen Burger mampfte, hob er das Stück hoch, bewunderte die klaren Linien und den wunderbar glatten Schaft. »Sehr, sehr schön. Gut ausgewogen, reibungslose Mechanik. Sie müssen mir das bemerkenswerte Zielfernrohr erklären.«

Chris langte nach den Fritten, ohne Sarah anzusehen. »Es besitzt ein Echolot für den Nachteinsatz. Da ist eine Sicherung am Abzug, die Fehlschüsse verhindert. Nehmen Sie es mit. Ich bin mir sicher, daß Ihr Labor es faszinierend finden wird.« Er langte nach den Fritten und nutzte diese Bewegung, um auf die Uhr zu schauen: Fünf nach zwölf.

Godunow reichte seinem Schützling Slewenski das geladene Gewehr. Der zog sich auf den Eames-Stuhl zurück und schaukelte, das Gewehr über den Knien. Sein Blick verriet keinerlei Liebe für Chris. Während Godunow Freundlichkeit ausstrahlte – wie verlogen auch immer –, schien Slewenski seine Verachtung für die Eindringlinge kaum verbergen zu können; besonders für Chris, von dem Godunow anscheinend fasziniert war. Eifersucht? Chris fragte sich, worin genau die Beziehung zwischen den beiden bestand.

»Sie schauen auf Ihre Uhr, Mr. Springer. Warum das?« wunderte sich Godunow.

Chris nippte, ohne aus der Ruhe zu kommen. »Nun, wenn der eigene Tod bereits planmäßig feststeht, konzentriert man sich auf die Minuten, wenn Sie verstehen, was ich meine.« Godunow, der von dieser kühlen Freimütigkeit offensichtlich begeistert war, betupfte sich lächelnd mit einer frischen Leinenserviette die fetttriefenden Lippen. »In der Tat. Aber es gibt zumindest den einen Trost. Ich garantiere, daß – wenn es soweit kommen sollte – ich selbst abdrücken werde. Die Hände des Besten werden Sie von der irdischen Mühsal erlösen.«

Chris machte eine berichtigende Geste. »Des Zweitbesten.«

Godunow grinste, lachte. »Vielleicht, vielleicht. Es ist kein Geheimnis, daß ich lange Ihren Stil bewundert habe, mein Herr, Ihre Form. Nicht wahr, Dimitri?«

Slewenski sagte nichts, hielt nur das Gewehr.

Godunow rülpste leicht. »Schade ist auch, daß wir nicht genug Zeit für irgendeine Art von Kräftemessen zwischen den beiden besten Jägern der Welt haben werden; etwa nach dem amerikanischen Motto: Wer zieht am schnellsten? Mögen Sie Filme, Mr. Springer? Die Western?«

Chris nickte. »High Noon.«

Wieder der glückselige Blick im engelhaften Gesicht des Russen. »Gary Cooper! Das war noch ein Schauspieler!«

»Joel McCrea ziehe ich vor.«

»Ja, ja! Haben Sie ihn je in der Ernest-Schoedsack-Version von The Most Dangerous Game gesehen, dieser herrlichen

Kurzgeschichte von Richard Connell? Wunderbarer Film, so eine Art Trockenlauf für die King-Kong-Filme, wenn ich richtig verstanden habe. So, genau so sehe ich uns, Mr. Springer. Ich als Graf Zaroff, Sie und die Dame als das glücklose Paar, das vor meinen Hunden flieht. Ein Spiel des Geschicks und der List zwischen uns beiden. Was könnten die beiden gefährlichsten Männer zweier Kontinente mehr verlangen! Das gefährlichste Spiel, was?«

»Klingt reizend.«

Godunow war nicht mehr zu halten. »Nur wir beide – oder wir drei, wie es aussieht – in den Dschungeln von Thailand oder den Wüsten Afrikas, irgendeinem neutralen Terrain, auf dem wir beide in der Vergangenheit brilliert haben. Nur wir, vielleicht nur mit einer einzigen Klinge bewaffnet, jeder den anderen belauernd. Die letzte Schlacht. Das letzte, entscheidende Spiel, das allen beweisen würde, wer rechtmäßig auf dem Thron unseres seltsamen Gewerbes sitzt. Finden Sie diesen Vorschlag wirklich interessant, seien Sie aufrichtig?!«

»Zweifellos. Wie Sie schon sagten: Schade, daß wir nicht die Zeit haben werden. Nicht daß das wirklich notwendig wäre, versteht sich. Ich glaube, wir beide wissen, wer der bessere Jäger ist, General. Etwas, was ich noch vor Ende des Abends zu beweisen beabsichtige.«

Godunow sprudelte vor Vergnügen. »Mein Gott, es ist eine Ehre, in Ihrer Gesellschaft zu sein, mein Herr! Wie drückte das doch Ihr etwas geschwätziger Herr Hemingway aus: ›Würde unter Beschuß‹? Bewundernswert, mein Herr, wirklich bewundernswert! Dimitri! Mehr Wein für unsere Gäste!«

Zögernd fügte sich Slewenski.

Godunow sah Chris beifällig an und hob gedankenvoll die Braue. »Ich frage mich ... Nein, ich sollte es nicht einmal erwähnen ...«

Chris sagte nichts.

Godunow blickte zu Slewenski hinüber. »Ich frage mich, ob es unserem Mr. Springer zuzutrauen wäre, daß er auf unsere Seite des Zauns überwechselt.«

Slewenski schaute angeekelt weg.

Chris lachte: »Zaun? Welcher Zaun? Sie arbeiten hinter allen Zäunen, Iwan, genau wie ich.«

Das schien dem Russen noch mehr zu gefallen. »In der Tat! In der Tat!« Er langte nach einer Fritte und spielte einen Augenblick verstohlen damit. »Sie sind russischer Abstammung, soviel ich weiß?«

Chris durchzuckte ein plötzliches Erschrecken. Ein Test stand bevor.

Iwan Godunow war ein extrem vorsichtiger Mann. Er vertraute niemandem, vielleicht nicht einmal dem getreuen Slewenski. Er hatte Chris und Sarah so lange am Leben gelassen, weil er absolute Gewißheit brauchte, daß er den echten Frank Springer vor sich hatte. Zweifellos hatte der Russe Fotos und Faxe, aber Springer änderte sein Gesicht häufiger als der Russe seine Pseudonyme.

»Russischer Abstammung«, antwortete Chris selbstbewußt, »wie Sie selbst.«

Godunow nickte und biß ein Stück seiner Fritte ab. Wenn er Frank Springer so gut kannte, wie Sarah gesagt hatte, dann mußte er auch wissen, daß Springer ein Kenner der russischen Geschichte war; daß es Dinge gab, die nur ein Fachmann wie Springer wissen konnte.

»Unser Mutterland hat mich immer fasziniert«, begann Godunow seine Prüfung, »zum Beispiel, wie das ganze Land in den achthundert Jahren zwischen Rurik, dem Waräger, der es im siebten Jahrhundert begründete, und Peter dem Großen, dem ersten modernen Zaren, erwachsen wurde. Ungeheuer fesselnd, finden Sie das nicht?«

Den Test im Nacken, kaute Chris lässig sein Essen, ohne aufzusehen.

»Verzeihen Sie, daß ich frage, General, aber auf welche Art beabsichtigen Sie, Mrs. Springer und mich zu beseitigen? Ich bin neugierig.«

Eine Spur ergötzlichen Mißtrauens zeichnete sich auf den Lippen des Russen ab, gerade genug, um ihn zu verraten. »Alles zu seiner Zeit. Jetzt lassen Sie uns erst mal unser Essen genießen und ein gutes Tischgespräch haben. Sie stimmen also mit mir überein, was die Geschichte unserer faszinierenden Nation betrifft?«

Nun, eine Prüfung. Und jetzt war Chris dran.

Er zuckte liebenswürdig mit den Achseln, während sein Verstand galoppierte und sich ungeladen Bilder einstellten: Er sah sein eigenes Wohnzimmer im großen Haus und Frank Springer, der mit dem Weinglas in der Hand vor dem Couchtisch hin und her lief und die Tugenden des alten Rußland erläuterte.

Chris kaute gemächlich, markierte den Gelangweilten. »Zum größten Teil, ja, obwohl ich denke, daß sie mit den Daten ein wenig durcheinandergekommen sind. Rußlands legendärer Rurik begründete die erste Dynastie der Nation im neunten Jahrhundert, soweit ich mich erinnere, und nicht im siebten. Natürlich«, lächelte er leutselig, »könnte ich mich irren.«

Godunows Zähne blitzten, geziert nippte er an seinem Weinglas. »Nein, ich glaube, Sie haben recht, es war das neunte. Mein Gott, der mächtige Jäger wird älter. Sagen Sie, es war doch Jaroslaw, der aus Nowgorod aufbrach und 778 Kiew eroberte, nicht wahr? Er unterwarf die Stämme der Umgebung und handelte ein Waffenabkommen mit den Byzantinern aus, richtig?«

Chris nahm sich einen Moment Zeit, um mehr von dem süßen Wein zu nippen, der mit einem Mal säuerlich schmeckte. Das Gehirn auf Übertouren, blitzten Fakten, Zahlen, Details und innere Bilder zwischen generellen Zusammenfassungen wie Kanonenfeuer auf. Ostentativ nahm er sich die Zeit, nicht mit vollem Mund zu sprechen, während er sich im geheimen dazu zwang, ruhig zu bleiben.

Es wird schon kommen. Versuch, alles zu vergessen, dann kommt es von alleine.

Es kam immer, solange er es nicht erzwingen wollte.

Entspann dich, konzentrier dich nicht drauf ... Es kommt als ein Geschenk.

»Mr. Springer?«

Chris lächelte nervös. »Bitte, Iwan, nennen Sie mich Frank.«

»Danke, das tue ich gerne. Es war doch Jaroslaw, nicht wahr?«

Chris, dem nichts einfiel, stieß seinen Teller weg. »Mein lieber Iwan, könnte es sein, daß Sie hier eine Art Test veranstalten? Daß Sie meine Wahrhaftigkeit anzweifeln?«

Godunow grinste wie ein Pavian. Wenn er einen Schwanz gehabt hätte, hätte er wohl damit gewedelt. »Überhaupt nicht, mein Lieber. Aber sicherlich würde der richtige Frank Springer solche sachlichen Details über sein geliebtes Rußland kennen.«

Chris faltete feierlich seine Serviette zusammen und gab schließlich einen geduldigen Seufzer von sich. »Nun, ich glaube, Sie haben mich da ertappt.«

Godunows Lächeln wurde breiter, alle Heiterkeit verschwand daraus. Chris stellte sich vor, wie sich auf der anderen Seite des Zimmers Slewenskis Hände noch fester um das wundervolle Gewehr schlossen.

Chris sah zu Sarah, die ihm nichts als ihre Schönheit und ihren Schrecken bieten konnte.

Ihr Schrecken vermittelte ihm, selbst unter diesen grauenvollen Umständen, ein seltsam erhebendes Gefühl; nämlich das Gefühl, ihr zu guter Letzt doch überlegen zu sein, derjenige, der die Kontrolle behielt.

Der ganze Abend, der Rest ihrer beider Leben hing von ihm ab, von seinen nächsten Worten.

Ihm war fast schwindlig vor Macht. Seltsam unerschrocken, tatsächlich mutig, mit plötzlichem, neugefundenem Mut. Ist das nicht merkwürdig? dachte er.

Er lehnte sich im Stuhl zurück und verschränkte die Arme. Godunow wartete immer noch.

Chris hob eine Augenbraue und sah zur Decke.

»Nein ...«

Um des Effekts willen wartete er ein wenig und fühlte dabei, ohne hinzuschauen, wie sich der Russe in seinem Stuhl ein wenig nach vorn lehnte.

»Nein, soweit ich mich erinnere, lief das Ganze folgendermaßen ab: Rußlands erster Herrscher war ein Mann namens Oleg. Er war es, der aus Nowgorod aufbrach, und nicht Jaroslaw. Das war, glaube ich, im Jahr 879 und nicht 779. Und, lassen Sie mich nachdenken, ja, es war ein Handelsabkommen, das er mit den Byzantinern abschloß, kein Waffenabkommen. Ein sehr lukrativer Handelsvertrag, soweit ich mich erinnere.«

Chris sah auf Godunow, der nicht mehr lächelte, sondern unbeweglich dreinschaute. Unmöglich zu sagen, was in ihm vorging.

Chris fuhr fort: »Es waren Igor und Olga, die Kiews Machtbereich ausdehnten. Olga war dabei die eigentliche Siegerin. Als ihre steuerüberladenen Untertanen ihren Gatten ermordeten, übte sie brutal Vergeltung. Als Regentin jedenfalls war sie eine hervorragende Führerin. Später wurde sie als erste wahrhaft bedeutende Konvertitin zum christlichen Glauben heiliggesprochen. Was Jaroslaw den Weisen betrifft, den großen Gesetzgeber, der, wie ich glaube, Kiew zu seiner wirklichen Blüte führte, so war er ein Mann des Friedens. Wladimir kam als nächster, nicht wahr, oder habe ich da was verwechselt?«

Niemand am Tisch sagte ein Wort.

Schließlich deutete Godunow ein pfiffiges Lächeln an.

Chris nahm noch einen Schluck von seinem Wein und nutzte diese Gelegenheit, um auf die Uhr zu schauen: Zehn nach zwölf. Wenn die Elektrizitätsgesellschaft Wort hielt, dann würde der Raum in fünf oder sechs Minuten schwarz sein.

»Sehr beeindruckend, Mr. Springer.«

Chris schielte zu Sarah hinüber und entdeckte Bewunderung in ihrem müden Gesicht, einen Funken Hoffnung vielleicht. »Wie steht's mit Ihnen, Iwan? Ihrem eigenen Stammbaum? ›Godunow‹. Zufällig ein entfernter Verwandter des berüchtigten Boris Godunow?«

Die Lippen des Russen verwandelten sich in einen schmalen, freudlosen Strich. »Berüchtigt?«

Chris zuckte mit den Schultern. Er war jetzt in seinem Element, vielleicht sogar übertrieben selbstbewußt, weil er merkte, daß er nichts mehr zu verlieren hatte. Ein neuer Plan formte sich in seinem Hinterkopf; vorausgesetzt, jeder blieb sitzen, wo er war. Wenn noch Zeit war. »Halten Sie den Ausdruck für unangemessen?« fragte er, wobei er in den Sprachrhythmus des Russen verfiel. »Verzeihen Sie mir, Iwan. Ich wollte sicherlich nicht einen solch gütigen Gastgeber kränken.«

»Warum sagen Sie ›berüchtigt‹? Boris Godunow war einer der Hauptakteure bei der Herausbildung der Größe Rußlands.«

Chris nickte, während er sich eine Fritte in den Mund warf. »Das war er sicher. Ein sehr schlauer Mann. Für einen Halbgebildeten.«

Godunow erstarrte, und Sarah schnappte nach Luft.

Aber Chris ließ nicht nach und griff nach den nächsten Fritten. »Er war ein Tatar, nicht wahr? Seine Schwester war mit Feodor verheiratet, dem damaligen Herrscher. Godunow nutzte die Verbindung aus und machte sich selbst praktisch zum Herrscher Rußlands. Wenn ich mich recht erinnere, gab es da im Jahre 1591 einen ganz besonders interessanten Mord. Ein Unfall – oder war es ein Mord? Was glauben Sie, Iwan?«

»Ich fürchte, der Vorfall ist mir nicht bekannt«, antwortete der Russe ruhig.

Chris fühlte, wie Sarahs Finger sich in seinen Arm gruben. Er schüttelte sie ab. »Nicht? Es wurde der Angelpunkt einer ziemlich komplexen politischen Epoche in ganz Rußland. Es war ein zehnjähriger Knabe – soweit ich weiß –, noch ein Kind, dem die Kehle durchgeschnitten wurde. Prinz Dimitri.« Chris sah zu Slewenski hinüber. »Das ist doch dein Name, oder?«

Slewenski erwiderte nur mit einem haßerfüllten Blick. Chris machte sich über den Rest der Fritten her. »Natürlich fand man keine Beweise für kriminelle Machenschaften, aber für Godunow war es sicher ein politischer Glücksfall. Kurz darauf wurde er zum Zaren gewählt. Danach folgte natürlich die berüchtigte – wieder das Wort – Zeit der Unruhen. Kein guter Führer, fürchte ich.«

Sarah verkroch sich ganz tief in ihrem Stuhl. Was macht er bloß?

Chris kaute ruhig seine Fritten. Er brauchte Godunow nicht einmal ins Gesicht zu sehen, um dessen Wut zu spüren.

Daß der Russe ruhig blieb, war wahrscheinlich am allererstaunlichsten. »Sehr gut, Mr. Springer, wie wir Sie jetzt mit Bestimmtheit nennen können. Ihre Kenntnis der russischen Geschichte ist wirklich erstaunlich. Fast ... wie war noch gleich der Ausdruck?«

Er wandte sich an Slewenski. Chris fühlte einen Moment, wie seine Selbstsicherheit ins Wanken kam.

»Eidetisch«, antwortete der mit einem affektierten Grinsen.

Jetzt fühlte Chris, wie das Wanken in einen Sturz überging. Ihm war schwindelig.

»›Eidetisch‹, ja, das ist es. Eine ungewöhnliche Ausprägung des Gedächtnisses, mit der einer unter tausend begabt ist, wenn ich meine Hausaufgaben richtig gemacht habe. Sie selbst kennen einen solchen Menschen nicht, nicht wahr, Mr. Springer? Sie sind doch Mr. Springer, oder?«

Chris nahm schnell einen Schluck Wasser, um das andere Schlucken zu verbergen. Seine Uhr zeigte Viertel nach zwölf. Alle Lichter strahlten.

»Ich fürchte, nein«, antwortete Chris, dessen gespielte Tapferkeit sich in Luft aufzulösen begann, was, wie er hoffte, nicht jeder bemerkt hatte.

Godunow stand auf, ging zu dem kleinen Teakholz-Beistelltisch, griff sich einen dicken Wälzer und blätterte lässig darin herum. Slewenski grinste sein Wieselgrinsen, ohne sich Zwang anzutun. Irgend etwas lag in der Luft.

»Natürlich«, kam es von Godunow, »enthält Ihre Geschichte meiner Vorfahren nicht gerade Geheimwissen. Nicht wenige meiner Landsleute haben Puschkin gelesen. Sie erinnern sich an Alexander Puschkin, Mr. Springer?« Er betonte den Namen Springer in einer Weise, daß er unecht klang. »Und die wundervolle Oper von Mussorgsky natürlich, beides Werke, die den Titel *Boris Godunow* tragen. Ich nehme an, daß beide in einem durchschnittlichen High-School-Lehrplan zu finden sind.« Er blätterte immer noch und fand schließlich, was er suchte. Godunow lächelte. »Das Folgende ist freilich ein weniger bekanntes Stück russischer Ikonographie. Sie sind auch ein Kenner der Kunstgeschichte, nicht wahr, Mr. Springer?«

Chris erstarrte. Er saß plötzlich auf dem Trockenen.

Godunow, der über das ganze Gesicht strahlte, hielt das Buch hoch, drehte es um, so daß jeder im Raum das farbenfroh illustrierte Motiv darin sehen konnte. »Vielleicht dieses hier, eine sagenhafte Sirene. Ein Wesen mit dem Körper eines Vogels und dem Kopf einer schönen Frau. Seit antiken Zeiten hieß es von ihr, sie habe Seeleute in den Tod gelockt.«

Sogar von hier aus erkannte Chris das Motiv. Sein wunderbares Gedächtnis wandte sich seiner Frau zu, besonders ihrer rechten Brust und der immer noch leicht blutenden Tätowierung, die dort ›eingegraben‹ war; und Frank Springers wehmütigem Lächeln.

Mit schmerzhaft pochendem Herzen blickte Chris rasch auf seine Uhr: zwanzig nach.

Godunow lächelte zuvorkommend, ganz Haltung, der perfekte Gastgeber. »Nicht daß ich auch nur für einen Moment Ihre Wahrhaftigkeit angezweifelt hätte, mein Herr, aber wie Sie sicherlich wissen, war der wirkliche Frank Springer ganz hingerissen von solch archaischen Emblemen. Und zwar in einem solchen Ausmaß, daß er sie als Tätowierung auf dem Körper seiner Frau anbrachte. Nicht gerade Allgemeinwissen, zugegeben, aber wie Sie haben auch wir unsere Quellen.«

Chris hörte, wie Sarah die Luft anhielt.

Godunow schloß sanft das Buch und legte es sorgfältig an seinen Platz zurück. »So unappetitlich es sein mag, aber ich glaube, Sie werden mir zustimmen, daß die Situation zu einem, wie soll ich sagen, ungewöhnlichen Schritt berechtigt. Mrs. Springer?«

Sarah zuckte zusammen, als habe man sie mit dem Messer geritzt. »Was?«

»Würden Sie uns bitte die Ehre antun?!«

Sie starrte erschrocken den Russen an, wandte sich voller Entsetzen Chris zu und dann wieder dem Russen.

Godunow grunzte ungeduldig, drehte sich um und machte Slewenski ein Zeichen. In Sekundenschnelle stellte der das Gewehr beiseite, kam elegant wie ein Tänzer herüber und stellte sich hinter Sarah auf. Exakt in diesem Moment – bisher war er sich nicht sicher gewesen – gewann Chris die Überzeugung, daß sie vier allein im Haus waren, vielleicht sogar auf der gesamten Felseninsel. Ein Augenblick höchster Offenbarung.

Während er sie mit seiner linken Hand festhielt, nötigte Slewenski sie mit der rechten, sich vom Stuhl zu erheben. Dann riß er ihr mit derselben Hand in einem Ruck die Bluse vom Leib, so daß sie, vom Büstenhalter abgesehen, nackt bis zur Taille dastand.

Siegesbewußt nahm Godunow wieder seinen Platz ein. »Ich glaube, die rechte Brust, Dimitri ...«

Chris ließ unauffällig seine linke Hand vom Tisch auf sein Knie fallen und von da weiter abwärts gleiten.

Slewenski grabschte den Stoff auf Sarahs Brust, als wolle er ihn ihr buchstäblich vom Leibe reißen.

»Dimitri, bitte! Wir sind nicht unzivilisiert!«

Slewenski lockerte seinen Griff, hakte geduldig den BH vorne auf und entblößte ihre Brüste.

Godunow, das Glas an den Lippen, würgte tatsächlich an seinem Wein.

Chris merkte, wie ihm selbst die Kinnlade runterzufallen begann, und hielt das auf.

Slewenskis herrisches Gehabe, das so triumphal begonnen hatte, verflüchtigte sich, als er den Gesichtsausdruck seines Bosses sah. Als er sich umdrehte und die sauber tätowierte Darstellung auf Sarahs Busen erblickte, wurde er bleich.

Chris konnte nur drauf starren.

Schließlich sah er ihr in die Augen und las dort zuletzt die ganze Wahrheit; ihre letzte Täuschung, ihre letzte Überraschung für sie alle. Sarah Rawlings. Vormals Sarah Springer.

Und da verstand Chris alles: Es war nicht bloß ein behördlicher Auftrag gewesen. Ihr Haß auf Springer ging tiefer als selbst der zuckende Stachel der Tätowiernadel. Wahrscheinlich hatte man ihr deshalb überhaupt den Auftrag – ein fast selbstmörderisches Unterfangen – erteilt: Die Abteilung wußte, daß sie allein den nötigen Fanatismus aufbrachte, um die Sache durchzuziehen.

Godunow, stets höflicher Gastgeber, war der erste, der seine Fassung wiedergewann. Er starrte hitzig auf den verwirrten Slewenski, der immer noch mit großen Augen auf Sarahs nackte Brust schaute. »Zieh ihr was über, du Idiot.«

Sarah schnappte nach den Überresten ihrer Bluse und preßte sie krampfhaft an ihren Busen.

Zum ersten Mal seit ihrem Aufeinandertreffen hörte Chris, dem es selbst die Sprache verschlagen hatte, Godunow wirklich stottern. »Ich bitte um Verzeihung, mein Herr! Ich hoffe, S-Sie v-verstehen: Mißtrauen gehört zu unserem Gewerbe.«

Chris mußte sich zwingen, nicht hysterisch loszuprusten. Die ungeschickte Entschuldigung dieses weltbekannten Killers und Kindermörders war von fast liebenswerter Aufrichtigkeit. Das Abschlachten von Kindern war belanglos, aber Etikette war alles. Es war wirklich schon mehr als absurd.

Schon etwas weniger verwirrt, wandte sich Godunow an Sarah. »Ich möchte mich hiermit in aller Form für unser tölpelhaftes Benehmen entschuldigen, Mrs. Springer. Wir sind allein im Haus, sonst wäre eins der Mädchen dagewesen...« Voll kalter Wut wandte er sich an Slewenski. »Hol dieser jungen Dame endlich ein anständiges Kleidungsstück!«

Slewenski, der einer Panik nahe war, wieselte schnell über den Wohnzimmerteppich zum hinteren Teil des Hauses.

Er war gerade an dem Eames-Stuhl vorbei. Dort lag das Gewehr. Chris war ungefähr gleich weit davon entfernt.

In diesem Moment wurde es dunkel im Raum.

24

Matty war nackt, als sie den grellsten blutroten Lippenstift aus ihrem Schmuckkästchen heraussuchte, die goldene Verschlußkappe vor den großen Toilettenspiegel im Schlafzimmer schnippte und fachmännisch tiefrotes Wachs auf bleiche Lippen auftrug. Erst schürzte sie die Lippen im Spiegel, preßte sie dann zu einem Strich zusammen, schürzte sie wieder, trat kritisch einen Schritt zurück und nickte schließlich.

Sie nahm das durchsichtige neue Nachthemdchen vom Waschbecken, ließ es über die schmalen Schultern an sich hinabgleiten, bis es von ihren Brüsten aufgehalten wurde. Sie wollte es gerade herunterziehen, als sie wieder instinktiv innehielt und abermals zu dem goldenen Lippenstift griff. Sie zögerte. Während sie das hauchdünne Material mit der einen Hand weghielt, trug sie den dunkelroten Lippenstift sorgfältig auf ihre korallenroten Nippel auf.

Sie trat zurück, nickte abermals zufrieden und ließ das gazeartige Nachthemdchen herabfallen. Es reichte bis knapp über das dunkle V ihres Schritts. Sie langte nach dem hauchdünnen Slip, hielt ihn in der Hand – die Augen auf ihr Spiegelbild gerichtet – und zögerte wieder. Schließlich warf sie ihn wieder ins Waschbecken. Ja, besser ohne Slip. Das alberne Ding war sowieso durchsichtig.

Sie umfaßte einen Augenblick lang mit hohlen Händen ihre Brüste, hob sie an, warf prüfend den Kopf zurück, ließ sie wieder los und herabhängen: schwer, aber fest, hervorspringend und einladend. Durch das Nachthemdchen konnte man die dunkle Tätowierung erkennen. Er würde es genießen, seine Tätowierung zu sehen, sein Brandzeichen auf ihrem Leib. So hoffte sie jedenfalls.

Sie nahm ihre Plastikbürste und fuhr sich mit regelmäßigen Strichen durch die kupferfarbenen Locken, bis sie glänzten. Da sie Naturlocken hatte, hatte sie mit Lockenstäben und Lockenwicklern nie viel zu tun gehabt. Das Haar mußte geschnitten werden – wirklich schon eine ganze Weile –, aber er würde das nicht merken. Männer bemerkten derlei nie.

Sie legte die Plastikbürste hin, taxierte sich selbst im grellen Badezimmerlicht (das Schlafzimmerlicht wäre freundlicher gewesen) und dachte: Gut, gut. Das ist genug, du siehst gut aus. Los jetzt! Dann verließ sie den hell erleuchteten Raum. Sie kam ins Schlafzimmer zurück, durchwühlte den Stereoschrank gegenüber vom Bett, fand die CD mit dem Niagara Falls Concerto, legte sie ein und ließ sie starten. Leises Trommeln erfüllte den Raum. Sie wandte sich um, dachte einen Augenblick lang nach, drehte sich abermals um und stellte den Verstärker auf tiefen Baß, woraufhin sich der Raum in eine donnernde Sturzflut verwandelte.

Sie kam zum Bett, betrachtete kurz – fast flehentlich – die pastellfarbenen Laken, zog sie zurück und legte ihren warmen Körper auf die frische Kühle. Sie lag da und versuchte, sich die Verkörperungen von Playboy-Falt-Postern vorzustellen. Sie probierte ein paar verführerische Stellungen aus, drehte ihre Hüfte so, nahm die Arme nach hinten. Übertreib nicht; es ist so schon offensichtlich genug.

Sie lag da und wartete auf ihn. Er würde schließlich den CD-Donner hören und der Sache nachgehen.

Matty wartete wie eine Spinne in ihrem Netz.

Frank Springer fragte: »Was machst du da?«

Er sagte es von der Schlafzimmertür aus, wo er lautlos und wie durch Zauberei aufgetaucht war. Matty zuckte kurz zusammen, aber nur innerlich. Äußerlich erschien sie sehnsüchtig und sanft, lag geduldig einladend auf den kühlen Laken.

»Einfach zuhören …«

Auch Springer hörte einen Moment lang zu. »Was ist das?«

»Weißt du das nicht?«

Springer lauschte: »Klingt anders.«

»Ich habe den Baß ein bißchen tiefer eingestellt, klingt echter. Magst du es?«

Er schien an der Türöffnung darüber nachzudenken. »Ein bißchen offensichtlich, findest du nicht auch?«

Matty lag mit klopfendem Herzen da.

Es hatte keinen Zweck, sich daran vorbeizumogeln. Die beste Methode, Springers Mißtrauen zu bekämpfen, bestand darin, es offen zuzugeben und gegen ihn selbst zu wenden. »Das soll es auch. Hör zu! Es ist herrlich.«

»Was hast du vor, Pussi?«

Sie war vorbereitet und antwortete ruhig: »Zuhören. Einfach nur zuhören und sich erinnern.«

»In deinem geilen kleinen Nachthemdchen?«

Sie antwortete nicht gleich, dann sagte sie nachlässig: »Verstößt das gegen die Hausordnung? Tut mir leid. Ich dachte, du magst es.«

Sie hörte sein leises Kichern. »Du bist so sexy, wenn du schroff bist. Warum versuchst du, mich zu verführen?«

Matty, die bereit war, rollte auf ihre Seite, ließ ihre Hüfte im bleichen Mondlicht aufscheinen, wobei das Nachthemdchen gerade im rechten Maß nach oben rutschte. »Ich glaube, du weißt, warum.«

Er blieb im Türeingang stehen. Sie konnte ihn nicht richtig erkennen, nur seinen Schatten. »Nein, das tue ich nicht. Warum erzählst du es mir nicht?«

»Unser Sohn ist krank. Man muß sich um ihn kümmern.«

»Und du glaubst, ich würde das tun, wenn du dich von mir ficken läßt?«

»Nein. Hier geht es nicht um ihn. Es geht um mich. Du bestrafst mich durch ihn. Das hast du sehr effektvoll inszeniert. Aber jetzt wird es Zeit, damit aufzuhören und etwas Neues zu machen.«

»Wirklich? Und was wäre das, süße Pussi?«

»Es wird Zeit voranzukommen, Frank. Ich kann dich nicht besiegen; sie können dich nicht besiegen, keiner kann es. Ich habe es satt. Ich habe es satt und sorge mich um unseren Sohn. Ich will, daß du damit aufhörst, daß du uns hier wegbringst, damit wir endlich mit unserem Leben fortfahren können. Wie immer das auch aussehen mag.«

Er blieb in der Tür stehen. Ein unförmiger Brocken.

»Wie immer das aussehen mag ...«

Donnerndes Wasser erfüllte den Raum. Man konnte fast den feuchten Dunst spüren.

»Wohin wegbringen, Kätzchen? Zu den Niagarafällen?

»Auch gut. Egal wohin. Wenn du nur damit aufhörst, Frank. Alles ist besser als das.«

Vom Türrahmen her ließ Springer ein Brummen vernehmen. »Soll das ein Anreiz sein?«

»Warum hältst du nicht die Klappe, kommst her und legst dich neben mich?«

Der Brocken bewegte sich nicht. »Hast du dort droben vielleicht eine Pistole unterm Kissen?«

»Komm her und überzeug dich selbst.«

Und zu ihrer Überraschung, als ob alles zu einfach funktionierte, kam er herüber.

Im matten Licht des Fensters stand er da: die eine Körperhälfte dunkel, die andere geisterhaft silbern. Matty sah auf und bemerkte, daß seine Unterhose vorne ausgebeult war. Als sie das sah, streckte sie sich träge wie ein zartes, junges Tier auf dem Bett aus.

»Woher dieser plötzliche Gefühlswechsel, Kleine?«

Mit zurückgeworfenem Kopf und Haaren, die sich über das Kissen ergossen, antwortete Matty: »Es ist eine Falle. Chris ist im Schrank versteckt und bereit zuzuschlagen, sobald du mich anfaßt.«

Springer lächelte. »Süße kleine Schlampe.« Er kniete sich hin, schien für einen Augenblick seine Beute im weichen Licht des Fensters zu inspizieren, brachte seinen Kopf nach unten, küßte sie sanft, dann tiefer.

Matty zwang sich dazu, ihm mit den Fingern durchs Haar zu fahren und vor Vergnügen zu keuchen, während ihr Körper steif vor Widerwillen war. Er krümmte sich, beugte sich vor, schob sein Gesicht tiefer hinein. Sie biß die Zähne zusammen, dachte an Chris. Dann löschte sie alles aus, alles, machte ihren Verstand weiß, sauber und weiß wie die leere Decke über ihr. Denk nicht. Denk an nichts ...

Zu ihrer nicht enden wollenden Dankbarkeit hörte er nach einer Weile auf, stand auf und zog sich aus. Seine Erektion, ein wippender Speer, schien den Raum, der ihr jetzt kleiner vorkam, auszufüllen.

Sie spürte mit geschlossenen Augen, wie das Bett nachgab, als er sich hinkniete. Sie verkrampfte nur ganz wenig, als sie ihn empfing, damit er bekam, was er wollte; statt dessen konzentrierte sie sich auf die Spritze. Wenn er in dir drin ist und stöhnt, zieh sie heraus und stoß sie ihm in den Hintern, den Arm oder ...

Ihre ganzen Überlegungen kamen zu einem abrupten Ende, als sie von unten ein vertrautes Summen hörte. Ein kräftiges, hartnäckiges Summen, das sich als die Haustürklingel entpuppte, deren schrille Aufdringlichkeit vollständig ruinierte, was immer sie an Stimmung heraufbeschworen hatte. Matty hätte beinahe laut geflucht. Nicht jetzt!

Als sie sich umdrehte, stand er gerade auf, ging zum Fenster, mit seiner Erektion und allem, zog die durchsichtige Gardine ein wenig beiseite und starrte auf den leuchtenden Schnee hinunter. »Du hast Besuch.«

Matty – erleichtert und wütend zugleich – trat zitternd neben ihn ans Schlafzimmerfenster, starrte hinab und fühlte, wie ihr Ärger zu einer fast komischen Ironie schrumpfte. »Es ist John Antler Horn.«

»Ach, der Indianer, der mit dem Kuchen wegging. Lebt der hier in der Nähe?«

Matty seufzte und strich hastig ihr zerwühltes Haar zurück. »Er ist unser nächster Nachbar. Am Ufer fünf Kilometer weiter unten.«

»Mein Gott, der muß ja frieren.«

Der alte Indianer war nur mit T-Shirt, offenem kariertem Flanellhemd, Jeans und Mokassins bekleidet.

»Er hat etwas dabei«, sagte Matty.

»Ja, ein Buch.«

Zu ihrem Entsetzen begann Frank, der immer noch nackt und dessen Glied immer noch hart war, ans frostige Fenster zu klopfen. Er klopfte so lange, bis das wettergegerbte klassische Gesicht, das im Licht der Veranda gerade noch zu erkennen war, aufschaute und sie mit seinen wäßrigen blauen Augen seltsam ansah.

Matty zuckte zurück, aber Frank hielt sie fest, stieß sie gegen das kalte Fensterglas, wo sich ihre üppigen Formen, erhellt vom reflektierenden Licht des schneebedeckten Hofes, abzeichneten.

»Frank, hör auf damit! Er wird mich sehen!«

Springer, der verkniffen grinste, hielt sie fest gegen das Fenster gepreßt.

Der alte Indianer rief etwas zu ihnen hinauf, ließ ein gedämpftes Trillern vernehmen.

Matty hörte auf, sich zu wehren, weil sie wußte, daß das noch schlimmer aussah. Schließlich hob sie das Fenster ein wenig an, so daß bitterkalte Luft hereinströmte, die ihre schwellenden Schamlippen schrumpfen ließ. »Hallo, John!«

Sie war sich gar nicht sicher, ob der alte Mann sie aus dieser Entfernung überhaupt klar erkennen konnte, obwohl er sich mit scheinbar lustvoller Anstrengung nach oben reckte, um genau das zu tun. Er hielt ein Buch hoch. »Ich bringe Chris Nielson Windsegler! Ich habe über See gezogen, an Steg festgemacht. Du verstehen?«

Matty versuchte, sich aus Springers Griff herauszuwinden, der stahlhart wurde.

»Ich bringe Chris neues Buch über Windsegeln. Besser als erste Buch. Er jetzt mit mir segeln gehen, sehr bald. Gleiten wie Habicht.«

Springer, anscheinend höchst amüsiert, lachte bellend und hielt Matty fest.

»Das ist nett, John«, sagte Matty. »Danke, aber Chris ist gerade nicht zu Hause.«

Wahrscheinlich ein Fehler, denn nun glitten die Augen des alten Indianers zu der Gestalt hinter ihr. Und wenn es nicht Chris' dunkle Gestalt war, wessen dann?

»Könnten Sie bitte das Buch herbringen, Mr. Antler Horn?«

Was hatte Springer jetzt vor? Sie hörte, wie er sich kichernd hinter ihr bewegte ...

Der alte Mann rief etwas Unverständliches hinauf.

Matty verzog widerstrebend das Gesicht, hob das Fenster noch ein klein wenig an. Jetzt froren ihr auch Schritt und Bauch.

»Wie bitte? Was haben Sie gesagt?«

Verdammte Schweinerei! Sie konnte spüren, wie Springer jetzt mit seinem gewaltigen Ding an ihr rummachte. Sie versuchte nach hinten zu greifen, um ihn loszuwerden, aber er griff nur noch härter zu und kicherte.

»Ich langen Weg in Kälte kommen. Bringe schön neu Windsegler. Du kommen runter und holen Buch für Chris Nielson!«

Matty schüttelte den Kopf. »Nein, ich bin nicht angezogen. Ich bin ...« Sie schnappte nach Luft, wurde rot, schnaubte vor Überraschung, als er schmerzhaft hindurchstieß, dann in sie hinein ... daß ihr die Beine schlotterten ... langsam tiefer hinein, dann schneller, immer schneller hinein bis zum äußersten Ende.

Matty, die mit den Beinen strampelte, ergriff mit dem Gesicht eines aufgespießten Frosches das Fensterbrett und ließ einen tiefen, fast musikalischen Ton vernehmen.

Antler Horn betrachtete sie neugierig von der Veranda aus.

Matty hob es jetzt nach oben, in der Luft schwebend und mit ihren Füßen den Schlafzimmerboden fegend, saß sie auf Springers zügellosen Lenden, seinem dunklen Speer, während seine furchtbare Kraft schreckliche Erinnerungen in ihr wachrief. Mit eigenen Waffen geschlagen, dachte Matty. Zu dumm, dumm, dumm: Sie hätte Antler Horn nicht sagen sollen, daß Chris weg war, denn jetzt war ihre Hurerei unbestreitbar.

Der alte Mann schaute gelassen zu, als Springer sie noch höher hob und mitleidlos gegen die kalte Scheibe schob, bis ihre Brüste wie gequetsche Krapfen aussahen, deren Löcher die Brustwarzenhöfe waren. Auch ihr Gesicht preßte es platt gegen die frostige Scheibe, quetschte Nase und Lippen. »Frank, du elendes Schwein!«

Das provozierte nur noch mehr stöhnendes Gekicher, das von erregtem Grunzen begleitet wurde. »Kommen Sie rein!« rief er dem alten Indianer zu, »bringen Sie das Buch hoch!«

Zu Mattys Entsetzen ging der alte Mann zur Tür und fand sie natürlich verschlossen.

Er kam wieder zurück und starrte zum Fenster empor, zu dem grotesken Treiben des seltsamen Gespannes dort oben. »Die Tür ist verschlossen.«

Springer stieß hart zu, knallte sie gegen die Scheibe, so daß sie sicher war, die müßte kaputtgehen, dabei machten ihre Brüste Töne wie ein Gummischrubber, während sich ihre Nippel aus Verärgerung über die Kälte zurückzogen.

»Mr. Antler Horn, bitte gehen Sie weg!«

Der alte Mann war starr vor Entrüstung. Er war entweder ahnungs- oder verständnislos oder gänzlich unbeeindruckt von dem, was sich dort über ihm zutrug. »Ich komme lange Weg mit Buch für Chris Nielson. Ihn lehren Windsegeln mit John Antler Horn. Gleiten wie Habicht.«

Matty schrie auf, als Springer, der sich dem Ende näherte, seine Nägel in ihre Hinterbacken grub. »Oh, Gott«, stöhnte er lustvoll, »diese kalte Brise an meinen Eiern!«

Antler Horn drückte empört auf den Summer.

»Bitte, gehen Sie einfach weg! Chris wird morgen das Buch abholen!«

Dann raubte es ihr förmlich den Atem, als Springer sie mitleidlos gegen den Fensterrahmen knallen ließ. Er grunzte und zuckte spastisch.

»Ich gehe. Aber nicht wiederkommen!« kam es von unten her.

Der alte Mann schaute sie finster an und war schon im Begriff, durch den Schnee davonzustapfen, als er sich nochmals umdrehte und mit Blick auf beide die breiten, purpurnen Lippen schürzte. »Ihr fickt wie Präriehühner!« Dann stapfte er wieder davon: in Kälte, Schatten und schwärzeste Dunkelheit.

Der erschöpfte Springer ließ sie langsam runter. Mattys vor Kälte erstarrte Brüste rutschten schmerzhaft am Fensterrahmen nach unten, wobei ihre Zehen, dann die Fersen wieder den Teppich fegten.

Frank war immer noch unter ihr und hielt sie bei den Hüften, glitt zurück und dann heraus, wobei er etwas, was sich wie ein Teil von ihr anfühlte, mit sich nahm, nur eine schmerzende leere Muschel zurücklassend.

Springer glitt weiter, bis er kniete. Dort verweilte er und ruhte aus, während er sie immer noch mit seinen muskulösen Armen zitternd hoch und an ihrem Platz hielt, sein heißes Gesicht gegen ihren Oberschenkel gepreßt.

Matty schloß die Augen, den pochenden Schädel am kalten Glas kühlend, mit brennendem Rücken und der Vorderpartie taub vor Kälte. Sie dachte nach. Er ist gekommen, er ist schon gekommen, und ich habe die Spritze immer noch nicht, bin nicht mal in ihre Nähe gekommen. Irgendwie mußte sie ihn wieder aufs Bett kriegen.

Sie mochte eingeschlafen sein, konnte sich nicht mehr ganz genau erinnern, aber jetzt war sie gewiß wach. Er war wieder da, stand nackt am Bett und starrte auf sie hinunter.

Matty blinzelte, schaute beiseite, aber da war etwas in seinen Augen. Etwas Neues.

Sie sah auf. »Was ist?«

Springer sagte erst nichts, dann kam er schließlich und setzte sich direkt neben sie. Mit seiner Hand hielt er krampfhaft etwas fest, doch wegen der Dunkelheit konnte sie nicht sehen, was es war.

»Es tut mir leid«, sagte er aufrichtig.

Matty zog die Bettdecke an ihren Busen.

Er gestikulierte, als wolle er ihr Gesicht berühren, riß sich aber zusammen.

»Das war wirklich unverzeihlich. Ekelhaft. Er scheint ein netter alter Mann zu sein. Ich weiß nicht, was manchmal in mich fährt. Nimmst du meine Entschuldigung an?«

Er sah auf seine Hände. »Ich gebe dir keine Schuld. Hör zu, ich habe nachgedacht. Mein Problem ist Vertrauen. In meinem Gewerbe lernt man, niemandem zu vertrauen. Zu keiner Zeit.« Er seufzte, und die Bewegung ließ das Bett leicht erbeben. Springer schüttelte den Kopf. »Es funktioniert nicht. Ich bin es nicht gewohnt, mich zu entschuldigen. Bin nicht dafür ausgebildet worden.« Er zuckte mit seinen nackten muskulösen Schultern. »Egal; was ich sagen will: Ohne Vertrauen hat man am Ende überhaupt nichts. Früher oder später muß man jemandem vertrauen. Das ist, vermute ich, auch die Grundlage aller Religion.«

Er sah sie an. Seine Augen glänzten. Doch nicht etwa Tränen! Matty wollte ihren Augen nicht trauen.

»Ich werde dir etwas zeigen. Etwas, was ich dir nicht zeigen sollte. Etwas, was sie mir gegeben haben und von dem sie es nicht gerne sähen, wenn du darüber Bescheid wüßtest.« Er hielt eine kleine schwarze Schachtel hoch, die etwa die Größe einer Zigarettenpackung hatte. Er drehte sie fast bewundernd in seiner Hand herum. »Das ist ein Ortungsgerät. Eine moderne, extrem fortgeschrittene Art von Empfänger. Schau ...«

Springer schaltete das Gerät an und ein roter, blinkender Punkt erschien auf der Oberfläche. Er lächelte sie an, während es blinkte ... rot ... dunkel ... rot ... dunkel. »Das bist du.«

Sie sah ihn an. »Ich?«

»Der blinkende rote Punkt. Er sagt mir, wo du bist.« Er stand auf und ging durch das Zimmer, wobei er das Gerät hochhielt.

»Siehst du, das Blinken wird schwächer, je weiter ich mich von dir entferne. Das Ding blinkt aber immerhin in einem Radius von fünf Kilometern.«

Er kam zurück zum Bett und reichte ihr das Plastikkästchen.

Matty nahm es, drückte auf den Knopf, bis das Blinken aufhörte. »Wofür ist der hier?«

»Drück drauf.«

Sie drückte auf den zweiten Knopf, der direkt unter dem ersten war. Ein grüner Punkt begann zu blinken.

Matty nickte. »Nicky«

Sie schaltete aus und gab Frank das Gerät zurück. »Kein Wunder, daß du nicht unnötig besorgt warst, wenn du das Haus verlassen hast.«

Er lächelte.

»Wie funktioniert die Übertragung? Etwa durch das Zeug, das du uns gespritzt hast?«

»Ja, eine sehr leichte Radiumlösung.«

»Radium!«

»Das ist auch nicht giftiger als das, was man bei einem normalen Bariumeinlauf benutzt.«

Er schaute auf das Gerät hinab. »Natürlich, bei Injektionen über einen längeren Zeitraum hinweg kann ein Kleinkind krank werden.«

Matty atmete schwer, sprang auf und ging an ihm vorbei. Springer zog sie zurück. »Bitte! Ich versuche dir klarzumachen, daß ich ihm keine Spritzen mehr geben werde. Keinem von euch beiden. Ich will, daß wir einander vertrauen, Matty. Glaubst du, ich hätte dir das hier sonst gezeigt?«

Sie saß starr da und erduldete seinen harten Griff. »Ich glaube, du tätest alles für einen grausamen Scherz.«

»Diesmal ist es kein Scherz. Du hast mein Wort. Ich weiß, daß du aus allem raus willst, Matty. Ich doch auch. Weit weg. Weit weg von denen. Du kannst mir vertrauen. Die Frage ist bloß, ob ich dir vertrauen kann.«

Sie sah ihn an. »Was willst du, Frank? Du hast mich gerade vor meinem nächsten Nachbarn gedemütigt.«

»Ich habe mich dafür entschuldigt. Schau, der alte Kauz ist doch heute voll auf seine Kosten gekommen.«

Matty schaute weg, mitnichten amüsiert.

»Es tut mir leid. Ich habe dir gesagt, wie leid es mir tut. Aber ich habe eine Menge nachgedacht, Kätzchen. Eine Menge. Und es gibt einen Weg nach draußen. Eine Chance für mich, für uns beide, uns drei, wenn du es willst.«

Sie starrte ins Leere. »Was schlägst du vor, Frank?«

»Laß uns gemeinsam weggehen.«

Sie sah ihn an. »Wie?«

»Es ist machbar. Ich habe Freunde, die es möglich machen. Freunde, die uns außer Landes bringen, für immer. Nach einem kurzen Zwischenaufenthalt.«

Sie wartete.

»Ich will zu den Niagarafällen zurück. Ich will zurück zu unserem Flitterwochenhäuschen, um noch mal von vorne zu beginnen; um die Vergangenheit auszulöschen. Einen kurzen Abend mit dir an den Wasserfällen. Dann nach Kanada und außer Landes, für immer. Wirst du mitkommen? Wirst du wenigstens drüber nachdenken? Sag, daß du es wenigstens in Erwägung ziehst.«

Sie saß ruhig da. Immer noch hielt er sie in seinen Armen. »Wie kann ich dir glauben?«

»Vertrauen.«

Sie schüttelte den Kopf. »Ich weiß nicht. Ich muß das erst überschlafen.«

Er schien sich zu entspannen. »Natürlich, das will ich ja.« Er hielt sie sanft, legte sie zurück aufs Bett, zog das Betttuch sittsam über ihre Brüste, beugte sich hinab und küßte sie zärtlich auf die Stirn. Matty schloß die Augen.

Als sie sie öffnete, saß er immer noch da und lächelte entwaffnend. »Schlaf ruhig.«

Er war im Begriff aufzustehen, als sie seinen Arm berührte und er sich umdrehte. »Frank?« Er beugte sich nieder, um zu hören.

»Wie wär's mit einem Gute-Nacht-Kuß?«

Er lächelte, beugte sich tiefer, fand ihre Lippen, wollte sich losmachen, wurde aber von ihren Umarmungen und ihrer eindringenden Zunge aufgehalten.

Sie manövrierte auf dem Bett herum, um Platz für ihn zu machen, damit er über sie kam und sich auf sie drauflegte. Dazu war er mehr als bereit, vielleicht auch erregt durch ihre Bereitwilligkeit.

Ohne groß zu überlegen, nur den Moment ausnützend, langte Matty nach unten und führte ihn ein. Sobald er drin war, bekamen seine Bewegungen den vertrauten Rhythmus. Diesmal schien er entspannter, geduldiger. Vielleicht hatte er wirklich nicht gelogen. Sie drückte sich bewußt gegen ihn, ließ ihn an ihren Brüsten fummeln, während ihr rechter Arm wie scheinbar vergessen über dem Matratzenrand lag und dem, was darunter lag.

Jetzt, wo er in ihr drin war und seinen Mund auf den ihren preßte, verstärkte Frank seine Stöße, stieß tief hinein, während er ihr gleichzeitig die Brüste abquetschte. Sie mußte ihren Kopf zur Seite reißen, um angesichts seines saugenden Mundes überhaupt Luft zu bekommen. »Heh, das tut ein bißchen weh …«

Aber das beachtete er gar nicht, darüber war er schon hinaus. Er griff grob und dringlich nach ihren Beinen unter den Knien, zog sie nach oben, wobei er immer wieder hart zustieß und ihren Kopf gegen das Kopfende schlug. »Bitte, das tut wirklich weh!«

Er schien nicht zu hören, stieß immer wieder zu, während ihr Kopf in rhythmischem Tempo gegen das Brett schlug. Es dröhnte lauter als die donnernden Wasserfälle. Er kam auf die Knie, war jetzt wie eine Naturmacht und benutzte sie wie einen Rammbock, ohne ihren Schmerz zu beachten, unempfindlich gegenüber allem außer der eigenen Lust.

»Bitte!«

Es krachte und krachte. Als sie aufsah, war sein Gesicht zu einem grausamen Lächeln gefroren, die Augen glänzten. »Sie ist nicht mehr drunter, Kätzchen!«

Matty durchfuhr ein eisiger Schock.

Frank stieß härter zu, den Kopf nach hinten, lachend. »Gestern habe ich die Spritze gefunden!« Und genau das schien ihm den Rest zu geben. Seine Gesichtszüge verdunkelten sich, durchzuckt vom Gewitter seines Orgasmus.

Mattys Wut stieg mit einer Macht auf, die fast losgelöst von ihr war. Seine knirschenden Zähne, sein schweinisches Grunzen trieben sie zur Weißglut. Gar nicht mal bewußt, langte sie mit der rechten Hand zurück, um zu einem Schlag in sein herrisches Gesicht auszuholen – langte zurück und stieß gegen den Radiowecker, die schwere Nachttischlampe ... Noch bevor sie selbst es wußte, war die Lampe in ihrer Hand. Sie schien gar nicht richtig mit ihr verbunden zu sein, sondern einem eigenen Willen zu gehorchen. Sie nahm die schwere Lampe und schmetterte sie seitwärts gegen sein erhitztes grinsendes Gesicht, daß es blutrot aufplatzte. Der Schlag riß ihn schmerzhaft von ihr weg, so daß beide aufschrien. Die Mischung aus Lust und Schmerz, die sich auf seinem bestürzten Gesicht abzeichnete, war beinahe komisch.

Springer rutschte schlaff wie eine Stoffpuppe in Zeitlupe zur Seite. Noch immer zuckten seine Hüften unbewußt, wie bei einem Hund, der in die Luft fickt. Zerschunden landete er zwischen Bett und Wand. Die Augen blickten glasig, um Klarsicht kämpfend, wohl wissend, daß sein Leben davon abhing. Im Nu war Matty auf ihm drauf. Sie schrie, ein hysterisches Wimmern, das sie nicht als ihr eigenes erkannte. Sie schrie und schlug ihm die schwere Santa-Fe-Lampe ins Gesicht. Wieder und wieder. Bis das schwere Steingut zerbrach und Springer dalag, ohne etwas aufzunehmen, mit leerem Gesicht und blutrot verschmiertem Haar.

Mit herabhängenden Brüsten und schwer atmendem Brustkasten hockte sie auf ihm. Mit hysterischem Triumphgeheul hob sie die Überreste der Lampe hoch. Ein Teil von ihr sah – wie aus weiter Entfernung – den großen, biegsamen Schwanz, aus dem ein vergessener Tropfen hervorquoll. Da fand sie, sie könne ihn nicht länger schlagen, brächte es einfach nicht fertig, den blutverklebten Schädel nun auch noch mit seinem Gehirn schwarz zu färben.

Statt dessen trat sie ihn einmal mit dem nackten Fuß, um zu sehen, ob er sich bewegte. Wieder trat sie zu und er rutschte seitwärts zur Wand, wobei er eine Blutlache hinterließ, in der sie selbst mit der Ferse ausglitt. Sie warf ihm die Lampe hinterher und raste, nackt und blutbefleckt, zum Kinderzimmer.

Dort wartete Nicky friedlich. Er schlief und war bereits für den jetzt anstehenden Teil ihres Unternehmens gerüstet. Er war warm in seinen kleinen Parka eingepackt und glühte deshalb förmlich. Aber sie hatte nun mal keine andere Möglichkeit gesehen und war jetzt froh, daß sie ihn schon zuvor fertiggemacht hatte. Sie nahm ihn auf ihren Arm und raste zum Schlafzimmer zurück, um ihre eigenen Wintersachen zu holen, die bereits fertig und ausgesucht im Schrank hingen. Sie schlüpfte hinein, auch in Stiefel und Fausthandschuhe, während ihr Verstand auf Übertouren lief und ihre Augen die blutbesudelte Zimmerecke mieden.

Wieder griff sie sich Nicky, während sie murmelte: »Komm, Baby, komm her, Baby, komm.« Dann rannte sie ins Treppenhaus, wo Frank aus dem Schatten heraus auf sie zusprang und sein Messer in ihren Rücken bohrte ... – aber nicht wirklich, das waren nur Schatten. Matty rannte die Treppe hinunter, nahm zwei Stufen in eins, war jetzt an der Tür und zögerte ein letztes Mal.

Das Messer.

Geh in die Küche, hol das große Tranchiermesser aus der obersten Schublade. Nimm es mit nach oben in die Dunkelheit und steck es in ihn rein, wieder und wieder, bis du sicher bist, daß er tot, wirklich tot ist und niemals wieder jemandem weh tun kann.

Sie zögerte, dachte aber auch an John Antler Horn, an den großen zugefrorenen See und an die Eissegler, die ihre einzige Hoffnung waren; dabei war sie sich keineswegs sicher, ob sie damit überhaupt navigieren konnte.

Kaum war sie aus der Tür, als die Winternacht ihr in die Augen stach. Die Beine waren butterweich, und ihr warmer Atem bildete Schwaden in der kalten Luft. Matty ließ das Auto unbeachtet, wählte den Pfad, den John Antler Horn genommen hatte, und folgte den Fußspuren des alten Indianers.

Sie hoffte, daß der alte Mann noch nicht den Steg verlassen hatte.

Sie betete, daß das plötzliche Knirschen hinter ihr von einem Tier des Waldes im Schnee herrührte und nicht von Frank Springer, der blutig und entstellt den Berg hinunterraste – ihr auf den Fersen.

25

Sobald es im Raum dunkel wurde, trat Chris in Bewegung.

Im Nu war er vom Stuhl aufgesprungen und tauchte jetzt förmlich – den Abdruck des Zimmers noch auf der Netzhaut – mit dem Kopf voran über den Couchtisch nach dem Spezialgewehr.

Vielleicht hätte er es geschafft. Vielleicht hätte er es sogar in der Dunkelheit richtig zu fassen gekriegt, wenn nicht eine Sekunde später die Lichter der Notbeleuchtung aufgeflammt wären und den von tiefen Schatten verhüllten Raum erhellt hätten.

Der überraschte, aber immer wachsame Slewenski wirbelte herum und sprang ebenfalls. Beide erreichten die Waffe im gleichen Moment.

Bei seinem Sprung gelang es Chris aber nur, einen Teil des hölzernen Schafts mit der rechten Hand zu fassen. Den öligen, schlüpfrigen Lauf packte er mit der Linken. Slewenski hatte den besseren Zugriff, direkt vorne bei der Abzugssicherung und unterhalb des Kolbens. Es würde ein Tauziehen geben, wobei der Russe klar im Vorteil war.

Ineinander verkeilt, wälzten sie sich grimmig herum, tanzten einen komischen Twostep durch den nun schwächer erleuchteten Raum, synchron wie zwei Verliebte. Zwei Gestalten in eins: ein Stöhnen, ein Keuchen; getrennt voneinander auf der Suche nach der besseren Hebelwirkung, dem richtigen Winkel, mit dem man den anderen loswürde. Chris dachte mit zusammengebissenen Zähnen: Das ist eh alles indiskutabel – Iwan Godunow dort drüben wird gleich seelenruhig in seine Schreibtischschublade greifen, eine russische Pistole hervorholen und mir von hinten eine Kugel durch den Schädel jagen.

Aber während er und Slewenski durch den wirbelnden Raum tanzten, wobei Sarahs angespanntes Gesicht zwischendurch gespenstisch aufleuchtete, sah Chris nichts von dem großen russischen Meistermörder. Er hatte sich entweder geduckt, als Chris nach dem Gewehr getaucht war, oder ganz den Raum verlassen. Und jetzt schien sogar Sarah verschwunden.

Slewenski, dünn wie ein Knabe, erwies sich als stark wie ein Gewichtheber, wie jene geschmeidigen Straßenkämpfer in Hongkong: zäh und schnell. Ziehend und stoßend, die Waffe zwischen ihnen als Rammbock benutzend, warf das kleine Wiesel Chris über den Teakholztisch, begleitet vom fast musikalischen Scheppern zerbrochener Gegenstände. Dann rammte er ihn gegen den unnachgiebigen Kamin, daß ihm fast die Luft wegblieb. Chris hielt durch. Alles drehte sich jetzt.

Slewenski zog ihn hervor, zerrte ihn heran. Chris' Hände verschmolzen mit dem Gewehr, sein Verstand setzte aus, ihm war nur klar, daß er das Gewehr nicht loslassen durfte. Der Russe riß ihn heftig zur angrenzenden Tür hin, während Chris aufblitzende Lichter im halbdunklen Raum sah. Schließlich, indem er das größere Gewicht des Amerikaners gegen diesen einsetzte, warf sich Slewenski nach hinten (ein Trick, den Chris hätte kommen sehen müssen), riß den größeren Mann nach oben und über sich hinweg, so daß der sich überschlug und schließlich die Waffe losließ.

Chris krachte hart auf seinen Rücken, ignorierte den durchdringenden Schmerz in Rückgrat und Hinterkopf, kroch im tiefen Schatten herum, versuchte nicht einmal, der Waffe habhaft zu werden, langte vielmehr nach dem Messer im Stiefel, während er noch auf den Knien war.

Als er den weich eingehüllten Griff fand – vor sich Rick Cormans grinsendes Gesicht –, holte er das schmale Gefängnismesser hervor. Er richtete sich gerade wieder auf, als der Russe ihm den Gewehrlauf gegen den Brustkasten stieß und abdrückte ...

Ob der Russe – in seiner Hast – einfach die Sicherung vergessen hatte oder ob die Handhabung der neuen Waffe ihm einfach fremd war, jedenfalls feuerte das Gewehr nicht. Der Russe hatte eine kurze Frist, um zu der komplizierten Sicherung hinunterzuschauen, bevor Chris das Messer tief in seinen Solarplexus stieß, am unteren Brustbein abglitt, einen Moment innehielt und es noch tiefer hineinstieß. Das rief einen lautlosen, fast dankbaren Blick der Überraschung auf Slewenskis bleichem Gesicht hervor. Sein schweigender, weit geöffneter Mund voll gelber Zähne, die dringend einer zahnärztlichen Behandlung bedurften, gefror und blieb seine letzte Reaktion auf die Welt.

Er sank nach hinten, von der Klinge weg, wobei er im Niederstürzen Chris die Waffe förmlich anbot, ja, sie ihm übergab. Der Russe lag still da, zusammengerollt, als schliefe er.

Chris entsicherte, wie Sarah es ihm beigebracht hatte, drehte sich mit dem Gewehr herum, dessen Mündung den halbdunklen Raum nach Godunows verborgener Gestalt absuchte – und nichts fand.

Plötzlich eine Bewegung zu seiner Rechten. Chris drehte sich schnell herum, drückte beinahe ab, wurde aber von Sarahs alarmierendem Schrei – »Ich bin's!« – gestoppt.

»Wo ist der Russe?«

»Nicht im Wohnzimmer. Ich glaube, er ist getürmt!« Sie beugte sich über Slewenskis Leiche, fand eine automatische Pistole Schweizer Herkunft und nahm sie an sich. »Komm jetzt!« Sie packte Chris vorn am Hemd, wobei sie etwas Haut abschürfte, und zog ihn zum Fenster, als ob diese an ein Wunder grenzende Wendung der Ereignisse nicht vertan werden dürfte. Sie zerrte ihn heftig zum Fenstersims, schob das Fenster keuchend nach oben und sprang grazil in den eiskalten Wind und Schnee hinaus. Chris schwang sich mit dem Gewehr hinterher, wobei er nur darauf wartete, daß Godunows geisterhafte Kugeln ihm den Rücken zerfetzten. Aber nichts passierte.

Er landete auf den Beinen, ruderte mit den Armen, bis er mit Hilfe des schweren Gewehrs sein Gleichgewicht wiederfand. Sarah war schon weit voraus und rief zurück: »Der Hubschrauber. Wir müssen verhindern, daß er den Hubschrauber nimmt.« Chris, der einem paranoiden Impuls nachgab und einen Augenblick langsamer wurde, schwenkte die Waffe wild im Kreis herum. Er war sich sicher, daß Godunow von der schattigen, schneebedeckten Hecke über sie kommen würde, um Blei auf sie regnen zu lassen.

Wo steckte er bloß?

»Chris, gib mir Feuerschutz!« rief Sarah, die bereits an der Hubschraubertür war und sich duckte, für den Fall, daß der Russe im Innern versteckt war. Sie griff nach der Tür und riß sie auf. Das Cockpit war anscheinend leer.

Sarah sprang hinein, lehnte sich gegen das Steuerpult. »Ich nehme die Schlüssel!«

Chris wurde von plötzlicher Furcht ergriffen, wußte nicht, warum gerade jetzt; bis auf den Umstand, daß der große russische Killer verschwunden war und alles viel zu glatt lief...

»Sarah! Nein!«

Plötzlich war er sich sicher und rannte ihr mit ausgestreckten Armen hinterher, während das Gewicht des Gewehrs an ihm zerrte. »Sarah!«

Dann war alles nur noch eine einzige, matt orangefarbene Rauchfahne. Die Druckwelle schlug ihm entgegen und warf ihn in die Luft. Der Feuerball des Hubschraubertanks folgte dicht auf das Röhren der Explosion. Die Hitze war so groß, daß er sicherlich verbrennen würde.

Aber die Schneeverwehung, hinter dic er geschleudert wurde, verhinderte das, wenn auch nicht die Sonnenbrandflecken auf Nase und Augenbrauen. Als er sich wieder aufrappelte, um sich umzusehen, stieg bereits der Großteil der Hitze und des Feuers himmelwärts, getragen von einer schwarzen Wolke schmierigen Rauchs und die ganze Felseninsel beleuchtend.

Außer schwarzen Skeletten blieb wenig von dem Hubschrauber übrig. Still formten Chris' Lippen ihren Namen: »Sarah.«

Godunows schauerliches Glucksen, das durch die Sprechanlage der Insel echote, folgte der Erschütterung so direkt, daß es fast wie eine Theaterinszenierung anmutete. »Wie schade. Ich hasse es, eine derart perfekte Schönheit umzulegen, besonders wenn so außergewöhnliche Brüste im Spiel sind. Würden Sie mir da nicht zustimmen, Mr. Nielson?« Wieder das leise Lachen der Baßstimme, das von überall her zu kommen schien: vom Haus, den schneebedeckten Felsbrocken, den Bäumen, eben von überall her, was die Ortung so gut wie unmöglich machte. Es bestätigte Chris, der sich ganz verwirrt und ohne Gewehr hinter eine Schneeverwehung duckte, daß er verloren war.

»Nun, das kommt meinen Vorstellungen schon sehr viel näher. Graf Zaroff und das gefährlichste Spiel von allen, genauso wie in Mr. Connells berühmter Erzählung. Herrlich. Und, gestatten Sie mir hinzuzufügen: die Generalprobe für den in seiner Verrücktheit noch weit herausfordernderen Mr. Springer. Den echten Springer, der, wie ich mir sicher bin, mehr Glück haben wird als Sie selbst.« Wieder kam blechernes Gelächter aus dem Lautsprecher; schon um die Stimmung zu bewahren.

Chris, versengt und zerfetzt, halb taub vom Lärm der Explosion, ignorierte den Schmerz ebenso wie die versteckten Lautsprecher, sprang auf und sah sich nach seiner einzigen Hoffnung, dem Gewehr, um. Er wußte genau, was als nächstes kommen würde.

»Sollen wir dann mit den Hunden beginnen? Nur um dem ursprünglichen Szenario so treu wie möglich zu bleiben? Ja, ich glaube, das wäre das beste ...«

Mucksmäuschenstill saß Chris in der wachsenden Dunkelheit. Die Flammen am Hubschrauber wurden schwächer, weil es an Brennbarem fehlte. Er lauschte mit erhobenem Kopf und hörte die Hunde, bevor er sie sah, das Galoppieren ihrer Pfoten, das leise Klimpern ihrer Halsbänder. Jetzt bellten sie nicht. Sie waren auf der Jagd. Schweigsam, als wäre es nicht das erste Mal.

Er hatte keine Ahnung, wie viele Hunde oder welche Art Hunde es waren (sicher nicht die netten Wolfshunde von drinnen) oder ob sie – und Godunow – seine genaue Position kannten. Er glaubte es nicht, aber das blieb eine Vermutung.

Chris wandte seinen Kopf dorthin, von wo sie hörbar näher kamen. Wieder ahnte er die Richtung (von der Südseite des Hauses, wo der Hundezwinger sein mußte), rappelte sich auf und lief in die entgegengesetzte Richtung, genau über das verlorene Gewehr, über das er fast gestolpert wäre.

Er schnappte es sich, klopfte Schneeklumpen ab. Jetzt waren die Laufgeräusche hinter ihm klar zu vernehmen, so klar wie die eisige Nacht. Er sah den führenden Dobermann über eine Schneeverwehung springen, schwarz, elegant und geschmeidig, mit den unnachahmlich federnden Bewegungen dieser Rasse. Chris sah, wie er beim Anblick seiner Jagdbeute die Ohren spitzte, wie er die Vorderzähne fletschte. Hinter ihm tauchten zwei weitere Hunde auf.

Er hob zitternd das CIA-Gewehr und gab einen ungeschickten Schuß ab, der weitab vom Ziel Schnee aufwirbelte, ohne auch nur den Rhythmus des Leithundes zu beeinträchtigen. Er feuerte einen zweiten Schuß ab, der das linke Ohr und Auge des Leithundes traf und fast ohne sichtbaren Blutverlust wegriß, so daß die Bestie auf den Knien durch den Schnee furchte und schließlich liegenblieb.

Chris zielte hastig und schoß zum dritten Mal, dann einen vierten Schuß, der das folgende Tier unterhalb der Kehle traf und ihm die Hauptschlagader zerfetzte, was der Hund aber nicht beachtete. Er rannte weiter und brach dann – schnappend – wie eine fallengelassene Marionette in sich zusammen.

Wieder visierte er an oder war gerade im Begriff gewesen, es zu tun, als das dritte Tier ihn hochriß, die Zähne tief in seinen Stiefel grub und hindurch bis mitten ins Fleisch, so daß Chris unwillkürlich aufschrie und das Gewehr fallen ließ. Er wurde durchgeschüttelt, seitwärts gezerrt und losgelassen, weil er nach ihm trat. Wieder faßte der Hund zu, diesmal weiter oberhalb durch das dünnere Hosenbein hindurch. Der Hund – wie ein grinsendes Monstrum – verrichtete sein Werk der methodischen Vernichtung ohne jeden Laut.

Chris fühlte sich wie ein hilfloser Hase zu Boden gerissen. Panischer Schrecken erfüllte ihn. Er langte nach hinten, fand nichts, wühlte herum, bis er das Gewehr hatte. Dann zerrte er es hoch, schwang es mit der Mündung voran gegen den flachen, spitz zulaufenden Kopf, die knirschenden Zähne, plazierte es an der speichelbefleckten Kieferpartie und drückte ab, daß es nur so spritzte.

»Mein Gott, jetzt haben Sie Ihre Position verraten.« Die Baßstimme, gleich rechts neben ihm, ließ ihn keuchend herumfahren, das Gewehr im Anschlag. Hinter einem Felsbrocken verborgen, fand Chris einen kurzen Mast und einen schneebedeckten Lautsprecher. »Ja, so ist es richtig gemütlich, nicht wahr? Nur wir zwei. Ich mochte die feschen kleinen Uniformen von der Telefongesellschaft eigentlich ganz gern. Und auch der Stromausfall war herrlich. Sarah Rawlings war allerdings überhaupt keine Überraschung. Nach einer Weile kann man CIA-Agenten förmlich riechen. Ein ganz eigentümlicher Geruch. Die Tätowierung war jedoch ein kleiner Schock, sogar für Sie, glaube ich. Andererseits war es eine ziemlich kreative Idee, einen Zivilisten zu rekrutieren, besonders für eine westliche Organisation, die doch sonst so bürokratisch verknöchert ist. Kunstvoll gemacht. Wie haben die Sie bloß rumgekriegt? Bestimmt nicht nur mit Geld. Vielleicht so was wie eine Goldmedaille oder eine Art ehrenvoller Erwähnung, so etwas wie einmal im Leben für Volk und Vaterland? Vielleicht auch etwas Häuslicheres: eine Ehefrau etwa? Etwas, was mit unserem beiderseitigen Freund Frank Springer zu tun hat?« Wieder kam das blecherne Glucksen.

Chris spähte über den Schneewall hinweg und sah den dunklen Koloß des Hauses. Sonst sah er nichts. Weder Hunde, noch Godunow.

»Oh, Mr. Nielson, wir können uns mit Ihrer besten Technologie messen. Apple Computer, nur mit anderem Namen, verstehen Sie? Wir sind auf dem neuesten Stand. Wenn ich richtig verstehe, scheint Ihre Mrs. Nielson ja ein ziemliches Kaliber zu sein. Oder ist sie Mrs. Springer? Ich verwechsle die beiden immer. Was glauben Sie: Was macht sie wohl gerade? Sie fickt mit ihm, wenn meine Informationen korrekt sind. Fickt gerade geil mit ihm, wie ich höre. Ich habe übrigens ein paar wunderbare Aufnahmen, nur ein bißchen unscharf wegen der Entfernung. Aber ich glaube, Sie werden die nötigen Einzelheiten schon erkennen. Kann ich Sie zu einem weiteren Glas Wein überreden? Wir können uns eine kleine Episode am Rande ruhig gönnen. Oder sollen wir zuerst das Spiel zu Ende führen? Ja, lassen Sie uns das tun. Erst die Jagd und dann die geilen Fotos.« Wieder das Kichern. »Er soll ja ein Mordsding haben, unser Mr. Springer. Glauben Sie, Ihre Frau ... ich meine, ist sie dafür ausgestattet, einen Mann mit Springers Attributen aufzunehmen?«

Chris, Verwünschungen ausstoßend, jagte den Lautsprecher mit unwilligem, metallischem Kreischen in die Luft. Wieder eine Kugel vergeudet.

Das schien auch alle anderen Lautsprecher zum Schweigen gebracht zu haben, denn Godunow sagte nichts mehr.

Wo war er?

Hatte er noch mehr Hunde? Waren Sie bereits auf Chris' Fährte? Wie viele Kugeln hatte er noch?

Welche Waffen würde der Russe einsetzen?

Chris duckte sich tief in den Schnee und atmete schwer. Er spürte einen undeutlichen Schmerz, der möglicherweise von gebrochenen Rippen herrührte, aber das war nicht schlimm genug, um sich darüber Sorgen zu machen. Er wünschte sich ein helleres Jackett, dachte daran, seins zu wenden und das hellere Innenfutter als eine Art Tarnung zu nutzen. Er merkte, wie er gedankenverloren auf seine Uhr starrte und erinnerte sich an die Elektrizitätswerke.

Eine halbe Stunde, hatten sie gesagt, dann würde der Strom wiederkommen.

Die Uhr verriet ihm, daß er noch etwas über achtzehn Minuten Zeit hatte.

Er wagte es, den Kopf vorzustrecken, um eine erneute Ortsbestimmung vorzunehmen. Er konnte kaum den Telefonmast ausmachen, der dort sechzig Grad zu seiner Rechten schon wieder hinter einem neuen Vorhang fallenden Schnees zu verschwinden begann.

Was tun?

Chris dachte darüber nach und kam wieder zu Atem. Soll ich auf der Insel bleiben und versuchen, den Russen zu töten? Oder soll ich den Telefonmast nehmen und versuchen, mich über die Schlucht hinüberzuhangeln zum sicheren Lieferwagen hin? Wenn der noch da war.

Und was war mit Matty? Wenn die Aktion schiefging, was passierte dann mit Matty und Nicky?

Während sein Gehirn auf Hochtouren lief, seufzte er und blickte auf die wunderbar konstruierte Waffe in seiner Hand. Er hatte ein Hochleistungsgewehr, und er war sich sicher, daß er und der Russe allein auf dem Felsen waren. Das klügste war wohl, zu bleiben und zu kämpfen. Wenn Godunow tot war, dann war für Mattys Sicherheit garantiert. Oder?

Aber er hatte große Zweifel bezüglich seiner Chancen gegen den größten aller Meuchelmörder. Und irgend etwas zog ihn heftig hin zu dem Leitungsmast am Rande der Schlucht.

Er kauerte zitternd im Schnee und unterdrückte das dringende Bedürfnis zu urinieren.

Denk nach! ... Denk nach!

Ein Geräusch zu seiner Linken.

Er wirbelte herum und feuerte in einem Reflex ... auf nichts, traf auch nichts. Das Echo des Schusses hallte über schroffen, einsamen Felsschluchten nach.

Er hörte Rick Cormans leise kichernde Warnung: Er wird dich dazu bringen, deine ganze Munition zu vergeuden, Kumpel.

Chris nickte Ricks Geist zu, lehnte sich zurück und nahm seinen übereifrigen Zeigefinger vom Abzug.

Plötzlich fiel es ihm wie Schuppen von den Augen: die ganze Munition vergeuden ...

Ja, schon, aber nicht, um Chris gleich darauf zu erschießen. Der Russe würde die Partie anders spielen, nicht so primitiv. Er würde nicht die Waffen von heute benutzen. Wie Springer, ein ihm verwandter Geist, würde er sich für die alten russischen Methoden entscheiden: Tuchfühlung, Kampf Mann gegen Mann. Messer wahrscheinlich, Gesetz des Dschungels und all dieser Mist. Chris so zu töten, wie der Slewenski getötet hatte. Romantische Gerechtigkeit. Schußwaffen waren unter dem Niveau eines Mannes vom Kaliber Godunows. Er würde es möglichst nah und intim haben wollen, um das Keuchen seines Opfers zu hören oder im Triumph mitzuerleben, wie sein Widersacher sein Leben aushauchte.

Er dachte immer noch an den Leitungsmast.

Da der Hubschrauber zerstört war, war die Stromleitung der einzige Weg, um von der Insel herunterzukommen, jedenfalls im Moment. Das galt auch für den Russen.

Er dachte darüber nach. Mal angenommen, Godunow bluffte und wußte weder über den Plan von heute nacht noch über die Zeitvorgabe der Elektrizitätsgesellschaft Bescheid. Wenn er jetzt Chris zum Leitungsmast laufen sah und begriff, was dieser vorhatte, würde er nicht hinterherkommen, wahrscheinlich sogar, ohne zu schießen? Würde er nicht die gleiche Fluchtroute wählen?

Aber würde er das riskieren, wo er doch wußte, daß Chris, vorausgesetzt, er schaffte es ohne Unfall, drüben auf ihn mit dem CIA-Gewehr warten würde?

Doch der Russe gehörte zu den Männern, die Herausforderungen liebten, die Risiken schätzten. Darum drehte sich ja auch das ganze Geschwätz vom Most Dangerous Game. Godunow liebte die Hetzjagd.

Chris schaute wieder auf die Uhr. Wenn er handeln wollte, dann jetzt. In ein paar Minuten würde der Strom wieder angeschaltet werden. Er war sich nicht einmal sicher, ob er es noch hinüber schaffen würde.

Ja. Lock den Russen zum Mast, bring ihn dazu, daß er auf der Starkstromleitung folgt. Er wird nicht schießen. Er wird sich an der Vorstellung weiden, daß Chris in jämmerlichem Entsetzen über den schwindelerregenden Abgrund floh; ein Drahtseilakt aus verzweifelter Hoffnung, da seine Furcht vor

Godunow noch größer war als die vor dem Sturz in die Tiefe. Er nickte sich zu und konnte beinahe Rick sehen, wie er bestätigend zurücknickte. Ja, der Mast war der richtige Weg.

Chris schulterte das Gewehr, kauerte nieder und rannte in geduckten Sprüngen zum Leitungsmast.

Als er dort ankam, schneite es heftig, und die Sichtweite betrug weniger als zwanzig Meter. Er zurrte das Gewehr über der Schulter fest und begann, diesmal ohne Steigeisen, den harten Rotholzmast hinaufzuklettern.

Das hatte er bereits früher gemacht, war als kieksender Jugendlicher sicher ein halbes dutzendmal dabei erwischt und daran gehindert worden, auf alles, was ihm im Weg stand, hinaufzuklettern: Masten, Bäume, Hausfassaden. Wahrscheinlich war es seine Leidenschaft fürs Klettern gewesen, die ihn zum idealen Entstörungstechniker gemacht hatte. Wie hatte Rick Corman doch immer gesagt? »Du kletterst wie ein Affe!«

Nun kletterte er – sich festklammernd und Zoll für Zoll – los, regelmäßig wie ein Wurm immer eine Halbstrecke und dann darüber hinaus.

Die Knie ans kalte Rotholz gepreßt, spürte er immer noch keinerlei Erschütterungen am gefrästen Stamm, nicht das klopfende Trommeln eines anderen Kletterers weiter unten. Konnte es so einfach sein? War es möglich, daß er den Meisterkiller mit derartiger Leichtigkeit ausmanövriert hatte?

Chris erreichte die Telefonleitungen, atmete durch – immer noch auf Vibrationen von unten lauernd –, nahm sich die Zeit, in die wirbelnden Schneeflocken hinabzusehen. Dann bewegte er sich noch einmal keuchend aufwärts, während die schwere CIA-Waffe an ihm zerrte, ihm in die Schulter schnitt und ihn in Gefahr brachte, nach hintenüberzukippen.

Er reckte sich nach oben und sah die ersten Querbalken und die dunkle Linie der Hochspannungsleitungen. Wieder pausierte er, um durchzuatmen, blinzelte im Schneetreiben auf die Uhr und fühlte, wie ihm der Atem stockte.

Der Minutenzeiger bewegte sich nicht. Die Uhr war stehengeblieben.

Chris hielt sich mit der einen Hand am Mast fest, schüttelte die Uhr, blinzelte wieder, fand einen haarfeinen, aber tiefen Riß über der erleuchteten Zahl Zehn. Das war wahrscheinlich passiert, als der Dobermann ihn zu Boden gerissen hatte.

Wie lange war das her? Zehn Minuten? Acht?

Er sah unheilvoll auf die dunklen Stromleitungen, die in der noch dunkleren Nacht verschwanden und zweifellos einen tödlichen Eismantel trugen. Selbst bei verlorenen zehn Minuten sollte er in der Lage sein, in weiteren zehn Minuten die kurze Strecke über den tiefen Abgrund hinüberzuhangeln.

Er hatte also noch gut fünf Minuten in Reserve.

Wenn die Stromgesellschaft Wort hielt, wenn er nicht durch vereiste Leitungen und die Windverhältnisse in der Schlucht aufgehalten wurde und wenn er wirklich alleine hier oben war. Aber nur, wenn er sofort anfing.

Er zog sich hoch, kam auf eine Höhe mit der nächstgelegenen Hochspannungsleitung, betrachtete sie argwöhnisch und begann, versuchsweise einen Finger auszustrecken. Er wußte, daß selbst die leichteste Berührung – wenn der Strom angeschaltet war – ihn bei lebendigem Leibe rösten würde. Er holte tief Luft, straffte sich und streckte beide Hände aus. Er griff fest zu, ließ seine Beine träge in der Luft baumeln, wie ein lebendes Pendel sechzig Meter über dem Felsentod. Das Gewicht seines Körpers fühlte sich schwerer an als erwartet. Seine Rückenmuskulatur war angespannt und begann bereits jetzt, durchdringend zu schmerzen. Er mußte diese Sache schnell hinter sich bringen.

Hand vor Hand setzend, die Handschuhe stets fest um die Leitung, begann er seine Reise nach drüben ohne einen Blick nach unten, konzentrierte sich auf jeden Griff, rutschte mehr, als er schwang, um gegebenenfalls bei vereister Leitung die dicke Leitungsisolierung für einen festen Zugriff nutzen zu können. Die war gerade dick genug; ein wenig breiter, und er würde schon nicht mehr richtig zupacken können, ein bißchen dünner und sie zerschnitt ihm die Finger. Er konnte es schaffen ... konnte es schaffen.

Er hatte gerade einmal ein Viertel der Strecke hinter sich, als er den heftigen Wunsch verspürte, sich des schweren Gewehrs zu entledigen. Er hatte nicht damit gerechnet, daß das zusätzliche Gewicht derart lästig und sperrig sein würde. Der Gewehrschaft schlug ihm gegen Rücken und Hinterteil, Arme und Finger verrenkten sich mehr und mehr, ein tiefer, sich ausbreitender Stich lief quer über seine Schultern, etwas, das nur schlimmer werden konnte, ihn vielleicht sogar hindern, seine Muskeln sich verkrampfen lassen würde, bis er nur noch so dahing, steif und hilflos, vor dem tiefen Sturz.

Zunächst widerwillig, dann mit wachsender Verzweiflung wollte er das Gewehr auf die andere Schulter verlagern, um seinen schrecklich strapazierten Nacken zu entlasten, aber das war natürlich nicht möglich, selbst wenn er die Zeit dazu gehabt hätte, was nicht der Fall war.

Ein fremdes Zittern, kaum fühlbar, lief die Leitung entlang. Es war so schwach, daß er dachte, es rühre von seinen eigenen unbeholfenen Bewegungen her. Instinktiv reckte er den Kopf und drehte sich nach hinten.

Er erbleichte: Geschmeidig wie eine Spinne, ja, geradezu elegant, folgte Godunow ihm auf dem Leitungsdraht, Handgriff für Handgriff. Er grinste und bewegte sich mühelos wie ein Zirkusartist, als habe er sein ganzes Leben lang nichts anderes gemacht. Sein Gesicht, wenn es nicht von den mächtigen Schultern verdeckt wurde, strahlte triumphierend.

Chris hörte sich unfreiwillig wimmern und schielte über den Abgrund zum anderen Mast hinüber. Er wußte, daß er niemals die glitschigen neun Meter bis hin zum sicheren Querbalken schaffen würde, bevor der Russe ihn erreicht hatte.

Aber er versuchte es und setzte zunächst die gleitenden Bewegungen seiner Handschuhe fort. Dann ahmte er Godunow nach, auch weil es schneller war, und hangelte, Hand vor Hand setzend, voran.

Dabei hätte er beinahe seinen Halt verloren. Er hielt vor

Schrecken den Atem an, als sein linker Handschuh ganz abrutschte, während unvorstellbarer Schmerz und ein entsetzliches Grauen seine rechte Schulter erstarren ließen. Obwohl seine Finger, steif vor Verkrampfung und Kälte, fast nicht zu gebrauchen waren, gewann er wieder sicheren Halt und rutschte weiter, als plötzlich der Russe da war. Seine schweren Stiefel traten Chris brutal in den Rücken, daß ihm die Zähne klapperten. Die Stöße ließen seine Handschuhe an dem dünnen Lebensfaden entlang-, aber noch nicht davon abgleiten.

Noch ein Tritt, diesmal in die Nieren. Dem Russen bereitete diese Anstrengung offensichtlich Vergnügen. Er grunzte, wußte genau, was er tat. Noch ein Tritt ins Kreuz. Godunow kicherte fröhlich. Das machte ihm Spaß.

Chris stöhnte vor Schmerz auf. Gegen seinen Willen mußte er die Gleittechnik aufgeben, sich mit größter Mühe und unter großer Gefahr umdrehen und seinem Widersacher ins Gesicht schauen, wenn er nicht buchstäblich von der Leitung getreten werden wollte, einer Leitung, die unter ihrer beider Gewicht ohnehin schon bedenklich durchhing.

»Warum haben Sie nicht am Querbalken gewartet?« fragte Godunow, ohne auch nur im mindesten aus der Puste zu sein. Er war dort oben in seinem Element. »Auf dem Querbalken waren Sie sicher. Warum haben Sie dort nicht gewartet und das Gewehr benutzt, als ich heraufkam?« Wieder trat er fest zu, bevor Chris reagieren konnte. Diesmal traf er Chris mit der Stiefelspitze in die Rippen. Chris zuckte zusammen, als ihm aufgrund des so hervorgerufenen Schaukelns die Leitung in die Finger schnitt. Noch so ein Tritt, und er würde loslassen. Er konnte sich nicht länger festhalten, und er konnte sich nicht wehren.

Der Russe, der das bemerkte, trat wieder zu, diesmal mit beiden Füßen. Aber nicht, wie erwartet, gegen Chris' Brustkasten. Er schwang die Beine und schlang sie um den Bauch des Amerikaners, preßte sie fester zusammen wie ein Liebhaber und klammerte sich dort fest. Das zusätzliche Gewicht verursachte Chris furchtbare Schmerzen in den Armen, den erschöpften Schultern und den ohnehin schon gelähmten Fingern.

Godunow kicherte glücklich in sich hinein und versetzte sie in Schwingung, um so das Spiel zu beenden. Dabei lachte er den Amerikaner aus, der es gewagt, aber auch den Nerv gehabt hatte, diesen Wahnsinn zu versuchen. Der Russe lachte, schwang hin und her und sang dabei ein altes russisches Lied über Bootsleute und dralle Blondinen. Sang und schwang und wartete. Bis Chris' Finger – Augen und Zähne in stummer Agonie zusammengepreßt – keinerlei Spannkraft und Verbindung zum verzweifelt agierenden Gehirn mehr hatten. Da sie empfindungslos und nicht länger Teil seiner Handgelenke waren, ließen sie schließlich den Draht los ...

Chris fiel.

Aber nicht tief. Immer noch von den muskulösen Oberschenkeln des Russen gehalten, baumelte Chris wild in der Luft herum, während Godunow immer noch lachte – und sang, fast krankhaft schön sogar, beinahe tröstlich, in der dunklen, einsamen Nacht dort oben. Chris wußte, daß er kurz davor war, ohnmächtig zu werden.

Immer noch in der Umklammerung von Godunows schier unermüdlichen Beinen, öffnete Chris schließlich die Augen. Unter seinen schneeverklumpten Stiefeln schimmerte eine schwarze, ferne Ewigkeit, angefüllt mit Schneeflocken: ein wunderbarer, kristalliner Mahlstrom. Wenn er Glück hatte, würde er den Aufprall nicht einmal merken.

»Für den unwahrscheinlichen Fall, daß Sie einen Sturz aus sechzig Metern Höhe auf harten Granit überleben sollten, Mr. Nielson, richten Sie bitte Ihren Freunden bei der CIA aus, daß ich Betrüger nicht leiden kann; daß es Frank Springer ist, den ich haben will. Den echten Frank Springer, das amerikanische Geheimdienstgenie. Daß ich vielleicht, aber nur vielleicht, im Tausch gegen seine hochverehrte Anwesenheit ein paar interessante Informationen für sie habe, und zwar über ein bestimmtes Ereignis, das sich im Mittleren Westen ihres großen Landes abspielen wird. Können Sie das behalten, mein Herr? Oder erscheint Ihnen das Ganze aufgrund Ihrer gegenwärtigen Situation zu akademisch?«

Chris keuchte atemlos. Die Oberschenkel des Russen formten einen stählernen Ring, der ihm die Rippen quetschte. Er mußte an das Messer im Stiefel denken. Er konnte es sogar mit seinen steifen Fingern erreichen und mit etwas Glück sogar nach oben stoßen, aber was passierte, wenn der Russe ebenfalls hinabfiel ...?

Über ihm kicherte Godunow leise in sich hinein. Es klang irgendwie endgültig. »Also gut. Ihnen noch einen schönen Abend, mein Herr ...«

Er ließ Chris fallen.

Erst schien es nicht sehr schnell zu gehen. Während der ersten Sekunden, bevor der Wind ihm ins Gesicht fegte, fühlte er sich fast schwerelos, als ob er tatsächlich einen solch abscheulich tiefen Fall auf unbarmherzig harten Grund überleben könnte.

Wie viele Fallschirmspringer, deren Ausrüstung irgendwie nicht funktionierte, hatten das durchgemacht, fragte er sich geistesabwesend. Sein Verstand war merkwürdig matt, fast zufrieden, jetzt wo das Schlimmste eingetreten war. Sein auf Übertouren laufendes Gehirn raste voraus, sogar an den blutbefleckten Felsen dort unten vorbei, sogar über seinen Tod hinaus, hin zu dem, was dann kommen würde, wenn überhaupt etwas kam.

Sein letzter Gedanke, bevor er hart an der Brust getroffen wurde, galt Matty. Er war irgendwie dankbar dafür.

Er wurde hart an der Brust getroffen, aber das waren nicht die Felsen, sondern etwas Elastisches, das ihm den Atem raubte, ihn zurückriß in die Wirklichkeit und ihn wieder einen knappen Meter nach oben schleuderte. Es war natürlich das dünne Telefonkabel, das unter den dickeren Stromleitungen entlanglief.

Chris' ungeschickte Finger griffen instinktiv danach, aber sie weigerten sich, überhaupt zu funktionieren, geschweige denn – nach einem Sturz von vier Metern durch Schnee und Kälte – das dünne Leitungskabel zu fassen.

Seine Finger waren nutzlos, aber noch nicht seine Arme.

Als das Kabel seine Brust traf und ihm scharf ins Gesicht klatschte, was ihn wieder klar sehen ließ, schlang er, auf die geringe Chance hin, daß die dünne Leitung, sogar wenn er sie im Fall zu fassen bekam, ihn auffangen würde, entschlossen die Arme um den Oberkörper.

Er kriegte sie zu fassen und schaffte es sogar, seine Arme hartnäckig verschränkt zu halten. Die ohnehin fragile dünne Telefonleitung würde jedoch (wie er sehr wohl wußte) den Sturz eines neunzig Kilo schweren Mannes kaum aufhalten können. Sie dehnte sich widerspenstig, ließ ein fast musikalisch anmutendes Summen vernehmen und zerriß knallend an einem der beiden Enden. Wieder fiel Chris nach unten und war nicht mal sicher, zu welcher Seite hin.

Immer noch das dünne Kabel umklammernd, sah er zu seiner größten Freude, daß das Kabelende am weiter entfernt und jenseits der Schlucht stehenden Mast befestigt war. Er rutschte daran herunter – rutschte und schwang zugleich –, und näherte sich in weitem Bogen dem nächstgelegenen Rand der Schlucht. Wenn ihm jetzt nicht das auslaufende – ihn peitschende und seine Arme versengende – Kabel ausging, konnte er es tatsächlich bis zur anderen Seite schaffen, vorausgesetzt, das Kabel schwang seinen Bogen und trug ihn den restlichen Weg sicher über den Abgrund. Vielleicht würde er sogar überleben, wenn er sich nicht den Schädel am Mast einschlug.

Aber bevor es soweit kam, ging ihm das Kabel aus, dessen letztes Stück ihm durch die Hände glitt und ihn in den leeren Raum hineintrudeln ließ; aber nicht, bevor er – wenn auch ganz knapp – über den Abgrund hinaus war. Er krachte auch nicht gegen den Leitungsmast, sondern schlug dumpf und scheinbar endgültig im feuchten Schnee daneben auf. Wie zuvor das Kabel, so rettete ihn nun der Schnee, der gerade tief genug war, um ihn abzufangen.

Mit dem Gesicht nach unten lag Chris da, halb begraben in der kalten, weichen Umarmung. Er dachte über die wundersame Fügung nach, daß er nicht nur nicht länger fiel, sondern wirklich am Leben war.

Einen Augenblick später, während er den Blick des Russen auf seinem Rücken fühlte, schaufelte er sich schneespuckend frei. Dann fiel er hintenüber und japste wie ein erschöpfter Lachs. Nach Luft ringend, lag er da. Sein Brustkorb brannte, wo ihn das Kabel getroffen hatte. Teilnahmslos blickte er zu den fetten herabtaumelnden Schneeflocken auf. Godunow war jetzt eine kleine baumelnde Puppe hoch droben.

Chris ignorierte mögliche Knochenbrüche und rappelte sich auf, um nach dem Gewehr zu sehen. Unglaublicherweise befand es sich immer noch auf seinem Rücken. Mit gefühllosen Händen nahm er es herunter.

Es war, als würde er einen Baumstamm hochheben. Seine Armmuskeln, die längst überdehnt waren, reagierten nicht. Die Gewehrmündung wackelte wie wild hin und her, was es wiederum unmöglich machte, durch das breite Zielfernrohr hindurch vernünftig das Ziel anzuvisieren.

Vor Erschöpfung zitternd, gab er es dran, riß mit gefühllosen Klauen das Zielfernrohr ab, stieß den Gewehrlauf wieder himmelwärts und versuchte, mit seinen Fingern – diesen unsicheren, fremdartigen Anhängseln – den Abzug zu bedienen.

Schließlich gelang es ihm. Er wußte, daß der Schuß voll daneben ging und vergeudet war. Der Rückstoß verursachte seiner geschwollenen Schulter heftigste Schmerzen, und das Gewehr glitt ihm aus den schwachen Händen.

Die zappelnde Gestalt des Russen, geschmeidig und unermüdlich wie ein von Baum zu Baum schwebender Gibbon, näherte sich hoch oben dem Leitungsmast. Nur noch sechs Meter, und er hatte es geschafft.

Chris verfluchte die Nacht und fummelte herum, um das Gewehr wieder in Anschlag zu bringen. Der gelähmten Armmuskeln wegen konnte er es nicht verhindern, daß die Mündung sinnlos in der Gegend herumschwenkte.

Er feuerte noch einen Schuß ab und verfehlte abermals. Wieder hörte er von oben den leise kichernden Baß.

Der Russe war jetzt noch vier Meter vom Mast entfernt. Noch drei Meter.

Dann hatte es – wie durch ein Wunder – ein Ende.

Keine zwei Meter vom Mast entfernt, hing der Russe plötzlich steif am Kabel. Arme und Beine ausgestreckt, starr wie eine Leiche, in die er sich blitzschnell verwandelte. Ein leises sinnliches Summen erklang von oben. Es gab keine Funken, wie zu erwarten gewesen wäre, nur eine schwach blaue Glimmentladung, die den Körper von der schwärzeren Nacht abhob. Ein Hauch von Ozon erreichte Chris, gefolgt von etwas anderem. Dann ein scharfes, grelles Klappern: die Zähne des Russen, wie Chris schließlich begriff.

Eine grausige Rauchwolke stieg von den mächtigen Schultern auf, bis die scheinbar durchgebrannten schwarzen Finger losließen.

Godunow begann seine träge Landung. Zunächst langsam, dann immer schneller werdend, ein herabsausendes Stück glühender Kohle, still bis auf die windgepeitschten Mantelaufschläge, die partout keine Flügel werden wollten.

Chris schleppte sich an den Rand der Schlucht und blickte in stumpfer Erschöpfung der herabstürzenden Rauchfahne nach, bis Entfernung und Dunkelheit seinem nachempfundenen Schrecken ein Ende setzten.

Der Wagen, obwohl von Godunows gedungenen Schlägern durchwühlt, stand noch da, wo Sarah ihn abgestellt hatte, am Straßenrand, Schlüssel steckten.

Chris warf sich in den Sitz, saß einen Moment still, um sich zu fassen, und versuchte dann zu starten. Er fing fast an zu weinen, als der Motor leise ansprang.

Er verschloß alle Türen von innen, für den Fall, daß wieder ein paar Gestalten in weißen Parkas auftauchten, wendete den Wagen und fuhr die schneebedeckte Gebirgsstraße zurück. Über das Wunder, das gerade vollbracht worden war, war er sich noch nicht vollständig im klaren; daß also der Auftrag – trotz Sarahs Tod – erfolgreich beendet worden war. Alle seine Gedanken galten dem Haus in den Bergen, Matty und dem Baby. Und Frank Springer, der letzten Hürde.

Aber da kann die Abteilung helfen ...

In Erwartung abgerissener Kabel, griff er mit der einen Hand nach dem Telefon und wählte die Nummer, die Sarah ihm gegeben hatte. Es meldete sich eine weibliche Stimme.

»Kann ich Ihnen helfen?«

»Hier spricht Nielson! Der Russe ist tot! Der Auftrag war erfolgreich! Ich wiederhole: Der Auftrag war erfolgreich!«

Schweigen.

»Hallo? Können Sie mich hören? Ich sagte, der Auftrag ist beendet! Godunow ist tot!«

»Bitte lassen Sie Agentin Rawlings an den Apparat.«

»Agentin Rawlings ist tot. Der Russe ebenfalls. Ich möchte, daß Ihre Leute sich um Springer kümmern; hören Sie mich?«

Schweigen.

»Hier spricht Christopher Nielson. Hören Sie mich?«

»Bitte, einen Moment ...«

Chris fluchte, drehte am Steuerrad, kam ins Rutschen, steuerte den Wagen auf die richtige Fahrspur zurück, soweit er sie erkennen konnte. Dieser verfluchte Schnee! Diese verfluchten Leute! »Hallo, hallo! Ist da jemand?«

Jetzt war eine männliche Stimme zu hören. »Hier ist Agent Stanford. Kann ich Ihnen helfen?«

»Verdammter Mist. Wer ist da, vielleicht die beschissene Telefongesellschaft? Wir haben den Russen getötet, können Sie mir folgen? Er ist tot! Ich brauche Schutz für meine Frau! Matty Nielson, Sie erinnern sich? Ich will, daß Sie jemanden zum Haus schicken. Ich will Springers Arsch! Jetzt!«

»Ist dort Mr. Nielson?«

»Ja, verdammt. Ich bin Mr. Nielson!«

»Wo ist Agentin Rawlings?«

Oh, Gott! »Sarah Rawlings ist tot! In Ausübung ihrer Pflicht gestorben! Bekomme ich jetzt Personenschutz für meine Familie oder nicht?«

»Einen Moment, Mr. Nielson ...«

Guter Gott, sie ließen ihn wieder warten!

»Mr. Nielson?«

»Ja!«

»Sie sagen, Agentin Rawlings sei getötet worden?«

»Wie oft muß ich das noch sagen?«

»Und der Russe auch?«

»Ja, ja!«

»Ich verstehe. Gut. Die Sache ist die, daß wir dafür eine Bestätigung brauchen. Sie verstehen.«

»Besorgen Sie sich so viele Bestätigungen, wie Sie nur können, aber holen Sie endlich meine Frau und mein Kind aus diesem Haus. Das war Teil der Abmachung.«

»Von welcher Abmachung sprechen Sie, Mr. Nielson?«

Chris fühlte einen eisigen Griff. »Hören Sie zu, Sie Hundesohn ...«

»Dies ist eine große Abteilung, Mr. Nielson, mit einer Menge unabhängiger Unterabteilungen. Ich muß erst mal alles durch diverse Kanäle leiten. Sobald wir die Bestätigung für den Tod des Russen haben, wird sich sicher jemand mit Ihnen in Verbindung setzen.«

»Meine Frau und mein Kind sind in höchster Gefahr, du Wichser!«

»Ich muß Sie jetzt bitten, das Gespräch zu beenden, dies hier ist eine private Leitung, und wir müssen uns strikt an die Vorschriften halten. Jemand wird sich mit Ihnen in Verbindung setzen. Wo befinden Sie sich gegenwärtig?«

Chris starrte auf die Straße.

Jetzt, wo die prickelnde Wärme der Fahrerkabine seine Glieder zu durchfluten begann, fühlte er die Rückkehr eines vertrauten Fröstelns.

»Hallo? Mr. Nielson? Ich brauche Ihren gegenwärtigen Standort.«

Er hängte auf.

Fuhr rücksichtslos drauflos.

TEIL III

26

Es war spät, und die Gebirgsstraßen waren leer. Mit den großen Winterprofilreifen seines Lieferwagens schaffte Chris es in Rekordzeit zum Haus.

Er zog die Bremse an, griff nach dem CIA-Gewehr und rannte in großen Sprüngen zur Eingangstür. Er war darauf vorbereitet, sie einzutreten oder zu schießen. Wieder hatte er diese seltsame Empfindung, hinter der die Erschöpfung lauerte: die Angst schlappzumachen. Aber noch war es nicht soweit. Er fühlte eine geradezu rücksichtslose Ungeduld und war in eine Art pränataler Geborgenheit eingehüllt – unzugänglich und allmächtig, bereit, auf jeden und alles zu schießen, das sich zwischen ihn und seine Familie stellte.

Aber Treten und Schießen waren unnötig. Die Eingangstür stand einen Spaltbreit offen. Das war wenig beruhigend, besonders in Anbetracht des Springerschen Sportwagens, der von der Auffahrt herüberglänzte.

Irgend etwas stimmt nicht!

Chris stieß mit dem Fuß gegen etwas und blickte nach unten. Auf dem Fußabtreter lag ein aufgeschlagenes, schneebedecktes Taschenbuch. Er hob es auf, wischte den Schnee ab und hielt es in das Licht der Veranda:

Die Technik des Eissegelns. John Antler Horn war hiergewesen.

Wann? Wie lange? War er hineingegangen?

Mit dem Gewehr im Anschlag stieß Chris in die wabernde Wärme des großen Hauses vor. Das Erdgeschoß war dunkel, während von oben schwaches Licht herabfiel.

Über dem Lichtschalter für die Eingangshalle kam er einen Moment ins Grübeln, dann drückte er und in der Diele, dem Wohnzimmer und einem Teil der Küche wurde es hell. Alles leer. Er roch Mattys moschus-süße Möbelpolitur, die ihn sehnsuchtsvoll an sie denken ließ.

Er blickte sich schnell um, lief rasch nach oben, immer mit dem Gewehr voran. Er schaute nacheinander in jedes Zimmer, zuletzt in das von Nicky, das ebenfalls leer war.

Ohnmächtig stand er in dem vertrauten Flur, zu Hause und doch nicht zu Hause. In seinem Kopf war völlige Leere.

Wenn der Lamborghini hier war, wo war dann der Kerl? Chris ging zurück durchs Haus.

Irgend etwas hielt ihn beiläufig am Elternschlafzimmer auf, zog ihn gleichsam in den erleuchteten Raum hinein. Er stand einen Augenblick lang da und musterte müde die Einrichtung: das große Bett aus Hartholz, den Fotodruck von Ruth Orkin an der Wand, den Nachttisch.

Und die herabgerissene Nachttischlampe, zerbrochen und auf der Bettumrandung verstreut.

Mit klopfendem Herzen trat er ein, fand Lampenteile auf dem Bett, daneben rote Flecken, dann eine schmale, fast ordentliche Spur kleinerer Tropfen, die er zuvor übersehen hatte. Sie führte in den Flur, dessen helles Licht ihn blendete. Er folgte dem dunklen, gewundenen Pfad der Tropfen zur Treppe und hinunter, wobei ihm das Herz schmerzte. Hinunter und in die Eingangshalle bis zur Tür, als er durch eine tiefe und herablassende Stimme mit dem näselnden Akzent des Mittleren Westens, die direkt hinter ihm erscholl, aufgehalten wurde: »So ist's gut, behalten Sie es genau dort. Und jetzt lassen Sie das Ding fallen.«

Ohne das Gewehr fallen zu lassen, drehte Chris sich um und sah, wie Sheriff Bradley aus dem hinteren Teil des Hauses auftauchte. Er kam durch die düster fluoreszierende Küche, steckte in einer knarrenden, pelzbesetzten Polizeilederjacke, und vor seinem beträchtlichen Bauch hielt er eine silberne .45er. »Ich sagte, lassen Sie das Ding fallen!«

»Wo ist Springer? Wo ist meine Frau?«

Bradley kam näher, keineswegs liebenswürdig, meinte es ernst: Er spannte den Hahn seiner Pistole und zielte mit seinem behördlichen Sheriffsfinger auf Chris. »Versuchen Sie nicht, mich zu verarschen, Sie Arschloch aus L.A. Lassen Sie Ihre Krücke fallen!«

Chris behielt das Gewehr in der Hand. »Verpiß dich! Ich will meine Frau und mein Kind, und zwar jetzt!«

Bradley, der sich nicht aus dem Tritt bringen ließ, kam näher und streckte seinen Arm aus, bis der Lauf direkt auf Chris' Stirn auflag. Er drückte schmerzhaft dagegen und ergötzte sich an dem so hervorgerufenen Schmerz. »Sie sind hiermit festgenommen, Stadt-Bubi. Wegen widerrechtlichen Betretens eines fremden Grundstücks. Und jetzt laß das Ding fallen!«

Obwohl er bereit war, eine Dummheit zu machen, ließ Chris das Gewehr krachend fallen. Als der schwere Mann sich hinunterbeugte, um das Gewehr aufzuheben und aufs Sofa zu werfen, mußte Chris sich bezwingen, ihm nicht sein fettes Gesicht einzutreten. »Ganz was Ausgefallenes. Wo haben Sie denn das aufgetrieben? Bei Ihrem nicht allzu erfolgreichen Freund Rick Corman?«

»Wo sind meine Frau und mein Kind?«

Rachsüchtig stieß ihn Bradley brutal mit der Pistole zurück, so daß Chris mit dem Hinterkopf gegen die Eingangstür knallte. »Wessen Blut klebt da an Ihnen, Mr. Ventura County? Oder waren Sie wieder einmal auf der Hirschjagd?

Chris blickte an seiner Jacke hinunter und fand dort zu seiner Überraschung getrocknete braune Flecken. Seine eigenen, vom Sturz. »Hören Sie mir zu, Sie Fettwanst! Ich weiß, daß hier was für Sie rausspringt. Ich kenne den ganzen Plan. Spielen Sie also nicht den Dorfgendarmen vor mir. Der Russe ist tot. Wissen Sie, wovon ich spreche? Godunow ist eine Leiche. Der Deal ist abgeblasen. Sie können Ihre Polizeipistole aus meinem Gesicht nehmen. Die Zeit des schnellen Geldes ist vorbei. Also, was habt Ihr Schweine mit meiner Frau und meinem Kind angestellt?«

Bradley sah ihn wütend an, schien aber auch verwirrt zu sein. Chris schloß daraus, daß Bradley möglicherweise doch nicht in alles eingeweiht war und wohl von der russischen Verbindung gar nichts wußte. Was noch Probleme verursachen konnte.

»Sie wissen für keinen Furz, was Sie hier überhaupt tun –, oder?« spottete Chris. Seit er siegreich der Umklammerung Godunows entkommen war, war er von anmaßendem Selbstbewußtsein und immun gegen die eitle Wichtigtuerei dieses Bauerntölpels.

Bradley versteckte sich hinter seinem Behördenfett; eine bequeme Fassade. »Ich weiß so viel, daß ich Befehl habe, jeden, der sich diesem Haus auf fünfzehn Meter nähert, ohne Warnung zu erschießen. Das macht Sie zu einem preisverdächtigen Kandidaten, Junior. Die Papiere habe ich in der rechten Schreibtischschublade meines Büros. Eine kleine Zugangsbeschränkung, Sie und dieses Anwesen hier betreffend. Alles streng gesetzlich und von Mr. Springer unterschrieben.«

»Sie elender Wicht! Sie haben doch überhaupt keine Ahnung, womit Sie es hier zu tun haben. Springer ist ein pathologischer Killer. Und den Leuten, die Sie hier hingestellt haben, um ihn zu beschützen, ist er mittlerweile scheißegal! Das gilt auch für Sie! Wenn Sie mich umlegen, wird nur der Staatsanwalt eingreifen und sich mit Ihrem fetten Arsch beschäftigen.«

Bradley grinste sarkastisch. Sein Gesicht war gezeichnet von den verpaßten Gelegenheiten eines alternden Mannes und dem Bedauern darüber. Der Haß hinter seinen Augen war fast greifbar. »Der kleine Klugscheißer von der Westküste. Der geniale Stückeschreiber. Aber das wird Ihnen jetzt nichts nutzen, Sie College-Kanone! Ich habe hier eine regierungsamtliche Zusicherung von ganz oben, lebenslang und verbindlich. Auf ein fettes Handgeld und ein dickeres Haus auf einem noch größeren Grundstück hier in den Bergen. Wo immer ich will.«

Er schaute sich um und überflog flüchtig den Dachfirst und die Vorderfront. »Könnte eigentlich auch hier einziehen, wenn's mir gefällt. Mir wird diese Scheißstadt gehören, wenn die wieder abhauen. Und niemand, niemand wird mir das vermasseln!« Er hatte sich derart in Rage geredet, daß er wahrscheinlich noch mehr verraten hätte, wenn nicht plötzlich aus der Ferne ein Schrei erschollen wäre.

Chris, der Mattys Stimme erkannt hatte, wollte loslaufen. Das Bootshaus!

Er stieß sich von der Wand ab, wurde aber von der Dienstpistole des Sheriffs zurückgestoßen.

»Lassen Sie mich gehen, Sie elender Hurensohn!«

Bradley sah ihn an, den Kopf in Richtung des Schreis gereckt, um gleich darauf einen zweiten Schrei zu vernehmen.

Vollkommen außer Kontrolle, versuchte Chris, den Pistolenlauf zu fassen zu kriegen, aber bevor es soweit kam, schlug Bradley auf ihn ein, stieß ihn mühelos zur Seite, zwang ihn auf die Knie und trat ihn so heftig, daß er den Teppich am Eingang würde küssen müssen.

Er rutschte mit gebeugtem Nacken am Türrahmen runter, der Raum schwankte vor seinen Augen, als er aus dieser verkanteten Position heraus einen langen, bedrohlichen Schatten wahrnahm, der sich amöbengleich auf der düsteren Seitenwand der Küche ausbreitete. Der Schatten eines Mannes. Springer?

Chris verzog schmerzhaft das Gesicht. Der grunzende Bradley trat abermals zu, diesmal in einen Muskel knapp unterm Hintern, was anhaltenden Schmerz und wahrscheinliches Humpeln zur Folge haben würde. Chris öffnete die Augen und fand – hinter rötlichen Wellen des Schmerzes –, daß der Schatten sich verflüchtigt hatte.

Er rollte sich wie ein Fötus zusammen und bereitete sich so auf den nächsten Tritt vor, hoffend, daß Bradleys Tritte ihn schließlich in die Nähe des Sofas und des Gewehrs treiben würden. Aber er fühlte keinen Tritt. Mit trübe verschwommenen Augen drehte er den Kopf und traf auf die .45er, die der Sheriff mit erneuter Anspannung auf ihn gerichtet hielt. Der Ausdruck seines verkniffenen fetten Gesichts kündigte bereits an, was jetzt kommen würde: »Kein Großstadtwichser wird mir dieses Geschäft verderben. Ich habe zu lange darauf gewartet. Beschissen zu lange.«

Als der Schuß hinter der schmalen Türschwelle explodierte, glaubte Chris zunächst, Sheriff Bradley habe, selbst auf diese kurze Distanz, danebengeschossen.

Er erwartete bereits den zweiten Schuß, als Bradley auf ihn zutaumelte: mit verdrehten Augen, die das Weiße hervortreten ließen, mit einem feurigen Stück Kopfhaut, das kegelförmig zur Nase hin baumelte, das Gesicht plötzlich ganz sanft vor ungläubigem kindlichem Staunen. Er taumelte auf ihn zu und fiel dann wie ein schwerer Zementsack in sich zusammen, wobei sich sofort eine große schwarze Blutlache bildete. Das fette Gesicht, das sich im Tode abgewandt hatte, verbarg sich, als wäre ihm so viel Rot peinlich.

Chris, den der Tritt unter dem Hintern immer noch heftig schmerzte, sprang auf und sah, wie sich der vormalige Schatten in Goldstein, seinen toten Rechtsanwalt, verwandelte. Der trat aus dem Wohnzimmer auf ihn zu, die rauchende deutsche Luger aus dem Zweiten Weltkrieg baumelte in seiner linken Hand.

In diesem Stadium allmählicher Wiederauferstehung erschien es Chris weit merkwürdiger, daß der kleine Rechtsanwalt Linkshänder war, als daß er noch lebte.

Goldstein streckte die rechte Hand aus und half Chris, sich aufzurappeln. Da stand er nun, roch Pulver und Galle und starrte ungläubig in das bebrillte Gesicht, auf dem ein Ausdruck philosophischen Friedens lag. »Sie sind doch bei dem Brand umgekommen«, flüsterte Chris.

Goldstein wandte sich der aufgeblähten Leiche des Sheriffs zu. »Mein Neffe Hershel.« Er beugte sich zu dem stummen Bradley hinunter, als wolle er sich noch einmal von dessen Abgang überzeugen, nickte befriedigt und erhob sich wieder. Aus seiner Luger stiegen immer noch zwei feine Rauchfäden auf. »Und dieses Tier hier war's. Kein Zweifel.« Goldstein schüttelte den Kopf. »Hershel hat in meiner Abwesenheit ein bißchen Rechtsanwalt gespielt; hat meinen Drehstuhl ausprobiert.« Er drehte sich zu Chris um. »Während ich Detektiv gespielt habe. Er ist jung und tot, und ich bin alt und atme noch. Gott ist unergründlich. Die hier ist nicht so unhandlich wie das Gewehr.« Er gab Chris die Luger. »Gehen Sie zu Ihrer Frau.«

Chris, der schon wieder in Bewegung war, nahm die alte Waffe mit dem kaputten Griff und rannte los.

Chris gelang es, Springer völlig zu überrumpeln.

Der Mörder war gerade dabei, die widerspenstige Matty und den bewußtlosen Nicky einen engen, vom Schnee freigewehten Pfad am See hinaufzuzerren.

Chris, der herangestürzt kam und seinen schweigend herabbaumelnden Sohn sah, schrie: »Keine Bewegung!«

Jetzt schien alles in Sekundenschnelle abzulaufen; zu schnell für Chris, um es vernünftig zu analysieren. Er feuerte die Luger schnurstracks auf den überraschten Springer ab, wobei er hoch anvisierte, um nicht Matty oder den Jungen zu treffen. Dann sprang er in Erwartung der legendären Reaktionszeit des Killers sofort seitwärts in eine schneesprühende Hecke.

Schwer atmend lag er da und lauschte einen Augenblick lang gespannt. Und noch einen Augenblick.

Dann verfluchte er sich selbst für den Fehlschuß. Springer war nicht tot. Er war nicht einmal getroffen.

Mit einem Schrei der Selbstverachtung sprang Chris wieder auf und fand den Pfad vor sich leer. Springer und seine Familie waren wie vom Erdboden verschluckt.

Entweder lauerte der Verrückte irgendwo da vorne, aber das war unwahrscheinlich, weil Matty auf sich aufmerksam machen würde. Oder er hatte sich bergab in die Sicherheit des Bootshauses zurückgezogen.

Alle Vorsicht außer acht lassend und mit der Waffe im Anschlag, lief Chris, den Tod herausfordernd, den schlüpfrigen Hügel hinunter.

Beinahe hätte er den Pfad in der Dunkelheit verloren. Kostbare Zeit verging. Er fand ihn wieder und geriet plötzlich aus undurchdringlichen, verschneiten Zitterpappeln heraus auf eine damit scharf kontrastierende freie Fläche. Die breite vereiste Sandbank wurde vom gerade heraufziehenden Mond beschienen. Das Ufer war ebenso wie das unbewegte Wasser in ein himmlisches Blau getaucht. Beim Anblick der zusammengerollten Gestalt auf dem verschatteten Strand blieb Chris für eine Sekunde das Herz stehen.

Gebete ausstoßend rannte er los und sah in die dunklen Augen von John Antler Horn, die aus dem faltigen Ledergesicht zu ihm hinaufleuchteten.

»John!«

Der alte Indianer hielt die Hand gegen die schmale Brust gepreßt, obwohl Chris kein Blut unter der geaderten Hand entdecken konnte und die engen Rippen sich rhythmisch auf und ab bewegten.

»Hast du das neue Buch gefunden?« wollte Antler Horn wissen.

»John. Meine Frau und mein Kind, haben Sie sie gesehen?«

Der alte Mann blickte finster drein. »Dein Vetter ist ein Dieb und ein Ehebrecher. Er hat mein Messer genommen. Er ist ein mächtiger Krieger, aber ich habe ihm in die Eier getreten.«

»Hat er Sie mit dem Messer verletzt, John?«

»Ja, er hat John Antler Horn mit dem Messer verletzt. Er hat deine Familie genommen ... mein Messer und mein Boot. Ein großer Krieger, aber ein noch größerer Dieb. Ich werde nicht mit ihm das Brot brechen.«

Chris starrte auf den großen See hinaus und meinte im gespenstischen Mondlicht etwas zu sehen, was sich schnell fortbewegte.

»John, ich helfe dir ins Bootshaus. Hier draußen friert es ja.«

Der Indianer schüttelte den Kopf. »Ein Irokese friert nicht. Ich will mich hier ein wenig ausruhen. Ich habe dir den ›Pfeil‹ mitgebracht. Du schuldest mir Geld.«

»John, hat Springer Matty und den Jungen dabei?«

»Er hat meinen Skeeter. Der ist sehr schnell, aber Springer

steuert wie ein Weib. Der ›Pfeil‹ ist kleiner, aber schneller. Du kannst ihn leicht erwischen. Nach einer Rast werde ich dir helfen.«

Chris wandte sich um, sah sich forschend um und erblickte die schlanken Umrisse des Eisseglers, der am äußersten Ende des Bootsstegs vertäut lag.

Mit überraschender Kraft griff der alte Indianer nach seiner Jacke. »Bring mein Boot zurück. Wir segeln zusammen, Chris Nielson. Fliegen wie Habicht.«

»Ich werde es zurückbringen, John.« Er ließ den alten Mann im Schnee zurück und eilte zum Steg hinunter, zu dem dunklen Rumpf des übriggebliebenen Seglers. Dann begann er ohne alle Zuversicht oder irgendeinen Plan die Leine loszumachen.

Unter heftigen Windstößen steuerte Chris den Segler über den zugefrorenen See in noch mehr Eis und Dunkelheit hinein, wobei er zunehmend an Geschwindigkeit gewann. Er fuhr auf etwas zu, was er als bleichen, zurückweichenden Schatten wahrnahm. Aber das war Springer. Er fühlte es.

Als Kind hatte er das Segelboot seines Vaters aus Sag Harbor heraus um Montauk Point herum und am Long Island Sound vorbei in die offene See hinaus manövriert. Damals hatte er neben seinem Vater auf der fliegenden Brücke gestanden und sich mit den Beinen gegen die heftigen Windböen gestemmt. Aber er verstand nichts vom Eissegeln, abgesehen von dem wenigen, was er beim flüchtigen mitternächtlichen Durchblättern von John Antler Horns Buch herausgefunden hatte. Ein modernes Gerät – daran erinnerte er sich noch von der Lektüre her – konnte mehr als vierhundertfünfzig Kilo wiegen, und wenn es auf einen drauffiel, gab es kein Wasser, das den Aufprall dämpfte.

Chris lavierte den Segler in einen ständig stärker werdenden Wind, der jetzt, wo er vom Ufer weg war, in scharfe Böen überging. Die Augen zusammengekniffen, zog er den Reißverschluß seiner Jacke noch ein wenig höher. Wenn er doch jetzt bloß das schwere CIA-Gewehr dagehabt hätte. Jetzt hätte er das Nachtsichtfernrohr gut gebrauchen können.

Er stöhnte, als die Segel zu luven begannen, packte den Klüver und brachte den Segler mit einer Bewegung an den Wind zurück, die sich wie überkompensiert und zu leicht anfühlte.

Und so war es auch. Eine heftige Bö packte den Rumpf, hievte ihn in eine magenumstülpende Schieflage und schleuderte Chris gegen das Süll, daß die Zähne nur so krachten. Der Segler drehte sich um seine eigene Achse, neigte sich schwindelerregend über und drohte zu kentern. Bei dieser Geschwindigkeit, immerhin schon fast 100 km/h, würde sich das Eis bei einem Sturz wie Beton anfühlen.

Chris stemmte sich gegen die Querkraft und mühte sich ab, das Steuer zu fassen zu kriegen, während unter ihm die Kufen kreischten und rasiermesserscharfe Eispartikel ausspuckten. Er bekam das Steuer zu fassen, verharrte in Querlage und ›ritt‹ mit einer Kufe über den See, schaffte es, ein Umkippen zu verhindern, hatte die Leinen unter Kontrolle, nutzte den Wind zu seinen Gunsten und fühlte, wie der Eissegler wieder runterfiel.

Wieder lavierte er. Auf seiner nächtlichen Suche fuhr er kreuz und quer über den See, schlug die südliche Richtung ein. Über den Bug hinweg hielt er Ausschau nach dem anderen Segler; die Augen im schneidenden Wind zusammengekniffen. Er manövrierte mit wachsendem Selbstvertrauen, blieb aber vorsichtig. Nirgends war eine Bewegung auszumachen. Wo war Springer hin?

Die Kugel traf seine linke Hand, riß ihn zur Seite, fast aus dem Boot heraus.

Chris zog den Klüver enger, nutzte die nächste große Bö, ignorierte das Blut und steckte die schmerzende Hand unter seine Achselhöhle. Tief geduckt entdeckte er Springer neunzig Grad zu seiner Rechten, straffte wieder den Klüver und jagte dem größeren Eissegler hinterher. Unbekümmert und verwegen in heftiger Erschöpfung, holte er rasch auf. So nah war er Matty schon seit Tagen nicht mehr gewesen.

Plötzlich hatte er die böse Vorahnung, daß der Schuß, der seine Hand verkrüppelt hatte, keineswegs sein Ziel ganz verfehlt hatte. Sein Angreifer hatte ihn behindern und verletzen, aber nicht töten wollen. Das war Teil des Spieles, desselben Spieles, das auch Godunow gewählt hätte. Es war durchaus möglich, daß er absichtlich zu einem größeren, bequemeren Schlachtfeld hinausgelockt wurde, wo man Angriffe parieren und vortragen, das Spiel hinauszögern konnte. Auch das hätte Godunow getan.

Ja, aber du hast Godunow besiegt.

Nicht ganz korrekt. Er hatte Godunow überlebt.

Er sah seine Hand an.

Vom eisigen Wind wie genäht, zog sich das Blut in Zackenlinien bis hin zum Ellbogen. Die Kälte betäubte die Wunde und verlangsamte, ja, stillte den Blutfluß sogar. Die Finger aber waren steif vor Schmerz, als er sie zu bewegen versuchte. Sie wurden zunehmend unbrauchbar, waren wieder genauso nutzlos wie zuvor, als er an der Telefonleitung über der Schlucht gebaumelt hatte.

Das beste war, das Steuer mit dem Handballen zu halten und das Vorsegel mit der anderen, während die dreieinhalb Meter langen Kufen des kleineren Fahrzeugs den Abstand zwischen den beiden Eisseglern rasch schrumpfen ließen.

Er brauchte einen Plan.

Der Wind unternahm einen weiteren ungestümen Ausfall und zerrte am Vorsegel. Diesmal reagierte Chris schneller, holte das Segel dicht und brachte den Segler zurück an den Wind. Als er wieder aufschaute, war der andere Segler dabei, sich rasch zu entfernen. Er schien – war das denn möglich? – Kurs auf das Ufer zu nehmen. Gab Springer etwa schon auf?

Nein, nicht zum Ufer. Chris blinzelte in die Dunkelheit, bemerkte die schmale Mündung eines zugefrorenen Flusses, fast versteckt inmitten verschneiten Buschwerks und herabhängender Tannen. Er nahm eine schmale Durchfahrt wahr, sicherlich nicht breit genug, um einen rasenden Eissegler aufzunehmen. So verrückt konnte Springer nicht sein.

Oder doch? Er hielt immer noch direkt darauf zu.

Chris konnte bei ihrer Annäherung erkennen, daß die Einfahrt in die schmale Mündung so etwas sein würde, wie unter einem Bootssteg zu surfen. Schlimmer noch. Für Springers Segler würden auf beiden Seiten keine dreißig Zentimeter Abstand mehr bleiben und nur wenig mehr für seinen eigenen. Aber Springer hielt Kurs. Spielte sein Spiel.

Chris atmete tief durch und lenkte den Bug des ›Pfeils‹ zu der schmalen Flußmündung hin. Er kam zu dem Schluß, daß es letztlich egal war, ob Matty und das Kind bei Springer mit an Bord waren oder nicht. Solange der Psychopath lebte, würden sie niemals wirklich frei sein.

Springers Segler schoß durch die Durchfahrt.

Der enge Eingang raste auf Chris zu, eine winzige Mündung, flankiert von schwarzen Baumstümpfen. Er holte das Segel dicht, knirschte mit den Zähnen und raste nach vorn.

Gerade war er noch von einem weiten, behaglichen See umgeben gewesen, jetzt schossen beiderseits düstere Uferbänke widerlich nahe vorbei, ein schmales Eisband, das von spitzen Felsen und kantigen Baumstümpfen gesäumt war. Der ›Pfeil‹ hatte sich in einen Rodelschlitten verwandelt.

Aber dafür war er nicht konstruiert worden. Er war für die versöhnlichere Weite großer Flächen gedacht und brauchte mehr Platz zum Manövrieren.

Chris war schwindlig vor Angst und bekämpfte verbissen den Wunsch, die Bremse zu ziehen. Der kleinste Fehler nur am Steuer oder Segel und ...

Der Segler vor ihm schien schneller zu werden. Chris raste blindlings in den Schlund hinein, wie ein Skifahrer eine enge Schneise hinab. Aber er holte auf.

Das war zweifellos Springers Absicht: warten, bis die Beute in der engen Passage gleichauf mit ihm war, so daß buchstäblich nichts mehr schiefgehen konnte, und ihn dann seitlich rammen und Chris gegen das Ufer – einen halbversunkenen Baum oder Felsen – krachen zu lassen, wo er in Stücke gerissen wurde. Und anschließend lachend weiterrasen.

Chris ließ das Schot nach, wich mit dem ›Pfeil‹ einem gezackten Eishuckel aus, worauf die Kufen erbost aufkreischten, richtete sich wieder auf das Heck des größeren Seglers aus und hielt Ausschau nach seiner Familie.

Jetzt konnte er die bleichen Umrisse von Springers Rücken im Cockpit erkennen. Der Mann trug nur ein T-Shirt. Mein Gott, muß der frieren!

Und dort, wahrscheinlich von Springers Fuß niedergehalten, ein Büschel rostbrauner Haare. Matty.

Mit flatternden Nerven schob Chris sich vorsichtig längsseits an den größeren Segler heran, wobei seine Augen zwischen Fluß und Segler hin- und hersprangen und er auf den nächsten Schuß aus Springers Pistole wartete ...

Ein Auge war gerade auf einen herankommenden Felsen gerichtet, als Springer den größeren Segler mit einem heftigen Ruck herumriß und gegen sein Boot prallen ließ. Mit hohlem Krachen stießen die Rümpfe gegeneinander.

Der kleinere ›Pfeil‹ krachte gegen die massivere Seitenverkleidung, neigte sich gefährlich und raste direkt auf das erbarmungslose Ufer zu.

»Nein!« Chris fluchte, holte, sich zurücklehnend, das Vorsegel dicht und drehte entschlossen bei – eingeklemmt zwischen Ufer und größerem Boot. Auf dem Höhepunkt dieses nassen Schreckens erblickte er kurz Mattys bleiches Gesicht über dem Dollbord des Seglers.

Unbekümmert und träge verfiel der ›Pfeil‹ in eine Drehung und fiel hinter dem größeren Segler zurück.

Chris stöhnte auf, als er gegen einen eingefrorenen jungen Baum prallte, hochgeworfen wurde, wobei sein Magen von der Schwerelosigkeit gepackt wurde, dann mit genickbrechender Wucht hinunterkrachte und eine drei Meter hohe Eisfontäne aufspritzen ließ. Das Manöver hatte ihn, wenn auch unbeabsichtigt, auf den alten Kurs zurückgebracht.

Wieder holte der ›Pfeil‹ gegenüber dem anderen Eissegler auf, prallte schwindelerregend von einem übersehenen Felsen ab und sauste leewärts.

Dabei bäumte sich der Bug auf, geriet wieder unkontrolliert ins Trudeln und stieß heftig gegen etwas; vielleicht das Heckwerk des Seglers. Chris wurde nach vorn geschleudert, wobei vor seinen erstaunten Augen Fiberglas himmelwärts splitterte und zurückpeitschte.

Als er aufschaute, sah er zu seiner Befriedigung, daß Springer über sein eigenes Steuer geschleudert worden war. Die Takelage des ›Pfeils‹ verwickelte sich mit dem gesplitterten Heckbalken und brachte die ineinander verkeilten Segler zum jähen Beidrehen.

Für einen Sekundenbruchteil ruhten – ihre Segler wie mit einer Nabelschnur verbunden – Chris' und Springers Augen ineinander.

Dann prallte das größere Fahrzeug gegen etwas, die linke Kufe kreischte auf, hob ab und riß mit einem züngelnden Peitschenhieb der Takelage Chris' Boot los.

Als würde er plötzlich alle Vorsicht vergessen, legte sich Springer gegen das Steuer und zwang den wieder frei gekommenen Rumpf einmal und noch einmal mit der Wucht eines Vorschlaghammers gegen Chris' Bug. Unter wütendem Protest seiner Kufen brach der ›Pfeil‹ weg.

Hinter Springers angespanntem Rücken nahm Chris eine Bewegung wahr. Matty, das eingewickelte Baby unter dem einen Arm, langte mit weißer, krallenförmiger Hand nach Chris' Dollbord.

»Matty!«

Chris ergriff das Vorsegel, hielt es dicht, streckte den Arm nach ihr aus ...

Er bekam ihre Finger zu fassen, als die beiden Boote wieder auseinanderstrebten und seine Rückenmuskulatur einer Zerreißprobe unterwarfen. So konnte er sie nicht länger festhalten.

Er stemmte seinen Fuß gegen das Dollbord, zog mit letzter Kraft und hievte sie an Bord. Er sah den Blick des Entsetzens in ihren Augen, ihr Kopf schlug wild hin und her, und ihr Mund stieß einen Protestschrei aus, den der Wind verschluckte.

Nicky! Springer hatte umgesteuert und ihr das Baby entrissen.

»Chris, nicht ...«

Zu spät. Die Trägheit ließ sie gegen ihn krachen, brachte Chris aus dem Gleichgewicht und riß seine Hände von der Steuerung. Zusammen – endlich zusammen – wurden sie nach hinten und auf das gegenüberliegende Dollbord geschleudert, suchten einen prekären Augenblick lang, das Gleichgewicht zu halten, und stürzten auf das blitzende Eis.

Chris schlug als erster auf, fing den Aufprall mit den Schultern ab. Matty fiel auf ihn drauf, war geschützt. Das Eis riß ihm Jacke und Haut auf, doch er hielt sie fest an sich gepreßt, weg vom Eis. Der Fluß sollte sie nicht haben.

Dann wurden sie langsamer, glitten und drehten sich wie ein lebendiger Schlitten.

Chris erhaschte noch einen letzten schwindelerregenden Blick auf den davonrasenden Springer, der sich verzweifelt an der Steuerung des Seglers zu schaffen machte.

Dann kam ein schulterverrenkender Schmerz, eine kalte Taubheit, die ihm das Rückgrat hinablief. Seine linke Schulter war mit etwas – wahrscheinlich einem eingefrorenen Baumstumpf – zusammengestoßen und brachte sie ins Trudeln. Instinktiv grub Matty ihre Schuhspitzen ein, um sie weiter abzubremsen. Chris, der keine Luft mehr bekam, konnte nur noch ohnmächtig daliegen und den Baldachin aus Spinnenbeinen betrachten, die über ihm aufblitzten.

Schließlich stießen sie gegen die Uferböschung und wurden, sich immer noch drehend, in ein Unterholz aus halb im Wasser stehenden Ahornbäumen geschleudert.

Das Nachfolgende mutete an wie in einem surrealen Traum.

Als sei sie überhaupt nicht verletzt, sprang Matty auf und rannte auf dem zugefrorenen Fluß dem verschwindenden Segler hinterher. Sie schlidderte, ruderte mit den Armen, schrie und kreischte: »Nicky!«

Sein Rücken brannte wie Feuer, als Chris taumelnd und desorientiert ausglitt, dann wieder auf seine wackeligen Beine kam und begann, ihr wie betrunken nachzujagen. »Matty! Warte! Du kannst nicht ...!«

Er erreichte sie gerade, als Springer um eine entfernte Biegung des Flusses fuhr und aus ihrem Blick verschwand. Chris zog sie an sich. »Liebling, du kannst ihn nicht erwischen!«

Sie wehrte sich gegen ihn, spuckte wie ein Tier, riß sich los und lief blindwütig weiter. »Du verstehst nicht.«

Überrascht dreinblickend blieb Chris zurück. Wieder allein. Ihm war speiübel, und er versuchte, wenigstens wieder zu Atem zu kommen.

Einen Augenblick später rannte er ihr wieder hinterher, rufend und flehend folgte er ihr zur Biegung des Flusses.

Plötzlich kam er zum Stehen, fast ins Stolpern, als er die Biegung durchlief. Matty stand da wie tot, zur Statue erstarrt. Die geballten Fäuste hingen hinab, als habe man sie gerade geohrfeigt.

Sie starrte nach vorn, zu einer Stelle, wo der vereiste Fluß plötzlich endete und im Dunkeln verschwand.

Chris starrte auf den gekräuselten weißen Rand, den das reißende Wasser kurz vor dem Sturz über die Klippe auftürmte.

Der stille Sturz des Wasserfalls – jetzt eingefroren wie in einem Schnappschuß.

27

Sie durchsuchten die unmittelbare Umgebung am Fuße des gefrorenen Wasserfalls. Ehemann und Ehefrau. Fremde.

Sie durchkämmten das Gebiet fast eine Stunde lang. Gemeinsam und getrennt. Matty suchte nach Teilen des zerschmetterten Schiffsrumpfes, nach verstreuten Trümmern. Chris, der weniger methodisch vorging, vielleicht auch weniger Hoffnungen hatte, unternahm eine allgemeine Begehung der weiteren Umgebung, nicht nur jenseits des vereisten Flusses, sondern auch der gegenüberliegenden Ufer: Bäume, Gestrüpp, all das lag im Mondlichtkontrast von dunkler Borke und bleichem Schnee vor ihm ausgebreitet. Jeder fremde Gegenstand wäre hier als helldunkles Relief hervorgestanden.

Außer zersplittertem Holz und einem flatternden Stück Segel fanden sie nichts. Die Szene im einsam rauschenden Wind war so trostlos wie ein Indianermassaker im Fernsehen.

Beide Eltern waren ausgelaugt bis zum Zustand der Halluzination: verletzt, blutend, erschöpft und durchgefroren. Gegen Ende schienen sie sich von den gegenüberliegenden Seiten des Flusses her gleichzeitig einander zuzuwenden und dabei den gleichen überspannten Blick auszutauschen.

Wo ...?

Dann tat Matty etwas Seltsames. Plötzlich hielt sie an und sah zu dem illuminierten Rand des Wasserfalls hinauf. Sie setzte sich aufs Eis nieder, direkt in die Mitte des hartgefrorenen, stummen Flusses, als hätte sie etwas entdeckt, das aber zu persönlich war, um es auszusprechen.

Chris, dem Beine und Rücken schmerzten, kam zu ihr. »Du bist erschöpft.«

Sie sah ihn nicht an. Seit sie sich wiedergefunden hatten, hatte keiner den anderen richtig angesehen. Wenn man das überhaupt Wiederfinden nennen konnte.

»Matty, wir brauchen Hilfe«, schlug er hilflos vor, »eine Suchaktion.« Er ließ sich nicht anmerken, daß er wußte, was sie dachte: daß das Kind diesmal für immer verloren sei, daß das Kind tot sei.

Auf dem Eis sitzend, umfaßte sie ihre Knie und schaukelte ein wenig. Beide sahen durchgefroren aus, isoliert von der Außenwelt. »Wo sollen wir die denn hernehmen?«

Chris machte eine gequälte Geste mit der Hand. »Wir könnten aus Kingston Hilfe holen oder aus einer der Nachbargemeinden. Die können doch nicht den ganzen Bundesstaat unter ihrer Knute haben.«

Sie sagte nichts.

»Matty, du frierst, bist erschöpft. Wir beide. Wir brauchen Ruhe und etwas zu essen.« Und doch dachte er: Nicky bekommt keine Ruhe. Nicky bekommt nichts zu essen. »Es wird

Nicky nichts nützen, wenn wir uns überanstrengen. Es wird bald hell.« Die schönen Augenbrauen seltsam zusammengekniffen, sah sie zu ihm auf, als übersehe er das Offensichtliche. »Er ist nicht hier, Chris. Dachtest du, er wäre noch hier?«

Er sah ruhig auf sie hinunter und fragte sich, ob ihr Verstand zu guter Letzt nicht doch Schaden genommen habe. »Es sind keine Einbrüche im Eis, Matty. Es ist einfach zu dick, selbst bei so einem Sturz. Bei der Geschwindigkeit, die sie drauf hatten, hätten sich ihre ... Körper in Geschosse verwandelt. Vielleicht ist er weiter unten am Fluß, aber er ist sicher nicht darunter. Ich bin mir sicher ...« Er entfernte sich ein wenig, weil sie aufstand. Während sie wieder auf die Beine kam, schüttelte sie den Kopf. Sie blickte zum Rand des Wasserfalls empor, der ein einziger großer tropfender Eiszapfen war, dessen äußere Ränder im Mondlicht durchscheinend waren, romantisch wie eine Illustration aus einem alten Märchenbuch.

»Er ist nicht tot, Chris. Jedenfalls jetzt noch nicht. Ich wüßte, wenn er tot wäre.«

Chris beobachtete sie.

Sie starrte weiter auf den Rand des Wasserfalls, als ob sie den Augenblick für Nicky nachvollziehen wolle, als ob sie seinen Schrecken teilen, ja von ihm nehmen wolle. »Frank hat ihn.«

Chris, der sich beinahe in einem Traumzustand befand, fragte sich geistesabwesend, ob sie den ganzen Weg zurück zum Haus schaffen würden, ohne vorher zusammenzubrechen. »Matty ... es handelt sich um einen Sturz aus mindestens fünf Metern. Ich sage nicht ... Ich meine, vielleicht sind sie irgendwo gegen eine Schneeverwehung geprallt. Aber wir haben überall nachgeschaut. Wir schauen am Morgen noch einmal nach.«

Aber wieder schüttelte sie den Kopf. In einer Haltung, die ruhige Gewißheit verriet, ging sie aufs Ufer zu. »Er ist bei Frank. Ich werde ihn nie wiedersehen. Er ist bei Frank.« Sie ging von Chris weg und näherte sich dem dunklen Wald.

Chris führte sie zur Leafrock Road, weil er sich erstens ungefähr daran erinnerte, wo die lag; außerdem würde sie diese enge Gebirgsstraße schließlich zum Haus zurückführen, selbst wenn kein Auto anhielt, um ihnen beizustehen. Wie sie allerdings in ihrem halberfrorenen Zustand die lange Strecke schaffen sollten, wußte er selbst nicht.

In schmerzlichem Schweigen schleppten sie sich dahin. Chris, der aufgrund von Bradleys Tritt humpelte, versuchte einfach, einen erfrorenen Fuß vor den anderen zu setzen. Zehen und Fingerspitzen fühlten sich taub an. Dabei fragte er sich, wie lange es dauern würde, bis Matty zusammenbrach und er sie irgendwie tragen mußte. Er fragte sich, was sie dachte, wagte aber nicht nachzufragen.

Zehn Minuten später wurden sie von Autoscheinwerfern geblendet. Das Auto wurde sofort langsamer und hielt dann. Die Lichter blieben an. Chris, der die Augen zusammenkniff, straffte sich nervös, als zwei schattige Gestalten ausstiegen. Eine hielt ein Gewehr und kam auf sie zu. Nicht daß es darauf überhaupt noch ankam. Wer immer es auch war, Matty und er waren viel zu erschöpft, als daß sie nur noch einen Schritt hätten zu Fuß gehen können.

Matty ließ einen überraschten Laut vernehmen, als John Antler Horn, die Hände auf den Hüften, vor die Fernlichter trat.

»Hast du mein Boot wiedergebracht, Chris Nielson?«

»Tut mir leid, John. Ich fürchte, es ist kaputt.«

»Dann nehme ich deins.«

»Ich fürchte, das ist auch kaputt.«

Der alte Indianer erstarrte im Mondlicht. »Du schuldest mir Geld.«

»Ja, ich werde Sie dafür bezahlen. Wie geht es Ihnen, John?«

»Ich habe die Wunde mit Kaffeesatz und Hirschdung versorgt. Haben Sie mein Messer zurückgebracht?«

»Tut mir leid.« Chris sah zu dem Mann mit dem Gewehr hinüber, der jetzt im Lichtkreis auftauchte. Es war der Anwalt Goldstein, der die CIA-Waffe fest in der Hand hielt.

Wenige Augenblicke später waren sie bereits auf dem Weg zurück zum Haus, eingehüllt von der segensreichen Wärme von Goldsteins Lexus. John Antler Horn schlief auf dem Rücksitz ein, während Matty, die auf der anderen Seite saß, teilnahmslos in den vom Mondlicht beschienenen Wald hinausstarrte.

»Wie haben Sie uns gefunden?« fragte Chris ruhig. Er hatte den Kopf zurückgelegt, weigerte sich, noch länger wach zu bleiben. Angesichts der behaglichen Wärme und des sanften Brummens des großen teuren Wagens hatte er die Augen geschlossen.

Goldstein nickte in Richtung Rücksitz. »Ich habe ihn gefunden, und dann hat er Sie gefunden. Er schien zu wissen, wo Sie sein würden.«

»Wie konnte er das wissen?«

»Keine Ahnung ...« Goldstein blickte zu Chris hinüber. »Ihr Sohn ...?«

Chris schüttelte langsam den Kopf.

Sonst wurde nichts mehr geredet, bis sie das Haus erreichten. Die Fenster waren erleuchtet.

Drinnen dann, inmitten der vertrauten Wärme und Helligkeit, bestand Chris darauf, daß Matty sich oben hinlegte oder wenigstens ein heißes Bad nahm. Sie beachtete ihn nicht, sondern erklärte mit einer fast unheimlichen Ruhe, daß sie nicht müde sei. Sie hantierte in der Küche, machte Kaffee und heiße Waffeln. Wahrscheinlich hätte sie auch im Kamin Feuer gemacht, wenn Chris nicht eingegriffen hätte.

John Antler Horn saß im Familienzimmer und war in eine Fernsehwiederholung von Mary Tyler Moore versunken.

Goldstein, der immer noch das Gewehr festhielt, rannte ruhelos von Fenster zu Fenster und starrte durch die Gardinen in den sie umgebenden Wald und den schwarzen Himmel hinaus. Bis er sich umdrehte und von Matty eine Tasse Kaffee entgegennahm. »Danke. Ich glaube, wir sind in Sicherheit, jedenfalls heute nacht. Wahrscheinlich für immer.« Er wandte sich an Chris. »Fürs Protokoll. Ich kam hierher, um nach Ihnen zu sehen, weil Sie mein Klient sind. Die Hintertür war offen. Bradley überraschte mich. Und ich erschoß ihn versehentlich, weil ich dachte, es handele sich um einen Herumtreiber.«

»Wo ist er?« fragte Chris, der sich von den Holzscheiten aufrichtete, die schnell und beruhigend aufloderten.

»Hinten. Da ist ein wenig Blut auf Ihrem Teppich, Mr. Nielson. Ich habe was im Büro, mit dem sie das wegkriegen.«

»Und Sie glauben, keiner wird ihn suchen kommen?« fragte Chris.

»Irgend jemand schon. Aber nicht die. Ich glaube nicht, daß wir je wieder was von denen hören werden.«

Chris saß am Kamin und genoß die Wärme und den duftenden Kaffee. »Warum nehmen Sie das an?«

Goldstein nippte an seiner Tasse, hielt jedoch immer noch das Gewehr in der Hand. »Weil sie mittlerweile zweifellos über den Russen Bescheid wissen. Ich bin mir ziemlich sicher, daß die bereits ihre Sachen packen, um aus der Stadt zu verschwinden. Sie brauchen uns nicht mehr, interessieren sich nicht länger für Sie und ganz bestimmt nicht für Sheriff Bradley und seine Schlägertruppe. Jede Art von Vergeltung für seinen Tod würde bedeuten, daß sie irgendwie in die Sache verwickelt waren. Und das waren sie natürlich nicht, oder?« fragte er sarkastisch. »Trotzdem sollten wir diese Nacht zusammenbleiben, um sicherzugehen. Haben Sie vielleicht noch eine Schlafgelegenheit für mich?«

»Wir haben genug Platz«, versicherte ihm Chris, der an Nicky dachte. Er blickte kurz zu Matty in die Küche hinüber und wünschte, sein letzter Kommentar hätte etwas anders geklungen. Genug Platz. Matty schien es nicht gehört zu haben, oder es kümmerte sie nicht. Überhaupt schien sie merkwürdig entspannt, wenn auch erwartungsvoll, als warte sie auf etwas Bestimmtes.

Für eine Weile herrschte Ruhe. Dann sagte Matty, die in der Küche gerade warme Waffeln aus dem Ofen zog, zu Goldstein: »Es tut mir so leid für Ihren Neffen ...«

Chris fand das eine erstaunlich mitfühlende Bemerkung, wenn man die gegenwärtige Geistesverfassung seiner Frau in Betracht zog.

»Danke«, sagte der kleine Rechtsanwalt, »wenn wir Springer fassen, werden wir auch Ihr Kind wiederbekommen.«

Chris sah zu dem kleinen Mann mit dem großen Gewehr auf, der ihr mit soviel Überzeugung geantwortet hatte; als ob es nicht nur unvermeidlich sei, daß sie Springer faßten, sondern auch nur noch eine reine Frage der Zeit. Wollte er einfach nur freundlich sein, fragte sich Chris. Hat er sich deshalb so ausgedrückt?

Da sie gerade mit einem Silbertablett voll dampfender Waffeln ins Wohnzimmer kam, war Matty dem Telefon am nächsten, als es klingelte.

Chris wollte schon vorschlagen, sie möge besser erst überlegen, bevor sie den Hörer abnehme, aber da war sie schon dran. »Ja?«

Von der Couch aus und vor einem lodernden Feuer, das er am liebsten nie wieder verlassen hätte, sah er zum Küchentelefon hinüber. Mehrere Male nickte sie mit dem Kopf. Zweimal hörte er sie leise ›ja‹ sagen. Wieder nickte sie. Matty hängte auf. Sie kam ins Wohnzimmer, nahm eine der Waffeln und starrte mit leerem Blick ins wogende Feuer, dann zu ihrem Ehemann.

»Das war Frank.«

Chris sprang auf die Füße, wobei er Kaffee verschüttete. Goldstein riß sich von den Bücherregalen nahe dem Arbeitszimmer los.

Matty nahm einen Bissen, kaute und schnitt Chris das Wort ab, bevor er etwas sagen konnte. »Er hat Nicky. Dem Jungen geht's gut. Einigermaßen gut. Er will, daß ich zu ihnen stoße.«

Sie schluckte den Rest der Waffel hinunter. Dann drehte sie sich um und ging zur Treppe.

Chris war dicht hinter ihr. »Warte! Warte doch!« Er faßte sie am Arm. »Wo ... was, zum Teufel, tust du?«

Sie zögerte, würdigte ihn aber keines Blickes. »Ich gehe zu ihm, Chris. Laß bitte meinen Arm los.«

Er drehte sie zu sich um. »Zu ihm gehen! In die Hölle!«

Sie entwand sich ihm mit solcher Kraft, daß es unabsichtlich Kratzspuren auf seinem Arm hinterließ. »Ich muß ein paar Kleider einpacken, etwas Warmes. Er will, daß ich morgen abend da bin.« Wieder wollte sie gehen, wobei sie ihn diesmal mit kalter Ungeduld anblickte. Chris stellte sich vor sie hin und schnitt ihr so den Weg zur Treppe ab.

»Wohin gehst du?«

»Chris, laß mich vorbei ...«

»Wohin gehst du, Matty? Was tust du?«

»Was ich tun muß. Ich gehe zu meinem Sohn.«

»Und zu ihm! Wo ist er?«

Als Matty an ihm vorbeidrängte, riß er sie zurück und von den ersten zwei Treppenstufen herunter, so daß sie im Fallen herumwirbeln und ihm heftig ins Gesicht schlagen konnte. Im Wohnzimmer ließ Goldstein ein leises Geräusch vernehmen. Das kalifornische Paar stand nahe der Treppe und glotzte sich gegenseitig ungläubig an. Matty war anscheinend über ihre Reaktion genauso überrascht wie er selbst.

Aber es war ernst gemeint. »Geh mir aus dem Weg, Chris! Ich meine es ernst.« In ihren Augen lag eine derart animalische Anspannung, daß Chris tatsächlich einen Schritt zurückwich.

»Matty, überleg, was du tust. Du bist erschöpft ...«

Mit ihrer Geduld am Ende, drängte sie verächtlich an ihm vorbei. Chris wollte ihr hinterherlaufen, drehte sich aber im letzten Moment um und ging von der Treppe weg durchs Zimmer zum Telefon. Auf halbem Wege nach oben machte Matty halt und rief ihm mit hysterischer Stimme gebieterisch zu. »Was tust du da?«

Ohne sie anzusehen, wählte Chris, der jetzt das Kommando übernahm, stur weiter. »Ich rufe die Highway Patrol an.«

»Davon würde ich abraten, Mr. Nielson«, schaltete sich Goldstein ein.

»Chris, leg das Telefon auf«, kam es halb erstickt von oben.

Chris beachtete sie nicht. Dann, als ihm der Geduldsfaden riß, wirbelte er zu ihr herum. »Verdammte Scheiße! Matty, warum hast du ihn nicht am Telefon festgehalten? Wir hätten den Anruf zurückverfolgen können oder so etwas.«

Sie schrie: »Du sollst das beschissene Telefon auflegen!«

Mit großen Augen sah er zu ihr auf und nahm den Hörer herunter.

Matty schluckte, atmete tief ein und bemühte sich, ihre Haltung wiederzugewinnen. »Es muß so gemacht werden, Chris. Wenn wir irgendwie eingreifen, wird er den Kleinen umbringen. Denk darüber nach, und du wirst sehen, daß ich recht habe. Frank ist jetzt erledigt. Er weiß das. Er hat keine Macht mehr auf dieser Welt, außer der, mir weh zu tun. Er wird Nicky benutzen, um das zu erreichen. Was immerhin bedeutet, daß er so lange sicher ist, bis ich dort ankomme. Vielleicht finde ich ja einen Weg, Nicky dort wegzuschaffen, bevor sie das Netz um Frank zuziehen. Vielleicht auch nicht. Vielleicht wird er uns alle umbringen. Ich vermute es sogar. Aber er wird sicher dem Kind etwas zuleide tun, wenn ich jetzt nicht mache, was er will. Es tut mir leid, daß ich dich geschlagen habe, aber du weißt, daß ich recht habe.«

Als er darauf nichts zu erwidern wußte, wandte sie sich um und ging zum oberen Flur hinauf.

Chris legte den Hörer auf und folgte ihr, aber nicht mit der gleichen rücksichtslosen Hingabe wie zuvor.

Sie war im Schlafzimmer, rannte zwischen Kommode und Bett hin und her und warf Kleidungsstücke in einen geöffneten Koffer.

Er stand in der Tür. Auf dem Weg nach oben war er sich sicher gewesen, ihr etwas sagen zu müssen, aber jetzt, wo er hier war, wußte er sich nicht auszudrücken.

Als wollte sie dieses Vakuum füllen, sagte Matty – das Gesicht abgewandt, die Hände mechanisch mit Packen beschäftigt – zum Koffer hin: »Wir dürfen die Polizei in keiner Weise hineinziehen. Sobald er eine blaue Uniform sieht, verliert Nicky sein Leben. Verstehst du?« Sie drehte sich feierlich zu ihm um.

Zum ersten Mal, seit er seine Frau kannte, sah sie alt aus.

Nicht so sehr an Jahren als an zuviel erworbener Weisheit gealtert. »Ich verstehe«, sagte er.

Sie fuhr fort zu packen. »Ich lasse mir mein Kind nicht noch ein zweites Mal wegnehmen.«

»Ein drittes Mal.« Und als sie sich umdrehte, um ihn anzusehen, fügte er hinzu: »Ah, ja, du hast recht. Das erste Mal war ja eine Lüge, nicht wahr?«

Sie schaute ihn einen Augenblick an, dann drehte sie sich weg, ohne darauf einzugehen.

»So war es doch!?«

Matty seufzte, durchwühlte eine Schublade nach Kleidern, die sie nicht zu finden schien. »Chris, ich habe eine Menge gelogen. Ich tat, was ich glaubte, tun zu müssen, um Nicky und uns alle zu beschützen. Wenn ich unrecht hatte, tut es mir leid. Aber ich glaube nicht, daß ich unrecht hatte. Außer vielleicht damit, dich überhaupt in die Sache hineinzuziehen.«

»Na ja«, begann er, »stand alles im Drehbuch.« Daraufhin drehte sie sich wieder zu ihm um. Ihr Gesicht war grau wie Schiefer.

Rot vor Wut, wollte sie etwas sagen, schüttelte dann aber nur den Kopf und machte mit Packen weiter. »Keine Zeit für so was. Denk, was du willst!«

»Was ich will, oder was wahr ist?«

Sie schloß den Koffer und ließ den Verschluß zuschnappen.

Er hielt sie an der Tür auf. »Ich möchte wissen, wo du ihn triffst.«

»Nein.«

»Matty, wenigstens das. Das bist du mir schuldig.«

Sie schaute ihn ungläubig an. »Ich schulde dir ...?« Aber wieder ließ sie es auf sich beruhen und versuchte, an ihm vorbeizukommen.

»Sag es mir, oder ich folge dir.« Er dachte, sie würde ihn wieder schlagen.

»Wenn du das machst, Chris! Wenn du das machst, dann wird Nicky noch so lange leben!« sagte sie und schnippte mit den Fingern.

Sie drängte an ihm vorbei und ließ ihn verunsichert und ohnmächtig in der Tür stehen.

Chris fühlte, wie sich die Wut in ihm aufstaute. Er hatte die Nase davon voll, immer von anderen herumkommandiert zu werden. Die damit einhergehenden Ohnmachtsgefühle machten ihn krank.

Im Flur kriegte er sie wieder zu fassen. »Du schuldest mir in der Tat etwas. Um zu dir und Nicky zu kommen, wäre ich beinahe umgebracht worden!«

Matty setzte den Koffer ab. »Und warum hast du es getan, Chris? Warum warst du hinter uns her?«

Er musterte ihr Gesicht. »Wovon redest du überhaupt?«

»Damals im Hotel, auf der Damentoilette. Hast du es dich damals gefragt, Chris?«

»Matty, du bist nicht mehr bei Verstand.«

Sie nickte ironisch. »In dem Augenblick, als du herausgefunden hast, daß er vielleicht nicht deiner ist. Damals hat sich alles geändert, Chris. Nicht als Frank zum ersten Mal bei uns auftauchte. Nicht als Rick angegriffen wurde. Nicht einmal, als du das Haus verschlossen vorgefunden hast. Es begann in dem Moment, als ich dir über deinen Sohn erzählt habe. Daß er vielleicht nicht dein richtiger – biologischer – Sohn ist. Damals hat sich alles geändert. Der Blick in deinen Augen. Dieser Blick.«

Er trat zurück und warf die Hände nach oben. »Welche Reaktion hattest du denn erwartet? Sollte ich vor Freude über die guten Neuigkeiten Luftsprünge machen?«

»Welche Neuigkeiten, Chris? Daß ich dich nicht liebte? Daß Nicky dich nicht liebte? Daß einer von uns Krebs hatte und sterben mußte? Nichts dergleichen! Nichts hatte sich geändert, Chris. Nicky war immer noch dein Kind!«

»Du hast gesagt, daß du Frank liebst!«

»Verdammte Scheiße. Ich habe gelogen. Glaubst du, das war einfach für mich? Ich habe gelogen, um dich fernzuhalten, damit du nicht umgebracht wirst. Aber weißt du was, Chris? Nach ein paar Minuten fiel es mir gar nicht mehr schwer. Weil du mir geglaubt hast. Du warst so verdammt wild darauf, mir zu glauben, mir – uns – das Schlimmste zuzutrauen. Es hätte nicht funktioniert, wenn du mir nicht geglaubt hättest.«

Chris taumelte zur Seite, in seinem Kopf drehte es sich, er wankte im Kreis herum und sah mit ungläubigem Blick zu ihr zurück. »Verdammt noch mal! Was willst ... du willst es sowohl als auch haben! Ich bin erledigt, wenn ich es tue, und tot, wenn nicht!«

Matty zögerte, schien sich zu sammeln. »Was soll ich sagen, Chris? Wie kann ich auch nur beginnen, mich für das zu entschuldigen, was ich dir angetan habe? Ich kann nicht. Schau uns an! Keiner von uns traut dem anderen oder wird es je wieder tun. Ist es nicht besser, es dabei zu belassen und mich zu ihm gehen zu lassen, bevor wir alles noch schlimmer machen? Oder etwa nicht?« Sie ging an ihm vorbei die Treppe hinunter.

Als er schließlich nach unten kam, war sie am Küchentelefon, um ein Taxi zu rufen. Als er auf sie zukam, legte sie auf. »Laß mich dich wenigstens zu deinem Motel fahren, oder von wo immer du den Flughafen anrufst«, bot ihr Chris sanft an.

»Nein. Danke.«

Sie hörte auf, wie verrückt an ihrem Haar herumzuzerren, steckte den Kamm zurück und kam ins Wohnzimmer, um sich vor den Kamin zu setzen.

Man hörte, wie John Antler Horn die Fernsehkanäle wechselte.

Chris stand da und schaute dumpf dem kleinen, bebrillten Rechtsanwalt zu, wie er, gegen das Eichenregal nahe der Eingangshalle gelehnt, eins seiner Bücher durchblätterte. Als Goldstein Chris' Blick bemerkte, sah er auf. »Vielleicht wäre es besser, wenn ich ginge?«

Chris kam ins Wohnzimmer und lümmelte sich in den grünen Sessel. »Das macht überhaupt nichts. Sie können gerne bleiben.«

Abe Goldstein kam zu ihnen ins Wohnzimmer. Er hatte immer noch eins der Bücher dabei: den Warren Report, wie Chris teilnahmslos bemerkte.

»Interessantes Buch«, sprach Goldstein die beiden an. »Haben Sie es gelesen?«

Chris seufzte. »Lange her.«

»Und haben Sie auch den Film von Oliver Stone gesehen?«

»Mr. Goldstein ...«

»Interessanter Film. Ich vermute, wir werden nie die ganze Wahrheit darüber erfahren, wer Kennedy umgebracht hat. Was für ein schöner Mann er war! Und Jackie. Wenn ich das so sagen darf, Mrs. Nielson, Sie erinnern mich in mehrfacher Hinsicht – von den Haaren einmal abgesehen – an die spätere Mrs. Onassis. Irgend etwas an Ihrem Stil.«

»Na ja, schönen Dank, Mr. Goldstein. Ich nehme das als Kompliment.«

»Oh, sicher, so war es auch gemeint.« Der kleine Anwalt lehnte sich gegen die Kaminumrandung, während er das Buch durchblätterte. »Ich nehme an, der Ort, wo Sie Mr. Springer treffen werden, ist nicht zufällig Dallas?«

Matty sagte nichts.

»Mrs. Nielson?«

»Nein, es ist nicht Dallas, Mr. Goldstein.«

»Ich verstehe. Aber ziemlich weit weg, nicht wahr? In der Nähe einer Grenze, würde ich mal annehmen. Mexiko oder so. Wo man sich leicht in ein neutrales Land absetzen kann. In Nordamerika heißt das: Mexiko oder Kanada, nicht wahr?«

Matty starrte ins Feuer.

»Natürlich eine reine Vermutung von mir, aber wenn ich unser guter Mr. Springer wäre ... wenn ich ein verzweifelter Mann ohne größere Geldmittel wäre, wenig Zeit hätte und zusätzlich die Belastung durch ein Kind, ich glaube, ich würde mir für ein Treffen einen möglichst unverdächtigen Ort aussuchen. Mit unverdächtig meine ich: voller Menschen. Also in der Masse versteckt ... Sagen wir Disneyland oder irgendein Touristenort. Was würden Sie sagen, Mr. Nielson, Mrs. Nielson?«

Matty und Chris sagten nichts.

»Ein Ort, wo man ganz zwanglos herumschlendern kann,

ohne verdächtig zu wirken, weil jeder nur herumschlendert. Ein Ort wie, oh ... die Niagarafälle.«

Sie konnte nicht verhindern, daß sie diesmal aufsah und sich so verriet. Goldstein lächelte fast entschuldigend und deutete auf das Bücherregal. »Mehrere Ihrer Reiseführer dort im Regal beschreiben den Ort. Sie gehören Mr. Springer, nicht wahr?«

Chris sah schnell zu Matty, dann zu dem lächelnden Anwalt, dann wieder zu Matty hin, die wieder ins Feuer starrte.

»Matty?«

Sie verschränkte die Arme und preßte die Kiefer zusammen. »Er wird Nicky töten, wenn sich jemand einmischt, Chris.«

»Nicht, wenn er mich gar nicht kommen sieht.«

»Nein!« Ihre Stimme klang derart verzweifelt, daß beide Männer sich innerlich vor ihr verbeugten.

Goldstein schloß das Buch und legte es zwischen seine beiden Gastgeber auf den Couchtisch. »Mrs. Nielson, bitte verzeihen Sie mir die unappetitliche Schnüffelei. Ich weiß, Sie müssen böse auf mich sein. Ich habe einfach nur über diesen famosen Mr. Springer nachgedacht. Dieser großartige internationale Spion und Meuchelmörder, dieser Supermann, der in jeglicher Hinsicht nur noch ein Flüchtling ist, ein gejagtes Tier. Wenn die CIA ihn heute nicht kriegt, dann sicher morgen oder übermorgen.«

»Wenn sie ihn kriegen«, warf Matty ein.

»Ganz richtig. Und was das Kind angeht, kann ich Ihnen nur zustimmen: Nicky ist seine Geisel, wirklich seine Trumpfkarte. In dem Moment, wo Mr. Nielson oder irgend eine behördliche Person auftaucht, kann Springer mit dem Kind drohen. Trotzdem dachte ich«, er begann, vor dem Kamin hin und her zu rennen, »dachte ich vorhin an Dallas. Und mir scheint, wir haben einen einzigartigen Vorteil, vielleicht unsere eigene Trumpfkarte, etwas, wovon unser Mr. Springer nichts weiß und was er wohl kaum erwarten würde.« Goldstein eilte zum Sofa, wo er das CIA-Gewehr liegengelassen hatte. Er hielt es hoch, damit beide es sehen konnten. Er lächelte.

Aufgeregt erhob sich Chris aus seinem Sessel und nahm

dem kleinen Anwalt das Gewehr ab. »Ja, Matty!« Er kam zu ihr herüber. »Er muß mich ja nicht sehen. Ich muß überhaupt nicht in seine Nähe kommen. Dieses Ding schießt bei Nacht. Schießt mit unfehlbarer Präzision. Ich habe es benutzt!«

Matty betrachtete ängstlich die Waffe. »Das ist zu gefährlich. Er wird Nicky bei sich haben.« Aber ihr Ton hatte sich ein wenig verändert.

Chris bedrängte sie, als Goldstein eingriff. »Jetzt, wo die Katze aus dem Sack ist, könnten Sie uns vielleicht genauer sagen, worüber Sie mit Mr. Springer gesprochen haben?«

Matty gab zögernd ihrer Erschöpfung nach. Sie seufzte resigniert. »Er sagte mir, ich solle ihn im Bundesstaat New York an den Wasserfällen treffen. Dort haben wir unsere Flitterwochen verbracht. Er sagte, er wolle noch mal ganz von vorn beginnen. Nur wir drei. Von dort aus würden wir nach Kanada gehen und dann irgendwohin nach Übersee. Er sagte, er nehme mir das mit der Lampe nicht übel, daß ich ihn geschlagen habe; er habe auch gelogen, aber damit müsse es jetzt ein Ende haben. Er hat gesagt, daß er mich liebe und einen neuen Anfang machen wolle. Wenn ich ihn lieben und ihm vertrauen würde, sollte ich alleine kommen und mit ihm weggehen. Daß er dem Kind etwas antun könnte, davon hat er so direkt nichts erwähnt, mehr so implizit. Natürlich wußte er, daß ich ja sagen würde.«

»Glauben Sie, daß er Wort halten wird, Mrs. Nielson?«

Matty warf einen Blick auf Chris. »Nein ... Ich glaube, er beabsichtigt, mich zu töten. Mein Leben für Nickys oder so ähnlich. Das ist sein Stil. Wer zuletzt lacht ... Ich habe ihn mit Chris betrogen, und Frank Springer betrügt man nicht. Nachher geht er nach Europa oder Argentinien, um wieder von vorn anzufangen. Vielleicht läuft er auch zur anderen Seite über. Wer immer die andere Seite heutzutage auch sein mag.«

Goldstein nickte, machte rasch ein paar Schritte und drehte sich zu ihr um. »Wo genau werden Sie ihn treffen. In einem Hotel, auf einem Parkplatz?«

»Im Rapids. Das ist ein großes Hotel nahe den Wasserfällen,

mit einem Restaurant auf der Spitze. Große Panoramafenster mit Blick auf Niagara. Wir haben dort schon mal gegessen.«

»Um wieviel Uhr?«

»Morgen abend um neun Uhr.«

Goldstein nickte und machte wieder ein paar schnelle Schritte. »Haben Sie vielleicht ein Faxgerät, Mr. Nielson?«

»Ja, manchmal schicke ich Überarbeitungen nach New York.«

Goldstein nickte hastig und war sichtbar erregt. »Hören Sie mir bitte zu. Sie beide. Ich weiß, daß Sie Angst um das Kind haben, aber ich glaube, man könnte es einmal damit versuchen, wenn Sie mitmachen.«

»Womit?« fragte Chris hoffnungsvoll.

»Die Niagarafälle sind ein bekannter Touristenort. Es gibt dort heute jede Menge Häuser und Gebäude um die Wasserfälle herum. Einige davon werden nachts geschlossen sein. Wir könnten Mr. Nielson in eins jener Gebäude einschleusen, die gegenüber oder auf einer Höhe mit dem Restaurant liegen beziehungsweise daran angrenzen. Selbst wenn es ein paar Häuserblocks davon entfernt liegen sollte.«

Chris griff den Vorschlag auf: »Springer durchs Infrarotzielfernrohr aufs Korn nehmen! Ja, gut!«

Matty besah skeptisch das Gewehr. »Nicky wird genau dort sein. Du wirst unglaublich präzise sein müssen.«

»Das Ding ist unglaublich präzise.« Aufgeregt nahm er Goldstein das Gewehr aus der Hand.

»Es ist immerhin eine Chance, Mrs. Nielson. Und wenn es eine Chance ist, dann sollten wir sie zumindest in Betracht ziehen, dem Kind zuliebe.«

Jeder wußte, daß seine letzte Bemerkung als Anreiz dienen sollte, vor allem Matty wußte es.

Sie kaute an ihren Lippen. Gab es Grund zur Hoffnung? »Wie läßt sich denn das alles bis morgen abend organisieren? Es bleibt nicht genug Zeit.«

Goldstein hielt den Zeigefinger hoch. »Ich habe Freunde in New York, Leute, die nächtlichen Zutritt zu den dortigen Bibliotheken haben. Was wir brauchen, ist eine Art Luftansicht der Örtlichkeit, das heißt der Wasserfälle und der sie umgebenden Baulichkeiten. Ich werde ein paar Anrufe machen und mir die Informationen hierher faxen lassen. Wir können die ganze Sache hier ausklügeln, noch bevor Sie losfahren.«

Matty stand auf und begann jetzt ebenfalls, hin und her zu laufen. »Und was ist, wenn Springer die Fluggesellschaft herausfindet und auf mich und Chris wartet, wenn wir aussteigen?«

»Das Risiko müssen wir eingehen«, sagte Chris zu ihr. »Aber wir können verschiedene Fluggesellschaften nehmen. Das halbiert das Risiko. Wo ist das Telefonbuch? Ich werde mich sofort über die Flugzeiten informieren.« Er wandte sich an Goldstein. »Ich habe noch einen zweiten Telefonanschluß im Arbeitszimmer. Benutzen Sie den für Ihre Anrufe. Das Fax steht auf dem Schreibtisch. Matty, wie wär's mit Kaffee, sehr viel Kaffee?«

Beide Männer verfielen jetzt in hektische Aktivitäten und verbreiteten dabei eine neuartige, begeisternde Atmosphäre im Haus, von der sich Matty, die vor Erschöpfung und Anspannung leicht zitterte, schließlich doch mitreißen ließ.

Es war das fünfte Fax, das von der Mid-Manhattan-Bibliothek, das alles mit einem Schlag veränderte. Es handelte sich um die Darstellung eines Künstlers, die das gesamte Niagaragebiet aus der Hubschrauberperspektive heraus zeigte.

Goldstein war hocherfreut und deutete triumphierend auf ein rundes Bauwerk neben den Luna-Fällen. Die Bildunterschrift lautete: »Und hier ist es: Das Rapids-Hotel und -Restaurant. Weltberühmt.«

Matty nickte. »Das ist der Platz. Ich erkenne die Gegend wieder, den kleinen Park dort links. Goat Island ist dort drüben. Hier ist ein schmaler Wanderweg, der an den Fällen vorbeiführt. Man braucht Regenmäntel und -schirme, um sich gegen den Sprühregen zu schützen.«

Chris nahm die Fax-Illustration und legte sie unter die runde beleuchtete Lupe auf seinem Schreibtisch. »Schaut her, dieses Gebäude auf der anderen Seite des Weges. Im Begleittext wird es nicht erwähnt; vielleicht steht es leer und wird nicht genutzt. Dies könnte unser Schießstand sein.«

Goldstein nickte. »Hier ist noch ein anderes, kleineres. Nicht so nah, aber vielleicht können Sie von dort aus besser auf das Restaurant zielen.«

Zitternd wandte Matty sich ab. »Hören Sie zu ...«

Goldstein sah zu ihr auf. »Mrs. Nielson ...«

»Ich weiß, ich weiß. Es hat bloß so etwas makaber Vertrautes.« Zu Chris sagte sie: »Es ist nur eine Zeichnung, weißt du? Die Darstellung eines Künstlers. Es berücksichtigt keine Bäume oder andere Hindernisse, die den Künstler nicht interessierten. Selbst der Maßstab könnte ungenau sein.«

Chris beachtete sie nicht, aber Goldstein straffte sich. »Da haben Sie recht, Mrs. Nielson.«

Chris sah hoch.

Wieder rannte Goldstein hin und her. »Wir brauchen einen Reserveplan, falls unser erster fehlschlägt.«

»Wie sollen wir das wissen, wenn wir erst mal da sind?« warf Matty ein. »Chris und ich werden nicht miteinander kommunizieren können!«

Goldstein sah rasch auf seine Uhr. »Drei Uhr morgens. Wann geht Ihr Flugzeug Chris?«

»Heute morgen um sieben Uhr.«

Der Anwalt nickte. »Rufen Sie noch mal die Fluggesellschaft an und buchen Sie zwei Flüge.«

Matty drehte sich um. »Sie begleiten ihn?«

Goldstein nahm die Zeichnung hoch. »Vorsichtsmaßnahme. Springer kennt mich nicht, hat noch nie von mir gehört. Mein Neffe Hershel hat – hatte – ein paar von diesen Handfunkgeräten im Haus meiner Schwester. Ich werde vorbeischauen und sie holen. Mr. Nielson und ich können so diskret in Kontakt bleiben.« Er musterte Matty mit Sympathie. »Ich werde vor Ihnen im Restaurant ankommen und Chris darüber auf dem laufenden halten, was nach Ihrer Ankunft passiert.«

»Ich glaube, das ist eine gute Idee«, stimmte Chris zu. »Matty, hoffentlich kommst du dort vor Springer an. Such dir unbedingt einen Platz in der Nähe von einem der großen Aussichtsfenster. Je näher, desto besser. Ich will eine klare Schußlinie haben.«

»Was ist, wenn Springer bereits Platz genommen hat oder einen Tisch irgendwo in der Mitte wählt?«

Chris seufzte. »Versuch, ihn näher zum Rand hin zu bugsieren. Denk dir was aus – der Ausblick oder was Ähnliches –, aber mach es nicht zu offensichtlich. Sobald er mißtrauisch wird, laß es sein. Mit diesem Ding sollte ich in der Lage sein, euch überall im Restaurant zu sehen. Ich will nur sichergehen, daß Springer umgelegt wird und nicht irgendein anderer Gast.«

Matty schluckte schwer.

»Also gut«, sagte Goldstein abschließend, »ich glaube, wir wissen alles Nötige. Ich werde die Funkgeräte holen. Chris, Sie rufen die Fluggesellschaft an. Mrs. Nielson, ich schlage vor, Sie machen ein kleines Nickerchen. Ich vermute, Sie können es gebrauchen.«

Einen Augenblick lang betrachteten sie einander schweigend.

Dann gingen sie in verschiedene Richtungen davon. Die Sache kam ins Rollen.

28

Chris fuhr den Mietwagen an den Bordstein, machte den Motor aus und ließ sich lange genug Zeit, um tief und gleichmäßig durchzuatmen. Eine neue Stadt, ein neuer Tag, ein neuer Anfang.

Aber wie würde das Ende aussehen?

Er langte hinüber zum Beifahrersitz und ergriff das kleine, handtellergroße Funkgerät. Er drückte den roten Knopf und fragte: »Wie geht's?«

Goldsteins Stimme, die blechern und weit entfernt klang, erwiderte: »Ich bin auf dem Parkplatz des Restaurants. Sieht gut aus von hier. Warm in New York, was? Und wie geht es Ihnen, Mr. Nielson?«

Chris saß im Wagen und beobachtete einen alten Mann mit rosa Wangen, der – ohne aufzusehen – eine schwere Einkaufstasche vorbeischleppte. »Nicht besonders. Hier ist nichts frei, nichts steht leer, und sowieso liegt nichts hoch genug. Ich mache erst mal einen auf gehetzter Geschäftsmann.«

»Ich erwarte Ihren Anruf.«

Chris steckte das Gerät in die Tasche und stieg aus dem Auto hinaus in den ungewöhnlich warmen – fast milden – New Yorker Morgen. Er drehte sich um und schaute über schneetauende Bäume hin zu der aufsteigenden Dunstwolke über dem mächtigen Niagara in der Ferne und dachte: Das sieht weiter weg aus als auf der Zeichnung.

Er schaute auf die Uhr. Den ganzen Morgen hatte er immer wieder auf die Uhr geschaut, und zwar so oft, daß er bereits einen leichten Schmerz unter der Schädeldecke verspürte. Er wandte sich um und schaute in die andere Richtung: ein alter Verkaufsstand, eine Pfandleihe, mehrere Bürogebäude und, weiter die Straße hinunter, die mausgraue Fassade des Gebäudes, das zu untersuchen er hergekommen war; das einzige Gebäude, das vielversprechend aussah.

Er ging um den Mietwagen herum zum Kofferraum, öffnete ihn und zog einen jener schwarzen Aktenkoffer hervor, wie Geschäftsleute sie haben. Darin befand sich das CIA-Gewehr: ordentlich auseinandergenommen, zusammengelegt und verstaut. Das Leder des Aktenkoffers paßte perfekt zu seinem holzkohlegrauen Geschäftsanzug, der Krawatte und den schwarzen Schuhen.

Er öffnete den Koffer im Kofferraum, sah kurz in beide Richtungen der ruhigen Kleinstadtstraße, nahm das Nachtzielfernrohr heraus und steckte es sich in die äußere Manteltasche. Dann verschloß er den Kofferraum.

Lässig schlenderte er den Häuserblock entlang, wie ein Geschäftsmann in der Mittagspause.

Eine halbe Meile entfernt stieg Abe Goldstein, wie immer in Anwaltsblau gekleidet, aus seinem Mietwagen, schloß ab und starrte die röhrenförmige Fassade des dreiundzwanzigstöckigen Hotels und Restaurants hinauf, dessen riesige, krapfenförmige und glasverkleidete Penthousespitze sowohl das schimmernde Blau des Himmels als auch die donnernde Sturzflut des nahen Katarakts reflektierte. Eine Menge Leute hier, dachte Goldstein, als er die Eingangshalle betrat, besonders für die Wintermonate. Es muß wohl am warmen Wetter liegen.

Er blieb in der Nähe des Lifts stehen und tat so, als inspiziere er ein Regal mit Reisebroschüren, die die Vorzüge der wundersamen Niagara-Fälle priesen.

Mr. Hackermeyer, schlank, mit schütterem Haar und diensteifrig bemüht, seine Kunden zufriedenzustellen, brachte Chris hinauf zum dreiundzwanzigsten Stock, den Flur entlang und hin zu dem Teil des Gebäudekomplexes, der gegenwärtig zur Vermietung leerstand. Mr. Hackermeyer schien ständig in Bewegung zu sein und war niemals um Worte verlegen. »Eines der schönsten Büros auf dieser Etage. Natürlich wissen Sie über die Preise Bescheid, die erheblich höher liegen als irgendwo sonst in der Umgebung. Aber dafür diese Aussicht; schließlich wünscht jeder einen Blick auf die Wasserfälle. Einige empfinden es natürlich als zu große Ablenkung, aber was mich betrifft, so habe ich mein Büro mit Blick auf den Niagara fast schon acht Jahre lang genossen. Ah, da wären wir: 213.« Er holte einen Schlüssel hervor, drehte ihn in einem vergoldeten Schloß und öffnete die Tür zu einem eichegetäfelten, leeren Raum von dreizehn mal zehn Metern. Während er schnell ins Zimmer trat, um den Thermostat angenehm zu regulieren, bemerkte Mr. Hackermeyer diensteifrig: »Hier muß noch gestrichen werden. Für eine Vermietung steht es erst in einer Woche zur Verfügung. Und ich muß Ihnen mitteilen – Mr. Nielson, nicht wahr …?«

»Das ist richtig«, bestätigte Chris.

»Ich muß Ihnen mitteilen, daß sich bereits zwei andere Herren vor Ihnen beworben haben. Nun gut. Wie gefällt Ihnen die Aussicht?«

Chris war bereits dabei, von den beiden großen Panoramafenstern aus die Bilderbuchkulisse der dampfenden Wasserfälle mitsamt ihrer kanadischen Horizontlinie zu betrachten. Die rechte Hand lässig in der Jackentasche, bediente er mehrmals den kleinen roten Knopf.

Goldstein hörte das gedämpfte Piepen in seiner Tasche, drehte sich sofort um, stieg in den Hotellift, drückte den Knopf des obersten Stockwerks, wo sich das glasverkleidete Restaurant mit seinem Rundumblick auf die Umgebung befand.

Abgesehen von dem kleinen Plastikfunkgerät in seiner Tasche, war er allein im Lift.

»Ich frage mich, ob ich Sie um einen kleinen Gefallen bitten dürfte«, sprach Chris den stets geduldigen Mr. Hackermeyer an. »Darf ich hier vielleicht ein paar Minuten allein verbringen, um ein Gefühl für die Räumlichkeit zu bekommen? Wäre das möglich?«

»Nun...«

»Nur zwei Minuten. Es ist eine Marotte von mir. Ich kann nicht an irgendeinen Ort ziehen, solange ich nicht weiß, ob ich es dort überhaupt mit mir selbst aushalte.«

Hackermeyer musterte Chris von oben bis unten und lächelte schließlich. »Ich verstehe. Ich muß sowieso noch ein paar Telefonanrufe tätigen. Viel Spaß.«

Als er gegangen war, zog Chris das Nachtsichtgerät hervor. Aus dem Fenster hinaus blinzelte er zu dem großen Gebäude mit der krapfenförmigen Spitze hinüber, deren Reflektionen ihn blendeten. Er drückte zweimal auf den roten Knopf des Funkgeräts, nicht öfter.

Der stellvertretende Geschäftsführer des Rapids – Anfang Zwanzig und eingestellt, weil er was mit der Tochter des Besitzers hatte – wandte sich von dem doppelt so alten hispanischen Hilfskellner, den er gerade zusammengestaucht hatte, ab, um nachzusehen, wer dort so beharrlich gegen die gläserne Eingangstür des Restaurants klopfte.

Der junge stellvertretende Geschäftsführer zeigte gestikulierend auf das deutlich sichtbare Schild an der Tür. Als dies jedoch den lächelnden Mann nicht davon abhielt, geduldig weiterzuklopfen, fühlte er sich schließlich genötigt, die Tür einen Spaltbreit zu öffnen und mit gespielter Autorität hinauszublicken. Dann verkündete er: »Es tut mir leid, mein Herr. Das Restaurant öffnet erst in zwei Stunden.«

»Oh, das ist ja wunderbar, ein wahrer Glücksfall! Schwer ausgebucht heute abend, was?« fragte Goldstein strahlend.

»Ich fürchte, Sie bräuchten eine Reservierung. Wir nehmen Reservierungen nur telefonisch entgegen.«

»Die Sache ist wie folgt. Ich muß Sie um einen großen Gefallen bitten. Meine Schwester und ihr Gatte haben genau hier an den Niagarafällen vor ein paar Jahren geheiratet. Sie kommen heute hierher, um hier ihre zweiten Flitterwochen zu verleben, wenn Sie glauben mögen, daß es solcherlei Liebesromanzen auf der Welt überhaupt noch gibt.«

»Mein Herr ...«

»Was mir vorschwebt, ist eine Art Überraschung. Wenigstens für ihn. Sheila, meine Schwester, weiß natürlich Bescheid. Sie würde gerne heute mit ihm zu Abend essen. Am gleichen Ort, am gleichen Tisch, den sie vor zehn Jahren hatten. Jetzt frage ich Sie, gibt es keine Romantik mehr in unserer unruhigen Welt? Deshalb habe ich Sie auch nicht zuerst angerufen, verstehen Sie? Ich mußte herkommen, um Ihnen den genauen Tisch zu zeigen.«

Der junge stellvertretende Geschäftsführer wollte etwas sagen, bemerkte dann aber den Hundert-Dollar-Schein, der aus der Brieftasche des kleinen Mannes hervorlugte. »Nicht, daß wir solch einen Gefallen für nichts erwarten würden, keineswegs. Was meinen Sie, könnte ich wohl einen kurzen Blick hineinwerfen und Ihnen zeigen, an welchem Tisch sie genau gesessen haben?« Der Geldschein glitt über den Rand der Brieftasche hinaus. Der junge stellvertretende Geschäftsführer setzte angesichts dieses Angebots einen angewiderten Blick auf, schaute rasch über die Schulter nach hinten, griff danach und ließ den Geldschein verschwinden.

Drinnen geleitete der junge Stellverteter den kleinen Mann durch das leere Labyrinth sauberer, mit Leinentüchern bedeckter Tische, während Goldstein heiter der Hilfskraft zulächelte, die gerade die Vasen mit der einen Rose hinstellte und das Silberbesteck auflegte.

Dann kamen sie zu dem weiten, gewölbten Panoramafenster, das zugleich als Außenwand des Restaurants diente. Der Blick nach unten war atemberaubend. »Oh, mein Gott!« rief Goldstein aus. »Das ist ja wirklich phantastisch! Das müßte der nordöstliche Teil des Gebiets sein, wenn ich mich nicht irre?«

»Nun, vom Lift aus ja, aber ...«

»Oh, ja, genauso hat Sheila es mir beschrieben. Könnten Sie mir vielleicht noch einen Gefallen tun? Ich bin den ganzen Tag gefahren. Hätten Sie vielleicht ein Glas Wasser für mich?«

»Wasser? Aber sicher. Einen Moment.« Der junge Mann machte auf der Stelle kehrt.

Goldstein sah einen Augenblick hinterher, blickte dann schnell nach rechts und links, hielt sich das Funkgerät an die Lippen und drückte zweimal auf den roten Knopf: »Der Adler ist gelandet.«

»Verstanden«, ließ sich Chris blechern vernehmen. »Aber Sie sind zu weit östlich. Bewegen sie sich zwei ... drei Tische nach rechts.«

Goldstein drehte sich lässig um, das Gerät unter der Handfläche am Oberschenkel verborgen und schlenderte die geräumige Fensterwölbung entlang drei Tische weiter.

»So ist es gut«, kam es von Chris. Er kniff die Augen zusammen und stellte das CIA-Zielfernrohr ein. »Plazieren Sie sie genau dort. Dann habe ich einen problemlosen Schuß. Und lassen Sie uns hoffen, daß er Matty das Kind halten läßt.«

»Ihr Wasser, mein Herr«, verkündete der junge Stellvertreter und gab Goldstein ein lauwarmes Glas. Dieser nahm es entgegen, ohne zu trinken, ohne überhaupt auf den Tisch zu schauen. Er betrachtete vielmehr einen entfernt liegenden Punkt draußen am Ufer. »Dies ist genau der Tisch, an dem sie gesessen haben. Ich bin mir sicher. Oh, wird das nicht eine herrliche Überraschung werden?«

»Und der Name, bitte?« Der junge Manager seufzte, zückte Schreibblock und Stift.

Der Anwalt fischte nach etwas in seiner linken Hemdtasche. »Die Sache ist die: Ich weiß nicht, welchen Namen sie benutzen werden. Sie spielen halt dieses kleine Spielchen, tun so, als wären sie ein heimliches Liebespaar, sehr sündhaft, sehr süß. Ah, hier. Das ist ein Foto meiner Schwester. Schönes Mädchen, was? Sie wird mit einem großen blonden Herrn, einem kräftigen Burschen zusammensein. Oder sie kommt zuerst, um ihn zu überraschen. Sagen Sie bitte der Bedienung Bescheid, wenn Sie so nett wären.«

»Nun, das ist allerdings ein wenig ungewöhnlich ...«

»Sie können sich ja gar nicht vorstellen, was das für die beiden bedeutet.« Goldstein strahlte und holte einen weiteren Geldschein hervor. »Und natürlich werden wir auch ein kleines Feuilleton darüber schreiben. Hatte ich erwähnt, daß ich beim *News Chronicle* arbeite? Nicht?«

»Nun, wie geht es Ihnen?« fragte der geduldig lächelnde Mr. Hackermeyer, wenige Sekunden, nachdem Chris das Zielfernrohr wieder in die Tasche gesteckt und auch das Funkgerät verstaut hatte.

»Sehr gut«, teilte ihm Chris mit, »ich glaube, das ist genau das Richtige. Ich muß noch einen anderen Standort besichtigen, und dann werden wir weitersehen. Haben Sie vielleicht eine Visitenkarte, Mr. ... Hackenbush, richtig ...?«

»Hackermeyer«, kam die kühle Antwort, und er präsentierte die gewünschte Karte.

Chris nahm sie entgegen, schüttelte ihm die Hand und ging.

Er lächelte freundlich dem Wachmann zu, wobei er das

Plastik-Namensschild über der Brusttasche der Uniform bemerkte: NED POTTER.

Dann war er wieder draußen auf dem Bürgersteig und im warmen Sonnenschein.

Matty stieg im Armstrong ab, einem bescheidenen Motel sechs Häuserblöcke vom Rapids entfernt. Sie verschloß die dünne Zimmertür, streifte die Schuhe ab und ließ sich auf die harte Matratze plumpsen. Die Erschöpfung des dreistündigen Fluges fiel langsam von ihr ab. Zum hundertsten Mal an diesem Tag schaute sie auf die Uhr: 17 Uhr 33.

Als sie ihre Bluse aufknöpfte, bemerkte sie, daß ihre Hände ein wenig zitterten, ohne daß sie etwas dagegen hätte tun können. Was immer sie auch berührte oder anschaute, erschien ihr so unnatürlich scharf wie auf einem LSD-Trip zu Collegezeiten. Was, wenn er Nicky nicht dabeihatte? Oder wenn er überhaupt nicht auftauchte, und das Ganze nur einer seiner grausamen Scherze war? Sie hatte keinerlei Garantie, schon gar nicht, daß dieser wilde Plan gelingen würde. Solange sie ihn kannte, hatte ihn nie jemand reingelegt oder ausgetrickst.

Überall begleitete sie ein Gefühl der Angst.

Sie ließ heißes Wasser in die kleine Hotelbadewanne auf dem rissigen Fliesenboden laufen und schälte sich aus ihrer Unterwäsche. Wenn doch bloß das Zittern, das jetzt auch ihre Beine erfaßt hatte, aufhören würde!

Es gab nur zwei Flüge nach Niagara; einen am frühen Morgen und diesen, dessen Ankunft für den späten Nachmittag vorgesehen war. Sie hatte den späteren Flug genommen und auch dieses kleine Hotel, weil sie Springer auf keinen Fall vor dem angekündigten Dinner in dem gläsernen Restaurant begegnen wollte. Sie wollte auf jeden Fall verhindern, daß etwas schiefging, daß Frank zu früh auftauchte, sie verschleppte und den Plan zum Scheitern brachte.

Sie stieg in die angenehm heiße Wanne, machte es sich dort bequem und hoffte dabei, daß das Bad sie ein wenig beruhigte, so daß sie sich heute abend im Restaurant nicht verriet. Du bist eine Schauspielerin, hatte sie sich den ganzen Tag über eingeredet, und das hier ist deine wichtigste Rolle.

Wieder wollte sie auf die Uhr blicken, vergaß dabei aber ganz, daß sie sie vor dem Bad abgenommen hatte.

Goldstein betrat um exakt 20 Uhr 30 das Restaurant. Am Morgen hatte er für eine Person reservieren lassen. Er saß an einem kleinen Tisch, direkt gegenüber dem bezeichneten Fenster, direkt in der Schußlinie. Wenn in diesem Moment abgedrückt worden wäre, hätte ihn die Kugel getroffen. Sein ungehinderter Blick bot ihm eine gute Sicht zum anderen Tisch hinüber, den hoffentlich bald Mrs. Nielson besetzen würde.

Goldstein bestellte ein großes Menü, das sowohl in der Vorbereitung als auch beim Verzehr viel Zeit beanspruchen würde. Er hatte eine Abendzeitung mitgebracht, hinter der er das kleine Funkgerät verstecken konnte, um mit Chris in ständigem Kontakt bleiben zu können.

Er lehnte sich zurück, nippte an seinem Wasserglas und beobachtete die Glastür, um Mattys Ankunft nicht zu verpassen. Sie würde früh, aber nicht zu früh kommen. Falls die Hosteß die Sache verpatzte, würde Goldstein dafür sorgen, daß sie den richtigen Tisch bekam. Danach würden sie beide an gegenüberliegenden Tischen dasitzen und darum beten, daß Springer auftauchte und auch das Kind dabeihatte.

Chris kam genau um 20 Uhr 30 am Bürogebäude an. Als er aus seinem Mietwagen stieg, den er um die Ecke in einer fast leeren Allee abgestellt hatte, bemerkte er, daß es jetzt beträchtlich kühler war als tagsüber. In der kalten Luft sah man seinen dampfenden Atem, als er mit dem Aktenkoffer in der Hand seinen Mietwagen abschloß.

Er bewegte sich schnell zum Eingang des sparsam beleuchteten Gebäudes hin und drückte gegen die silberglänzende Stange der Eingangstür. Wie erwartet, fand er sie verschlossen, starrte nach drinnen und suchte nach dem Wachmann, der hinter dem eichenen Empfang saß. Er klopfte leicht gegen das Glas. Der Wachmann, ein großer, untersetzter rotgesichtiger Mann (nicht der Wachmann vom Nachmittag) kam leicht verärgert zur Tür, kramte einen Schlüsselbund hervor, schloß auf und öffnete die Tür einen Spaltbreit. Er äugte nach draußen.

»Mein Herr?«

»Ned Potter?« erkundigte sich Chris, ohne das Namensschild des Mannes zu beachten.

»Nein. Ned Potter hat die Nachmittagsschicht. Kann ich Ihnen helfen?«

»Ja, ich hoffe. Ich habe hier heute abend eine Verabredung mit Mr.« – er holte die Visitenkarte hervor – »mit Mr. Hackermeyer.« Er zeigte dem Wachmann die Karte. »Ich bin ein Kunde. Chris Nielson.«

Der Wachmann zögerte. »Nun, außer mir ist keiner im Gebäude.«

»Ja. Hackermeyer rief mich an, daß er sich verspäten würde und ich schon hochgehen solle. Ich miete die 213. ›Sagen Sie Ned, er soll Sie reinlassen, hat er gesagt‹.«

»Hm, Ned arbeitet nachmittags ...«

»Ich verstehe. Hier liegt eine Verwechslung vor.« Chris schaute ungeduldig auf seine Uhr; ganz der gestreßte Geschäftsmann. »Hören Sie, ich muß in einer Stunde mein Flugzeug kriegen. Wenn Hackermeyer zu spät kommt und ich keine Möglichkeit habe, die Räumlichkeiten abzunehmen, wird's Ärger geben.«

Der fleischige Wachmann trat einen Schritt zurück, öffnete die Tür und wühlte in seinen Schlüsseln herum. »Kommen Sie rein. Ich werde Ihnen aufmachen.«

Matty warf noch einen kurzen prüfenden Blick in den Spiegel der Eingangshalle, näherte sich elegant dem Eingang des Restaurants und lächelte der Hosteß zu. »Sheila Smith. Ein Tisch für zwei.«

Die Hosteß, ein hübscher Teenager mit tollen Beinen, ging die Reservierungsliste durch, blickte rasch zu Matty auf, schaute auf das brieftaschengroße Foto, das unter dem Hauptbuch versteckt war, und lächelte. »Hier entlang, Madam, Ihr Tisch ist gleich dort drüben.«

Goldstein, dem der erste von vielen Steinen vom Herzen fiel, atmete dankbar durch. Die Augen auf Matty gerichtet, als diese den Raum durchquerte, wechselte er mit ihr einen kurzen Blick, bevor er sich wieder hinter seiner Zeitung verschanzte. Er ließ noch einen Augenblick verstreichen und preßte dann dreimal den Knopf des Funkgeräts, das er in der Handfläche verborgen hielt.

Der fette Wachmann drehte sich um, als der Piepton im Lift ertönte. Chris lächelte verärgert und brummte: »Diese verdammten Pieper. Nie hat man seine Ruhe.«

Der fette Wachmann grinste und eskortierte Chris durch den Flur, öffnete die 213 für ihn und akzeptierte die Fünf-Dollar-Note von Chris mit einem dankbaren Salut.

»Danke für Ihre Hilfe. Wenn Sie bitte Herrn Hackermeyer über meinen Verbleib verständigen würden.«

»Wird gemacht. Danke.«

Chris tat so, als würde er das Büro prüfen, wartete aber nur, bis die Tür geschlossen und die Schritte der Nachtwache verhallt waren. Er verschloß schnell die Tür, machte das Licht aus, stellte den Aktenkoffer unter das Fenster und drückte auf den kleinen roten Knopf. »Okay, ich bin drin. Wie läuft's?«

Goldstein, die Zeitung vorm Gesicht, lehnte ungezwungen den Kopf gegen seine Handfläche und erwiderte leise: »Mrs. Nielson ist an ihrem Platz; mit rotem Mantel und allem. Piepen Sie mich an, wenn Sie sie im Visier haben.«

Chris setzte fachmännisch das Gewehr zusammen – er hatte es den ganzen Morgen geübt – montierte das Zielfernrohr, überprüfte den Verschluß und visierte durch das dunkle Fenster an. Mattys roter Mantel und ihr glänzendes Haar blühten im Fadenkreuz auf. Chris bewegte das Zielfernrohr ein wenig nach rechts, zu dem leeren Platz ihr gegenüber, dann zu Goldstein, der hinter seiner Zeitung steckte, schließlich zu den Tischen und der Wand dahinter.

Alles war jetzt an seinem Platz, alles war perfekt.

Was jetzt noch fehlte, um das Bild zu vervollständigen, war Springer.

Und das Baby.

Matty, der wieder die Schultern schmerzten, ertappte sich dabei, wie sie geistesabwesend Lippenstift auftrug. Nicht, weil es wirklich nötig gewesen wäre, sondern um zu sehen, ob ihre Hand immer noch zitterte, was zu ihrer Verärgerung der Fall war.

Sie ließ die Puderdose zuschnappen, steckte sie in ihre Handtasche, sah hoch und erblickte ihren strahlenden Sohn, der von Springer durch das Restaurant zu ihr hingeführt wurde.

So groß war ihre Erleichterung, daß sie das überwältigende Bedürfnis zu weinen zurückdrängen mußte.

Frank, der ständig lächelte, beugte sich über den Tisch, küßte sie auf die Wange und hob Nicky hoch. »Du bist früh dran, Kätzchen.«

Unfähig, die Augen von ihrem Sohn zu lassen, zwang sich Matty zu einem Lächeln. »Ja, das Flugzeug.«

»Ich hatte schon dort drüben reservieren lassen.« Springer nickte zu einem entfernten Tisch hinüber.

Matty, deren Magen sich unter ihrem süßesten schwarzen Abendkleid zusammenkrampfte, zwang sich zu einem entschuldigenden Blick. »Oh, das tut mir leid. Ich habe schon eine Vorspeise bestellt. Du wirst es nicht glauben, aber auf dem Flug haben sie uns mit Nüssen gefüttert! Es tut mir leid, Frank, ich war am Verhungern.«

Springer schüttelte den Kopf, machte eine begütigende Handbewegung und setzte sich ihr mit dem Kind gegenüber. »Macht nichts. Ist schon in Ordnung. Mein Gott, du siehst wunderbar aus.«

»Danke, Frank.«

»Haben Sie ihn im Visier?« sprach Goldstein leise in seine Handfläche.

Sekunden später schockierte ihn die verzweifelte Antwort aus dem blechern klingenden Minilautsprecher. »Verdammte Scheiße«, schrie Chris, »sie hat gewechselt! Das ist der falsche Tisch! Ich habe nichts außer einer weißen Säule im Zielfernrohr!«

Goldstein, der plötzlich ins Schwitzen gekommen war, überprüfte noch einmal gründlich den Raum um sich herum. »Sie haben sich nicht bewegt, Chris. Ich habe Matty den ganzen Abend lang beobachtet. Sind Sie sicher, daß ...« Seine Stimme wurde leise und verlor sich schließlich.

»Abe? Was ist? Sprechen Sie mit mir!«

»Oh, verdammt, verdammte Scheiße ...«

»Was? Was ist los?« Chris stierte zuerst durch das Zielfernrohr, dann zog er es weg und schielte mit bloßem Auge zu dem entfernten Restaurant hinüber. »Was ist los?«

Goldstein, der beinahe sein Wasserglas umgeworfen hätte, stammelte mit zitternder Stimme in seine Handfläche: »Es dreht sich! Das gottverdammte Restaurant dreht sich! Verdammte Scheiße! Sie müssen es gerade für die abendlichen Besucher angestellt haben. Chris, können Sie mich hören?«

»Stimmt irgend etwas nicht?« fragte Springer Matty, während er Nicky hochhob, um sich eine Serviette über den Schoß zu legen.

Mit zusammengekniffenen Augenbrauen blickte sie sich neugierig um. »Bewegen wir ... uns?«

Springer kicherte leise. »Hast du das nicht bemerkt? Sie haben ein paar Veränderungen vorgenommen, seit wir das letzte Mal hier zu Abend gegessen haben. Eine Dreihundertsechzig-Grad-Aussicht auf die Wasserfälle. Reizvoll, nicht wahr?«

Chris stand zitternd da, starrte mit zusammengekniffenen Augen durch das Zielfernrohr und schrie in das Funkgerät: »Ich kann nichts außer zwei alten Weibern sehen, die Tiramisu verzehren. Verdammt, was geht hier vor, Abe?«

»Das Restaurant dreht sich. Das muß neu sein. Ich sitze hier schon den ganzen Abend über der Lektüre dieser öden Broschüre, in der kein Sterbenswörtchen davon erwähnt wird.

Aber wir bewegen uns kaum. Können Sie irgendwie Springer ins Visier bekommen?«

»Ich habe Ihnen doch schon gesagt, daß er von einer Säule verdeckt wird. Verdammte Scheiße, Abe. Wie konnte das nur passieren?«

»Nur die Ruhe! Beruhigen Sie sich. Lassen Sie mich nachdenken. Es wird schon einen Ausweg geben! Es gibt immer einen Ausweg!«

Chris setzte das Gewehr ab. Ganz starr vor Enttäuschung, hörte er das Blut in den Ohren pochen. Er spuckte förmlich in das Funkgerät: »Von wegen Ausweg ...! Sobald er hinter der Säule hervorkommt, wird der Schuß neu eingerichtet. Es macht keinen Unterschied, ob sie ihren Platz verlassen oder nicht. Der Schuß wird irgend jemand anderen treffen.«

»Oh, Scheiße«, ließ sich der angeschlagene Goldstein vernehmen.

Auf der anderen Seite des Raumes bemerkte Matty den Gesichtsausdruck des Anwalts, sah die Lichter der Stadt, die sich fast unmerklich hinter seinem Kopf bewegten. Es war wahr. Ummöglich, aber wahr. Das gesamte Restaurant bewegte, drehte sich und gestattete den geschwätzigen Gästen einen spektakulären Blick über die Niagarafälle auf der einen, die reißenden Stromschnellen auf der anderen Seite.

»Ist alles mit dir in Ordnung, Kätzchen? Du siehst blaß aus.«

Matty hatte sich rasch gefangen und lächelte: »Danke. Es ist einfach so schön, Nicky wiederzusehen. Er sieht gesund aus, Frank. Danke.«

Springer, der mit der linken Hand das Kind stützte, lehnte sich vor und bedeckte mit der Rechten die von Matty. »Von jetzt an wird alles gut werden, Kätzchen.«

Der verzweifelte Goldstein streckte den Arm aus und zupfte einen vorbeigehenden Kellner am Hemd. »Entschuldigen Sie bitte. Wie lange dauert es, bis das Restaurant eine ganze Drehung vollendet hat?«

»Etwas weniger als eine Stunde, mein Herr.«

»Chris! Chris, sind Sie da?«

»Ich habe es gehört. So lange können wir nicht warten. Was machen wir, wenn Springer auf den Nachtisch verzichtet? Scheiße, Abe!«

»Schon gut, schon gut. Ich muß sie nur dazu bringen, den Tisch mit mir zu tauschen.«

»Nein! Tun Sie das nicht; Springer wird Ihnen das niemals abnehmen. Wahrscheinlich hat er das Ganze sogar vorsätzlich so arrangiert. Scheiße! Wenn wir das bloß früher gewußt hätten!« Er senkte das Zielfernrohr, sein Verstand lief auf Hochtouren. Plötzlich leuchteten seine Augen auf. Er schien eine Idee zu haben. »Warten Sie, warten Sie noch eine Sekunde, Abe.«

»Chris? Chris? Was tun Sie?«

Mit dem Gewehr im Schlepptau rannte Chris durch den Flur an den anderen Büros vorbei, zählte Türen, versuchte, grob etwas abzuschätzen. Vor der Nummer 219 blieb er stehen, zögerte, rüttelte am Türknopf und fand ihn natürlich verschlossen.

»Chris? Chris, sind Sie da?«

»Ich habe eine tolle Idee«, sagte Springer gerade zu Matty. »Wie wär's, wenn wir uns das ganze Abendessen schenken, hier verschwinden und unseren eigenen Weg gehen? Was sagst du dazu?«

Matty, die unter dem reizenden Kleid heftig schwitzte, lächelte zögerlich. »Gehen? Aber wirklich, Frank, ich bin am Verhungern. Wir haben uns gerade hingesetzt.«

»Kätzchen, du mußt wissen, wie gefährlich das für mich ist. Wir, wir alle, werden sicherer sein, sobald wir unterwegs sind. Was sagst du? Ich verspreche dir ein Gericht mit sämtlichen Gängen im besten Restaurant Kanadas.«

»Kanada?«

Springer ergriff ihre Hand und lächelte sie mit scheinbar echter Aufrichtigkeit entwaffnend an. »Verstehst du nicht, Kätzchen? Ich vergebe dir; das mit ihm und überhaupt alles. Und du wärst heute nacht nicht hierhergekommen, wenn du nicht auch mir vergeben hättest. Jetzt wird alles gut werden. Alles wird gut.«

Chris ließ seine Schulter gegen die Tür krachen. Wieder empfand er heftige Schmerzen im Arm, aber die Metalltür rührte sich nicht. Er rückte das Gewehr in der Hand zurecht und wollte sich abermals gegen die Tür werfen.

»Keine Bewegung!«

Das kam von irgendwo hinter ihm. Chris drehte sich um, hielt aber immer noch das CIA-Gewehr in der Hand. Vor ihm stand der fette Wachmann, die Beine gespreizt, den Oberkörper ein wenig nach vorn gebeugt, richtete er nervös den Dienstrevolver auf ihn.

Goldstein, der jetzt völlig verzweifelt war, nahm das Funkgerät in seine verschwitzten Finger und rief, diesmal zu laut: »Chris, bitte antworten Sie. Ist alles in Ordnung? Haben Sie irgendwelchen Ärger?«

Springer, der jetzt ihre beiden Hände hielt, sah Matty tief in die Augen. Sein Gesicht verriet nichts als Zuneigung und Vertrauen. »Nun, Kätzchen? Wirst du jetzt gleich mit mir kommen?«

Matty schluckte, zog an ihrer Serviette. »Also gut. Laß mir noch eine Minute Zeit für die Damentoilette.«

Springer lächelte und küßte ihre Hand. Als sie sich gerade vom Tisch entfernen wollte, zog er sie heftig zurück und küßte abermals ihre Hand. »Ich werde hier auf dich warten.«

»Legen Sie jetzt einfach das Gewehr auf den Boden!« befahl der sichtlich zitternde Nachtwächter.

Chris sah ihn ruhig an, die Augen auf den großen runden Schlüsselbund am Gürtel des Mannes geheftet. »Ich muß in diesen Raum hinein. Würden Sie bitte öffnen. Es ist ein Notfall.«

»Ich sagte, legen Sie das Gewehr hin!«

Chris beobachtete ihn. »Gut.« Er bückte sich langsam und legte das Gewehr auf den Boden.

Das Gerät in seiner Tasche piepte. Chris straffte sich, langte nach dem kleinen Funkgerät und sprach hinein: »Ja? Ja, er ist gerade hier. Wir haben ein kleines Problem, fürchte ich. Ihr Nachtwächter scheint nicht mit dem FBI zusammenarbeiten zu wollen.«

Goldstein, am anderen Ende, war wie vom Donner gerührt. »Nachtwächter?«

Chris nickte in das Funkgerät, ging bedächtig in Richtung des zitternden steifarmigen Wachmanns und hielt ihm das Gerät entgegen. »Für Sie ... Mr. Hackermeyer. Er klingt nicht gerade glücklich.« Dann warf er dem fetten Wachmann das Funkgerät zu.

Der schwitzende plattfüßige Wachmann versuchte zu zielen und gleichzeitig zu fangen. In heilloser Panik feuerte er zu hoch, als Chris auf ihn zusprang.

Matty betrachtete sich starr im Toilettenspiegel und sah dunkle gehetzte Augen zurückstarren. »Was soll ich tun? Was erwartet Chris jetzt von mir?«

Sie wusch sich schnell die Hände und trocknete sie ab. Nur einmal nestelte sie an ihrem Haar, dann wandte sie sich wieder zur Tür. Ihr Kopf war leer. Ihr fiel kein einziges vernünftiges Argument ein, um Frank auf seinem Stuhl zu halten.

Chris versetzte dem Wachmann einen Schlag, dann noch einen mit dem Gewehrkolben. Er ergriff den Schlüsselbund, ohne sich noch einmal umzuschauen. Dann stieß er den Schlüssel ins Schloß, stürzte ins Zimmer und schaltete, noch während er zum Fenster rannte, das Zielfernrohr ein. Er hockte sich hin, stützte die schmale Mündung auf das Betonsims und visierte gerade in dem Moment an, als Springer sich umdrehte und eine perfekte Zielscheibe abgab.

Da trat Matty vor ihn. Ihr schlanker Rücken direkt im Fadenkreuz. Chris rang nach Atem und ruckte instinktiv die Mündung nach oben. Er war so nahe dran gewesen abzudrücken.

Springer stand auf, hob den Jungen hoch und wandte sich mit Matty dem Ausgang zu.

»Sie gehen!« heulte Goldstein auf. »Chris, verdammt, wo sind Sie?«

»Ich kann sie sehen, aber ich kann keinen Schuß anbringen. Wir werden uns einen anderen Ort suchen müssen! Bleiben Sie ihnen auf den Fersen, Abe!«

»Gut. In Ordnung.« Er ließ seine Serviette fallen, warf seinen Wein um. »Ich bin direkt hinter ihnen.« Er klaubte Geldscheine aus der Tasche, warf sie auf den Tisch und lief an dem Kellner vorbei, der gerade den Nachtisch servieren wollte. »Mein Herr?«

Chris warf den Aktenkoffer auf die Rückbank, startete den Mietwagen, verließ mit quietschenden Reifen die Parkstraße und fuhr in Richtung des Rapids-Hotels, das Funkgerät in der Hand. »Wo sind wir, Abe? Halten Sie mich auf dem laufenden.«

»Verlassen gerade den Lift. Der Wichser stand praktisch neben mir. Matty starrte mich an. Ich hätte ihn erschießen können, Chris, aber die Leute, das Kind.«

»Das ist schon in Ordnung«, sagte Chris, der dem nächtlichen Verkehr auswich. »Bleiben Sie bitte dran. In ein paar Minuten bin ich da. Lassen Sie Springer nicht merken, daß Sie ihm folgen. Hat er immer noch Nicky auf dem Arm?«

»Ja, sie kommen jetzt durch die Empfangshalle. Matty behält die Nerven, einen klaren Kopf; tapferes Mädchen. Jetzt sind sie durch die Hoteltür. Auf dem Vorplatz wendet er sich nach links, geht an dem Geländer neben den Wasserfällen entlang. Menge Nebel hier ... dunkler. Warten Sie.«

»Was ist los?« Chris hupte wegen einer langsamen Limousine. Fluchend wechselte er in einem gefährlichen Manöver auf die Gegenfahrbahn, um einen überladenen Lastwagen zu überholen.

»Sie haben angehalten«, sagte Goldstein. »Hier ist es dunkler, schwer was zu sehen. Sie sagt was zu ihm ... ich kann es nicht ausmachen, müßte näher ran.«

»Nein, bleiben Sie weg. Lassen Sie sich nicht von Springer sehen. Behalten Sie Ihren Abstand bei, bis ich da bin.«

Matty berührte Springer am Arm, während sie sprach, und

spürte daneben Nickys wunderbar warme Beine. »Frank, hör mir zu. Ich bin bereit, mit dir zu gehen, bei dir zu sein, zu tun, was du willst. Aber du mußt mir versprechen, daß du Nicky nichts antust.«

»Matty.«

»Bitte, sag mir, daß du dem Kind nichts tust, und ich werde alles tun, was du sagst, alles.«

Springer lächelte, beugte sich mit dem Kind hinunter, um sie auf die Stirn zu küssen. Dann holte er etwas aus seiner Tasche. »Erinnerst du dich?«

In der Dunkelheit konnte Matty es gerade noch so erkennen. »Das Peilgerät?«

Springer drehte sich um und warf das handtellergroße Plastikding ins Gebüsch. »Vertraust du mir nun?«

Matty nickte, zwang sich zu einem Lächeln. Nahm seinen Arm.

Goldstein kniff die Augen zusammen. »Er hat etwas ins Gebüsch geworfen. Eine Zigarettenpackung? Ich kann nicht gut sehen. Sie gehen weiter. Das Kind lacht. Matty ist in Ordnung.«

Chris fuhr auf den Parkplatz des Rapids-Hotels, wartete hinter der gestreiften Schranke auf seinen Parkzettel, nahm ihn entgegen, sauste unter der langsam nach oben gehenden Schranke auf die glitzernden Lichter des Hotels zu. »Ich bin da. Wo sind Sie, Abe?«

»Südöstlich, in der Nähe des Hotels. Oh ...«

»Was ist los? Was ist?«

»Verdammt!«

»Sprechen Sie, Abe!«

»Er hat hier hinten einen Wagen. Ich hätte es wissen müssen. Hier unten in der Dunkelheit hinter dem Restaurant geparkt. Wo sind Sie? Soll ich auf ihn schießen? Ich habe freies Schußfeld.«

»Nein, Sie könnten Nicky treffen!« Mit quietschenden Reifen kam Chris um die Ecke, trat abrupt auf die Bremse, um einer schnatternden Kinderhorde auszuweichen, die gerade vom

Rundweg kam und sogar noch das Rauschen der nahen Stromschnellen übertönte. »Abe, was ist los?«

Schweigen.

»Abe, sind sie weg? Antworten Sie mir, Abe!«

Chris raste um das Gebäude herum und sah eine kleine Gestalt auf einem beleuchteten Bürgersteig nahe einer Grasböschung. Die Brillengläser leuchteten auf, als er heranbrauste. Er lehnte sich hinüber, um dem Anwalt die Beifahrertür zu öffnen. »Steigen Sie ein!«

Goldstein betrachtete ihn mit leerem Blick und schien den Laternenpfahl als Stütze zu benutzen.

»Abe, kommen Sie rein!«

Der Anwalt kam unsicher zum Auto, schwankte dabei wie betrunken und bekam die Fensterkante zu fassen. »Ich glaube nicht ... daß ich das kann.«

Chris fühlte, wie sich seine Eingeweide zusammenzogen. »Abe! Nein!« Schon war er aus dem Wagen und um die vordere Stoßstange herum, gerade noch rechtzeitig, um Goldstein aufzufangen, bevor er am Bordstein zusammenbrach. Ein rotes Rinnsal lief über sein Kinn.

Das Gesicht des Anwalts war ruhig, aber seine milchigen Pupillen verrieten ihn. »Dieses Arschloch muß mir was verpaßt haben. Habe den Schweinehund nicht mal gesehen ...«

Mit keuchendem Atem riß sich Chris die Jacke vom Leib, rollte sie zusammen und plazierte sie sanft unter den rosafarbenen, fast haarlosen Kopf des Anwalts. Goldsteins Gesicht war faltenlos wie das eines Babys und verriet keinerlei Schmerzen.

»Ich glaube, das Arschloch ist weg und hat mich umgebracht, Chris ...«

»Liegen Sie jetzt still ...«

Eine Frau im silbernen Pelz, der Ehemann im Gesellschaftsanzug kamen ängstlich näher: ein älteres Ehepaar auf Urlaub, nur widerwillig dazu bereit, ihn sich verderben zu lassen.

»Holen Sie einen Krankenwagen!« schrie Chris ihnen zu.

Die Frau zuckte zusammen. Der Mann zögerte, wandte sich dann um und rannte die grüne Böschung hinauf.

Goldsteins Augen waren geschlossen, sein Atem ging flach. Er versuchte, etwas unter sich wegzuziehen, etwas, das er vorher getragen hatte. Chris half ihm und holte einen Faltplan hervor. »Gehen Sie links ...«

»Was?« Chris beugte sich hinab.

Goldsteins Kehlkopf bewegte sich. »Halten Sie sich links ... Springer ist nicht so dumm, sich auf einer Insel in die Falle zu begeben.«

Chris blickte auf die Landkarte, zurück zu Goldstein, dann wieder auf die Karte. Er steckte sie in die Tasche und nahm die Hand des Anwalts. »Abe.«

»Verschwinden Sie.«

»Nein.«

Jetzt kamen Leute die Böschung herunter auf sie zu; einige davon in weißen Uniformen: Kellner oder Sanitäter. Es waren keine Sirenen zu hören gewesen.

Goldstein öffnete die Augen. Seine Augen verrieten Zorn. »Verplempern Sie hier nicht Ihre Zeit. Gehen Sie zu ihr!«

»Ich warte auf den Krankenwagen.«

»Gehen Sie zu ihr, verdammt noch mal!«

Chris drückte ihm einmal kräftig die schmale Hand. Dann stand er auf, drehte sich um und sah die dunkle Straße hinauf. Er lief zu seinem Wagen und sprang hinein.

Den aufgeschlagenen Faltplan neben sich, fuhr er drei Häuserblöcke weiter, bis er zu der Gabelung kam.

Untätig saß er in dem Mietwagen und biß sich auf die Lippen. Er konnte sich nicht entscheiden. Fahren Sie links, hatte Abe gesagt. Springer ist nicht so dumm, sich auf einer Insel in die Falle zu begeben.

Chris fuhr sich mit der Hand über den Mund. Der Karte zufolge würde er nach links Luna-Island hinter sich lassen, über eine Brücke und zurück zum Highway kommen. Fuhr er rechts, dann landete er auf Goat-Island, das mitten auf der amerikanisch-kanadischen Grenze liegt.

Chris drehte das Steuer hin und her und zögerte.

»Nein. Sie haben unrecht, Abe. Ein durchschnittlicher Bursche würde links fahren, um so schnell wie möglich auf den Highway zu kommen. Aber Springer hat in seinem ganzen Leben noch nichts Durchschnittliches getan. Wir fahren rechts.« Und er riß das Steuer herum.

Zehn Minuten später tauchte im Fernlicht das weiße Hinweisschild für Goat Island auf.

Chris fuhr langsamer, legte den Plan vor sich aufs Steuer und begann laut zu reden, als wäre er nicht allein im Auto und Goldstein immer noch neben ihm. »Gut. Der Karte nach zieht sich die Straße um die ganze Insel herum, vorbei an den Horseshoe Falls auf der kanadischen Seite, bis wir schließlich wieder auf die Hauptstraße kommen, die uns zu dem rotierenden Restaurant und den amerikanischen Wasserfällen zurückbringt. Keine andere Straße führt von der Insel herunter.«

Chris grunzte. »Sie glauben, ich hätte die falsche Abfahrt genommen, nicht wahr, Abe?«

Im Auto war es still.

Irgend etwas am Rande seines Gesichtsfeldes ließ seine Augen nach rechts wandern. »Halt, halt! Was ist das?« Chris verlangsamte und fuhr an den Straßenrand, hinter eine graue Sedan-Limousine mit einer Avisplakette auf dem Rückfenster. Er ließ den Motor laufen, griff nach dem Nachtzielfernrohr und sprang heraus.

Er beugte sich über Springers Mietwagen, richtete sich gleich wieder auf, schaute in alle Richtungen, hob das Zielfernrohr und suchte damit die Umgebung ab.

Nichts.

Er senkte das Gerät, war wütend. Dann reckte er den Kopf und lauschte angespannt. »Was ist das für ein Geräusch?«

Wieder hörte er das vertraute Rauschen der Stromschnellen. Und noch etwas anderes.

Er wandte sich um, rannte zurück, stellte den Motor ab, reckte wieder den Kopf und drehte ihn hin und her. »Ein Boot.« Er rannte einen dunklen, steilen grünen Hügel hinunter, bis das Rauschen der Stromschnellen zum Donnerhall anschwoll. Chris erreichte eine Lichtung, stand schnaufend mit schwer atmender Brust am Rand der Uferlinie und schaute durch das Zielfernrohr. Er konnte ein fliehendes Heck erkennen, Mattys rostbraunen Hinterkopf und Springers breite Schultern hinterm Steuer, während das Motorboot stromaufwärts fuhr und gegen die Strömung ankämpfte.

Chris nickte in die Nacht hinein. »Nicht dumm. Er fährt mit dem Boot im Dunkeln den ganzen Fluß hoch, wo niemand ihn kriegen kann. Irgendwo stromaufwärts hat er wahrscheinlich noch ein Auto.«

Chris zog den Faltplan aus dem Hemd und hielt ihn ins Mondlicht. Wieder begann er laut zu reden; erst langsam, dann schneller. »Der Niagara fließt flußaufwärts an Navy Island und Grand Island vorbei... bis ganz nach Buffalo. Hier am Grand Island teilt er sich.«

Wieder bemühte er das Zielfernrohr. »Wenn Springer dort rechts fährt, dem Fluß um die Insel folgt, bis er sich unterhalb des Eriesees wieder vereinigt... dann haben wir ziemlich verschissen. Wenn er sich jedoch entscheidet, links zu fahren, und sich an den Highway hält, dann muß er unter der Grand-Island-Brücke hindurchfahren. Da führt kein Weg dran vorbei.« Er wandte sich wieder der Karte zu, der halbentwickelte Plan ließ seine Hände zittern. »Gut. Er kämpft gegen eine ziemlich starke Strömung an. Selbst wenn er das Boot mit Vollgas fährt, wird er kaum schneller als ein Auto sein. Wenn wir vor ihm an der Brücke sind ...«

Er hatte den Gedanken noch nicht beendet, als er wieder mit bloßen Augen auf den Fluß hinaus blickte und zweifelnd den Kopf schüttelte. »Wir müßten wieder umkehren, den ganzen Weg an den Wasserfällen vorbei und zurück auf den Highway. Und Springer hat einen Vorsprung uns gegenüber. Ich hätte links einbiegen sollen, wie Sie es vorgeschlagen haben, Abe.«

Aber wenn du links abgebogen wärst, hättest du nicht das Boot gesehen.

Chris steckte die Karte zurück in die Jackentasche. »Ich vergeude meine Zeit.«

29

Springer stand hinter dem Steuer. Matty hörte seinem ständigen Geplapper kaum zu, ihr war kalt im kräftigen Fahrtwind des Bootes.

Sie versuchte, Nickys leuchtende orangefarbene Schwimmweste zu sichern und seinen zarten kleinen Körper gegen den Wind zu schützen. Wieder und wieder wischte sie mit der Hand über seine Stirn und vergewisserte sich so, daß das langanhaltende Fieber endlich vorüber war. In der Tat machte das Kind einen recht gesunden Eindruck; die Augen strahlend, doch ein wenig verklebt. Es war ein gutes Gefühl, ihn einfach nur so zu halten, während sie gegen die schwarze Strömung ankämpften. Sie konnte sich fast einreden, das sei doch eigentlich genug, konnte fast vergessen, daß der ganze Plan völlig schiefgelaufen war.

»Du brauchst also wirklich keine Angst zu haben«, belehrte er sie, »obwohl es richtig ist, daß die Strömungsgeschwindigkeit acht Kilometer pro Stunde beträgt. Wir sind in sicherer Entfernung von den Stromschnellen dort hinten bei der Insel. Nahe dem Rand des Wasserfalls kann das Wasser zweiundvierzig Meilen pro Stunde erreichen. Wir würden Schwierigkeiten haben, dagegen anzukommen.«

Er blinzelte zu Matty hinüber, als sie gerade wieder Nickys Schwimmweste überprüfte. »Im Juli 1960 ist ein Junge, nur wenig älter als Nicky, mit der gleichen Sorte Schwimmweste die Wasserfälle hinuntergestürzt.«

Matty hielt inne, ohne aufzusehen, und zog die Gurte des Kleinen fester. »Roger Woodward war sein Name. Er und seine Schwester Deanne begleiteten einen älteren Freund der Familie auf einer Motorbootfahrt hier auf dem Niagara River. Abgelenkt und verspielt, bemerkten sie nicht, daß das Boot stromabwärts in Richtung der Stromschnellen abdriftete. Als sie ihr Los begriffen, war es bereits zu spät.«

Matty wischte sich ihr vom Wind verfilztes Haar aus dem

Gesicht und wandte sich schließlich Springer zu. Laß ihn reden. Das lenkt ihn ab. Chris wird bald kommen. »Und was ist passiert?«

Springer lehnte sich bequem hinterm Steuer zurück. Seine Stimme übertönte das Jaulen des Motors. »Alle drei Kinder hatten Schwimmwesten an; eine gute Sache, wenn man bedenkt, daß das Boot kenterte, als sie in die Stromschnellen gerieten.«

»Oh, mein Gott!«

»Deanne, das Mädchen, versuchte, nach Goat Island zu schwimmen. Eine ganze Gruppe verdutzter Touristen beobachtete die verzweifelten Anstrengungen des Kindes, unternahm aber nichts. Keine vier Meter vom Rand des Wasserfalls entfernt, hakte sich ein Mann namens John Hayes – ein Lastwagenfahrer und Hilfspolizist aus New Jersey – mit einem Fuß am Schutzgeländer fest, packte die Hand des Mädchens und zog sie aufs sichere Land.«

Matty drückte Nicky fest an sich und brüllte in den Wind: »Was passierte mit dem kleinen Jungen?«

»Mit Roger ...?« Springer lächelte. »Es gibt eine Flotte von Touristenbooten am Fuße des Wasserfalls, Maid of the Mist genannt. Der Kapitän eines dieser Boote wandte sich gerade von einer Busladung Touristen ab, als er unterhalb des Wasserfalls eine orangene Schwimmweste im Wasser auf und ab hüpfen sah. Roger hatte den wirbelnden Mahlstrom ohne einen Kratzer überstanden. Nur mit Schwimmweste den Sturz vom Niagara überlebt!«

Matty fröstelte im Wind. »Was war mit ihrem Freund? Du sagtest, es seien drei gewesen.«

Springer nickte. »Oh, ja. James Honeycutt. Sie fanden seinen Körper vier Tage später.« Er drehte sich zu Matty um und blinzelte.

»Da ist die Zufahrt zur Brücke!« sagte Chris zum leeren Wagen.

Er schaute auf die Karte neben sich, um sicherzugehen.

»Ja, dieser Karte zufolge die einzige Brücke zwischen dem Highway und Grand Island. Die ist aber verdammt lang. Wird das reine Rätselraten, an welcher Stelle Springer unter der Brücke hindurchfahren wird. Ich muß halt immer ungefähr auf die Mitte zielen, gut Ausschau halten und beten.« Chris brummelte vor sich hin. »Vorausgesetzt natürlich, Springer nimmt überhaupt diesen Weg.«

Er bog rechts ein, streifte einen Augenblick lang mit seinen Scheinwerfern das Brückenschild und fuhr bis zur Mitte des Bauwerks. Ohne das Nachtzielfernrohr hätte ich keinerlei Chance, dachte er. Das größte Problem wird der Verkehr werden. Er nickte sich selbst zu. »Was tue ich hier eigentlich mitten in der Nacht in der Mitte einer Brücke mit einem Hochleistungsgewehr? Nehmen wir mal an, ein Tourist oder ein Polizist ...?«

Zerbrich dir darüber den Kopf, wenn es so weit ist, hörte er förmlich den kleinen Anwalt sagen.

Springer reduzierte das Tempo, da die Strömung hier schwächer war, überprüfte die Benzinanzeige und andere Skalen, die auf dem Armaturenbrett leuchteten. Er drehte sich zu Matty um. »Woran denkst du?«

Sie hatte sich hinter der Windschutzscheibe verkrochen, hielt Nicky fest an ihre Brust gepreßt und fröstelte trotz des dicken Mantels. »An deine Geschichte vermutlich. Ich denke immer an Fässer, wenn ich an die Niagarafälle denke.«

Frank kicherte. »Viele haben es versucht, wenigen ist es gelungen. Die erste Person, die es je über die Fälle geschafft hat – die Horseshoe Falls auf der kanadischen Seite –, war eine Frau.«

»Eine Frau?«

»Annie Edison Tailor. 1901. Sie machte es in einem Faß. Solide Eiche, von eisernen Faßreifen zusammengehalten. Das Erstaunliche daran war, daß die kleine Annie gar nicht schwimmen konnte.«

»Oh, Gott!«

Springer lächelte in den Wind. »Sie wickelten sie mit Lederstreifen ein, stopften Kissen um sie herum. Auf der amerikanischen Seite dann dichteten sie das Faß hermetisch ab und ließen es zu Wasser. Es dauerte nur zehn Sekunden. Die Strömung trug sie zur kanadischen Seite, wo sie von Rettern an Land gezogen und der Deckel abgenommen wurde. Die gute Annie schaute auf, blinzelte und fragte, ob sie es schon geschafft habe. Der Wasserfall hatte sie ohnmächtig werden lassen.«

»Schon eine Heldentat!«

»Ja. Eine, die sie schwor, nie zu wiederholen. Sie nannte sich die Königin des Nebels, ging auf Tour, um Geld mit dem Stunt zu verdienen. Das Problem war nur, daß die Öffentlichkeit das Faß sehen wollte, nicht die arme Annie. Sie hatte das Ding im Wasser verrotten lassen. Sie starb bettelarm 1921.«

»Traurig.«

Springer drosselte den Motor auf ein leises, monotones Wimmern herunter. »Wir leben in einer traurigen Welt.«

Chris fuhr mit dem Wagen an das Schutzgeländer der Brücke, stellte den Motor ab, schaltete das Standlicht ein, sprang aus dem Wagen und ging zu dem Stahlgeländer. Ein Band schwarzen Wassers erstreckte sich dort unten und weiter hinaus in die neblige Nacht, unsichtbar, bis auf das glitzernde Blinken des Mondlichts, das die wogende Strömung, die wirbelnden Strudel reflektierte. Chris langte durch das Fenster, löste das Zielfernrohr und schaute damit stromabwärts.

Dunkelheit.

Er senkte das Teleskop, sah sich auf der schmalen Brücke um. Wenig Verkehr zu dieser Nachtzeit. Trotzdem wurde die Gegend zweifellos polizeilich überwacht. Er konzentrierte seine Aufmerksamkeit wieder auf das Zielfernrohr. Kniff die Augen zusammen, als die konvexe Linse etwas einfing. Bewegung.

Chris hielt den Atem an, spürte, wie sein Herz einen Sprung machte. Auf dem Fluß war ein Motorboot, das auf ihn zukam ... Er stützte sich mit den Ellbogen auf das Geländer und visierte abermals an. Er konnte doch unmöglich soviel Glück mit dem Timing haben.

Und doch war es so. Er konnte Springers grinsendes Gesicht sehen, ein bleicher Fleck inmitten der Nacht und der undurchdringlichen Wassermassen. Matty kauerte am gegenüberliegenden Dollbord, mit wehendem Haar, das Gesicht verschwommen, die Schultern im Nachtwind gekrümmt. Nikky war nicht zu sehen; wahrscheinlich lag er auf dem Sitz zwischen ihnen, außerhalb seines Blickfelds.

Das Geräusch von Autoreifen. Chris drehte sich um und wurde von den Scheinwerfern eines herankommenden Firmenwagens geblendet, der neugierig das Tempo reduzierte, wieder beschleunigte und vorbeifuhr während Chris das Zielfernrohr nach unten gegen sein Bein hielt.

Der Wagen verschwand; rote Glühwürmchen in der Nacht. Chris schaute durch das Zielfernrohr und bekam einen Schock. Das Motorboot wurde langsamer, hielt praktisch an.

Chris fluchte durch die Zähne: »Warum hält er ausgerechnet in der Mitte des Flusses an?«

»Warum werden wir langsamer?« fragte Matty.

Springer schaltete in den Leerlauf, stellte dann den Motor ab und wandte sich ihr ruhig zu.

Etwas in seinem Gesicht ließ sie zurückzucken.

»Matty ...«

»Du hast es versprochen!« flehte sie verzweifelt, wobei sie das Kind fest an sich drückte.

Springer nickte geduldig. »Ich weiß, ich weiß. Aber hör mir doch einen Moment lang zu.« Er lehnte sich in die Kunststoffpolster seines Fahrersitzes zurück, ganz der väterliche Professor mit einer verwirrten Studentin. »In unserem alten Rußland – dem Rußland, das uns beide hervorgebracht hat – entstand das ursprüngliche Staatswesen um die großen Flüsse herum, die die Haupthandelsrouten zwischen Skandinavien und Konstantinopel bildeten. Flüsse, die unserem mächtigen

Niagara vergleichbar sind. Wie du weißt, wurde Kiew, an der Dnjepr-Route gelegen, 882 Hauptstadt des Landes …«

»Frank …«

»Wegen seiner strategischen Lage am Dnjepr war Kiew die wichtigste aller russischen Städte. Es war die südlichste Festung der Waldregion. Von dem ein wenig flußabwärts gelegenen Witischew aus brachen Flotillen von Schiffen zu ihren Fahrten gen Süden durch die heimtückische Steppe zum Schwarzen Meer hin auf.«

Ihr Gesicht war fahl vor Furcht. »Frank, bitte! Du hast es versprochen!«

»Die Sache ist die, Matty. Der Herrscher von Kiew – ein Mann, der seine Stellung durch Handels- und Eroberungsexpeditionen erlangt hatte – nahm auch eine politische Stellung von großer Bedeutung ein. Er hieß Oleg und besaß den Titel eines Großfürsten. Er war ein gerechter Herrscher, aber manchmal auch ein strenger. Wenn, was gelegentlich vorkam, ein Kind aus einer zweifelhaften Verbindung geboren wurde und Mutter wie Vater es für sich beanspruchten, war Oleg in jenen rauhen Zeiten oft gezwungen, etwas zu tun, was dir und mir als recht unzivilisiert erscheinen mag.«

Matty sprang auf, ergriff das Kind; umgeben von kalten, schwarzen Fluten, sah sie wild um sich; die Augen groß wie Untertassen. Mit einem Schrei stieß Springer sie brutal auf ihren Platz zurück.

»Wenn sich das fragliche Paar nicht über das Geburtsrecht des Kindes einigen konnte, warf man es einfach in …«

»Frank, bitte!« Tränen rannen ihr über die Wangen, während sie das Kind gegen ihr Gesicht preßte. »Du hast gesagt, du würdest ihn nicht anrühren! Du hast es mir versprochen.«

Springer seufzte geduldig und gab ihr einen sanften Klaps auf den Rücken. »Kätzchen, ich will doch nur das Beste für uns alle. Ich will nur sicherstellen, daß wir ganz von vorne anfangen können. Wie können wir das mit diesem Ding da zwischen uns?«

»Was macht er jetzt?« Chris befragte wieder die Nacht. Die Gestalten im Boot schienen nicht allzuviel zu tun, außer dazusitzen und zu reden. Matty wirkte irgendwie erregt, oder war das nur eine optische Täuschung? Verdammt! Selbst mit dem Zielfernrohr konnte er aus dieser Entfernung nicht gut sehen. Für einen guten Schuß mußten sie näher herankommen. Er kniff die Augen zusammen und biß sich auf die Lippen. Matty schien ganz aufgebracht zu sein. Warum hielt sie das Baby so merkwürdig?

Plötzlich hielt er den Atem an. »Scheiße!«

Wieder rappelte sich Matty auf. Als Springer versuchte, sie zurückzustoßen, trat sie zurück. Sie schlug wild um sich und auf ihn ein, kratzte ihn mit ihrer zur Klaue geformten linken Hand, das Kind wie ein Bündel an sich gepreßt, und begann zu schreien. Sie trat heftig zu, landete einen Treffer, so daß Springer sich vor Schmerz krümmte.

Matty bewegte sich jetzt schnell, stieg vorsichtig über die Windschutzscheibe auf den schaukelnden Bug und überlegte: Wenn ich springe, wenn ich das Kind festhalte und Richtung Ufer schwimme, könnte ich es schaffen, selbst in dieser entsetzlichen Dunkelheit. Ich bin eine gute Schwimmerin.

Springer erholte sich wieder, stürzte sich auf sie. Matty schrie auf und fiel hin.

Springer packte sie. Ihm war endgültig die Geduld ausgegangen. Sein Gesicht war wie aus Stein, aber entsetzlich ruhig. Er zerrte sie zurück, nahm das Kind an sich.

Matty kreischte, strauchelte und fiel der Länge nach auf den Bug, der sich wie ein Schaukelpferd auf und ab bewegte.

»Frank! Nein!«

Springer kam sicher auf dem Bug zu stehen, die Beine breit, das Kind über seinen Kopf haltend, dem Himmel gebietend: »So übergeben wir dieses Kind den dunklen Wassern. Auf daß Gott seinen rechtmäßigen Platz auf ...«

Der erste Schuß durchschlug seine linke Schulter, verspritzte Blut und Leder, riß ihm das Kind aus den Händen.

Matty schrie, griff nach ihm, verfehlte ihn aber, als Nicky –

ein oranger Fleck – an ihr vorbeiwirbelte und ins Wasser klatschte.

Ungeachtet aller Gefahr kämpfte sie darum, ihn zu fassen zu bekommen, tauchte in die schwarzen bitterkalten Fluten.

Wie ein kräftiger Tänzer drehte Springer sich um, die Hand an die blutende Schulter gepreßt. Sein Gesichtsausdruck wechselte zwischen Schmerz und Amüsement; amüsiert, derart überrascht worden zu sein. Wie ein Betrunkener wandte er sich um, hielt mit zusammengekniffenen Augen auf dem Wasser Ausschau, wo sich die kluge Person wohl befand. Durch den Nebel hindurch erblickte er das gespenstische Band der stromaufwärts gelegenen Brücke. Von dort beobachtete ihn eine trübe Gestalt, die etwas in der Hand hielt. Springer lächelte.

Der nächste Schuß traf ihn in die Brust, genau in der Mitte. Der Knall erscholl einen Augenblick später. Springer wurde nach hinten und über die Windschutzscheibe katapultiert, wo er mit seinen rudernden Armen vielleicht das Steuer hätte zu fassen bekommen können. Aber er verfehlte es, die Finger glitten am glatten Kunststoff ab, verfehlten auch das Dollbord, und er fiel in den eisigen Fluß, wo er mit einem kurzen, schaumlosen Platschen verschwand.

Chris schrie über das Geländer hinweg: »Matty!«

Als das Blaulicht sich über das Geländer ergoß, drehte er sich um. Der Wagen eines County Sheriffs steuerte auf seinen Mietwagen zu.

Chris zögerte, ließ das Gewehr aus der Hand fallen und hinabsegeln, bis es verschwand. Das Zielfernrohr behielt er.

Er lief auf das Polizeiauto zu und winkte mit der Hand, als der Polizist ausstieg. »Da ist eine Frau im Wasser! Da draußen! Eine Frau und ein Kind!«

Der Polizist, der gerade den Dienstrevolver gezogen hatte, machte ein erstauntes Gesicht, sah erst auf Chris, dann auf den dunklen Fluß. »Ich kann nichts sehen ...«

Chris gab ihm das Zielfernrohr. »Dort draußen!«

Der Polizist sah mit zusammengekniffenen Augen aufs Wasser hinaus. »Mein Gott!«

Einen Augenblick später kam Matty wieder an die Oberfläche, sog tief Luft ein, sprang aus dem Wasser wie ein Delphin und tauchte wieder. Wieder.

Sie tauchte zum dritten Mal auf, schluckte, spuckte Wasser, hustete stoßweise. Doch sie achtete nicht darauf, paddelte verzweifelt im Kreis herum, reckte sich hoch, um nach der kleinen, orangen Schwimmweste Ausschau zu halten.

»Nicky!!«

Sie tankte Sauerstoff und tauchte wieder, diesmal näher am Ufer. Unter Wasser öffnete sie die Augen, sah in die alptraumhafte Schwärze hinein, fühlte, wie die Strömung gierig an ihrem Kleid, ihren Beinen zerrte. Seinen Namen schreiend, tauchte sie wieder auf. Der schwarze Fluß erwiderte nichts.

Sie paddelte zwischen dem zappelnden Motorboot und dem Ufer herum. Ihre Erschöpfung ignorierend, dachte sie nach: Könnte er sich irgendwie am Boot festgehalten haben?

Sie verwarf den Gedanken sofort.

Sie paddelte. Ein tiefes Frösteln ergriff ihre Seele, das Wasser machte eine kleine, glitzernde Welle an ihrer Brust. Die Strömung war heimtückisch stark, stärker, als Springer gedacht hatte. Unwillkürlich klapperte sie mit den Zähnen. Nein, Nicky hatte sich nicht am Boot festgehalten, und er war bei dieser Strömung auch nicht zum Ufer abgetrieben. Er war flußabwärts gerissen worden.

»Nicky! Nicky, sprich zu Mami!« Sie drehte sich im Wasser herum. Die äußeren Gliedmaßen wurden jetzt rasch taub. Die Zehen und Finger waren bereits gefühllos. Plötzlich schien der Himmel zu explodieren, sie stellte sich vor, sie würde ertrinken. Sie drehte sich dem gleißenden Suchscheinwerfer zu, dessen gelbes Licht auf sie fiel und den aufgewühlten Schaum an ihren Händen smaragdgrün färbte.

»Matty! Hier! Hier!«

Sie reckte sich zum Ufer hin, sah Chris' besorgtes Gesicht, begann auf ihn zuzuschwimmen. Er watete bereits hinaus, der Fluß zerrte an seinen Beinen; jemand hinter ihm – ein Polizist – hielt ihn zurück, was in Ordnung war, denn sie schaffte es ganz allein ... Laßt ihr einfach eine Minute Zeit. Vielleicht wird sie ein wenig stromabwärts getrieben, aber sie würde es schaffen.

Bald fühlte sie den felsigen Boden unter ihren Füßen, setzte die Beine auf und schleppte sich weiter, vom grellen Licht geblendet. Warum nahmen sie das Ding nicht aus ihrem Gesicht? Das war wirklich nicht hilfreich.

Chris' starke Arme zogen sie den Rest des Weges, und Matty, völlig außer Atem, brach in seinen Armen zusammen. »Das Kind! Das Kind!« Mehr schaffte sie nicht.

Matty, die, unkontrolliert zitternd und in eine grüne Armeedecke eingewickelt, auf dem Rücksitz des Streifenwagens saß, ließ nicht davon ab, den Polizisten mit klappernden Zähnen daran zu erinnern: »Er trug eine kleine orange Schwimmweste. Eine kleine orange Schwimmweste. Die müßten sie leicht entdecken können!«

Der Polizist, ein erfahrener Veteran, lenkte routiniert mit einer Hand, nickte höflich Mrs. Nielson zu, während er mit der anderen Hand das Funkgerät hielt, in das er unausgesetzt sanft hineinsprach; eine mechanische, unaufgeregte und monotone Stimme, die ein knisterndes Kreischen vom Armaturenbrett her provozierte, das Chris nur teilweise verstand. »Etwas über zwei Jahre alt, kastanienbraunes Haar, weißer Abstammung, trägt eine grell-orange Schwimmweste. Flugkontrolle, Flugkontrolle. Annähernd tausend Flugstunden. Flugkontrolle. Nein, habe ich nicht. Der Zustand der Mutter ist stabil, auf dem Weg zum Kreiskrankenhaus ...«

»Nein!«, schrie Matty und packte die Rücklehne des Sitzes. »Ich muß nicht ins Krankenhaus! Bringen Sie mich zu den Wasserfällen! Bringen Sie uns zu den Wasserfällen!«

»Matty«, sagte Chris beschwichtigend, »er tut, was er nur kann.« Seine Stimme versank plötzlich im hämmernden Rhythmus von Hubschrauberrotoren, die das Innere des Wagens vibrieren ließen, eine Woge der Hoffnung in schwarzer Nacht. Einen Augenblick später drehten sie nach Osten ab und wurden von einem anderen schlagenden Dröhnen und noch einem abgelöst. Die Suchscheinwerfer tasteten aus der Luft den Fluß neben ihnen ab.

»Sie werden ihn finden, Liebling«, sagte Chris, der ihr nicht in die Augen schauen konnte. Er benutzte diese Ausrede, um zusammen mit den Suchscheinwerfern den Fluß abzusuchen. »Mit der Schwimmweste wird er nicht untergehen.«

Er blickte auf und sah, wie der Polizist schnell vom Rückspiegel wegschaute; das Gesicht regungslos, nicht optimistisch.

Er kauerte in einem gelben Rotkreuzregenmantel vor dem grünen Fahrzeug des Niagara-Rettungsdienstes und nippte unruhig an seinem nach nichts schmeckenden Kaffee. Er beobachtete die andauernden Bergungsversuche unterhalb der Wasserfälle, die blinkenden Polizeiboote, die die gefährlichen weißen Wirbel und unberechenbaren Stromschnellen unterhalb des Katarakts absuchten. Die grellfarbenen Regenmäntel und die Lichter der Suchscheinwerfer verliehen der Szene etwas Beruhigendes, das eigentlich deplaziert war.

Es war bald eine Stunde vergangen. In der nebelverschleierten Luft verdichtete sich das Gefühl eines endgültigen Verlusts. Chris, der seinen unkonzentrierten Verstand nicht zügeln konnte, hatte immer wieder Spekulationen angestellt; wie groß war die Entfernung zwischen hier und dem Ort, wo das Boot gekentert war; wie schnell floß der Fluß, als die Polizei Matty geborgen hatte; wie weit waren die Wasserfälle von der Stelle entfernt; wie lange hatte der Streifenwagen wohl gebraucht, um die Wasserfälle zu erreichen, und zwar im Gegensatz zu einem dahintreibenden Zweijährigen. Immer und immer wieder spielte er diese Dinge in gedankenloser Routine durch, das Gehirn auf Übertouren.

Hier im kalten aufwallenden Nebel, mit dem ständigen Rauschen, das den Verstand noch stumpfer machte, gab er Nicky nicht einmal in seinen optimistischsten Überlegungen eine

Überlebenschance. Es war lange über die Zeit hinaus, wo der zierliche Körper hätte hinabgestürzt sein müssen.

Alle Rettungsversuche waren nun auf unterhalb der Fälle konzentriert. Aber es war unmöglich, genau zu bestimmen, wo – oder sogar an welchem der drei konzentrischen Wasserfälle – das Kind hinabgestürzt sein mochte, obwohl die Rettungsmannschaft die amerikanische Seite für die wahrscheinlichere zu halten schien.

Vielleicht bei Tageslicht, dachte Chris. Aber hier in der Dunkelheit, inmitten schneidender, blendender Suchscheinwerfer erschien es zunehmend aussichtslos.

»Das Problem ist«, sagte einer der Freiwilligen des Niagara-Rettungsdienstes – ein großer, schmalgesichtiger Mann, der es wahrscheinlich nicht zum ersten Mal auf sich genommen hatte, den trauernden Eltern beizustehen, wobei seine Haltung etwas unangenehm Einstudiertes an sich hatte –, »das Problem ist das Wasserbecken am Fuße des Wasserfalls. Die meisten Leute denken, daß alles, was hinunterfällt, gleich wieder an die Oberfläche kommt, aber das ist leider nicht der Fall. Viele Objekte, Kühe und Pferde inbegriffen, haben sich in dem Becken, einem Bassin direkt unterhalb des Wasserfalls, ›verfangen‹.« Chris nickte geistesabwesend, reckte den Kopf, um Matty zu finden, die, immer noch in die grüne Armeedecke gehüllt, nahe dem Ufer stand, tropfnaß und fröstelnd, auf die Rettungsboote starrend, nicht bereit, sich vom Fleck zu rühren, bis sie etwas über ihren Sohn erfuhr.

»Neunzig Prozent des Wassers gehen über die Scheitellinie der Horseshoe Falls, wo das Tauchbecken am größten ist. Ein Körper kann theoretisch viele Stunden in den Strudeln und wirbelnden Strömungen des Beckens festgehalten werden. Zu unserem Glück ist Ihr Sohn wahrscheinlich auf der amerikanischen Seite hinabgestürzt, die nur zehn Prozent des Wassers mit sich führt und ein ziemlich flaches Becken hat. Außerdem haben wir Winter, und es ist Nacht.«

»Was soll das heißen?« fragte Chris stumpf.

Ein jüngeres Mitglied der Rettungsmannschaft in grellgelbem Regenmantel trat hinzu. »Nachts und während der Wintermonate«, warf der Neuankömmling ein, »reduzieren wir den Wasserfluß, indem wir einen Teil für die Kraftwerke abzweigen; ungefähr die Hälfte dessen, was die Touristen tagsüber in den sommerlichen Spitzenzeiten zu sehen bekommen. Weniger Volumen, weniger Geschwindigkeit, bessere Chancen für unseren Jungen.« Chris nickte, um sich zu bedanken. »Hinzu kommt«, fuhr der junge Mann fort, der tapfer alle Fakten aufzählte, die Anlaß zur Hoffnung gaben, »daß das kalte Wasser sogar zu unseren Gunsten arbeiten könnte, indem es den Stoffwechsel des Jungen herabsetzt und damit unsere Chancen zur Wiederbelebung verbessert.«

»Danke«, kam es von Chris, der nicht aufsah. Auch auf seine Uhr schaute er nicht mehr; sie war zu einem Feind geworden, der sein Handgelenk umklammert hielt. Im Herzen glaubte er nicht mehr daran.

Nachdem sie ein paar Augenblicke den durchgeschüttelten Rettungsbooten und flitzenden Hubschraubern zugesehen hatten, entfernten sich die zwei Männer diskret und ließen Chris vor der Uferkulisse stehen. Er war froh, allein zu sein.

Ständig ging es ihm durch den Kopf, daß er zu Matty gehen sollte, aber wenn ihn nicht alles trog, schien sie sich jedes Mal zu entfernen, wenn er sich ihr auch nur näherte. Trotzdem ging er zu ihr hinüber, legte zaghaft seinen Arm um sie, schützte sie gegen Wind und Kälteschauer.

Matty versuchte nicht, sich loszumachen. Sie sagte etwas. Chris mußte sich näher zu ihr hinunterbeugen und sie bitten, das Gesagte zu wiederholen. Was sie auch tat, allerdings nicht viel lauter, so daß er den Kopf schieflegen mußte, um zu verstehen. »Er hat gewonnen.«

Sie meinte Springer.

»Der liegt am Grund des Flusses, Matty. Keine Schwimmweste.«

Sie schüttelte den Kopf. »Das ist egal. Das Leben hatte keinen besonderen Reiz für Frank. Zu etwas kommen, das war sein Ding. Gewinnen. Und das hat er getan. Er nahm mir das einzige, das mich wirklich umbringen konnte. Er hat gewonnen.«

Chris zog sie näher an sich. »Denk jetzt nicht an Springer.«

Beinahe hätte sie sich einen Stoßseufzer gegönnt, aber plötzlich drehte sie sich so heftig zu ihm um, daß er erschrak. Ihre Augen waren geweitet. Eine plötzliche Offenbarung. »Chris!

Abrupt machte sie sich von ihm los und lief das Ufer entlang auf einen landenden Hubschrauber zu.

Völlig verblüfft, dachte Chris: Sie wird sich selbst in die Rotorblätter stürzen!

Schreiend rannte er ihr nach. Die Polizei und die Rettungsleute drehten sich alarmiert um und riefen ihnen etwas zu. Matty beachtete sie gar nicht und behielt ihr Tempo bei, bis sie den Hubschrauber erreicht hatte. Sie griff sich den Hubschrauberpiloten und schrie ihm ins verdutzte Gesicht.

Mit gebeugten Köpfen durchsuchten sie systematisch das hohe, träge wogende Unkraut: Matty, Chris und drei Rettungsdienstler, einer davon der Hubschrauberpilot.

Sie durchkämmten das Gebiet mit Taschen- und Wolframlampen.

»Hier hat er es irgendwo hingeworfen«, wiederholte Matty immer wieder besorgt.

Chris nickte zustimmend. Zum leitenden Rettungsdienstler sagte er: »Ich hörte Goldstein sagen, daß er Springer etwas ins Unkraut werfen sah. Er konnte in der Dunkelheit nicht sehen, um was es sich handelte.«

Auf der windgepeitschten Wiese entspann sich ein bizarrer Zeitlupen-Tanz. Mit gebeugten Köpfen bewegten sich die Gestalten stolzierend wie Zombies. Langsam durchkämmte die Gruppe das Gelände neben dem schmalen Gehweg des Restaurants. Keiner sagte etwas. Ein normales Gespräch war bei dem Rauschen der Wasserfälle und Stromschnellen unmöglich.

Schließlich richtete sich einer aus der Rettungsmannschaft auf und rief den anderen zu: »Hier! Hier drüben!«

Matty rannte los.

»Das hier, Mrs. Nielson?«

Chris, der die Nachhut bildete, sah, wie sie einen kleinen Kunststoffkasten von der Größe einer Seifenschale entgegennahm. Sie drehte ihn um und suchte nach etwas. Schließlich drückte sie auf einen Knopf, worauf sofort ein gelbes Licht aufleuchtete und ein kleiner runder Schirm, der von konzentrischen Kreisen umgeben war. Das Gerät ließ einen schrillen Piepton ertönen, der trotz des Wasserrauschens deutlich zu hören war.

»Das bin ich«, klärte sie Matty eifrig auf, schaltete ab und drückte auf einen anderen Knopf. Wieder erhellte sich der Schirm, weniger intensiv und mattgrün. Die konzentrischen Kreise pulsierten schwach, der Piepton war kaum hörbar.

Matty hielt das Gerät vor sich hin und bewegte es auf und ab. Der Ton wie auch das grüne Licht wurden jeweils schwächer oder stärker.

»Es ist ein Peilgerät«, sagte jemand. »Oh, Gott, sehen Sie sich das an.«

Mit ausgestreckten Armen bewegte Matty sich vorwärts, den Kopf gebeugt, das Gesicht vom Schein des Geräts beleuchtet. Sie machte abrupte, ziellose Bewegungen, schien vom Kurs abzukommen. Dann schnellere Schritte, als der Piepton lauter wurde.

Zuerst trottete sie … jetzt rannte, ja, raste sie über Stock und Stein zu den nebelverhangenen Stromschnellen hin; den Arm gerade ausgestreckt, als würde sie von einer unsichtbaren Hundeleine gezogen. Dabei sprang sie wie eine junge Gazelle. Zurufe ignorierte sie. Das grell blinkende Gerät färbte ihr nasses Gesicht grün. Sie schrie: »Er ist hier! Er ist irgendwo hier oben! Er ist nicht hinuntergestürzt! Er ist irgendwo hier oben.«

Plötzlich wurde ihre huschende Gestalt von gleißendem Licht überflutet, das von den Suchscheinwerfern eines großen Hubschraubers ausging. Das ganze Gelände wurde in ein harsches weißes Licht getaucht. Matty erschien wie eine geschmeidige Tänzerin im Rampenlicht eines Balletts, während der Nebel wie aus Diamantensplittern um sie herum funkelte. Ein Ring klaren Tageslichts hob ihre hastende Gestalt hervor, folgte der sich wild abstrampelnden Frau, suchte gemeinsam mit ihr ... hier ... jetzt dort drüben ...

Und schließlich dort. Durch abgestorbene scharfkantige Schilfrohre fast verdeckt, tauchte im Suchlicht ein orangefarbenes Bündel aus Segeltuch auf, das gegen den wirbelnden Damm des trümmergesäumten Ufers gedrückt wurde; unweit der gleißenden, perlenden Scheitellinie des großen Wasserfalls.

Matty stieß einen schrillen Schrei aus. Chris kam hinter ihr hergelaufen; die Beine schlaff, das Gesicht eine dunkelrote Maske der Hoffnung.

Einen Moment später lachte und jauchzte er: Über den Hubschraubergeräuschen und der donnernden Kaskade des Wasserfalls erhob sich gerade noch hörbar ein anderer Ton in die Nacht hinaus.

Das klagende Lied eines weinenden Kindes.

30

Matty hatte Ärger mit dem Warmwasserhahn in ihrem Hotelbadezimmer.

Im Gegensatz zu ihrem letzten Hotel auf dem Weg wartete Chris' flottes Holiday Inn mit allen modernen Schikanen auf: glänzender Duschkopf und Nirosta-Waschbecken, eine Mischbatterie für kaltes und warmes Wasser. Sie versuchte ein einfaches Bad zu nehmen, aber die schicke neue Mischbatterie brachte nichts als brühendheißes Wasser hervor.

Matty brummte frustriert, nahm ein flauschiges Hotelhandtuch vom glänzenden Halter und ging ins Zimmer, um von Chris Hilfe zu erbitten.

Sie fand ihn über das Doppelbett gebeugt, in dem Nicky schlief. Es stand am nächsten zum Heizlüfter, der über einen wackeligen Thermostat warme Luft ins Zimmer blies und

Chris leicht ins Schwitzen brachte. Er starrte auf den kleinen Jungen hinab, der, friedlich zusammengerollt, unter den Decken lag, in die man ihn kuschelig eingepackt hatte. Chris sah auf, als sie ins Zimmer kam. »Vielleicht hätten wir ihn im Krankenhaus lassen sollen«, äußerte er jetzt schon zum fünften oder sechsten Mal innerhalb einer Stunde.

»Ihm geht's gut, Chris. Der Doktor hat gesagt, alles sei in Ordnung mit ihm, nur eine leichte Unterkühlung. ›Halten Sie ihn einfach warm, und geben Sie ihm viel Flüssigkeit‹.«

Chris wandte sich wieder dem selig schlafenden Kind zu. Als ob das von Bedeutung war, was der Arzt oder sonstwer sagte. Als ob Matty das Kind je wieder aus den Augen lassen würde.

Er drehte sich wieder um, das Hemd klebte ihm vorne am Leib, sah, wie sie ihn anstarrte. »Was?«

Matty blinzelte, schaute weg. »Nichts.«

Zwischen ihnen beiden war etwas verlorengegangen – oder doch fast –, und Chris wünschte sehnlichst, es wiederzubekommen, wußte aber nicht, wie.

Einen Augenblick später verkündete er: »Ich gehe runter in die Hotelhalle und hole Eis. Kann ich dir irgend etwas vom Cola-Automaten mitbringen?«

»Nein, danke.« Sie fühlte seine Augen auf ihrem Brustansatz, legte befangen ihre Hand dorthin und wandte sich wieder der Unschuld des kleinen Badezimmers zu. »Vergiß diesmal deinen Schlüssel nicht.«

Matty hörte ihn durch den engen Flur gehen und schloß die schwere Sicherheitstür hinter ihm, wobei ihr einfiel, daß sie völlig vergessen hatte, ihn wegen der Mischbatterie um Hilfe zu bitten.

Wieder beugte sie sich über die Wanne, drehte mal hierhin, mal dorthin, bekam aber nichts als heißes Wasser, mit dem sich die Wanne rasch füllte. Gerade wollte sie wütend abdrehen, als sie vom Flur her ein leises Klopfen vernahm.

Wiederum ließ sie die Wanne im Stich, wickelte das Badetuch eng um ihren Busen und ging zur Tür.

Einen Moment zögerte sie am versilberten Drehknopf, wollte fragen: »Wer ist da?«, ließ es dann aber sein. Sie drehte am Knopf und zog die schwere Tür auf. Vor ihr stand ein lächelnder, bebrillter Goldstein. Sein verbundener rechter Arm hing in einer Schlinge.

»Glückwunsch!«

Sie hielt ihm die Tür auf, lächelte warm und ergriff herzlich seinen anderen Arm. »Abe!«

»Nur kurz reingeschaut, um auf Wiedersehen zu sagen; kann nicht lange bleiben. Ist Chris da?«

»Gerade in die Hotelhalle runter, um Eis zu holen. Oh, Abe. Wie können wir Ihnen jemals danken? Was können wir bloß für Sie tun?«

Der Anwalt lächelte verstohlen. »Mein ganzes Leben lang habe ich mir gewünscht, von einer schönen Frau in einem knappen Badetuch umarmt zu werden ...«

Matty lachte, zog ihn an sich, umarmte ihn fest, machte sich grinsend wieder los und flüsterte: »Danke.« Dann zog sie ihn aus einem Impuls heraus noch einmal an sich, küßte ihn fest auf den Mund, woraufhin sich die blassen zarten Wangen – zu Mattys Vergnügen – heftig verfärbten.

»Jetzt kann ich als zufriedener Mann sterben. Auf Wiedersehen, Mrs. Nielson. Gott sei mit Ihnen.«

»Wir werden uns wiedersehen, Abe. Ich bin mir sicher.«

Der Anwalt zuckte die Achseln, lächelte. »Wenn das Schicksal uns gewogen ist. Aber unter glücklicheren Umständen, wie ich hoffe.« Und er ließ sie stehen.

Matty ging durch den Flur zurück zum Badezimmer, als sie die schimmernde Ruger auf der Kommode sah. Sie zögerte. Einen Augenblick lang sah sie auf Nickys schlafenden Körper. Sie ging zur Kommode, nahm die Pistole und betrachtete grübelnd ihren Lauf. Dann öffnete sie schnell die oberste Schublade, tat die Waffe hinein und machte sie zu. Wieder ging sie ins Bad und lehnte sich gerade vor, um mit der verflixten Mischbatterie fertig zu werden, als es ein zweites Mal klopfte.

Mit einem Seufzer richtete sie sich auf, wickelte das Badetuch enger und eilte zur Tür. Diesmal – sie wußte selbst nicht, warum – fragte sie: »Wer ist da?«

»Habe meinen Schlüssel vergessen«, sagte Chris.

Matty seufzte, zog die Tür auf, drehte sich um und eilte zur Wanne zurück. Sie war schon im Bad, als sie gerade noch hörte: »Dem Herrn sei Dank für Kevlar.«

Sie beugte sich zur Wanne hinunter, zögerte, drehte den Hebel und erstarrte. »Was hast du gesagt?«

Sie keuchte vor Überraschung, als Springer ihren schmalen Nacken in beide Hände nahm und sie heftig gegen die Badezimmertür knallte. Einmal, zweimal.

Matty, der die Luft ausgegangen war, sank benommen zu Boden, krächzte aber noch um Hilfe. Springer zog sie hoch, würgte sie, hob sie hoch, als wöge sie nichts, und trug sie wie eine zappelnde Marionette ins Schlafzimmer. Lächelnd, nur ein wenig ächzend, hob er sie hoch, ignorierte ihre Tritte und um sich schlagenden Arme, ergötzte sich vielmehr am Anblick ihres geröteten Gesichts, das immer roter wurde, dann purpurn und in dem die Augen hervorquollen. Er sprach bewußt deutlich, so daß sie trotz des Pochens des Blutes an ihren Trommelfellen kein Wort verpaßte: »Gott sei Dank gibt es Kevlar!«

Er warf sie so hoch, daß sie gegen die Decke stieß.

Krachend fiel sie auf das Bett, glücklicherweise nicht auf das mit dem Kind, prallte ungeschickt zurück, drehte sich mit rudernden Armen in der Luft und sah – von unten – wie er sich mit dem Lächeln eines Wahnsinnigen das feuchte Hemd aufriß, um ihr die schwere kugelsichere Weste zu zeigen, die in der Mitte noch die Spuren von Chris' Hochgeschwindigkeitsgeschoß aufwies.

Matty schlug schmerzhaft gegen das Kopfbrett, fühlte es aber nicht, fühlte nur den süßen, versengenden Andrang von Luft in ihrem Hals; hielt beide Hände dort festgeklammert, als ob sie die Luft hineinzwingen wollte. Mit trüben Augen blickte sie zugleich zu Springer empor, der mit offenem

Hemd dastand, das große Jagdmesser aus seinem Gürtel zog und sich dem Kind zuwendete. Mit einem markerschütternden Schrei schnitt sie ihm auf Gummibeinen den Weg ab, stellte sich vor ihn hin und faßte, ohne nachzudenken, die stählerne Klinge. Die Schneide schnitt ihr gierig in die zarten Finger. Blut spritzte auf, das sich als feines Rinnsal auf Springers Kinn und seiner dicken kugelsicheren Weste wiederfand.

Sie fühlte, wie er sich ihrer lässig entledigte und sie wie schmutzige Wäsche in eine Ecke warf.

Er hob das Messer über dem Kind.

Irgendwie hatte Matty sich wieder aufgerappelt, war zwischen ihm und dem Kind und kämpfte um die Klinge. Sie versuchte, es dahin zu bringen, daß er das Messer wegdrehte und in sie hineinstieß; so tief, daß er Probleme haben würde, es wieder herauszuziehen. Nie wieder sollte die furchtbare Klinge ihrem Kind nahe kommen!

Springer grinste, sah, was sie vorhatte, und gehorchte, indem er ihr die Messerspitze direkt an den Kehlkopf hielt und sie dort so scharf aufsetzte, daß ein Blutstropfen hervortrat. Er wollte gerade etwas sagen, als er plötzlich nach vorn und überraschenderweise direkt auf sie geschleudert wurde. Das Messer flog zur Seite.

Matty verlor das Gleichgewicht und fiel nach hinten. Hinter ihnen hörte sie das Geräusch splitternden Holzes, verstand aber nicht. Automatisch hob sie die Arme, um das Kind zu beschützen. Ihre Augen sprangen nach oben und sahen Chris mit den Überresten eines zerbrochenen Stuhls in den Händen.

Springer, dem Blut vom Hinterkopf tropfte, drehte sich um, ergriff wieder das zu Boden gefallene Messer und grinste Chris an.

Chris, die Augen auf das Messer gerichtet, trat zwei Schritte zurück. Er drehte den Kopf nach rechts, wischte schnell mit der Hand über die Kommode, schien verwirrt.

Matty stöhnte, schrie: »In der obersten Schublade!« Zu spät. Springer war schon da, ließ das Messer herabsausen, so daß alles, was sie sehen konnte, Springers breiter Rücken und das auf Chris herabstoßende Messer war.

Sie krümmte sich zusammen, als sie Chris' Schmerzensschrei hörte, ihr eigener Schrei vereinigte sich mit seinem. Die beiden Männer lösten sich voneinander, von Chris' Schulter floß Blut. Springer lachte triumphierend. Chris, das Gesicht weiß wie ein Laken, schaffte es irgendwie, dem nächsten Messerstich auszuweichen. Die Klinge pfiff an seinem Ohr vorbei und grub sich geräuschvoll tief in die Kommode, wo sie steckenblieb.

Springer brauchte eine Sekunde, um sie herauszuziehen, doch das genügte Chris, um sich herumzudrehen und dem großen blonden Mann in die Weichteile zu treten. Mit einem schmerzvollen Stöhnen taumelte der zurück.

Chris war jetzt an der Schublade, holte die Ruger hervor. Springer stand einfach nur grinsend da. Er grinste immer noch, selbst als das erste Geschoß seine Brust traf und ihn abermals zurücktaumeln ließ; die Arme ausgebreitet, um sich am Rahmen der Badezimmertür festzuhalten. Frustriert sah Chris, wie das Geschoß auf den Teppich fiel, zerquetscht und nutzlos.

Wieder zielte und schoß er, traf Springer direkt in der Mitte und schleuderte ihn – bei der kurzen Entfernung – mit großer Wucht nach hinten, durch die Tür hindurch. Mit rudernden Armen taumelte der große Mann rückwärts über die Badezimmerfliesen und stieß mit den Knien gegen den Rand der Badewanne, wo er spöttisch grinsend sein Gleichgewicht wiederfand.

Springer lächelte und griff an.

Chris feuerte. Das Geschoß traf die kugelsichere Weste, schleuderte Springer zurück, diesmal über die Wanne, und ließ ihn gegen die gekachelte Wand krachen. Dann rutschte Springer, der immer noch grinste, an der Wand hinunter.

Er traf auf das kochend heiße Wasser, wo er – immer noch nicht niedergestreckt – zu schreien begann wie ein Pferd beim Abdecker.

Er schrie so laut, daß das Echo Chris wie ein Messer durch

den Kopf fuhr. Er schrie und war jetzt besiegt: die Hände wie Klauen auf dem schlüpfrigen Rand der Wanne, verwandelte er sich inmitten dichter Dampfwolken in eine geisterhafte Marionette.

Springer schrie immer noch. Das kochende Wasser ließ ihn grellrosa aufleuchten. Erst rosa, dann krebsrot. Schließlich fanden die verbrühten Klauen am Rand der Wanne Halt und zogen ihn hoch: die Augen wie pochierte Eier.

Bis Chris sanft hinzutrat, ihm in die Stirn schoß und ihn in die Dampfschwaden zurückschickte, unter Wasser, endgültig besiegt und bei lebendigem Leibe verbrüht.

Nach einer kurzen Weile dann – gemächlich-friedlich – zu Tode gekocht.

Epilog

Chris saß mit Nicky auf dem Schoß in einer überlaufenen kleinen Klinik in Florida; nicht gerade der Ort, wo er wirklich sein wollte, eher eine Entscheidung in letzter Minute. Umgeben von schreienden Säuglingen, munteren Kleinkindern und müde-selbstzufriedenen Müttern, versuchte er, *The Little Taxi That Hurried* vorzulesen.

Nicky, der stärker abgelenkt war als Chris, blickte unausgesetzt über das Kinderbuch hinweg zu einer hübschen Dreijährigen auf der anderen Seite hinüber, die Shirley-Temple-Locken trug und eine glänzend rote Schleife. Sie blickte scheu zurück, während ihre Mutter, wahrscheinlich in Mattys Alter, mit einem Blick einverständiger Resignation eine Zeitschrift las.

Jede Frau, wenn sie ein Kind hält, hat diesen Blick, ging es Chris durch den Kopf. Eine einzigartige Verbindung, die Männer zwar aus der Ferne würdigen, selbst aber niemals erreichen können. Der Gedanke machte ihn ein wenig neidisch.

Daß Matty es abgelehnt hatte mitzukommen, war kaum eine Überraschung.

In weißen Shorts und mit rückenfreiem Oberteil, gebräunt und mit wohlgeformten Beinen, war sie im warmen Garten geblieben, wo sie mit einer frischen Ladung Gladiolen aus dem Garten-Center herumwerkelte und sich beschmutzte. Das Garten-Center war größer als das, dessen sie sich in Kalifornien bedient hatten, auch das neue Haus war größer; größer und moderner, aber noch kein Zuhause. Vielleicht würde es das niemals werden.

Zuerst war es nur ein Fluchtort gewesen. Jetzt gehörte es wirklich ihnen. Eines herrlichen Morgens hatte Abe Goldstein angerufen, um ihnen mitzuteilen, daß sie sich keine Sorgen zu machen brauchten; daß er mit den zuständigen Behörden verhandelt und eine anständige Summe herausgeholt habe. Die neue Heiratsurkunde der Nielsons sei schon auf der Post, und sie würden niemals mehr von irgendwelchen Geheimdiensten der Regierung hören. Er erwarte darüber hinaus eine Vergleichsvereinbarung, die ebenfalls bevorstünde und gut und gerne auf eine sechsstellige Summe hinauslaufe. Von dem Geld, das der Anwalt für sie verlange, werde Chris eine beliebige Anzahl von Theaterstücken schreiben können. Als Unterstützung hatte Goldstein noch einen Vetter bei der *New York Times.* Der lächelnde Anwalt erklärte denn auch verschmitzt, er könne sich einfach nicht vorstellen, daß sich egal welche Regierung mit einer der wichtigsten Zeitungen des Landes anlegen würde.

Der Brief mit der Heiratsurkunde war angekommen und auf den neuen, weißen Kaminsims gelegt worden, wo er ungeöffnet liegenblieb und zwei Wochen lang Staub ansetzte; wie so vieles in ihrer jetzigen Beziehung Staub angesetzt hatte, grübelte Chris, wobei er die bunt illustrierten Seiten umblätterte.

Nicky zappelte nervös auf seinem Schoß herum; vielleicht begehrte er die bezaubernde Blondine auf der anderen Seite, vielleicht war er auch nur der Taxigeschichte und des ihn festhaltenden Schoßes überdrüssig und wollte den Warteraum auskundschaften, wie er jetzt überhaupt gerne alles auskundschaftete.

Chris sah einen gealterten, aber immer noch gelockten Kopf vor sich, der ernsthaft über die Konstruktionszeichnungen neuer Interstellarraketen gebeugt war, oder einen, der sich die Hände für eine größere Gehirnoperation desinfizierte. Er wußte, daß jeder Vater diese Träume mit ihm teilte. Er genoß dieses selbstsüchtige Gefühl jedoch zu sehr, als daß er Einwände dagegen zugelassen hätte.

Plötzlich tauchte eine freundlich aussehende Frau in schmucker Krankenschwesteruniform über dem Rand des Buches auf, lächelte und kniff Nicky in die Wange. Sie informierte Chris leise, daß der Arzt jetzt bereit sei und sie bitte mitkommen sollten.

Chris war darauf überhaupt nicht vorbereitet gewesen, saß da, hielt sein Kind fest und starrte schweigend und mit offenem Mund zurückhaltend zu dem freundlichen Gesicht hinauf. Er hatte sich gefragt, ob er Nicky von der Nadel und dem winzigen Blutfleck erzählen sollte, davon, daß es nur ein ganz wenig weh tat und daß sie nachher zu McDonald's gehen und auf der Rutschbahn spielen würden. Danach würden sie nach Hause zu Mami gehen und ihr das Pflaster zeigen und erzählen, wie tapfer er gewesen war.

Aber er hatte keine Gelegenheit gehabt, seinem Sohn das zu sagen. Und jetzt war es zu spät, die freundlich lächelnde Schwester war da.

Chris, der erschrockener war als sein Sohn, schien kaum aus seinem Stuhl herauskommen zu können.

Matty richtete sich im Garten auf; ihre nackten Knie waren grün gefärbt, frisch duftende Erde und zerquetschtes Gras klebten daran.

Sie klopfte sich die Hände ab und drehte sich im Schein der Nachmittagssonne zu ihrer Familie um, die über die weite Grünfläche auf sie zukam: Chris' Gesicht und das kleinere Nickys mit Mützen vor der wolkenlosen, unbarmherzigen Sonne Floridas geschützt. Ihre beschatteten Gesichter hätten die jedes beliebigen Mannes und Kindes sein können, wenn da nicht der charakteristische gemeinsame Gang gewesen wäre.

Da stand sie also im Winterwetter, das wärmer als das Kaliforniens war. Mit der Hand schützte sie ihre Augen vor der Sonne und beobachtete, wie der Mann auf sie zukam, der dem kleinen Brief auf dem Kaminsims zufolge ihr Ehemann war. Sah, wie er den kleinen Jungen auf den Arm nahm, fragte sich, wer er wohl war; fragte sich, ob eines Tages eine andere Frau genauso für Nicky empfinden würde.

Mit dem Unvermeidlichen zu leben war etwas, woran sie sich gewöhnt hatte. Matty lächelte flüchtig und machte sich mit der Gartenschere auf den Weg zum Haus. »Würdet ihr gern zu Mittag essen?«

Chris blieb stehen, um sie vorbeizulassen, betrachtete sie einen Augenblick lang und folgte ihr dann, folgte dem Wackeln ihrer runden Pobacken – die in den ausgefransten Shorts noch aufreizender wirkten – zum Innenhof und auf die kleine Veranda. »Sicher, gern.«

Er setzte Nicky in seinen Kinderstuhl, drehte sich um und sah, wie die weißen Shorts sich jetzt zum Kühlschrank hinunterbeugten.

Er genoß den Augenblick. Er wartete darauf, daß sie wegen dieser Angelegenheit auf ihn zukam, vielleicht auch darauf, ob sie überhaupt zu ihm kommen würde. Er glaubte zu wissen oder rechnete doch damit, daß sie es schließlich tun würde, wenn nicht heute, dann morgen.

Und Matty, weil sie nun einmal Matty war, tat es jetzt. »Nun?« fragte sie kühl, als ob es sich bloß um eine höfliche Unterhaltung handelte und nicht um etwas Einschneidendes, von dem ihre Zukunft abhängen würde. Sie stellte Mayonnaise und Bratenaufschnitt heraus, ohne ihm dabei in die Augen zu schauen; ein weiterer Trick, den sie gut beherrschte.

Chris, der auch ein paar Tricks kannte, antwortete nicht, bis sie ihn schließlich ansah. Er wollte es ihr nicht sagen, ohne einer Antwort für würdig befunden zu werden.

Sie wartete, schüttete Milch ein.

Er saß an dem alten Küchentisch im neuen Haus im altbekannten Sonnenlicht und erzählte ihr, daß er es nicht erfahren habe, daß er es nicht zu Ende geführt habe.

Sie schaute weg, schmierte teilnahmslos ein weiteres Brot, als sei das alles nicht besonders wichtig, und neigte den Kopf.

»Oh?«

Chris nickte. »Ich hatte da ein kleines Problem in der Klinik. Ich kam einfach nicht aus meinem Stuhl hoch.«

Sie beobachtete ihn, ihr Gesicht wurde weicher.

»Du hattest recht, Matty. Er ist mein Sohn. Egal was kommt. Er ist mein Sohn; unser Sohn. Nichts kann daran etwas ändern.«

Unaufgefordert füllten sich ihre sanften Augen mit Erleichterung und Dankbarkeit. Sie setzte sich hin. Die Milchtüte war vergessen.

»Matty, ich liebe dich so sehr. Ich habe darüber nachgedacht, wie kann ich es hinkriegen, daß alles wieder so wie früher ist, wie kann ich uns dahin zurückbringen? Aber weißt du was? Nichts ist jemals wieder so, wie es einmal war. So funktioniert das Leben nicht... Es geht immer weiter; vielleicht gut, vielleicht schlecht; aber immer weiter, vorwärts. Und es ist ganz egal, Matty, vollkommen egal, was passiert, wenn du nur da bist und mitgehst.«

Sie schloß die Augen, schluckte, eine einzige Träne bildete sich; zögernd, als ob sie sich ihrer innersten Gedanken bewußt sei und daher auch so unentschlossen.

»Ich möchte bleiben«, sagte er. »Ich möchte bei dir und meinem Sohn bleiben. Wenn du mich haben willst. Aber keine Geheimnisse mehr, Matty, das ist die einzige Bedingung, keine Geheimnisse mehr ...«

Sie saß da, starrte still auf den Tisch. Dann stand sie auf und begann geistesabwesend die Milch einzuschütten.

Später dann, als Nicky bereits friedlich in seinem Zimmer schlief, kam Matty an Chris' Tür, lehnte sich mit der Hüfte an den Türrahmen. Das war so ihre Art, ein altes Signal.

Als er aufsah, dachte Chris, er habe nie eine schönere Frau gesehen.

Als er lächelte, drehte sie sich um und ging zum Schlafzimmer.

Chris stand auf, um ihr zu folgen, hielt einen Moment inne und warf den kleinen grünen Klinikzettel in den Papierkorb, den Zettel, auf dem die Namen und die übereinstimmenden Blutproben von Nicky und Springer standen.

Er schnipste ihn in den Papierkorb, ohne hinterherzuschauen. Dann ging er hinüber, um sich auf den kühlen Laken zu seiner Frau zu gesellen. Das letzte Geheimnis behielt er für sich.